香子《かおるこ》

紫式部物語

四

帚木蓬生《ははきぎほうせい》

PHP

香子《かおるこ》（四） 紫式部物語

目次

第四十二章　堤第《つつみだい》退出　6
第四十三章　帰　参　92
第四十四章　若宮呪詛《わかみやじゅそ》　133
第四十五章　和泉式部《いずみしきぶ》の君　156
第四十六章　庚申作文序《こうしんさくもんじょ》　173
第四十七章　枇《び》杷《わ》殿《どの》　242
第四十八章　土御門内御堂《つちみかどないみどう》　267

第四十九章　敦良親王誕生《あつながしんのう》　296
第五十章　敦良親王五十日儀《あつながしんのういかのぎ》　313
第五十一章　越後守《えちごのかみ》　341
第五十二章　天皇崩御《ほうぎょ》　386
第五十三章　惟規客死《のぶのりかくし》　428
第五十四章　彰子皇太后《あきここうたいごう》　470

（一）　目次

第一章　香《かおる》子《こ》
第二章　蔵人《くろうど》
第三章　北山詣《きたやまもう》で
第四章　今上帝出家《きんじょうていしゅっけ》
第五章　新帝即位
第六章　出仕《しゅっし》
第七章　新手枕《にいたまくら》
第八章　宇治行《うじこう》
第九章　越前下向《えちぜんげこう》
第十章　越前国府《えちぜんこくふ》
第十一章　起筆
第十二章　雨夜《あまよ》の品定《しなさだ》め
第十三章　越前《えちぜん》の春
第十四章　京上《のぼ》り
第十五章　懸想文《けそうぶみ》

（二）　目次

第十六章　神楽人長《かぐらにんじょう》
第十七章　宇佐使《うさづかい》
第十八章　出産
第十九章　死別
第二十章　四十賀《しじゅうのが》
第二十一章　法華八講《ほっけはっこう》
第二十二章　御堂七番歌合《みどうしちばんうたあわ》せ
第二十三章　求婚者
第二十四章　再出仕《さいしゅっし》
第二十五章　里《さと》居《い》
第二十六章　八重桜《やえざくら》
第二十七章　賀茂祭《かものまつり》

（三）　目次

第二十八章　進講《しんこう》
第二十九章　中宮懐妊《ちゅうぐうかいにん》
第三十章　土御門殿《つちみかどどの》
第三十一章　召人《めしうど》
第三十二章　法華三十講《ほっけさんじっこう》
第三十三章　唐車《からぐるま》
第三十四章　土御門殿退下《つちみかどどのたいげ》
第三十五章　安産祈願《きがん》
第三十六章　薫物合《たきものあわ》せ
第三十七章　敦成親王《あつひらしんのう》誕生
第三十八章　産養《うぶやしない》
第三十九章　土御門殿行幸《つちみかどどののみゆき》
第四十章　五十日《いか》の祝い
第四十一章　内裏還啓《だいりかんけい》

香《かおる》子《こ》（四）　紫式部物語

第四十二章　堤第《つつみだい》退出

十二月中旬になり、久方《ひさかた》ぶりの里居《さとい》を申し出るため、彰子《あきこ》中宮《ちゆうぐう》様の許《もと》に赴《おもむ》いた。

「もうすぐ敦成親王《あつひらしんのう》の百日《ももか》の祝宴です。そのあとではいけませんか」

中宮様から言われ、迷ってしまう。そのためには他の女房《にようぼう》がいるはずで、特に自分の手は必要ではない。

「いいでしょう。引き留めるなど、わたくしの身勝手でした」

こちらの顔色をご覧になったのか、中宮様がおっしゃる。

「ありがとうございます。年が改まる前には戻って参ります」

頭を下げて退出しようとすると、呼び止められた。

「このところずっと、帝《みかど》はあなたの物語を読んでおられます」

「そうでございますか」

顔を上げたとき、年甲斐《としがい》もなく赤面するのを覚えた。

「帝は、『これは源氏の物語というよりも、女の物語だね』とおっしゃいました。言われてみると、まさしくその通りです」

「そうでしょうか」

「帝がそう感じられたのは、あの末摘花《すえつむはな》を知ってからのようです。こんな女君《おんなぎみ》を描いたところに、作者の強い信念、女を描《か》こうとしている執念《しゅうねん》が垣間見《かいまみ》えると言われました」

「それは身に余るお言葉でございます」

「本当にあれは、女の物語です」

中宮様がにっこりしておっしゃった。

局《つぼね》に下がる間も、その、女の物語という言葉が、頭の中を駆け巡った。まさに図星だった。男の書く正史には決して顔を出さない、女を描こうとした意気込みが、当初からあったような気がする。

物語を追いながら書き進めているうちに、いつの間にかその心意気が薄れてしまっていた。

ちょうど隣の局に小少将《こしょうしょう》の君《きみ》がいたので、しばらくの里居を言うと、羨《うらや》ましがられた。

「わたしなど、里居しようにも、気軽に帰る所はありません」

「申し訳ないです」

「わたしの分まで、里居を楽しんで来て下さい。まさか戻ったままではないでしょう」

一瞬、小少将の君の顔が曇《くも》る。

「年の暮れには戻って来ます」

「よかった」

小少将の君の顔がほころぶ。

さし向けられた牛車《ぎっしゃ》に乗りながら、小少将の君の優しさは、あの人の抱える心の闇から来ていると得心《とくしん》する。小少将の君の父君は、若くして出家《しゅっけ》してしまったので、その実家もなきに等しい。育てられたのは伯父《おじ》の許《もと》であり、容易に里帰りはできない。そう考えると、自分に堤第《つつみだい》という帰る場所があるのは、この上ない幸せと言えた。

しかしいよいよ牛車が屋敷の門をくぐったとき、苔《こけ》の生えた屋根と、手入れの行き届かない庭の植栽《しょくさい》が、またしても古色蒼然《こしょくそうぜん》と目に映った。先刻までいた一条院内裏《だいり》の端正《たんせい》なたたずまい、長居をした土御門殿《つちみかどどの》の華やかさと比べると、雲泥《うんでい》の差がある。由緒《ゆいしょ》深い堤第とはいえ、今はやはり、これが受領《ずりょう》の身分にふさわしい邸《やしき》には違いない。

牛車を返して、邸の中で父君、母君に挨拶《あいさつ》しながらも、その着ている物の色の違いが、どうしても目につく。なるべく地味な衣装《いしょう》で内裏を退出して来たつもりだったのに、くすんだ衣《ころも》に身を包んだ両親とは差が歴然《れきぜん》としている。

「元気そうで安心しました」

喜ぶ母君の体は少し小さくなり、顔の皺《しわ》も増えていた。

「何とか日々を過ごしております」

「彰子中宮様には若宮《わかみや》がお生まれになったそうで、わしたちも安堵《あんど》した。道長《みちなが》様もさぞかしご満足だろう」

父君も顔をほころばせる。

「それはもう。目に入れても痛くない可愛《かわい》がりようです」

答えているところへ、惟規《のぶのり》と惟通《これみち》の二人が、賢子《かたこ》を連れて姿を見せる。九歳になる賢子の背丈《せたけ》は伸び、顔つきには幼さがわずかに残っているだけだ。すぐには近寄って来ず、突っ立ったままで、こちらを凝視《ぎようし》する。

「大きくなりましたね。叔父《おじ》君たちの言いつけをよく守っていますか」

訊《き》くと、真面目《まじめ》な顔でこっくり頷《うなず》く。時折しか見ない母親を、どこか訝《いぶか》しく思っている目つきだ。

「姉君が子供の頃よりも、賢いのではないでしょうか」

横から笑いながら言ったのは、惟通だった。まだ任官をしていないので、ずっと姪《めい》の手習いを見ているのに違いない。

「子が親を追い越すのは、悪いことではありませんからね」

母君が言うのも道理だった。美形かどうかは、自分では選べない。自分で形を作れるのは、たしなみと教養だった。逆に、いかに美しい容姿をしていても、その二つを欠いていれば、雛《ひな》人形と同じだ。

我が子を真正面から見つめながら、ふと行く末を思った。いずれは、どこかの殿方《とのがた》に嫁《か》するはずだ。縁づけば、その人の子を産んで、育て上げる一生が待っている。しかしそれだけで果たしていいのか。やはりどこからか請《こ》われて出仕《しゆつし》すれば、たしなみと教養が生きてくる。それが内裏であれば、禄《ろく》がつく。

確かに内裏の女房生活は、楽しさよりも、うっとうしさがつきまとう。しかしそこで必要になるのが、たしなみと教養だった。特に出自が低い場合、ものを言うのがその二つなのだ。賢子は何と言おうと、受領の出だ。これぱかりはひっくり返しようがない。源氏の物語の中の明石《あかし》の君と同じだ。

それでもこの二つを武器にして出仕すれば、並居る女房の中で頭角《とうかく》を現すことができる。それに応じて位階がつけられる。自分がそうであったように、初めは従五位下《じゅごいのげ》の命婦《みょうぶ》、今は従五位上《じょう》の掌《ないしの》侍《すけ》の地位にある。これは太政官《だいじょうかん》で言えば従五位下の少納言《しょうなごん》以上で、衛門府《えもんふ》では衛門佐《えもんのすけ》、そして何より父君がそうであったように大国《たいこく》の国守《こくしゅ》に相当する。源氏の物語では、玉鬘《たまかずら》の乳母《めのと》の夫が大宰《だざいの》少弐《しょうに》として筑紫《つくし》に下ったが、それとも同じ位階なのだ。

当然、この位《くらい》には、位田《いでん》や位禄《いろく》、季禄《きろく》、月料、雑用料、節禄《せちろく》、臨時の禄賜《ろくし》がつく。これらの報酬《ほうしゅう》が、宮仕《みやづか》えの憂《う》さの代価であり、それは出仕している殿方と同じなのだ。

この堤第の暮らしが、まがりなりにも保たれているのは、掌侍という位のお蔭であるのは言《げん》をまたない。蔵人《くろうど》である惟規の俸禄《ほうろく》では足りず、父君が越前《えちぜん》国守を退いて来春で八年になる今、もうその貯えは、尽きかけているはずだ。

こう考えると、賢子にもまた、自分と同じような道を辿《たど》って欲しいと思う。それがいかに辛《つら》くとも、女の正しい道だろう。今、源氏の物語と並行して書いている日記は、道長様からの慫慂《しょうよう》だったが、これは賢子のためと考えている。日記を残しておけば、必ずや、成長した賢子が読んでくれるに違いない。女房生活がこういうものだとわかれば、あとの進路は賢子自身で決められるはずだ。

翌日、嫁いでいる妹に知らせが行ったのか、牛車で里帰りしてくれた。叔母《おば》と再会して、人一倍喜んだのは賢子だった。母親にはどこかよそよそしかったのに、妹の雅子《まさこ》には飛びつく。

「お姉さま、あの物語は読んでおります」

挨拶を終えたあとの、妹の言葉がそれだった。「筑紫から戻った夕顔《ゆうがお》の遺児の姫君、これからどうなるのでしょうか」

どうやら今読んでいるのは、「玉鬘」の初めの箇所のようだ。

「さあ、どうなることでしょう」

笑って答えながら、妹の婚家まで写本が行きついているとは驚きだった。

「はいはい。どうせ次の写本が届きますから」

妹も笑う。「でも、よくぞ筑紫のことが書けますね」

「香子《かおるこ》の婿《むこ》殿は、その昔、筑紫の国守でした」

答えてくれたのは母君だった。

「そうでした、そうでした」

雅子が頷く。「あの姫君を乗せた舟が、追手の舟に追いかけられるところは、はらはらどきどきしました。何とか姫君には幸せになってもらいたいです」

「はい、そうなっています」

「そうですか、よかった」

雅子が嬉《うれ》しがるのを、賢子が不思議そうな顔で聞いていた。

自室に下がって、物語を書いているとき、賢子がちょこんと横に坐る。文机《ふづくえ》に向かう母親には何となく親近感を覚えるのだろう、書き終えた料紙《りょうし》を手にとったり、読もうとしている。そのうち声を出して読む。

「よく読めました」

褒《ほ》めると、はにかみ顔になる。

「これは、叔母様が読んでいたものですか」

けなげに訊くので、「そうです」と答える。

「ふーん」

と言って、料紙の上で動かす筆先を、飽かず眺《なが》め続けた。わたしがこうやって文机に向かって一心に書いている姿を見れば、何も教えなくても、賢子は母の姿を目に焼きつけてくれるはずだ。

女三の宮が柏木《かしわぎ》の恋心を綴った手紙に何の関心も示さなかったのは、女三の宮の鈍感さの表れだった。小侍従《こじじゅう》にとっても、その鈍さはあっけにとられるほどだった。しかしそれは柏木への返事には書けないので、所詮身分の差だと指摘して、「無駄なことです」と書き添えるしかなかったのだ。


小侍従から届けられた返事を柏木は道理だとは思いながらも、到底納得がいかず、「忌々《いまいま》しい言い草だ。こんな月並な言葉を慰めにして、日を過ごす事はできない。こんな伝言ではなく、直《じか》に言葉を交わす機会はないものか」と思ったのも、『後撰和歌集』の、**いかにしてかく思うということをだに人づてならで君に語らん**、が思い起こされたからであり、通常なら立派だと尊敬する源氏の君に対して、柏木にどことなく歪《ゆが》んだ心根が生じたのもこの時だった。

三月の末日には、多くの人々が六条院に参上し、柏木も気が滅入《めい》って落ち着かなかったものの、女三の宮のおられる辺りの花の色でも見れば心も晴れるだろうと思い、やはり参上した。

殿上人《てんじょうびと》たちの賭弓《のりゆみ》は、二月の予定だったのが過ぎ、三月は忌月《きづき》なので実施されず、人々が残念と感じているところに、六条院でこの催事《さいじ》があると伝え聞いて、例によって多くの者が集まって来たのである。

近衛府《このえふ》の左大将は鬚黒《ひげくろ》大将、右大将は夕霧《ゆうぎり》という、源氏の君には親しい関係なので、次将《すけ》たちも我こそ一番だと互いに競って集《つど》った。馬上での小弓《こゆみ》のみならず、歩弓《かちゆみ》に秀《ひい》でた者もいたため、源氏の君は召し出して、競射《きようしや》をさせると、殿上人たちも、腕に覚えのある者はみな参加し、二組に分かれて競い合う。

日が暮れていくにつれ、今日を最後にと移ろい行く霞《かすみ》の景色も慌《あわ》ただしく、吹き乱れる夕風を感じて、『古今《こきん》和歌集』の、**今日のみと春を思わぬ時だにも　立つことやすき花の蔭かは**、にあるように、花の陰から立ち去り難くなって、人は皆ひどく酔い過ぎてしまう。

「雅《みやび》やかな贈物には、あれこれと趣向が凝《こ》らされているようで、それを、柳の葉でも百発百中の舎人《とねり》たちが射当てて、景品として持って行くのは無粋《ぶすい》です。もう少し下手《へた》な射手《しやしゆ》たちに競射させましょう」と口々に言って、大将たちを始めとして庭に下りると、柏木衛門督《えもんのかみ》だけが他の人と異なり、ぼんやりと物思いをしていた。

例の片想いを知っている夕霧大将が目に留めて、「やっぱりおかしい。厄介《やつかい》な事が起きなければいいが」と自分までが切実な心地になるのも、二人は仲がよいのみならず、心通わす昵懇《じつこん》の仲なので、些細《ささい》な事でも物思いに沈んでいる場合には、気にかかってしまうのだった。

柏木自身も、源氏の君に対面する際には、何となく恐ろしくなり、「こうした大それた思いがあってよいものだろうか。通常の事さえ、けしからんと人に難詰《なんきつ》されるような振舞はするまいと思っているのに、ましてや大それた事を」と思い悩んでいた。そして、「せめて、あの折の唐猫《からねこ》でも手に入れたいものだ。思う事を語らえなくても、独り寝の寂しさを慰めるためにも、手なずけよう」と思ってはみるものの、これさえも正気とは言えず、何とかして盗み出そうにも、至難《しなん》の業《わざ》なのであった。

そこで柏木は、妹で東宮《とうぐう》に入内《じゆだい》している弘徽殿女御《こきでんのにようご》の許に赴き、話をして気を紛《まぎ》らそうとする。

兄妹《きょうだい》の仲とは言っても、実に奥床《おくゆか》しい扱いぶりで、直に相対する事はない。兄妹でさえ隔てを置くのが習わしなのに、あの時の女三の宮は不用心そのものだったと今更ながら気がついたものの、もはや思い詰めている心には、女三の宮の行為が浅はかだとは思えなかった。

今度は東宮の許に参上し、女三の宮とは異腹の兄の東宮を、どこか似ているところはないだろうかと思って、凝視《ぎょうし》すると、優麗《ゆうれい》とは言えない容貌《ようぼう》ながらも、尊い身分である様は際立《きわだ》ち、気品に富んだ優美さがあった。

内裏で飼われている猫が引き連れていた多くの子猫が、あちこちに引き取られ、この東宮の許にも貰《もら》われて来ていて、辺りを可愛らしく歩いているのを見た柏木は、真っ先に例の唐猫を思い出す。

「六条院の姫宮の部屋にいる猫は、全く見た事もないような顔をしていて、実に可愛らしゅうございました。ほんの少し見ただけなのですが」と言上《ごんじょう》すると、東宮は殊《こと》の外《ほか》、猫好きなので身を乗り出した。そして、「それは唐猫で、こちらにいるのとは様変わりしていました。猫はみな同じようなものではございますが、気立てがよくて人馴れしている猫には、妙に親近感が湧《わ》くものでございます」と、柏木が尚《なお》も興味を抱かせるような物言いをする。

東宮は、桐壺《きりつぼ》に住んでいる明石女御を介して、六条院に催促《さいそく》したところ、女三の宮の方から猫が献上《けんじょう》され、「なるほど、これは美しい猫です」と人々と興じていた折、柏木衛門督は、やはり東宮は唐猫を入手される心地になられたと、その様子を見定め、何日か後に参上した。

柏木は殿上童《てんじょうわらわ》だった頃から、朱雀《すざく》院が特に目をかけて使っていたので、院の出家後は、この東宮にも親しく仕《つか》え、心を寄せていた。東宮に和琴《わごん》を教授する際に、「猫がたくさん集まっておりますが、さて、どれでしょうか、私が目にした猫は」と、探して見つけ出す。

可愛らしさの余り、掻《か》き撫《な》でていると、東宮は「本当に可愛らしいですね。まだ心からなついていないのは、見馴れない人がいるのがわかっているからでしょうか。元からここにいる猫も特に劣っているようには思えませんが」と言うので、柏木は、「猫は道理をわきまえる事など、まずできないのでしょうが、その中でも、賢いのは自然と思慮が備わるのでしょう」と答える。

さらに「優秀な猫が多くいるようなので、この猫は私がしばらく預かりましょう」と言上《ごんじょう》した心の中では、さすがにこれは強引過ぎて馬鹿げていると思いながらも、ついに唐猫を入手する。

柏木は唐猫を、夜も近くに寝せ、夜が明けるとあれこれ世話をして、大事に扱ったので、容易に人馴れしなかった気性《きしょう》も、今では一変してなつくようになり、ややもすると衣の裾にまとわりつき、寄り臥《ふ》してくれる。心底可愛いと感じるようになり、深刻な物思いから縁側近くで物に寄り臥していると、猫が来て「ねうねう」と可愛らしく鳴くので、掻き撫でてやり、ひどくなつかれてしまったと、つい苦笑して独詠《どくえい》する。

恋《こ》いわぶる人のかたみと手ならせば
汝《なれ》よ何とてなく音《ね》なるらん

恋い焦《こ》がれる人の形見として手なずけていると、お前は何と思ってそのように鳴くのか、という自問で、「汝よ」に馴れよが掛けられており、「これも前世《ぜんせ》からの因縁《いんねん》だろうか」と、猫の顔を見ながら言うと、猫がますます可愛らしく鳴くので、懐《ふところ》に入れて物思いに耽《ふけ》る。

女房たちがそれを不審がって、「突然、猫を可愛がり出して、何か変です。もともと猫に執着《しゅうちゃく》するような性質《たち》ではなかったのに」と言い合うのをよそに、柏木は、そろそろ猫を返して欲しいと東宮から催促があっても、返さずに、絶えず手許に置いて話し相手にしていた。

鬚黒大将の北の方である玉鬘は、太政《だいじよう》大臣の子息たちが実の弟ではありながら、やはり夕霧右大将を以前通り、近親者として親しく思っている。玉鬘は才気に富む性格で、親しみやすくもあり、夕霧と対面する際にも気を配って、他人行儀《ぎようぎ》の扱いをしなかった。夕霧も明石女御のいる淑景舎《しげいしや》の人たちが過度によそよそしく、近寄り難いもてなし方であるのと比べて、実の姉弟ではないにもかかわらず、睦《むつ》まじく行き来している。

その一方で、鬚黒大将は、今はもう以前の北の方とは疎遠《そえん》になり、玉鬘を並びなく大切にしていて、子供は男ばかりなので、長女の真木柱《まきばしら》を引き取って、大事に育てたいと思っていた。しかし祖父の式部卿宮《しきぶきようのみや》は決して許可はせず、「せめてこの孫の真木柱だけは、世間の物笑いにならないように、手厚く世話してやろう」と思い、周囲にも漏《も》らしていた。

式部卿宮の声望は大変高く、今上帝《きんじようてい》のこの宮に対する配慮も格別であり、宮が奏上《そうじよう》された事には反対をせず、相当な気遣いぶりであった。宮は万事につけ当世風の趣味を身につけており、源氏の君や太政大臣に次ぐ重鎮《じゆうちん》として、人々も仕え、世間も重々《おもおも》しく思い、従っている。

鬚黒大将も、今後は世の中の重石となる有望な方なので、その姫君である真木柱の評価が低いはずはなく、縁組を申し出る人々は、折につけて多いものの、決定には至らない。そうした中、柏木衛門督にその意向があるならいいと鬚黒大将は期待しているのに、猫より劣っていると感じているのか、残念にも全く無関心なので、もはや脈はなかった。

他方、実の母君は妙に偏屈《へんくつ》な人で、世の常の世間づきあいを嫌って、ひっそりと暮らしているのを、真木柱は口惜《くちお》しいと思って、継母《ままはは》である玉鬘の方を心安く思い、当世風にそちらの方に馴染《なじ》んでいた。

蛍 兵部 卿 宮《ほたるひょうぶきょうのみや》は、今もなおひとり身でいて、心中でここぞと思った相手はみんな駄目になり、世の中が嫌になっていた。人から笑われているように感じて、こんな有様《ありさま》では情けないと思い、真木柱の姫君に心を寄せたところ、祖父である式部卿宮もその気になり、「それは構わないでしょう。大切に育てたいと思った娘は、宮中への入内の次には、親王《みこ》に嫁ぐのが一番です。臣下の者で堅実な人を今の世では重用《ちょうよう》しているようですが、これは品のないやり方です」と言って、大して悩む事もなく承諾《しょうだく》する。

蛍兵部卿宮は、あまりに事が順調に進んだのに拍子《ひょうし》抜けしたものの、大体において侮《あなど》り難い式部卿宮なので、言い逃《のが》れするすべもなく、そこに通い出した。

式部卿宮家でもまたとないくらいにもてなし、娘を大勢持っている式部卿宮は、「いろいろと嘆かわしい事が多く、もう懲《こ》り懲《ご》りしていましたが、この孫の真木柱を見捨てるわけにはいきませんでした。その母親は偏屈者で、年を経《へ》るにつれてひどくなっています。父親の鬚黒大将は、引き取りを私から拒《こば》まれたため、もう見捨てているようで、孫娘が気の毒です」と言い、部屋の調度《ちょうど》も自《みずか》ら指図して、万事粗相《そそう》がない見事な配慮ぶりだった。

蛍兵部卿宮は、亡き北の方が今なお恋しく、ひとえにその方に似ている女君と一緒になりたい一心だったので、この真木柱の容姿は悪くないとはいえ、やはりどこか違っていて、それを残念に思ったためか、通って来る足取りも重くなりがちになる。

式部卿宮もこれは心外だと嘆き始めていると、真木柱の偏屈な母親も、正気に戻った折など、残念な縁づきだったと諦《あきら》め、鬚黒大将も、「やはりそうだったか。あの親王の好き心から出た結婚であった」と、当初より承諾しかねる縁組だっただけに、不愉快に思う。

尚侍《かん》の君の玉鬘も、このような頼りない二人の関係を耳にして、もし自分がそんな縁づきをしていたとしたら、源氏の君や太政大臣がどのように思われただろうかと、他人事《ひとごと》とは感じられない。しみじみと昔が思い起こされて、「あの当時も、蛍兵部卿宮に縁づくなど、思いも寄らなかった。宮はひたすら情をかけてくれ、情け深い言葉をかけ続けて下さったのに、結局は鬚黒大将と一緒になったのを、軽薄な女だと思われているに違いない」と考えると、気恥ずかしくもなる。以前から気にかけていただけに、式部卿宮邸では自分の噂《うわさ》も出ているに違いないと、気になって仕方がなかった。

玉鬘の方からも、しかるべき事柄は世話をしてやっていて、真木柱の兄弟などを、諸々の事情は知らないふりをして、心安く付き従わせたりするので、蛍兵部卿宮も心苦しく思う。真木柱を心隔てて扱う思いはないものの、あの口やかましい祖母は、常に恨《うら》み言を口にし、「親王たちは、いつも心のどこにも、浮気心もなく大事にして下さる事こそが、華やかな暮らしのできない事の慰めだと思っていたのに」と、機嫌が悪かった。

それを漏れ聞いた蛍兵部卿宮は、心外であり、「全く、聞いた事もない話です。昔、大変いとおしく思う妻がいた時も、少しの浮気心は絶えなかったのに、ここまでの恨み言を言われた事はなかった」と不愉快に思う。これまで以上に昔の妻が恋しくてならず、思い出多い自邸にいて懐古《かいこ》に耽るうちに二年が過ぎ、真木柱との間柄もその程度のものになった。

格段の異変もなくて歳月は重なり、在位も十八年に達した帝は、思う事しきりで「私には次の帝になるべき皇子《おうじ》もなくて引き立つこともない。寿命とてはかないものと思われ、もっと気安く、会いたい人にも会い、私人として気楽に振舞って、のんびりしたい」という考えが、年来募《つの》って、囲りにもおっしゃっていた。

最近は重い病《やまい》も得ていて、急に退位したため、世の人々はまだ盛りの御代《みよ》であるのに、突然の退位を惜《お》しみ嘆いたものの、先帝、朱雀院の皇子である東宮が二十歳《はたち》になっているので、世の政《まつりごと》はこれまで通りになる。太政大臣もこれを機に辞表を提出して、隠居の身になり、「この世は無常であり、畏《おそ》れ多い帝も退位されたので、この年寄りが官を辞するは、惜しくも何ともない」との考えを明らかにしたため、鬚黒左大将が右大臣に昇り、世の政を司《つかさど》るようになった。

新帝の母で、鬚黒右大臣の姉である承香殿《しょうきょうでん》女御は、このような御代を見定めないまま亡くなり、国母《こくも》として皇太后《こうたいごう》の位を追贈《ついぞう》されたとはいえ、草葉の陰での昇格も甲斐がない。

源氏の君の娘である明石女御腹の一の宮が、東宮になったのも、予定通りではあったものの、実際にそうなってみるとやはりめでたく、喜ばしい限りであった。

夕霧右大将も大納言に昇り、左大将も兼務する。鬚黒右大臣との仲も、いよいよ緊密になり、他方、源氏の君は退位した冷泉院《れいぜいいん》に皇子がいないのが、心の内では残念に思っていた。自分の子ではあったものの、冷泉院が悩ましい出来事もなく無事に過ごされ、出生の秘密も露顕《ろけん》せずにすんだ反面、血筋を末の世までには伝えられなかった宿世《すくせ》が、物足りなく感じられ、人に話せる事柄でもないので、胸塞《ふさ》がったままだった。

東宮の母となった明石女御には御子《みこ》たちが多く生まれ、いよいよ新帝の寵愛《ちょうあい》は並ぶものがない。

とはいえ世間では、藤壺《ふじつぼ》中宮、秋好《あきこのむ》中宮と皇族出の中宮が続き、この後に明石女御が中宮になる事に少なからず不満が出ていた。

そこへいくと冷泉院の后《きさき》である秋好宮は、何の由縁《ゆえん》もないのに、無理をして后にしてくれた源氏の君の配慮を考えると、歳月を経るにつれて、一層源氏の君への感謝が増した。当の冷泉院は、今や思い通りの御幸も気楽にできるので、これこそ願っていた暮らしだと満足しきりだった。

女三の宮の事は、今上帝も気がかりであり、世間からも広く大切にされているとはいえ、やはり紫の上の勢いを上回る事はできない。年月が経《た》つにつれて、源氏の君と紫の上との仲はいよいよ深く親密になり、いささかの不満もなく、隔て心もなかったが、紫の上は折につけ、「今はこのような通常の生活ではなく、平穏に仏道修行でもしたいと思います。自分の人生はこの程度だと見定めた心地のする年齢にもなりました。どうか許して下さいませ」と源氏の君に切々と訴える。

「それは、あってはならない、私への辛い仕打ちです。私も出家を強く願っていますが、あとに残されたあなたが寂しく感じ、今とは生活が一変してしまうのが気がかりなので、そのままにしているのです」と言って、源氏の君はそのたびに悲願を退けた。

明石女御は、ひたすらこの紫の上を実の親のようにもてなし、実母の明石の君は隠れた世話役として、へり下った態度で仕えているのが、行く末も頼もしく、あるべき姿であった。祖母の尼君《あまぎみ》も、ややもすると嬉し涙を制しきれず、目を拭《ぬぐ》って赤く泣き腫《は》らさせ、長生きが幸せである事の好例になっていた。

その頃、源氏の君は住吉《すみよし》の神に立てた願いをそろそろ果たそうと考える。明石女御も祈願のために参詣《さんけい》する意向だったので、明石入道《にゅうどう》から送られた例の箱を開けて見ると、様々のいかめしい事柄が書かれていた。

毎年春秋の神楽《かぐら》奉納に、将来の繁栄の祈りを添えた入道の願文《がんもん》の数々は、なるほど、孫娘の明石女御がいずれ立后《りつこう》するというような勢いがなくては、到底果たし得ないような先々の事が記されていた。ほんの走り書きした程度の筆致でも、入道の学才を物語っていて、仏も神も聞き入れてくれるに違いない文章であるのは明白で、どうしてあのような俗を離れた山伏《やまぶし》じみた心で、こんな事を考えたのだろうと、源氏の君は感動する。その反面、身の程知らずだとも思い、一方で、しかるべき因縁によって、しばし人の姿に身をやつした前世の修行者だったのではなかろうかと想像してみると、入道を軽々しい人とは思えなかった。

今回は、住吉詣《もう》での趣旨は表沙汰《おもてざた》にはせず、ただ源氏の君の参詣として出発し、須磨《すま》・明石とい う浦伝いの暮らしで、騒々しかった時に立てた数々の願は、すべて果たしたものの、なおこの世でこうやって過ごし、各方面で栄《さか》えているのを実感すると、神のご加護《かご》は忘れ難かった。紫の上も一緒に連れて参詣したので、世の評判は並はずれたものになり、諸事を省略して、世間に迷惑をかけまいとしたにもかかわらず、准太上天皇《じゅんだいじょう》という身分の規制もあるため、稀《まれ》な趣向を凝らした参詣になってしまう。

上達部《かんだちめ》も、二人の大臣を除いて、みんな供奉《ぐぶ》し、舞人《まいびと》は衛府《えふ》の次官《すけ》たちで、容貌が美しく、背丈の同じ者のみを選んだので、選ばれなかったのを恥じて悲しみ、嘆く風流好みの者もいた。東遊《あずまあそび》や神楽を奏《そう》する陪従《ばいじゅう》も、石清水《いわしみず》や賀茂《かも》の臨時祭などで奉仕する人々のうち、それぞれの道の芸に優《すぐ》れている者ばかりを揃え、臨時の陪従の二人も、近衛府の中で名の通った者で、神楽の方も数多くの人が仕えていた。

今上帝や東宮、冷泉院付きの殿上人も、それぞれ分担を決めて従っていて、数えきれない程の華美《かび》を尽くした上達部の馬や鞍《くら》、馬副《うまぞい》、随身《ずいじん》、小舎人童《こどねりわらわ》、それ以下の舎人などまで、飾り整えた様子は、並びない素晴らしい見物《みもの》になる。

明石女御と紫の上は一両の牛車に同乗し、次の牛車には明石の君と尼君が、目立たないように乗った。女御の乳母で、女御の誕生の際、源氏の君が明石に送った宣旨《せんじ》の娘も、事情を知る者として牛車に乗った。各牛車の供をする女房の牛車は、紫の上のが五両、女御のが同じく五両、明石一行が三両あり、目にも鮮やかに飾った装束《しょうぞく》の有様は、改めて言うまでもない。

「どうせなら、明石の尼君を、老いの皺が伸びるくらいに着飾らせて参詣させましょう」と源氏の君が提案したのを、「このたびは、このように世間に広く知れ渡りましたので、そこに仰々《ぎょうぎょう》しく立ち交じるのも、体裁が悪《わろ》うございます。もし今後、東宮が即位するという晴れの世になれば、その時こそ」と明石の君が辞退した。尼君の方はもう余命も少ないため、とにもかくにも盛儀《せいぎ》を見たい一心から参詣していて、これも前世からの因縁によって、初めから栄える身分の人たちよりも、優れた運勢であるのが、明白に思い知らされる尼君の身の上だった。

十月二十日なので、神の斎垣《いがき》に這《は》う葛《くず》も、『古今和歌集』の紀貫之《きのつらゆき》の歌、**ちはやぶる神のいがきにはう葛も　秋にはあえず移ろいにけり**、のように色が変わり、松の下草の紅葉《もみじ》など、『拾遺和歌集』の、**下紅葉するをば知らで松の木の　上の緑を頼みけるかな**、や、『古今和歌集』の、**紅葉せぬときわの山は吹く風の　音にや秋を聞きわたるらん**、のように、風の音ばかりによって知るわけではない秋の風情《ふぜい》がたっぷりである。

大袈裟《おおげさ》な高麗《こま》や唐土《もろこし》の音楽よりは、東遊の耳馴れた音色《ねいろ》は、懐しくて美しく、波風の音と響きあい、あの木高《こだか》い松風に合わせて吹き立てる笛の音も、他所《よそ》で聞く調べとは違って身に沁《し》みる。琴《こと》に合わせた拍子《ひようし》も、鼓《つづみ》なしで調子を調《ととの》えており、その仰々しくない点が優雅で大層面白く、場所柄もあって、雅やかに聞こえる。

舞人たちの衣の山藍《やまあい》色に摺《す》られた竹の節《ふし》の模様が、松の緑と見間違える程で、挿頭《かざし》の花の色々は、秋の草と見分けもつかないくらいに目に映る。東遊の唄の「求子《もとめご》」の「あわれ　ちはやぶる　賀茂の社の姫小松　あわれ　姫子松　万代経《よろずよふ》とも色は変《かわ》　あわれ　色は変らじ」が終わる頃には、若い上達部は、袍《うえのきぬ》を肩から脱いで、庭に下りて、四位《しい》以上も着る黒の袍を脱いだ。

表蘇芳《すおう》、裏濃蘇芳の蘇芳襲《がさね》や、表蘇芳で裏縹《はなだ》の葡萄染《えびぞめ》の袖が、にわかに引き出され、濃い紅《くれない》の衵《あこめ》の袂《たもと》が、折からの時雨《しぐれ》にわずかに濡れている様は、ここが松原であるのを忘れさせて、紅葉が散っている錯覚がする。

全員が見応《みごた》えのある姿ばかりで、すっかり白く枯れた荻《おぎ》を高く挿頭にして、ほんの一曲舞って戻って来たのが、興に富んで名残《なごり》惜しく、源氏の君は往時が思い出され、一時、須磨で不遇の時を送った頃の有様が、ついこの頃の事のように感じられた。当時の事を忌憚《きたん》なく語り合えそうな人もいないため、須磨を訪れてくれた、あの致仕《ちし》した太政大臣を恋しく懐古《かいこ》して、尼君が乗っている二番目の牛車に、こっそり忍び込んで詠歌《えいか》する。

たれかまた心を知りて住吉の
神世《かみよ》を経たる松にこと問う

私たち以外の誰が、事情を知っていて、住吉の神世以来の年を経た松に話しかけましょうか、という感傷であり、歌が畳紙《たとうがみ》に書かれたのを目にした尼君は涙を流す。

こんな栄華を見るにつけ、あの明石の浦でもう今生《こんじょう》の別れと思った折や、女御が明石の君の腹に宿った頃の事を思い浮かべ、実に畏れ多くもかたじけない我が身の宿縁《しゅくえん》だと思う一方で、出家した入道も恋しく、いろいろと物悲しくはあるものの、できるだけ縁起の悪い言葉は使わないで、返歌する。

住《すみ》の江をいけるかいある渚《なぎさ》とは
　年経るあまも今日も知るらん

住吉の浜が生き甲斐のある渚だったと、年老いた海人《あま》も、今日になって知る事でしょう、という追憶《ついおく》で、「甲斐《かい》」と貝、「海人《あま》」と尼を掛けて、返歌が遅くなってはまずいので、ただ心に浮かんだままを詠《よ》み、心の中では次のように呟《つぶや》いた。

昔こそまず忘られね住吉の
　神のしるしを見るにつけても

昔の事が何より忘れられません、住吉の神の霊験《れいげん》をこうして見るにつけても、という感謝だった。

夜中、音楽の宴《うたげ》は尽きず、二十日の月が遥かに澄んで、海面《うみづら》が趣《おもむき》深く見渡される折に、霜が降りて松原も白くなって、肌寒い上に神々《こうごう》しさで寒気がする程である。情感も興趣《きようしゆ》も一層加わる中で、紫の上は、日頃は邸内で、折々の興ある朝夕の音楽に聞き馴れ、目馴れしつつ、六条院の門外には出かけず、ましてやこんな都の外への外出は馴れていないので、すべてが物珍しく目新しく、詠歌する。

住の江の松に夜《よ》ぶかく置く霜は
神のかけたる木綿鬘《ゆうかずら》かも

住吉の松に、夜が深い時に降り置く霜は、神が掛《か》けた木綿鬘かもしれません、という感動で、小野篁《おののたかむら》が、ひもろぎは神の心にうけつらし　比良《ひら》の山さえ木綿鬘せり、と詠んだ雪の朝を思い起こす。これも神が奉納を受けた印に他ならないと感じ、いよいよ頼もしくなると、明石女御が返歌する。

神人《かみびと》の手にとりもたる榊葉《さかきば》に
木綿《ゆう》かけ添うる深き夜の霜

神官が手にしている榊葉に、木綿が掛け添えられているような夜深い霜の色です、という感銘であり、紫の上の女房である中務《なかつかさ》の君も歌を詠む。

祝子《はふりこ》が木綿うちまがい置く霜は
げにいちしるき神のしるしか

本当に神官の持つ木綿かと見紛《みまご》う白霜は、確かに神が奉納を受けた証拠ではあります、という賛意であり、このあとも、歌が数知らず多く詠まれて、こんな折の歌は、例によって歌詠み上手《じょうず》と思っている男たちも、出来映えがよくなく、松に千歳《ちとせ》というような、ありきたりの古い歌ばかりだった。

夜がほのぼのと明けゆくにつれ、霜はいよいよ深く降りる。本方《もとかた》と末方《すえかた》の二手に分かれて交互に歌う神楽歌も、自分がどっちだったかもわからないほどに、深酔いした楽人《がくにん》たちが、顔が赤くなっているのも知らず、興にまかせ、庭の篝火《かがりび》も消えかけているのに、なおも「万歳《まんざい》、万歳」と、榊葉を何度も取っては返しして神楽歌は尽きない。

祝う御代《みよ》の将来は考えるだけでも素晴らしく、千夜《ちよ》を一夜《ひとよ》にしてしまいたいくらいの今夜も、いつの間にか明けてしまい、『伊勢《いせ》物語』の歌、**秋の夜の千夜を一夜になせりとも　言葉残りて鳥や鳴きなん**、のように、沖に返す波と競うようにして帰途につくのが、残念至極《しごく》だと若い人々は思う。

松原に、遠くまで並べ立てた多くの牛車の下簾《したすだれ》の隙間《すきま》に見える出し衣《いだぎぬ》が、風にさっと靡《なび》く様子は、常磐《ときわ》の松の木陰に花の錦《にしき》を添えたように見え、位によって袍《うえのきぬ》の色が異なる官人たちが、立派な懸盤《かけばん》を次々に取って牛車の中に手渡しているのを、下人《しもびと》が見とれてうっとりしていた。

尼君の前にも浅香《せんこう》製の折敷《おしき》に、青鈍《あおにび》色の上敷を折り畳み、精進《しょうじん》料理が提供され、それを見た人々が、「大した女の運勢だ」とそれぞれ陰口を言った。

参詣した道中は大がかりで、神社に奉納する宝物が一杯あって窮屈だったのが、帰りは荷も少ないので、あちこち物見遊山《ものみゆさん》の限りを尽くした。その様子を、山奥にはいってしまった明石入道が、見たり聞いたりできなかったのが残念ではあるものの、こんな場に立ち交じっていれば、見苦しかったに違いない。

こうした明石一族の栄えを先例にして、世の人々は、望みを高く持つようになった。万事につけ驚いては賞讃し、世の言種《ことぐさ》として「明石の尼君」を、幸い人の代表として唱えており、あの致仕太政大臣《ちじのだいじょうだいじん》邸の近江《おうみ》の君も、双六《すごろく》を打つ時のまじないとして、「明石の尼君、明石の尼君」と言いつつ、よい賽《さい》の目が出るように祈っていた。


出家した朱雀院は、仏道の修行に邁進《まいしん》して、宮中の政務には関心がなく、春秋の行幸《ぎょうこう》の折になると往時を時々思い出す中で、やはり女三の宮の事だけは放っておけなかった。源氏の君を重要な後見《うしろみ》として頼り、今上帝にも内々の配慮をするように言った女三の宮は二品《にほん》に昇進し、封戸《ふこ》も加増され、いよいよ華やかに勢いが増す。

紫の上は、このように年月を経るに従い、様々な面で優れていく女三の宮の評判に、心を痛めて、「自分の身は、唯一、源氏の君の配慮があるのみで、人には劣っていないとはいえ、余りに年を取ってしまえば、その配慮も最後にはなくなってしまうに違いない。そんなに二人の心が離れてしまわないうちに、自分から出家してしまいたい」と絶えず思うものの、源氏の君から叱《しか》られそうで気がひけ、きちんとは言えないでいた。

女三の宮に対しては、今上帝までが配慮の手を差し伸べていて、源氏の君としては疎略《そりゃく》な扱いをしているという噂が立っては困るので、夜に女三の宮の許に通う頻度《ひんど》が、紫の上と同じになってしまっていた。

これを紫の上は、やっぱりそうなったかと、心安からず思うものの、平静を装い、同じように振舞った。

東宮のすぐ下にできた妹宮を自分の許に引き取って、大切に育てて、その世話をする事で、源氏の君の訪れのない夜の寂しさを慰め、明石女御腹のどの宮も、分け隔てない可愛がりようだった。

一方、夏の町の花散里《はなちるさと》は、紫の上がこうして思い思いに孫宮たちを愛育しているのを羨ましく感じて、夕霧大将が惟光《これみつ》の娘の藤典侍《とうないしのすけ》に産ませた娘君を、切願して迎え、養育する。

大層可愛らしく、気立も年の割にはませていて、惟光の孫娘でもあるので、源氏の君も可愛がった。自分には子供が少ないと思っていたのが、こうして末広がりに、あちこちに孫が増えてくるので、今はひたすら孫たちを可愛がり、閑職の所在なさを慰めていた。

鬚黒右大臣も、六条院に参上して仕える機会が以前よりも増え、親交も深まる。北の方の玉鬘も今では三十二歳の分別盛りで、かつてのように源氏の君が好き心を抱かなくなったためか、しかるべき折には参上し、紫の上にも対面して、大層好ましい間柄になった。

女三の宮だけは、今でも相変わらず、子供っぽく、おっとりしていて、源氏の君も明石女御の事は帝に一任し、この女三の宮を幼い娘のようにして世話するようになった。

朱雀院は、今ではもう寿命がなくなってしまうような気がして、心細く、一度はもうこの世の事など思い捨てていたのに、再度女三の宮に会いたいと思うものの、仮にこの世に未練が残ってはいけないので、大袈裟にならない程度で、参上してはもらえないかと、手紙を書かれる。

受け取った源氏の君は恐縮して、「本当に、ごもっともではある。そのようなご意向を聞かされなくても、こちらから進んで参上すべきだった。ましてやこれ程待たれていたとは、実に申し訳ない事をした」と思って、女三の宮が朱雀院の許に参上するための準備にとりかかる。「しかし、何の趣向も加えないままでは申し訳ない。そのためには、どういう接待をしようか」とも考え、「今度、年を重ねて五十歳になられたのだから、若菜を調理して提供するのも名案だ」と、思い定めた。

様々な法服《ほうぶく》や、精進物の準備など、万事につけて通常とは異なる祝事なので、六条院の女君《おんなぎみ》たちの意見も取り入れながら企画し、朱雀院は昔から音楽には造詣《ぞうけい》が深かったので、舞人や楽人などを入念に選び、優秀な者ばかりを集める。鬚黒右大臣の子息二人と、夕霧大将の雲居雁《くもいのかり》腹の二人に、典侍腹ひとりを加えて三人、小さくても七歳以上の者はみな童殿上《わらわてんじょう》させ、蛍兵部卿宮の童孫王《わらわそんおう》や、その他のしかるべき親王《みこ》家の子供や、良家の子弟たちもすべて選び出した。

殿上人の公達も、容貌が優れて、同じ舞姿であっても優秀な者を選んで、幾種類もの舞の準備をさせると、准太上天皇が朱雀院の五十賀《ごじゅうのが》を開催するというので、全員が熱を入れて稽古に励み、その道の師匠や名人たちも、暇《いとま》がないほどだった。

女三の宮は、もともと琴《きん》の琴《こと》を習っていたが、若い頃に父の朱雀院と離れて暮らしていたので、朱雀院もその腕前が気がかりで、「女三の宮がこちらに来る折に、琴の音を聴いてみたいものです。いくら何でも、琴くらいはうまく弾《ひ》けるようになっているでしょう」と、陰口のようにおっしゃっているのが、帝の耳にもはいる。

「なるほど、六条院の源氏の君の手ほどきがあるはずなので、格別に上手になられているでしょう。朱雀院の前でその技量を披露《ひろう》する折に、私も行って聴きたいものです」と、帝までがおっしゃっているのが、源氏の君の耳にも届いた。

「この数年、折につけて教えてきているので、その腕前が上達しているとはいえ、まだ聴き応《ごた》えがある域にまでは達していない。何の心の準備もしないまま、参上されたついでに、朱雀院や帝に是非《ぜひ》聴きたいとご所望《しょもう》されたら、女三の宮は当惑するに違いない」と、源氏の君は気の毒がり、この頃は熱を入れて教示するようになった。

調子の異なる曲を二つ三つと、面白くて長大な大曲《だいごく》で、四季に合わせて調子を変え、気温の変化で調子を調える特別な曲ばかりを、熱心に教えた結果、初めは不安だった女三の宮も、次第に覚えるようになる。腕前が上がってきたので、源氏の君は「昼間は人の出入りが多いので、絃《げん》を揺すったり押さえたりしている時も、集中できません。毎晩、静かな時に、演奏の勘所《かんどころ》を教えたいと思います」と紫の上に言って、暇を貰い、明けても暮れても琴を教授した。

明石女御にも紫の上にも、琴は習わせておらず、この機会に、全く聴き馴れない曲を聴きたくなって、明石女御も、帝の寵愛が深いために難しい里下《さとさが》りを、短期間だけ許してもらって、退出して来る。既《すで》に皇子《おうじ》ひとりと皇女《こうじょ》ひとりがいて、今も懐妊《かいにん》五か月になり、懐妊を忌《い》む神事を口実にしての里下りであった。

神事の多い十一月が過ぎてからは、戻るようにと帝から催促があるものの、こんな折に、かくも面白い夜毎《ごと》の演奏を羨ましく感じるばかりで、どうして自分には琴を教えてくれなかったのだろうと、女御はそれが恨めしかった。

冬の夜の月に、源氏の君は人と違って興を感じる性質《たち》なので、趣のある夜の雪明かりの中で、季節に合った曲を何曲か弾きつつ、女三の宮の女房たちでこの方面のたしなみがある者には、他の琴などいろいろ弾かせては合奏する。

年末は、東の対《たい》では新春の用意で忙しく、紫の上自身も自ら世話する事も多く、「春のうららかな夕べに、これらの琴の音を聴いてみたいものです」と言い続けているうちに、年も改まった。

朱雀院の五十賀は、まず実子である帝が催す儀式が多く、かつ盛大なので、重なってはいけないと源氏の君は考え、少し日を置いて、二月十日過ぎに決め、その日に向かって楽人や舞人が六条院にやって来て、演奏が絶えない。

源氏の君は女三の宮に、「紫の上がいつも聴きたいと言っているあなたの琴の音に、あちらの女君たちの箏《そう》や琵琶《びわ》の音も合わせて、女楽《じょがく》をやってみましょう。最近の名手たちでも、この六条院の女君たちだけの演奏には及ばないでしょう。

私自身は正当な伝授はほとんど受けなかったのですが、何事も幅広く身につけようと、幼い頃から思っていたので、世評の高い音楽の師匠のすべてや、名門の家のしかるべき名人の教えも残らず習った中で、真に優れていると思われる人はいませんでした。

その当時よりも、今の若い人たちは風流ぶって、気取った感じになり、却《かえ》って浅薄《せんぱく》になっています。そんな中で尚更《なおさら》、琴を習う人がいなくなったようです。あなたの琴の音程度にさえも、弾き伝えている人はもういないのではないでしょうか」と言った。

女三の宮は無邪気に微笑《ほほえ》み、ようやく少しは認められたのだと思う一方、二十一、二の年齢にしてはやはり未熟な感じがして華奢《きゃしゃ》な体つきで、ただ可愛らしいというだけである。源氏の君は、「父君の朱雀院には、もう何年も会っておりませんので、今は成長したところを見せられるように、重々《じゅうじゅう》気をつけて対面して下さい」と、事ある毎に教え諭《さと》した。

このような世話役がいなかったら、今でも女三の宮は子供気分が抜けなかったろうと、女房たちは感心する事しきりだった。

正月二十日頃になり、空の有様も趣があり、暖かい風も吹いて庭の梅花も盛りに近づく。他の木々の花もすべて咲き始める気配があり、一面に霞《かすみ》がかっている頃、「二月になると、五十賀の準備が近づき、何かと騒がしくなるでしょう。合奏する琴の音も、予備の稽古のように世間から見なされそうです。今の静かなうちに、合奏をしてみましょうか」と言って、源氏の君は紫の上を、女三の宮がいる寝殿《しんでん》に連れて行った。

供には、女房たちが我先にと参上したがっていたが、音楽に疎《うと》い者は残して、多少年配になっていても、造詣《ぞうけい》の深い者ばかりを選んで、側に控えさせる。女童《めのわらわ》は、容貌のよい者を四人、赤色の表着《うわぎ》に、表は白、裏は赤の桜襲《さくらがさね》の汗衫《かざみ》、薄紫の織物の袙《あこめ》、糸を浮かせて織った浮紋《うきもん》の表袴《うえのはかま》は、砧《きぬた》で打って艶出《つやだ》しをしてあり、姿も舞いも優秀な者ばかりだった。

寝殿東の明石女御の居室でも、飾り付けは新春に合うように改められて斬新になり、女房たちが各自競い合って、華やかさを尽くした装束の数々は、比類《ひるい》ない美しさで、女童は、青の表着に、表は薄蘇芳《すおう》色、裏は濃い蘇芳色の蘇芳襲の汗衫、唐綾《からあや》の表袴、袙は山吹《やまぶき》色の唐の綺《き》を、同じように揃えて着ていた。

その点、明石の君付きの女童は仰々しさはなく、表は紅、裏は紫の紅梅《こうばい》襲の汗衫が二人、桜襲の汗衫が二人、いずれも青磁《せいじ》色の表着で、袙は濃い紫や淡い紫であり、やはり艶出しの模様が言いようがないくらい美しい。

一方の女三の宮の方でも、こうして集まっていると聞いて、女童の姿だけは、特に配慮をして青丹《あおに》色の表着に、表は白で裏が青の柳《やなぎ》襲の汗衫、葡萄染《えびぞめ》の袙などを着用する。格別に物珍しく好ましいと言えないまでも、やはり全体の気配は皇女らしく重厚で、気品の面では一頭地《いっとうち》を抜いていた。

一廂《ひさし》の中の襖障子《ふすましょうじ》を取り払い、あちこちに几帳《きちょう》だけを立てて境にし、中の間《ま》に源氏の君が坐るための御座所《おましどころ》が設けられている。

今日の拍子合わせの笛を吹く役には、男童《おのわらわ》たちをあてようと考えて、鬚黒右大臣の三郎君で、尚侍《かん》の君玉鬘腹の兄十歳に笙《しょう》の笛を、夕霧大将の長男で雲居雁腹の八歳に横笛を吹かせる事にして、簀子《すのこ》に控えさせた。

廂の間の内側には、女君たちの前に琴を置くための褥《しとね》を並べ、秘蔵の品を端麗《たんれい》な紺地の袋の中から取り出して、明石の君には琵琶、紫の上には和琴《わごん》、明石女御には箏の琴を、それぞれ与える。他方で女三の宮には、このような大仰《おおぎょう》な琴はまだ無理だろうと考えて、いつも弾き馴れた琴を、源氏の君が調絃して渡した。

「箏の琴は、絃が弛《ゆる》むのではないけれども、やはり他の琴と合奏しているうちに、琴柱《ことじ》を立てた位置がずれるものです。その点に留意して調律《ちょうりつ》すべきなのですが、女の力では絃を張り押さえる事は難しい。ここは夕霧左大将を招いたほうがいいでしょう。この男童の笛吹きたちは、まだ幼げで、拍子を調えるのには頼りないです」と、源氏の君は、笑い、「左大将、こちらへ」と夕霧を手招きした。

四人の女君は、夕霧に演奏を聴かれるため、緊張気味である。

明石の君以外は、どの女君も自分の大切な弟子《でし》なので、源氏の君は特に気を配り、夕霧が聴いても難点がないように、うまく演奏されるのを願う。その点では、明石女御は常日頃、帝が聴かれる時も、他の楽器との合奏に馴れているので安心である反面、和琴だけは多くの調子がないとはいえ、奏法に型がないので、女にはこなすのが一筋縄《ひとすじなわ》ではいかない。春に奏《かな》でる絃楽器はすべて合奏になるため、そのうちに調子が乱れてくるかもしれないと、源氏の君は和琴を任せた紫の上を気の毒に思う。

夕霧左大将も、今回はいつになく緊張気味で、帝の御前での仰々しく改まった試楽の催しの時以上に、今日の気遣いは並大抵ではなく、色鮮やかな直衣《のうし》に、香《こう》の染《し》み込んだ御衣《おんぞ》を重ね着し、袖にもしっかり香を薫《た》き染め、衣装を整えて参上する。

その頃には、すっかり日も暮れて、趣豊かな黄昏時《たそがれどき》の空に、梅の花が去年の古雪を思い出させるように、枝もたわわに咲き乱れ、ゆるやかに吹く風に、何とも言えない具合に匂っている、御簾《みす》の中の薫香《くんこう》が吹き混ざって、ちょうど『古今和歌集』にある、**花の香を風のたよりにたぐえてぞ　鶯《うぐいす》さそうしるべにはやる**、の歌のように、鶯を誘い出すきっかけになりそうな程、寝殿付近には妙《たえ》なる香りが漂っていた。

源氏の君は、御簾の下から箏の琴の端をわずかに出して、外側の簀子にいる夕霧左大将に向かって、「あなたのような身分の者に、こんな事を頼むのは軽率かもしれませんが、この琴の絃を調律して、音を調えて下さい。ここには他の親しくもない人がはいるわけにもいきませんから」と命じた。

夕霧が恐縮して琴を受け取る様は、配慮が行き届いており、壱越調《いちこつちょう》の音に発《はつ》の絃を調えて、すぐに調子合わせに曲を弾かないまま、控えていると、「やはりここは調子合わせに、一曲弾いてくれないと、座が白けます」と源氏の君に言われる。

「いえ、今日の演奏に立ち入るほどの技量は、生憎《あいにく》持っておりません」と言って、夕霧が固辞《こじ》すると、「そうかもしれませんが、女楽に怖気《おじけ》づいて逃げてしまったと、世間に伝わってしまうと、名誉に傷がつきます」と、源氏の君が笑いながら、尚《なお》も促《うなが》したので、夕霧は調律を終えて、調子合わせの曲を興趣一杯に弾いた。

琴を返したあと、源氏の君にとっては孫にあたる男童の君二人が、実に可愛らしい宿直《とのい》姿で、拍子合わせに吹き合わせる笛の音は、まだ幼いながらも、将来が期待されて、趣が感じられた。

琴の調律が終わって、合奏した女君たちの技量は、いずれも優劣がつけ難く、明石の君の琵琶は優れて上手で、神々しい手さばきが、澄み切った音色を響かせて、興趣は尽きない。

紫の上の和琴に源氏の君が耳を傾けると、優美で親しみのある爪音《つまおと》の中に、右手に持った琴軋《ことさき》で絃を掻く音色が、この上なく斬新であり、名手たちが大袈裟に掻き立てた曲と調子に、全くひけを取らず、華やかさも格別で、大和琴《やまと》にもこのような弾き方があったのだと瞠目《どうもく》させられて、源氏の君も安心し、紫の上がまたとないかけがえのない人だと思う事しきりであった。

明石女御の箏の琴は、他の楽器の合間にかすかに漏れるような音色のため、いかにも優雅で可愛らしい。他方、女三の宮の琴《きん》の琴は、まだ未熟な段階とはいえ、習っている最中なのに、たどたどしくはなくて、他の楽器とよく響き合い、随分《ずいぶん》上達した琴の音だと、夕霧は聴きながら感心し、拍子を取って、旋律《せんりつ》を口ずさむ。

源氏の君も時折、扇をちょっと鳴らしつつ、加える声も昔よりは趣が加わり、少し太く、重々しくなった感じがし、夕霧も声が実によいので、夜が静かになっていくにつれ、言いようのない妙なる夜の遊宴《ゆうえん》になった。

月の出が待ち遠しい頃合であり、灯籠《とうろう》を方々に掛けて、灯《ひ》をほどほどの明るさに点《とも》させる。女三の宮のいる辺りを覗《のぞ》くと、他の女君よりは一段と小柄で可愛らしく、衣装だけがあるように見え、艶《あで》やかさに欠けてはいるものの、ひとえに上品で美しい。二月二十日頃の青柳《あおやぎ》が少し枝垂《しだ》れ出した気配の中で、ちょうど『白氏文集《はくしもんじゅう》』の「楊柳枝詞《ようりゅうしし》」に、「白雪花繁くして空しく地を撲《つく》し　緑糸条弱《えだ》くして鶯にも勝《た》えず」とあるように、鶯の羽風《はかぜ》にも乱れてしまいそうにか弱く見え、桜襲の細長《ほそなが》に髪が左右からこぼれかかり、あたかも柳の糸のように見える。

こうした女三の宮が、この上ない高貴な方の様子だと思われる一方で、明石女御は、同じく優美であっても、もう少し光り輝くような美しさが加わり、物腰や雰囲気に風情と奥床しさがあり、ちょうど咲き誇る藤の花が、夏になっても咲き続けて、他に肩を並べる花のない夜明け時という心地がする。懐妊のために腹がふっくらとして気分もよくなく、箏の琴を押しやって脇息《きょうそく》に寄りかかっていると、小柄で華奢な体に比べて脇息は普通の大きさなので、背伸びしている感じがして、特に脇息を小さく作りたい程に見えた。実に痛々しい様子ではあっても、表は紅、裏は紫の紅梅襲《こうばいがさね》の表着に、髪がはらはらと美しくかかり、火影《ほかげ》に映し出されている姿は、この世のものとは思えないくらい美しい。

一方の紫の上は、葡萄染だろうか、濃い紫の小袿《こうちき》に、薄蘇芳の細長を着ていて、豊かな髪が裾までゆったりと届いている様は、こよなく美しく、体格もこれくらいが最高と思われる。辺りに匂い輝くような心地がするのは、花に喩《たと》えると桜と言えるものの、やはりそれ以上の気配が漂い、魅了される。

そうした三人の女君たちの脇にいる明石の君が、気圧《けお》されているかと言えばそうではなく、気遣いのある物腰は、こちらが気恥ずかしくなる程で、心映《こころば》えも奥床しく、どことなく上品で艶やかさに富み、柳襲で織り出し模様のある細長に、萌黄《もえぎ》だろうか、小袿を着て、正装の羅《うすもの》の裳《も》をさりげなく着ている。一歩譲って自分を卑下《ひげ》していても、その様子と配慮は心憎く、決して侮れず、高麗《こま》の青地の錦《にしき》で縁《ふち》取りをした褥に、遠慮がちにきちんと坐らず、琵琶を前に置いて、ほんの少しだけ弾きかけ、しなやかに使いこなしている撥《ばち》さばきは、音を聴くのとは別に心惹《ひ》かれるものがある。あたかも

『古今和歌集』の、五月《さつき》まつ花橘《たちばな》の香をかげば　昔の人の袖の香ぞする、のように、五月待つ花橘を、花も実も一緒に折り取った時の匂いが思い起こされた。

　四人の女君たちが、緊張しながら演奏するのを聴いた夕霧大将は、御簾の中を見たくなる。紫の上の、以前見た時よりも一層美しくなっているに違いない姿を見たくなって、居ても立ってもいられない。

「女三の宮は、もう少し宿縁が深ければ、自分の妻にできたのに、決心がつかなかったのが悔《く》やまれる。朱雀院はたびたびそうした意向を示され、内輪の話でもそうなっていたのに」と夕霧は口惜しく思うものの、少しばかり深みに欠ける女三の宮の様子が窺《うかが》われて、侮るわけでもないが、心は動かない。他方で紫の上については、どんなに背伸びしても手の届かない方であり、そのままに長年を打ち過ごし、今は何とかして自分の慕《した》う心だけは、素略であってもいいので、見せたいものの、それも叶《かな》わず残念至極である。求愛などというあるまじき心は全く抱いておらず、実によく身を処していた。

　夜が更《ふ》けていく気配は冷やかで、十九日の臥待《ふしまち》の月がかすかに出ているのを見て、源氏の君が夕霧に向かって、「春の朧月夜《おぼろづきよ》は、じれったいものです。秋の情緒《じょうちょ》は、このような楽器の音色に虫の声が重なって聞こえるので、通常とは異なって、この上なく響きが増すように感じるのですが」と言うと、「確かに、秋の夜の曇りもない月明かりの下では、すべてが見通せて、琴笛《ことふえ》の音色も実に澄んで聞こえます。しかし、ことさら作り合わせたような空の景色や、花の露にしても、種々に目移りがして気が散り、興趣にも限度が生じます。

　それに対して、春の空のぼんやりとした霞の間から、朧な月の光が覗き、静かに笛を吹き合わせた趣には、秋は勝てません。笛の音もしっとりとして、妙に澄み切る事はありません。『詩経《しきょう》』の中で昔の人が、女は春に趣を感じると言い残しているのは、まさにその通りです。楽の音が、程良く調和するのは、このような春の夕暮れこそが格別です」と夕霧が反論する。

源氏の君も引き下がらず、「いや、この春秋の優劣談義は、昔から人が決めかねずにいるもので、世の末の劣った者が明らかにする事はできません。音楽の調子や曲も、呂《りょ》を第一、律《りつ》を第二にしているので、春がふさわしいのかもしれません」と、最後には夕霧に賛同する。そして、「このところ、音楽に精通した有名な人々を招き、帝の御前でたびたび演奏させておられますが、本当に優秀な人は、数少なくなっているようです。自分こそは名人だと思っている人も、大したものは身につけていないのではないでしょうか。その人たちが、さして技を極めていないこの六条院の女君たちに立ち交じって弾いたとしても、際立った手並になるとは思えません。

長年このように隠居じみた暮らしをしていると、耳も少しは鈍《にぶ》くなっているようで、それが残念です。この六条院は、学問や芸事でも、不思議と習い甲斐があって、他所《よそ》よりは優れた場所になっています。帝の御前の管絃《かんげん》の遊びに、一流の奏者に選ばれる人たちの誰それと、こちらの女君を比べてみたらどうでしょう」と提案した。

「そこです。実はそれを言おうと思っていました」と夕霧が応じて、「音楽に造詣が深くもない私が、知ったかぶりをするのもよくないと黙っていたのです。昔のよき時代の音楽を聴いていないからでしょうか、柏木衛門督《かしわぎえもんのかみ》の和琴《わごん》、蛍兵部卿宮《ほたるひょうぶきょう》の琵琶が、この頃では数少ない名手の例にされています。なるほど比類ないお二人ですが、今宵《こよい》耳にした数々の音色には、みんな等しく驚かされました。

やはりこれも、表立った遊びではないと心を緩《ゆる》めていただけに、心が動揺したのでしょうか。私の唱歌など、何ともやりづらいものがありました。和琴は、あの致仕太政《ちじのだいじょう》大臣くらいが、この折にふさわしく、工夫を凝らして音色を意のままに操られるのが、格別ではございます。和琴というのは難しい楽器ですが、今宵の紫の上の演奏は、実に立派なものでした」と紫の上を賞讃する。

「そんな大袈裟な腕前ではないのに、大真面目な批評をされますね」と、源氏の君は満足げに微笑《びしょう》しつつ、「とはいっても、悪くはない弟子たちです。特に明石の君の琵琶は、私が師ではないので口出しはできかねますが、やはり音色が以前にも増して良くなっています。思いもよらない明石の地で聴き始めた時は、珍しい音色だと感じたのですが、当時よりは格段に腕を上げているようです」と、源氏の君が自分の手柄のように自慢した。

女房たちが突《つつ》き合って苦笑しているのをよそに、源氏の君は尚も持論を披瀝《ひれき》して、「万事、その道毎に学ぶとなると、芸事はいずれも際限がないのが思い知られ、自分でも納得のいくまで習い覚えるのは至難の業です。とはいえ、奥義《おうぎ》を極めた人など、今の世の中にはほとんどいないので、その一部をよく習得した人は、それはそれで満足してもいいでしょう。

しかし琴《きん》の琴だけは、扱いが難しく手を出しにくい楽器でした。この琴は、本当に定石《じょうせき》通りに学習した昔の人は、『詩経』の「大序《だいじょ》」や『古今和歌集』の「真名序《まなじょ》」にあるように、天地《あめつち》を揺るがし、鬼神《おにがみ》の心を和《やわ》らげ、すべての楽器の音がこの琴の音に従って、悲しみ深い者も喜び、卑賤《ひせん》な貧者《ひんじゃ》も高貴な身分になり、宝物に恵まれ、世に認められる類《たぐい》の者が多くいます。

我が国に琴の琴が伝えられるまでは、深くこの奏法《そうほう》を会得《えとく》した人は、多くの年月を外《と》つ国《くに》で過ごし、身を放げうって、この琴を学び取ろうとしてさすらい、それでも学び取るのは難しかったのです。

知っての通り、この琴には空の月星を動かしたり、季節はずれの霜雪《しもゆき》を降らせたり、雲や雷《いかずち》を騒がせた例が、昔の世にはあったようです。このように限りなく妙なる楽器なので、奏法をそのまま習得する人は稀であり、ましてや今は末世《まっせ》だからでしょうか。廃《すた》れてしまって、昔の奏法の一端さえ、どこにも残っていません。

それでもやはり、あの鬼神さえもが耳を傾け、じっと聴き入る程の楽器だからでしょうか、中途半端に学んで思いが叶わなかった類例があってからは、この琴を弾く人には禍《わざわい》が起きるという非難が起こり、敬遠されて、今ではほとんど弾き伝えている人はいないと聞いています。これは実に残念至極です。

『文選《もんぜん》』の「琴賦《きんのふ》」に、「楽器の中　琴の徳最も優なり」と書かれているように、琴の音以外では一体どの絃楽器で音律《おんりつ》を調える事ができましょうか。確かに万事衰えていくこの世の中で、『宇津保《うつほ》物語』の俊蔭《としかげ》のように、ひとり国を出て、志《こころざし》を立て、唐土《もろこし》、高麗と漂泊して歩き、ついに親子が離れ離れになるというのでは、世間のひねくれ者になってしまいます。

とはいっても、ひと通りくらいは、この琴の芸道に通じる一端を知っておくべきでしょう。調べひとつを弾きこなすだけでも、一苦労するようです。ましてや多くの調べになると、面倒な曲ばかりで、私が心を入れて熱中していた頃、我が国に伝来しているあらゆる譜《ふ》をすべて集め、見比べ、ついには師とするべき人もいなくなるまで、学び尽くしましたが、それでも昔の人の腕には敵《かな》わないでしょう。まして自分のあとになると、伝授できそうな子孫もいないので、淋《さび》しい限りです」と言うのを聞いて、夕霧大将も残念かつ恥じ入る思いでいる。

源氏の君は、「明石女御腹の皇子たちの中に、私の理想通りに成長する者がいれば、その時には、とはいえ私がそれまで生きていればの話ですが、大した事のない奏法のすべてを伝授しましょう。二の宮はその点、今から見込みがあるように見えます」と言うのを、明石の君は大変名誉な事だと、涙ぐみながら聞いていた。

明石女御は、箏《そう》の琴を紫の上に譲り、物にもたれて横になったため、紫の上は自分の和琴《わごん》を源氏の君の前に差し出し、その後は打ち解けた遊びになって、催馬楽《さいばら》の「葛城《かつらぎ》」を演奏する様は、華やかで賑々《にぎにぎ》しかった。

〽葛城の寺の前なるや
豊浦《とよら》の寺の西なるや
榎葉井《えのはい》に白玉《しらたま》しづくや
真白玉《ましらたま》しづく
おしとんどおしとんど
しかしては国ぞ栄えんや
我家《わいえら》等ぞ富みせん
おしとんどおしとんど
おしとんどおしとんど

源氏の君が繰り返し謡《うた》う声は、比類ないくらい心地良く、雅やかで、月が少しずつ空高くなるにつれ、花の色も香も一段と鮮やかさを増し、実に心憎いまでの時刻になる。

箏の琴は、明石女御の爪音が大層可愛らしく親しみがあり、母君である明石の君の影響もあって、左指で絃を揺り動かす揺《ゆ》の音《ね》が深く澄み渡って聴こえると、紫の上の手さばきはまた様変わりする。ゆったりと優雅で、聴く人の心を動かし、気もそぞろになる程に趣があり、閑掻《しずがき》と早掻《はやがき》を併用する手法など、すべてが誠に才気に満ちた音色である。

呂の旋律から律の旋律に調子が変わり、律の調子合わせの曲の数々は、今様《いまよう》に親しみやすく、その中で女三の宮の琴の琴は、胡笳《こか》の調べという数多くの奏法のうち、必ずや慎重に弾くべき五六のはらを、実に快《こころよ》い澄んだ音色で奏でる。全く稚拙《ちせつ》な点などなく、よく澄んで聴こえ、春秋、どの季節にも合う調べで、今の時節に通わせながら弾く心遣いは、源氏の君の教えをよく守り、心得た感じなので、源氏の君は満足し、面目《めんぼく》が立ったと思う。

鬚黒《ひげくろ》右大臣の三男と、夕霧左大将の長男が吹く笛は、ひたすら心がこめられていて、源氏の君は可愛らしいと思いながらも、「眠たいはずであり、今宵の宴《うたげ》は長くならないように短時間で終えようと思っていたのに、楽《がく》の音《ね》がどれも素晴らしく、途中ではやめられず、どれがいいかを聞き分けるすべもないまま、ぐずぐずしているうちに夜も更けてしまいました。迂闊《うかつ》でした」と言う。笙の笛を吹く鬚黒右大臣の三男に、盃《さかずき》を取らせ、衣を脱いで被《かず》ける一方、横笛を吹いた夕霧の長男には、紫の上から模様を織り出した細長と袴などが、大袈裟にならない程度に下賜《かし》された。

夕霧左大将には、女三の宮から盃が差し出され、女三の宮の装束一式も被けられたのを、源氏の君は遺憾《いかん》に思い、「これは異な事、まずは琴の琴を教えた師匠の私を、第一に扱って下さらないと、困ります」と言う。几帳の脇から、女三の宮付きの女房が笛を差し出したのを、源氏の君は受け取り、にんまりとして眺めると、見事な高麗笛であり、少し吹き鳴らす。

ちょうどみんなが退出している最中で、夕霧左大将も足を止め、息子が持っていた笛を手に取って、実に優雅に吹き立てた音色が、辺りに美しく響き渡った。夕霧を始めとして女君たちもみんな、自分の芸風を受け継いで、比類ないくらいに上手であるのを、源氏の君はこれはひとえに、我が才芸の賜物《たまもの》であるのを思い知らされた。

夕霧左大将は、子供たちを牛車に乗せ、月の澄み渡る中を退出しての道すがら、箏の奏者が紫の上に代わって、一段と聞き応えが増した音色がまだ耳に残っていて、恋しさが募る。自分の北の方の雲居雁《くもいのかり》は、亡き大宮《おおみや》に教わっていたが、まだ心を入れて習う前に、大宮の許を離れざるを得なかったため、熟練には至らず、夕霧の前では恥じ入って全く弾かない。

とはいえ何事もただ大らかに、子供たちの世話を次々にするのに忙しく、風情は欠けているとはいえ、腹を立てたり、嫉妬《しっと》したりする点では、愛敬《あいきょう》があって可愛らしい人柄ではあった。

源氏の君は東の対《たい》に移り、一方の紫の上は寝殿に残って女三の宮と歓談してから、夜明け前に東の対に戻る。日が高くなるまで寝たあと、「女三の宮の琴の音《ね》は、まあまあの出来映えでしたが、どう聴きましたか」と、源氏の君から問われて、「初めの頃、あちらでちょっと聴いた時は、どうかと思いましたが、とても上手になられました。それも当然でしょう。他の事はそっちのけで教えられたのですから」と答える。

「そうなのです。手に手を取って教えたのですから、私もまんざらでもない師匠です。六条院の他の女君たちには、面倒で誰にも教えなかったのですが、朱雀院や今上帝も、琴だけは源氏の君に教えてもらえるだろうと、言われていると聞いたのがきっかけです。これはいかんと反省して、面倒ながらもこれだけは教えて、せめてもの後見人《うしろみ》としての証《あかし》にしようと思ったのです」と源氏の君は言う。

さらに、「昔、あなたが年端《としは》も行かない時に世話するようになりましたが、その折は暇が余りなく、ゆっくりと特別に教えないままに打ち過ぎました。近頃になっても何となく次々に用事ができて、あなたの和琴の音をしっかり聴く事もできませんでした。しかし昨夜の出来映えは素晴らしく、私も面目を施《ほどこ》し、あの夕霧大将も、耳を傾けてひどく驚いた様子であったのは、嬉しい限りでした」と満足そうだった。

紫の上は音楽だけにとどまらず、今は年配の者として、明石女御の子供たちを世話をする様子も申し分なく、万事につけ手抜かりはなかった。このように芸事と暮らしぶりの両面で優れている人など、滅多にいないと源氏の君は思う反面、完璧《かんぺき》な人間は長生きできないという例《ためし》もあると、忌々しい思いにかられる。実際、これまで接して来た女たちを振り返っても、紫の上のように各方面で欠点のない人などおらず、それを考えると一抹《いちまつ》の不安を感じざるを得ない。

そういえば紫の上は、今年三十七の重厄《じゅうやく》の年であり、あの藤壺宮が没したのも三十七の時だったので、これまで過ごして来た歳月を、しみじみと思い起こしたついでに、紫の上に、「しかるべき祈《き》禱《とう》などを、いつもより入念にして、今年は慎重に過ごした方がいいでしょう。私は宮中の雑事で忙しく、気がつかない事もあるでしょうし、ここは御自分で判断され、もし大がかりな仏事をされるのなら、私の方でさせます。あなたの祖母の尼君の兄である北山《きたやま》の僧都《そうず》が亡くなられたのは、何とも残念です。近親者としてではなく、一般の仏事を依頼しても、実に効験《こうけん》豊かな人でしたのに」と言う。

そのうえ自分の生い立ちにも言及して、「私自身は、幼い頃から人と違って、父の桐壺帝から仰々しく育てられ、今は准太上天皇《じゅんだいじょう》として世の評判と生活も、過去に例がないほど栄えてはいます。しかし一方で、世にも稀なほど、悲しい目に遭《あ》ったのも、人一倍でした。

まず第一に、私を大切にしてくれた母君や祖母君、父の桐壺院に次々と先立たれ、取り残されたあとにも、悲しい事が打ち続き、不条理な事にも頭を突っ込んで、悩みは尽きず、思い通りには行かない身の上になりました。その代わりなのか、考えていた以上に長く生きています。

それに比べ、あなたの身の上は、あの二年半の須磨《すま》への別れ以外は、あれこれ心を乱すほどの悩み事はなかったと思われます。后でも、それ以下の高貴な人でも、みんな気が安まらない悩みはついて回ります。宮仕えも気苦労が多く、人と競い合うのも気疲れがするもので、親の許での深窓《しんそう》の姫君同然に過ごして来た、あなたのような気楽さはありません。その点では、人よりも幸せな宿世である事はわかっているでしょうね。

思いがけず、そこへ女三の宮が降嫁《こうか》したのは、やはり悩みの種かもしれません。しかし私のあなたへの愛情は、以前にも増して深まるばかりです。それに気づいていないかもしれませんが、あなたはものの道理をわきまえている人ですから、わかっているとは思います」と言うと、紫の上は、「おっしゃる通り、頼る者のないわたくしの身には、過分な扱いだと世間では思われていましょうが、心の内では耐え難い悩みがついて回っているようで、それだからこそ仏に祈りたくなっております」と答える。

まだ多くを言い残している様子は、どこか毅然《きぜん》としていて、「実際、もう先が短いような気がして、今年を素知《そし》らぬ顔で過ごすのは、とても不安です。以前にも申し上げた出家を、どうかお許し下さい」と哀願すると、源氏の君は、「それはいけません。あなたに出家されたあとの俗世に残された私は、一体どうなりますか。ただこうして何となく過ぎていく年月ではありますが、明け暮れ一緒にいられる嬉しさこそが、この上ない幸せなのです。私があなたを思う心の深さが、どれ程のものか、今後もどうか見届けて下さい」と言う。

紫の上はいつもの事だと不満顔であり、つい涙ぐんでしまっている様子に、源氏の君は胸打たれて、いろいろ話しかけて、気を紛らしてやるつもりで、「それ程多くはないのですが、女の有様がそれぞれにつまらないものではないと見知っていくにつれ、本来の心映えが穏やかで落ち着いている人は、滅多にいないと思うようになりました。

夕霧大将の母である葵《あおい》の上を、若い頃に妻に迎え、大切な方として扱っていたのですが、いつも仲《なか》違《たが》いして、隔て心があるままに終わったのが、今思うと気の毒で悔やまれます。しかし自分の過失だけではなかったと、内心では思っています。葵の上は毅然として重々しく、どこが不満というのでもありませんでした。しかし打ち解けた面がなく、真面目一方で、立派過ぎたと言うべきだったでしょう。立派な点では頼もしく、実際の生活では堅苦しい人でした。

秋好《あきこのむ》宮の母である御息所《みやすどころ》は、実にたしなみが深く、優雅な人の例として、まず思い起こされます。しかし気難しい面があり、気安いつきあいはできない人でした。深く思い詰める性質《たち》なので、確かに恨んでも仕方ないという事柄ではあるものの、それを、いつまでも執念深く怨《うら》み続けていたのが、私としては辛かったのです。気を許す事ができず、二人で朝夕睦み合うにも気が張り、少しでも気を緩めると軽蔑《けいべつ》される気がして、上《うわ》べを取り繕《つくろ》っているうちに、疎遠《そえん》になった仲でした。

私とのつきあいで浮名《うきな》が立ったのを嘆いて、大変思い詰めていたのが、気の毒ではあり、あの方の人柄を考えると、罪は私の方にある気がします。その償《つぐな》いとして、娘を養女にして格別に引き立てて、世間の批判や人の恨みをよそに、こうして世話をしているのを見て、あの世できっと見直して下さっているはずです。今も昔も、放縦《ほうじゅう》な気まぐれから、申し訳ない事や悔やまれる事を、多くしでかしました」と言う。

重ねてこれまで関わった女について、少しずつ語って聞かせて、「明石女御の母の明石の君は、そんなに高い身分ではないので軽く考えて、気楽なつきあいをしたのですが、それでも心の底はなかなか見通せない、限りなく奥深い人です。表向きはへり下って、おっとりした感じに見えるとはいえ、その下には打ち解け難いものがあり、何となくこちらが気圧《けお》されて恥ずかしくなります」と言う。

「他の方は会った事がないのでわかりませんが、この明石の君は、まともにではないけれども自然に接する機会があり、本当に打ち解けにくく、気後《きおく》れがする程、立派な面がはっきりしていて、わたくしの底浅い心をどう見ているのだろうと、気が引けます。その点、明石女御は、そんな軽々しいわたくしを許して下さるだろうと思っています」と答える紫の上の言葉に、源氏の君は、あれ程憎らしいと思っていたはずの明石の君を、今はこうやって許し、顔を合わせたりしているのも、明石女御を思う真心《まごころ》ゆえなのだと思い、こうした事は稀だと感じ入る。

「いいえ、あなたこそ、嫌だと思う点はあっても、それを表に出さず、人と事柄によって、二通りの配慮を使い分けています。これまで多くの人を見て来ましたが、あなたのような人はいませんでした。ただ、それがちょっと顔に出てはしまいますが」と苦笑しながら言って、「女三の宮に、琴をよく弾いて下さった礼を言って参ります」と言い置いて、夕方になって源氏の君が女三の宮の所に赴く。

女三の宮は自分に隔て心を持っている人がいるとは思わないまま、ひどく子供じみた様子で、ひたすら琴に熱中していたので、源氏の君は、「もう今は、私に暇を出して休んで下さい。なべて師匠は喜ばせておくべきです。大変苦しかった稽古の日々の甲斐があって、もう安心できる腕前です」と声をかけ、琴を押しやって、共に御張台《みちょうだい》にはいった。

紫の上は源氏の君の訪《おとな》いがない夜は、遅くまで起きて、女房たちに物語を読ませて聞き入り、「男女の仲を例にして語り集めた昔の物語でも、浮気男や色好みの男、二心《ふたごころ》ある男に関わった女など、そんな話を集めているようだ。しかし結局は『古今和歌集』の、**大幣《おおぬさ》と名にこそ立てれ流れても つひに寄る瀬はありといふものを**、というように、男はひとりの女に収まっているのが普通なのに、自分は、不思議に浮いたままで漂っている。源氏の君が言うように、他の人より優れた宿世にある身の上なのに、他人には耐えられないような、満たされない悩みが消えないまま人生を終えてしまいそうだ。何と味気《あじけ》ない身の上だろうか」と思い続ける。

夜が更けてから寝て、夜明け前から胸を病《や》んでしまい、女房たちが看病して、「源氏の君に知らせましょう」と言うのを制して、「とんでもない事です」と言い、耐え難い苦痛を耐えながら、ひと夜を明かす。体に熱があり、気分の悪さも続き、源氏の君が戻って来ない間、そうした事態を知らせずにいると、明石女御から便りがあった。

女房たちが「病気におなりです」と伝えたところ、驚き、女御から源氏の君に知らせが行き、源氏の君が胸塞がれるまま東の対に戻ってみると、紫の上はひどく苦しそうである。「どんな心地ですか」と尋ねて、褥《しとね》の下に手をいれると、ひどく熱がある。昨日口にした厄年《やくどし》が頭に浮かび、恐れおののき、出された朝食には目もくれずに、一日中、紫の上に付き添い、看病をしては嘆いた。

紫の上は、ちょっとした果物さえも口にする気がせず、全く起き上がれないまま数日が過ぎたため、源氏の君はどうなる事かと胸騒ぎを覚えて、祈禱などを際限なく始め、僧を招いて加持《かじ》もさせる。紫の上ははっきりとどこが悪いというわけでもなく、ひどく苦しみ、時々胸の発作に見舞われ、苦しんでいる様子は、いかにも耐え難いようで、様々な物忌《ものい》みをやれるだけやっても、効験は現れず、重病に見えても、自然と回復する兆候《ちょうこう》があれば期待が持てるのだが、それもない。

これは心細くて悲しい事態だと、源氏の君は憂《うれ》えて、他の事など考えつかないままに、朱雀院の五十賀の騒ぎも、鳴りをひそめてしまい、紫の上が患《わずら》っている様子を聞いた朱雀院からも、丁重《ていちょう》な見舞が幾度となく届けられた。

全く病状が変わらないうちに二月も過ぎ、源氏の君は言い様もなく悲嘆に暮れ、試しに場所を変えたらどうだろうかと思って、紫の上を六条院から、かつて十七年間暮らした二条院に移すと、六条院は揺れるような騒ぎになり、思い嘆く人が大勢いて、事を聞いた冷泉院《れいぜい》も心配される。紫の上が亡くなれば、源氏の君が出家の志を遂《と》げるに違いないと、夕霧大将も考え、必死で看病をし、通常の加持祈禱は言うまでもなく、これはと思う御修法《みしほ》も特別にさせた。

紫の上は少しでも意識がはっきりした時には、「出家を許して下さらないのですか」と源氏の君を恨めしく思い、一方の源氏の君は、目の前で紫の上が出家する姿を見るほうが、片時も耐え難く、惜しまれて悲しいだろうから、「昔から私の方こそ出家の志が強いのだが、あとに残されたあなたが、寂しいと思うのが可哀想《かわいそう》で、これまで思い留《とど》まってきたのに、逆にあなたが私を見捨てるのですか」と紫の上に恨みがましく言っている間に、本当に望み薄のように弱ってくる。

紫の上は、もうこれまでというように見える時が頻繁《ひんぱん》になってきたので、源氏の君はどうしたものかとしきりに悩み、女三の宮のいる六条院には全く足を向けず、琴の類《たぐい》も目障《めざわ》りで、すべて片付けさせた。六条院にいる人々も、ほとんど全員が二条院に参集したため、六条院の寝殿は火が消えたようになり、ただ女三の宮と侍女《じじょ》たちが残るのみとなって、あのかつての賑《にぎ》わいぶりは、紫の上がいたからだったと思われた。

明石女御も二条院に来て、源氏の君と共に看病に努めると、「懐妊されて普通でないお体ですので、物の怪《け》などが取り憑《つ》いては、恐ろしい事になります。早く宮中に帰って下さい」と紫の上は苦しい心地の中でも言う。そして女御の子女が実に可愛らしく育っているのを見て、涙にくれ、「成長するのを見る事ができなくなってしまいました。きっとわたくしを忘れてしまうでしょうね」と嘆く。

明石女御も涙をこらえきれずに、悲しむ事しきりなので、源氏の君は、「不吉な事は考えないで下さい。いくら何でも、そんなに病は重くありません。ここは気の持ちようで、どうにでもなります。度量の広い人には幸いが訪れ、狭い料簡《りようけん》の人は、しかるべき高い身分になっても、満足な境遇《きようぐう》にはならず、性急な人はその地位に長く留まれず、心穏やかで暢気《のんき》な人は、長生きする例が多いものです」と励ます。神仏にも、紫の上の心遣いが立派で、罪障《ざいしよう》の軽い事を申し上げ、明らかに知らせる。

御修法の阿闍梨《あじやり》たちや、夜居《よい》の僧、近くに控えている高僧たちは、かくも思い惑《まど》っている源氏の君の様子を聞いて、気の毒がり、心を奮《ふる》い立たせて祈禱を続けた。

紫の上は、少し快方に向かっているように見える時が、五、六回続くと、その後再び病状が重くなる事があり、この繰り返しで月日が過ぎるので、「一体どうなるのだろうか。治らない病気だろうか」と源氏の君は思い嘆く。物の怪などが名乗り出る日もなく、紫の上の病状は原因もはっきりしないまま、ただ日が経つにつれて弱々しくなるように見えるので、源氏の君は実に悲しく辛い事だと思い、気の休まる時もなかった。

その頃、柏木衛門督《かしわぎえもんのかみ》は中納言に昇進していて、今上帝の信頼が厚く、今を時めく人であり、声望が高まるにつれ、願いの叶わない辛さを嘆いていた。あの女三の宮の姉君の二の宮を妻に迎えたものの、身分の低い更衣《こうい》腹に生まれた方だったので、多少なりとも軽く見がちであった。

この女二の宮は、人柄も普通よりは特に気品があったにもかかわらず、柏木は昔から心に慕《した》っていた女三の宮への思いが深く、女二の宮ではどうしても心が慰められず、人目に咎《とが》められない程度に、大切に扱ってはいたが、今尚《いまなお》、女三の宮への秘めた思いを断ち切れない。

相談相手は小侍従《こじじゅう》で、女三の宮の侍従の乳母《めのと》の娘であった。その乳母の姉が柏木の乳母だったから、早くから女三の宮の噂を身近に聞いていて、まだ女三の宮が幼い時から、その美しさと、朱雀《すざく》院が大切に育てている様を聞いて、恋心を抱くようになったのだった。

こうして、源氏の君が六条院を離れている折、柏木衛門督は六条院が人少なくなっているだろうと思い、しきりに小侍従を呼び出しては、熱心に語りかけ、「昔からこのように命を懸けて思い詰めています。あなたとは親しい間柄だったので、常日頃、女三の宮の様子を伝え聞いて、恋心が募ったのです。この耐え難い思いをいつかは耳に入れてもらえる、これは頼み甲斐があると期待していたのに、その結果が出ず、実に情けないです。

朱雀院も、源氏の君がこんなに多くの女君に情けをかけ、女三の宮も紫の上に圧《お》しのけられて、夜《よ》な夜《よ》な独り寝が多くて寂しげだと、人が奏上するのを聞き、少し後悔されたご様子です。どうせなら、同じ臣下を夫にするのであれば、もっと真面目に仕える人を選ぶべきだったと、おっしゃっています。

逆に女二の宮と私が、安心できる夫婦仲で、このまま末長く暮らしていけるようだと安堵されていると聞き及んで、私は気の毒かつ残念に思われてなりません。なるほど、女二の宮は女三の宮と同じ血筋と思って引き受けました。しかしやはり、女三の宮の代わりにはなりません」と嘆息する。

小侍従が、「まあ、何という身の程知らずの事を言われるのですか。女二の宮を差し置いて、何と大それた事を考えておられるのですか」と応じたので、柏木は改めて、「確かにその通りですが、私がかたじけなくも女三の宮を望んだ事は、朱雀院も今上帝も知っておられ、どうして柏木を婿《むこ》として悪かろうはずもないと、何かの折に言われました。あの時今少し、朱雀院のお情けがあったらよかったのに」と言う。

小侍従は、「全く無理なお望みです。女三の宮と源氏の君は、前世からの宿縁がある上に、源氏の君が朱雀院から熱心に願い出された事なのです。あなたに、あの方と肩を並べて競い、邪魔をするだけの声望があると、思っておられるのですか。この頃は、多少貫禄がつき、御衣《おんぞ》の色も四位《しい》の深緋《ふかひ》から三位《さんみ》の浅紫《あさむらさき》になられたようですが」と、早口で手厳しく言う。

柏木は反論できずに、「もうよい、過ぎた事は言うまい。ただこうした恰好《かっこう》の機会に、女三の宮の側近くで、私が心の内で思っている事の一端を、申し上げる機会を見繕《みつくろ》って下さい。大それた心など、微塵《みじん》もありません。まあ、見ていて下さい。本当に恐ろしいので、そんな事ができましょうか」と言うと、小侍従は口を尖《とが》らせて、「これ以上の身分不相応《ふそうおう》の心はありますまい。全くもって、恐ろしい事を思い付かれたものです。わたしは一体何のために、ここにやって来たのでしょう」と難詰する。

「何と耳痛い事を大仰に言うのですか。男女の縁は本当にわからないもので、女御でも后でも、何かの事情から、他の男に心を寄せた例もないわけでもありません。まして女三の宮は、本当に立派なお方なので、内々には心寂しい事も多いはずです。朱雀院が、多くの兄弟姉妹の中で、比類なく大切に育てられたのに、身分の差のある他の女君たちの中に立ち交じり、不愉快に思っておられるはずです。この点はよく耳にしています。世の中は全く無常なのですから、身分不相応などと決めつけて、無愛想《ぶあいそう》にすげなく言わないで下さい」と柏木が弁明する。

対して小侍従が、「女三の宮が、他の人たち以下の扱いをされておられるからといって、今更、別のよりよい結婚をするのは不可能でしょう。このご夫婦は、普通の夫婦仲ではありません。女三の宮が後見もなくて、頼りない暮らしをするよりはと、親代わりとして朱雀院が源氏の君に預けられたのです。女三の宮も源氏の君も、互いにそこのところはご了解ずみでしょう。余りに筋違いな悪口を言われるものではございません」と、最後には腹を立ててしまった。

柏木はなだめすかして、「本当に世に類がない程立派な源氏の君の姿を、見馴《みな》れておられる女三の宮に、物の数にもはいらない私のみすぼらしい姿を、親しく見ていただこうとは、全く思っていません。ただひと言、御簾や几帳を隔てて話をさせていただくだけなら、何ひとつ、女三の宮の身の汚《けが》れにもなりますまい。仏や神に自分の願いを申し上げるのは、罪な事でしょうか」と、それほどの誓いを神仏に立てている事を口にした。

当初はとんでもない事と突っぱねていた小侍従は、元来思慮浅い女房なだけに、柏木が命に代えてでもと熱心に言うので、断りにくくなり、「もし適当な機会があれば、手引きいたしましょう。源氏の君がみえない夜は、御帳台の周囲に女房が多く仕えており、女三の宮の御座所《おましどころ》の近くにも、必ず、しかるべき人がついています。どんな折に好機がありましょうか」と、小侍従は困惑顔で帰って行った。

柏木から、どうなったかと毎日責められた小侍従は、困り果て、適当な機会をやっと見つけて、柏木に文《ふみ》を送ったので、柏木は嬉々《きき》として、人目につかないように姿をやつして、そっと参上する。

実に我ながらけしからぬ事と思われる行為であり、女三の宮に近寄って、却《かえ》って心の乱れが増すとは思いもしない。ただほんの少し御衣《おんぞ》の端を一瞥《いちべつ》した春の夕べの、いつまでも思い出される姿を、わずかでも近くで見て、意中を申し上げれば、ひと言でも返事を下さり、情けをかけて下さるかもしれない、と思った。

四月十日過ぎであり、賀茂祭《かものまつり》の御禊《みそぎ》を明日に控え、六条院では斎院《さいいん》に仕える女房が十二人、特に身分の高いわけではない若い女房や童女《わらわめ》たちが、おのおの晴れ着を縫《ぬ》ったり、化粧をしており、見物をしようと準備する者もいて、それぞれ忙しそうにしていた。女三の宮の御前はひっそりとして、人の少ない時分であり、女三の宮に仕える按察使《あぜち》の君も、時々通って来る源中将《みなもとのちゅうじょう》が、無理に呼び出したので、局《つぼね》に下がる。ただこの小侍従のみが女三の宮の近くにいたため、絶好の機会だと思った小侍従は、あろう事か、柏木をそっと御帳台の東面《ひがしおもて》の御座所《おましどころ》の端に坐らせた。

女三の宮はいつものように寝ていたが、近くに男の気配がするので、源氏の君が来たのかと思っていると、男は身を縮めながらも、女三の宮を御帳台の台座に抱き下ろしたため、女三の宮は物の怪に襲われたかと思い、必死で目を開けて見ると、源氏の君とは別人である。さらに奇妙な聞き知らぬ事を口にしたので、驚いて恐ろしくなり、人を呼んだものの、近くには誰もおらず、聞きつけてやって来る者もない。

わなわなと体と震《ふる》わせ、水のように汗も流し動転している様が、柏木にとってはいじらしくも可愛く、「物の数にもはいらない者でございますが、これほど厭《いと》われるとは思いもしませんでした。昔より、身の程知らずの恋心がありましたが、このまま心の中に留めて、朽《く》ち果てさせる手もあったのに、なまじっか意中を朱雀院に漏らしたところ、朱雀院も聞き入れられ、まんざらでもないと言われ、一縷《いちる》の望みを抱いたのでございます。

源氏の君に比べて、私の身分がひと際《きわ》劣っているがゆえに、誰よりも深いあなた様への愛を、無駄にしたのが無念至極であり、あなた様が六条院にはいられてもう駄目だと思い定めたものの、骨の髄《ずい》まで沁みついた愛は、年月が経つにつれ、残念でもあり、情けなく、気味悪く、様々に深くなるばかりなので、こらえる事ができず、こうして畏れ多い振舞をお見せするようになったのでございます。全く思い遣りのない、恥ずかしい行為ではありますが、罪を犯す気など微塵《みじん》もございません」と、柏木が話し続ける。

そのうちに、女三の宮はこの人だったかと気づいたものの、不快かつ恐ろしくて、返事ができずにいると、「御返事がないのも当然でございますが、これは世間で例のない事でもなく、あなた様が冷たい態度をとられるのであれば、私は胸つぶれて、逆に無謀《むぼう》にも狼藉《ろうぜき》に及びます。せめて気の毒ですとおっしゃっていただければ、それを胸に収めて帰ります」と、柏木はあれこれ言い募る。

端《はた》から想像すると、女三の宮は威厳があり、馴れ馴れしく逢うのも気が引ける方だと思われるので、柏木は自分の思いつめた恋心の一端を言うのみで、色恋めいた行為はすまいと思っていたのだが、実際の女三の宮は、それほど気品が高く気後れがする様子ではなく、やさしく可憐《かれん》で、親しみやすく柔和《にゅうわ》に見える。この上なく上品で、誰にも似ていないので、柏木は冷静な心を失い、どこへなりとも連れ去って隠し、自分もこの世の暮らしを捨て去って、行方《ゆくえ》をくらましてしまおうとまで、思い乱れてしまう。

契《ちぎ》ったあとの何とも言えないような夢の中で、女三の宮が飼っていた唐猫《からねこ》が可愛らしく鳴いて近寄って来たので、この猫を女三の宮に返そうとして自分が連れて来たのだが、どうやって返したらいいのだろうと思ううちに、夢から覚め、どうしてこんな夢を見たのかと首をかしげた。

女三の宮は、思いがけない一事に驚愕《きょうがく》し、現実とも思われないので、胸も塞がって、どうしていいかわからないでいると、「やはり、こうなったのは、私とあなたの宿縁が、逃れられないくらいに深い、前世からのものであったとお考え下さい。私自身も正気を失っておりました」と柏木は弁明し、あの思いがけなくも唐猫が綱《つな》を引いて、御簾の端を開けた夕べの光景を口にする。

女三の宮は確かにそんな事もあったと思いつつ、自分の宿縁が情けなく感じられ、源氏の君に今はどういう顔で会う事ができるだろうかと、悲しく心細くて、子供っぽく泣くので、柏木は畏れ多くもお可哀想だと思い、涙を拭《ふ》いてさしあげる。袖はしとどに濡れて、夜は明けていくようであっても、帰る気にもなれなくなり、「どうしたらよろしいでしょうか。こんなに私を憎んでおられるようなので、二度と話しかけられそうにもありません。せめてひと言聞かせて下さい」と柏木があれこれ言うのが、女三の宮は煩《わずら》わしく、何も言えずにいる。

「何もおっしゃらないので、気味悪くなってきました。こんな振舞など、あるまじき事でございます」と、柏木は本当に情けなくなり、「それでは私は、もうこの世にいても無駄のようで、死ぬしかありません。あなたの事を諦められないので、これまで生きてきましたが、今夜限りの命にするのも、悲しゅうございます。ほんのちょっとでも心を開いて下さるご様子があれば、それと引き替えに命を捨てましょう」と言って、女三の宮を抱いて出た。

女三の宮は最後はどうするのかと茫然自失《ぼうぜんじしつ》し、柏木はそのまま、寝殿の西面《にしおもて》の廂《ひさし》の西南の隅にある屏風《びょうぶ》を広げ、妻戸《つまど》を押し開く。渡殿《わたどの》の南の戸が、昨夜忍んだままで開いていて、まだ夜明け前の暗さが残る中、柏木は女三の宮の姿をほのかに見たくなり、格子《こうし》をそっと引き上げる。

「あなたのこうした薄情な心ゆえ、私は正気を失いました。少し私を落ち着かせようと思われるなら、せめて可哀想だとだけでもおっしゃって下さい」と柏木が言っても、女三の宮は奇妙な事を言うと思い、何か言おうとするものの、わなわなと体が震えてしまう。

その子供っぽい様子のまま、夜は次第に明けていき、柏木は心慌ただしくなり、「しみじみとした夢の話でもお伝えしたいのですが、こうもお憎みなさるとは。しかしいずれ思い当たる事もございましょう」と言い置いて、気忙《きぜわ》しく帰って行こうとする夜明けの薄明《はくめい》は、秋の空よりも心を苦しめ、ちょうど『古今和歌集』の、**木の間より漏り来る月の影見れば　心尽くしの秋は来にけり**、のようなので、柏木は詠歌する。

起きてゆく空も知られぬ明けぐれに
いずくの露のかかる袖なり

夜明けの薄明に起きて、帰る行く先もわからないのに、一体どこの露がこんなに袖を濡らしたのだろう、という戦慄《せんりつ》で、「起き」は置きを掛けていて、柏木が袖を引き出して訴えたので、女三の宮は柏木が帰って行くのに胸を撫《な》で下ろして返歌する。

明けぐれの空に憂き身は消えななん
夢なりけりと見てもやむべく

夜明けの薄明の空に、我が身は消えてしまって欲しい、あれは夢だったと思いすまされるように、という諦念《ていねん》であり、その時の女三の宮の声が、若くて可愛らしいのを、柏木は聞き終わらずに帰って行き、その魂は柏木の身を離れて、女三の宮の許に留まったように見えた。

柏木は女二の宮の許には赴かず、父の致仕大臣《ちじのおとど》邸にこっそり帰ったものの、横になっても眠れず、先刻見た夢が正夢《まさゆめ》となって、再び逢瀬《おうせ》を重ねるのも難しいと思われ、あの唐猫の有様がひどく恋しく思い起こされる。

「それにしても、大変な過《あやま》ちをしでかしてしまった。この先、この世をまともには生きていけなくなった」と、恐怖にかられ、何とも恥ずかしい心地がして、その後は外出もせず、女三の宮のためは言うに及ばず、自分のためにあるまじき行為だったと思うにつけ、身が震えて、思いのままに外にも出られない。

つらつら思うと、帝の妻を奪って過ちを犯し、事が表沙汰《おもてざた》になったら死罪であり、この一件もそれに類したものだと考えると、苦しくてならず、仮にそこまでの罪には問われなくても、あの源氏の君に睨《にら》まれる事が実に恐ろしく、恥ずかしくてならなかった。

この上なく高貴な女でも、多少色めいた性格で、表面はたしなみ深くおっとりしていても、内心がそうではない女は、あれこれと男に靡《なび》き、心を通わせる例もある。

とはいえ、この女三の宮は、思慮《しりよ》深くはなく、ひたすら恐がる性分なので、もう誰かに見つかったように恥じ入り、明るい所にはもはや出られず、自分は情けない身であったと思い知るばかりだった。

女三の宮の具合が悪いと聞いた源氏の君は、この上なく心配している紫の上の病状に加えて、女三の宮までがと驚き、六条院に戻った。

女三の宮はどこがどう苦しい様子でもなく、ただひどく恥じ入って元気がなく、まともに顔を合わせようともしないので、これは久しく訪れなかったのを恨んでいるのではと、いじらしく感じる。紫の上の病気の様子を説明してやり、「これが最期《さいご》かもしれません。今となっては、粗末に扱ったと思われないようにしております。幼い時から世話をしていて、放ってはおけず、こうして幾月もの間、他の事は一切せずに看病しているうちに、この時が過ぎたのです。いつかきっと私を見直されるでしょう」と言う。

女三の宮はあの一件に気づいていないのが、誠に気の毒で申し訳なく、人知れず涙がこみ上げてくる心地がした。

柏木衛門督は、尚更あの一件ゆえの悩みが深くなり、起きても臥しても、日々を過ごす気力が失《う》せ、賀茂祭の日などに、我先にと見物に行く公達《きんだち》たちが連れ立って誘いに来ても、気分が悪いと言って断り、物思いに沈んでいた。柏木の北の方の女二の宮に対しては、丁重に扱う様子を見せても、打ち解けて逢う事は滅多になく、自室に離れて暮らし、何も手につかないまま心細い日々を送るばかりで、召使いの童女が持っていた葵《あおい》を目にして、歌を詠む。

悔しくぞ罪犯しけるあふひ草
神の許せる挿頭《かざし》ならぬに

罪を犯してしまったのが悔やまれ、神が許さぬあの人に逢ってしまった、という悔恨《かいこん》で、「罪」は摘（つ）み、「葵《あふひ》」は逢う日を掛け、「神」は源氏の君、「あふひ草」は女三の宮を指していた。後悔しても、取り返しはつかず、世の中のかまびすしい葵祭見物の牛車《ぎつしや》の音が耳にはいっても、他人事《ひとごと》に思われ、誰のせいでもない自分から求めて引き籠《こも》っている一日が、長く感じられた。

女二の宮も、こうした柏木のつまらなさそうな様子を見て、どういう理由かわからないまま、夫に冷たい態度をとられる我が身が恥ずかしく、心外であった。女房たちはみんな見物に出かけて、人も少なく静かなので、物思いに耽りつつ、箏の琴を所在なげに弾く様子は、さすがに上品で洗練されてはいる。

柏木はできるなら女三の宮をと願ったのに、今ひとつ及ばなかった宿縁だったと、またもや悔やまれて詠歌する。

もろかずら落葉を何に拾いけん
名は睦まじき挿頭なれども

諸葛《もろかずら》よ、その落葉の方をなぜに拾ったのか、名だけは親しげな二葉葵の挿頭だが、というこれまた後悔で、賀茂祭で使われる二葉葵の「もろかずら」に、女二の宮と女三の宮を重ねていて、その他にも柏木は、女二の宮に対する無礼な陰口を書き散らした。

源氏の君はたまたま六条院にいて、すぐには二条院に戻れず、落ち着かない心地でいるところに、

「紫の上が死去された」という知らせが届く。気が動転し、目の前が真っ暗になった心地で、二条院に向かうと、道中も心が乱れ、なるほど二条院の近くまで来ると、大路《おおじ》まで人が出て大騒ぎをしていた。

邸内では人々が泣き騒ぎ、実に忌《い》まわしく、呆然《ぼうぜん》として部屋に入ると、「この頃は少し容態《ようだい》も良かったのに、急にこのようになられました」と、女房たちが言い、みんな限りなく死に後《おく》れまいと、うろたえ惑うばかりであった。

祈禱の壇はもう壊して、僧たちもしかるべき者のみが残り、他の者は帰りを急いで騒がしいのを見て、源氏の君はこれを限りの命だったかと、思い諦めるが、悲しみは尽きない。

「これは物の怪のせいです。こんなに大騒ぎする事はありません」と、源氏の君は人々を鎮《しず》めて、今まで以上の大がかりな願《がん》を立てて、優れた験者《げんじゃ》たちをすべて招き集める。験者たちは「限りある命ゆえ、紫の上の命が尽きたとしても、今しばらく引き延ばして下さい。不動尊《ふどうそん》の本誓《ほんぜい》もありますから、そこに書かれている通り、六か月はこの世に生かして下さい」と、本当に頭から黒煙を立て、心を奮い立たせて加持をさせる。

「もう一度、目を開けて会わせて下さい。あまりにあっけない臨終《りんじゅう》を見届けられなかったのは、悔しくも悲しい」と、源氏の君が思い惑っている様は、もはやこの世に留まれない悩み方で、周囲で見守る人々も胸がつぶれた。こうした源氏の君の心中を仏が汲《く》んでくれたのか、この幾月もの間現れて来なかった物の怪が、小さな童女《わらわめ》に乗り移って、その口を通して叫びわめくうちに、紫の上がようやく甦《よみがえ》った。

源氏の君は狂喜しつつも心乱れたままでいると、物の怪はひどく調伏《ちょうぶく》されて叫び出し、「みんなここから去りなさい。源氏の君ひとりの耳に言いたい。わたくしを幾月も調伏して苦しめさせたのが、情けなくも辛いので、いっその事思い知らせてやろうと考えたものの、あなたが我が命もこらえられない程に身を砕いて、嘆いているのを見ると、今は成仏できずに、悪道《あくどう》に走る浅ましい身になったとはいえ、昔のあなたへの執着心《しゅうちゃくしん》が残って、こうして参上した。そして、あなたの心苦しさを見過ごす事ができない余り、とうとう正体を現してしまった。決して知られまいと思っていたのに」と髪を顔に振りかけて泣く姿は、昔、葵の上の病床に現れて話しかけた六条《ろくじょう》御息所《みやすどころ》の生霊《いきりょう》と同じであった。

驚いて気味悪がった源氏の君は、かつて身に沁みるように思った事が今も変わっていないのが不吉なので、この女童の手を掴《つか》んで坐らせ、無礼な振舞を抑え込みながら、「本当にその人か。悪賢《わるがしこ》い狐などで気の狂ったものが、死んだ人の不名誉になる事を口走る例もあるが、しかと名乗りをせよ。私以外の人は知らない事で、私がはっきり思い出される事を言え。そうすれば、少しは信じてやろう」と言うと、物の怪はぽろぽろと涙をこぼしながら歌を詠んだ。

わが身こそあらぬ様なれそれながら
そらおぼれする君は君なり

わたしの身は変わってしまったが、空とぼけるあなたは昔のままだ、という非難の歌であり、「ああ恨めしい、恨めしい」と死霊が泣き叫びながらも恥じ入る気配は、昔と同じであり、気持悪がった源氏の君は黙らせようとした。

しかし物の怪は続けて、「我が娘の秋好宮《あきこのむ》の事は、大変嬉しく、勿体《もったい》ないと天翔《あまかけ》りながら見ていましたが、あの世にいるからか、子の身の上までは深く思わず、やはり我が身が恨めしく、あなたへの執着心がこの世に残っているのです。

その中でも、わたくしが生きていた当時、他の女よりもわたくしを見下《みくだ》して捨てた事よりも、睦まじい紫の上との対話の折、わたくしを心のよくない憎い女だと言ったのが、実に恨めしかったのです。今はただ、わたくしを亡き者として思いやり、他人《ひと》がわたくしの悪口を言っている時でも、そうではないとかばってくれればよいと思ったばかりに、こんなあさましい姿になって困らせたのです。

この紫の上を深く憎いとは思いません。あなたは神仏の加護が強くて、近づけず、声だけをほのかに聞いています。もはや今は、わたくしの罪が軽くなるだけの供養《くよう》をして下さい。修法《ずほう》や読経《どきょう》を大仰にしても、この身には苦しく、辛い炎となってまとわりつき、その上、尊いお経も聞こえないので、悲しい限りです。

秋好宮には、次の二点を伝えて下さい。ひとつは、宮仕えの間、決して他の方々と院のご寵愛《ちょうあい》を競って嫉《そね》み心を起さないように。二つ目は、伊勢神宮の斎宮《さいぐう》でいた頃の、仏事を忌避《きひ》した罪が軽くなるような功徳《くどく》を、必ずや積まれるように。あの下向《げこう》は、本当に悔やまれます」と言い続けるが、源氏の君は、物の怪相手に話をするのも気が咎めるため、憑坐《よりまし》を一室に封じ込めて、紫の上は別の所にそっと移してやった。

こうして紫の上が亡くなったという噂が世間に広まり、弔問《ちょうもん》に訪れる人々がいるので、源氏の君は不吉極まりないと思うものの、賀茂祭の翌日の今日、上賀茂《かみがも》から紫野《むらさきの》に帰る斎院の行列を見に行った上達部などが、帰途に立ち寄る。中には、「大変お気の毒です。この世に生きた甲斐のある幸い人が、輝くばかりの威光を失《しっ》した日なので、雨もそぼ降っています」と思いつきの言葉を述べる者もいた。

また、「このようにすべてを備えた人は、必ずしも長生きできないものです。『古今和歌集』にも、待てといふに散らでしとまるものならば　何を桜に思ひまさまし、とあるように、紫の上のような人が長生きして、世の楽しみを味わい尽くすと、端の人が迷惑がるでしょう。今こそ、女三の宮は本当の身分にふさわしい扱いを受けるのではないでしょうか。ずっと紫の上に圧しやられていた扱われ方でしたから」と、ひそひそ噂をし合った。

柏木衛門督《かしわぎえもんのかみ》も、昨日見物にも出ずに退屈したのに懲りて、弟の左大弁《さだいべん》や藤宰相《とうさいしょう》などを牛車の奥に乗せて、斎院の行列を見ていたが、紫の上の死去の噂を聞いて胸がつぶれ、『伊勢物語』の歌、散ればこそいとど桜はめでたけれ　憂き世に何か久しかるべき、を独り口ずさんで、二条院に皆と参上する。

確かな事ではないので、通常の見舞のようにして訪れたが、人々が泣き騒いでいるので、噂は本当だったと驚いていた。

式部卿宮《しきぶきょうのみや》も赴き、全く放心した様子で、紫の上がいる座所にはいったものの、実父として人々に状況を説明する事もできない。

そこへ夕霧大将が涙を拭いて出て来たので、柏木が、「一体どうされたのでしょうか。縁起でもない事を人が噂するので、信じ難くはあっても、長い間患《わずら》われていると聞いていたので、心配の余り参上しました」と訊いた。夕霧は、「大変病が重くなって月日が経ってしまいましたが、今日の明け方、息絶えてしまいました。これは物の怪の仕業《しわざ》であり、ようやく生き返られたように聞いていいます。今はみんな安心しているようです。しかしまだ不安定で、実においたわしい事です」と答える。

ひどく泣いたためか、夕霧の目が少し腫れているのを見た柏木は、自らの道ならぬ恋ゆえか、夕霧がそれほど親しくもない継母《ままはは》を、不思議にひどく慕っていると直感し訝った。

このように誰彼となくお見舞に来ている由《よし》を聞いた源氏の君は、「重病の病人が突然亡くなった様子だったので、女房たちは取り乱して騒ぐばかりです。私自身も心が定まらず、今日のお見舞のお礼は、また改めて申し上げます」と言う。

それを聞いた柏木は胸がつぶれ、このようなのっぴきならぬ時でなければ、ここに参上できかね、どことなく気が引ける思いがするのも、心の中にやましさがあるからだった。

こうして紫の上が甦って以降、源氏の君は恐ろしく思って、再び大がかりな修法を限りなく行わせ、この世の人であった時も堅苦しかった御息所が、あの世に行っていよいよ怪しげな人になったと思うと、気が塞ぎ、秋好宮を世話するのも気が引ける。要するに女の身というものは罪の元凶であり、なべて男女の仲が厭わしく、また誰も聞いていなかった紫の上との睦言《むつごと》で、少しばかりあの人の事を話したと、物の怪が言い出したのだから、これは六条御息所の死霊に間違いなく、いよいよ厄介《やっかい》な事になったと頭を痛めた。

紫の上が剃髪《ていはつ》して出家したいと切望するので、受戒《じゅかい》して戒律《かいりつ》を守れば功徳もあるかと思い、源氏の君が自ら頭頂部の髪に形ばかり鋏《はさみ》を入れ、殺生《せっしょう》、盗み、邪淫《じゃいん》、妄語《もうご》、飲酒の五戒《ごかい》のみを受けさせた。御戒《ごかい》の師の僧が受戒の徳を仏に述べる際、心に沁みる尊い言葉が聞こえるので、みっともないくらいに紫の上に寄り添って涙を拭い、共に心を合わせて祈る様子は、源氏の君のように優れた人でも、こうした心乱れる難事に遭《あ》うと、心を鎮める事は不可能のようである。

どういう手段を講じて紫の上を救い、この世に命を引き留めようかという事のみを源氏の君は思い、夜昼嘆いていたので、放心し、少し面瘦せしていた。

五月の時候は、ましてや晴れる事の少ない空模様であるため、紫の上は気分がすっきりしないとはいえ、前よりは多少快方に向かっている様子ではある。けれども、やはり絶えず苦しみ続けた。

物の怪の罪を祓うべき法事として、源氏の君は一日に一部ずつ法華経《ほけきょう》を供養させ、毎日何やかやと尊い法事をさせる。紫の上の枕元でも、病気平癒《へいゆ》を願って、一昼夜を十二に分けて、十二人の僧が交代でする不断《ふだん》の御読経を、声の優れた僧侶ばかりを選んで行わせる。

するど、物の怪は正体を現すようになり、時々悲しげな事を言うものの、なかなか立ち去らず、暑い折には、紫の上は息も絶え絶えになり、いよいよ弱っていくので、源氏の君は言いようもなく思い嘆いた。

紫の上は死んだような心地がする中でも、源氏の君の一途《いちず》な様子を心苦しく思い、死んでも我が身には心残りもないが、源氏の君がこのように嘆いているのに、自分が死ぬ姿を曝《さら》してしまうのは、思い遣りにかけると心を奮《ふる》い立たせる。薬湯《やくとう》などを少し口にしたせいか、六月になって、時折頭を上げられるようになり、その姿に、源氏の君はこれは稀有《けう》な事だと喜ぶ一方で、まだ物の怪に油断ができず、六条院には少しも赴かなかった。

六条院の女三の宮は、あの不義の一件を思い嘆くようになって以後、体の具合が普通でなくなり、悩ましい気分になった。重い病ではないものの、翌五月からは何も口にはいらなくなり、たいそう蒼《あお》ざめてやつれているのに、あの柏木は情念にまかせて、その後も訪ねて時々逢瀬《おうせ》を重ねた。

それを、女三の宮は実に耐え難い事だと思っている。源氏の君を心底恐れているだけに、柏木の人柄も身分も源氏の君には及ばず、教養があって優美だと世間では称揚《しょうよう》されてはいても、幼児から源氏の君の比類ない姿を見馴れている目には、柏木のあの振舞は無礼千万《せんばん》でしかない。

とはいえ、このように体の具合が悪くなったのは、不憫《ふびん》な宿運《しゅくうん》でしかなく、事情を知らない乳母たちはこの懐妊に気がつき、源氏の君の訪れが稀なのを、ぶつぶつ言って恨んだ。

女三の宮の具合が悪いと聞いた源氏の君は、六条院に赴こうとして紫の上を見ると、暑くうっとうしいと言って髪を洗い清め、少しさっぱりした様子であり、髪は臥したまま広げているので、すぐには乾かないものの、癖毛やほつれ毛などは全くなくて、美しくゆったりとしている。蒼ざめてやつれた顔であっても、肌の色は青白く端正《たんせい》で透き通るようで、比べるものがないくらい可憐で、もぬけになった虫の殻《から》のように、まだ頼りなげな身であった。

そんな紫の上の目には、何年も住んでいなかった二条院が少し荒れて映り、庭が喩《たと》えようもなく狭く見える。昨日今日は、多少は気分がよくなり、入念に手入れをした遣水《やりみず》や前栽《せんざい》が思いがけず心地よく目に映り、心の底からよくぞ今まで生きてこられたと思う。

池は実に涼しげで、蓮《はす》の花が一面に咲き渡り、葉も鮮やかに青々として、露が玉のようにきらきらと光るので、源氏の君が、「あれを見て下さい。あの露は、自分ひとりが涼しそうにしています」と指をさす。

紫の上が起き上がって見る姿も非常に珍しく、源氏の君が、「このようなあなたを見るのは、夢のような心地がします。本当に私にも、あなたはこれが最期と感じられる折々がありました」と言って涙を浮かべているので、紫の上も心揺さぶられて詠歌する。

消えとまるほどやは経《ふ》べきたまさかに
　蓮《はちす》の露のかかるばかりを

露が留まっている少しの間でも生きていられるでしょうか、たまたま蓮に留まっている露のようにはかないこの命ですから、という心細さであり、源氏の君も返歌する。

契《ちぎ》りおかんこの世ならでも蓮葉《はちすば》に
　玉いる露の心隔つな

約束します、この世だけでなく来世でも、極楽の蓮の上に一緒に生まれる事を、そしてこの私にわずかでも心の隔てを置かないで下さい、という誓いであり、「露」にはつゆを掛けていた。

これから六条院に出かける足が重いとはいえ、帝《みかど》や朱雀《すざく》院の思惑も気がかりである。女三の宮の具合が悪いと聞いて、もう何日も経ち、目の前の紫の上の病を気にしている間に、女三の宮に逢う事もほとんどなかったので、このように雨雲が絶え、紫の上も小康状態になり、二条院に引き籠っているわけにもいかず、思い立って六条院に向かった。

女三の宮は、良心の苛責《かしやく》から源氏の君に会うのも恥ずかしく、気が引け、源氏の君が何か訊いても、しかじかと返事もしないでいると、何日も無音の限りを尽くしたので、恨めしさを何げないように装っているのだと、源氏の君は可哀想に思い、あれこれと機嫌《きげん》を取る。

年輩の女房を呼んで、容態を訊くと、「いつもとは違った心地でおられます」と女房が懐妊をほのめかしたので、「どうしたのだろうか。七年も経った今になって、珍しい事だ」とのみ言って、内心では、長年一緒だった女君たちでもそうした事はないのに、これは間違いだろうと思う。

特にあれこれ言うでもなく、ただ三の宮の痛々しい体の具合が心配でならず、やっと思い立って六条院に赴いただけに、すぐにも帰られず、二、三日滞在する間、紫の上の様子が心配でならず、手紙のみをせっせと書いていた。

始終筆を走らせている姿を見た女房たちは、「いつの間に、あんなにたくさんの言葉が積もるのでしょうか。いやもう、安心して見ていられない夫婦仲ですこと」と、女三の宮の過ちを知らないだけに陰で言い、そんな中で小侍従だけは胸騒ぐ思いだった。

柏木も、こうして源氏の君が六条院に戻ったと聞いて、身の程もわきまえずに嫉妬《しっと》し、大仰な言葉を書き連ねて手紙を送りつける。仲介役の小侍従は、源氏の君が、かつて紫の上がいた東の対《たい》に移動した際、誰もいないのを見て、そっと女三の宮に見せると、「厄介なものを見るのは嫌です。気分が悪いのです」と女三の宮は言って横になってしまう。

小侍従が、「やはり、ここだけでもご覧になって下さい。この端書《はしが》きが可哀想です」と言って、文を広げたところに女房が来たので、困り果てて、几帳を引き寄せて立ち去った。女三の宮は胸がつぶれるままでいたが、そこに源氏の君が部屋にはいって来たため、手紙をしっかり隠す暇《いとま》もなく、四角い褥の下に挟み入れた。

夕刻になり、源氏の君は二条院に帰るべく、女三の宮に暇乞《ご》いをして、「あなたはそう体が悪いようには見えません。向こうの紫の上はまだ弱々しく、私が見捨てたように思われるのも今となっては可哀想です。私を悪く言う人がいても、決して心に留めないようにして下さい。いずれ私の思いがわかるはずです」と言う。

いつもはどこか子供っぽい冗談を言う女三の宮が、ひどく気落ちして目も合わせないので、源氏の君はこんなに不安定な夫婦仲を恨んでいるのだと感じ、昼用の御座《おまし》に横になり、話をしているうちに日が暮れて、少し寝入ったあと、蜩《ひぐらし》が華やかに鳴く声で目を覚ます。

「それでは道が暗くならないうちに」と言って、装束を着替えていると、「歌にもあるように、月の出るのを待ってからでもいいのでは」と、女三の宮が初々《ういうい》しい様で言ったのも、『古今和歌六帖』の、夕闇は道たどたどし月待ちて　帰れわが背子《せこ》その間にも見ん、を下敷にしていた。女三の宮が束《つか》の間も一緒にいたいと思っている様子が可愛く、いじらしいので、立ち止まったところに、女三の宮が歌を詠みかけた。

夕露に袖ぬらせとやひぐらしの
　鳴くを聞く聞く起きて行くらん

夕露に袖を濡らせという事でしょうか、蜩が鳴くのを聞きながら、あなたは起きて行くのですね、という嘆息で、「起き」には露の置きを掛けており、子供っぽい心に任せて詠んだのも、可愛らしく、源氏の君は膝をついて、「これは困った」と溜息《ためいき》をつきながら返歌する。

待つ里もいかが聞くらんかたがたに
　心騒がすひぐらしのこえ

私の帰りを待つあちらでも、蜩の声をどのように聞いているだろうか、あっちでもこっちでも私の心を騒がす蜩の声だ、という逡巡《しゅんじゅん》であり、『古今和歌集』の、来めやとは思うものから蜩の　鳴く夕暮は立ち待たれつつ、を下敷にしていて、源氏の君は思案にくれる。女三の宮に薄情《はくじょう》なのも気が引け、そのまま泊まったものの、やはり気になるのは紫の上で、源氏の君はさすがに落ち着かず果物のみを口にして、休んだ。

翌朝、源氏の君は、まだ朝の涼しいうちに二条院に帰ろうと思って早起きし、「昨夜の扇子《せんす》をどこかに置き忘れてしまいました。この檜扇《ひおうぎ》では風が来ません」と言い、檜扇を置いて、昨日うたたねをした御座の辺りを見ると、褥の乱れている端《はし》から、浅緑の薄様の紙に書いた手紙の巻いた端が見えた。何げなく引き出してみると、男の筆跡であり、紙に薫き染《たし》めた香《こう》も、実に艶《あで》やかで、念を入れた筆致で、二重ねに細々《こまごま》と書き連ねているのを見ると、紛れもなく柏木の筆である。

化粧鏡の蓋《ふた》を開けてやっている女房は、これは源氏の君が見るべき手紙だろうと、何もわからずにいたが、小侍従が気がつき、昨日の手紙の色だと見知って、大変な事になったと、胸がどきどき高鳴る。源氏の君に朝粥《あさがゆ》を給仕している女房には目も向けず、「いやまさか、あの文ではなかろう。そうであればとんでもない事だ。いや、そんな事があるはずはない。女三の宮は必ずや隠されたはずだ」と思う。

女三の宮は、まだ眠っていて、源氏の君は、「何と子供っぽいのか、こんな手紙を散らかしたままでいるとは。私以外の者が見つけたらどうなる事か」と思い、女三の宮を軽蔑したくなり、「やはり思った通りで、奥床しさがないのを懸念《けねん》していたが」と苦々《にがにが》しく思った。

源氏の君が退出したので、女房たちが少し下がった時に、小侍従が女三の宮に近寄って、「昨日の手紙はどうなさいましたか。今朝《けさ》、源氏の君が見ておられた手紙の色が似ていました」と言うので、女三の宮は驚愕する。

とめどなく涙を流すのを見て、小侍従は可哀想に思うものの、今更もうあきれてものも言えず、「どこに置いておられたのですか。あの時女房たちが来たので、わけあり顔で近くにいてはまずいと思い、用心してその場は下がりました。そのあと源氏の君がはいられるまで、多少の時間があったので、隠されたと思っていました」と問い質《ただ》す。

女三の宮は、「いいえ、わたくしが見ている時に、はいって来られたので、すぐにも隠せず、褥の下に置いていたのを、忘れていました」と言うので、小侍従は絶句し、褥に寄って見ると、文がない。

「これは一大事です。あの柏木衛門督も大変恐がっておられ、ほんのちょっとでも源氏の君の耳にはいるのを警戒しておられました。それなのに、大して時も経っていないのに、こういう事態になろうとは、実に嘆かわしい事です。

これはすべて、そもそもあなた様が、子供っぽくも、あの衛門督に姿を見られたのが発端《ほったん》です。以来、わたしに長年にわたって、しつこく手引きを迫ったのですが、まさかこうまでになろうとは、思いもしませんでした。こうなると、どなた様のためにも、困った事が生じます」と、歯に衣《きぬ》を着せずに小侍従が言うのも、女三の宮が気安く子供っぽいからであった。

女三の宮は返事もしないで、ただ泣くばかりであり、具合も悪いようで、何も口にしないので、女房たちは、「女三の宮がこんな具合が悪いのに、源氏の君は放って置いて、今は体調がよくなった紫の上の世話に熱を入れておられる」と、源氏の君の薄情さを恨んだ。

源氏の君は、やはりこの手紙は怪しいと思い、人の目がない所で、何度も読み返す。

女三の宮に仕えている女房の中で、あの柏木衛門督の筆跡に似た筆遣いで書いた者がいるだろうかと思ったものの、言葉遣いが整って美しく、紛《まご》うべきもない事が書き連ねてあり、長年思い続けていた事が、偶然にも思いが叶い、却って今は不安にかられている旨《むね》を、縷々《るる》書き尽くした言葉は、実に見所があって、心に沁みる。

「こんなに、あからさまに書いてもいいのだろうか。残念な事に、柏木ともあろう者が、こんな手紙を無用心にも書いたものだ。手紙は人の目にも触れるものと考え、私は昔、こんなに細々と書きたい時にも、言葉を惜《お》しんで、他人《ひと》にはわからないように書いたものだ。ともあれ、人が用心深くするのは、難しい事なのだ」と柏木の心までも軽蔑する一方で、「さて、女三の宮の扱いをどうしたものだろう。あのように気分が優《すぐ》れないのも、こうした事情があったからだ。これは頭が痛い。こうやって人伝《ひとづ》てではなく、直《じか》に情けない事を知った上で、これまで通りに女三の宮の世話ができるだろうか」と自分の心ではあっても、考え直すのは難しい感じがする。

「本気でない浮気の相手で、始めから深く心に思っていない女でも、他の男に心を通わせていると思うと、不愉快になって遠ざけてしまいたくなるものだが、女三の宮の場合はそうもいかず、何とも身の程を知らない柏木の心だ。帝《みかど》の妃《きさき》との密通の例は、昔からあるものの、それはまた筋が異なる。

宮仕えとして、自分も相手も同じ帝に親しく仕えているうちに、自然にしかるべき経緯《いきさつ》から心を通わせ、密通をする事は多い。女御《にょうご》や更衣《こうい》といえども、血筋や家柄の点で、ちょっと劣る人もいる。必ずしも思慮深くない人もいて、意外な事も起こるものの、特段の過失が知られないうちは、そのまま宮仕えを続けるはずであり、すぐには表沙汰にならない密事《みそかごと》もあろう。

女三の宮については、これ程までに、世話をしてきており、内心では愛情の深い紫の上よりも、大切かつ勿体ない方だと考えて、世話をしているこの私を差し置き、こうした事態になった例など、皆《かい》無《む》だろう」と、女三の宮を非難する。

そして、「帝に仕えるとしても、ただ素直に表向きの仕事をしていると、宮仕えは味気なくなり、恋心の深い男の誓いの言葉に心が靡き、互いに思いを通じ、見過ごせない折々の返事が始まって、自然に心を通わせるようになる仲は、同じけしからぬ筋ではあっても、まだ同情の余地はある。自分の事ながら、女三の宮があの程度の男に心を寄せたのは意外だ」と、不快極まりないものの、まだ顔色に出すべき事ではない、と思い乱れる。

「すると、ひょっとしたら、あの故桐壺院も、このようにすべてを知っていて、知らないふりをされたのであろうか。そう考えると、あの昔の行為は、全く恐ろしい許されない過失だった」と自分の例を思い起こすと、恋の路《みち》は非難ばかりはできないと思い、源氏の君は素知らぬ顔でいた。

とはいえ、やはり思い悩む様子が顕著《けんちょ》なので、それを見た紫の上は、自分がやっと命を取りとめたのを心配して二条院に帰り、そのために六条院に残した女三の宮を不憫に思っているのではと感じる。

「わたくしは気分が良くなりましたが、あの女三の宮が病がちなので、こちらに戻って来られてはお気の毒です」と言うと、「そうです。女三の宮は普通ではないようでしたが、特別病を得ている様子ではないので、安心はしました。帝からは、たびたび使者がありました。今日も文が届いたとか。朱雀院が女三の宮を大切にするよう帝にご依頼されていたため、帝も同様の思いでおられるのでしょう。それを私が少しでも疎略に扱えば、朱雀院も帝も心配されます。それがお気の毒です」と、源氏の君が溜息をつく。

紫の上は、「帝がどう思われるかよりも、女三の宮御自身が恨めしく思われるほうがお可哀想です。女三の宮御自身は気にされなくとも、必ずや悪口を言う女房たちがいます。そう考えると、わたくしも胸塞がれます」と言うと、源氏の君は、「なるほど、私が一途に思っているあなたには、煩わしい縁者はおらず、加えてあなたは万事につけて実に思慮深い。

あなたは、あれこれと周囲の人がどう思うかと気にかけてくれるのに、私はただ帝がよく思われないのでは、とばかりを気にかけておりました。全く浅い考えでした」と微笑して気を紛らす。

そして「いずれあなたと一緒に六条院に戻る事にして、今はここでのんびりしましょう」と言うと、「わたくしはここでしばらく気楽にしています。あなたは先に帰られ、女三の宮の気分が良くなった時分に、わたくしも帰ります」と紫の上が応じ、二人で話をしているうちに数日が過ぎた。

女三の宮は、こうして源氏の君が来ない日が続くので、通常ならば源氏の君の薄情さゆえだと考えるのだが、今は自分の過ちも重なって、こういう結末になっていると思い、これを朱雀院が耳にしてどう思われるかを考えると、世間が憚《はばか》られて仕方がない。

他方、柏木衛門督も、切なげに、女三の宮に逢いたいと書き綴《つづ》った文を寄越《よこ》すので、小侍従は困った事になったと嘆き、「このような事がありました」と知らせたため、柏木は驚愕する。一体いつそんな事が起きたのか、こうした密事は時間とともに自然と漏《も》れ出て、気づかれる事もあるかもしれないと思っていただけに、気がひけて、天空の目から見られている気がしていたのに、歴然とした証拠を源氏の君が目にしたと思うと、身が縮んで畏れ多く、いたたまれず、朝夕の涼しさもない暑い頃なのに、身も凍る心地がし、言い様もない。

「長年、公務につけ遊び事につけ、側に召されて親しく参上した日々だった。源氏の君が、自分を他の人より親切に目をかけてくれた心遣いは、お優しいものだったのに、とんでもない奴だと憎まれたら、どうやって目を合わせられようか。かといって、急に無音にして参上しないのも、人からは妙だと思われるし、源氏の君が心の内でどう思っているかを考えると、心が痛む」と不安が募って、内裏にも参上しない。

さして重い罪にはあたるべくもないが、我が身が破滅したような心地がして、やはりこうなったかと、我と我が身が恨めしく、「そういえば、女三の宮の居所は、奥床しさに欠ける所で、まずあの御簾の隙間も、あんな事があっていいはずがない。これは軽々しい振舞だと、夕霧大将が気づいていたのが思い出される」と、今になって唐猫《からねこ》の一件が思い合わされて、女三の宮に難癖《なんくせ》をつけたくなる。

無理矢理、自分の恋心を諦めようとしている証かもしれないものの、「高い身分の方でも、余りにもおっとりして上品な人は、世間の様子にも無知で、仕える女房にも用心せず、このようにご自分にとっても、この私にとっても、辛くとんでもない事態になった」と、女三の宮がいたわしく、突き放しては考えられずにいた。

女三の宮もひどく痛々しく悩ましい様子であり、源氏の君はもう見捨ててしまおうと思う反面、可哀想であり、厭わしいと思っても、思い切れない苦しい恋しさがこみ上げてくるので、六条院に赴いて逢っているうちに、胸が痛み、辛いと感じる。安産の祈禱《きとう》を様々に施《ほどこ》させ、女三の宮の世話をする思い遣りのある態度は、これまで以上であっても、やはり親しく契る心地にはならず、人前だけは体裁を繕い、心の内では悩むという様子であった。

女三の宮の心中も苦しく、源氏の君が手紙を見たとはっきり言わないので、自分ひとりで判断がつきかねているのも、幼いと言えば幼く、源氏の君は、「この密通も、女三の宮がこんな有様だったからだ。高貴な方といっても、あまりに浅慮《せんりょ》なのは誠に頼りない」と思い、男女の仲についてもすべてが気がかりになる。

「明石女御が余りに優しく、おっとりしているのも、柏木のように思いを寄せる男がいると、惑乱《わくらん》するに違いない。女はこのように内気で優しいと、男も甘く見てしまう。あってはならないが、ふと目に留まり、女の方でも不用意な過失を犯してしまうものだ。

そこへいくと、あの鬚黒《ひげくろ》右大臣の北の方である玉鬘《たまかずら》は、格別の後見《うしろみ》もなく、幼時から心細い境遇で漂泊《ひょうはく》するように成長したものの、利発で心遣いも行き届き、私も人前では父親らしく世話をしていたが、けしからぬ好き心が皆無ではなかったのに、穏やかに、さりげなく振舞った。

鬚黒大臣があの思慮のない女房と示し合わせて忍び込んだ折も、はっきりと自分では拒絶した事を、周囲に悟らせて、改めて親たちに許された形の結婚にして、自分には罪のないようにしたのは、今から思うと、誠に賢明な身の処し方だった。

玉鬘と右大臣は前世からの因縁が深い仲なので、こうして末長く連れ添っている事も、結婚の初めはどうであれ、結果は同じようであっても、自分から求めてそうしたのだと、世間から思われていると、多少軽々しく思われたであろうから、実に素晴らしい振舞だった」と、源氏の君は思い起こして感心する。

一方で、二条宮に住む朧月夜《おぼろづきよ》の尚侍《ないしのかみ》を常々思っていたが、こうした妻の裏切りという頭の痛い一事に懲り懲りして、朧月夜の心の靡きやすさも、多少軽蔑したくなる。

とはいえ、朧月夜がついに出家の本意を遂げたと聞いて、残念さが募り、心が動く。さっそく見舞の手紙を出し、出家するとさえ、ほのめかさなかった恨みを、浅からず歌に書きつけた。

あまの世をよそに聞かめや須磨《すま》の浦に
藻塩《もしお》垂れしも誰《たれ》ならなくに

あなたの出家を他人事《ひとごと》としては聞けません、須磨浦で悲嘆の日々を過ごしたのも、あなたゆえでしたのに、という恋心であり、「あま」には海人（あま）と尼を掛けて、「あれこれと世の無常を心に思い詰めていましたが、今まで出家もせずにいたのに、あなたに先を越されたのは無念です。私を見捨てても、あなたが他者に対して行う勤行《ごんぎよう》の中に、まず私を含めて下さる事を念じています」と、文には胸の内を細々と綴った。

朧月夜は、早くから出家を思い立っていたものの、源氏の君の反対で延期し、人にはその意向も漏らさずにいて、心の中では昔からの源氏の君との辛い契りをしみじみ感じていた。さすがに源氏の君も自分を浅くは思っていなかったと知り、あれこれと思い出され、返事は、今からはもう文を通じ合う事もなくなる、最後の手紙と思い定める。心の内を吐露《とろ》した文の墨つきなど、実に興趣があり、返歌が添えられていた。

あま舟にいかがは思いおくれけん

明石の浦にいざりせし君

わたくしの出家にどうして後《おく》れをとったのでしょうか。明石の浦で海人のように暮らされたのに、という疑問であり、「あま」にはやはり海人と尼を掛け、源氏の君の歌にあった「須磨」を「明石」に換え、暗に明石の君との出会いを示唆《しさ》していた。「回向《えこう》は一切衆生《いっさいしゅじょう》のためにするものですから、その中にあなたも当然はいっています」と書かれた紙は、濃い青鈍《あおにび》色で、樒《しきみ》に結ばれており、通常の趣向ではあっても、ひどく配慮を尽くした筆遣いは、昔と変わらず立派だった。

二条院にいた源氏の君は、今はもう行き来が絶えた朧月夜の事なので、紫の上にその手紙を見せる。

「出家について先を越されて恥をかかされました。我ながら情けないです。あれこれと心細い男女の仲を見過ごして、出家もせずにいるのですから。

すべて世間の事柄でも、少しばかり文を交わし、時々の風情を知って、その興趣を捉《とら》えて、離れた場所にいても親しくできる人は、朝顔の姫君の前斎院とこの朧月夜の君だけが残っていました。しかし二人ともこうして出家し、前斎院は熱心に勤行ひと筋のようです。やはり多くの人の有様を見聞きする中で、思慮深く、しかも心優しい点では、あの前斎院に比肩《ひけん》できる人はいませんでした。

女の子を育て上げるのは、実に難しい事です。前世からの宿縁などは、目に見えないので、親の考え通りにはなりません。そうは言っても娘が大人になるまでは、深く配慮すべきでしょう。幸い私には娘はひとりで、あちらこちらを心配しないでいい定めでした。年を取る前は、娘が少ないのは張り合いがなく、あれこれ世話ができればいいのにと、残念に思った折もありました。

どうかあなたは、明石女御の女一の宮を大切に養育して下さい。女御は充分な分別もいかない年齢なのに、帝の寵愛が深く、里帰りもできかねているので、何事も心細いと感じているはずです。皇女《こうじょ》たちには、穏やかな人生を送る上で、やはりどんな事に対しても世間からは非難されないよう、懸念の残らないような心構えを身につけて欲しいのです。臣下の身分で、あれこれ相応の夫を持つ普通の身分の女は、自《おの》ずから夫に助けられましょうが」と言う。

紫の上は、「頼り甲斐になる世話役とまではいきませんが、この世にいる限りは、姫宮のお世話をしたいと思っています。しかし、命には限りがあるので」と答えて心細げであり、朝顔の姫君のように、思う通りに仏道の勤めができる人々を羨ましく思っていると、源氏の君は、「朧月夜の君には、必要になる尼装束を、まだ裁縫には馴れていない間は、私から贈ろうと思っています。

袈裟《けさ》はどのように縫うものでしょうか。それを仕立てさせて下さい。法衣《ほうえ》一式は、六条院の夏の町にいる花散里《はなちるさと》の君に頼みましょう。格式ばった型通りの法衣では、見た目も野暮《やぼ》で嫌になるはずです。かといって法衣らしさは失わぬようにさせましょう」と、紫の上に言う。

二条院では青鈍の一揃いを仕立てさせるとともに、宮中の作物所《つくもどころ》の職人を招いて、尼に必要な道具一式を内密に作らせ、袴《はかま》や上蓆《うわむしろ》、屛風、几帳なども、内々に入念に準備させた。

こうして朱雀院の五十賀も延期され、八月は夕霧大将の母の葵の上の忌月《きづき》であり、夕霧が楽所《がくしょ》の行事を担当するのも都合が悪く、九月は朱雀院の母の弘徽殿大后《こきでんのおおきさき》が亡くなった月であったため、十月にと予定していたが、主催者となるべき女三の宮が懐妊八か月になったので、またもや延期になる。

その十月、柏木衛門督の正室の女二の宮が朱雀院の御所に、賀宴《がえん》のために参上し、柏木の父である致仕《ちじ》太政大臣が、賀宴の主催者として万事を取り行った。おごそかにかつ細心に、趣向《しゅこう》と作法の限りを尽くした儀式になり、柏木もないがしろにできず、気分を奮い立たせて出席したものの、まだ弱々しく、普通でない病がちの様子だった。

女三の宮は、あれ以降ずっと気が重く、困った事態になったと嘆くせいか、身重《みおも》の月日が重なるにつれて、実に苦しげであり、源氏の君はそれを見ていとわしいと思うものの、一方で、女三の宮が弱々しく、悩んでいる様子に、どうなる事かと種々心配ではあるが、祈禱などは多事に紛れて実施しないでいた。

朱雀院もそれを聞いて、可哀想で恋しく思うのに、源氏の君が何か月も二条院に滞在して、六条院の女三の宮を訪れるのが稀な旨を、人が奏上するので、どうした事かと胸がつぶれ、夫婦仲の事を今更に恨めしく思う。紫の上の病が重かった折、源氏の君がその世話に明け暮れていると聞いて、不安にかられていたが、「その後も、源氏の君の女三の宮への通いが、元に戻らないというのは、何か不都合な事でも起きたのだろうか。女三の宮自身に責任はなくても、良からぬ世話役の女房たちの手引きで、何事かが起こったのだろうか。宮中辺りでも、風流なやりとりをする女御や更衣の中には、けしからぬ密通の噂を言い散らす輩《やから》がいるとは聞いている」と考えた。

俗世の事など思い捨てた身の上ではあっても、やはり子を思う親の道は離れにくく、女三の宮に心を尽くした文を送った。

ちょうど源氏の君が六条院にいた折だったので、二人で文を見ると、
格別の用事がないので、しばしばも便りを送らないまま、どうしているだろうと心配しつつ、

年月が過ぎるのは、寂しいものです。具合がよくないという報を詳しく聞いて以後は、念仏や読経をするたびに、あなたの事が思いやられます。どうされていますか。二人の仲が寂しく、思うようにならない事があっても、耐えて過ごして下さい。恨めしげな態度など、ありきたりな事として、わかっているという顔でほのめかすのは、品格に欠ける事です。

と、女三の宮を諭す内容だった。

源氏の君は朱雀院に対して心苦しく、気の毒であり、こうした内々《うちうち》の不祥事《ふしょうじ》を耳にされているはずはないので、私の方の怠慢《たいまん》だと不満に思われているに違いないと感じる。あれこれ思案して、「この返事はどのように書かれますか。悩まれているのがわかる手紙なので、辛いのは私です。あなたの行為について、心外だと思う事はあっても、あなたを粗略に扱って、世間から咎められるような事はすまいと、考えています。一体誰が、このような事を、朱雀院の耳に入れたのでしょうか」と言う。恥じ入って顔を背けている女三の宮は、実に痛々しく、すっかり面痩せ、思い悩んで沈み込んでいる様には、さらに気品が加わって美しい。

源氏の君は、「朱雀院は、あなたの幼い気質を熟知され、それを大変懸念されていたと、今になって思い当たります。これから先も、万事につけ用心して下さい。こうまで言うのは気が引けますが、朱雀院の御心に私が背いていると思われるのが、不本意であり、気が晴れません。これだけはあなたに言っておきます。

あなたは思慮深くなく、ただ他人《ひと》が言う事だけを鵜呑《うの》みにするきらいがあるので、私が誠意に欠け愛情も薄いと思われるかもしれません。また今はすっかり老いてしまった私を軽蔑し、見飽《みあ》きたと考えておられるかもしれません。そのように思われるのは心外で情けなくはあるものの、そこは我慢し、朱雀院があなたを私に預けたのにはわけがあったのですから、年を取った私も朱雀院同様に考え、どうか見下げないで下さい。

昔から一途に願っていた出家も、関心の薄い女君たちに先を越され、出後れたと思うものの、私自身は何の迷いもありません。朱雀院が、出家したあとのあなたの後見に私を選ばれたのは、しみじみと嬉しかったのです。

それなのに、朱雀院に引き続き、競うようにして出家して、あなたを見捨てては、がっかりされるだろうと思い、この世に留まっています。心配していた人々も、今は私を現世に留める絆《ほだし》になる人はいません。明石女御については、行く末はわかりませんが、子沢山《こだくさん》なので、私が生きている間だけでも無事であれかしと、思っています。その他の女君については、誰もが時に応じて、私とともに出家しても惜しくはない年齢に達しており、ようやく身軽になった気がしています。

朱雀院の寿命も残り少ないようであり、ご病気も重くなって心細そうなので、今更思いもよらぬ噂をお耳に入れて、心惑わす事があってはなりません。今、私は、この世で案ずる事はありませんし、どうという懸念もありません。ただ朱雀院を心配させて、極楽往生の妨《さまた》げになるのは、誠に罪深く、恐ろしい事です」と、はっきりと柏木については言わないまま、しみじみと言う。

女三の宮は落涙《らくるい》し、我を忘れたように悲嘆に暮れると、源氏の君も「本当にこれは、昔から聞いて不愉快に思った老人のおせっかいです。それを自分がするとは」と言って泣き、「どんなにか嫌らしい年寄りだろうと、あなたは余計うっとうしいと思うでしょうが」と、恥じ入りつつ硯《すずり》を引き寄せて、自ら墨をすり、紙も用意して、女三の宮に返事を書くように勧めた。

手が震えて書けそうもない風なので、あの柏木への返事は、反対にこまやかに遠慮なく書いたのだろうと、源氏の君は憎らしくなり、万事につけての女三の宮への憐憫《れんびん》も冷めてしまう思いがするものの、言葉を教えながら書かせた。

朱雀院の五十賀に女三の宮が参上すべき十月も、こうして過ぎ、柏木の正妻の女二の宮が格別威勢よく参上したのとは逆に、女三の宮が身重の体で張り合うようになるのも憚られた。

源氏の君は、「十一月は、私にとって桐壺院の忌月ですし、年末はまた大変慌ただしい。また、あなたの姿もこれからどんどん見苦しくなっていくのを、待ち遠しく思われている朱雀院が見られるのも、どうかと思います。かといって、そんなには延期はできません。くよくよ悩まず、明るく振舞い、ひどく面痩せしたのを治して下さい」と言い、身重の女三の宮をさすがに痛々しく思った。

柏木衛門督については、源氏の君はどんな催事《さいじ》にも、格別趣向を凝らした時には、必ずや特別扱いをして招き、親しく話をしていたが、今回は全くそうした便りもしないので、人が不審がるだろうとは思うものの、柏木に会えば、妻を寝取られた間抜けな自分が恥ずかしく、平静ではいられない気がして、そのまま柏木が何か月も参上しないのを、咎めないでいた。

世間の大方は、柏木衛門督が普通ではなく病《や》んでいて、かつ六条院でも管絃《かんげん》の遊びなどない年なので、不参も無理はないと思っていたが、夕霧大将だけは、「何か理由があるのだろう。色好みの柏木の事だから、私が感づいた、女三の宮への思慕に耐えられなかったのだろう」と推測したものの、まさかこのように一部始終を源氏の君が知っていようとは、思いもかけなかった。

十二月に至り、朱雀院の五十賀の宴《うたげ》は十余日と定めて、六条院では舞の稽古で大童《おおわらわ》になり、二条院にいた紫の上も、まだ六条院に移っていないとはいえ、試楽《しがく》と聞いてじっとしていられなくなり、訪問を決めた。

明石女御も里帰りをして来て、この明石女御に生まれた三の宮は、一の宮に続いて男子であり、次々と可愛らしい孫が生まれるので、源氏の君は明け暮れその遊び相手になり、年を取った甲斐があったと嬉しく思っている。

試楽には、鬚黒右大臣の北の方である玉鬘《たまかずら》もやって来て、夕霧大将は例の夏の町で、内々に一日中舞楽の練習をしているため、花散里は試楽を見物する必要もなかった。

このような催事に柏木衛門督を参加させないのは、試楽に花が添えられず、また人が首をかしげて妙だと思うに違いないため、源氏の君は参上するように誘ったが、柏木は病が重いのを理由にして辞退して来たので、どこがどう病んで苦しいわけでもなさそうであり、気にする事もなかろうと気の毒がって、特別に手紙を送った。

父の致仕《ちじ》太政大臣がそれを知って、「どうして辞退するのですか。このひねくれ者と、源氏の君も思われるでしょう。ひどく重病ではないのだから、奮い立って参加しなさい」と勧めるので、源氏の君からの重々の誘いも考慮して、辛いと思いつつ柏木は勇気を出して参上した。

まだ上達部《かんだちめ》などは集まっていない頃であり、例によって源氏の君は柏木を近くの御簾の中に招き入れて、母屋《もや》の御簾は下ろしていた。

いかにも柏木はひどく痩せて顔色も青く、普段から活発で華やかな面では弟たちに負けているとはいえ、たしなみがあって沈着な点では頭抜《ずぬ》けており、それが今日は一段と物静かに控えている。その有様は、皇女たちの側で婿《むこ》として並べても全くひけをとらないものの、今回の出来事が柏木と女三の宮の双方にとって、分別を欠いていた罪は許し難いものであり、源氏の君はじっと見つめて、さりげなくかつ優しく声をかける。

「それという用事もないまま、久しい対面になってしまいました。何か月もの間、紫の上や女三の宮の看病をして、心の余裕もないまま、朱雀院の五十賀のため、ここにおられる女三の宮が賀宴の仏事をされる事になりました。次々と支障《さわり》が出て来て、こうして年の暮れも近づいたので、思い通り充分な事はできず、ほんの型通りに精進《しょうじん》料理を供します。

御賀と言えば大仰になりますが、我が家に生まれ育った子供たちの数も多くなったので、朱雀院に見ていただこうと思い、舞などを習わせ始めました。拍子を調える事は、あなたを差し置いて他に御願いできる人はおらず、幾月も訪ねて下さらなかった恨みは捨てて、こうして依頼するに至りました」と、言う様子は、何の裏心もないように見えた。

柏木は心の底から恥じ入り、顔色も変わったように感じて、すぐには返事ができず、「何か月もご心配なされている二人の女君の病については承《うけたまわ》っていて、心を痛めておりました。私の方は、普段から患っている脚気《かっけ》じみたものが、春頃から悪化して、しっかり立ち歩けなくなり、月が経つにつれて弱くなって、宮中にも参内《さんだい》せず、世間から身を隠したように家の中に籠っております」と、やっとの思いで弁明する。

続けて、「今年は朱雀院がちょうど五十になられる年です。人よりもしっかりとお祝い申し上げなければならないと、父の致仕大臣が気づいて、私に注意してくれました。しかし父大臣は『官職を辞した退官の身であり、進んでお祝い申し上げるのにふさわしくない。ここはそなたが、まだ低い身分ではあっても、深い志があろうから、その心根を朱雀院にお見せしなさい』と言ってくれました。それでこのたびは、重い病を押して参上した次第です。

朱雀院は今はひっそりと過ごして、仏道に専念しておられるので、盛大な御賀《おんが》のお祝いを受けるのは願っておられないように見受けられます。それで今回も万事を簡素にすませて、父娘《おやこ》の静かなご対面を願われており、それを叶えてさしあげるのが、大変よろしいかと存じます」と言上する。

源氏の君は盛大だった御賀について聞いていただけに、それを女二の宮と柏木の主催だったと言わないのも、こちらへの心遣いだと思いつつ、「私の準備は、ただこの通りで、簡素にしているのを、世間は真心が薄いと見るのを心配していました。ところがあなたがよく理解していて、先刻のように言って下さったので、やはりこれでよかったと、安心しました。

夕霧大将は、公務の面ではようやく一人前になったようですが、このような風流の面には、もともと馴染《なじ》めないようです。朱雀院は、どの方面にも心得があって、特に音楽に関しては造詣が深く、精通されておられます。確かに俗世の事はすべて捨てておられるようですが、ここで音楽に耳を傾けて下さるだろうと、私としては今、心を砕いております。

どうか、あの夕霧と一緒に、舞の童《わらわ》たちに心構えやたしなみを教示して下さい。その道の師匠というものは、自らの専門は十分であったとして、他の事は落胆させてしまいますので」と、源氏の君が実に優しく言う。

柏木は嬉しく思う反面、心苦しく気が咎め、言葉数も少なくなり、源氏の君の御前を早く退きたい一心で、いつものように長々と話す事なく、やっとの思いで退出した。

試楽の日、源氏の君は六条院の女君たちが見物するのに、見甲斐《みがい》があるようにするため、朱雀院の御賀の当日は、舞の童たちは赤い白橡《しらつるばみ》の袍《ほう》に葡萄染《えびぞめ》の下襲《したがさね》を着るはずだから、今日は青い白橡の袍に蘇芳《すおう》襲の下襲を着せた。楽人《がくにん》三十人は白襲を着ていて、東南の釣殿《つりどの》に続く廊《ろう》を楽所《がくしょ》にして、築山の南端から舞の童が出て来る際、唐楽《からがく》の「仙遊霞《せんゆうが》」という曲を演奏する。

雪が散らつく中、春はもう間近で、梅の花が目にも鮮やかに咲き出していた。源氏の君は廂《ひさし》の御簾の内にいて、その傍《そば》には式部卿宮と鬚黒右大臣だけが坐り、それ以下の上達部は簀子《すのこ》に座を占め、今回は私事《わたくしごと》の試楽なので、饗応《きょうおう》などは手軽な感じで供された。

鬚黒右大臣の四郎君、夕霧大将の三郎君、蛍《ほたる》兵部卿宮の子供二人の計四人で、「万歳楽《まんざいらく》」を舞う光景は、まだみんな幼い年齢なので、実に可愛らしく、四人いずれも高貴な家の子息で、顔立ちもよく、着飾って登場する様子は、そう思うせいか上品そのものである。

夕霧大将の息子で、惟光《これみつ》の娘の典侍《ないしのすけ》腹の二郎君と、式部卿宮の長男である兵衛督《ひょうえのかみ》で今は源中納言になっている人の子息が、二人で「皇麞《おうじょう》」を、鬚黒右大臣の三郎君、つまり玉鬘の第一子が「陵《りょう》王《おう》」を、夕霧大将の太郎君が「落蹲《らくそん》」を、さらに「太平楽《たいへいらく》」や「喜春楽《きしゅんらく》」などの舞を、同じ一族の子息たちや大人たちが舞った。

日が暮れていくと、源氏の君は御簾を上げさせ、舞楽の趣が加わるにつれ、孫君たちが誠に可愛らしい容姿で、この上ない舞い様を見せるのも、師匠たちがそれぞれ手を尽くして教えたからであった。元来の才気も加わって、これまで見た事もないように舞うので、源氏の君はどの子もいとおしいと思い、年寄りの上達部はみんな涙を流し、式部卿宮も孫たちを思って、鼻が赤くなるまで泣く。

主人の源氏の君が、「寄る年波につけ、酔って泣くのを抑えられなくなりました。柏木衛門督がこっちを見つめて笑っているのが、誠に気恥ずかしい」と言い、「とはいえ、老いはすぐにやって来ます。逆方向に流れないのが年月なので、老いは誰しも逃れ得ません」と言いかけられた柏木は、他の人々とは明らかに違った様子で緊張して、気が滅入っている風である。

実際に気分が悪く、素晴らしい舞も目にはいらないところに、源氏の君が名指して、かつ酔ったふりをして口にした言葉が、冗談とは思えない。一層胸がつぶれて、盃が巡って来ても、頭痛がひどいので、飲んだふりをしてすまそうとしたが、源氏の君はそれを見咎《みとが》めて、幾度も盃を強《し》いた。きまりが悪くなって困り果てる姿は、それでも並の人とは違って美しい。

心地乱れて気分が悪くなった柏木は、まだ試楽の宴が終わらないうちに、そのまま退出したものの、心苦しさは増すばかりであり、「いつものようなひどい深酔いではないのに、どうしてこうなったのか。気が引けていたので、血の気《け》が頭に上ったのだろうか。それほど自分は怖気《おじけ》づくような気弱さはないのに、全く不甲斐《ふがい》ない」と、自分を情けなく思う。

柏木のこれは一時の悪酔いではなく、そのまま重病になった。父の致仕大臣も母の北の方も心配して、離れ離れに住むのは気がかりなので、父大臣邸に移そうとするので、女二の宮は嘆くしかなく、気の毒ではあった。

柏木は、何事もなく過ごす日、いつかは正妻の女二の宮との仲が好転するだろうと、あてにもならない事を期待しながら、女二の宮へさして深い情けもかけていなかったものの、これを最後として別れるのかと思うと、『古今和歌集』に、かりそめの行きかいじとぞ思い来し　今は限りの門出なりけり、とあるように、しみじみと悲しく思う。自分が死んだあと、女二の宮がどんなに嘆くだろうか、これは実に畏れ多い事だとひどく悲しんだ。

女二の宮の母の御息所《みやすどころ》も嘆きは同じであり、「世の常として、親とは別々に暮らしても、こうした夫婦というものは、いかなる時でも、離れ離れにならないのが通例です。今こうして引き別れて、病が癒《い》えるまであちらで過ごすのは、女二の宮は心配でならないでしょう。しばらくはここで養生して下さい」と、柏木の病床の傍に几帳のみを置いて、看病する。

柏木は、「ごもっともでございます。物の数でない身の上ながら、及びもつかない女二の宮との契りを許していただいて仕えるからには、長生きをして、多少なりとも人並になるところを、見届けていただこうと思っておりました。ところがこのように病が重くなり、私の深い愛情を見届けていただけないままに終わると思うと、この世に留まる事は無理としても、あの世にも行き着く事ができませんと、御息所と一緒になって泣いた。

すぐには実家に戻れないでいるのを、実母の北の方は懸念して、「どうして、まず親に姿を見せようとは思わないのですか。わたくしは、気分が悪く心細い時は、多くの子供たちの中でも、あなたに特に会いたく、頼りにしてきました。このままでは、気がかりでなりません」と柏木を恨んだ。

柏木は女二の宮に、「私が長男だったためか、特に大事にしてもらいました。今になっても母は私を可愛がり、しばらく会わないのも辛いと思っています。このように最期かと思われる時に会わないのは、罪深く胸が塞がれます。もう望みがないと聞いた時は、どうかそっと忍んで訪問して下さい。必ずや、またお会いしとうございます。先来、奇妙に鈍くて思慮深くない性分《しょうぶん》なので、何かにつけて私の対応を疎略だと思われた事でしょう。それが悔やまれてなりません。こんなに命が短いとは知らず、行く末が長いとばかり思っていました」と言い置いて大臣邸へ移ったため、残された女二の宮は言いようもなく柏木に恋い焦《こ》がれた。

致仕太政大臣の館《やかた》では、柏木を待ち受けていて、万事加持祈禱《かじきとう》を怠《おこた》らない中、容態は急に重病に陥《おちい》るという様子ではなかったものの、何か月も食事を口に入れておらず、今ではちょっとした柑子《こうじ》などもに手を触れたがらなくなり、ただ何かに引き入れられるように、次第に衰弱していくように見えた。

時代の学識人格ともに優れた人物が、このように重病になったので、世の人々は惜しみ悲しみ、見舞に参上しない者はなく、帝からも朱雀院からも、見舞の使者がたびたび送られ、ひどく惜しみ心配する。両親の心も一層沈み果て、おろおろするばかりであり、源氏の君も、実に残念な事だと驚き、見舞を丁重に幾度も父大臣に贈り、夕霧大将は誰にも増して親しい仲だったので、病床近くに見舞って、悲嘆にくれた。

こうした中、朱雀院の五十賀は、十二月二十五日に実施された。こういう時に欠かせない上達部の柏木が重く患い、親や兄弟、その他多くの人々など、高き身分の人たちが嘆き沈んでいる頃だったので、どこか後ろめたい感じがするものの、これまで次々と延期になった事でさえも気が咎めていたので、源氏の君は中止するわけにはいかなかった。一方で、女三の宮の心中を思いやって気の毒がる。

例によって、五十賀にちなんで五十の寺での誦経《ずきょう》や、朱雀院のいる西山の寺でも、摩訶毘盧遮那《まかびるさな》の誦経が続けられた。

第四十三章　帰参

この「下若菜《げわかな》」の帖《じょう》を書き終えたのは、奇《く》しくも物語と同じく、十二月二十五日の深夜だった。頭の中でも魔訶毘盧遮那《まかびるさな》の読経《どきょう》の声が聞こえるような気がした。

思えば、「若菜」の裏の立役者は、やはり六条御息所《ろくじょうのみやすどころ》だった。生霊《いきりょう》となって葵《あおい》の上を死地に送り、死霊《しりょう》になってからは紫の上を病《やまい》の床《とこ》に臥《ふ》せさせた。

それだけに留《とど》まらず、葵の上の甥《おい》にあたる柏木《かしわぎ》にもじわじわと取り憑《つ》いて、その人となりに火をつける。世評高く、朱雀《すざく》院や今上帝《きんじょうてい》の信頼の厚い柏木を、ふと恋の道に惑《まど》わせ、あろうことか密通を犯させ、さらには死地に追いやる。それほどまでに、御息所の怨念《おんねん》は根深かったのだ。とはいえ、これに気づく人は稀《まれ》かもしれない。それはそれでいい。

東宮《とうぐう》の妃《きさき》だったという誇り高い御息所は、新斎院御禊《さいいんごけい》の日に、葵の上一行から車争いによる辱《はずかし》めを受けたのが、何よりの屈辱《くつじょく》だった。自分は東宮妃、相手はたかが大臣の娘に過ぎない。しかも自分が愛の手ほどきをして恋した光源氏の正室だ。左大臣の娘とはいえ、これ以上の無礼はない。生霊、死霊となって取り憑けば、そのたびに自分は光源氏に思い出してもらえる。それがせめてもの、かつての思い人への未練の表出だった。

残りの三日で直しを入れ、浄書《じょうしょ》を終え、二十九日に彰子《あきこ》中宮《ちゅうぐう》様の許《もと》に帰参した。

「どうでしたか、里では筆が進みましたか」

参上《さんじょう》のご挨拶《あいさつ》をするなり、中宮様から問われた。

「はい。物の怪《け》に憑かれたように書き進めました」

「やはり、何かと騒々しい内裏《だいり》よりも、静かな里居《さとい》のほうが、筆が走るのでしょうね」

「そうとばかりは申せません。忙しく、物に紛《まぎ》れているときでも、寸暇《すんか》を惜《お》しむように、筆が動くこともございますから」

実際にそうで、暇だから事が進むと人が言うのは嘘《うそ》だ。雑事に忙しいときこそ、大事が進む場合のほうが多いのかもしれない。ともあれ、ひと月強で書き上げた「上下若葉」で、「玉鬘《たまかずら》」からの十帖に比肩《ひけん》できる長さになった。これも師走《しわす》の慌《あわ》ただしさのお蔭なのかもしれない。

「よかったら、書き上げたものを見せて下さい。能書《のうしょ》の女房《にょうぼう》たちに書写させますから」

中宮様のお頼みに異存があるはずはない。浄書した分をお渡しし、直しを入れたほうは、小少将《こしょうしょう》の君《きみ》に渡そう。あの愛くるしい小少将の君が、「内裏でのわたしの唯一の楽しみは、藤式部《とうしきぶ》の君の物語を読むことです」と言ってくれたときは、思わず目頭《めがしら》が熱くなった。

そんなひと言が励みになる。中宮様が読まれ、いずれは帝《みかど》も目を通されると思うと、さらに真剣味が加わる。

これから先、物語がどうなるのかはわからない。しかし次の帖で柏木が死んでしまうのは確かだ。

あたら良い人物を夭折《ようせつ》させるのは不憫《ふびん》ながら、密通を犯した柏木はもはや死ぬしかないのだ。

局《つぼね》に戻って、今日の十二月二十九日が、初めて宮中に出仕《しゅっし》した日だったことに気がつく。あれは三十四歳のときだ。たった二年しか経《た》っていないのに、十年は経《へ》たような気がする。あっという間の期間でありながら、一生かかっても味わえない事柄が、密に詰まった日々だった。まさに無我夢中の二年だった。

それなのに今はすっかり宮仕《みやづか》えに馴《な》れ切っている。そんな身の変わりようが、我ながら疎《うと》ましくなる。

夜も更《ふ》けて、中宮様が物忌《ものいみ》にはいられたと聞き、物語をお渡しするのは後日にした。そのまま床《とこ》にはいると、局の外は沓音《くつおと》がいくつも響いてやかましい。若い女房たちの局に通う上達部《かんだちめ》たちの沓音だった。隣の局の小少将の君が言った。

「やはり内裏は様子が違います。里だと今の時刻はゆっくり眠られたのに、ここは沓音で騒がしく、寝られません」

小少将の君も珍しく伯父《おじ》殿の邸《やしき》に下がっていたようだった。小少将の君の口振りには、若い女房たちへの羨望《せんぼう》も加わっていた。その小少将の君に答えるつもりで、和歌を呟《つぶや》く。

としくれてわが世ふけゆく風の音《ね》に
心の中のすさまじきかな

「わが世ふけゆく」には、夜更けゆくを掛けたつもりだった。

来年には、三十七になる。まさに物語の紫の上と同じ齢《よわい》で、厄年《やくどし》ではあった。

大晦日《おおみそか》の夜に行われた、悪鬼《あっき》追い払いの追儺《ついな》の行事が早く終わって、お歯黒つけなどの化粧をしているとき、弁《べん》の内侍《ないし》の君がやって来たので、少しばかり世間話をする。

「ようやく一年が終わりました」

弁の内侍の君が言い、里居中の十二月二十日に行われた敦成親王《あつひらしんのう》の百日儀《ももかのぎ》が大変だったと溜息《ためいき》をつく。帝の渡御《とぎょ》があったらしく、その盛大さは想像がつく。例によって道長《みちなが》様が敦成親王を抱き、帝が餅《もち》を含ませたあと饗宴《きょうえん》になった。

公卿《くぎょう》たちが次々と祝いの歌を詠《よ》み、能書の参議藤原行成《ゆきなり》様がその和歌序《わかじょ》を書き始めた。その筆を取り上げたのが、藤原伊周《これちか》様だった。あの亡き定子《さだこ》皇后の兄で、復権が許されてからは大臣に準じる封戸《ふこ》を与えられた人だ。自《みずか》ら書きつけた和歌序には、どうやら、帝の第一子が定子様腹の敦康《あつやす》親王で、その人こそが帝道《ていどう》を承《うけたまわ》るべきだと記されていたらしい。

「伊周様は第一皇子を忘れないで欲しいと、訴えたかったのでしょう。その狼藉《ろうぜき》は満座《まんざ》の非難を浴びたようです」

弁の内侍の君は声を潜《ひそ》めて言った。

伊周様の焦《あせ》りはよく理解できる。彰子様とて敦康親王をないがしろにはされていない。定子様の亡きあと、敦康親王を近くで養育されてきたので、今更愛情を薄めよと言っても無理なのだ。

中宮女房の内匠《たくみ》の君が、長押《なげし》の下で灯火《ともしび》を点《とも》し、童女《わらわめ》のあてきに縫い物を熱心に教えていた。表《おもて》裏《うら》を重ねて袖口をどうやって折りひねるのか、あてきにはまだ難しいようだ。

そのときだった。彰子中宮様がおられる東北の対《たい》の方で大声がした。これは大変だと思って弁の内侍の君を起こしたものの、なかなか目を覚まさない。そのうち人が泣き騒ぐ声まで聞こえて、ただならない様子だ。恐ろしくなって、どうしていいかわからない。火事かと思ったが、火は見えない。

「内匠の君、ともかく行ってみましょう」

と言って、起きていた内匠の君を先に立たせ、あてきと三人で暗がりを進む。足が震《ふる》えて、まるで宙《ちゅう》に浮いた心地がする。しばらく行くと、単衣《ひとえ》姿の女が二人いる。女房の靫負《ゆげい》の君と小兵部《こひょうぶ》の君だった。

二人共裸同然で、何だこんな事だったかとわかったものの、いよいよ恐ろしくなる。食膳《しょくぜん》を供する御厨子所《みずしどころ》の人も、中宮職《しき》の侍《さぶらい》や宮中警固の武士も追儺の儀式が終わったので、みんな退出して不在だ。手を叩《たた》いて大声を出しても、応《こた》える人もいない。御膳を納める御膳宿《おものやどり》の雑用係の老女を呼ぶと、やっと出て来た。

「殿上《てんじょう》の間に、兵部丞《じょう》という蔵人《くろうど》がいるはず、呼んで来なさい」

と恥も忘れて言った。実は兵部丞は弟の惟規《のぶのり》で、この時期、清涼殿《せいりょうでん》の南廂《みなみびさし》にある詰所《つめしょ》にいることは、里居していると きに聞いていた。

老女房が行ってみたが、やはり退出していると言う。これは困ったと頭を抱えていると、式部丞《しきぶのじょう》の蔵人である藤原資業《すけなり》殿がやって来た。あちこちにある灯台《とうだい》の油皿に、ひとりでさっさと油をさして回るのを、みんな呆然《ぼうぜん》として眺《なが》めるしかなかった。

この引き剝《は》ぎ事件に対しては、帝から見舞の使者が遣わされた。彰子中宮様からは、着物を剝がれた二人の女房に、納殿《おさめどの》にある新調の衣装が下賜《かし》された。

幸いこちらでは元日用の衣装の被害はなく、胸を撫《な》で下ろす。しかし二人の丸裸に近い姿は目に焼きついて、恐ろしくもおかしくもある。それにしても残念だったのは、あのとき、惟規がいなかったことだ。すぐに馳《は》せ参じていれば、大手柄になったはずだった。どこか下仕《しもづか》えの女房の許で夜を過ごしていたのに違いなかった。

明けて正月一日は、不吉なことは言ってはならないのに、弁の内侍の君とともに、昨夜の一件をみんなに言わずにはいられなかった。この元日は、月に一度の忌日《きじつ》にあたったので、若宮の頭に餅を当てて祝言《しゅうげん》を唱える戴餅《いただきもち》の儀式は中止になった。

そして三日に、若宮が一条院中殿の清涼殿に移られた。今年の世話係は大納言《だいなごん》の君が務めた。その装束《しょうぞく》は、元日は紅《くれない》の打衣《うちぎぬ》に葡萄染《えびぞめ》の表着《うわぎ》、唐衣《からぎぬ》は赤、裳《も》は地摺《じずり》だった。二日は、経緯《たてよこ》を紫と紅の糸で織った織物と、練絹《ねりぎぬ》の打衣は濃い紅、青の唐衣、色摺《いろずり》の裳だ。三日は、唐綾の表白、裏紫の桜襲《さくらがさね》で、唐衣は蘇芳《すおう》の織物だった。

このように打衣に濃い紅を着る日は紅の袿《うちき》を下に着て、逆に紅の打衣を着る日は濃い紅の袿を下に着るのは、定まった様式ではある。表薄青で裏が縹《はなだ》色の萌黄《もえぎ》襲、表薄茶で裏濃赤の蘇芳襲、表薄朽葉《くちば》で裏黄の山吹《やまぶき》襲、表紅、裏紫の紅梅《こうばい》襲、表薄縹で裏紫の薄色襲というように、色目を揃え、それに表着を重ねて、大納言の君が伺候《しこう》する姿は、いつもながら感心する。

御佩刀《みはかし》を手に持つのは宰相《さいしょう》の君で、若宮を抱いた道長様のあとに続く。紅の三重《みえ》縫いと五重《いつえ》縫いを重ね重ねして、同じく紅の七重《ななえ》縫いに単《ひとえ》を重ねて縫い、合計八重《やえ》にして重ね袿にしていた。上にまた同色の固紋《かたもん》の五重、袿、葡萄染の浮紋《うきもん》の木の葉紋様など、縫い方にまで目が行き届いていた。縁《ふち》を三重にした裳や、赤の唐衣、菱紋《ひしもん》を織り出しているのも、実に唐風である。髪も常よりも艶《あで》やかに飾って、その容姿や物腰が実に美しい。背丈《せたけ》も程良く、ふっくらと顔は可愛《かわい》らしく、肌色も匂うようだった。

ところで、物語を書くにあたって偶然を排することを最も警戒していたのだが、この帖では、大きな偶然を持ち込まざるを得なかった。蹴鞠《けまり》の最中に、唐猫《からねこ》が走り出て御簾《みす》が上がり、女三の宮の艶やかな姿が覗《のぞ》き見されたという偶然だ。このときの女三の宮の姿を瞥見《べっけん》した柏木は、これによって恋の淵《ふち》に落ち込んでしまう。

物語に持ち込んだこの偶然を、いわば取り繕《つくろ》うために、繰り返し書かねばならなかったのが、女三の宮の不用意さと幼稚さだった。唐猫には責任がない。こよなく身分が高いのに、その振舞いは軽々しく、浅慮《せんりょ》である。この女三の宮について書けば書くほど、浮き彫りになってくるのは、紫の上の思慮深さだった。光源氏が紫の上に益々思慕《しぼ》を深めていくのも、無理はない。

そんな物語の流れを辿《たど》っていくうちに、読み手は、いつの間にか、偶然が物語の中に紛《まぎ》れ込んでいるのを忘れてくれるはずだ。

そう思っていたので、「下若葉」の帖を筆写し終えた小少将の君から、「この女三の宮には、女人《にょにん》の哀れさを感じてしまいます」と言われたときには、はっと胸を衝《つ》かれた。

「深窓《しんそう》の女人として、朱雀《すざく》院に手厚く養育されただけに、女三の宮は拒《こば》むことを知らなかったのでしょう。これはもう女三の宮の人柄で、どうしようもなかったのです。その点にわたしは、女人の受苦《じゅく》を感じました」

そう言う小少将の君の目は、赤く潤《うる》んでいた。

「女人の受苦」

思わず復唱すると、小少将の君が深々と頷《うなず》く。

「可哀想《かわいそう》な人です。女三の宮は、こんな道など選びたくなかったのでしょうが、あれよあれよという間に、こんな道を歩いてしまったのです」

小少将の君の言葉に、今度はこちらが頷いてしまう。思いもかけない、小少将の君の受け取り方だった。物語の書き手の思惑を超えたところで、小少将の君は女三の宮を擁護《ようご》している。

女人の受苦とは、小少将の君が常日頃から自分の身の上に感じていることではないのか。うっすらと目を赤くして言ったのは、その証《あかし》ではなかったか。改めて、小少将の君の手を取って、「ありがとう」と口にする。それは女三の宮に成り代わっての書き手の感謝だった。


柏木衛門督《えもんのかみ》は依然《いぜん》として病《や》み続け、病状も好転しないまま年も改まり、父の致仕大臣《ちじのおとど》と母の北の方が嘆き悲しむ姿を見るにつけ、悩みは深くなるばかりで、「無理にこの世に別れを告げる命は、甲《か》斐《い》があるわけではない。親に先立つ罪も重い。とはいえ、この世に生き残るべき我が身ではない。

幼い頃から、志《こころざし》だけは高く、何に対しても人よりは優者になろうとしてきた。それだけに公私につけて、人一倍気位《きぐらい》は高かった。それでいて志はなかなか成就《じょうじゅ》できず、一度や二度の失敗があって、我が身を情けなく思った。以来、世の中に幻滅して、来世への望みが募《つの》って、出家《しゅっけ》への願いも深まった。ちょうど『拾遺和歌集』にある紀貫之《きのつらゆき》の、**おおかたの我が身ひとつの憂《う》きからに　なべての世をも恨《うら》みつるかな**、の境地だ。

しかし、両親の悲しみを思うと、それが野山に憧《あこが》れる出家の道の重い束縛になるような気がした。ちょうど『古今《こきん》和歌集』にある素性法師《そせいほうし》の、**いずくにか世をば厭《いと》わん心こそ　野にも山にもまどうべらなれ**、や、**世の憂きめ見えぬ山路へ入《い》らんには　思う人こそ絆《ほだし》なりけれ**、と同じだ。そのため気を紛らす他はなく、結局は俗世間で立ち交われない抑《よく》うつが、我が身に取りついてしまった。これは自分の責任であり、誰のせいでもない。我が身から生じた錆《さび》でしかない」と思う。

もはや恨むべき人もなく、「かといって神仏を恨む事などできず、これはもうみんな前世からの因《いん》縁《ねん》なのだろう。『古今和歌六帖』にあるように、**憂くも世に思う心にかなわぬか　誰も千歳《ちとせ》の松ならなくに**、で、誰ひとりこの世に永遠には留まれない。だからこそ、あの女三の宮に少しでも偲《しの》んでもらえそうなうちに身を果てて、かりそめの愛情をかけて下さる方がおられるのを、せめて一筋の思いに、燃え尽きた証《あかし》にしよう。ちょうど『古今和歌集』の、**夏虫の身をいたずらになすことも　ひとつ思いによりてなりけり**、と同じだ。

無理に生き長らえると、自然にあるまじき評判が立って、私にもあの方にも、穏やかでない事態が生じるだろう。それよりも、今死んでしまうほうが、無礼な奴《やつ》と思われているに違いない源氏の君も、許して下さるだろう。万事は、人の死とともにいっさい消えていく。それに、その他の過《あやま》ちはないのだから、これから先の長い間の何かの折には、私を側に置いて可愛がって下さった憐憫《れんびん》の情も、必ずや出てくるだろう」と、所在なげに思い続けるそばから、やはり返す返すも情けない人生だったと思う。

どうしてこのように、世間を狭くしてしまった我が身なのかと悲嘆にくれ、『古今和歌六帖』にある、**独り寝の床にたまれる涙には　石の枕も浮きぬべらなり**、の歌同様、誰のせいでもなく、枕も浮く程の涙を流し続け、やや小康になって両親たちが去った隙《すき》を見て、女三の宮に手紙を書く。

「私が臨終《りんじゅう》間際《まぎわ》になっている事は、自然に耳にはいる折もありましょうが、それでどうなったかでさえ、お耳を留めていただけないのも当然ではございます。辛《つら》い事ではあります」と、綴《つづ》るうちにも手が震えるため、胸の思いも途中で書きやめ、歌を詠《よ》んだ。

今はとて燃えん煙《けぶり》もむすぼほれ
絶えぬ思ひのなおや残らん

もう命はこれまでと、火葬の煙は地上に漂い、あなたへの断ち難い思いの火は、いつまでもこの世に残るでしょう、という追慕《ついぼ》であり、「思ひ」の「ひ」に火を重ねて、「どうか、哀れとだけでもおっしゃって下さい。そのお言葉で心を鎮《しず》め、ただ自分ゆえに迷い込んだ、煩悩《ぼんのう》の闇の道を照らす光に致します」と書く。

あの小侍従《こじじゅう》にも性懲《しょうこ》りもなく心揺さぶる言葉で、「ぜひ来て下さい。もう一度言わねばならない事があります」と書き送ったので、幼い頃からしかるべき縁《えにし》によって参上し、親しく対面して馴れている柏木なので、身の程をわきまえない女三の宮に対する執心《しゅうしん》を嫌だと思いつつも、文《ふみ》の受け渡し役になる。

これが最後の文だと思うと悲しく、小侍従は涙ながらに女三の宮に、「どうかこの文への返事はお書き下さい。本当にこれが最後になれば、大変でございます」と懇願《こんがん》したものの、女三の宮は、「わたくしも、今日か明日かの心地で、心細いのです。人の死が悲しいのはわかりますが、あの一事はとても辛く、懲《こ》り懲《ご》りしたので、とても書く気にはなりません」と答えて、全く書く様子がない。

それというのも心情や性質《たち》が冷静沈着というわけでもなく、気がかりな源氏の君の態度が、時々嫌味に傾くのが非常に悲しく、辛いからだったが、小侍従が硯箱《すずりばこ》などを用意して、返事を催促《さいそく》すると、渋々ながらにも書きつけたので、それを手にした小侍従は、こっそりと宵《よい》に紛れて、柏木の許に参上した。

父致仕大臣は、霊力に優《すぐ》れた修験者《しゅげんじゃ》で、葛城山《かずらきやま》から招いた僧を待ち受け、病人に加持《かじ》を行い、祈禱《きとう》や読経なども大がかりで騒々しい上に、人の進言を聞いて、柏木の弟君たちを遣《つか》わし、あちこちの聖《ひじり》めいた験者《げんじゃ》など、世間から埋もれて深山《しんざん》に籠《こも》って修行している僧までも、探し出して連れて来させたので、荒々しく無愛想な山伏《やまぶし》たちも数多く参上した。

病人の様子はと言えば、どこがどう悪い風でもなく、何かを心細く感じているように、時々声を上げて泣く。陰陽師《おんようじ》なども、多くは、女の霊が憑《つ》いていると占ったので、そんな事もあろうかと納得するものの、姿を現す物の怪もいない。思い煩《わずら》う余り、葛城山のような山奥まで、験者を探しに行かせたのだったが、この聖は、背が高くて眼光が鋭く、荒らげた声で陀羅尼《だらに》を読んだ。

柏木は「これは何ともしゃくにさわる。私はそんなに罪深いのだろうか。陀羅尼を読む声が高いのは、実に恐ろしく、却《かえ》って死期が近づいた感じがする」と言いつつ、そっと寝所《しんじょ》を出て、小侍従と話をするのを、そうとは知らない父の致仕大臣は、女房たちから柏木が眠ったと聞いて安心し、こっそりと葛城山の聖と話をしていた。

年を取ったとはいっても、まだ華やかなところがあり、何かと笑う大臣が、このような身分の卑《いや》しい者たちと向かい合って、柏木が病み始めて、次第に重病になっていった経過を口にして、「どうか、憑いている物の怪が姿を現すように祈って下さい」と、微《び》に入り細《さい》を穿《うが》って話し合っている様子は、実に気の毒である。

当の柏木は、「あれを聞くといい。何の罪ともわからないのに、占いで女の霊が判明したとは情けない」と小侍従に言い、「本当に女三の宮への執心が私に取り憑いたのなら、嫌悪すべき我が身も、反転して大切なものに思えます。

それにしても大それた心で、あってはならない過ちをしでかし、相手に浮名《うきな》を立たせ、我が身を顧《かえり》みない例は、過去にもなかったわけではありません。それを思い直すと、やはり何となく煩わしく、あの源氏の君にこの罪咎《つみとが》を知られた以上、生き続けるのは、目が眩《くら》む思いがします。それほどまでに、源氏の君の威光は特別なのです。

そもそも深い過ちもないのに、女三の宮と目を見合わせたあの夕べから、心が乱れて気分が悪くなり、魂が我が身を離れてしまい、もはや我が身には戻らなくなってしまいました。その魂が六条院の中をさ迷い歩くなら、魂結《たまむす》びをして下さい」と、弱々しい抜け殻《がら》のような様子で、泣いたり笑ったりして言い聞かせる。

小侍従も、「女三の宮も、何かと後悔気味で慎《つつ》ましいご様子です。沈み切って、げっそりと面痩《おもや》せしておられます」と答えると、柏木にはその姿が眼前に見えるような心地がし、なるほど、さ迷い出る魂は行き来するものだと思われ、より一層心も惑い乱れてしまう。

「今となってはもはや、女三の宮については何も言うまい。この世ではこうしてはかなく過ぎてしまったが、未来永劫《えいごう》自分の成仏《じょうぶつ》の妨《さまた》げになると思えば、そのことが女三の宮に申し訳ない。気がかりな女三の宮の御産が安泰《あんたい》であると、何とかして聞いておきたい。私が見た夢を、自分の胸の内だけに収め、他に語る人もないのが、実に心塞《こころふさ》ぎます」と言いつつ、様々に心に浮かぶ事に執着《しゅうちゃく》するのを、小侍従は一方では気味悪く感じ、また一方で、気の毒に思う心も耐え難く、さめざめと泣く。

柏木は紙燭《しそく》を持って来させて、女三の宮からの文を見ると、やはり、はかない筆遣いで、「ご様子を聞いて心苦しく思いながらも、どうして見舞などできましょう。ただ推察なさって下さい。あなたの歌に『残らん』と書いてありました」と、きれいに綴られ、和歌が添えられていた。

立ち添いて消えやしなまし憂きことを
　思ひ乱るる煙くらべに

煙に添って、わたくしも一緒に消えてしまえばよかった、憂き事をあれこれ思い乱れる煙の高さを比べるためにも、という悲哀《ひあい》で、「思ひ」の「ひ」には火が掛けられ、「あなたに後《おく》れをとり、わたくしひとり生き残れるでしょうか」とのみ末尾に書かれているのに、柏木は心打たれ、勿体《もったい》なく思う。「これでよし。この煙の返事のみが、この世の思い出となる。はかない世であった」と一層泣いて、返事は横になったまま、休み休み書きつけた文字は、続いておらず、一字一字切れて怪しい鳥の足跡のようになった。

行く方《え》なき空の煙となりぬとも
　思うあたりを立ちは離れじ

行方《ゆくえ》も知れない空の煙となっても、恋しいあなたの辺りを立ち離れはしません、という追慕《ついぼ》で、『古今和歌集』に、**夕暮は雲のはたてにものぞ思う　あまつ空なる人を恋《こ》うとて**、とあるように、「夕暮れ時は、私が煙になって立ち上った空を眺めて下さい。お咎《とが》めになる源氏の君の目も、私の死後はもう気になされず、今となっては何の甲斐もない情けだけは、ずっと私にかけて下さい」と乱れ書きする。

そして苦しい心地のまま小侍従に向かって、「もうよろしい。夜が深々と更けないうちに帰り、私がもう臨終に近いと報告して下さい。今になって人が妙な事だと気づくのは、後の世に行ったときの頭痛の種になります。どのような前世からの因縁で、これほどまでに心が執着したのでしょうか」と言い、泣きながら、いざって床にはいった。

いつもは前にずっと坐らせて、女三の宮のちょっとした言葉でも言わせようとするのに、今日は言葉少なだと思うと、小侍従は心配の余り、なかなか帰れないでいる。小侍従の伯母《おば》で柏木の乳母《めのと》も、柏木の様子を小侍従に言って、ひたすら泣き惑う。

致仕大臣も、悲嘆にくれる様子は筆舌《ひつぜつ》に尽くせず、「昨日今日は少しよいように見えたのに、今はどうしてこんなに弱ってしまったのか」と騒ぎ立てるため、柏木は、「そんなに騒ぐ事もありません。もう覚悟はできております」と言って、自分でも涙を流した。

女三の宮は、この暮れ方から陣痛で苦しんでいて、出産まで間もないと見た女房たちは大騒ぎしながら報告したので、源氏の君も驚いてやって来る。心の内では「残念な事よ。これが疑念の湧《わ》かない出産であれば、めったにない事だし、世話をするのも嬉《うれ》しい慶事《けいじ》なのに」と思うものの、他人には疑いを覚《さと》られてはいけないので、験者なども招いて、御修法《みしほ》は絶える事なく実施した。

僧の中で験《げん》あらたかな者は、みんな参上し、加持をするのに大童《おおわらわ》になっていると、女三の宮は一晩中苦しみ明かし、日が射し上る頃に出産する。男君だと聞いた源氏の君は、「この密事《みそかごと》が、生憎《あいにく》人目にはっきりと見分けがつく顔立ちで生まれたら、困った事態になる。女の子であれば、大勢の人の目には触れないので、何となく紛れて、少しは安心だったのに」と思う。

その一方で、「こんなに心苦しい疑いが混じっているのであれば、男君であるのも、却っていいかもしれない。それにしても不思議ではある。私がずっと恐ろしいと思い続けてきた藤壺宮《ふじつぼのみや》との一事の、これは報《むく》いだろう。この世で、かくも予期しない事に出食わしたのだから、来世での罪も、少しは軽くなるかもしれない」と思い至る。

周囲の者はみな、こうした事情を知らないまま、内親王《ないしんのう》という特別な身分の方の御腹から、晩年になって生まれた若君だけに、源氏の君の愛情は格別なものだろうと思い込み、心をこめて奉仕する。御産屋《おんうぶや》の儀式も重くて仰々《ぎょうぎょう》しく、六条院の女房たちが、三日目の産養《うぶやしない》の祝宴も、世の常としての折敷《おしき》、衝重《ついがさね》、高坏《たかつき》などへの心配りにも、女房たちの競い合う心が反映される。

五夜《ごや》の祝いには、秋好《あきこのむ》宮方から、母となった女三の宮への衣装《いしょう》、女房たちへは身分に応じての品々などが、格式通りに厳格に寄贈《きぞう》された。御粥、屯食五十具《とんじきごじゅうぐ》、六条院の諸司への御膳なども、下《した》役《やく》や召次所《めしつぎどころ》など、下々《しもじも》までいかめしく準備させる中、中宮職《しき》や中宮大夫《だいぶ》をはじめ、冷泉《れいぜい》院の殿上人《てんじょうびと》もみんな参上した。

七夜《しちや》の祝いは、帝からの公式の儀式になり、致仕太政《だいじょう》大臣は心を入れて奉仕すべきなのに、息子の柏木の病が気になり、通り一遍の挨拶《あいさつ》しかできない中、親王《みこ》たちや上達部なども多く参集する。源氏の君も表向きは類《たぐい》のないほど奉仕に努めるものの、心の内では、やはり辛い思いが消えず、それほどまでには歓待せず、管絃《かんげん》の遊びは催《もよお》さなかった。

女三の宮は、痛々しい様子のまま気味悪がり、経験した事のない出産を恐ろしいと思い、薬湯《やくとう》なども口にしない。我が身の辛さが、このような大事にあたって尚更《なおさら》に心に痛く、いっその事、このついでに死んでしまいたいと思っていた。

源氏の君は人目だけはよく繕いつつ、赤子《あかご》はまだむさ苦しいと言って格別に見たい風ではなく、老女房たちは、「さてもおろそかに扱いなさる事だ。久しぶりに誕生になった若君は、かくも不吉なまでに美しいのに」と言う。それを女三の宮は何となく聞きつけ、今後はこんな薄情な仕打ちも多くなると思い、我が身が恨めしく、嫌になり、尼《あま》になりたいという思いを深めていた。

源氏の君は、夜は女三の宮の在所では眠らず、昼間にちょっと顔を出しては、「世の中のはかなさを見るにつけ、行く末が短く感じられて心細く、勤行《ごんぎょう》ばかりしております。出産の行事で心が落ち着かず、なかなか参上できませんでした。いかがでしょう。気分がよくなられたか、心配していました」と言い、几帳《きちょう》の端《はし》から覗《のぞ》く。

女三の宮は頭を枕から持ち上げて、「やはり、生き長らえそうにもございません。お産で死ぬのは罪が重いと聞いています。尼になってしまえば、生き長らえる事もできるのではと試してみ、また死んだとしても、それで罪は消えてしまうのでは、と考えています」と、いつもよりは大人びた様子で言うので、源氏の君は驚く。

「そのような事はおっしゃらないでください。それは忌《い》むべき話です。どうしてそこまで考えるのですか。お産は、それ程までに恐ろしい事でしょうか。今はこうやって生き長らえておられますし」と口に出して言うも、心の中では「しかしそこまで思い詰めているのであれば、尼にさせてやるのは、思い遣りかもしれない。

逆にこのまま世話を続けて、事あるたびに心隔てをされるのは辛く、自分でも思い直せそうもない。自然と薄情な仕打ちを重ねれば、人から粗略《そりゃく》にしていると非難される恐れもある。また朱雀院《すざくいん》がその気の毒な有様《ありさま》を耳にされれば、それはひとえに自分の怠慢《たいまん》と見なされる。この際、病にかこつけて、尼にしてやろうか」と思い定める。

他方では惜《お》しい気もするし、不憫でもあり、あの豊かな髪のように、まだまだ遠い未来がある方を、髪を切らせて尼にするのは、やはり可哀想でもあるため、「ここは気を強く持って下さい。病が重いわけではありません。臨終が近いと見える人でも、紫の上のように、平癒《へいゆ》した例があります。望みが持てる世です」と言って、薬湯を飲ませてやる。

女三の宮は大層青白く痩せ細り、ひどく頼りなげに臥せっていて、純な美しさがあり、たとえ大きな過失があったとしても、こっちが気弱になって、許してしまおうかと、思うような容姿だった。

出家して西山にいる朱雀院は、初産《ういざん》が無事にすんだと聞いて、恋しくて会いたくもあり、さらに今は病の床にあるという話なので、これから先はどうなるのか思いやられて、勤行も乱れるまま気がかりな毎日であった。

一方、あれ程弱っていた女三の宮は、その後、幾日も食べ物を口にしないため、実に頼りなげな様子になり、婚礼以来、五十賀まで父君と会わなかった七年間よりも、今こそ恋しく思われるので、「このまま死ねば、二度と会えなくなる」と、涙にくれる。

それを見て、源氏の君はしかるべき人を通じて朱雀院にお知らせしたため、朱雀院はもはや悲しみに堪《た》えられず、出家した身で娘を思う心を断てないのは、あってはならない事とはいえ、夜に紛れて六条院に赴《おもむ》かれた。

前触れもない突然のご訪問に、源氏の君は驚き、恐縮していると、「世の中をもはや顧みはしないと思っていましたが、やはり迷いが醒《さ》め難いのは、子を思う親の道の闇です」と朱雀院はおっしゃる。そして、「勤行もままならなくなり、このまま子が親に先立てば、恨みがお互いに残るだろうと懸念《けねん》し、情けないながらも、世間の非難を覚悟して、こうして出かけて来ました」と弁明するその有様は、出家されたとはいっても優雅さと親しみは変わらない。

忍び姿は質素で、正装の法服《ほうぶく》の代わりの墨染《すみぞめ》姿が実に美しく、源氏の君は羨《うらや》ましく思いつつ、いつものように涙を流しながら、「患っているとはいえ、これといった病ではございません。ただこの数か月弱られた上に、はかばかしく食事を口にされないのが重なり、このように、なってしまわれました。心苦しい御座所《おましどころ》でございますが」と奏上《そうじょう》する。

源氏の君は、女三の宮の御帳台《みちょうだい》の前に褥《しとね》を用意させて、朱雀院を導くと、女房たちも女三の宮の身繕《みづくろ》いを終え、体を御帳台から下ろしてさしあげた。朱雀院は几帳を少し押しやって、直接見ようとして、「全く夜居《よい》の加持僧の心地がしますが、効験《こうけん》のある程の修行は積んでおらず、気が引けます。ひたすら会いたく思っているこの私を、どうか目に入れて下さい」と言って涙を拭《ぬぐ》われる。

女三の宮も実に弱々しく泣きながら、「この先、生きていけそうもございません。こうしておいでになったついでに、わたくしを尼にして下さい」と哀願すると、「そのような出家の心は、非常に尊いものですが、寿命というのはわからないものです。行く末の長い若い人は、却って出家後に間違いを犯し、世間から非難される事もあります。やはりここは考え直しなさい」と、朱雀院は制して源氏の君に顔を向ける。

「このように女三の宮が思い定めていて、今はもう命の限りが近いとなれば、出家後の月日がたとえ短くても、来世の功徳《くどく》の助けにはなりましょうか」と問うと、「ここ何日間は、いつもこう言われますが、物の怪の邪気《じゃき》が人をたぶらかして、出家を勧めるとも聞くので、引き留めております」と、源氏の君がお答えする。

「たとえ物の怪の誘いに乗ったとしても、よくない事は別として、弱っている人がもう最期だと出家を望んでおられるのを、聞き流しているのは、後々に悔《く》いが残るのではありますまいか」と言う朱雀院は心中では、信頼して託《たく》した女三の宮に、源氏の君がそれ程情愛を注《そそ》がず、思い通りに運んでいない事を、何かにつけて耳にして、不満を募らせておられた。

とはいえ表に出して恨むわけにもいかず、世間の評判も残念に思っていただけに、「この機会に出家するのは、結婚がうまくいかないのをはかなんでいるとの、世間の評価も避けられるので、悪かろうはずはない。源氏の君も、通り一遍《いっぺん》の世話としては、やはり信頼できるものであり、預けたのは間違いではない。やはりそれでよかったのだ」と、朱雀院はご自分を納得させる。

女三の宮の今後も、世を憎んで背を向ける様子ではないので、「故桐壺院《きりつぼいん》の遺言《ゆいごん》で拝領《はいりょう》している、広く趣《おもむき》のある三条宮を修理して住まわせよう。そうすれば自分の在世中は、出家後の生活も安らかなのを耳にする事ができる。源氏の君もこれ以上粗略に扱う事はあるまいし、その心映《こころば》えを見届けよう」と決心して、「それであれば、こうして参上したついでに、受戒《じゅかい》させて仏道にはいらせましょう」と口にされる。

源氏の君は女三の宮の不義《ふぎ》も忘れ、「これはどうなる事か」と悲しくも口惜《くちお》しく、耐えきれずに御帳台の中に入り、「どうして、老い先短い私を捨てて、出家を決めたのですか。やはりここは、しばらく心を鎮めて、御薬湯を飲まれ、食事も摂《と》って下さい。出家がいかに尊い事ではあっても、体が弱っていては勤めも難しいでしょうから、養生《ようじょう》をされて下さい」と諭《さと》す。

女三の宮は頭を振って、「何と辛い事を言うのか」という顔になったので、源氏の君は自分のつれない仕打ちを恨んでいたのだと覚り、可哀想だと思いつつ、あれこれと翻意《ほんい》を促《うなが》し、ためらっているうちに明け方になる。

朱雀院が帰るにも、昼間では道中体裁が悪いはずなので、急いで、出産以来控えていた僧たちが祈禱をする中で、身分が高く高徳の僧のみを召し入れて、御髪《みぐし》を削《そ》がせた。

今が盛りの美しい髪を削ぎ終わって、受戒をさせる作法は、悲しく口惜しくもあり、源氏の君は耐えられずに泣く。

朱雀院もまた、元から特別に誰よりも大切に世話しようと思っていたのに、この世でその甲斐もなく尼姿にしたのが、悲しくも残念なので、涙にくれながら、「このような尼姿になっても安らかに。出家したからには、念誦《ねんじゅ》と勤行に励みなさい」と言い置いて、夜が明けてしまったため、急いで退出されようとする。

女三の宮はやはり弱々しく消え入るようであり、しっかりと朱雀院を見る事もできず、話もできないので、源氏の君は、「まるで夢のように思える心の惑いで、九年前にここにおいでいただいたように、またこのように行幸《みゆき》いただいた返礼もできずにおります。この無作法は、改めて参上致しまして償《つぐな》います」と朱雀院に申し上げ、見送りの人々をお供につける。

朱雀院は、「私の一生が今日か明日かと思われる時に、女三の宮が他に頼る人もなく、寄る辺《べ》なく漂うのは可哀想なので、あなたの本意ではなかったでしょうが、このように託して長年安心しておりました。もし命をとりとめましたら、尼姿で人の往来の激しい所はふさわしくありません。しかしまた山里などの遠くに住むのも、心細いでしょう。どうか、尼の身相応に扱い、見捨てては下さいますな」と念を押された。

源氏の君は、「重ねて、そこまでおっしゃられますのは、恥ずかしい限りです。乱れた心が一層乱れて、どうにも判断できかねます」とお答えして、いかにも耐え難いご様子だった。

夜中から明け方までの加持祈禱に、物の怪が出て来て、「してやったぞ。紫の上を上手《じょうず》に生き返らせたと思っているのが悔しいので、この辺りにさりげなく何日も潜《ひそ》んでいたが、今はもう帰ろう」と言って、突然けたたましく笑った。

源氏の君は驚き、さては物の怪が六条院にも来ていたのかと気がつき、取り憑かれた女三の宮が可哀想で、出家を惜しく思う。物の怪が去ったお蔭で、女三の宮は生き返ったように思えるものの、やはり頼りなさそうであった。仕える女房たちも拍子《ひょうし》抜けしている一方で、尼姿であっても病が軽くなるのを願って、御修法《みしほ》をその後も続けさせ、万事抜かりなく勤行を指図した。

一方、柏木衛門督《かしわぎえもんのかみ》は、こうした出家の様子を聞いて、一段と消え入るようになり、もはや気力も失せていた。北の方である女二の宮を気の毒がるものの、今更女二の宮が皇女《こうじょ》でありながら、致仕大臣邸に来るのは軽率であり、両親ともこのように病床から離れずにいるので、こっそり女二の宮が来てもわかってしまうため、そうもできない。「どうかして女二の宮にもう一度《ひとたび》会いたい」と口にするが、父大臣は許さないため、手当たり次第、頼りになりそうな人に女二の宮の後事を託していた。

女二の宮の母である御息所《みやすどころ》は、二人の縁組につゆにも心が動かなかったのに、致仕大臣がいろいろ駆けずり回って懇願したため、父の朱雀院も仕方がないと許可された。その際、朱雀院は女三の宮と源氏の君との仲を懸念しておられ、「女二の宮は却って柏木という誠実な後見《うしろみ》を持った」と言われているのを聞いて、柏木は畏《おそ》れ多いお言葉だと思った事を思い起こした。

柏木は、「こうして女二の宮をあとに残してしまうのが、無念ではありますが、意のままにならぬ命なので、添いとげられない契《ちぎ》りを嘆かれているはずで、心苦しく、どうか心をこめて女二の宮を見舞って下さい」と母君の御息所に言う。

母君は、「何と不吉な事を言うのですか。あなたに先立たれると、わたくしもどれだけ世に生きられるかわかりません。そんな先々の事を口にするのはいけません」とひたすら泣くので、柏木はそれ以上は言えなくなり、弟の右大弁《うだいべん》に、女二の宮のその後の世話について、細々《こまごま》に申し伝えた。

気性《きしょう》が良く、穏やかな柏木だったので、弟君たちも、また、より年若な弟たちも、親のように頼っており、こうして心細く言うのを、悲しいと思わない者はなく、屋敷に仕える人々も嘆き悲しむ。帝も惜しく残念がって、間もなく最期だと聞いて、突然、権《ごん》大納言に昇進させたのも、任官の礼に元気を取り戻して、もう一度参内《さんだい》する事もあろうかと願ったからであったものの、病状は一向に回復しない。

権大納言は苦しい中でも、任官の礼を述べ、父大臣も、この手厚い待遇を目《ま》の当たりにして、いよいよ悲しくも、もったいないと思い途方に暮れた。

夕霧大将は、日頃から深く思い嘆いており、見舞に参上して、任官の祝いを述べようとする。柏木のいる対《たい》の付近や、こちら側の門には、馬や牛車《ぎっしゃ》が立ち並び、人騒がしく混雑の限りを見せていた。

今年になってからは全く起き上がれなかった柏木は、夕霧が大納言兼左大将という高い身分なので、乱れた姿のままでは対面できないのだが、会いたいと願いながら弱ってしまうのは残念なので、

「やはりこちらへ、はいって下さい。取り乱した病床にいる罪を、どうか許して下さい」と言いつつ、加持の僧などをしばらく外に出して、臥している枕元に、夕霧を迎え入れる。

幼い頃から何の心隔てもなく親しくしていた仲であり、別れる事の悲しさと嘆きは、実の親兄弟にも劣らず、特に今日は昇進の祝いなので、気分が良くあってほしいと思うのに、そうではなく、残念で仕方がない。夕霧は、「どうしてこう頼りなくなってしまったのですか。今日はお祝いなので、少しは元気になられたのでは、と思っておりました」と言って、几帳の端を引き上げる。

柏木は「実に口惜しいのですが、普段の私ではなくなってしまいました」と答えながら、烏帽子《えぼし》だけは頭にかぶって、少し起き上がろうとしたが、非常に苦しそうである。白くて着馴れた柔らかい衣を何枚も重ね、その上に衾《ふすま》をかけて横になっていて、病床の周囲はきれいに片付けられ、薫物《たきもの》が香ばしく漂い、奥床《おくゆか》しさが感じられ、くつろいではいても、心遣いのほどが窺《うかが》われた。

通常なら重い病を患《わずら》った人は、髪も乱れ髭《ひげ》も伸び放題で、何となくむさ苦しいのに、柏木は痩せさらばえたのが却って色白で高貴に見える。枕を高くして話す様は、実に弱々しげで息も絶え絶えであり、痛々しさはこの上ない。

夕霧は、「長い間病んでおられる割には、それほどやつれてはおられず、いつもより美しいお姿です」と言って涙を拭い、「死ぬ時は一緒だと約束したのに、悲しくてなりません。どのような理由で、こんなに病が重くなったのかも、聞かないままです。こんなに親しい間柄ですのに、もどかしさが残ります」と不満顔でいる。

柏木は、「自分でも、どこに病の重くなった境目があるのかもわかりません。どこがどう苦しいとも覚えなかったので、こんなふうになるとも知らず、気がつくと弱っており、今は生きている心地もしません。

死んでも惜しくはないこの身を、この世に引き留めているのは、祈禱や願《がん》の力でしょうか。さすがにこの世に生き長らえるのも、却って苦しく、自ら進んで急いで冥途《めいど》へ出立《しゅったつ》したい心地です。それでいて、この世に別れを告げるとなると、後悔ばかりが迫ってきます。『孝経《こうきょう》』にもあるように、親には子としての孝行をしないばかりか、心配をかけ、帝に仕えるのも道半ばのままであり、まして自分の身を顧みると、立身出世もできなかった恨みが残ります。

しかしそんな悩みは、通常のもので、それはさておき、他に心の内に思い乱れる事が残っているのを、こんな死に際《ぎわ》に漏《も》らすのはどうかと思いますが、やはり胸の内に留めておく事はできず、あなた以外に訴える人はおりません。身内は大勢おりますが、様々な事情から、この一件は、ほんのちょっとでも、ほのめかしができないのです。

実は、六条院の源氏の君に対して、ちょっとした間違いが生じ、この数か月、心の内で申し訳なく思う事がありました。心ならずも世の中が心細くなり、病を得たと思っていた矢先に、源氏の君から招きを受けたのです。

朱雀院の五十賀の楽所《がくしょ》の稽古の日に参上して、対面したのですが、やはり許してはおかないというお心の内を、その眼光に確かめ得て以来、この世に生き長らえるのが憚《はばか》られるようになりました。生きる張り合いも失せ、心が騒がしくなり、とうとう病が重くなったのです。

私など物の数には入れて下さらないでしょうが、幼い頃から深く頼りにしていた方ですのに、一体どんな讒言《ざんげん》があったのだろうかと、これだけが死後もこの世の無念として残りそうです。これがきっと後生《ごしょう》の妨げになると思うので、事のついでに、耳に留めておいて下さり、源氏の君にうまく事情を説明して下さい。死んだ後に、怒りが解けるような事があれば、あなたのお蔭であり、深く感謝します」と言っているうちに、ひどく苦しそうな様子になった。

夕霧は見ていて辛くなり、心の内では合点《がてん》がいく事はあっても、事の子細《しさい》はわからないまま、「どんな事で、そんなに自分を責めるのでしょうか。源氏の君は、さらさらそのような気配はなく、こうして病が重いのを聞いて、驚き嘆き、この上なく残念がっておられました。こうしてずっとそんなに悩んでいたのでしたら、どうして今まで黙っていたのでしょうか。私があなたと源氏の君との間にはいって、事情を明らかにする事もできたはずです。しかし今となっては、どうしようもありません」と言って、昔に戻れないのを残念がる。

柏木は、「本当に、まだ少しなりとも余裕があった時、申し上げて相談すべきでした。とはいえ、まさか今日明日とは思いませんでした。自分ながらわからない短い寿命なのに、のんびり構えていたのも、はかない事です。この事は決して他言なさらないで下さい。しかるべき機会があれば、どうか配慮をお願い致します。そしてまた、一条宮にいる女二の宮も、何かの折に訪問して下さい。その気の毒な身の上が、朱雀院にも伝わるでしょうから、これも取り繕って下さい」と言う。

まだ言いたい事があるようであっても、気分の悪さに耐えられなくなり、「どうか退出して下さい」と、手で合図をしたため、加持の僧たちが近く参上し、母君や父の致仕大臣なども集まり、女房たちも騒ぎ出したので、夕霧大将は泣く泣く帰途についた。

柏木の同母妹である弘徽殿女御《こきでんのにょうご》も、異母妹で夕霧の正妻の雲居雁《くもいのかり》も、嘆きはこの上ない。柏木の気性が、誰に対しても配慮のあるいい兄であったので、右大臣の北の方である玉鬘《たまかずら》も、他の兄弟はともかくとして、この弟君を親しいものに感じて、万事心を痛め、祈禱などを特別に依頼して実施させたにもかかわらず、『拾遺和歌集』に、我こそや見ぬ人恋うる病すれ　あうひならではやむ薬なし、とあるように、恋の病を止める薬などないので、どうしようもなかった。

柏木は北の方の女二の宮にもとうとう会えずに、ちょうど『古今和歌集』にある、うきながら消ぬる泡《あわ》ともなりななん　ながれてとだに頼まれぬ身は、の歌のように、泡のように消えて亡くなる。享年《きょうねん》三十三だった。

女二の宮を、柏木は何年も心の底から愛していたわけではなかったが、世間並としては申し分のない扱いをしてやり、親しみがあって、思い遣りがあり、かつ気品のある配慮をして、決して粗略にはして来なかったので、女二の宮自身も柏木を薄情だと感じるような事はなかった。ただこれほど短命な身の上で、世間の事はすべてつまらないと感じていたのだと、思い起こすと悲しく、嘆き入る有様は、見ていても可哀想であった。

母の御息所も、娘が皇女でありながら降嫁《こうか》して、早くも夫を亡くした事が、世間の物笑いになるので、娘を見ては嘆くばかりである。柏木の父の致仕大臣や母の北の方も、まして言いようがなく自分こそ先に逝《い》きたい、世の摂理《せつり》通りに親が先に死にたいのにと、悲しみに胸が張り裂けそうだったが、もはや詮《せん》なくなった。

他方、尼になった女三の宮は、柏木が生きていた時には、自分に恋い焦がれたのを無礼だと思い、長生きしてもらいたくないと思っていたのに、こうして死んだと聞くと、さすがに哀れだと嘆く。生まれた若君を自分の子だと柏木が信じたのも、本当にこれは前世からの約束された契りのせいで、あのような不快な一件があったのだと思い当たり、様々に心細くなり、泣き崩れてしまった。

三月になって、空の趣もうららかになる。若君は五十日《いか》の祝いを迎える時期を迎え、実に色白で愛らしく、日齢の割には成長が早く、喃語《なんご》も発するようになった。

源氏の君が寝殿《しんでん》に赴いて、尼姿の女三の宮に対面し、「気分は良くなりましたか。それにしても尼姿というのは、張り合いのないものです。普通の姿で、こうして若君を見られたなら、どんなに嬉《うれ》しかったでしょう。この世を憂しと思って捨てられたのが、無念です」と涙ぐみながら恨み言を述べる。

毎日やって来ては、出家した今こそ大事で尊い方と感じて、世話をしているうちに、五十日の餅《もちい》の祝いをする段になる。女三の宮の出家姿に、女房たちが「儀式には不釣合では」と迷っていると、源氏の君が来て、「構わない。これが女君であれば、母の尼君と同じ性で不吉であろうが」と言って、寝殿の南面《みなみおもて》に小さな御座《ござ》を用意して、祝い餅を実施した。

乳母は実に華やかに正装し、若君が口にするための様々な籠《かご》に入れた果物や、檜《ひのき》で作った破籠《わりご》が、種々並べられている。女房たちも、その他の下僕《げぼく》たちも、事の真相を知らずに、ひたすら飾り立てているのを目にして、源氏の君は心の内で、たいそう辛く、まともに見てはおられない気分になる。

女三の宮も起きて来る。尼削ぎの髪の裾が溢《あふ》れるほど広がっているのが嫌なようで、額髪《ひたいがみ》を撫《な》でつけていたところに、源氏の君が隔てていた几帳を押しやり、正面に坐ったので、ひどく恥ずかしがって横を向いた。その姿は、実に小さく痩せ細り、髪は惜しんで長めに削いでいるため、後ろ姿は出家前とさして違いがない。

下に重ねて着ている鈍色《にびいろ》の袿《うちき》や、黄色っぽい今流行している紅花染《べにばなぞめ》の衣が、まだしっくりと馴染《なじ》んでいない尼姿の横顔は、あたかも可愛らしい少女の雰囲気があり、初々《ういうい》しい美しさが備わっていた。

源氏の君は、「いや、何とも気が沈みます。墨染《すみぞめ》など、やはり目にすると、悲しくなる色です。こんな尼姿になっても、対面するのがこれで終わりではないと、自分を慰めてはいます。しかし、いつまでも心に残るような涙のみっともなさを、見捨てられた我が身の至らなさと言い聞かせていると、様々に胸が痛み、口惜しくて、昔を取り返せるものならと思います」と言って溜息をつく。

そして、「今はもうこれ限りだとして、この六条院を離れて行かれるのであれば、本当に私を嫌って捨ててしまったのだと、恥ずかしくも辛いものがあります。出家しても、なお私を思う心を持っていただきたい」と口にする。

女三の宮は、「出家した身は、もののあわれもわからないものと聞いています。ましてわたくしは、情《じょう》を知らぬ者なので、何とも申し上げようがありません」と応じたので、源氏の君は「それはがっかりです。情けをかけた人があったはずなのに」と柏木の事をほのめかして、その結晶である若君の方に目をやる。

若君付きの乳母たちは、高貴な生まれで容姿の優れた女房ばかりを多く揃えていた。源氏の君は、若君に仕えるのに欠かせない心得を言い聞かせながら、「何ということか。私の命が残り少なくなった時に、生まれ育とうとする人なのだ」と『古今和歌集』にある、**今さらになに生いずらん竹の子の憂き節しげき世とは知らずや**、を踏まえて言って、若君を抱き取る。

実に無邪気《むじゃき》な笑顔になったのが、ふっくらとして色白で美しい。夕霧《ゆうぎり》大将の赤子の時を、かすかに思い起こしてみると、それには似ておらず、明石女御《あかしのにょうご》が産んだ宮たちは、今上帝《きんじょうてい》に似て皇族らしく気高《けだか》くはあっても、格別優れて美しくはないのに比べ、この若君は気品に満ちている上に愛敬《あいきょう》があり、目元が可愛らしくにこやかである。

いとおしく感じて、なおも見ると、やはり柏木衛門督によく似ており、今からもう眼差《まなざ》しが穏やかで、こちらが気後《きおく》れしそうな、美しさが匂い立つような顔立ちだった。

尼姿の女三の宮は、若君がそれ程柏木に似ているとはわからないままであり、他の人々もそれ以上に知らない事なので、ただひとり源氏の君だけが心の中で、本当に、はかなかったあの人の運命だと思い、改めて若君を見ると、世の中の無常さも感得されて、涙がほろほろとこぼれてくる。

今日は若君の祝い日で、不吉な事も忌《い》むべき日だったと思い至って、涙を拭って隠しながら、「静かに思いて嗟《なげ》くに堪《た》えたり」と口ずさんだのは、『白氏文集』の「自ら嘲《あざけ》る」の一句、「五十八の翁《おきな》方《まさ》に後有り　静かに思いて喜ぶに堪え亦《また》嗟くに堪えたり」を踏まえていた。

この年、源氏の君はその五十八から十を取り捨てた年齢でいたのに、既《すで》に自分の世も末になった気がして、改めて感慨に浸《ひた》ったのも、その『白氏文集』「自ら嘲る」の先の方にある「慎んで頑愚《がんぐ》は汝《なんじ》の爺《ちち》に似ること勿《なか》れ」という思いも重なったからであった。

「この真相を知っている者が、女房の中にもいるだろう。それが誰なのか、わからないのが口惜しい。きっと私を愚か者だと見ているに違いない」と考えると、心穏やかではなく、「私が咎められるのは耐えられようが、二つを比べて言うならば、女三の宮の方が、より可哀想ではある」と思って、戸惑いは顔色にも出さずに、若君が無心に何かをしゃべって笑う目元や口つきの美しいのを見やる。

「真相を知らない人はどう思うだろうか。やはりよく似ている。致仕大臣と北の方は、せめて柏木に遺児でもいてくれたらと、泣いておられるだろう。しかし柏木衛門督は、自分の遺児を大っぴらに見せる事もできないまま、人知れずはかない形見だけを残して、志を高く持って老成した我が身を、自ら無にしてしまった」と、柏木が哀れにも惜しまれ、生意気な男であったと思っていたのがひるがえり、源氏の君は思わず泣き出してしまった。

女房たちがそっと物陰に身を隠したので、源氏の君は女三の宮の近くに寄って、「この若君をどう思いますか。こんな若君を捨てて、出家してしまうこの世なのでしょうか。情けなく思います」と言うと、女三の宮がさっと顔を赤らめたので、源氏の君は詠歌《えいか》する。

誰《た》が世にか種はまきしと人問わば
いかが岩根の松は答えん

誰がいつ種をまいたのかと人が尋ねるならば、岩根の松はどのように答えるのでしょうか、という皮肉で、『古今和歌集』の、梓弓《あずさゆみ》磯辺の小松たが世にか　万世《よろずよ》かねて種をまきけん、を下敷にし、「岩」には言わぬを掛けていて、「岩根の松」はこの若君を指していた。

「可哀想な事です」と、源氏の君がそっと言うと、女三の宮が返事もせずに、ひれ臥しているのも、無理はないと思った源氏の君はそれ以上は言わない。女三の宮はどう思っているのか、もともと思慮深い方ではないが、平気ではいられないはず、と推《お》し量《はか》るのも、心苦しい胸の内ではあった。

夕霧大将は、柏木が心に秘め難くなって打ち明けた事を、「一体何があったのだろう。もう少し意識がはっきりしていれば、あそこまで内緒事を言い出したのだから、もっと心の内を察する事ができたのに、どうにもならない死に際だったので、気が塞がって、すべてを口にできず、哀れだった」と、柏木の面影《おもかげ》が忘れられない。

実の兄弟たち以上に悲しがり、「女三の宮がああして出家されたのも奇妙で、大層な病状でもないのに、あっさりと思い立たれ、父君も女三の宮の望みだからといって、許されたのが解《げ》せない。紫の上があれ程病が重かった時に出家を願われたと聞いているが、とんでもないと言って、とうとうこの世に留められたのに」と、あれこれ思い合わせてみる。

「やはり昔から衛門督《えもんのかみ》の女二の宮への思慕は絶えず、それを我慢できなかった時が多々あったような気がする。表面上は冷静沈着で、人一倍配慮があって、心の中で一体何を思い詰めているのかを、端《はた》で見ているのも気づまりなほどだった。やはり情に流される面があって、気弱になったのだろう。いくら心を寄せているといっても、あってはならない事に心を乱して、こんな風に命と引き替えにする事があるのだろうか。相手にも気の毒で、我が身も台無しになる。そういう前世からの契りとはいっても、軽率で味気ない事ではある」と自らの心中で思うのみで、柏木の異母妹である正妻の雲居雁にも話せない。父の源氏の君にも言えたものではないと考える反面、こうした事を柏木衛門督がほのめかしていたと伝えて、源氏の君の反応を確めたい気がした。

父の致仕大臣と母の北の方は、涙の絶える間もなく、悲嘆にくれ、はかなく過ぎる月日も頭になく、追善供養《ついぜんくよう》で布施《ふせ》する僧衣や、禄《ろく》にする装束《しょうぞく》などの準備も、弟の公達《きんだち》や姉妹がそれぞれ担当する。経や仏像の用意は次男の右大弁が引受け、四十九日《なななぬか》まで七日毎に寺に依頼して行う誦経《ずきょう》については、周りが致仕大臣と北の方に催促すると、「私にその話はするな。こんなに思い乱れているので、あの子の往生《おうじょう》の妨げになる」と言って、まるで死人のように放心していた。

柏木の正妻である女二の宮は、夫の最期にも会えないまま、死に別れた恨みが重なり、月日が経つにつれて、広い屋敷も人気《ひとけ》が少なく心細そうであった。柏木が生前親しく使い馴らしていた従者たちは、そうはいっても機嫌伺いに参上していて、柏木が好んでいた鷹《たか》や馬などを任されていた使用人たちも、主人を失ってみんな落胆しつつ、気落ちした様子で出入りしていた。

その有様を見ていると、何かにつけて哀れさは尽きず、生前愛用していた家具調度《ちょうど》類や、常に弾《ひ》いていた琵琶《びわ》や和琴《わごん》などが、喪中《もちゅう》とて絃《げん》をはずされ、音も立てなくなっているのも、何とも気が沈んでならない。

庭の木立がいっせいに霞《かす》んだように新芽を出し、花は咲く時節を忘れないのは、『古今和歌集』に、**人はいさ心も知らず故郷《ふるさと》は　花ぞ昔の香に匂いける**、や、**故郷となりにし奈良の都にも　色は変わらず花は咲きけり**、とある通りであった。眺めている女房たちももの悲しく、鈍色の喪服《もふく》に身をやつしながら、寂しく所在なげにしていたある日の午後、前駆《さき》が華やかに先払いの音を立てて、屋敷の門前に牛車を停《と》めた者がいる。

「あっ、あれは亡くなったご主人様の気配にそっくり。亡くなられた事を忘れてそう思った」と言って女房たちが泣く中、訪れたのは夕霧大将であった。門内に入って来訪を告げると、邸内では例によって右大弁の君や藤宰相《とうさいしょう》が来たのだと思っていると、それとは全く違って格段に気品高く、美しい立居振舞で姿を見せる。

邸《やしき》では母屋《もや》の廂《ひさし》の間《ま》に御座《おまし》を用意して迎え入れたが、並の来訪者のように侍女《じじょ》たちが応対するのは畏れ多いので、母の御息所が直々《じきじき》に対面する。

夕霧は「この悲しみを嘆き抱《いだ》いている心は、しかるべき御身内の方々にも負けないつもりですが、弔意《ちょうい》を伝えるにも掟《おきて》があって、無闇なお悔やみを申し上げられないまま、このように月並のご挨拶《あいさつ》になってしまいました」と言い、「臨終の際《きわ》に、衛門督が言い残された事があって、それをないがしろにはできません。誰もいつ死ぬかわからない無常の世ではありますが、古歌《ふるうた》に、**末の露もとの雫《しずく》や**

世の中の　後《おく》れ先立つためしなるらん、とあるように、わずかでも生き残った者として、思い及ぶ限り、親身の心をお見せしたいのです。

先の二月には宮廷で神事が多く、私事《わたくしごと》で忌《いみ》に触れる振舞はできず、かといってずっと家に籠《こも》るのも尋常《じんじょう》ではなく、ましてお伺いして、忌に触れないように立ったままで失礼するのも歯がゆく、これまで沙汰《さた》なく過ごして参りました。

父の致仕大臣などが悲しみに思い乱れているご様子を、見聞きするにつけ、親が子を思う心の闇は当然として、やはり夫婦の間柄は格別なものがあり、深く悲しまれているだろうと推測されて、悲しみは尽きません」と涙をしきりに拭って、鼻をかむ様子は、姿も鮮やかで気品があり、物腰も優美で、御息所もつられて鼻声になる。

御息所は、「悲しみ嘆くのは、世の常でございます。辛いとはいえ、他に例がない事ではなく、わたくしのような年寄りは、無理に冷静さを保っております。しかし女二の宮は、ひとしお思い詰めた様子で、不吉なまでに、瞬時も死に後れまいと思っているようです。それを見ていると、朱雀《すざく》院に入《じゅ》内《だい》して以来、すべてが憂き身だったわたくしがここまで生き長らえて、早世《そうせい》した衛門督と、娘のあっけない世の末の有様を見届ける事になるのではないかと、気が沈みます。

あなた様は故人とは長年親しい間柄なので、聞き及ばれた事もおありでしょう。娘との結婚は、最初から承知できない事でしたが、致仕大臣のご希望を断っては心苦しく、朱雀院もお許し下さるような気色《きしょく》だったので、自分ひとりの了見《りょうけん》ではどうにもならないと考え、結婚に至ったのです。こうして悪夢のような結末を目にすると、頼りない自分の心でも、今少し強く反対すればよかったと思われます。もちろん、反対したのは、こんな悲しい結末を予測したからではございません。

皇女というものは、もともと結婚すべきではないと考えるのが通例であり、わたくしもそうだと古めかしい心から思っておりました。とはいえ、結婚しても未婚でも、どっちにつけ、はかない前世からの宿世《すくせ》でしょうから、こうした折に衛門督の火葬の煙に紛れて天に昇ってしまっても、娘のためには世間の人聞きが悪くもなるまいと思います。

しかしそれでも、きっぱり思い切れそうもなく、悲しい事だと見ていたところに、あなた様のねんごろな弔問がありがたく、嬉しく思っております。それも衛門督との約束があったお蔭かと感じます。生前は、こちらが思うように振舞っていただけるようには見えない心映えだったとはいえ、臨終に際して誰彼に託された遺言があるとは情け深い事です。ちょうど古歌に、**祈りつつ頼みぞ渡る初瀬川　嬉しき瀬にも流れ合うや**と、とあるように、辛い中にも嬉しい事は交じっているものです」とおっしゃってひどく泣かれる。

夕霧もすぐには涙を止められず、「不思議に衛門督は、この上なく老成しておられたのか、優れた人物は天に好まれて短命だと評される通り、この二、三年は、ひどく塞《ふさ》ぎ込んで、どことなく心細そうでした。余りに世の道理をわきまえて、思慮深くなり過ぎた人が、心が澄み過ぎて、この世への執着がなくなり、夭折《ようせつ》した例は多く、無常を悟って、快活な面がくすんでしまうと、甲斐性《かいしょう》のない私がいつも注意していたのです。

それを軽薄な男だと、衛門督は思っておられました。今は誰よりも、人一倍嘆かれているはずの女二の宮の胸の内が、畏れ多くも大変おいたわしく思えてなりません」と、優しく丁重に言葉をかけて、少し長居してから退出を決める。

柏木衛門督は夕霧大将より五、六歳年長であったものの、若々しく優美で人なつっこさがあったのに対し、夕霧の方は大変生真面目《きまじめ》で重々しく、男らしい気配に満ち、顔だけが若くて気品があり、人より優《すぐ》れているだけに、若い女房たちは物悲しさも少し紛れて、退出を見送る。

夕霧は、寝殿に近い前庭の桜が実に美しいのを見て、『古今和歌集』の、**深草の野辺の桜し心あらば　今年ばかりは墨染に咲け**、をふと思い浮かべたが、不吉なので、同じ『古今和歌集』の別の歌、**春ごとに花のさかりはありなめど　あい見んことは命なりけり**、の方を口ずさみつつ、詠歌する。

時しあれば変わらぬ色ににおいけり
片枝《かたえ》枯れにし宿の桜も

時節が巡れば、いつも通りに変わらぬ色で咲くのです、片枝の枯れてしまった宿の桜も、という慰《い》撫《ぶ》であり、「片枝が枯れた桜」に女二の宮を暗示させ、わざとらしくなく朗詠《ろうえい》して、立ち去ろうとすると、すかさず御息所が返歌する。

この春は柳のめにぞ玉はぬく
咲き散る花の行方《ゆくえ》知らねば

この春は、柳の芽吹いた枝に玉の露が貫くように、わたくしの目も涙で満ちるのも、咲いて散った花の行方、故人の行方がわからないからです、という慨嘆《がいたん》で、「咲き散る花」に柏木を喩《たと》えており、聞いた夕霧は、そんなに深い意味を持つ歌ではないが、当世風なところが、やはり才気があると評判だった更衣《こうい》らしく、なるほどよい心構えをお持ちだと感じ入った。

夕霧は一条宮を出て致仕大臣邸に赴く。ちょうど多くの子息の公達が来ており、「こちらにどうぞ」と女房に導かれるまま、寝殿の廂に入ると、柏木の父大臣が心を鎮めて対面してくれた。昔と変わらない清らかな容貌《ようぼう》が、今は痩せて、鬚《ひげ》なども整えていないので伸び放題になり、親の喪《も》に服する人のやつれ方より、数段やつれていたので、会うや否《いな》や耐えられなくなる。

とめどなく流れそうな涙がはしたなく思われ、必死で隠していると、致仕大臣も、亡き息子とは取り分け親しくしていた夕霧だと思って眺めたとたん、ただひたすら涙が滝のように落ちるのが止められない。語り尽くせない思い出話を口にする間に、夕霧は女二の宮と御息所が住む一条宮を訪問した時の様子を話すと、大臣は春雨《はるさめ》かと思うほどひどく、軒《のき》の雫と変わらない程、袖を涙で濡《ぬ》らした。

夕霧は懐紙《かいし》に、あの御息所の歌を書き留めていたので、それを差し出すと、大臣が「目も見えなくて」と言いつつ、涙を拭って読む様子は、いつもならしっかりしていて自信に満ちているのが、今はその名残《なごり》もなく、哀れな姿である。

御息所の歌は格別秀歌ではないものの、「玉は貫《ぬ》く」とあるところに納得し、思い乱れて、長い間涙を止められないまま、「あなたの母の葵《あおい》の上が亡くなった秋こそ、この世で悲しい事の極みだと思われました。しかし女は生きる世間に限りがあって、顔を見知っている人も少なく、死後にあれこれの事情も世間に現れないので、悲しみも表には出ずに隠れています。

それが今回は、故人は大した身分ではなかったものの、朝廷もお見捨てにならず、ようやく一人前になって、官位が進むにつれて、頼りにする人々も自然に多くなりました。その死を驚き残念がる人も各方面にあるようです。

しかし親である私のような深い悲しみがあると、世間の評価も官位もどうでもよいのです。ただただ、なんでもないあの子の有様が、ひたすら恋しいのです。どんな事があれば、この悲しみを紛らす事ができるのでしょうか」と空を仰ぐと、夕暮れの雲は鈍色に霞み、花が散ってしまった梢《こずえ》がようやく目が留まり、先刻の懐紙に歌を書きつけた。

　木の下《こ》の雫に濡れてさかさまに
　　霞《かすみ》の衣着たる春かな

木の下露の雫に濡れて、親が子の喪に服すという逆縁《ぎゃくえん》で、霞の衣を着る春だ、という悲哀《ひあい》であり、夕霧も唱和する。

　亡き人も思わざりけんうち捨てて
　　夕《ゆうべ》の霞君着たれとは

亡き人も思わなかったでしょう、親を捨てて、親に夕べの霞を着てもらう事になろうとは、という同情でもあり、「夕の霞」は喪服を喩えており、柏木の弟の右大弁が唱和する。

　恨めしや霞の衣誰《たれ》着よと
　　春より先に花の散りけん

恨めしい事だ、霞色の喪服を誰に着せようと思って、春が逝くより先に、花は散ってしまったのだろう、という悲嘆で、「花」はもちろん兄の柏木を指していた。

法事なども、世間並ではなく荘厳《そうごん》なもので、夕霧大将の正妻の雲居雁は当然として、夕霧自身も心をこめて、誦経の布施などを行い、悲しみの深さを表す一方で、夕霧大将は、夫を亡くした女二の宮が住む一条宮にも、見舞を欠かさなかった。

四月頃の空はどことなく心地よさそうで、初夏の空の色と同じく明るい四方の梢が見渡されるのに、物思いに沈んだ邸は、万事につけて静かに心細く、日を暮らしかねているようである。

夕霧はいつものように中にはいると、庭にはようやく芽吹く若草が見渡され、ここかしこの砂の薄い所や物陰には、蓬《よもぎ》までが我が物顔でのさばっていて、亡き柏木が心をこめて前栽《せんざい》を整えていたのが、今では自由気ままに繁《しげ》り合い、ひとまとめに植えられていた薄《すすき》も、大きく広がっている。

これに虫の音《ね》が加わる秋には、どうなるのだろうと夕霧は想像し、涙を押さえながら前栽をかき分けて中に入ると、寝殿の正面には、夏用の伊予簾《いよすだれ》が掛け渡され、鈍色の几帳も少し明るく更衣《ころもがえ》されて、透《す》き影が涼しげに見える。きれいな童女《わらわめ》が着た濃い鈍色の汗衫《かざみ》の端や、髪形などが、簾を通して見られ、美しくはあるものの、やはりそれは喪中の色ではあった。

今日は簡単な挨拶なので簀子《すのこ》にいると、簾の中から女房が褥を差し出し、そこでは余りに軽々しい御座《おまし》であるため、女房が御息所に応対を勧めたものの、この頃気分が優れないと物に寄りかかって臥しているので、女房たちがあれこれ話をしてとり繕っている。

夕霧は、前庭の木立が屈託《くったく》もないように葉を広げているのを目にして、物悲しさを感じてしまう。

柏木と楓《かえで》が、他の木よりは若々しい色の枝を差し交わしているのを見て、「どういう前世の縁《えにし》なのか、梢の方で一緒になっているのが、実に頼もしい」と言いつつ、そっと簾近くに寄って歌を詠んだ。

ことならばならしの枝にならさなん
　葉守《はもり》の神の許しありきと

どうせならば連理《れんり》の枝として馴らしてしまおう、葉守の神の許しがあった事だし、という心中で、「葉守の神」は柏木を意味し、古歌の、柏木に葉守の神のましけるを　知らでぞ折りし祟《たた》りなさるな、を踏まえていて、「御簾の外に隔て置かれているのが、恨めしいです」と言う。

簀子と廂の間にある下長押《しもなげし》に体を寄りかけた夕霧を見た女房たちは、「打ち解けられた姿は、また一段と美しい」と、互いに袖をつつき合って言うので、相手をしている少将の君という女房を通じて、女二の宮が返歌をした。

柏木に葉守の神はまさずとも
　人ならすべき宿のこずえか

柏木に葉守の神がいないからといって、人が出入りして馴れ親しんでいい宿の梢でしょうか、という非難で、「柏木」は女二の宮、「葉守の神」は夫を指していて、「突然の不躾《ぶしつけ》なお言葉ですので、亡き夫への思い遣りが浅いように感じます」と言う。夕霧は、本当にその通りだと思って苦笑《にがわら》いすると、奥から御息所がいざり出て来た気配がしたため、そっと居住まいを正す。

御息所が、「憂き世の中を思い沈んで過ごす月日が積もったからでしょうか、妙に具合が悪く、ぼんやりと過ごしています」と苦しそうに言い、「こうしてたびたびお訪ね下さるのが、かたじけなくて、何とか気を奮い立たせて参りました」と口にする。

夕霧は、「思い嘆かれるのは、世の道理とはいえ、そのように悲しんでばかりおられるのも、いかがかと思います。万事は、しかるべき運命なのですから、どのような嘆きにも限りというものがございます」と慰めた。その一方で、女二の宮が、これまで聞いていたよりも奥床しい性格のように感じられ、降嫁して間もなく夫に死別されるという不幸の上に、世間からそれ見たことかと物笑いされるという不幸が重なって、どんなに悩んでいるのだろうと想像すると、心が乱れ、御息所に女二の宮の様子を、実に熱心に尋ねた。

夕霧は「顔つきはさして美しいとはいえないようだが、見苦しく醜い程変でなければ、見た目によって飽き飽きしたり、あってはならない事に心を惑わしたりすべきではない。突き詰めると、人はただ気立《きだて》こそが大切なのだ」と思って、女二の宮には、「今となっては、私を故人と同じように考えられて、疎遠《そえん》にはなさらないで下さい」と、懸想《けそう》じみた物言いではないものの、情をこめて言上《ごんじよう》する。

夕霧の直衣《のうし》姿も鮮やかで、背丈もすらりと長身のように見えるので、女房たちがまた批評し合って、「亡き柏木様は、万事優しくて美しく、品が良くて愛敬も比類《ひるい》なかった。こちらの夕霧大将は男らしくて華やかで、ひと目で美男子とわかり、匂い立つ気品が、人とは違っている」とひそひそ言い合い、「どうせなら、これからも、こんな風にして出入りして下さるといいのですが」と噂《うわさ》する。

夕霧が、「右将軍が墓《つか》に草初めて青し」と口ずさんだのも、古い漢詩に「天と善人とを吾は信ぜず右将軍が墓に草初めて秋なり」とあるからで、夏なので「秋なり」を「青し」と言い替えていた。

この詩に詠まれた藤原保忠《やすただ》様の死も最近であり、このような縁遠い人も、身近な人も、心が乱れる悲しい事ばかりが多い世の中で、身分の高い者も低い者も、柏木衛門督の死を惜しみ残念がらない人は皆無《かいむ》であった。

公人としての務めは言うまでもなく、不思議なくらいに情け深い人だったので、さして親しくない官人や、宮廷の古い女房たちでさえ恋しがって悲しみ、ましてや今上帝においては、管絃の遊びの折には、まず柏木を思い出し、その人柄を思い起こして偲《しの》び、「哀れな衛門督」と、人々は口癖のように言い合う。

六条院の源氏の君も、月日が経つにつれて感慨深さが増し、生まれた若君を、我が心の内だけは柏木の形見と見なしてはいても、女三の宮以外、他の誰ひとりそう思う者はいないはずなので、何とも甲斐のないまま、秋にはいると、若君は這《は》ったり坐ったりするようになった。

第四十四章　若宮呪詛《わかみやじゅそ》

「柏木《かしわぎ》」の帖《じょう》を書き終えて思うのは、この柏木衛門督《えもんのかみ》の深慮、つまり深い考えだった。不義の子を遠くで見ながら、宮仕《みやづか》えなどできるはずもない。それは世話になった光源氏に対して、余りにも傍若無人《ぼうじゃくぶじん》過ぎる。そんな厚顔《こうがん》な生き方などできない。

逆にここで死ねば、光源氏と女三の宮の双方に対して申し訳が立つ。その代わり、生まれた子は、光源氏が何とか慈《いつく》しんでくれるだろう。ちょうど、卵を産んだ親が死に絶え、卵は新たに育っていく虫のようにだ。柏木衛門督はその虫の生き方をなぞったと言える。思えば柏木の人生の盛《さか》りは、あの恋い焦《こ》がれた女三の宮の許《もと》に通った日々だった。虫がすだく秋の夜のように、我が身は女三の宮の横で、身を震《ふる》わせて鳴いたのだ。

短い一生だったが、悔《く》いはない。あとの始末は、親友の夕霧《ゆうぎり》大将に任せればよい。思いを残しながら長く生きる人生より、思いを遂《と》げた短い人生のほうが、良いに決まっている。もう悔いはない。柏木衛門督はそう思い、冬に息絶える虫のように死んだ。もっと言うなら、恋の炎に飛び込み、身を焦がして死んだ虫だ。

物語を長々と書き綴《つづ》って来た今、さらに思うのは、光源氏を別にすれば、男の人生を描き切ったのは、唯一この柏木衛門督だけだ。あとの男たちは、光源氏の好敵手で、衛門督の父の致仕大臣《ちじのおとど》といえども、ここまでは描き切っていない。夕霧大将や、鬚黒《ひげくろ》大将とて同じだ。虫の一生とはいえ、一閃《いっせん》の光芒《こうぼう》を放って死んだ衛門督には、拍手を送ってやりたい。

それだけに、「柏木」の帖を小少将《こしょうしょう》の君《きみ》に手渡して、十日ほど経《た》ったとき、大納言《だいなごん》の君から言われた言葉には胸を衝《つ》かれた。

「源氏の物語をずっと読んで来て、この柏木の君のことを、哀れと思わないのは、心のない人です」

有無《うむ》を言わせないような、大納言の君の断言の仕方だった。

確かに哀れではあるものの、大納言の君の口振りは、柏木の生き方全体を優しく包み込むような慈しみに溢《あふ》れていた。

「ありがとうございます」

と答えて頭を下げると、「それを言うのはわたしの方です」と、大納言の君は美しい顔をほころばせて言った。

考えてみれば、この物語にこめた密《ひそ》かな意図は、女の哀しみを書くことだった。男と女の違いは、ひとえに哀しみにある。男には、幸せはあっても哀しみはない。女には、幸せなどなくて、哀しみのみがある。そして、この哀しみの色は、女それぞれによって異なる。その哀しみの色調を、あたかも布を織るようにして、筆を進めてきたのだ。

幼い頃から、父君の訓育のお蔭で、あまたの書物を読むことができた。夥《おびただ》しい数の歴史書はあっても、そこに記されているのは、ひとえに男の姿だ。女は点描《てんびょう》でしかない。しかも、その女の哀しみは単彩《たんさい》でしか書かれていない。

幸せなどは、おそらく単彩で書ける。しかし女の哀しみは百通り、千通りある。この物語に、女の哀しみの百色ほどを描き切ることができたなら、我が一生に何がしかの甲斐《かい》があったと、言えるのかもしれない。

女の哀しみは、この宮仕えの中にも様々な色を見ることができる。

例えば大納言の君だ。小柄で色白な体はふっくらしていて、それでいながら、すらりと見えるのは、背筋がすっと伸びているからだ。美しく豊かな髪は、背丈《せたけ》よりも三寸以上長い。その髪に挿《さ》した簪《かんざし》は、時々に替えられ、そのいずれもが美しい。顔には才気が溢れていても、いつもにこやかで物腰も柔らかい。

しかしこの配慮は、夫との仲がうまくいかずに別れ、出仕《しゅっし》したところで、道長《みちなが》様の召人《めしうど》になった哀しみに根ざしている。道長様の執着《しゅうちゃく》が並々でなかったので、正妻の倫子《ともこ》様からは冷やかな目で見られているのだ。

宣旨《せんじ》の君は、すらりと小柄な人で、髪は長く、打衣《うちぎぬ》の裾よりも一尺《しゃく》ばかりは出ている。美しい顔でにっこりされると、思わず近寄って何かしてやりたくなる。言葉遣いも上品なので、何を言われても心地が良い。

この人の父君は中納言《ちゅうなごん》だった。しかし母君の身分が低かったため、母君の死後、兄君に引き取られ、他の姉妹から軽くあしらわれる中で育った。たまりかねた父君が、彰子《あきこ》中宮様の女房《にょうぼう》として送り込んだのだ。

宰相《さいしょう》の君は、産湯《うぶゆ》の役をしたあの弁《べん》の宰相の君とは別人で、父君は三位《さんみ》の参議《さんぎ》の藤原遠度《とおのり》様だ。ふっくらとした容姿が美しく、頭の良さも、つきあいが長くなるほどわかってくる。口元が匂うように可愛《かわい》らしく、物腰は洗練され、気立てもいい。

この人は二度結婚し、その二度とも夫に先立たれ、産んだ男児のみ夫の家に取られてしまい、中宮《ちゅう》様の許に出仕していた。婚家に残した子供二人については、一度だけ涙を流しながら話してくれたことがある。

小少将の君は、可憐《かれん》な美しさがあり、あたかも二月のしだれ柳のように初々《ういうい》しく若々しい。物腰も心憎いほど見事で、心映《こころば》えも角々《かどかど》しいところが少しもない。あまりに控え目で遠慮がちなので、人前に出るのを嫌う。人からどう思われているのかを気にし過ぎるので、人は人、あなたはあなただと常々励ましてやらないと、消え入りそうだった。

この弱々しさ、よるべなさは、父君の蔵人《くろうどのごんの》権左少弁《さしょうべん》が、妻子を捨てて、何と二十三歳で出家したのが原因だろう。道長様はこの頼りなげな小少将の君を好まれて、召人にしたため、肩身の狭さはいよいよひどくなったようだ。

宮の内侍《ないし》の君もまた、すっきりと美しく、背丈は中位で、坐った姿は堂々としている。それでいて今めいた華やかさがあり、鼻高な顔色と髪の色が程良く似合っている。頭の形と簪、額《ひたい》の形も、これ以上はないくらい整っている。人柄がまたいい。気取らず、ありのままに振舞って嫌味がない。特にいいのが、風流さや艶《つや》っぽさとは無縁で、淡々《たんたん》と実務をこなす器用さだ。よき人の見本と言っていい。

その母君は、倫子様の乳母《めのと》であって、多くの姉妹の長女だった。それだけに苦労も絶えず、縁を得た家では正妻に邪険にされ、中宮様の女房におさまっていた。そんな辛苦《しんく》を経《へ》たからだろう、屈託《くったく》がない。

その妹が式部《しきぶ》のおもとの君で、姉同様に色白で太り肉《じし》ながらも、顔は小さくて可愛らしい。美しい髪が余り長くはないので、付け髪をしている。この人のいいのは笑顔で、美しい額と目で微笑《ほほえ》まれると、うっとうしさも吹きとんでしまう。

それでいて、この人も姉君と同様の苦労人だった。幾人かの男に通われたあと、自分から見切りをつけて、宮の内侍の君の誘いもあって女房になっていた。この二人は妙に姉妹らしくせず、親しく話をする風でもない。それが他の女房にとっても快《こころよ》い。

若い女房の中で、器量よしと言えるのが、小大輔《こだいふ》の君と源式部《げんしきぶ》の君だ。小大輔の君は小柄ながらも、容姿は今めいて美しい。髪はたっぷりと豊かで、身丈《みたけ》より一尺は長かった。今は少し細く短くなっている。顔には才気が窺《うかが》われて、見ていてもうっとりするくらいだ。

源式部の君は、ほどよい背丈で、細面《ほそおもて》の顔は見れば見るほど清らかで、上品さも備わり、女房というより、娘のような感じがしてしまう。

小兵衛《こひょうえ》の君や少弐《しょうに》の君なども、美しいので殿上人《てんじょうびと》たちも放ってはおかないようだ。しかし男の噂《うわさ》は立っていないところからすると、密《ひそ》かな通いなのかもしれない。

思い起こされるのが宮木《みやぎ》の侍従《じじゅう》の君で、小柄で体つきも細く、童女《わらわめ》のままにしておきたいような人だった。可愛らしいのに、自分から年寄りじみた装いをして、袿《うちき》より長かった髪をばっさりと切り、参上《さんじょう》した折が最後だった。出家《しゅっけ》したのも、何らかの窺いしれない事情があったからに違いない。

五節《ごせち》の弁《べん》の君という人は、平《へい》中納言の養女で、絵に描いたような顔で、額は広く、切れ長の目で、鼻も高い。さして美しいとは言えないにしても、色白で手や腕もほっそりとしている。髪は、参上して来たときの春はたっぷりと豊かだったのに、翌年に養父の平惟仲《たいらのこれなか》様が大宰府《だざいふ》で客死《かくし》したためか、またたく間に抜け落ちてしまった。それでも先の方は細らずに、身丈より少し長いままだ。

養父の死から四年過ぎた今、悲しみから少し脱したようで、髪もまた増えつつある。

もうひとり、髪の長い人に小馬《こま》の君という女房がいた。昔は若くて美しい人だったのに、このところ、膠《にかわ》で動かなくした琴柱《ことじ》のように、ずっと里に帰ったままだ。よほど、身に耐え難いことがあったのだろう。

こんな具合に、同僚の女房たちを見ていくと、美しいばかりでは人はどうにもならない。かといって心立てさえ良ければいい、というものでもない。その両方を、一点の曇りもなく兼ね備えるのも難しい。

そんなふうに高見《たかみ》からものを言っている自分はどうかと言えば、その両方ともが欠けている。髪も薄く、額は髪が薄いから広いだけで、顔はあばた面《づら》だ。心映えも、我が身ながら嫌味があり、物事を真直ぐには見られない。僻目《ひがめ》という悪い癖が身についてしまっている。

まだ年端《としは》もいかない頃、具平親王《ともひらしんのう》の邸《やしき》に出入りし、出仕していた頃は、もっと素直だったはずなのに、何という変化だろう。この二十年で、身にも心にも煤《すす》がついたとしか思えない。洗っても取れそうもない煤だ。

若宮《わかみや》の戴餅《いただきもち》の儀が終わって、ひと月も経《た》たない中、呪詛《じゅそ》という大事件が起きた。中宮様と若宮、さらに道長様を呪《のろ》う厭物《いやもの》が、寝殿《しんでん》の床下で見つかったらしい。二月にはいって、高階明順《たかしなあきのぶ》様と源方理《かたまさ》様に対して、帝《みかど》は謹慎《きんしん》を命じられた。

高階明順様は、故定子《さだこ》様の母、高階貴子《たかこ》様の弟であり、源方理様は、定子様の兄の藤原伊周《これちか》様の妻の兄だという。呪詛を依頼された法師も捕まり、すべてを自白した。

この伊周様は、正月の除目《じもく》で正二位《しょうにい》に叙せられたばかりだった。正二位といえば、道長様と同じ位階である。帝が、かつて流罪《るざい》に処した伊周様を、そこまで引き上げたのは、敦康《あつやす》親王の後見《うしろみ》を頼む意志があったからだろう。

しかし呪詛が判明した以上、またしても伊周様を断罪する必要があった。その結果、伊周様は帯剣《たいけん》と朝参《ちょうさん》が止められた。

この処置は、とりも直さず、敦康親王に、もはや帝への道がなくなったことを意味する。

彰子中宮様は、もともと定子様腹になる敦康親王に愛着を持たれていた。養育される間にいとおしさが増していた。当然だろう。あるとき、こっそり呼ばれて訊《き》かれた。

「道長殿は、この若宮こそを帝にと望んでいます。敦康親王をないがしろにしてです。藤式部《とうしきぶ》はどう思いますか」

そんな大それた問題に口を挟むなど、もっての外《ほか》ではあるものの、中宮様のご心中はよくわかっていた。

「それはもう、皇子《おうじ》の順番通りでよろしいかと存じます。帝もそれを望まれているのではないでしょうか」

「やはり、そうですね、ありがとう」

真剣だった中宮様の顔に、ほっとしたような笑《え》みが浮かんだ。

しかし、伊周様の今回の処罰で、その筋は限りなく薄くなったと考えていい。

帝はその後、気落ちされたためか、病悩がちだという。中宮様もどこか沈みがちであり、ひとり道長様だけは晴れ晴れとした様子である。今月中にも、呪詛祓《ばら》いの仁王講《にんのうこう》を催《もよお》されると聞いている。

こうした宮中の騒動のさなかでも、夜になると文机に向かう習慣は我が身の一部と化していた。あたかも執念のこもった習慣によって筆先が動いていく。


死の直前に権大納言に任じられた柏木を、死後もなお恋い慕《した》う人は多かった。

六条院の源氏の君も、元来、世にふさわしい人が亡くなるのを惜《お》しむ心が深いので、ましてや柏木に対しては、朝な夕なに親しく馴《な》れた仲だっただけに、例の心ならずの事情はあっても、哀れに思う心は、月日が経つにつれて強くなる。

一周忌にあたって、法要のための施物《せもつ》を心をこめて用意させる中で、若君の無邪気《むじゃき》な様子を見るにつけ、胸の内で若君の分の供養《くよう》の進物を加え、砂金を一壺分も別に添えると、全く事情を知らない致仕大臣は、恐縮の至りになり、返礼を言上《ごんじょう》した。

夕霧大将も法事の施物を多くし、法要を受け持ってねんごろにするとともに、あの女二の宮の落葉《おちばの》宮《みや》の邸への見舞を手厚くした。亡き柏木の兄弟たちよりも優《すぐ》れたその心映えを、かくも深甚《しんじん》だったとは思わなかったと、父の致仕大臣も母の北の方も喜び一入《ひとしお》で、柏木が亡くなったあとでも、世の信望がここまで厚かったのを目《ま》の当たりにして、今更ながら惜しい事をしたと、追慕《ついぼ》する心は尽きない。

出家している朱雀《すざく》院は、女二の宮が夫に死なれて世間から笑われていると嘆いている様子を聞き、尼《あま》になった女三の宮はもはやこの世から去ったような暮らしぶりなので、その双方に対して不満が残るとはいえ、これはすべて耐えるべき事とお考えになる。

自身の修行の間にも、女三の宮が同じように修行をしているだろうと思い、剃髪《ていはつ》の姿でありながらも、ちょっとした事柄をも文《ふみ》に書いて、ことづけられる。寺の近くの林で取れた筍《たけのこ》や、付近の山で掘り出した野老《ところ》などが、山里らしい趣《おもむき》があるので、女三の宮に送る手紙の余白に少しばかり書きつけ、「春霞《はるがすみ》のかかった野山で採《と》り、おぼつかない手で、志《こころざし》を深くして深い所から掘り出した物ですが、しるしばかりとして」という文のあとに歌を添えられた。

世を別れ入《い》りなん道はおくるとも
同じところを君も尋ねよ

この世を離れてあなたが入った仏道の道は、私よりも後《おく》れはしましたが、同じ所の来世をあなたも深く掘り下げて尋ねなさい、という祈願《きがん》で、「所《ところ》」には野老（ところ）を掛けて、歌のあとに「そこへの道は大変難しいのですが」と記されていた。

その手紙を女三の宮が涙ぐんで見ていると、源氏の君が姿を見せ、いつも見ない近くにある櫑子《らいし》に気づいて、何だろう、妙だと見ると、朱雀院の手紙があった。読むと心に沁《し》みる内容である。自分の命が今日か明日かの心地がする中で、女三の宮に会えない辛《つら》さが細《こま》やかに記されていて、和歌も、同じ極楽へ辿《たど》る道を、さして趣のある風でない僧侶らしい言葉で書きつけてある。

どうやら自分が女三の宮を粗末に扱っていると思われている様子が見えて、一層痛々しさが増して感じ入る。女三の宮は、返事を遠慮がちに書いて、使いには青鈍《あおにび》色の綾絹《あやぎぬ》を一着分贈った。

書き損じた紙が几帳《きちょう》の脇から少し見えたので、源氏の君が手に取って見ると、弱々しい筆遣いで歌が書かれていた。

うき世にはあらぬところのゆかしくて
背《そむ》く山路に思いこそ入れ

この憂《う》き世ではない所を願って、この世に背いて、父君の深くはいって行く山道に自分も赴《おもむ》きます、という告白であり、「所《ところ》」にはやはり野老が掛けられているので、源氏の君は、「朱雀院はあなたの事が気がかりなご様子です。それなのに、あなたはこの六条院を出たいようで、実に嘆かわしい」と言う。

女三の宮は、まともには姿を見せてはくれないものの、前髪を左右に垂らして切り揃えた顔は美しく、どこか童女のようで、上品さと可憐さが漂っていた。源氏の君は、どうしてこんな結果になってしまったのかと、自分が出家に追いやった事について罪つくりな事をしたという気になり、このように几帳くらいを隔《へだ》て、これ以上は遠ざけない程度に扱うことにした。

乳母《めのと》の許に寝ていた若君が、起きて這《は》い出て来て、源氏の君の袖を引っ張ってまとわりつくのが、実に愛らしい。白い生絹《すずし》の薄い衣に、唐様《からよう》の小紋《こもん》の紅梅《こうばい》色の装束《しょうぞく》の裾を長くしどけなく引きずり、体が露《あら》わになり、着物が背中の方でよれよれになっているのは、幼児によくある事とはいえ、肌は柳の皮を剥《む》いたように白く、頭《かしら》は髪の剃《そ》りあとが露草《つゆくさ》のように青々としていて、愛らしい口元は美しく匂うようであった。

目元も伸び伸びとして薫《かお》り立つような様子は、やはりあの柏木を思い出さずにはおれないものの、ここまで際立《きわだ》ったような清らかさはなかったはずで、かといって母の女三の宮にも似ていない。どうしてこんな美しい子になったかを自問しているうちに、鏡に映る自分の姿にも、心なしか似ているように思えてくる。

若君は少しばかり歩み始めていて、欟子に盛られた筍に寄りついて、いきなり摑《つか》みかかって食い散らしたので、「これは、はしたなくも、みっともない。欟子を早く隠しなさい。若君が食べ物に目がないなどと、口さがない女房たちが言い散らすのも困るので」と、源氏の君は笑いながら若君を抱き上げる。

「この若君の目元は実に美しい。小さい子供を多くは見ていないので、このくらいの年齢の子は、ただ幼いものと考えていたけれど、もうこの年頃で、何か気配ありげで、今から悩みの種になりそうです。明石女御《あかしのにょうご》腹の女一の宮は、今は紫の上が世話をしていますが、これから先、女宮にもこの若君にも困った事が起きるかもしれません。とはいえ、その二人が育った先々までは、見届けられないでしょう。花の盛りはあったとしてもです」と言ったのも、『古今《こきん》和歌集』の、**春ごとに花の盛りはありなめど　あい見んことは命なりけり**、に基づいていた。

聞いていた女房たちは、「縁起でもない言葉です」と呟《つぶや》き合う。若君はちょうど歯も生えてきたところで、噛《か》もうとして筍をしっかり握って、よだれを垂《た》らしながらかぶりつくので、「こんな物が好きなど、なんともねじけた好みです」と、源氏の君は苦笑して詠歌《えいか》する。

うき節《ふし》も忘れずながら呉竹《くれたけ》の
　こは捨てがたき物にぞありける

　嫌な節目《ふしめ》は忘れはしないが、筍ならぬこの子は見捨てがたい、という女三の宮には耳痛いあてこすりであり、『古今和歌集』の、今さらになに生《お》いいずらん竹の子の　憂き節しげき世とは知らずや、を踏んでいた。源氏の君は若君を筍から引き離して抱き上げ、はしたないと言い聞かせても、若君は無邪気に笑うのみで、膝《ひざ》から這い下りて、辺りを這って回る。

　月日が経つにつれて、若君は不吉なまでに美しく成長し、誠に、あの憂き節の歌をみんな忘れてしまう程になり、この子がこの世に生まれて来たのも前世からの契《ちぎ》りであって、あんな思いがけない密通とはいえ、これはきっと、逃《のが》れられない運命だったかもしれないと、源氏の君は多少思い直した反面、自分の宿世《すくせ》にもやはり不満は残る。

　周囲に多くの女君《おんなぎみ》を集めている中でも、この女三の宮だけは欠点がないようであり、人柄の点でも不足な面などなかったのに、尼姿になってしまったのを見るにつけ、やはり過去の密通の罪は許しがたく、口惜《くちお》しい限りだった。

　夕霧大将は、あの柏木の最期《さいご》の言葉を内心で思い出しては、いったいどんな事があったのか源氏の君に問うて、その際の顔色を窺いたいと思った。しかし、少しばかり事情を知っていてなるほどと合点《がてん》がいく折もあるとはいえ、直接訊くのも憚《はばか》られる。源氏の君に、どんな機会に、事の詳細をはっきりさせ、故人が思っていた様子を申し上げるべきか、思案しつつ時は過ぎて、秋の夕暮れの趣のある頃、一条宮に住む女二の宮の落葉宮と御息所《みやすどころ》を思い起こして、訪問した。

二人共くつろいで、箏《そう》の琴や和琴《わごん》を奏《そう》じている時分で、楽器を奥の方に置く暇《いとま》もなく、寝殿の南の廂《ひさし》に夕霧を導くと、隅の方に坐っていた人が、いざりながら奥に入った気配が残り、衣に染み込んだ薫香《くんこう》が匂い立つ。心憎いほどの情趣《じょうちょ》があり、例によって対面しに出たのは御息所であり、昔話などをする。

夕霧は自分の住む三条院が一日中人の出入りで物騒がしく、幼い子供たちが集まって声を出し合っている雰囲気に馴れているため、この一条宮が一段と静かに興趣《きょうしゅ》深く感じられる。少し荒れた感じはあっても、上品かつ高貴な住み方であり、前栽《せんざい》の花に虫の音《ね》が添っているのも、どこか野辺《のべ》の夕映えに似て、眺《なが》め渡すのも趣たっぷりだった。

和琴を引き寄せてみると、律《りつ》の柔らかな調べに調《ととの》えられて、よく弾《ひ》き馴らしているためか、柏木の移り香が染《し》みて、懐しく思い出される。こんな所でも気ままな浮気心のある者は、心を鎮《しず》められず、見苦しい面を露顕《ろけん》させて、あってはならない浮名《うきな》を立てる事もありうるだろうと思いながら、和琴を掻《か》き鳴らした。

やはりこれは柏木愛用の和琴で、風情《ふぜい》に富んだ曲を少し弾いたあと、「本当に、故人はこの和琴を稀有《けう》な音色《ねいろ》で弾き馴らしたのでしょうか。この和琴には故人の思いが籠《こも》っているはずで、聞いて確かめたいものです」と夕霧が言う。

御息所は、「琴の絃《げん》が絶えてしまってからというもの、女二の宮は幼い頃から琴を弾いて遊んだ事も、思い起こさないようになってしまいました。かつて朱雀院の御前で、女官《にょかん》たちが種々の琴を試みた折にも、女二の宮の腕は確かなものと思われたようなのに、今は別人のようになって、眺めるだけです。やはり、故人の思い出につながっているからでしょう」と言う。

「なるほどもっともです。恋しさの思いには限りがありませんゆえ」と夕霧は答えて、御息所の方に押しやると、「いえ、もし、この琴に故人の声が籠るのでしたら、それとわかる程度に、弾いて下さい。様々な事を思い詰めて、閉じてしまった耳を、曇りなくしたいと思います」と御息所が答えたのも、白楽天《はくらくてん》の「琵琶行《びわこう》」の一節、「仙薬を聴く如《ごと》く　耳暫《しばら》く明らかなり」を踏んでいた。

「そうでしたら、ここは夫婦の仲として、中の緒《お》の音こそ特別なものでしょう。それを是非《ぜひ》とも聴きとうございます」と夕霧は言って、落葉宮がいる方へ和琴を押しやったものの、すぐには引き受けてもらえるはずはないので、それ以上無理強《むりじ》いはしない。

雲ひとつない空に月が出て、雁《かり》が翼を広げて飛ぶ様子は、『古今和歌集』にある、**白雲に羽うちかわし飛ぶ雁の　かずさえ見ゆる秋の夜の月**、そっくりであり、風も肌寒い。風情が増してくるのに誘われて、落葉宮が箏の琴を御簾《みす》の奥でほのかに弾く音に、夕霧は心惹《ひ》かれる。

中途半端であってはならじと、琵琶を引き寄せて、手馴れた音色で「想夫恋《そうふれん》」を弾いて、「お心の内を察するのはおこがましいとはいえ、この『想夫恋』については、何かおっしゃってもよろしいのでは」と夕霧は言いつつ、御簾の中の落葉宮に和琴を所望《しょもう》する。「想夫恋」となると簡単には答えるすべもなく、じっと物思いに沈んでいる様子なので、詠歌する。

ことに出《い》でて言わぬも言うにまさるとは
人にはじたるけしきをぞ見る

言葉に出して言わないのも、言うに勝《まさ》ると、恥じ入って琴を弾かない様子ですね、という指摘で、「こと」は言と琴を掛け、やはり白楽天の「琵琶行」の一節「この時声無きは声有るに勝る」を踏まえていたので、さすがに落葉宮はそれを聞いて、「想夫恋」の終わりの調べを少し弾いて、返歌した。

深き夜のあわればかりは聞き分けど
　こと寄り顔にえやは弾きける

夜の深い情緒のみは聞き分けられますが、人に靡《なび》くような風には弾きませんでした、という反発であり、「こと」は琴を掛けていた。実に趣深い音色であり、元来、大らかな音色に、故人が心を染み込ませて弾き伝えているためか、同じ調べとはいえ、本当に魅了されたのに、ほんの一節だったので、夕霧は恨《うら》めしくなる。

「物好きにも、琴や琵琶などを引っ張り出してしまいました。秋の夜がこうまで深まるのに、ここにいると、故人の生前なら、とんでもないと咎《とが》められるでしょうから、お暇します。また心して再訪しますので、どうか琴の調べは変えずにお待ち下さい。期待はずれの事もある世ですので」と、どこか後ろ髪引かれる様を匂わせて退出する。

それを、御息所が呼び止めて、「今夜の風流な御訪問は、故人も許すでしょう。とりとめない昔話ばかりして、もうこれ以上、玉の緒の命を延べようとも思いません」と言ったのも、『古今和歌集』の、**片糸をこなたかなたによりかけて　あわずは何を玉の緒にせん**、を踏んでいた。

返礼の贈物に添えて、御息所は故人遺愛の横笛を夕霧に贈り、「この横笛は、本当に古い由緒《ゆいしょ》があるようでございます。こんなむさ苦しい蓬生《よもぎう》に埋まったままにするのも可哀想《かわいそう》です。前駆《さき》の声と競うような、あなたの笛の音を、陰ながら聴きたいものです」と言うと、夕霧は、「似つかわしくない随身《ずいじん》ではありますが」と答えて笛を見る。

なるほどこれは、あの柏木が肌身離さず持っていて、「私とて、この笛の持てる音すべてを吹き尽くす事はできない。これと思う人に何とか伝えたいものだが」と常々言っていたのを思い出し、しんみりとした心地になって、試みに笛を吹き鳴らしたのは、盤渉調《ばんしきちょう》の中程の二、三節であった。「故人を偲《しの》ぶ琴の独演はなかなかのものでしたが、私はこの笛にふさわしくありません」と謙遜《けんそん》して退出しようとすると、御息所が歌を詠《よ》みかける。

露しげき葎《むぐら》の宿にいにしえの
　秋に変わらぬ虫の声かな

涙の露の多い、葎ばかりの我が家に、かつて故人がいた秋と同じように、笛の音と虫の声がしました、という謝意であり、夕霧も足を止めて返歌する。

横笛の調べはことに変わらぬを
　むなしくなりし音《ね》こそ尽きせね

横笛の調べは昔と変わりませんが、琴と同様に、故人の音は尽きる事がありません、という哀傷《あいしょう》で、「こと」には琴を掛けていた。

自宅の三条院に帰ってみると、格子《こうし》などは下ろして、雲居雁《くもいのかり》も子供たちもみんな寝ているようである。これも夕霧があの落葉宮に執心している事を、誰かが漏《も》らして、こんなに夜遅く帰ったのも憎らしいと雲居雁が思い、寝たふりをしているのに違いなかったので、機嫌をとるべく、夕霧は催馬楽《さいばら》の「妹《いも》と我《あれ》と」を声高らかに謡《うた》う。

〽妹と我と入るさの山の山あららぎ
　手な取り触れそや
　香《か》を増《まさ》るかにや
　速《と》く増るかにや

「どうしてこんなに戸締まりを厳重にしているのですか。まるで引き籠りです。今夜の名月を観賞しない宿が、ここにあるとは」と嘆息して、格子を上げさせ、御簾も巻き上げ、端《はし》の方に横になった。

「こんなに月の美しい夜なのに、寝入って夢を見ているとは情けない。少し起き出したらどうですか。勿体《もったい》ない」と誘っても、雲居雁は憎らしいので、寝たふりを続ける。子供たちはぼんやりと寝呆《ねぼ》けていて、女房たちもあちこちに寝ており、人気《ひとけ》が多く賑《にぎ》やかで、つい先刻までいた一条宮とは大違いである。

夕霧は柏木遺愛の笛を吹きながら、あの落葉宮は自分が帰ったあとも物思いに沈み、琴を少しばかり弾いているだろうし、あの御息所の和琴も上手《じょうず》だったと思い返しながら横になった。

亡き柏木は、落葉宮を通り一遍には大切に扱ってはいても、もっと深い愛情をどうして注《そそ》がなかったのだろうと、夕霧は不思議がる。一方で実際逢ってみると、がっかりする事もあり、この上ない人と評判が立っている女の場合は、大体がそのようにも思われる。

自分と雲居雁の仲は、あまり疑いをはさむような面はなく、馴れ親しんでもう十年も経つので、雲居雁としてはもう自信たっぷりなのだと、夕霧は思い至る。

少し寝入った時、あの柏木衛門督が、生きていた時の袿《うちき》姿で横に立ち、笛を手に取った。夕霧は故人がこの笛の音に惹かれて出て来たのかと思っていると、その柏木が歌を詠んだ。

笛竹に吹き寄る風のことならば
末の世長き音《ね》に伝えなん

笛竹に吹き寄る風が、どうせなら末代《まつだい》まで笛の音を長く伝えて欲しい、という遺志で、「世」には竹の節（よ）、「音」も竹の根を掛けていて、「横笛の行く先は、別の所です」と言う。行く先はどこかと夕霧が問おうとした時、若君が怯《おび》えたように起きて泣き出したため目が覚めた。

若君は泣き方が激しく、乳も吐《は》いてしまった。乳母も起きて騒ぎ、雲居雁も灯火《ともしび》を近くに寄せ、額髪《ひたいがみ》を耳に挟んで、手を伸ばして若君を抱きかかえ、肥《こ》えてふっくらとした胸をはだけて乳首を含ませる。白くてきれいな乳房の乳はもう出ないものの、美しい若君は、あやすと泣き止んだ。夕霧も近寄って「どうした事でしょう」と言いつつ、魔除《まよ》けの米を撒《ま》き散らす。

慌《あわ》ただしくなったので、夢で柏木衛門督と会えた感慨もどこかに吹き飛んでしまう思いがしていると、「この子が苦しそうです。今時の何やら趣のある所をさ迷い歩いて、こんな夜更《よふ》けに格子までも上げたので、いつもの物の怪《け》がはいって来たのでしょう」と、雲居雁が若々しい顔で文句を言う。夕霧も苦笑して、「なるほど、怪しい物の怪の手引をしてしまいました。私が格子を上げなかったら、物の怪もはいって来られなかったのは確かで、多くの子の親になったあなたは、思慮深くなりました」と応じて雲居雁を見やる。

目元が実に美しく、「どうか、もうやめて下さい。明るいので見苦しいです」と言って雲居雁が、明るい火影《ほかげ》を恥ずかしがる姿も艶《なま》めかしく、若君が夜泣きしてむずがったため、そのまま夜を明かしてしまった。

夕霧大将は、夢を思い出して、この笛は何か面倒の種になる気がする。柏木が心を留めて執着していた笛を自分が持つのは適当でなく、かといって女方が相伝《そうでん》するのは意味がない。柏木は最期にあたって思いつめて、恨めしくも、あるいは恋しいとも思い、そうした執念にとらわれていると、いつまでも無明《むみょう》の闇に迷うものだそうだ。そうであれば、執着心をこの世に留めてはならないと思い、柏木が眠る愛宕《おたぎ》に追善《ついぜん》供養をさせる。

また、致仕大臣一家の敬《うやま》う寺にも法事をさせ、この笛をわざわざ故人の思い出として自分に贈られたのを、即座に寺に寄進するのも、尊いとはいえ張り合いがない事だろう、と考えあぐねて六条院に赴いた。

源氏の君はちょうど明石女御《あかしのにょうご》の方に行っていて、東の対《たい》には三歳になる明石女御の三の宮の皇子《おうじ》である匂宮《におうみや》がいて、紫の上が面倒を見ていた。その匂宮が走り出て来て、夕霧に「大将、この宮を抱いて、あっちに連れて行って下さい」と親しげに言うので、夕霧もつい苦笑して、「どうぞこちらへ。女御の御簾の前を通りましょう、軽率ではありますが」と答えて、坐ったままで抱く。若宮は、「誰も見ない。顔を隠すから、早く」と言って、自分の顔を袖で隠すのが実に愛らしい。

寝殿の方に連れていくと、そこには兄の二の宮がいて、若君と一緒に遊んでおり、脇では源氏の君が見守っていた。夕霧が隅の柱と柱の間に匂宮を下ろしたのを、二の宮が目ざとく見つけて、「まろも大将に抱かれたい」とねだると、「これは、まろの大将だよ」と匂宮が兄の二の宮の袖を引っ張って止める。

それを源氏の君が注意して、「これこれ、二人共行儀が悪い。夕霧大将は朝廷の近衛《このえ》の人で、それを自分の随身《ずいじん》にしようなどとは、いけません。ここは匂宮の方が強情《ごうじょう》というもの、いつも年上の兄の宮と争いたがる」と言う。

夕霧も頰を緩《ゆる》めて、「二の宮は、実に年長らしく、弟に譲ってやろうという心映えがあります。年齢の割には大人びています」と言上する。源氏の君も笑いながら、二人を共に可愛いと思いつつ、「夕霧大将がそんな所にいるなど、公卿《くぎょう》としては似つかわしくない座です。どうぞこちらへ」と言って東の対に誘おうとすると、二の宮も匂宮もまとわりついて離れない。

女三の宮腹の若君を、二人と同列に扱うべきではないと夕霧は思うものの、分け隔てすると女三の宮がひがむかもしれず、ここは三人を同じように可愛いがった。

夕霧はこの若君をまだしっかりとは見ていなかったので、御簾の間から顔を覗《のぞ》かせたところに、花の枝が枯れて落ちているのを拾って、見せながら誘うと、走り出て来る。その姿は、二藍《ふたあい》の直衣《のうし》だけを着ていて、肌の色が白くて美しく光っているのが、皇子二人よりも美しく、ふっくらと気品がある。自分がその気になって見るためか、目つきはあの柏木よりはもっと才気がある様子で、目じりの合わさるところが何となく薫るようで、どこか柏木に似ている。華やかな口元で笑うところなど、そっくりであり、これには源氏の君が感づいているのかもしれない気がして、益々源氏の君の反応を知りたくなる。

二の宮と匂宮は、皇子と思って見るから高貴とは感じても、世の常の子供と同じであるのに、若君のほうはそれと違って気高《けだか》く美しいと、つい見比べてしまう。ひょっとして自分の疑いが本当であれば、あの柏木の父の致仕大臣が今では呆《ほう》けたようになって、遺児が名乗り出てくれないか、形見だけでも名残《なごり》としてこの世に置いてくれたらよかったのにと、泣き焦がれているのを考えると、耳に入れてやりたいが、それはできない、と思う。その反面、いやまさかこんな形で子を残せるはずはないと、得心がいかないまま、若君と遊んでいると、いよいよ可愛らしくなる。

東の対に渡って、夕霧が源氏の大臣とのんびりと話をしているうちに日も暮れかかり、昨夜、あの一条宮に参上して、落葉宮と御息所の暮らしぶりを見た事などを、口にする。源氏の大臣はにこやかに耳を傾け、昔の話で自分に関係のある事などについては、受け答えしながら、「夕霧大将が『想夫恋』を弾き、それに落葉宮が少しばかり応じたのは、やはり奥床《おくゆか》しさに欠ける振舞なのかもしれません。あなたの柏木衛門督への深い友情を、一条宮のお二方が感づかれたとしても、ここはやはり、清らかなつきあいで貫き通すべきでしょう」と忠告する。

夕霧は、他人に説教する時は真面目《まじめ》な事を言ってしっかりしているようではあるが、自分の事となるとどうだろうかと、首をかしげて、「いえいえ、乱れがましい事などありません。大切な人を失うという世の無常を嘆かれているのに、少々のお悔やみを言いに行くというのでは不足で、何度も赴いている次第です。『想夫恋』を先方から弾いたとなれば出過ぎた事になりましょうが、何かのついでにちょっと弾いたのです。何事も人によりけりで、事に依《よ》ってこそのものです。落葉宮は年齢もそんなに若くなくて、思慮深く、私とて好色の方面には縁遠いので、先方もちょっと気を許して『想夫恋』を弾かれたようです。それにしても、親しみやすく、人柄も素直そうでした」と言う。

そして今こそいい機会だと思って、少し源氏の君に近づき、柏木の亡霊が夢に出て来た話を口にすると、源氏の君は黙って聞き入り、合点がいくことがあったのか、「その笛は、私が預からねばならない由緒のある物です。もともとは陽成院《ようぜい》の笛で、それを紫の上の父君の故式部卿宮がよく吹かれていました。あの衛門督が子供の時から上手に笛を吹くのに感心して、萩《はぎ》の宴《うたげ》の際に贈られた笛です。故式部卿宮の娘である御息所は、そんな由緒深い大切な物とは知らずに、あなたに与えたのでしょう」と言う。

亡霊が詠んだ歌に、笛を後世に伝えてくれとあったのは、実子の若君に伝えようと思ったのだろうと源氏の君は想像し、夕霧も勘《かん》が鋭いので、いずれこの事に思い当たるかもしれないと思った。

考えに沈んでいるその姿を見た夕霧は、遠慮して、すぐには言葉を見つけられず、ここはやはり耳に入れておきたい心地から、ふっと思いついたように、首を捻《ひね》りながら、「衛門督のいまわの際に参《さん》上《じょう》した際、死んだあとの事を言い残すうちに、源氏の君にかたじけなくも畏《おそ》れ多いとして、繰り返し申していた事がありました。その理由が今以《もっ》てわからず、気になります」と、ぽつりぽつりと話す。

それを、源氏の君はなるほどと思いながらも、表面上は不思議がる風を装いつつ、「そんな具合に人の怨《うら》みが残る程の様子は、私にも思い当たる節はありません。また、その夢についてては、あとで心静かに考えてみますが、夢については夜は話さない、と女房たちの言い伝えにはあるようですから」

と言って、しかとした返答がないままなので、夕霧はせっかく自分が口にしたのに、源氏の君がどう思ったのかは、摑み取れず、残念であった。

第四十五章　和泉式部《いずみしきぶ》の君

光源氏が、女三の宮と柏木《かしわぎ》の密通によって生まれた若君に、柏木と似ている点を見つけるとともに、どこか自分にも似ていると思うのも、当然だった。女三の宮の父である朱雀院《すざくいん》は、光源氏の異腹の兄なので、若君にとって光源氏は大叔父《おおおじ》であり、どこか似るのも当たり前なのだ。

この「横笛《よこぶえ》」の帖《じょう》で、これから物語を担《にな》っていく二人に、思い通りの名をつけさせるきっかけを作った。わずかに光源氏の面影《おもかげ》を残す不義の子は、目尻がどことなく、ぽおっと香るようなので、薫《かおる》だ。そして光源氏の孫は、薫ほどの美しさはないものの、高貴さが匂うようであり匂宮《におうみや》だ。

堤《つつみだい》第にいた幼い頃、父君から「そなたを、これから香子《かおるこ》と呼ぶ」と言われたのを思い出す。それまでは香子《きようし》と呼ばれたり、香子《たかこ》と呼ばれていたのだ。しかし香子《かおるこ》の方がよいと、父君が判断された理由は、今頃になって得心《とくしん》がいく。我が娘が、どうか香るような女人《によにん》になって欲しいと、あのとき不意に考えつかれたのに違いない。香子《きようし》や香子《たかこ》では、意図が伝わりにくい。やはり父君としては、香るような子になって欲しかったのだ。

源氏の物語も、これから次の世代の話に移って行かねばならない。柏木は泡のように消え、夕霧《ゆうぎり》大将だけが残っている。夕霧は中継ぎの人物であり、物語を背負うのには無理がある。

次の世代は、光源氏の孫で、明石女御《あかしのにょうご》腹の二の宮と三の宮、そして不義の子の若君になる。二の宮は成長すれば当然東宮《とうぐう》、そしていずれは帝《みかど》になろう。三の宮はその後ろを行かねばならず、より自由の身ではある。これは、どこか朱雀院と光源氏の関係に似てはいる。二の宮が朱雀院なら、三の宮が光源氏だ。源氏の君を光る人にしたのだから、この三の宮を匂う人にしても、不都合ではなかろう。

そして不義の子である若君は、匂う人に対して薫る人にすれば、甲乙つけ難い人物が出来上がる。匂宮と薫がこれからの物語を背負って行く。ちょうど若き日の光源氏と頭中将《とうのちゅうじょう》が、物語を紡《つむ》ぎ出してくれたように。

その意味でも、香子《かおるこ》と呼ぶようにしてくれた父君には、いくら感謝しても感謝しきれない。

そしてこの三月、その父君から文《ふみ》が届き、左少弁《さしょうべん》に任じられた旨《むね》が伝えられた。何と、かつて柏木が務めた衛門督《えもんのかみ》と同じ正《しょう》五位であり、大宰府《だざいふ》の大弐《だいに》とも同格だった。その前の一月の除目《じもく》では、ようやく下の弟の惟通《これみち》が蔵人所《くろうどどころ》の雑色《ぞうしき》になっている。最下級の役人とはいえ、位《くらい》がついたことで、父君と母君の安心する姿は想像がつく。

そして四月、新たに中宮彰子《ちゅうぐうあきこ》様の女房《にょうぼう》として出仕《しゅっし》して来たのが、世に名高い和泉式部《いずみしきぶ》の君《きみ》だった。齢《よわい》は三十ばかり、背丈は高からず低からず、肌は透けるように白く、ふくよかな体つきで、髪が長く、背丈《せたけ》より一尺《しゃく》は余っている。

道長《みちなが》様が和泉式部の君を女房として迎えたのも、その華麗とも言うべき経歴からだろう。父君は太《たい》皇太后宮昌子内親王《こうたいごうぐうまさこないしんのう》の従《じゅ》六位大進《だいじん》で、母君が昌子内親王に仕《つか》えていた。そのため幼名御許丸《おもとまる》で、童《わらわ》女《め》として宮仕《みやづか》えしたと聞いている。

二十歳《はたち》前に、和泉守《いずみのかみ》で昌子内親王の権大進《ごんのだいじん》を兼ねていた橘道貞《たちばなのみちさだ》様と結ばれ、一女を得ている。これによって和泉式部と称されるようになったのだ。

この昌子内親王は、気の毒な人ではあった。今の帝の三代前の冷泉《れいぜい》院に入内《じゅだい》したのも異例だった。しかも冷泉院の許《もと》には、あとになって、道長様の姉超子《とおこ》様が女御として入内、さらに藤原伊尹《これただ》様の娘である懐子《ちかこ》様も妃《きさき》のひとりに加わる。

昌子内親王には皇子《おうじ》ができないまま、逆に早世《そうせい》した超子様腹になる二人の皇子を養育しなければならなくなる。この二人が、そのずっと後に、和泉式部の君と情を交わす為尊《ためたか》・敦道《あつみち》両親王《しんのう》だった。昌子内親王は不遇のまま、十年前に五十歳で崩御《ほうぎょ》された。

その不幸は、死去したのが、家司《けいし》の道貞様の三条邸だった点からも想像がつく。このとき和泉式部の君は夫に従って和泉国に下っていて、昌子内親王の病《やまい》が篤《あつ》いと聞いて京に急ぎ戻る。内親王を送ったあと、和泉国に下向《げこう》したのは道貞様のみだった。このとき夫との縁は切れ、やがて和泉式部の君の許に通うようになったのが、幼い頃から知っていた為尊親王だった。

道貞様が和泉守から陸奥守《むつのかみ》になって、またもや下向すると、為尊親王の通いも繁《しげ》くなる。三つばかり年下の親王は、和泉式部の君を姉君のように慕《した》っていたのかもしれない。しかし一年ほどの契《ちぎ》りは、為尊親王の死で終局を迎えた。親王は享年《きょうねん》二十六だった。

その一年後に、弟の敦道親王が通い出す。乗るのは、人目を忍んでの女車《おんなぐるま》だった。敦道親王の心は傾くばかりで、ついに自邸の東三条南院に和泉式部の君を迎える。北の方が不快に思うのは当然であり、里に帰ってしまう。

敦道親王は詩と和歌の才があり、叔父の道長様からも可愛《かわい》がられた。親王が和泉式部の君を同行させて、賀茂《かも》祭を桟敷《さじき》で見物した四年前、誰もがあれが和泉式部の男だと認めて、賞讃した。このときこそが和泉式部の君の絶頂だったのかもしれない。

その敦道親王が亡くなったのが、ほんの一年前だ。この狂おしいまでの恋と、悲しみの別れの中で、詠《よ》まれた歌の数々は、たちまち人口に膾炙《かいしゃ》した。確かに、読んでみると、その流暢《りゅうちょう》さには舌を巻く。とにかく、定式を無視した、歌人の吐息《といき》がそのまま伝わるような歌なのだ。

例えば、夫の道貞様に従って和泉国に下ったときの歌、**こととわばありのままにみやこ鳥　都の事をわれに聞かせよ**、など、単に思いつくままを口にしただけで、何の工夫もない。しかし口調が誠にいい。

この道貞様と別れて、心が乱れたときの歌にしても同様だ。**泣き流す涙に耐えで耐えぬれば　縹《はなだ》の帯の心地こそすれ**、も、稚拙《ちせつ》と言えば稚拙、誰でも詠めそうな気がする。しかし、和泉式部の君以外に誰も詠めない。

それは敦道親王の訪れを待つ、五月雨《さみだれ》の頃の歌も同じだ。**よもすがらなにごとをかは思いつる　窓打つ雨の音を聞きつつ**、と、一片の技巧も感じられない。しかしその心情に、心打たれたのか、同じ節《ふし》の、飾らない返歌になっている。**我もさぞ思いやりつる雨の音《ね》を　させる夫《つま》なき宿はいかにと**、と、そのままの心情が流れ出る。

睦《むつ》み合う生活の中でも、この幸《さいわい》がいつまでも続くとは、和泉式部の君も思っていなかった。**夕暮は物ぞ悲しき鐘の音を　あすも聞くべき身とし知らねば**、と、恋の限りを知りつつ、今の瞬時に身を託すしかない。そしてついに、またしても親王との死別に至る。捨て果てんと思うさえこそ悲しけれ君に馴《な》れにし我が身と思えば、は、拙《つたな》いながらも絶唱《ぜっしょう》かもしれない。余人は、ここまで純な心を詠み出せない。

二、三度言葉を交わすと、他の高貴な出の女房たちとは違う率直さを感じる。この表と裏のない激情の人を、親王は稀有《けう》に思って寵愛《ちょうあい》されたのだ。

里に残した我が子が気になったのか、二十日ばかり出仕したあと、和泉式部の君は里下《さとさが》りしてしまった。あたかも彗星《すいせい》のような光芒《こうぼう》を感じさせる人で、どこか気が抜けた心地がしているとき、宰相《さいしょう》の君から声をかけられた。源氏の物語をようやく書写し終えたという。

「あの暢気《のんき》な雲居雁《くもいのかり》は、十年の間に立派な北の方になりました。何人も子供を産み、夕霧大将の邸《やしき》は子供のはしゃぐ声で満ちています。他の子をあやしながら、赤子《あかご》に乳房を与えています。これこそ、安らかな家になっている証拠でしょう」

そう言えば、宰相の君は家事諸般に長《た》けている花散里《はなちるさと》の贔屓筋《ひいきすじ》だった。それだけに、夕霧邸を取り仕切っている雲居雁が気に入ったのだろう。

「でもあの夕霧大将、皇子たちより美しい若君が、柏木の遺児である事実にいつか気がつくのでしょうか」

興味津々《しんしん》の目で、宰相の君から訊《き》かれて、戸惑《とまど》う。これは難問だった。しかし夕霧が秘密を知ってしまうと、暗闇が明かりに照らされたような筋書になってしまう。謎を抱《いだ》いたままの夕霧であって欲しかった。

「そこは闇のままです」

そう答えるしかない。

「そうですよね。それで安心しました」

宰相の君が、ほっとしたように言う。「秘密を知っているのは、女三の宮と光源氏、小侍従《こじじゅう》の三人で充分です。それでなければ、柏木が死んだ甲斐《かい》がありません。夕霧が知ってしまえば、柏木が生き返ったのと同じになります」

なるほど、それもそうだと頷《うなず》いていると、宰相の君は軽く会釈《えしゃく》して背を向けた。

物語の先は闇であっても、三行書けば、百行先は見えないにしても、十行先は見える。ちょうど紙燭《しそく》を手にして暗がりを歩くようなものだ。紙燭は消えるかもしれないが、わたしの筆先は消えてはならない。そう思う。

翌年の夏、蓮《はちす》の花の盛りの頃、女三の宮がいつも身近に置いている仏像の開眼供養《かいげんくよう》の法会《ほうえ》を、源氏の君が発願《ほつがん》して、持仏堂《じぶつどう》の仏具をすべて発注し、趣《おもむき》のある幡《はた》や、唐《から》の錦《にしき》を選び抜いて縫わせた物も用意し、紫の上がそれを取り仕切った。

花籠を置く台の覆いは、その絞り染めも気品豊かで、かつ親しみが持て、染めの技巧も卓抜《たくばつ》である。女三の宮の寝台の几帳《きちょう》を四面《よおもて》共に上げ、後方に法華経《ほけきょう》の曼陀羅《まんだら》を掛け、銀製の花瓶《はながめ》には、丈の長い多種の色の花を活《い》けて、仏前の香《こう》には、唐伝来の百歩《ひゃくぶ》の薫衣香《くのえこう》を薫《た》き、阿弥陀仏《あみだぶつ》、脇侍《きょうじ》の観音《かんのん》と勢至《せいし》の菩薩《ぼさつ》を、白檀《びゃくだん》で作らせた。閼伽《あか》の用具は例によって鮮やかな青と白と紫の蓮を調《ととの》え、荷葉《かよう》の方を合わせた名香《めいこう》に、蜜《みつ》は控え目にして、ほぐしながら薫き匂わせているのも、花の香と合わさって実に心地よい。

源氏の君は、地獄・餓鬼《がき》・畜生《ちくしょう》・修羅《しゅら》・人間・天上の六道《りくどう》を輪廻《りんね》する生類《しょうるい》のため、法華経を六部書かせ、女三の宮の持経《じきょう》は、源氏の君が筆を執《と》って書き、これをもってこの世の結縁《けちえん》として、共に浄土《じょうど》に向かう願文《がんもん》をも作らせる。その他にも阿弥陀経を書くのにも、唐の紙はもろいので、朝夕手に取って扱うのには適さず、製紙所《せいしじょ》の官人に特に命じて心清らかに漉《す》かせた。

この春から入念に急いで書かせた甲斐もあって、端《はし》を一瞥《いちべつ》した人々は目も眩《くら》む程で、金色の罫線《けいせん》よりも墨の色がくっきりとして輝き、巻物の軸や表紙、箱も言うに及ばず豪華である。源氏の君筆の阿弥陀経は、沈《じん》の香木で作った華足《けそく》の机に置き据え、同じ帳台《ちょうだい》の上に飾られた。

女三の宮の居所の、堂としての飾り付けがすむと、仏典を講じる僧が参上《さんじょう》し、香を僧に配る人々も参集したので、源氏の君も姿を見せる。女三の宮のいる西の廂《ひさし》を覗《のぞ》くと、狭く感じる場所に、正装をした女房たちが五、六十人ばかり集まっており、北の廂の簀子《すのこ》には童《わらわ》たちがうろうろして、多くの火取《ひとり》の香炉《こうろ》を煽《あお》ぎたてていた。

「空薫物《そらだきもの》は、どこで薫いているか判然としないくらいが適切です」と、源氏の君は女房たちに注意し、「富士の峰よりも高く昇るほどに煙が出るのは、趣旨からはずれます。講師《こうじ》の説法《せっぽう》が始まったら、みんな音を立てず、静かにして、話の内容を聞き取るべきです。衣《きぬ》ずれの音や、ざわめきなどは、御法度《ごはっと》です」と、例によって浅慮《せんりょ》の若女房に心がまえを教える。

女三の宮が多くの人の気配に圧倒されて、体を縮めて、愛らしくひれ伏していると、「若君は無作法《ぶさ》《ほう》だから、抱いてどこかに隠しておいたがいいでしょう」と源氏の君は命じて、北の廂の障子《しょうじ》も取り払って御簾《みす》を掛け、聴聞《ちょうもん》の客をそこに入れる。女三の宮にも、法会がどのようなものかを語って聞かせ、その様子はしみじみとしていた。
持仏を安置している場所を眺《なが》めて、そこが密通の場だったと源氏の君は思うと、心も乱れて、「こういった仏事法要を、こんなにも早く営む事になるとは、思いもかけませんでした。後の世で、あの蓮の花の中で、心隔てなく住むものと思って下さい」と、涙を流しながら詠歌《えいか》した。

蓮葉を同じ台《うてな》と契りおきて
　露の別るる今日ぞかなしき

後生《ごしょう》では同じ蓮の台座で暮らそうと約束しておいて、今生《こんじょう》では露が葉と別れるように、別々になる今日が悲しい、という悲哀《ひあい》であり、硯《すずり》を濡《ぬ》らして、黄色染めの扇に書きつけると、女三の宮も、その脇に歌を書き加えた。

隔てなく蓮の宿を契りても
　君が心やすまじとすらん

来世では心隔てなくひとつの蓮で住もうと約束しても、あなたの心は澄まないようです、という諧《かい》謔《ぎゃく》で、「澄《す》」むには住むを掛けていたので、源氏の君は、「これはまた、とんでもなく見下されたものです」と苦笑しながらも、何か物思いに耽《ふけ》る表情だった。
例によって、親王《みこ》たちも多く参集し、紫の上や花散里、明石の君などからも、我先にと差し出された仏前への捧げ物は、心のこもった物ばかりであった。法会に集《つど》う僧たちの法服《ほうふく》など、大方の準備はすべて紫の上が用意し、綾《あや》の装束《しょうぞく》や、袈裟《けさ》の縫い目まで、その道に詳しい人は、実に稀有な品々であると、賞讃を惜《お》しまない。

講師は尊い法要の主旨を説く中で、これ以上ないこの世の盛りを厭《いと》い離れて、長い来世で絶えない夫婦の契りを法華経に託すという、女三の宮の志《こころざし》の深さを讃《たた》え、弁舌さわやかに、心をこめて口にしたので、その尊さにみんな涙してしまった。

この開眼供養は、念誦堂《ねんずどう》を造る手始めとして思い立った催《もよお》しだったのに、今上帝《きんじょうてい》や朱雀院《すざくいん》の耳にもはいり、使いが来て、誦経のお布施《ふせ》など、所狭しと贈られて来て、そこここに広げて置かれた。源氏の君が用意した品々も、簡素にと思いながらも世の常ならず多かったが、そこに帝や朱雀院からの品々が加わり、夕方、僧たちが持ち帰っても寺に置く所がないくらい、多くの物を返礼されて僧たちは帰って行った。

源氏の君は今になって女三の宮への配慮が増し、丁重《ていちょう》にもてなすようになり、朱雀院からは、女三の宮を三条宮に移して離れ住むようにしたらどうかとのご意向が示されたが、源氏の君は、「離れ離れに住んでは気がかりで、明け暮れ一緒に顔を合わせるくらいがよいです。確かに『古今和歌集《こきん》』に、**あり果てぬ命待つ間のほどばかり　憂《う》きことしげく思わずもがな**、とあるように、この世の生は短いながらも、その限りを懸命に生きるのがよろしいかと存じます」とご返事をする。

その一方で、源氏の君は三条宮を実に細心《さいしん》に美しく造り直させ、封戸《ふこ》や、所有する荘園《しょうえん》や、牧場《まきば》からの貢物《みつぎもの》など、大事なものはみんな三条宮の倉に収めさせ、新しく倉も造る。朱雀院から下賜《かし》された婚礼に際しての膨大《ぼうだい》な品物は、全部そこに運び、日々の生計に必要な物や、数多くの女房の、上から下までの賄《まかな》いもすべて源氏の君持ちとして、処遇を急いだ。

秋になって、六条院の女三の宮の寝殿《しんでん》と西の対《たい》を結ぶ渡殿《わたどの》の前方、内側の塀の東側を、すべて秋の野に造り変え、そこに向けて、閼伽《あか》の水を置く棚も作り添えたのも、実に今様《いまよう》であった。

女三の宮のあとを追って出家する乳母《めのと》や古参の女房たちはもちろん、若い女房でも出家の意志が固く、一生を尼《あま》として過ごせるような者は、源氏の君が選ぶ事にする。この出家にみんなが我も我もと競い合っていると聞いた源氏の君は、「それはいけません。決心が薄い人が少しでも交じると、他の人たちには迷惑であり、軽々しい噂《うわさ》も立ってしまいます」と警告して、十数人が尼となって仕える事になった。

造作した野原に秋の虫を放させ、風が少し涼しくなる夕暮れに、源氏の君がやって来て、虫の音に耳を傾けるようにして、なおも未練がましい思いを口にするので、女三の宮は、源氏の君の好き心は尼の身として受け入れるべきではなく、嫌な事でもあると思う。その一方で、傍目《はため》にはこれまでと変わりなく世話をしてくれるものの、あの密事を知ってしまって以来、変わってしまった源氏の君から、離れるために出家して心安くなっているのに、こんな好き心を言われるのは辛《つら》かった。どこか人里離れた所に住みたいと思うものの、その心の内を強く口に出して言う事もできずにいた。

十五夜の夕暮れに、女三の宮は仏前にいて、外に近い端の方で、経を念誦《ねんじゅ》し、若い尼が二、三人、花を仏に供するため閼伽坏《あかつき》に水を入れる音がして、みんな忙しい様子がどこか心に沁《し》みる趣があるところに、光源氏が渡って来る。「虫の音が声高い夕べです」と言って、自分も阿弥陀仏の陀羅尼《だらに》を口ずさむと、虫の声も様々に聞こえた。

その中に、鈴虫の音色《ねいろ》が高く響く様子が実に華やかで、「秋の虫の音は、優劣がつけ難いとはいえ、松虫こそがよいと言って、秋好宮《あきこのむ》は、遥かな野に分け入らせて、わざわざ採って、秋の町に放たせました。その松虫も、野辺《のべ》で聞くのは稀《まれ》で、松という長寿の名を持つ虫とは言いながら、はかない命です。心にまかせて鳴くのは、人里離れた奥山や、遠くの野原にある松原なので、心隔てのある虫と言えます。それに対して、鈴虫は親しみがあって、華やかに鳴くのがいいです」と、源氏の君が言うと、女三の宮が小声で歌を詠んだ。

大方《おおかた》の秋をばうしと知りにしを
ふり捨てがたき鈴虫の声

おおよそ秋は辛いと思っていましたが、鈴虫の声だけは捨て難いものがあります、という感興《かんきょう》で、「秋」に飽きを掛けていて、その容姿も実に優雅で気品に満ちているので、源氏の君は、「いやもう、それは思いの外《ほか》のありがたい言葉です」と言って返歌する。

心もて草の宿りをいとえども
なお鈴虫の声ぞふりせぬ

心の中ではこの六条院の草の宿を嫌っているとはいえ、鈴虫の鳴く声は古びておりません、という皮肉ではあったが、「鈴虫」に女三の宮を擬《ぎ》して、その若さを讃えていた。こんな宵《よい》には琴《きん》の琴こそがふさわしいと思った源氏の君は、琴を持って来させて、興趣《きょうしゅ》深く弾《ひ》き出すと、女三の宮も念誦をやめて、琴の音に聴き入る。

その時、ちょうど月が出て、華やかさに情緒《じょうちょ》も加わり、源氏の君は空を眺めやって、朧月夜《おぼろづきよ》の尚侍《ないしのかみ》や朝顔の姫宮、さらに女三の宮と、次々に女君《おんなぎみ》たちが出家していく世のはかなさを思い、いつもよりも興趣たっぷりに琴を弾き鳴らす。

こんな宵は、いつもの管絃《かんげん》の遊びがあるはずだと思った蛍兵《ほたるひょう》部《ぶ》卿宮《きょうのみや》は、夕霧大将や殿上人《てんじょうびと》のしかるべき人々を伴《ともな》って参上した。

案内される方角から琴の音が聴こえて来て、それを頼りに源氏の君の前に姿を見せると、「管絃の宴《うたげ》など、長い間やめていたのですが、音を聴きたくなって独奏していたところでした。よく訪問して下さいました」と、源氏の君は言い、兵部卿宮の御坐《おまし》を用意する。

ちょうど帝の御前で催されるはずだった月の宴が中止になり、無聊《ぶりょう》をかこっていた上達部《かんだちめ》たちが、六条院に人々が集まっていると聞いて、ぞろぞろやって来て、虫の音の優劣を評定《ひょうてい》し合うと、様々な琴の音も加わって、情趣《じょうしゅ》がいやが上にも増す。

「『後撰和歌集』に、いつとても月見ぬ秋はなきものを　わきて今夜のめずらしきかな、とある通り、いつの月もよいものです。しかし今宵《こよい》の名月《めいげつ》の色には、我が世の他の事まで万事思い出されます」と、源氏の君はしみじみと言い、「そしてまた白楽天《はくらくてん》の『故人』に、『二千里の外の故人の心』とあるように、故柏木衛門督が、どの折につけても思い出される事が多く、公私にわたって、その時々の潤《うるお》いが消えてしまった心地がします。故人は花の色や鳥の声などにも詳しく、その道々の事などに精通していいました」と言いつつ、自《みずか》らも琴を掻《か》き鳴らすと、思わず涙する。

御簾の中にいる女三の宮も聴き入っていると想像しながら、こうした管絃の遊びの時には、宮中でも、まずは柏木の事が思い起こされたのだと感に堪《た》えなくなり、「今宵は鈴虫の宴にしましょう」と、集《つど》った人々に呼びかけた。

酒が二順程回った時、冷泉院《れいぜい》から文《ふみ》が届き、帝の御前での遊びが急に中止になったのを口惜《くちお》しがって、故柏木の弟の左大弁《さだいべん》や式部大輔《しきぶのだいぶ》が、人々を引率《いんそつ》して、主だった者が全部冷泉院の許にやって来たのに、夕霧大将たちは六条院にいると耳にしての手紙であり、歌が添えられていた。

雲の上をかけ離れたる住みかにも
　もの忘れせぬ秋の夜の月

雲の上を離れて退位している私の住み処《すか》にも、忘れる事なく中秋《ちゅうしゅう》の名月は訪れています、という勧誘で、暗に夕霧たちの不在を嘆き、「どうせなら、こちらで名月鑑賞を」と書き添えられていた。源氏の君は「窮屈な身分ではない私なのに、今はゆったりと時を過ごされている冷泉院の所に、親しく参上しないのが不本意だと思われての手紙です。全く勿体《もったい》ない事です」と言って、急ではあっても参上を決めて返歌した。

月影は同じ雲居に見えながら
　わが宿からの秋ぞ変われる

月影はいつもと同じく雲の上に姿を見せているのに、私の宿から見る秋はもう変わってしまいました、という感傷《かんしょう》で、「月影」は冷泉院を暗喩《あんゆ》していて、格別な事はないものの、昔の事や今の事が様々に回想されての歌であった。

使者に酒を振舞い、またとない引き出物をやり、人々が乗る牛車《ぎっしゃ》を身分に応じて調えさせ、前駆《さき》の者も集まり、それまで静かに行われていた管絃の遊びも終わりになる。源氏の君の牛車には蛍兵部卿宮が同乗して、夕霧大将や左衛門督《さえもんのかみ》、藤宰相《とうさいしょう》など、六条院にいた人々はみな牛車に分乗し、直衣《のうし》に下襲《したがさね》を着けるのみにした。

月がわずかに上り、夜が更《ふ》けた空には趣があり、若者たちには笛などを吹かせ、忍んでの道行きの様子になり、本来の公事《くじ》での行き来の場合は、厳格な格式に基づく盛儀《せいぎ》での対面しかなかったのに、今宵は昔のように臣下の身分の心地がする。

身軽なままでの訪問だったため、驚きかつ喜んで迎えた冷泉院の、年齢が加わって立派になったお顔立ちは、益々源氏の君と瓜《うり》二つであった。盛りの世だったのに自ら退位して、静かな暮らしを送っておられる様子は感慨深い。

その夜の歌の類《たぐい》は、漢詩にしても和歌にしても、心映《こころば》えが深く興趣に富み、明け方に、書いた詩歌などの批評をし合った。

早朝に人々は退出し、残った源氏の君は秋好《あきこのむ》宮の居所に渡って、様々に話をして、「今はこのように静かになった住居に、しばしば参上したくなり、何の目的もないながら、こうして年取ってしまった身に、忘れ得ない話など、お互いにしたく存じます。とは申しても、どっちつかずの身分になって、そうたびたびは参る事もできず、窮屈ではございます。

私よりも若い人々が次々に出家して行き、自分だけ取り残された心地がして、誠に無常の世の心細さを味わっております。俗世を離れて住もうかとも、ようやく思うものの、あとに残る人々が頼りなくなるし、途方にくれさせてはならないという思いも加わって、この事は前にも申しましたが、どうか心に留めて下さいますように」と宮に申し上げる。

秋好宮は、若々しくおっとりとした様子で、「宮中に、幾重《いくえ》も閉ざされて暮らしていた頃より、退位されてからのほうが、余程世の中から遠ざかったような気がするのも、思いの外でした。母の御息所《みやすどころ》や朝顔の姫君、朧月夜の尚侍、そして今は女三の宮というように、次々に出家されていくのが辛く、わたくしもそれに従おうと思う心地も、あなた様には申し上げませんでしたし、ご意見も伺えておりませんで、気が塞《ふさ》ぐ日々でした」とお答えになる。

源氏の君は、「本当に、冷泉院在位の頃は、六条院への里下りも難しゅうございました。それが、退位後は以前よりも里下りの理由がなくて、より退出が困難のように見受けられます」と応じて、「無常の世とはいえ、この世を厭《いと》うような理由がない人が、さっさと出家するのは容易ではありません。気楽な身分の者でも、出家となると、思い残す絆《ほだし》が多いのです。人の真似《まね》をするような出家は、陰でこそこそ噂されるような事態も招きます。ここは思いとどまるべきです」と申し上げる。

秋好宮は自分の真意をわかってもらえていないと、恨《うら》めしく感じ、母の御息所が今も地獄で責め苦に遭っているのは、どういう業火《ごうか》の煙の中に惑《まど》っているのだろうか、死後の身になっても人に嫌がられ、死霊《しりょう》となって名乗り出た事などは、冷泉院には秘密にしていたのに、口さがない人がそれを伝えてからは、悲しみはいよいよ深く、世の中すべてが厭わしくなっておられた。

母が物の怪《け》になって口にした事を、詳しく聞きたいと思うものの、正面からは問いただせずに、

「亡き母の御息所の罪が軽くない事を、ほのかに聞いた事がありまして、詳細はわからないまま、母に先立たれた哀れさばかりが募《つの》ります。その母の、あの世での様子を考えなかった我が身が申し訳なく、その様子を上手《じょうず》に説いてくれた人の勧めもあって、わたくし自身が、その地獄の炎を多少なりとも消してやりたいと、年が経《た》つにつれて思うようになりました」と、遠回しに秋好宮がおっしゃるのを聞いて、源氏の君も六条御息所の業苦《ごうく》に思い至る。

「その地獄の炎こそは、誰も逃《のが》れるすべはなく、朝の露が葉に残っているように今生《こんじょう》の命がある限り、その事は考えないほうがよろしいでしょう。釈尊《しゃくそん》の弟子《でし》の目連《もくれん》が、仏に近い聖《ひじり》になって、餓鬼《がき》道《どう》に迷う母を救ったという例はあっても、誰にもできる事ではありません。ここで玉で飾った簪《かんざし》を捨てても、苦しみを救えないで恨みが残ります。ここは、追善供養をしっかりされて、あの煙が晴れるようになさるべきです。こう思う私自身も、何かと慌《あわ》ただしく、静かにもしておられずに明け暮らし、供養だけはしながら、いずれ出家をも、と子供じみた考えでおります」と申し上げる。

二人共、世を捨てにくい身の上である事を語りあったあと、忍んでの身軽な源氏の君の冷泉院への外出が、朝になると世に知れわたり、冷泉院の許に参上していた上達部たちがみんな、六条院への見送りに随伴《ずいはん》した。

今上帝の妃である明石女御の様子も比類《ひるい》なく満ち足りていて、これまで大切に育てた甲斐があったと思われ、夕霧大将も人よりは頭抜《ずぬ》けて優《すぐ》れていると感じ、さらにまたこの冷泉院を思い慕《した》う源氏の君の心根は深く、かつ不憫《ふびん》がる心も一方にあった。

冷泉院の方でも、源氏の君に会いたいと思うのに、対面の機会は稀で、恨めしく思いつつ急な退位だったが、気楽な身分になったのであった。その一方で、秋好宮は、却《かえ》って六条院への里下りは難しくなったが、通常の夫婦のような暮らしになり、以前よりは華やかに管絃の遊びをした。秋好宮は何事にも真剣に取り組む性質《たち》から、御息所の事を思い遣り、仏道修行への勤《つと》めがいよいよ深まるものの、出家は源氏の君が許さないので、追善供養を専《もっぱ》らにして、一層道心が深く、世の無常を悟るようになった。

第四十六章　庚申作文序《こうしんさくもんじょ》

この「鈴虫《すずむし》」の帖《じょう》は、ついには消え行く虫の音《ね》のように、表舞台から退《ひ》いて行く光源氏の序章にしたかった。そのために二つの宴《うたげ》を用意したのだ。

六条院での宴では、響き合う音を描きたかった。光源氏が阿弥陀《あみだ》の大呪《だいず》を誦《じゅ》す声、光源氏が珍しく弾《ひ》く琴《きん》の琴、女三の宮が数珠《じゅず》を繰《あやつ》る音と、気品豊かな声、そして鈴虫。こうした宴を催《もよお》すと、管絃《かんげん》の催しには欠かせなかった柏木《かしわぎ》の才能が偲《しの》ばれてくる。同時に女三の宮への恨《うら》みも、表裏一体のように脳裏に浮かぶ。若くして出家《しゅっけ》した女三の宮に憐《あわ》れみを感じ始めると、そこに柏木の面影《おもかげ》がはいり込んで、邪魔をする。もうこれは光源氏の業《ごう》だろう。

「鈴虫」の帖は短かったためか、小少将《こしょうしょう》の君《きみ》に草稿を手渡してわずか三日後に、弁《べん》の内侍《ないし》の君が局《つぼね》にはいって来た。それは、つい局でうたた寝をしていた昼過ぎで、不意に耳許《みみもと》で「狼藉者《ろうぜきもの》です」と言われたのだ。いつぞやの夜盗《やとう》の件を思い出して、「これは大変」と起き出すと、目の前で弁の内侍の君が笑っていた。何のことはない。かつて弁の内侍の君が居眠りしていたのを、突き動かして起こした仕返しだったのだ。

「狼藉者はわたしです」と弁の内侍の君が言って、二人共笑ってしまう。「『鈴虫』の帖、ひと晩で書写しました。柏木衛門督の遺児が美しく育っていますね。明石女御腹《あかしのにょうごばら》の二の宮や三の宮よりも美しそうで、ありがたいです」

ありがたいと言われても、返事のしようがなく「はい、まあ」と答える以外ない。

「でもこの若君の行く末が気になります。あの不義の子である冷泉《れいぜい》帝も、皇子《おうじ》ができないまだ三十歳そこそこで退位したでしょう。母の藤壺宮《ふじつぼのみや》も、まだ若いうちに出家し、灯火《ともしび》が消え入るように亡くなったのは四十歳前です。そして不義をした柏木は、三十二か三で悶死《もんし》します。残された女三の宮は、若君を出産してすぐ、父の朱雀《すざく》院によって得度《とくど》されます。となると、この若君も消え行く運命にあるのでしょうか」

微笑《びしょう》していた弁の内侍の君の顔が真剣になる。

「いえ、そうはならないはずです。消えてもらうと元も子もないです」

この若君に薫《かおる》と名付けようと思っているくらいだから、舞台から消えられては困る。

「そうですか。安心しました。柏木のためにも長生きして欲しいです」

と言って安堵《あんど》した顔が、また真剣味を帯びる。「でも、若君は、冷泉帝が夜居《よい》の僧都《そうず》から出生の秘密を聞かされたように、大きくなって真相を知るのでしょうか」

この質問は、これから先の物語の核心を突いていた。もうどうするかは、うっすらと予測がついている。

「多分そうです」

正直に答える。

「そうでしょうね。そうなると、冷泉帝と同じように苦しむのですね。でも反対に、知らないままでいるより、いいはずです。いい苦しみは、のほほんと生きるより、価値があります」

弁の内侍の君がまた笑顔に戻る。「これで居眠りを驚かせた甲斐《かい》がありました。どうぞお眠り下さい」

そう言って局を出ていく。眠れと言われても、もう眠れるはずもない。弁の内侍の君が口にした、いい苦しみという言葉が、くっきりと頭に残っていた。確かに、そういう苦しみはある。

早い話が、こうやって源氏の物語を書き綴《つづ》るのは、ひとつの苦しみではある。しかしこれは自分に課した苦しみなのだ。人から課せられた苦しみではない点で、悪いとはいえない。しかもこの苦しみが生み出した物語が、弁の内侍の君たちの楽しみになっている。中宮様も楽しみにされている。となれば、やはりこれはいい苦しみだろう。

逆に物語を書かずに、弁の内侍の君が言ったように、のほほんと生きる道もある。しかしそれでは、生きていく意味がない。死んだほうがましだ。

この年、寛弘《かんこう》六年（一〇〇九）の七月七日は、七夕《たなばた》と庚申《こうしん》が重なる稀有《けう》な日だった。通常、庚申《かのえさる》の日には、宮中で作文会《さくもんえ》が催される。そのせいか、一条院内裏《だいり》のほうでは、朝から牛車《ぎっしゃ》の出入りが激しかった。おそらく当代きっての文人たちが、帝《みかど》の御前に集まり、漢詩を作文する遊びがあるのに違いなかった。

この庚申の日が特別扱いされるのには理由があった。唐来《とうらい》の道教《どうきょう》が教える、まことしやかな言い伝えのせいだ。どんな人間にも、腹の中には三匹の虫、つまり三尸《さんし》の虫が棲《す》んでいるという。この虫は、その人が隠している過失や罪をすべて知っていて、庚申の夜、その人物が眠っている隙《すき》に天に昇り、罪過《ざいか》を奏上《そうじょう》するらしい。そのため、庚申の夜に眠らない者は、胆《はら》に一物《いちもつ》を隠し持っている証拠になる。

とはいえ、この七夕の日は、小少将の君や宰相《さいしょう》の君と渡殿《わたどの》に出て、七夕の彦星《ひこぼし》と織女星《おりひめ》を仰《あお》ぎ見て、三人三様の和歌を作った。

「藤式部《とうしきぶ》の君は今夜眠りますか」

宰相の君が訊《き》く。

「さあ、眠ると三尸が告げ口をすると言いますし」

微笑しながら、首をかしげてみせた。

「わたしは起きています」

小少将の君が真顔《まがお》で言うので、びっくりする。

「何か胸の内に、天に聞かれてはいけないものでもありますか」

宰相の君も驚きながら訊く。

「あります」

またもや真顔で小少将の君が頷《うなず》く。わずかに頬《ほお》を赤らめたようにも見えた。その様子が実に美しい。

「そうね、わたしだってあります」

今度は宰相の君がにんまりとする。「でも三尸に告げ口されても、構いません。天の咎《とが》めがあっても、いいのです」

「羨《うらや》ましい」

小少将の君が言い、「藤式部の君はどうでしょう」と訊いた。

「少しだけ眠って、少しだけ罪状を聞いてもらいます。あとの罪は、まだ天には秘密にしておきましょう」

この返答に二人共、手を叩《たた》く。

「それは名案。わたしもそうします。少しぐらいなら知られてもいい」

ようやく小少将の君の顔がほころぶ。

「そうね、罪なき人など、この世にはいないのですし」

満天の星を眺《なが》めながら、宰相の君が朗詠《ろうえい》したのは、『万葉集』の古歌《ふるうた》だった。

天《あま》の河楫《がわかじ》の音聞《きこ》ゆ彦星と
　織女《たなばたつめ》と今夕《こよい》逢うらしも

すると、小少将の君も、今度は『古今和歌集』の古歌を呟《つぶや》く。

天の河もみじを橋にわたせばや
　たなばたつめの秋をしもまつ

こうなると、負けじ心が働いて、古歌を持ち出すはめになる。

天の河雲のみをにてはやければ
　光とどめず月ぞながるる

夜が更《ふ》けてからお開きにして、三人それぞれに局に下がって横になる。早くも左隣から宰相の君の寝息、右からは小少将の君の寝息が聞こえてきた。

この古歌詠《よ》みの七夕から三日後、父君から文《ふみ》が届いた。いつものいかめしい筆遣《ふでづか》いながらも、今度のは父君の興奮醒《さ》めやらぬ心の内が明らかだった。

香子《かおるこ》においては、変わりなく中宮様の許《もと》にて、務めに励んでいることでしょう。便りがないのは、健《すこ》やかなしるしだと、一同喜んでいます。

香子が中宮様、道長《みちなが》様、さらに畏《おそ》れ多くも今上帝《きんじょうてい》の覚えが篤《あつ》いことは、このたびの御庚申の作文で、この為時《ためとき》がこともあろうに、詩序《しじょ》を書くように命じられたことで明らかです。ここに事の次第を伝えます。

香子も知っての通り、今年の庚申は七夕と重なる、珍らしい夜でした。そのため帝は、この夜の庚申の作文の題として、「織女理容色」を思いつかれたようです。すなわち、七夕で一年に一度、天の河を渡って来る彦星のために、織女がその容色を繕《つくろ》うというのが、漢詩の題になったのです。

その命《めい》を受けて、蔵人《くろうど》の源頼国《みなもとのよりくに》殿がまず道長様の許に赴《おもむ》いて、参内《さんだい》の上意を伝えました。

道長様は、急ぎの用とて平常の装束《しょうぞく》で、帝の御前に参上すると、そこには藤原行成《ふじわらのゆきなり》様と大江匡衡《おおえのまさひら》様も伺候《しこう》していて、道長様への天子のお言葉は、「作文の遊びによって今夜は眠らず、三尸を守るように」というものでした。ここまでは、ありきたりのお言葉と言えようが、そのあと、こうつけ加えられたらしい。

「ついては、詩序は四か月前に弁官《べんかん》に新任したばかりの、左少弁《さしょうべん》為時朝臣《あそん》に詩題を伝え、作らせるように」

上意《じょうい》を受けた道長様は、急ぎ校書殿《きょうしょでん》の横の蔵人所にいた私のところに来て、その旨《むね》を告げられた。

「それは、趣旨が違うというものでございます。詩序は格式が高く、大江匡衡様が最適でございましょう。若くして文章博士《もんじょうはかせ》になり、式部大輔《たいふ》、東宮《とうぐう》学士になられ、帝の侍読《じどく》として、五経《ごきょう》をはじめ『文選《もんぜん》』『史記《しき》』『白氏文集《はくしもんじゅう》』『老子《ろうし》』を講じられた方です。あの方をさし置いて、私などが序者になり、唱首《しょうしゅ》を務めるなど」

と抗弁するのを道長様に遮《さえぎ》られた。

「江匡衡《ごうきょうこう》は、本文で詩一首を作るので、序は免《まぬか》れてよい。帝のご意向に、わしからも、心からの賛意を上奏《じょうそう》しておいた。もはや事は覆《くつがえ》らない。心して序者になるように」

そう言われては低頭するしかない。ちなみに、道長様が言われた江匡衡は、大江匡衡殿の漢名です。

そしてまた道長様は、退出されるとき、こうつけ加えられた。

「そなたの子女が書き継いでいる物語は、中宮から帝に贈られ、読んでおられる。わしも同様。しかし一番の読み手は、中宮と斎院宮《さいいんのみや》選子《のぶこ》内親王だ」

となれば、私が序者の光栄に与《あずか》ったのは、香子のお蔭と言ってよい。堤第《つつみだい》ではみんなが、親の七光《ななひかり》の逆で、子の七光だと言っています。

当日、清涼殿《せいりょうでん》の南にある校書殿で題を賜《たまわ》って、晴れの漢詩を作り、夜が更けゆくままに、それぞれがそれを誦《そら》んじた。箏《そう》の音、琵琶《びわ》、笛の音も響き合い、それはそれは豪華絢爛《けんらん》な乞巧奠《きこうでん》の祭でした。

私の序は、ここに再録するほどのものではなく、いずれ香子が堤第に里居《さとい》した折にでも披瀝《ひれき》しましょう。

それよりも、そなたに参考となる作詩は、やはり大江匡衡様の七言律詩《しちごんりつし》でしょう。

寄言織女意揺々
容色理来結契遥
頻整玉簪霞袂挙
閑臨粧鏡月眉嬌
燕蘭湯沐非同日
漢李声華伴九霄
乞巧慇懃天河許
徘徊自恥馬卿橋

言《こと》を寄《よ》せて織女《おりひめ》意《こころ》揺々《ようよう》たり
容色《ようしょく》理《ととの》い来《き》たりて結契《けっけい》遥《はるか》なり
頻《しき》りに玉簪《ぎょくしん》を整《ととの》えて霞《かすみ》に袂《たもと》挙《あ》がる
閑《しず》かに粧鏡《しょうきょう》に臨《のぞ》みて月眉《げつび》嬌《きょう》たり
燕蘭《えんらん》の湯沐《とうもく》同日《どうじつ》に非《あら》ず
漢李《かんり》声華《こえはな》やかにして九霄《きょうしょう》伴う
乞巧《きっこう》慇懃《いんぎん》にして天河《てんが》許《ゆる》す
徘徊《はいかい》して自《みずか》ら恥《は》じる馬《ば》卿橋《きょうきょう》

ともかく、弁官が序者となった例は、わずかに権左中弁藤原惟成《これしげ》様が、藤十一大夫《とうじゅういつだいぶ》という殿上人《てんじょうびと》に陪《ばい》して河原院《かわらいん》に遊び、「山晴秋望多《やまはれてしゅうぼうおおし》」の詩序を作った一例くらいしかありません。しかしこのときの詩宴は、時の左大臣源融《とおる》公の私邸で催されたもので、今回の帝の御前で開宴されたのとは、格式が違います。実に光栄な、身に余ること限りなしでした。

手紙の末尾には、堤第が安らかであること、娘の賢子《かたこ》が父君だけでなく、惟規《のぶのり》や惟通《これみち》からも漢籍を読まされ、母君からは和歌の他に箏や和琴《わごん》の手ほどきを受けている旨が書かれていた。

すぐさま、返書を送った四日後、父の短い文で、具平親王《ともひらしんのう》の薨去《こうきょ》を知らされた。享年《きょうねん》四十六だという。

しばし呆然《ぼうぜん》となる。あの具平親王こそは、若い頃の心の師であった。今から思うと、親王の私邸にあったのは、万巻《ばんかん》の書物だった。『天台摩訶止観《てんだいまかしかん》』の注釈書『止観輔行伝弘決《しかんぶぎようでんぐけつ》』四十巻、『修文殿御覧《しゆうぶんでんぎよらん》』三百六十巻、『孝子伝《こうしでん》』十五巻、『字統《じとう》』二十巻、『春秋左氏伝《しゆんじゆうさしでん》』三十巻、『心鏡《しんきよう》』十巻などの他に、老荘《ろうそう》や『史記』の類《たぐい》の漢籍が、まさに汗牛充棟《かんぎゆうじゆうとう》の如《ごと》く集められていた。

とはいえ具平親王は、詩作こそが修養の場と心得ておられた。常々言われていたのは、「詩の教えは温柔敦厚《おんじゆうとんこう》」だった。親王によれば、温は顔色温潤《おんじゆん》、柔はその情性柔和《にゆうわ》、敦厚は詩の極意で、物事を厳しく指弾せず、あくまで人情に厚い叙述を意味していた。

その精神を具平親王は見事に具現《ぐげん》しておられた。幼く生意気な女童《めのわらわ》のような娘を、心隔てなく厚遇《こうぐう》して下さったのも、そのためだろう。具平親王の許に集《つど》う文人も、そんな親王の温厚な人柄を慕《した》っていたのだ。

こうした類稀《たぐいまれ》な人柄は、あの大内記《だいないき》の故慶滋保胤《よししげのたねやす》様を師と仰いだことも影響しているに違いない。今は、天上で二人で詩に興じているはずだった。

その具平親王の優しい七言絶句《ぜっく》は、今でも脳裡《のうり》に残っている。

年齢稍邁減詩情
被誘雛枚一句成
応咲久抛風月賞
桃梨之外忘花名

年齢《よわい》稍《ようや》く邁《ゆ》く詩の情減る
雛枚《すうまい》に誘われて一句成る
咲《わら》うべし久しく風月《ふうげつ》の賞を抛《なげう》ち
桃梨《とうり》の外《ほか》花の名を忘るることを

もちろんこれは謙虚な自嘲《じちょう》の歌で、そこには誠にあの素晴らしい親王の心情が滲《にじ》み出ている。

また、月を眺めるたびに思い出すのも、具平親王の「望月遠情多」という七言絶句だ。

清光幾処同催酔
冷色誰家亦倍愁
木落先請湖上霽
窓明却憶塞門秋

清光幾処《せいこういくしょ》同じく酔《すい》を催す
冷色《れいしょく》誰《た》が家にも亦愁《またうれい》を倍《ばい》す
木落ちて先《ま》ず湖上の霽《さい》を請《こ》う
窓明らかにして却《かえ》って塞門《さいもん》の秋を憶《おも》う

具平親王には源氏の物語の冒頭のあたりを贈っていたので、そのあとは回り回って、お目に留まっていたのかもしれない。できることなら、出来上がった全篇を読んでいただきたかった。そして具平親王の口から、その感想をお聞きしたかった。もはやそれが叶《かな》わない今、天空の具平親王の目を念頭にして、この先の物語を紡《つむ》ごう。あのとき具平親王からいただいた料紙と墨、筆はもうなくなったものの、対馬《つしま》産の若田《わかた》石の硯《すずり》は今も使っている。墨は減っても、硯はわたしが死ぬまで、ずっと見守ってくれる。道長様から下賜《かし》された、やはり若田石の硯は、いずれ賢子に譲るつもりだ。

生真面目《きまじめ》でまめな人との評判があり、分別のある者として振舞う夕霧《ゆうぎり》大将は、この一条宮に住む女二の宮の落葉宮《おちばのみや》を、この上ない方と思い描き、世間の目からは故柏木衛門督《えもんのかみ》を忘れないように取り繕って、実にねんごろに訪問を怠《おこた》らない。心の内ではこのままではすませるものかと念じるにつけ、恋心は月日が経《た》つにつれて増すばかりであり、母君の御息所《みやすどころ》も「大将は心優しい、得難《えがた》いお人である」と、今は物寂しくなっていく日々だけに、絶えない大将の訪れに、心を慰められる事しきりだった。

当初から懸想《けそう》じみた事は口にしていないだけに、急に恋心を抱《いだ》いたというような動きをするのは、心恥ずかしく、「ここは一途《いちず》に深い心を見せ続けておけば、いずれ気を許していただく折もあろう」と思い、しかるべき折を見つけては、落葉宮の様子や動静を窺《うかが》うものの、宮の方は自《みずか》ら返事をする事など一切ない。今後、どうやって直《じか》に自分の真意を伝え、その対応を見ようかと思い続けているうちに、御息所が物の怪《け》のせいで病《やまい》を得たため、小野《おの》の辺りに所有していた別荘に移り住んだ。

これも、早くから祈禱《きとう》の師として、物の怪などを調伏《ちょうぶく》してもらっていた律師《りっし》が、比叡山《ひえいざん》に籠《こも》って、もう山里には下らないと誓っていたが、小野であれば近くであり、下って来てもらえると思ったからであった。

小野まで赴く牛車や前駆《さき》などは、夕霧大将が用意を調えてやり、一方の故柏木に縁のある弟たちは、公私につけての用事に紛《まぎ》れて、兄嫁の事など頭にも浮かばなかった。ただ密《ひそ》かに思いを寄せていないわけでもなかった、すぐ下の弟の弁《べん》の君だけは、それとなく意向を示したものの、御息所がとり合わなかったために、しげくの訪問は取り止めた。

その点、夕霧は懸想めいた動きは見せず、少しずつ馴《な》れ親しむようになり、修法《ずほう》などを催すと聞いて、僧への布施《ふせ》や浄衣《じようえ》などの細々《こまごま》としたものを届けさせる。病を得ている御息所はとても返事を書く力はなく、「並の代筆では、不快に思われるかもしれません。大将という重い身分の方ですから」と、女房《にようぼう》たちが言うので、落葉宮が返事を書いた。

ただ一行の大らかな筆致で、親しみをこめて書かれていたため、夕霧はいよいよ会いたくなり、文から目を離す事もできず、頻繁《ひんぱん》に手紙を送る。そのため、いずれしかるべき間柄になるだろうと、北の方である雲居雁《くもいのかり》が気づいたようであり、それが煩《わずら》わしく、訪問したいと思う心がありながら、すぐには出かけられない。

八月の二十日頃なので、秋の野辺の景色も趣《おもむき》深《ぶか》い時期で、小野の山荘が見たくなり、「かくかくしかじかの律師が、珍しく比叡山から下っているらしく、是《ぜ》が非《ひ》でも話をしたく思います。御息所の見舞のついでに出かけます」と、雲居雁には何げなく告げて、前駆は小ぢんまりと、親しく仕《つか》えている五、六人ばかりを伴い、狩衣《かりぎぬ》姿で京を出た。

小野へはことさら山深い道ではないものの、松が崎の小山の色など、さしたる大岩ではなくても、秋の気配が漂い、都にまたとないような、なしうる限りの情趣《じょうしゅ》を尽くした邸宅で、しみじみとした感じもおもしろさもまさって見える。

ちょっとした造りの小柴垣《こしばがき》も趣があり、仮住まいとはいえ、気高《けだか》く住んでおり、寝殿《しんでん》とおぼしき建物の東の放出《はなちいで》に、修法のための壇を土で塗り固めて作っていた。

御息所は北の廂《ひさし》にいて、西面《にしおもて》の間《ま》に落葉宮が住まっているのも、物の怪が恐ろしいので、落葉宮を都に残すつもりでいたところ、どうして母と離れて暮らせようかと反対して、小野まで来ておられたのである。物の怪が人に移るのを恐れて、わずかな仕切りを置いて、落葉宮が御息所の許に赴かないようにされている。客人《まろうど》が坐る場所がないため、落葉宮の御簾《みす》の前にはいってもらい、上臈《じょうろう》の女房たちが、夕霧の伝言を御息所に取り次いだ。

「大変勿体《もったい》ない事で、このようにお言葉をかけていただき、わざわざのご来訪がありがたく、仮にわたくしが死んでしまえば、その御礼も申し上げられなくなるので、今しばらくは、この世に命を留《とど》めて置きたく存じます」との御息所のお言葉に、夕霧も、「小野に移られる際に、お見送りをと思っておりましたが、父から言いつかった事柄がそのままになっていた時でしたので、それに紛れて、心に思っている事は何もできないままです。愚か者と思われているに違いありません。それが辛《つろ》うございます」とお答えしつつ、辺りの気配に心を研ぎ澄ます。

落葉宮は奥の方にひっそりとしているようであり、広くもない仮住まいの奥深くもない在所だけに、落葉宮の気配は自《おの》ずからはっきりと感じられて、実に物柔《ものやわ》らかに身じろぎをする衣《きぬ》ずれの音で、どの辺りにいるのかは想像がつき、夕霧は気もそぞろになる。

向こうにいる御息所の許に取り次ぎをする間、時間もかかるため、例の仕えている女房の小少将の君と言葉を交わして、「こうしていつも参って、お話を承《うけたまわ》る事が、もう何年にもなりますのに、このようによそよそしく扱われるのは、心外です。このような御簾を前にして、人を介してのやりとりなど、ほのかにしか伝えられず、今まで経験した事もありません。私がどんなに古めかしい者と思われているかと考えると、情けなくなります。

まだ若くて身分も低かった頃であれば、多少色恋に馴れていて、こんなに気恥ずかしくもないでしょうが、私は、これまで生真面目に愚かしく年月を過ごして来ました。こんな例はありますまい」と夕霧が申し上げる様子も軽々しくはないので、女房たちは袖をつつきあい、「ありきたりの返事では恥ずかしい」と言いながら、「どうか直接にご返事なさって下さい」と落葉宮に勧める様子が窺われた。

落葉宮が、「母上が自ら返事ができかねているのも、申し訳なく、ここはわたくしが代わりに答えるべきでしょうが、母の容態《ようだい》は恐ろしくなる程の様子で、世話をしているうちに、こちらまで生きているのか死んでいるのかわからない気分になってしまい、返事はいたしかねます」とおっしゃるのを女房から聞いて、「なるほど、これが宮のご伝言ですね」と夕霧は確かめて、坐り直す。

「御息所の病を、我が身の事として嘆いておりますのも、何のためでございましょう。畏れ多くも、悲しんでおられる宮様のご様子が、晴れ晴れとしたお姿になったところを御息所がご覧になるまで、平穏無事に過ごされる事こそが、お二人にとって頼もしい事だと、拝察するからでございます。それにもかかわらず、私がただ母上様のみを心配していると思われるのは、心外であり、どうか長年積もった私の思いも、わかって下されぱと存じます」と夕霧が言うと、女房たちも、「本当にその通りです」と落葉宮に申し上げる。

日没が近づくにつれて、空模様も趣深くなり、霧が出て、山陰は薄暗い感じがする。蜩《ひぐらし》が一段と高い声で鳴き、あたかも『古今《こきん》和歌集』の、**ひぐらしの鳴きつるなへに日はくれぬと思うは山の陰にぞありける**、のようで、垣根に生える撫子《なでしこ》が風に靡《なび》く風情も、同じく『古今和歌集』の、**あなこいし今も見てしか山がつの　垣ほに咲ける大和なでしこ**、を思い起こさせた。

御前の前栽《せんざい》の花々は思い思いに咲き乱れ、涼しそうな水音に、寒々とした強風が山から吹き下ろし、松風の音が深い木立に響き渡り、ちょうど不断の経を読む交替の時になり、合図の鐘が打ち鳴らされると、立ち去る僧と、代わりに坐る僧との声がひとつに合わさって、誠に尊く聞こえる。

ここが小野の地だけに、万事につけて心細く見えて、夕霧はいよいよ感慨深くなり、都に帰る心地にもなれず、律師が加持《かじ》をする音に、陀羅尼《だらに》を導く読誦《どくじゅ》する声が加わるのに耳を傾けた。

御息所がひどく苦しんでおられるご様子に、女房たちはそちらの部屋に集まり、もともとここは旅住まいだったので、それほど多くの女房を帯同しておらず、いよいよ人が少なくなる。落葉宮は辺りを眺めて、しめやかな気分になっているご様子なので、夕霧はいよいよ我が思いを打ち明ける好機だと思い詰めたところに、霧がすぐ目の前の軒先《のきさき》まで迫って来たため、「都に帰る道も見えなくなってしまいました。どうすべきでしょうか」と申し上げて、和歌を詠みかけた。

　山里のあわれをそうる夕霧に
　　立ち出《い》でん空もなき心地して

山里の情緒《じょうちょ》をさらに増す夕霧が立ち込めたので、帰るべき空もない気がします、という哀願《あいがん》で、

『古今和歌六帖』の、夕霧に衣は濡《ぬ》れて草枕　旅寝かもするあわぬ君ゆえ、を下敷にしていたが、思いがけず落葉宮がほのかに返歌された。

山賤《やまがつ》の籬《まがき》をこめて立つ霧も
心そらなる人はとどめず

山里人の垣根に立ち込める霧も、帰りを急いで浮き足だった人は留《とど》めません、というつれない心が示され、いよいよ夕霧は我が心を慰めつつ、帰る気がしなくなる。「これはちょうど、初雁《はつかり》のはつかに声を聞きしより　中空《なかぞら》にのみものを思うかな、のようです」と、夕霧は『古今和歌集』の古歌を引き、「家路は見えず、霧立つ垣根は、立ち止まらせずに追い払おうとします。まるで、この里に旅寝しぬべし桜花　散りのまがいに家路忘れて、を思い出させます」と、ここでも『古今和歌集』の歌を踏まえて申し上げる。

そして「風流人でない私だから、こんな目に遭《あ》うのでしょう」と申し上げつつ、間を置いて、忍び難くなった心の内をほのめかしながら申し上げると、落葉宮は、これまでそんな意中に全く気づかなかったわけではなく、ただ素知《そし》らぬふりをして過ごして来たところに、あからさまに恨みがましく言われたので、いよいよ煩わしさを覚えて、返事もせずにいた。

夕霧は心の内で嘆きつつも、「こんな機会はまたとあるまい」と思い巡らして、「思い遣りに欠けた、うつけ者と思われても、仕方がない。せめて思い続けた意中でも知らせよう」と考えて、人を呼ぶと、左近衛府《さこんえふ》の将監《ぞう》から五位に叙せられた配下の者で、親しく仕えている判官が寄って来る。こっそり召し寄せて言い聞かせ、「この律師《りっし》と、どうしても話をしなければなりません。護身法の平癒祈願《へいゆきがん》で多忙でしょうが、今は休んでおられるはず。今夜はここに泊まり、初夜《しょや》の勤行《ごんぎょう》の時刻が終わる頃に、律師の控え所に伺うつもりです。

従ってこの者と、あの者はここに控えさせなさい。随身《ずいじん》などは、来栖野《くるすの》の荘園《しょうえん》が近いので、そこに赴いて、馬に秣《まくさ》を与え、こちらでは、人を少なくして、声を立てさせないように。ともかくこのような旅寝は、人から軽々しい行いだと見られやすいので、用心を」と命じると、供人の将監は、何かの事情があるのだろうと心得て、退出した。

夕霧が「帰る道も、すっかりおぼつかなくなったので、この辺りに宿を借ります」と落葉宮に伝えたのも、『古今和歌六帖』の、**夕闇は道たどたどし月待ちて帰れわが背子《せこ》その間《ま》にも見ん**、を踏まえており、「同じ事なら、この御簾の近くをお許し下さい。阿闍梨《あじゃり》が退出するまでの事です」と何げなく言い添える。

落葉宮は、「いつもこんなに長居せず、色好みのような振舞はしないのに、嫌な事だ」と思うものの、ここでわざとらしく母の御息所の所に行くのも軽々しく、見苦しいと思い返し、じっとしていると、夕霧は何か言いつつ、傍近《そば》くに寄り、その言葉を伝えるために、いざって奥に入る女房の後について、御簾の中にはいる。

まだ夕暮れ時で、霧に閉ざされて部屋は暗くなっており、気がついた女房は驚いて振り返る。落葉宮は夕霧の姿に驚愕《きょうがく》して恐れ、北の襖障子《ふすましょうじ》の外にいざり出ようとするところを、夕霧はうまく探り当て、引き留める。体のみは中にはいったが、装束の袖がこちら側に残り、襖障子を向こうから閉ざせなかったので、落葉宮は水のように冷汗を流して震《ふる》えるばかりだった。

女房たちもあきれ返り、どうしていいかわからず、こちらからは掛け金があっても、向こうにはなく、かといって夕霧大将を引きずって止めるわけにもいかず、「これは思いもよらぬお振舞、そんな非情なお心の持主とは」と、泣き出さんばかりに申し上げる。

夕霧は、「このようにして近くにお仕えするのが、他の男よりもとりたてて厭《いと》わしく、嫌な男と思われる程の事でしょうか。数ならぬ身ではございますが、もう何度も耳になさった年月も積もり重なっているはずです」と、実に穏やかに悠然《ゆうぜん》とした態度で、胸の内に思う事を吐露《とろ》した。

落葉宮が聞き入れるはずはなく、「こんな狼藉、悔しい」と思われても、振り払う事もできず、口にするべき言葉さえ浮かばずにいると、夕霧は、「これは何とも子供じみたお振舞です。人知れず、心に思い余っている私の恋情に、罪があるかもしれません。しかし、これ以上に馴れ馴れしくする事は、お許しがない限り致しません。

私の心は千々《ちぢ》に砕《くだ》けるほど、悲しみに耐えかねております。あなた様が子供じみているとはいえ、私の思いに気づかなかったはずはありません。それを強《し》いて知らないふりをして、遠ざけようとなさるのでは、どう申し上げていいかわかりません。私を誠意のない、憎い男と思われているとしても、このままでは朽《く》ち果てかねない胸の愁《うれ》いを、はっきり伝えたいだけなのです。言いようのないあなた様の冷淡《れいたん》さは辛いのですが、これ以上は畏れ多い事なので」と申し上げて、はやる心を抑えて我慢強くしていた。

落葉宮が、襖をこれ以上開けられないように押さえているのは、全く頼りない防ぎようであるものの、夕霧は無理には開けず、「こんな程度の隔てでもと、敢《あ》えて思われているところが、おいたわしい」と笑いながら、それ以上の無理強いはしない。落葉宮の様子が優しく上品であるのを確かめ、これまでずっと思い沈んでいたせいか、痩《や》せて、はかない感じがし、くつろいだ普段着のままの袖の辺りもしなやかで、親しみのある薫物《たきもの》の匂いなどが、穏やかで可愛《かわい》く感じられた。

風がひどく心細そうに吹いて、夜が更けていく様や、虫の音と鹿の鳴く声、さらに滝の音がひとつに混じりあって風情が増していく頃なので、風流心のない者でも目が覚めるような空の気配がある。格子《こうし》も上げたままで、入《い》り行く月が山の端《は》に近くなるのも、涙が出そうな興趣《きょうしゅ》がある。

夕霧が、「こうして私の心を理解していただけない様子は、却って浅はかなお心のゆえだと感じられます。世間ずれしておらず、安心な点では類ないと思っている私を、軽々しい人たちは痴《し》れ者だと嘲笑《ちょうしょう》し、冷たくあしらうようです。そのようにあなた様から軽蔑《けいべつ》されると、この心を鎮《しず》める事ができそうにありません。男女の仲を全く知らないわけではありますまい」とあれこれ責めたてるので、落葉宮はどう答えていいかわからず、困惑するばかりだった。

男女の仲を知っている気安さを、夕霧がしきりにほのめかすのが心外であり、皇女であるのに結婚して、夫に先立たれ、本当に喩《たと》えようのない我が身の辛さだと思い続けていると、落葉宮は死にたくなって、「辛い我が身の罪を思い知るとしても、このようなあきれた振舞を受ける身を、どう考えればいいのでしょうか」と、消え入るような声で言い、泣きながら呟くように詠歌する。

我のみや憂き世を知れるためしにて
　濡れ添う袖の名を朽《く》たすべき

わたくしだけが知っている男女仲の辛さを先例として、悲しみの涙に濡れている袖の上に、さらに身を許したという濡れ衣を重ねられ、この身を朽ちさせるべきでしょうか、という悲嘆であり、これをほのかに聞きつけた夕霧が、心の内で復唱し、小声で口にするので、落葉宮は動揺する。どうしてこんな歌を詠んだのかと自問していると、夕霧は「男女の仲を知っていると申し上げたのが、まずかったようです」と謝り、苦笑《にがわら》いしながら返歌した。

おおかたは我濡れ衣を着せずとも
朽ちにし袖の名やは隠るる

大体において私が濡れ衣を着せなくとも、いったん朽ちてしまった袖の名は消えません、という反論で、柏木と結婚し、死別した事を言い募《つの》る。「もうこうなったら、私にひたすら従うのがよろしいでしょう」と言い添えて、落葉宮を北廂から月が明るい西廂の方に導いて、その容姿を見ようとするのを、落葉宮は無礼と思って心強く拒《こば》んだものの、夕霧はいともたやすく引き寄せる。「これくらい稀有な私の恋心を、どうかわかって下さい。安心なさって結構です。お許しがないうちは、無理な事は致しません」と夕霧がきっぱりと言い聞かせているうちに、夜も明け方近くになっていく。

月は曇りなく澄みわたり、霧に妨《さまた》げられずに月光が射し込み、奥行きの浅い廂の軒は狭い感じがし、顔をまともに見られる気がして、落葉宮は実にきまりが悪く、顔を袖で隠す様子は、言葉にできないほど優美である。夕霧が故柏木の事を少し話し出すと、落葉宮は亡き夫への思いと比べると夕霧を軽く思っていただけに、夕霧は恨めしくなる。

「柏木衛門督は当時中納言で、官位も今の夕霧の大納言には及ばなかったものの、誰もが結婚を認めたために、自然に夫婦の関係になった」と、当時を回顧《かいこ》して、「それなのに柏木の実にあさましい心変わりで、思いがけない事になってしまった。その結果、こんな予期せぬ事が起こっている。ここで夕霧と結ばれるとなれば、全く縁遠い家柄ではないので、あの柏木の父の致仕大臣《ちじのおとど》がどのように思うか。世間の非難も当然生じるだろうし、ましてや父の朱雀院《すざく》の耳にはいると、どうお考えになるか」と、落葉宮は関係するあれやこれやの人々の思惑を思い巡らし、口惜《くちお》しくてならない。

ここで心を強く持って夕霧を拒絶したところで、もはや人の噂《うわさ》は立つはずであり、母の御息所が事の次第を知らないのも罪作りで、もし知られたら馬鹿な事をしたと咎められるのも辛く、「せめて夜が明けないうちに、お帰り下さい」と、追い立てる以外のすべはなかった。

すると夕霧は、「何という仕打ちでしょう。いかにも契《ちぎ》りがあったかのように、道を踏み分けて帰ると、事の次第を知っている朝露はどう思うでしょうか。帰れとおっしゃるのであれば、私の立場はどうなりましょう。こんなみじめな姿をあなたに見られ、してやったりと私を突き放すのであれば、我が心を制止できず、前後をわきまえない振舞に及びそうです」と言い放つ。

この夜の出会いが中途半端なものになってしまい、自分の行動も無分別になったのが、我ながら常軌《じょうき》を逸《いつ》しており、落葉宮には申し訳なく、自分でも情けなくなって、霧に立ち隠れて帰路につくのも、上《うわ》の空ながら、歌を詠みかける。

荻原《おぎはら》や軒ばの露にそほちつつ
　八重《やえ》たつ霧を分けぞゆくべき

荻の原で、軒端《のきば》まで届く荻の露に濡れながら、八重に立つ霧を分けて帰らねばならないのでしょうか、という慨嘆《がいたん》で、「露」はもちろん涙を暗示して、「契ったという濡れ衣は、乾かないでしょう。それも、あなたがこのように私を追い出したからです」と言い添える。落葉宮は、なるほど、噂は必ずや漏れて名前に傷がつこうが、ちょうど『後撰和歌集』に、無き名ぞと人には言いてありぬべし　心の問わばいかが答えん、とあるように「せめて自分の心にだけは正直であろう」と思い定め、夕霧を厳しく拒みつつ返歌する。

分けゆかん草葉の露をかことにて
なお濡れ衣をかけんとや思う

道を踏み分けて行く草葉の露に濡れたのを理由にして、わたくしに濡れ衣を着せるつもりですね、という反発であり、「濡れ衣は干すのが普通なのに、それをわたくしに着せるとは風変わりです」と突き放す。

こうした毅然《きぜん》とした態度は、実に魅力があり、夕霧が気恥ずかしくなる程立派なので、これまで他の人とは違う思い遣りを見せ、様々に親切心を見せて来たのを反故《ほご》にして、油断させておいて好色じみた態度に出たのは、落葉宮に対しておいたわしいし、自分としても気が引ける。「こうして落葉宮の言う通り引き下がっても、あとで笑い者になるのでは」と、あれこれ思い悩みながら退出すると、道中の霧の深さもひととおりではなかった。

このような忍び歩きには馴れておらず、趣はあっても気疲れもする。三条院に帰ると雲居雁がこの濡れ姿を怪しむに違いなく、六条院の東北の町に参上すると、まだここでも朝霧は晴れておらず、まして山里の小野ではもっと濃かろうと思っていると、女房たちは、「珍しい忍び歩きですこと」と囁《ささや》き合う。

夕霧はしばらく休んだあと、花散里《はなちるさと》が、常に夏用と冬用の装束を、実に立派に準備して収めている、香入りの唐櫃《からびつ》から取り出した装束に着替えてから、粥《かゆ》などを口にして、源氏の君の前に赴いた。

その後も小野の落葉宮に手紙を送るものの、落葉宮は見向きもせず、突然のあのような夕霧の行動が、心外でもあり、疎《うと》ましい。その上、御息所の耳にはいれば恥ずかしく、逆に知らなくても、自分のこうした動転した様子に気がつけば、人の噂は隠しようがないこの世なので、自《おの》ずから話が伝わって、親に隠し立てをしたと思われるのが辛く、落葉宮は「女房たちが見聞きしたありのままを、御息所にそれとなく漏《も》らして欲しい。その上で情けないと思われても仕方ない。自分は潔白《けっぱく》なので、やましい事はない」と思うのは、親子の仲で少しも心隔てなく思い交わしている証拠であった。

他人の噂になっても、子が親に隠し事をするのは昔物語によくあるものの、落葉宮はそんな考えは微塵《みじん》もなく、一方で女房たちは、「もし御息所が耳にされて、夕霧大将と何か事があったように思って、心を乱されるならば、本当は何事もなかっただけに、お気の毒だ」と互いに言い合う。他方で二人がこれからどうなるのか興味津々《しんしん》であり、夕霧の文の内容が知りたいものの、落葉宮は開けようともしないので、もどかしく思う。

「やはり、ここで全くご返事をされないのも、子供じみているように思われますのが、気がかりです」と申し上げて、わざわざ手紙を広げてお見せすると、落葉宮は、「本当に見苦しい事でした。不用意にもあの方があのように近づいたのは、わたくしの過《あやま》ちですが、先方には思い遣りも優しさもなく、許し難いです。手紙は見ません、と先方に返事をして下さい」と、女房たちにおっしゃり、もっての外《ほか》という様子で、脇息《きょうそく》に寄り臥《ふ》された。

ところが実のところ、夕霧の手紙は憎むような代物《しろもの》ではなく、非常に真心をこめた内容で、まず和歌が記されていた。

魂をつれなき袖にとどめおきて
我が心からまどわるるかな

私の魂をあなたのつれない袖の中に留め置いたので、我が心ながら右往左往《うおうさおう》しております、という戸惑いが吐露され、『古今和歌集』の、飽かざりし袖の中にや入りにけん　わが魂のなき心地する、を下敷にして、さらに「思い通りにならないのは心で、ちょうど『古今和歌集』に、身を捨てて行きやしにけん思うより　ほかなるものは心なりけり、とある通りですが、そう申し上げたところで、私の恋しい思いは、ちょうど同じく古歌の、わが恋はむなしき空にみちぬらし　思いやれども行く方もなし、のように、晴らしようがなく、彷徨《ほうこう》しております」と細々と書き添えられていた。

女房たちはまともには見る事ができず、どうも後朝《きぬぎぬ》の文ではないようだと思うのみで、詳細はわからないまま、落葉宮の消え入るような様子を見て、お気の毒と思う。

「夕霧大将との間にどのような事があったのだろうか。万事につけてこれまでずっと比類ない厚情を示してこられたものの、新しい夫として頼る事になれば、故柏木衛門督《えもんのかみ》がそうであったように、また途中で愛情が薄くなるのではなかろうか、それが心もとない」などと、特に落葉宮の近くに仕えている女房たちは、各自思い乱れ、もちろんこの事については、御息所は何もご存知ないままだった。

物の怪に取り憑《つ》かれていた御息所は、重病と思われていたのだが、ご気分が良くなる時もあって、意識がはっきりとしてきたので、日中の加持を終えて、ひとり阿闍梨のみが病床に残り、陀羅尼を読み続ける。御息所の小康《しょうこう》を喜んで、「大日如来《だいにちにょらい》が虚言《そらごと》を言われないなら、拙僧《せっそう》が心をこめて行う修法に、効験《こうけん》がない事などありません。悪霊は執念《しゅうねん》深いようですが、業障《ごうしょう》にとらわれただけの弱い存在です」と、嗄《か》れた声で決然と言う。

この僧は聖《ひじり》のようでありながら、ずけずけとものを言う律師《りっし》で、突然「そうでした、あの大将はいつからここの宮に通われているのですか」と訊いたため、御息所は、「通うなどという事はありません。亡き柏木衛門督とは親しい仲で、後事《こうじ》を託した遺言通りに、長年何かにつけ、不思議なくらい、親切にして下さり、このようにわたくしの病気見舞に立ち寄られたので、ありがたく思っています」と答える。

「いいえ、それは見苦しい言い訳です。拙僧どもに隠される必要はございません。今朝《けさ》、後夜《ごや》の修法に参った折、あの西の妻戸《つまど》から、大変立派な殿方が出て来られたのを、霧が深くて拙僧は見分けがつかなかったのですが、ここに参じている法師たちは、夕霧大将殿が帰られました、昨夜は牛車を帰して、ここに泊まられた、などと口々に言っております。

確かに、大変香ばしい香りが、頭が痛いくらいに辺りに満ちており、ああそうだったのかと納得したのです。あの方は、いつも香ばしい香りのする殿方です」と律師はあからさまに申し上げてから、「しかしこの結婚は考えものです。あの方は、すべてに秀《ひい》でた方で、拙僧は、童《わらわ》でいた頃から、祖母の故大宮様《おおみや》が修法を願っておられたので、しかるべき折に、夕霧様のために行っておりました。今でも何かにつけ祈禱《きとう》を承っています。

しかし、お二人の結びつきは無益です。本妻の雲居雁君《くもいのかりぎみ》は強いお方で、その後見《うしろみ》も今をときめく一族であって、若君も七、八人になりました。たとえ皇女《こうじょ》の落葉宮であられても、対抗できません。また女人《にょにん》という罪深い身に生まれて、生前死後ともに煩悩《ぼんのう》に苦しむのも、このような争いの報《むく》いとも言えます。本妻の怒りを買う事になれば、成仏《じょうぶつ》できない束縛《そくばく》になります。とても承知できる事柄ではございません」と歯に衣《きぬ》を着せずに言う。

御息所は、「それは奇妙な事です。夕霧様は決してそのような振舞は、素振《そぶ》りにも見せないお方です。わたくしの容態がよくないので、ひと休みして対面するご様子だと、女房たちが言っていたので、単に一泊されたのではないでしょうか。もともと実直で分別豊かな方ですし」と、表面上は言い繕う。

しかし心の内では、「確かに律師が言ったように契りがあったのだろうか。下心《したごころ》のあるような振舞は時に見られたものの、とても真面目で、他人の非難を受けるような事とは無縁で、折目正しい人だけに、人が許さない事はしないだろうと宮が心を許した隙に、唐突《とうとつ》に、女房が少ない折を見て忍び入ったのかもしれない」と思う。

律師が座を立ったあとに、御息所は小少将の君を呼んで、「かくかくしかじかの事を、誰からともなく聞きました。どういう事でしょう。どうして宮はわたくしに、こういう一件があったと、言われなかったのでしょう。わたくしとしては、そんな事はあるまいと思っておりますが」と問うと、小少将の君は、落葉宮には申し訳ないが、初めからの経緯《いきさつ》を詳しく申し述べた。

今朝の夕霧大将の手紙や、宮がほのかに口にされた事も言った上で、「長年、宮を慕い続けて来た心の内を、お伝えしたいとのみ思われたのでしょう。慎重なご配慮のもと、夜も明け切らないうちに帰られましたのに、一体誰がそのように申したのでしょう」と、まさか律師が言ったとは思いもよらず、女房の誰かがこっそり申し上げたのに違いないと思っていた。

御息所は絶句して、情けない余り、涙をぽろぽろと流されるので、小少将の君は悲しくなり、「どうしてありのままを口にしたのだろう。病で悩んでおられる上に、いよいよ心配をかけてしまった」と後悔し、「ちゃんと襖には掛け金をかけていました」と、何事もなかったように強調する。

御息所は、「とにもかくにも、そのような近くで、不用心にも、軽々しくも人に姿を見られたのは、一大事です。自身は潔白であっても、このような事まで口にした法師たちや、たちの悪い童《わらわ》などは、噂の種にするでしょう。本人がそうではない、そんな事はなかったと弁解しても無益です。本当に思慮の浅い女房たちばかり、宮には仕えています」と言いたいものの、口にはできないまま、苦しい気分は、思いがけない憂慮《ゆうりよ》が重なり、いよいよ気弱くなられた。

皇女として気高く世話をして来たのに、男女の情に世馴《よな》れしたごとき、軽はずみな浮名《うきな》が立つような始末になったのを、御息所は心底から嘆かれて、「こうして少し気分がよくなった時に、こちらに来るように、宮に言いなさい。わたくしから伺おうにも動けません。会わないうちに、久しく日が経った気がします」と、小少将の君に涙ながらに言う。

小少将の君は落葉宮の許に行って、「このように言われておりました」とのみ告げたので、落葉宮は御息所の所に行こうとして、頭髪が涙で濡れているのを繕い、夕霧が引っ張って単衣《ひとえ》の袖がほころびたのを着替えたものの、すぐには動けない。この女房たちはどう思っているだろうか、母の御息所もまだ事の次第を知らずにいるし、のちのち少し耳にするような事があれば、こちらが隠していたと思われるので、これがまた一段と恥ずかしく、再び横になり、「気分が悪くなりました。もうこのまま治らないほうがいい。脚の病気にかかったような気がします」と言って、小少将の君に体を揉《も》ませる。

これも様々に物思いし過ぎたゆえであり、小少将の君は、「どうやら御息所に、昨夜の事をそれとなくお耳に入れた人がいたようです。どんな事があったのかと訊かれたので、ありのままをお伝えし、襖はちゃんと閉じておりましたと、うまく答えました。もしそれを訊かれたら、そのように答えて下さい」と申し上げ、御息所が嘆き悲しんでおられる事は口にしないでいた。

落葉宮は、「やはり耳にはいっていたのか」と思って辛くなり、何も言えず、枕からは涙がこぼれ落ちるのも、昨夜の事のみを悲しんでいるのではなく、そもそも自分が思いがけず柏木に降嫁《こうか》して以来、母君には憂慮ばかりを強いて、生きている甲斐もない上に、あの夕霧大将がこれから先も諦《あきら》めずに、あれこれ言い寄ってくるのも煩わしく、世間体《せけんてい》も悪い。これがあの時、夕霧大将と契ってでもいたら、どんな悪評が立っていただろう、拒んでよかったと、少しは自らを慰められるものの、皇女たるものが、あんなにまで男に姿を見られたのは、返す返すも不覚だったと、我が身の宿世《すくせ》を嘆く。

夕方になって再度御息所から、「やはりこちらへ来て下さい」と催促《さいそく》があったので、中央の塗籠《ぬりごめ》の戸を両方から開けて、母の許に赴いた。

御息所は気分がひどく悪いにもかかわらず、宮には並々ならぬかしずき方を崩さず、いつもの作法通りに、病床から起き上がって、「大変取り乱しておりますので、こちらに迎えるのも申し訳なく、この二、三日お会いできなかったのが、長い年月のような気がするのも不思議です。親子の縁はこの世限りと言いますから、後の世で対面する事ができるとも限りますまい。再びこの世に生まれ変わっても、お互いわからないので、詮《せん》なき事です。それを考えると、ただ一瞬のはかないこの世なのに、親子として睦《むつ》み親しんできた事が悔《く》やまれます」とおっしゃって泣く。

落葉宮も悲しさがいや増して言葉を失い、御息所をじっと見守るだけであり、もともと引っ込み思案の性質《たち》なので、何があったのか、はっきりさせる方でないため、恥じ入るばかりのご様子が、お可哀想であった。

御息所は「昨夜どういう事があったのですか」とも訊けないまま、灯明《みあかし》を急いで持って来させ、食膳を用意したにもかかわらず、それも口にしないと聞いて、自らの手で給仕をする。落葉宮はそれでも食事には触れる事はできず、ただ母君の気分が少しよさそうなのに、胸の晴れる思いがした。

そこへ夕霧からの文が届き、事情を知らない女房が取り次いで、「夕霧大将から小少将の君宛の手紙です」と言ったので、まずいと思いつつ小少将の君が文を受け取ると、御息所がさすがに気になって、「どのような手紙ですか」とお尋ねになる。

今は御息所も気が弱くなって、こうなったらもう二人の仲を許すしかないと思い、第二夜の訪れを心待ちにしていたのだが、そうではないようなので、胸騒ぎを覚える。

「その手紙のご返事は、やはり出した方がいいでしょう。でないと大変です。人の噂を良い方に言い直す人は稀《まれ》です。実際には潔白であっても、そう思ってくれる人は少ないものです。ここは素直に文を交わし、今まで通りの振舞をなさるのがよろしいでしょう。ご返事をなさらないのは、却って相手をじらしているようで、甘えたやり方です」とおっしゃって、文を手に取ろうとする。

小少将の君は困惑しつつ文をお見せすると、「あまりにも冷たいあしらいを見てしまったので、今は却って気楽に、一途に思いを寄せられそうです」と書かれ、和歌が添えられていた。

せくからに浅さぞ見えん山川《やまがわ》の
　流れての名をつつみ果てずは

私の思いを堰止《せきと》めようとされるので、逆にあなたの心の浅さが知られ、山川の水のように、流れる浮名は、隠しおおせません、という一種の脅迫《きょうはく》であった。

そのあとの細々とした文面には目も通さずに、そこに夕霧と事がなかったと読みとれるわけではなく、平然と今夜の訪れがないのを告げているのを、御息所は非情な仕打ちだと思われる。「故柏木衛門督の心根が期待はずれになった時、大変辛いと感じたものの、表向きは比類なく正妻として扱ってもらったので、心が慰められたとはいえ、満足できるものではなく、ここで噂をあの致仕大臣に聞かれれば、どう思われる事か」と、心配は極度に達した。

夕霧大将の真意を確かめてみたくなり、御息所はかき乱れるお心を奮《ふる》い立て、目も眩《くら》むのを押し拭《ぬぐ》って、鳥の足跡のような見苦しい字で、「頼りない体になってしまい、宮が見舞に見えた折、返事をするように勧めましたが、ひどく塞《ふさ》ぎ込んでいる様子なので、見かねて筆を執《と》りました」と書いて、返歌を添えた。

女郎花《おみなえし》しおるる野辺をいずことて
　一夜ばかりの宿を借りけん

女郎花が萎《しお》れているように、女が泣いている野辺を、どこと思って一夜のみ泊まったのでしょうか、という難詰《なんきつ》で、第二夜の訪れを期待して、『古今和歌六帖』の、**秋の野に狩りぞ暮れぬる女郎花今宵ばかりの宿もかさなん**、を下敷にしていた。

御息所はやっと途中まで書いて、捻《ひね》り文《ぶみ》にして使いを送ったあと、横になってひどく苦しがられるので、女房たちは「物の怪が油断させていたのかもしれない」と騒ぎ、待機していた効験のある法師たちすべてが、大声で祈り出す。女房たちが、落葉宮に部屋に戻るように勧めたものの、「母と死別して残されたくない」と思われた宮は、自らの辛さも胸に、じっと母の側から離れなかった。

夕霧大将は、この日の昼頃は自邸の三条院に帰っていて、今宵も小野に赴けば、落葉宮との間にいかにも何かがあったようになり、世間体も悪いと思って諦めつつも、今まで長い間恋心を抑えてきた時よりも、物思いが増していた。一方の北の方の雲居雁は、夫の外泊が落葉宮への懸想《けそう》である事をほのかに聞いて、不快千万《せんばん》と思いながらも、知らん顔をして子供たちと遊びながら、自分の昼の座《お》座《まし》で横になっていた。

夕方遅くなって、使いが御息所の返事を持ち帰って来たので、夕霧はちらりと見たものの、いつもとは違った鳥の跡のような筆跡なので、すぐには読み取れず、灯《とも》火《しび》を近くに寄せて読んでいると、少し離れた所にいた雲居雁が背後から近づいて、さっと手紙を取り上げる。

驚いた夕霧は「これは無礼な、一体どうしたのですか。これは六条院の花散里《はなちるさと》の手紙です。今朝、風邪《かぜ》をひいて気分が悪そうにされていました。ちょうど、源氏の君の所にいたのに、見舞わないまま帰って来ました。それで申し訳なく、今はいかがでしょうかと、文を遣《つか》わしたのです。どうぞ見て下さい。懸想じみた手紙ではありません。それにしても、無躾《ぶしつけ》な振舞ですよ。年月が経つにつれて、ひどく私を軽く扱うのが我慢できかねます。私がどう思うのか、考えもしないやり方です」と嘘《うそ》を言い、文には関心がない風にして素知らぬ顔をする。

雲居雁はさすがに中味は見ないまま、文を手にして、「年月が経つにつれて人を軽く扱うのは、あなたのほうですよ」と、夕霧の毅然とした態度に気圧《けお》されて、雲居雁が若々しくも可愛らしく言うので、夕霧は微笑《びしょう》しながら、「それはお互い様です。夫婦の常であって、他には例がないでしょう。このようにかなりの地位にある男が、こうして一途にひとりの女を守り通し、臆病極《おくびょうきわ》まる雄鷹《おだか》のようにしているのは、人も嘲《あざけ》るものです。

そんな堅苦しい男に守られるのは、あなたのためにも良い事ではないでしょう。多くの妻妾《さいしょう》の中で一段と高い扱いを受けるほうが、世の評判も良く、私自身の心も古びず、魅力も思い遣りの深さも長続きします。翁《おきな》の某《なにがし》が誰かを守って老いさらばえたというのも情けない話で、どこに華やかさがあるでしょう」と諭《さと》しながら、文を何とかして取り返そうとする。

雲居雁は機嫌を直して晴れやかな顔で、「あなたがそのように華々しく振舞っている間に、古ぼけていくわたくしは辛いです。今様《いまよう》に変わったあなたの優美な姿の白々しさといったら、今までわたくしは見ておらず、にわかにこうなった事が口惜《くちお》しいです」と不満顔で言うのも愛らしい。

夕霧は、「今になって優美だなんて、何を根拠に言うのですか。これも、よからぬ事を耳に入れる人が側にいるからでは。昔からその人は、私が六位《ろくい》の緑の衣を着ているのを、蔑《さげす》んでいたので、今以《もっ》てその気で、二人の仲を裂こうと考えて、様々な告げ口をしているのでしょう。筋違いな人まで疑われるのが可哀想です」と言いながら、いつかは落葉宮との仲が生じると思っているだけに、それ以上は抗弁しないでいるのを、近くにいた当の大輔《たいふ》の乳母《めのと》は実に辛くなり、ものも言えない。

あれこれ言い合いをしたあと、雲居雁が御息所の手紙を隠してしまったので、無理に探し出す事もできないまま、雲居雁が寝てしまうと、夕霧は胸騒ぎがして、何とかして取り返したい、あれは御息所の手紙だろう、何事があったのか、と瞼《まぶた》も閉じられずにまんじりとし、雲居雁がようやく眠ったので、起き出して昨夜雲居雁がいた所を、さりげなく探したものの見つからない。

わざわざ隠した風でもないので、悩ましいまま明け方を迎えたが、寝たふりをしてすぐには起きないでいると、雲居雁が子供たちに起こされて、帳台《ちょうだい》から這《は》い出した時に、夕霧も今起きたようなふりをして、あちこち探してみても、文は見つからなかった。

一方の雲居雁は、夕霧が必死で探しているなどとはゆめ思わず、あれはやはり懸想文ではなかったのだと暢気《のんき》に構えている。子供たちが騒ぎながら遊んだり、雛《ひいな》人形に着物を着せ替えたり、手習をしたりと、それぞれが騒ぎ立て、まだ小さい子供は這ってまとわりついて裾を引っ張ったりするので、奪った手紙の事など忘れていた。夕霧のほうは他の事は考えられず、小野に早く返事をしなければならないと思うのに、内容を確かめていないので、見ないで返事をすると手紙をなくしてしまったと思われるはずであり、進退極まった。

みんなが食事を終えてくつろいでいる昼頃、途方にくれた夕霧は、「昨夜の手紙はどんな内容だったのですか。あなたが見せてくれないので、今日花散里に返事を書こうにも書けません。気分が悪くて六条院にも行けそうもなく、文を届ける事にします。どんな内容でしたか」と何げない口調で言ったので、雲居雁は文を奪ったのが大人げなかったと反省して、話をはぐらかす。

「一夜《ひとよ》の山歩きで、悪い風に当たって体調を崩していると、風流めいた文をあちらに書くといいでしょう」と冷やかすと、「いや、そんな馬鹿な事をいつも言わないで下さい。風流な事などありません。世の中の好き者と同様に扱われると、恥ずかしくなります。女房たちも、あなたが、真面目一方の私をこんなにも疑っていると、苦笑しています」と、夕霧は冗談めかして言う。

「その手紙、どこにありますか」と再度尋ねても、雲居雁はすぐには取り出してくれないので、なおも話を続けているうちに、日が暮れて、蜩《ひぐらし》が鳴き出したのに気がつき、「小野の山里は、どんなにか霧が深いだろう。実に申し訳ない。せめて今日は返事だけでもしなければ」と、心苦しいまま、さりげない顔をして墨をすりつつ、さてもどんな文面にしたものかと、考えあぐねた。

するると自分が坐っている敷物が少し高くなっているので、試しに引き上げると、そこに手紙があった。嬉《うれ》しくも馬鹿馬鹿しくなって、文面を読むと、続けて訪問して下さいという気がかりな内容であり、驚愕して、さてはあの夜の事を真剣に考えておられるのだと思い、お気の毒でならない。「昨夜も、どんなに思われて夜を明かされたのだろう。今日になっても、今の今になっても返事もしていない」と、後悔しきりである。

御息所の筆の跡は、苦しい息の下で書き散らしたようであり、「これもよほど思い詰めて、やっと書かれたのだろう。返事を待ちつつ夜を明かされたのに違いない」と思うと、雲居雁のやり口が恨めしく、「こんな大事な手紙を隠してしまうのは、あんまりだ。いやこれも私の躾《しつけ》がよくなかったためだ」と様々に嘆かわしく、泣きたくなる。

すぐにでも小野を訪問しようと思うものの、「落葉宮は気安くお会いしてはくれないだろう。一方の御息所は、許してくださるご意向だし、どうしたらいいものか。今日は八月午《うま》の日で凶にあたっており、婿《むこ》として許されても縁起が悪い。ここはさりげない形にすべきだろう」と、生真面目な心根から、まずは返事を送る。「大変貴重なお手紙を、あれこれ嬉しく拝見しましたが、ここにある『一夜ばかりの宿』とのお叱《しか》りが気になります。どのように聞かれたのでしょうか」と書き、和歌を添えた。

秋の野の草の繁《しげ》みは分けしかど
　仮寝の枕結びやはせし

秋の野の草の繁みをかき分けて、小野には行きましたが、宮との仮の契りは結んでおりません、という真面目一方の告白で、「事の次第をご説明するのも筋違いではありますが、昨夜訪れなかったのは、ひたすら私の罪です」と付言する。一方で、落葉宮への手紙は言葉を連ねて書き、厩《うまや》の中で脚の速い馬を選んで鞍《くら》を置き、先夜の大夫《たいふ》を呼んで、「昨夜から六条院にいて、たった今退出して参りました」と言上《ごんじょう》する言葉を、耳許で囁いて送り出した。

小野では、昨夜つれなくも夕霧の来訪がなかったのに加え、後々《あとあと》の評判をも気にせずに、宮との仲を許した手紙にも返事がないまま、今日も日が暮れたので、御息所は「一体どう思われているのか」と、小憎らしくなり、心も千々《ちぢ》に砕《くだ》けて、一時持ち直していた気分も再び悪化する。

一方の落葉宮は、来訪がなかったのを嘆くまでもなく、ただ自分のくつろいだ姿を見られた事のみが口惜しく、心に思い悩む事はないものの、こうして御息所が悩んでいるのが申し訳なくて、真相を打ち明けるのがためらわれた。

御息所は、宮がいつもより恥じ入っている様子が可哀想で、悩みが深いのだと思って胸塞がる。悲しみがいや増して、「今更、男女の仲について、煩わしい事は申し上げません。しかしいかに宿世《すくせ》とはいっても、あなたは思ったよりも幼く、人からそしられるのを、もはや取り戻す事はできませんが、今後はどうか注意して下さい。

わたくしは低い身分ながらも、あなたを様々に世話して、その点では安心しておりました。ところがまだ子供っぽく、今は何事にも分別を持ち、世の中の様々な事情も理解できる程に育てて来たと、その点では安心しておりました。ところがまだ子供っぽく、強い心構えができていなかったと、思い乱れています。そのため、今しばらくはこの世に命を留めたいのです」と諭しつつ、「並の人でも、多少身分のある女は、二人の男と夫婦になるのは辛く、軽々しい事です。ましてや、あなたのような皇女の身で、あれ程の、通り一遍《いっぺん》のやり方で、男を近づけるべきではありませんでした。しかし思いもよらず、柏木衛門督に降嫁するという事態になり、わたくしの心には添わない事だと悩んでおりました。

とはいえ、あなたには元々そうした宿世があったのか、朱雀院を始めとして降嫁に心が傾き、父の致仕大臣からも許しの意向が出てしまい、わたくしひとりが反対してもどうにもならないと、思い定めたのです。それなのに結婚後に夫が亡くなるという、後《のち》の世までも外聞の悪い身の上になり、しかしこれはあなたの過失ではないので、空を仰ぎ見ながら嘆いて、心の憂さを晴らしていました。

そこに今回の事が生じて、先方にも、あなたにも、何かと聞きにくい世の噂が立つでしょうが、それは知らぬ顔をして、普通の夫婦として過ごしていけば、自然に波風も立たなくなるだろうと、心慰めていました。ところが、次の訪れがなかったのは、誠に薄情極まる心根です」と滂沱《ぼうだ》の涙を流す。

こうして御息所が一方的におっしゃるのに、落葉宮は反論して間違いを正す言葉さえなく、ただ涙するばかりであり、その姿がおっとりとして気高いので、御息所はじっと見守り、「本当に、あなたは可哀想。人に劣っている所など何もないのに、どんな宿世によって、心が休まらない、物思いだけが深い運命に見舞われるのでしょうか」とおっしゃりつつ、ひどく苦しみ出す。

こうして弱った隙に、物の怪などがつけ入るのか、急に息が止まり、みるみるうちに体が冷たくなったので、律師も大騒ぎをし、大声で願《がん》を立てて叫ぶ。これまで深い誓いによって命をかけ、山に籠《こも》って修行するつもりだったのに、このように御息所のためにわざわざ下って来て、祈禱の壇を壊して帰山するのは面目《めんぼく》なく、仏をも恨みたくなり、一心不乱に祈り続け、落葉宮は当然ながら泣き惑《まど》うばかりだった。

この騒動の最中に、夕霧大将からの手紙が届いた事を、御息所は虫の息の中でかすかに聞き、「今宵も見えないのだろう」と思われ、「情けない。これは世の例《ためし》として噂されるに違いない。わたくしも、どうしてあんな証拠になるような歌を、大将に贈ったのだろうか」と、あれこれと思い出される。そのうちに、本当に息が絶えてしまったのも、哀れというのも月並で、昔から御息所は物の怪には時々患《わずら》い、もうこれで終わりという折もあったので、例によってまた物の怪が取り憑いたのだと思われ、加持を大声でしたにもかかわらず、今はもう死相が出ていた。

落葉宮は、母の死に後《おく》れまいとして、ぴったり添い臥しているので、女房たちが来て、「今はもう甲斐がありません。いかに悲しくとも、限りある死出《しで》の道は、もはや帰って来られません。どう慕われても、望みが叶《かな》えられません」と、当然の道理を諭し、「亡くなった人に未練を持つと、成仏《じょうぶつ》の妨げになり、罪深い事です。どうか今は、この場を離れて下さい」と、引き動かそうとする。

宮は身をすくめて、呆然《ぼうぜん》となり、修法の壇を壊した僧たちは、散り散りに退出し、主だった者のみ一部が留まる。御息所の臨終《りんじゅう》はもう確実であり、悲しみが頂点に達しているところに、いつ知らせが行ったのか、方々からの弔問《ちょうもん》が届いた。

夕霧大将は驚いて、最も早く見舞の文を送り、六条院の源氏の君や致仕大臣など、多くの人々から、心のこもった言葉が寄せられ、西山《にしやま》の朱雀院も聞き及んで、情溢《あふ》れる手紙を送った。この文だけは落葉宮も、やっと頭をもたげて読むと、

病が篤いとは聞いていましたが、いつもの病弱のゆえと聞いて油断しておりました。今更悔やんでも甲斐ない事ですが、あなたが悲しみに沈んでいるご様子を思うと、痛々しく辛くなります。どうか死別は世の常の理《ことわり》と思い、お心を慰めて下さい。


と書かれていて、涙で目も見えないながら、返事の筆を執った。

御息所が常日頃、死後はこうして欲しいと遺《のこ》した言葉通り、すぐさま遺骸は荼毘《だび》に付す事になり、甥《おい》の大和守《やまとのかみ》がその役を担《にな》う。落葉宮はせめて亡骸《なきがら》をもうしばらく見ていたいと思うものの、惜しんでも甲斐はなく、人はみな葬儀の準備をして、いかにも不吉な雰囲気が漂う中に、夕霧大将が姿を見せた。

「今日をはずしたら、日柄が悪くなる」と周囲の者に言いつつ、どんなにか落葉宮が落胆して悲しみに沈んでおられるだろうと思い、「すぐに行かれますと、死の穢《けが》れに触れます」と周りが引き留めたのを、強いてやって来たのだった。

小野への道は遠く、心急《せ》くままやっと寂しげな山里に入ると、忌々しい葬儀の場所は隔ての幕で隠されて見えない。西面《にしおもて》に通された夕霧を迎えたのは大和守であり、泣きながら礼を述べたあと、夕

霧は妻戸《つまど》の簀子《すのこ》の高欄《こうらん》に背をもたせて、まずは女房を呼び出したところ、みんな心から動揺して分別も失っていて、夕霧の弔問によって多少は慰められた様子であった。

そこへ小少将の君が姿を見せたとはいえ、夕霧は言葉をかけられず、元来、涙もろくなく、気丈な性格なのに、小野という場所柄、人々が悲嘆に沈んでいる気配に胸打たれ、他人事《ひとごと》ではないので悲しくなる。何とかして心を鎮めて口を開き、「回復途上にあると聞いて安心しているうちに、亡くなられるとは残念です。夢でも覚めるのには時間がかかるのに、このたびは余りに突然の事で呆然としております」と、小少将の君を通じて、落葉宮に弔問の意を伝えた。

落葉宮は、御息所のお悩みは、ひたすら夕霧大将のせいだと考えているので、これは寿命だとは思うものの、厄介《やっかい》な夕霧との因縁《いんねん》であり、返事もできずにいると、「先方には、どのように言われているとご返事すればいいでしょうか。軽々しい身分でない方が、こうしてわざわざ急いで弔問されたのに、その心を汲《く》まずにご返事をされないのは、分別もない事です」と、女房たちが口々に申し上げる。

「そこは適当に言い繕って下さい。わたくしはどう言っていいかわかりません」と落葉宮は答えて横になったため、仕方なく小少将の君が夕霧の許に戻って、「今は亡くなった人と同じような有様《ありさま》です。来訪の旨は申し上げました」と告げた。

女房たちが涙にむせび泣く様子を見た夕霧は、「慰めの言葉もありません。私も今少し心を鎮め、こちらも静かになった頃に、また参りましょう。どうしてこんなに早く逝《い》かれたのか、その様子を知りたいものです」と言う。

漠然《ばくぜん》とながらも御息所が思い悩んでおられた内容を、小少将の君はぽつぽつと語り、「このように申すと、恨み言になってしまいそうです。今日は心も乱れ、我ここにあらずの状態なので、間違った事を言いかねません。嘆き悲しんでおられる宮様も、いずれは心が鎮まりましょうから、おっしゃったように、心が落ち着いた頃に、お話を聞きたく存じます」と、やっとの思いで言った。

夕霧も言葉に詰まり、「本当に闇夜をさ迷っている心地がいたします。しかしやはり、少しでも宮様をお慰めして、ちょっとした返事でも聞きたいものです」と言いつつも、立ち去らずにぐずぐずしているのもみっともなく、周囲も騒々しいので、退出を決めた。

今宵ではなかろうと思っていた葬儀の準備が、いかにも簡素な様子なので、これでは情けないと思った夕霧は、近くに所有する荘園の従人たちに命じて、しかるべき事どもを、援助するように指図をして帰った。急な葬儀の準備だったため粗略《そりやく》だった儀式も、人数も増えて盛大になる。大和守も「ありがたい夕霧大将のご配慮」と喜びつつ、恐縮し、火葬も終わって、無情にも跡形もなくなると、落葉宮は悲しみの極地に達したとはいえ、甲斐はなく、親といってもこれ程までに親密にしてはいけなかったと嘆かれるご様子に、女房たちも、この先また不吉な事が起こるのではないかと恐れた。

大和守も、「このような小野での暮らしでは心細く、心も慰められないでしょう」と助言したのに対し、落葉宮はやはりこの先も峰に立ち昇る荼毘の煙を近くで眺め、母を思い出しつつ、この山里に住み果てたいと考える。四十九日《なななぬか》の物忌《ものい》みに籠っている僧たちは、東面《ひがしおもて》や渡殿、下屋《しもや》などに隔てを立てて、静かに控え、落葉宮は西の廂《ひさし》をすべて薄鈍色《にびいろ》にやつして住まい、日々の明け暮れもわからないまま、月日が過ぎて九月になった。

山から吹き下る風は激しく、木の葉もすべて散ってしまい、何もかもが寂しく悲しい頃なので、空模様もうすら寒い。落葉宮は涙の涸《か》れる間もなく、我が命もちょうど『古今和歌集』に、命だに心に

かなうものならば　何か別れのかなしからまし、とあるように、思うままにならない辛さは限りなく、仕えている女房たちも途方にくれるばかりだった。

そんな折でも、夕霧は日々、見舞の文を送り、侘《わび》しい念仏《ねんぶつ》の僧たちの心が慰められるように、様々な物を贈った。落葉宮には情愛をこめた文を届け、一方では恨み言を、他方では尽きせぬ思いを伝えるも、宮は手に取ってもみず、あの心外な夕霧との関わりを、御息所が二人は契ったものと疑わずに逝った事を、思い出すにつけ、それが来世《らいせ》での成仏を妨げる罪にならないかと、心配で胸が一杯になる。夕霧の事を少しでも口にするのが憚《はばか》られ、情けなくも辛くて、涙が催される様子に、女房たちもかける言葉もないまま困り果てていた。

宮からの返事が一行もないのは、悲しみで気もそぞろのためだと思っていた夕霧は、余りに月日が経ってしまったため、「悲しい事も限度があるというのに、どうしてこんなに知らぬふりをされるのか。全く以《もっ》て子供じみた振舞だ」と恨めしく思う。「こんな時に花や蝶《ちょう》というような好色じみた手紙であればともかく、我が心の内でも悲しく思い、嘆かわしい事を弔《とむら》っている人に対しては、親しみと嬉しさを感じるものだ。

祖母の大宮《おおみや》が亡くなって悲しいと思っていた時、致仕大臣はそこまでの思いはなく、死別は当然として、表面上の儀式のみを、子として勤められた。それが辛いと思っていたところ、父の源氏の君は、懇切丁寧《こんせつていねい》に、後《のち》の法要もされたのが、身内でありながらも嬉しかった。柏木衛門督と特別に親しくなったのも、その折だった。柏木衛門督の人柄は冷静沈着で、思慮深く、大宮への追悼《ついとう》の情も、他の人々と比べて並大抵でなく、悲しみに沈んでいたため、私は親しみを覚えるようになったのだ」と、つれづれに思い続け、日々を過ごした。

雲居雁は、夕霧と落葉宮との関係を、「一体どうなっているのか。母君の御息所とは親しく文を交わしているようだったが」と、合点《がてん》がいかないまま、夕霧が夕暮れの空を眺めながら横になっているところへ、子供のひとりを使いにして、ちょっとした紙の端に和歌と文を書きつけて送った。

あわれをもいかに知りてか慰めん
　あるや恋しき亡きや悲しき

あなたの悩ましい姿をどう解していいのでしょう。落葉宮に恋したのでしょうか、それとも亡き御息所の追悼でしょうか、という疑念であった。「どちらかわからないのが辛いです」と付言されているので、夕霧は微笑して、「以前もこのように疑っていたが、これはいただけない。亡き御息所をだしにするなど」と思い、今まで以上にさりげなく返歌した。

いずれとか分きてながめん消えかえる
　露も草葉の上と見ぬ世を

どちらかへの思いで、心が沈んでいるのではありません、はかなく消える露が草葉の上に留まっていないように、人の命もはかないものです。という嘆きで、雲居雁の疑いをはぐらかしつつ、「世の中全体がはかないのです」と書き送った。雲居雁は、夕霧がなおもこうして内心を隠しているのを、世の無常は別として、嘆きが一段と増した。

夕霧は落葉宮への思いが昂《こう》じて、再び小野へ出かけたが、それも御息所の四十九日が過ぎて、一段落してからと心を鎮めていたのに、恋情が抑えきれなくなり、「今となっては、契ったという噂を無理に隠す事もない。世間の男女の仲のように、結局は思いを遂《と》げるべきだ」と思案した挙句《あげく》の振舞であった。雲居雁の疑いを強く否定もせず、いかに落葉宮が強く拒否しようとも、あの御息所の文にあった「一夜ばかり」の恨み言を根拠にして迫れば、疑いを晴らす事などできまい、と心強く思ったからである。

九月十日過ぎ、野山の景色は、情趣を知らない人にも心に沁《し》み、山風にこらえられずに散りゆく木々の梢《こずえ》も、峰の葛葉《くずは》も、『拾遺和歌集』に、**風はやみ峰の葛葉のともすれば　あやかりやすき人の心か**、とあるように、気忙《きぜわ》しく争うように散っているのに紛れて、尊い読経《どきょう》の声がかすかに、念仏《ねんぶつ》の声ばかりが届く。人の気配はなく、木枯《こがらし》が草木を吹き払った中に、鹿が隠れる事なく、籬《まがき》の元にたたずみ、山田の引板《ひた》の音にも驚かず、色濃く実った稲の中に立って鳴くのは、ちょうど『万葉集』の、**よなばりの猪養《いかい》の山に伏す鹿の　妻呼ぶ声を聞くがともしさ**、のように悲しげである。

滝の音は物思い人をいよいよ驚かす如《ごと》く、耳にもうるさく轟《とどろ》き響き、草叢《くさむら》の虫だけが、頼りなげに弱々しく鳴き、枯れた草の下から、龍胆《りんどう》が我ひとりの顔として、生き残って高く伸び、露に濡れて見える。いずれもいつもの秋の風情であるが、折から御息所が亡くなり、小野という場所柄もあって、特に耐え難いほどの悲しさが漂っていた。

いつもの妻戸のもとに立ち寄って、外を眺めている夕霧は、着馴れて柔らかそうな直衣《のうし》に、濃い赤の衣を着ており、砧《きぬた》で打った艶《つや》のある模様が美しく透けて見える。光の弱くなった夕日が無躾にも射し込んだので、眩《まぶ》しげに何げなく扇で顔を隠した手つきは、「女こそこうありたいもの、しかし女でさえこんな振舞はできまい」と、女房たちが言う程である。

物思いの慰めにしたくらいの、笑みを浮かべた匂いそうな顔で、小少将の君を特に呼び出すと、簀子は狭く、部屋の奥に他の女房たちがいる様子なので、詳しくは語らずに、「もっと近くに来て下さい。私を遠ざけないで。こんな山深い所までわざわざ来たのに、心隔てをしないで下さい。霧も大変深くて、あなたの姿も見えません」と言う。ことさら中を覗《のぞ》き込まないふりをして、山の方を眺めつつ「もっと近く、もっと近く」と強いるので、鈍色《にびいろ》の几帳《きちょう》を簾《すだれ》の端から少し押し出して、衣装《いしょう》の裾を引き寄せながら坐った小少将の君は、大和守の妹であり、叔母《おば》の御息所に幼い頃から育てられたので、縁は深くて喪服の色も濃く、橡《つるばみ》で染めた薄墨《うすずみ》色の衣一襲《ひとかさね》と小袿《こうちき》を着ていた。

夕霧が、「このように尽きる事のない悲しみはもちろん、言いようのない宮の心のつれなさが加わって、私の魂は体から抜け出し、腑《ふ》抜《ぬ》けのようになり、見る人がどうしたのかと私を咎めるので、今はもうこらえようがありません」と、恨み事を次々に口にし、あの御息所の最後の文について話し、涙にくれる。

小少将の君も泣きじゃくりながら、「あの夜のご返事がなかったので、臨終のお苦しみの中でさらに思い詰められ、暗くなっていく空の景色に、心はいよいよ乱れ、その弱り目に例の物の怪がつけ入って、命を引き入れたようです。かつての柏木衛門督が亡くなった時にも、御息所はほとんどお心を失われそうな折があったのですが、宮様が同様にお心を沈めているのを見て、気を強く持って慰めようとされたので、少し正気が戻られました。そんな母上を失ったので、宮様はもう我を失われ、呆然として日々を送られています」と、嘆きをこらえ難くて言葉に詰まりつつ答えた。

夕霧は、「そうです。それこそ頼る者のない、どうしようもないお心です。今は畏れ多くも、誰を頼りと考えておられるのでしょうか。西山の父、朱雀院も、大変深い峰の奥の俗世とはかけ離れた雲の中におられるので、文のやりとりも困難です。どうか、ここで私につれなくするのはよろしくないと、宮にお伝え下さい。すべてはこのようになる運命です。この世で生き長らえたくないと思っても、そうならないのがこの世です。もし思い通りになるのであれば、御息所の死別もなかったでしょうに」と、様々に言葉を尽くして言う。

小少将の君は、返事のしようもなく、嘆きながら坐っていて、鹿がしきりに鳴くので、夕霧は、「私の悲しみも、『古今和歌集』に、秋なれば山とよむまでなく鹿に　我おとらめやひとり寝《ぬ》る夜は、とある通り、鹿には劣りません」と言って、詠歌する。

里遠み小野の篠原分けて来て
我もしかこそ声も惜しまね

遠い里の小野の篠原を分けてやって来ながら、私もあの声同様に、声を惜しまず泣いています、という詠嘆で、『古今和歌集』の、あさじうの小野の篠原しのぶとも　人知るらめやいう人なしに、や、『後撰和歌集』の、あさじうの小野の篠原しのぶれど　あまりてなどか人の恋しき、を下敷にしていて、聞いた小少将の君が返歌する。

藤衣露けき秋の山人は
鹿のなく音《ね》に音をぞ添えつる

藤色の喪服に身を包み、秋の山里にいるわたしどもは、鹿の鳴く音に、故人を偲《しの》んで泣く音を添えていますます、という唱和で、『古今和歌集』の、山里は秋こそことにわびしけれ　鹿のなく音に目をさましつつ、を暗諭《あんゆ》していて、優《すぐ》れた歌ではないものの、時が時だけに、忍びやかな声で詠じた。

夕霧はさして悪くないと思いつつ、あれやこれやと落葉宮にことづけたのに対し、「今はこうしてあさましいこの世の夢を見ているような時です。ここから少し覚めるような折があれば、絶えない弔問のお礼を申し上げます」とのみ、落葉宮は小少将の君にそっけなく返事をさせたため、「全くもって話にならない宮のお心だ」と、夕霧は嘆きながら帰途についた。

道すがら情趣深い空を見やると、十三日の月が皎々《こうこう》と立ち昇ってきたので、暗いと言われる小倉《おぐら》の山に迷う事なく都にはいり、途中に一条宮があったので見ると、すっかり荒れ果て、西南の築地塀《ついじべい》が崩れている所から、中が覗かれる。

すべての御簾や格子《こうし》が下ろされ、人影はなく、月の光だけが遣水《やりみず》の水面《みなも》を照らし出しており、柏木衛門督とここで音楽に興じた時の事を思い出し、夕霧は独詠する。

見し人のかげすみ果てぬ池水に
ひとり宿守《も》る秋の夜の月

かつて見知った故人たちがいなくなった池の水面を、あたかも宿守《やどもり》のように秋の月が照らしている、という詠嘆をひとりごちながら、三条院に帰り着いても、月を眺めて、心は上《うわ》の空になっている夕霧の姿を、女房たちは「実に見苦しい。かつてなかった癖だ」と憎々しく思っている。

雲居雁も情けなくなり、「心はもうここにはないようだ。もともと妻妾が多い六条院に住む女君《おんなぎみ》たちを、夕霧は何かというと引合に出して賞讃し、わたくしを可愛げのない無骨《ぶこつ》な者と思っているのは、理屈に合わない。わたくしとて、昔から六条院の女君のように、そういう方面に馴れていれば、世間の目を気にせずに平気でおられたかもしれない。これまで世間の模範にもなりそうな夕霧の真面目さは、親兄弟を始めとして、人々がこうありたいものと見なしてきたのに、このまま行くと、やがて恥をかくような事態になりかねない」と嘆きが募った。

夜明け方近く、互いに口もきかず、背を向け合って嘆き明かし、朝露の晴れ間も待たず、夕霧が例によって急いで小野に文を書いていると、雲居雁は困った事だと思いつつも、以前のように奪い取らない。実に細《こま》やかな文面にして、夕霧が下に置いて歌を口ずさむと、潜《ひそ》めた声ながら、漏れ聞こえて来た内容は、

いつとかはおどろかすべき明けぬ夜の
　夢さめてとか言いしひとこと

いつと思って再訪すればいいのでしょう、長い夜の夢から覚めれば返事をすると言っておられましたね、という催促であり、「上より落つる」と書き添えたのも、古歌の、いかにしていかによからん**小野山の　上より落つる音なしの滝**、を踏んでいた。

文を包んだあとも、「いかでよからん」と口ごもり、人を呼んで手渡したので、雲居雁は、「返事だ

けでも見たいものだ。一体どうなっているのだろうか」と内情を知りたくなっていると、小野からの返信は、日も高くなって届く。

小少将の君の文が紫の濃い紙に書かれており、いつも同様に落葉宮の返事がないのを夕霧は嘆く。それには「申し訳ないので、あなた様からのお手紙に、宮が手習のようにすさび書きされたのを、盗み出しました」と書かれていて、その部分だけ引き破って送られて来たため、ともかく宮が自分の文に目を通されたのだと思う。それだけで嬉しいのも、全く面目ない事と感じつつ、そこはかと書かれているのを入念に眺めると、和歌が綴られていた。

朝夕になく音《ね》をたつる小野山は
絶えぬ涙や音《おと》なしの滝

朝夕に悲しみで泣き声を立てている小野山では、この絶え間なく流れる涙が音無《おとなし》の滝になるのでしょうか、という嘆きで、その他にも古歌などが、思いのままに書き散らしてあり、筆跡は見所がある。

夕霧は、「他人の身の上などで、このような好き心によって思い焦《こ》がれるのは、もどかしく正気ではないと見聞きしてきたが、我が身になると、本当にこらえ難い悩みになっている。妙な事であり、どうしてこんなに心焦がれるのだろうか」と思い返しても、物事は思い通りには進まない。

六条院の源氏の君も噂を聞いて、これまでは大人らしく思慮深く、人から非難される事もなく、人として欠点がないように過ごして来た夕霧を、親としては鼻が高く、多少色恋めいて浮名を立てた若い頃の自分の面目を、回復してくれたと喜んでいたのに、「これは困った事態だ。雲居雁と落葉宮の双方に申し訳なく、致仕大臣も大いに関係があるので、どう思われるだろうか。その辺の事は夕霧にもわかっているはずなのに、ともかく宿世《すくせ》は逃《のが》れようもないし、自分が口を挟むべき事でもない」と思い、女の身としては雲居雁と落葉宮の二人共に、実に気の毒な出来事として嘆いた。

紫の上も、過去を思い出し、未来を思いつつ、夫の死後に残された落葉宮の身の上を聞くにつれ、源氏の君が自分の死後の紫の上の心配を口にするので、顔を赤らめながら「情けなくも、そこまでわたくしを後に残すつもりなのだろうか」と思う。さらに、「女くらい、身の振り方が窮屈《きゅうくつ》で、難しいものはない。物の情緒や、折々の趣豊かな事も、理解しないまま引き籠り、沈んでいると、何によってこの世の華やかさを味わい、無常の退屈さを慰める事ができるのか。

そもそも、世間の様を知らず、取るに足らぬ者と見なされると、育てた親も残念な思いがするだろう。また一方で、心の内を言葉に出さずにいると、無言で十三年を過ごし、生埋《いきう》めにされる寸前に初めて口を開いたという無言太子《むごんたいし》のような昔話を、小法師《こほうし》たちが辛い無言の行《ぎょう》の例として挙げているように、善悪の分別がつくのに黙っているのも、言う甲斐がない。我が心ながら、一体どうするのが、いい身の処し方だろうか」と、あれこれ思い巡らすのも、今はひとえに、明石女御《あかしのにょうご》の女一の宮を養育しているからだった。

夕霧大将が参上して来たので、源氏の君はその胸の内を知りたく思い、「御息所の忌《い》みも明けたようですが、まだふた月なのに人の死というもの、もう三年も過ぎたように感じる世の中です。本当にはかなく悲しい事です。夕べの露が置かれる程の瞬時を、人はむさぼるようにして生きています。どうにかして、この髪を剃《そ》ってすべてを捨て、出家したいと思うものの、つい、いつまでも気長に過ごしているのも、誠に悪い振舞です」と言う。

夕霧は、「本当に、この世に未練がないような者でも、生き残っています。御息所の四十九日《なななぬか》の法要などは、大和守の某 朝臣《なにがしのあそん》が引き受け、たいしたものでした。しっかりとした縁者がいない者は、生きている間はともかくとして、こうした死後になると悲しいものです」と応じると、「朱雀院からも御見舞が届くでしょう。それにしてもあの皇女の嘆きはいかばかりか」と、源氏の君は話題を変える。

そして、「以前聞いていたよりも、この数年はその噂を折々に聞くにつけ、この御息所こそ、人柄のよい立派な人のうちにはいるでしょう。これといううつながりはありませんでしたが、残念な事です。生きていて欲しいと思う人が、このように次々に亡くなっていきます。朱雀院も大変驚き、嘆かれていました。この皇女は、この六条院にいる女三の宮に次いで、朱雀院に可愛がられていました。人柄もきっとよいのでしょう」と問うと、夕霧は、「さあ、人柄はどうでしょうか。御息所は、欠点もない素晴らしい心映えの方でした。そんなに打ち解けて接したわけではありませんが、何げない機会に、人の心遣いは現われるものです」と答える。

皇女の落葉宮については口にしないので、源氏の君は、「これ程生真面目な心で、恋《こ》い慕っているのであれば、諌《いさ》めたところで無駄だろう。聞く耳も持っていないのに、こちらから分別ぶって忠告するのも不粋《ぶすい》な事」と思い、何も言わないままになった。

こうして四十九日の法要は、夕霧が万事引き受けて行い、その評判は自然と噂になって致仕大臣の耳にもはいり、夕霧大将が施主《せしゅ》とはとんでもない、これもあの落葉宮が軽々しくも夕霧に依頼したのだろうかと、誤解する。柏木との縁から弟たちの公達《きんだち》も弔問に訪れ、僧たちへの布施を致仕大臣が盛大に贈り、各方面からの弔問が人に劣る事なく行われたので、今を時めく人の法事にも劣らない、華やかな儀式になった。

落葉宮は、出家してこのまま小野に住もうと決めていたものの、これを人が朱雀院にそっと漏らしたため、院からたびたび諌めの手紙が届いて、「小野への隠棲《いんせい》など、あってはならない事です。確かにあれこれと男と関係を持って身を処すべきではありませんが、後見《うしろみ》のない人は、却って出家したあとに、あるまじき浮名が立つ例もあります。そうした罪を得ようものなら、この世でも来世でも中途半端になって、非難されます。

私が出家したのに、女三の宮も同様に出家しているのを、人はとやかく言っています。そこにあなたまでが出家するとなると、世捨て人の私が思い悩むべき事ではないとはいえ、無念至極《しごく》です。世の辛さゆえに出家するのは、みっともない振舞です。どうか自分で冷静に考えた上で、どうするか決めなさい」と書かれていた。

こう朱雀院が書き送られたのも、夕霧大将との浮名の噂を聞いたからであり、二人の仲が思い通りにならずに出家したのだと、世間から思われるようになってはみっともないと考える一方で、かといって夕霧と公然と再婚するのも軽々しく、気に入らないと思う。落葉宮の心中も思いやられ、「ここで私まで口出しするのも似つかわしくない」と考え直して、夕霧大将については決して話題にされなかった。

他方で、当の夕霧は、「あれこれ落葉宮に申し上げて来たが、もう今はどうにもならず、心許しを得るのは困難なようだ」と思い定め、「この結婚は、故御息所が承認したものだと、人には言い繕おう。こうなっては、世間には御息所に軽薄な点があったと思わせるしかない。いつ一緒になっていたかと、人にもわからないようにするのがいい。年甲斐もなく懸想して、涙ながらに求愛するというのも、実に気恥ずかしい事だ」と思う。

落葉宮が一条宮に戻る日を定め、夕霧は大和守を呼んで、しかるべき儀式の準備を命じ、一条宮を改装し、相応の家柄とはいえ、女ばかりの邸《やしき》だったので、草も生えていたのを磨《みが》くように飾りつけ、心遣いと配慮の限りを尽くす。壁代《かべしろ》、屏風《びょうぶ》、几帳、御座所《おましどころ》などにも気を遣い、急ぎ調達《ちょうたつ》させた。

当日、夕霧は一条宮に来て、牛車《ぎっしゃ》や前駆《さき》などを小野にさし向けたが、落葉宮がどうしても拒むので、女房たちが強く促し、大和守も、「とてもいけない振舞です。日頃から心細くいたわしいご様子を拝見して、嘆きつつも、その間のお勤めをできる限り果たして来ました。今は任国の務めもあって、大和へ下ります。一条宮の世話を頼む方もおらず、困り果て、どうしたものか迷っていたところへ、夕霧大将が何かと考えられておられます。

確かに再婚という点から見ますと、一条宮に移るのは憚られるかもしれません。しかし昔から、思い通りにいかない例も多くあります。臣下と再婚をしたとしても、あなた様ひとりが非難を受けるわけでもありません。いつまでも我《が》を通すのは、浅はかです。心を強く保っても、女の心ひとつでは、ご自分の身を処するのは難しいものです。大切に世話して下さる人がいれば、それに助けられて、初めて可能になり、先々の出家という思惑も、その援助があってこそできます」と落葉宮を説得する。

さらに女房たちに向かって、「これもあなた方が、こうした常識を宮に教えないからです。それでいながら、あるまじき文の取り次ぎなど、それぞれ勝手にやってしまって」と言い、特に左近《さこん》や小少将を叱責《しっせき》した。

女房たちが集まってなだめすかすので、落葉宮はどうしようもなく、色彩豊かな衣装に着替えさせられて呆然となる。一途に削《そ》ぎ捨ててしまいたくなる髪をじっと見ると、六尺《しやく》ほどの長さになっていて、少し細っているとはいえ、女房たちから見れば見劣りしないものの、自分では、「誠に衰えてしまった。人に見せられる姿でもない。様々に憂き事が起きる我が身だ」と思って、また臥してしまう。

女房たちは「時刻に遅れてしまいます。夜が更けます」と騒ぎ、時雨《しぐれ》までが急き立てるようににわかに降って、風に吹かれ、悲しい事限りなく、落葉宮はたまらず詠歌する。

のぼりにし峰の煙にたちまじり
　おもわぬ方《かた》になびかずもがな

立ち昇った母の荼毘の煙と一緒に、わたくしも峰の煙となって、思いがけない方に靡《なび》きたくはない、という決意で、京の方にも赴くのも、夕霧に傾くのも、心ひとつを強くして拒んでいるものの、女房たちが鋏《はさみ》などはみんな隠しており、目を離してもくれない。

「そんなに騒がなくていい。どんなに惜しくない我が身とて、子供のようにみっともなく、自分でこっそり髪を削ぐなどするはずがない。僧の手によらずにこっそり髪を下ろすのは、人聞きも悪い。出家など考えてもいないのに」と内心では思っていたが、女房たちはみんな出発の準備に忙しく、各自が櫛《くし》や手箱、唐櫃《からびつ》など、様々の物を、大した事もない袋に入れて、すべて前以《もつ》て一条宮に運ばせていたので、落葉宮はひとり小野に残る事もできない。

泣く泣く牛車に乗ろうとしたが、母のいない隣の席ばかりが目にはいり、ここに来た当初、気分が悪いのにもかかわらず、自分の髪を撫《な》で繕い、牛車から降ろしてくれたのを思い出し、目も涙で霞《かす》んで悲しく、守り刀と一緒に経箱《きょうばこ》もあり、これは母の形見《かたみ》といつも離さないでいたので、独詠する。

恋しさの慰めがたき形見にて
涙にくもる玉の箱かな

恋しさの余り慰めようもない形見を見ていると、涙で曇ってしまう玉の経箱です、という嘆きで、「形見」には竹籠《たけかご》の筐、（かたみ）を掛けていた。

喪中《もちゅう》に使う黒塗りの箱にもせずに、母がいつも使っていた螺鈿《らでん》の箱を、そのまま用い、もともとは誦経《ずきょう》の僧への布施として作らせた物だったのだが、それを持って京に帰るのは、全く浦島太郎のような心地がする。

一条宮に着くと、邸内に悲しみの気配などはなく、人の出入りも多く、思いがけない有様になっていて、牛車を寄せて降り立とうとしても、とても自分の故里とは思われない。嫌悪感ばかりが催され、すぐには降りないので、女房たちも「全く子供じみた振舞」と、お手上げの状態だった。

この時、夕霧は、東の対《たい》の南面《みなみおもて》を、自分の部屋として仮に調え、以前から住んでいたような顔をしているので、本邸である三条院では女房たちが、「急にあきれた事態になってしまった。いつの間《ま》に二人はこのような間柄になってしまわれたのか」と驚く。元来なよなよとして風流じみた事を好まない夕霧大将が、よくぞこんな不意な振舞をするものだと不思議がる一方で、やはりこれは、前々から続いていたのを、何ひとつ漏らさないように隠して来たのだと、世間では思っていて、落葉宮が不《ふ》承知《しょうち》だという事実に考えが及ぶ者もいないのが、落葉宮にとっては気の毒ではあった。

婚姻のための支度《したく》も、喪中なだけに様変わりしており、新婚としては不吉な感じがするとはいえ、食事などを提供して一段落したところに、夕霧が姿を現し、小少将の君を呼んで急き立てる。

小少将の君は、「落葉宮の心がこれから先、長く続く事をお望みであれば、今日、明日をこのまま過ごさせて下さい。都に立ち戻って、物思いが深くなり、あたかも死んだ人のように臥せっておられます。こちらからなだめすかすのも、辛い事とばかり思われておられますし、わたし自身も困惑していて、これ以上強い事を申し上げられないのです」と抗《あらが》うと、「それは全く奇妙というもの。思っていたのとは違って、この幼稚さには、こちらが納得の行きかねる心模様です」と、夕霧は求愛の情が抑え難い旨を縷々《るる》述べる。

そして、「宮様のためにも、私にとっても、世間の非難などあるはずがない」と言い募ると、小少将の君は、「いやもう、ただ今は、御息所に続いて宮までも亡き人になってしまうのかと、思い乱れて、万事分別を失っている有様です。どうかここで、強引な振舞をなさらず、思い詰めなさらないで下さい」と、揉《も》み手をして懇願《こんがん》する。

「これはまた全く経験もしない男女の仲です。だれかに比べて憎々しく心外な男と軽蔑されている私こそ、情けない。何とかして、ここはどちらに非があるのか、人に判断してもらいたいくらいです」と夕霧があきれ果てて言うので、小少将の君もさすがに気の毒になり、「まだ経験もしない仲とあれば、まだ契りがなかったのですね。となれば、どちらに味方をするべきでしょうか」と、したり顔になって微笑《ほほえ》んだ。

芯の強い小少将の君といっても、もう抵抗はしそうもないので、夕霧は小少将の君を引き立てて、落葉宮がいそうな所にはいったため、宮は悲しんで、やはり夕霧は人情を解さない軽薄な人だと恨みたくなる。子供じみた振舞だとみんなから言い騒がれても構うものかと、塗籠《ぬりごめ》に御座所《おましどころ》をひとつ敷かせ、内側から掛け金をして、身を休める。この状態でいつまで身を守れるかは、おぼつかなく、これ程までに夕霧のやり方を受け入れている女房たちの心が、恨めしくも悲しいと思っておられた。

一方の夕霧は、こんな事があっていいものかと、辛く思うものの、塗籠に籠った程度では、もう逃れられないと、気楽になり、あれこれ思案しながら夜を明かす。まるで雄と雌が谷を隔てて別々に寝るという山鳥の心地がし、やっと明け方になり、このままでは、人に顔を見られてしまうので退出しなければならず、「ほんの少しでも開けて下さい」と懇願しても、全く返事はないので独詠する。

恨みわび胸あきがたき冬の夜に
また鎖《さ》しまさる関の岩門《いわかど》

恨みもできず胸の晴らしようもない、明け方の冬の夜に、さらに一段と関の岩戸《いわと》が閉まっています、という慨嘆《がいたん》で、「あきがたき」には、胸が晴れない、夜が明けない、塗籠が開かないが掛けられ、「全く何の言いようもない御心です」と、泣く泣く一条宮を出た。

六条院の夏の町に行って、一休みすると、花散里が、「あの一条宮を元の邸に移されたと、致仕大臣の所では噂していますが、これはどういう事なのでしょう」と、実に大らかに言う。御簾に几帳が添えてあっても、横あいからかすかに顔が見えていて、夕霧は、「やはり人はそのように言っていますか。故御息所は心強くもきっぱりと、宮との結婚などあってはならないと言っておられましたが、臨終近くなって心が弱った時に、他に世話を頼る人がないのを悲しみ、亡きあとの後見をして欲しいといったご依頼があったのです。

元からそんな心遣いをしていたので、引き受けたのを、人はどんな噂をしているのでしょうか、大した事でもないのに、妙に人は口さがないものです」と微笑んでみせ、「宮ご本人は、やはり俗世から離れたいというご意向が強く、尼になりたいと思い詰めておられます。しかし出家して、私とのそのような噂の嫌疑《けんぎ》が晴れたとしても、私はあの御息所のご遺言を反故《ほご》にはしたくなくて、このようにあれこれ言いつつ、お世話をしています。

父の源氏の君がここに来られて、ついでもありましたら、そのように伝えて下さい。これまで真面目に過ごした者が、こんな風になってしまったと、父君は嘆くかもしれませんが、こうした男女の事柄というのも、人の諫めも、我が心にはどうにもならないものです」と忍びやかに語る。

花散里は、「なるほど、人の噂は偽りだと思っておりましたが、本当はそういう事情だったのですか。万事、世の常の事とはいえ、あの三条の姫君が辛く思われるのがお気の毒です。これまでは平穏に過ごされてきただけに」と案じるので、「あの雲居雁を三条の姫君とは笑止千万です。鬼みたいに口うるさい女です」と夕霧は言い、「とはいえ、その雲居雁もおろそかには致しません。畏れ多いのですが、どうぞご自分の様子から推《お》し量《はか》って下さい。穏やかであるというのが、女としては結局のところ大切なのです。

性根が悪く、口やかましいのは、しばらくは煩わしくも感じつつ、耐えてはおれますが、最後まで我慢できるものではありません。何かの厄介な事をきっかけとして、こちらも相手もお互いが憎らしくなり、嫌気がさすものです。その点、あの春の町の紫の上のお心遣いは見上げたもので、その次には、あなたのお心配りも、実に見事だと思っております」と褒《ほ》める。

花散里は笑ってしまい、「嫉妬《しっと》しない女の例として、わたくしが引き合いに出されるのは、名誉な事ではありません。それにしてもおかしいのは、あの源氏の君が、自らの好色癖を人が知らないかのようにして、他人に多少なりとも浮気心があると、これは一大事と訓戒《くんかい》し陰口を言うのは、賢者《けんじゃ》ぶる人が自分の事となると分別をなくすのと同じです」と言う。

夕霧は、「全く、その通りです。源氏の君は、男女の道になると訓戒を垂れられます。そんな賢い教えがなくても、私は身を立派に慎《つつし》んでおります」と、痛快に思った。

夕霧が春の町にやって来たため、その噂を聞いていた源氏の君は、聞き知り顔をするのも野暮《やぼ》なので、じっと顔を見て、「なるほど、実に立派で上品で、このところ益々男盛りのようで、ああした好き事をしても、人の非難を受けるような点はない。たとえ鬼神《きしん》であっても罪を許してくれそうな、すがすがしく清らかで、若い盛りであり、身辺が匂うようだ。無分別な若者でもなく、欠点もなく成熟しているのは、当然といえば当然だ。女なら称賛せずにはおられないだろう。本人が鏡を見ても、どうして自惚《うぬぼ》れない事があろうか」と、我が子ながらもそう思わざるを得なかった。

日が高くなって、夕霧が自宅の三条院に帰ると、若君たちが可愛らしく次々とやって来て、まとわりつく。雲居雁が帳台の中に臥していたので、中にはいると、目も合わせようとしない。「辛いのだろう」と夕霧は思ったものの、気がねもせず、衣を引きのけると、雲居雁が口を開いて、「ここをどこだと思って来たのですか。わたくしは、とっくに死んでおります。常日頃、鬼だと言われるので、いっその事鬼になってしまおうと思っています」と冷たく言う。

「心は鬼以上ですが、姿は憎らしくもないので、嫌いにはなれないのです」と、夕霧が何の気なしに言うのも、雲居雁は恨めしく、「立派で優美なあなたの側で、ずっと過ごせるようなわたくしではありません。どこへなりとも消え失せたく思います。もうわたくしの事など思い出さないで下さい。長い間一緒に暮らして来たのも、無駄でした。悔やまれてなりません」と言って起き上がる姿は、実に愛らしく、艶《つや》やかに赤らんでいる顔も実に美しい。

夕霧が、「こんなに子供っぽく腹を立てるのも、今は見馴《みな》れてしまい、この鬼も恐ろしくなくなりました。逆に神々《こうごう》しいくらいです」と、冗談めいて言うので、「何をおっしゃいます。素直に死んで下さい。わたくしも死にます。あなたを見ると憎らしいし、声を聞くと癪《しゃく》にさわります。あなたを見捨てて死ぬのは、気がかりです」と雲居雁が言うのも、いよいよ可愛らしさが増す。

夕霧は親愛の情をこめて笑い、「近くで私を見ないとしても、離れていて私の噂を聞かない事はないでしょう。さてはそうやって、私たちの契りの深い瀬を知らせようとする心なのでしょう。私も、あなたが死んだらすぐに、あの世への旅支度をすると約束したはずです」と、さりげなく言い、あれこれとなだめすかした。

もともと雲居雁は若々しく純真な心の持主であり、夕霧が甘言《かんげん》を弄《ろう》しているとは思いながらも、自然に穏やかさを取り戻すと、そんな雲居雁の有様を実にいとおしく感じる反面、夕霧の心は上《うわ》の空で、「あの落葉宮がここで我を張り続け、強情な人とは見えないが再婚を拒んで、尼になる決心でもされると、こっちは全く馬鹿をみる」と思う。余り長い間隔を置いてはいけない気がして、事を急ごうとするも、夕暮れが近くなっても「今日も返事がない」と落胆し、懸念《けねん》しながら、物思いに沈んでいた。

昨日今日と食事を拒否していた雲居雁が、少し食べるようになったので、夕霧は、「昔から、私のあなたへの思いはおろそかでなかったのに、父大臣が仲を無理に裂いたため、世間で私は笑い者になりました。しかしその耐え難きにも耐え、あちこちから勧められた縁組を、聞き流し続けました。それを人からは、女でさえもこれ程の操《みさお》は守るまいと非難されました。今から思うと、どうしてあんなに一途でいられたのか、自分の心ながら、昔から浮気心がなかったと思い知るのです。

今となれば、このように私を憎んだところで、見捨てられない子供たちが、所狭いほど増えています。自分の心に任せて、私から離れるわけにもいきますまい。まあ仕方がないので、ここはじっくり見ていて下さい。定めないこの世とはいえ、命の限り、あなたへの思いは変わりません」と言って、涙を流す事もあり、雲居雁も昔の事を思い出して、「本当に稀な二人の仲であり、契りも深かった」と感慨深そうにしている。

皺《しわ》の寄った衣を脱いで、特別な衣装を身にまとい、香《こう》を薫《た》き染《し》めて化粧をし、外出しようとする夕霧の姿が火影《ほかげ》に照らされたため、雲居雁は忍び難く、涙がこぼれてきて、夕霧の脱いだ単衣《ひとえ》の袖を引き寄せ、歌を詠む。

馴《な》るる身をうらむるよりは松島の
あまの衣にたちやかへまし

着馴れた衣のように古びた我が身を恨むよりも、尼の衣に裁《た》ち直して、尼になればよかった、という後悔であり、「あま」には海人（あま）と尼が掛けられ、「やはり俗世人としては、生きられなかった」と独り言したので、夕霧は立ち止まり、「何ともやるせない心です」と言って返歌した。

松島のあまの濡れぎぬ馴れぬとて
　脱ぎかえつという名を立ためやは

松島の海人の濡れた衣という、濡れ衣の浮名を立てられ、よれよれになって馴れてしまった衣を脱いで、他の女に乗り換えたという評判になっては、たまりません、という反発であり、「馴れぬ」の「馴る」は萎（な）るを掛けていたが、出立《しゅったつ》が急がれる中での、ありきたりの歌になってしまった。

一条宮では、落葉宮がまだ塗籠の中に籠っておられるので、女房たちが、「このままではいけません。児戯《じぎ》にも等しいとの噂も立ちます。いつもの御座《おまし》に戻られて、話すべき事を伝えるのがよろしゅうございます」と、手を替え品を替えて説得する。

落葉宮はそれも一理あると思いつつも、今から先の世間の悪評も、これまでの自分の心の辛さも、いずれもあの不愉快で恨めしい人のせいだと思い詰めていて、その夜も対面を拒んだ。

夕霧は『古今和歌集』の、ありぬやとこころみがてらあい見ねば　たわぶれにくきまでぞ恋しき、を念頭に置いて、「戯《たわむ》れにも冗談も言えない」などと、言葉を尽くして頼むため、小少将の君も気の毒がり、「宮は、いささかでも正気に戻る折もあろうし、その時忘れられていなければ、返事もしようが、喪に服している間は、心を乱さずにひたすら服喪《ふくも》しよう、と思われ、そう口にされています。しかし今では、あなた様との関係を知らない者はいないようで、それが何としても辛い、とおっしゃっています」と言う。

「私の思いは他と異なり安心できるのに、思いもよらない男女の仲です」と夕霧は嘆きつつ、「いつもの御座におられるのなら、几帳越しでも、胸の内を申し上げるだけにします。あなた様とのお約束は破るはずもなく、たとえ長い年月となってもお待ちするつもりです」と、多くの言葉を添えて申し伝えると、宮からのご返事は「やはりこのように心乱れております。その上にあなたの心が疎《うと》ましく、人がいろいろ噂するのも耐え難く、万事につけ人一倍辛い我が身は別として、格別に情けないあなたの心です」というものであった。

恨みは尋常《じんじょう》でなく、夕霧との対面をきつく拒まれたため、「だからといって、いつまでもこのままでいいはずはない。人々がいろいろ噂し合うのも当然な事」と夕霧は思い悩む。この邸での人の目も体裁が悪いので、「宮のお考えはごもっともだとしても、しばらく表面上は情愛のある夫婦のようにいたしましょう。当たり前の関係がない夫婦というのは、辛いものです。しかしだからといって、今後私の訪れが途絶えれば、宮の評判はどんなにか傷つくでしょう。ひたすら自らの心に固執《こしつ》して、子供っぽいのがおいたわしい」と言って、小少将の君をいよいよ責め立てる。小少将の君はもっともと思い、このまま放置するのも心苦しく、畏れ多いので、女房たちが出入りする塗籠の北の戸口から、夕霧を中にお入れした。

落葉宮は実に情けなくも辛いと思い、仕えている女房たちをも恨み、女房たちもこのように人並の心しかないのだから、この先、自分をもっとひどい目にも遭わせるに違いなく、信頼のおける女房さえいなくなってしまったと我が身を嘆かれる。返す返す悲しいと思っているところへ、夕霧が、万事につけわきまえているべきものの道理を、言葉を尽くして、情愛をこめて説明したのにもかかわらず、辛くも情けないと、ひたすら思っておられた。

夕霧は、「こうやって、誠に不届き者と、あなた様が思っておられる我が身ではあります。しかし比類のない恥ずかしさを感じつつ、あってはならないあなた様への思いを、断ち切り難く、この浅慮《せんりよ》が悔やまれます。とはいえ、もはや引き返す事はできません。今更もう、どのような評判を守りたいのでしょう。もはやこれまでと観念して諦めて下さい。思いが叶わぬ時、淵《ふち》に身を投げる例があるようですが、ここは私のあなた様への深い思いを淵だと思い、身を投げて下さい」と言い掛けると、落葉宮は単衣の装束を、髪ごとすっぽりとかぶってしまわれる。

せいぜいできる事は声を出して泣くくらいであり、そのお姿が余りにも哀れなので、夕霧は、「これは心外だ。どうして私をこんなに嫌うのか。こんな関係になってしまえば、自ずから心を許すものなのに、岩木《いわき》よりも靡《なび》きそうにない。これは前世からの縁が薄いと、男を憎いと思うようになるとも聞いているが、それにあたるのだろうか」と思う。

それは余りの事なので情けなく、雲居雁が悲しく思っているのに違いない事や、昔は無邪気《むじやき》にお互い心を通わせていた当時の事、この長い年月、すっかり心を許して頼り切っていた姿などを思い起こし、自分のせいでこうなったと考えると、もはや強いて落葉宮をなだめずに、嘆きつつ夜を迎えた。

ここで塗籠から出たり入ったりするのも体裁が悪いので、今日はここに泊まってゆっくりしようと決めた夕霧を見て、落葉宮はその一途さにあきれ果てて、ますます嫌がる態度を示される。「全く愚かな心だ」と夕霧は感じる一方で、おいたわしくもあり、周囲を改めて眺めると、塗籠の中は特に細々とした物が多いわけでもなく、香《こう》の唐櫃や厨子《ずし》だけがあったのをあちこちかき寄せて片付け、広くして住めるように整えられていた。

中はまだ暗い感じはするものの、朝日がさし昇ったような光が漏れ入った気配がするので、夕霧は落葉宮が引きかぶっていた衣をはいで、ついに契りを結び、千々《ちぢ》に乱れた髪をかき上げて、そっと顔を見やると、実に上品で瑞々《みずみず》しい女らしさがあった。

夕霧の有様は、きちんとした正装の時よりも、こうしてくつろいでいる時のほうが、限りなく清らかであり、あの故柏木衛門督はさして美男ではなく、気位《きぐらい》のみが高く、妻の容貌《ようぼう》が美しくないと事ある毎《ごと》に思っていた様子が見えたので、まして今ではこのように衰えてしまった自分の容姿を、夕霧大将が我慢してくれるだろうかと、思うだけで恥ずかしく、落葉宮はあれこれ考えつつ、心を鎮めようとする。心配なのは、あちこちの人がこの一件を聞いてどう感じるかであり、その非難は逃れ難く、喪中でもあるので、心苦しい。

自らを慰められないまま、御手水《おちょうず》や粥などは、塗籠を出ていつもの部屋で取り、喪中だけに鈍色《にびいろ》一色の調度《ちょうど》類も、新婚早々には似つかわしくなく、東面《ひがしおもて》には屛風を立て、母屋《もや》との隔てには香染《こうぞめ》の几帳など、仰々《ぎょうぎょう》しくない物を置き、沈香木《じんこうぼく》の二階棚を据えて、配慮した部屋の調え方で、これも大《やま》和守《とのかみ》のはからいであった。

女房たちの衣装も、表が薄朽葉《くちば》で裏が黄の山吹襲《やまぶきがさね》や、表裏とも紅《くれない》色の掻練《かいねり》、深い紫の衣、青鈍《あおにび》色に着替えさせ、裳《も》は薄紫や青朽葉色などをあれこれまぜて、食膳などを差し出す。これまでは女のみの住居であり、何につけしまりがないのに馴れていたのが、しきたりを重視して、少人数の下人《しもびと》を揃《そろ》えるのも、ただひとり大和守の世話であった。

このように高貴な婿殿が見えたとあって、以前勤めていた家司《けいし》などが駆けつけ、政所《まんどころ》などに控えて、ご用に励み出した。

こうして夕霧が以前から一条宮に住み馴れている顔をしたので、雲居雁はもうこれでおしまいと思う。「まさかこんな事はあるまいと頼り切っていた。真面目な人間が心変わりすると、一変してしまうという話は本当だった」と考え、自分たち夫婦がその例のような心地がして、何とかこの面目なさを見たくないと思い、実家の致仕大臣《ちじのおとど》邸に方違《かたたが》えをするという名目で帰った。

ちょうど異母姉妹の弘徽殿《こきでん》女御《のにょうご》が里帰りしている折だったので、対面して話をし、多少とも物思いが晴れたので、いつものように急いで三条院には戻らないでいると、これを聞いた夕霧は、「やはりそうだった。全く以《もっ》て気の早い女だ。父の致仕大臣も、年配者らしいどっしりとした面はなく、せっかちだった。華やいで時流に乗る人たちなので、私を不届き千万、顔を見たくもない、事情も聞きたくもないと罵《ののし》って、非常識な事をされる恐れがある」と、びくびくしながら三条院へ戻る。

雲居雁は姫君たちと幼い子供のみを連れて帰っていて、子供たちの半分は残していた。子供たちが夕霧の姿を見て、喜んでまとわりつく。母を恋しがり慕い悲しんで泣く子もいて、夕霧は心苦しかった。

使いの者を致仕大臣邸に差し向けて、文や伝言をことづけても、雲居雁からの返事はなく、「何と頑固《がんこ》な女だ」と思ったものの、致仕大臣の手前もあって、夕暮れになって夕霧が自ら出向く。雲居雁は寝殿にいるとの事で、赴くと女房たちだけがいた。子供たちは乳母と一緒にいたため、夕霧は、「ここの寝殿は弘徽殿女御のおられる所ではないですか。今更、姉妹で語らうなどとは大人げないです。子供たちはあちこち放りやって、よくも寝殿におられるものです。

私には合わないあなたのご性格とは、長年わかっていましたが、やはりこうなる縁《えにし》なのでしょうか。昔から心離れ難くて、今はこうして手のかかる子供が何人もできて可愛いので、お互い相手を見捨てられまいと思って、頼りにしていたのです。こんな些細《ささい》な一件で、こんなはしたない振舞をするべきではありません」と、咎めつつ恨み言を口にする。

「何につけ、今はもう見飽きたと思われているこの身は、今更直るものでもなく、もはやこれまでと考えたのです。見苦しい子供たちをお見捨てられないのであれば、嬉しいです」と雲居雁が答えたので、「それは穏やかなご返事です。結局のところ、どちらの名がすたるのかと言えば、あなたのほうでしょうが」と夕霧は言って、強いて無理に連れて帰らず、その夜はそこで独り寝をする。

「思いがけずも中途半端な事態になった」と思いながら、子供たちを傍《そば》に寝かせ、「あの落葉宮がどんなにか心乱れているだろう」と考えて、何とも心が落ち着かない。「一体どんな人間が、こんな恋に興味を持つだろうか」と、いくらか懲《こ》り懲《ご》りした心地になっていた。

夜が明けたので、「人が見聞きすれば、あなたの振舞は大人げないととられるでしょう。もうこれを限りと言うのであれば、どうなるか試しましょう。向こうに残した子供たちも、いじらしくあなたを恋《こ》い慕っていますが、あなたが選んで残したのには理由がありましょう。見放すわけにはいかないので、私が世話をしましょう」と、夕霧が脅《おど》すように言った。

あっさりした性質《たち》の夕霧が、ここにいる子供たちまでも、一条宮に連れて行くのではないかと雲居雁は心配になっていると、夕霧は姫君に向かって、「さあ帰りましょう。会うのに、こうやって来るのもみっともなく、いつも来るわけにはいきません。あっちにも可愛い子供がいるので、同じ所で面倒をみましょう」と言う。姫君はまだあどけなく、愛くるしい様子であり、可哀想だと思いながらも「これから母君の教えに従ってはいけません。聞き分けのないのもいけない事です」と言い聞かせた。

致仕大臣は、こうした経緯《いきさつ》を聞き、世間の物笑いになるような気がして、雲居雁に向かい、「こんなにすぐに、我慢もせずに実家に戻るとは情けない。夕霧大将にも考えがあっての事でしょう。女がこんなにせっかちに実家に帰るとは、却って軽薄だと思われます。

まあ仕方がない。別れると言い出した以上は、今更おめおめと帰れないかもしれません。しかしそのうち、夕霧大将の心映えや様子がはっきりするでしょう」と言い聞かせる。一方で落葉宮には、故柏木の弟の蔵人《くろうど》の少将を使者として差し向け、和歌を添えた。

契りあれや君を心にとどめおきて
あわれと思ううらめしと聞く

前世からの宿縁《しゆくえん》があるからでしょうが、あなたの事を心に留めて、いたわしく思う一方で、恨めしくも思いながら聞いております、という懸念で、「やはり、私共の事を見捨てないで下さい」と書き添えてある。その文を持った蔵人の少将は、一条宮にずかずかとはいって来たので、女房たちは南面《みなみおもて》の簀子《すのこ》に円座《わろうだ》を差し出したものの、話しかけにくく、ましてや落葉宮は辛いと思いつつ返事もできずにいた。

この蔵人の少将は兄弟たちの中でも容貌もよく、好感の持てる人で、ゆったりと辺りを見回して、往時を思い出している様子であり、「ここには何度も訪れて、馴れ親しんだ心地がして、新参者ではありません。そのように扱ってはいただけないのですか」と、多少の皮肉をこめて言う。

返事は実に応じにくく、落葉宮は「わたくしにはとても書けません」とおっしゃるので、「それでは心の内も伝わらず、大人げありません。代筆などは、やはりするべきではございません」と、女房たちが集まって進言するため、落葉宮は涙を浮かべる。「御息所がおられれば、どんなにか気の毒がり、わたくしの罪をかばって下さったのに」と思い出しながら、涙ばかりが流れ落ちる気がして、返事をなかなか書けなかったが、ようやく返歌した。

何ゆえか世に数ならぬ身一つを
　憂しとも思いかなしとも聞く

どうして、この世の物の数にもはいらないわたくしの身を、辛いとも思い、可哀想だと聞かれるのでしょう、という反感であり、走り書きして、書き終えるとすぐ紙に包んで差し出された。

蔵人の少将は女房たちと言葉を交わし、「時々は参上しているのに、こんな御簾の前での応対は、取り付く島がない気がいたします。しかし今後は縁ができたようなので、常に参ります。部屋への出入りもお許しが出るはずですし、長年勤めた甲斐があるような心地でおります」と、思いのたけを述べて退出した。

致仕大臣の文にいよいよ気を悪くした落葉宮の様子に、夕霧は思い惑い、一方の雲居雁も日が経つにつれて思い嘆く事しきりであった。惟光《これみつ》の娘で夕霧の妾でもある藤典侍《とうないしのすけ》はこれを聞き、「北の方の雲居雁は、これまでわたしをとても許せないと言っておられたが、とうとう見過ごせない事ができたのだ」と思い、これまでも時には手紙を出していたので、和歌を贈った。

数ならば身に知られまし世の憂さを

人のためにも濡らす袖かな

数に入る身であれば、夫婦の辛さを知るでしょうが、そうではないので、あなた様のために袖を濡らしています、といういたわりで、雲居雁は少し変わった文だとは思ったものの、憂鬱《ゆううつ》な時期なので藤典侍も平気ではおられないのだろうと思い、放ってはおけずに返歌した。

人の世の憂きをあわれと見しかども
身にかえんとは思わざりしを

人の夫婦の辛さを気の毒がった事はありますが、自分の身が同情されるとは意外でした、という嘆息で、受け取った藤典侍は、そのままの心がにじみ出ていると、しみじみと文に見入った。

その昔、夕霧と雲居雁の仲が、致仕大臣によって裂かれていた時も、この藤典侍のみは密かな召人《めしうど》として夕霧は心を寄せていて、雲居雁と一緒になってからは、通いも稀になり、仲は冷えきっていた。

とはいえ、子供の数は増えに増え、雲居雁腹には太郎君、三郎君、五郎君、六郎君、中の君、四の君、五の君がいて、藤典侍腹には大君、三の君、六の君、二郎君、四郎君がいて、合計十二人になり、出来の悪い子はひとりもおらず、実に可愛らしく、それぞれが成長していた。特に藤典侍腹の子は容貌もよく、利発《りはつ》で優れており、三の君、二郎君は夏の町の花散里が特別に養育し、源氏の君もいつも来て可愛がっている。この先、夕霧一家がどうなっていくのか、興味津々である。

第四十七章　枇《び》杷《わ》殿《どの》

この「夕霧《ゆうぎり》」の帖《じょう》で念頭にあったのは、三つの対比だった。ひとつは言うまでもなく、柏木《かしわぎ》と夕霧の恋路《こいじ》の違いだ。柏木は女三の宮に対して、狂おしいまでに迫り続け、強引に契《ちぎ》り、思いを遂《と》げてからは、罪の意識で懊悩《おうのう》死《し》する。しかし夕霧は違う。女二の宮に対しての恋慕《れんぼ》をあくまでも自制して、傍《そば》近くにいても狼藉《ろうぜき》には至らない。女二の宮を迎えるにあたって、一条宮を美しく改装して調《ととの》える。すべてが用意周《しゅう》到《とう》なのだ。

二つ目の対比は、女二の宮と女三の宮の身の処し方の差だ。女三の宮は、猪突猛進《ちょとつもうしん》して来る柏木を、強くは拒《こば》まない。前後の見境もなく、身を許してしまう。しかし、同じ皇女《こうじょ》といっても、母の身分が低い女二の宮は、あくまでも夕霧を遠ざける。どんな甘言《かんげん》を弄《ろう》されようとも、靡《なび》かない。寡婦《かふ》としての矜持《きょうじ》を失わない。

そして三つ目の対比は、さしてあからさまにはしなかったものの、夕霧の妻・雲居雁《くもいのかり》と光源氏の妻・紫の上との対比だ。夕霧は、自分でもわからないまま、父親の行為を真似《まね》てしまっている。知らぬまに光源氏の轍《てつ》にはまってしまったと言える。

光源氏は、紫の上という妻がいながらも、異母兄である朱雀《すざく》院の懇願《こんがん》を拒めなくて、女三の宮を受け入れてしまう。夕霧も全く異なる経緯《いきさつ》とはいえ、皇女を自分の妻にしようとする。幼い頃から親しんだ雲居雁という妻がいるのにである。

この対比で、はからずも浮き彫りになったのが、同じように妻の座を追われた、紫の上と雲居雁の思慮深さの違いだった。紫の上は落胆しながらも身の程をわきまえて、静かに降嫁を受け入れ、寝殿《しんでん》を明け渡して東の対《たい》に移る。決して光源氏を責めたてない。対する雲居雁は腹立ち紛《まぎ》れに、幾人かの子供を連れて実家に帰ってしまう。夫の行為を容認などできないのだ。

幼少の頃、光源氏が見初《みそ》めて養育して来た紫の上の、女としての情愛の深さ、賢明な心映《こころば》えは、我が筆先が生み出したものとはいえ、感心してしまう。もう紫の上は作者を超越して揺るぎなく、堂々と自《みずか》らの道を切り拓いて行くような気がする。いわば紫の上が泰然として筆を動かしてくれるのだ。


書き終えた「夕霧」の帖は、例によって小少将《こしょうしょう》の君《きみ》に手渡した。早くもその三日後、弁《べん》の内侍《ないし》の君から感想を聞かされた。小少将の君にねだって、すぐに草稿を貰《もら》い、目下《もっか》筆写の途中だという。終えるのを待ち切れないで、声をかけた様子が窺《うかが》えた。

「これまで堅物《かたぶつ》で通っていた夕霧大将も、やはり血は争えませんね。光源氏の好き心が夕霧にも宿っていて、埋火《うずみび》に火がついたようです」

気さくな弁の内侍の君だけに、夕霧の変わりようが痛快らしかった。「しかし、女人への接し方は全く異なります。夕霧は意中の女二の宮を仕留めるのに、搦手《からめて》を使います」

「搦手ですか」

思わず聞き返すと、弁の内侍の君が頷《うなず》く。

「光源氏は甘言を弄して女人を口説《くど》きおとします。夕霧はあれこれ諭《さと》しはしますが、光源氏ほどの手練手管《れんてくだ》はありません。契らなくても落葉宮《おちばのみや》の傍で夜を過ごして、契ったという評判を立てさせるのです。死人に口なしで、亡き御息所をだしに使います。そうやって撒き散らした風聞《ふうぶん》を利用し、周囲を説得して、ついには落葉宮を陥落させるのでしょう。そこまではまだ読んではおりませんが。これこそ搦手攻めです」

なるほど、この親子の恋路の違いこそ、目指したかった第四の対比かもしれなかった。

「この先どうなるか楽しみです」

そう言って局《つぼね》に戻る弁の内侍の君の右手には、かすかに墨がついていた。


この年の十月、一条院内裏《だいり》が焼失し、帝《みかど》は道長《みちなが》様が所有する枇杷殿《びわどの》に移られた。伴われたのは、故定子《さだこ》様腹の脩子内親王《ながこないしんのう》とその弟、十一歳になる敦康親王《あつやすしんのう》だ。故定子様に仕《つか》えていた、近頃とみに世評名高い女房《にょうぼう》、清少納言《せいしょうなごん》の君は、今は脩子内親王の女房になっていると聞く。

清少納言の君が十年ばかり前に著した『枕草子《まくらのそうし》』とやらは、彰子《あきこ》中宮様から勧められて一読した。文の冴《さ》えはともかくとして、表に出ているのは、才気をひけらかしたり顔だ。仮名の中に真名《まな》を書き交ぜているのも、漢才を気取っているからであり、よくよく見ると誤りがある。自分はただの女房とは違うという虚栄ばかりが目について、じっくり味わうほどの深味はない。

例えば、大納言《だいなごん》の君や小少将の君が、読んで感心していた香炉峰《こうろほう》の雪の段にしても、しかりだ。ある雪の積もった日、定子中宮から「少納言よ、香炉峰の雪はどうだろうか」と訊《き》かれて、格子《こうし》を他の女房に上げさせ、御簾《みす》を高く上げたという。

これなど、『白氏文集《はくしもんじゅう》』を多少かじっていれば、できる所作《しょさ》だ。白楽天《はくらくてん》は四十歳半ばにして、都から遠い江州《こうしゅう》に流謫《るたく》される。もともと宮廷に仕えるのには不向きな人だったのだ。廬山《ろざん》の麓《ふもと》に草庵《そうあん》を構えて、心を慰める。そこから間近に、廬山の有名な寺や峰を、いながらにして望めるのが何よりの慰撫《いぶ》だったろう。

定子中宮が口にして、清少納言の君が黙して応じたのは、『白氏文集』の十六にある七言律詩《しちごんりつし》に由来する。

日高睡足猶慵起　日高く睡《ねむ》り足るも猶《な》お起くるに慵《ものう》し
小閣重衾不怕寒　小閣《しょうこうきん》衾を重ねて寒きを怕《おそ》れず
遺愛寺鐘欹枕聴　遺愛寺《いあいじ》の鐘は枕を欹《そばだ》てて聴き
香炉峯雪撥簾看　香炉峰の雪は簾《すだれ》を撥《かか》げて看《み》る

これが前半であり、その後半は次の通りだ。

匡廬便是逃名地　匡廬《きょうろ》は便《すなわ》ち是《こ》れ名を逃《のが》るるの地
司馬仍為送老官　司馬《しば》は仍《な》お老《お》いを送る官為《かんた》り

心泰身寧是帰処
故郷何独在長安

心泰《やすら》かに身寧《やす》きは是れ帰《き》する処《ところ》
故郷《こきょう》何ぞ独《ひと》り長安にのみ在《あ》らんや

『枕草子』をざっと見てみると、他にも『白氏文集』になぞらえた箇所が十くらいはある。清少納言の君がよく読んでいたのは、この『白氏文集』に違いない。その他には、『史記《しき》』や『漢書《かんじょ》』『詩経《しきょう》』や『列子《れっし》』『論語《ろんご》』なども、かすめるくらいには読んでいたのかもしれない。

おそらくこのたしなみは、当代随一の歌人と言われた、父君の清原元輔《きよはらのもとすけ》殿の訓育によるものだ。『後撰和歌集』を撰《せん》した梨壺《なしつぼ》の五人のひとりだから、その和漢の才は並々ならぬものがあったに違いない。しかし所詮《しょせん》は父君は歌人であり、詩人とは言えない。その娘の清少納言の君の学才も、その程度のものだろう。

事のついでに、他の女房たちについて記せば、まず一例として、斎院《さいいん》の女房に、中将《ちゅうじょう》の君がいる。この人の許《もと》には上の弟の惟規《のぶのり》が通っているので、書かれた手紙をこっそり見たことがある。上品な筆致で、自分こそはものの情理を知り尽くして、思慮深い、これほどの女房はいないだろうと書いていた。

これにはびっくりし、先を読むと、「こんな自分を女房に選んだのも、斎院の見識が高いからだ」と、書いているので、また驚かされた。実際のところ、斎院方の女房の和歌で、感心させられるものは少ない。それでも自分たちが一番優《すぐ》れていると思うのは、井の中の蛙《かわず》同然だろう。

斎院の御所は都のはずれにあって、斎院の宮が内裏《だいり》に赴《おもむ》くこともなく、道長様など殿上人《てんじょうびと》が宿直《とのい》されることもない。いきおい人の出入りが少ないので、夜郎自大《やろうじだい》になりやすいのだ。惟規には、その旨《むね》忠告したものの、それとこれとは別物だと一蹴《いっしゅう》された。自信たっぷりの中将の君に却《かえ》って魅了されたのかもしれない。

確かに、埋木《うもれぎ》を折ってまた地中に入れたような内気な女房でも、あの斎院の所に出仕《しゅつし》すれば、変わってしまうのだろう。見知らぬ男と出会ってものを言っても、相手に軽薄な浮名《うきな》を立たせないために、自然に優雅な仕草が身につく。それが艶《あで》やかで、魅力になるのだ。ましてや容貌《ようぼう》も美しく、年も若い女房が、思う存分に色めかしく、思う存分の物言いをすれば、自分こそ優れているという自信を持つに至るのだ。

しかしここ中宮方にいる女房は、中宮様の他に后《きさき》や女御《にょうご》など競い合う方々がいないため、おっとりとしている。中宮様のご性格からして、色めかしいのはみっともないという風潮があって、我こそはと目立ちたがる女房もいない。口うるさい人もおらず、ひたすら普通の人間として振舞っている。

これを人々は、中宮方の女房たちは埋もれていて、配慮が足りないなどと評しているようだ。なるほど高貴な出自の女房が、余りに引き籠《こも》っていると、驕《おご》り高ぶっているようにも見え、これは中宮様のためにもよくない。

上位、中位の女房など、人選に気を遣《つか》っているようであるが、人はもともと多彩であって、長所もあれば欠点もある。若い女房たちでさえ、控え目にしている中で、上、中位の女房が軽々しく振舞うのも、見苦しい。やはりここは中宮様のため、静かにかつ風流さも失わないでいたいものだ。

というのも、中宮様のお心は充分満ち足りていて、聡明かつ配慮が充分な余り、控え目でおられる。そのため何かに気がついても、言い出されない。言い出しても、この人ならばと信頼が置ける人は、さしていないと思っておられるので、あまりおっしゃらない。

何かの折などに、出しゃばって至らないことをしでかすのは、出来の悪いのよりも劣っている。特に思慮の浅い人が、この中宮御所で、得意顔で妙なことを言い出したのを、今より若かった中宮様は、見苦しいと思われたようだ。ひとえに目立つ欠点もないように過ごすのが一番と思われている節《ふし》がある。女房たちも子供のごとき純な心で、そのご意向に沿っているうち、こうした内向きの気風になったのだろう。従ってこの中宮御所を殿上人が見て、趣《おもむき》のない所だという風評が立ったようだ。

しかし中宮様も今は二十二歳になられて、世のあるべきことや、人の心の善悪、過分な点や不足の点など、すべてわきまえておられる。

とはいえ、奥床《おくゆか》しさのみでは通せず、多少破目《はめ》をはずして軽薄なことも生じる。となると、引っ込んでいるしかない。中宮様もこれを気にされ、もっとこうあって欲しいと言われるものの、気風はそう簡単に変えられない。今様《いまよう》の公達《きんだち》もこの風潮に従って、中宮御所ではみんな真面目《まじめ》人になり切っている。

一方、斎院のような所では、月を見て花を賞《め》でたりと、ひたすら風流なことを望んで、口にするのに違いない。ところが中宮御所では、朝夕に人の出入りが激しく、奥床しい点もない。そのため、何でもない言葉でも、奥深い言葉によって切り返したり、逆に風流なことを言いかけられて、気の利《き》いた返事ができる人は、稀《まれ》になる。殿上人たちはそう言い、おとしめているのだと思う。

人というものは、一寸《ちょっと》した返事をしようとすると、必ず相手の心を害してしまう。そこを上手《じょうず》に応対する必要があるので、人とのつきあいは難しいと言われるのだ。といっても、とり澄ました態度が賢いというわけでもない。反対に軽々しく出しゃばるのもよくない。その辺りの思慮分別は、実に難しい業《わざ》ではある。

一例を挙げると、中宮の大夫《だいぶ》が参上《さんじょう》して、中宮様への伝言があった折など、子供っぽい上位の女房では、取次のための対面が難しい。会ったとしても、堂々と言葉を口にすることができるとも思えない。といっても言うべき言葉を知らないのではないし、同等の態度で接することができないのでもない。しかし内気の余り、何か妙なことでも言いはしないかと恐れ、何も言わず、姿も見られたくないと思うのだ。

ところが並の女房はそうではない。あたかも姫君に対するような口のきき方をしてしまう。こうした宮仕《みやづか》えの身であれば、高貴な方々もしきたりによって対面し、ちゃんと応対しなければならない。

この三月に権《ごん》大納言に昇進したばかりの藤原斉信《ただのぶ》様は、下級の女房が応対するのを嫌っている。すると上位の女房たちが里下りしていたり、局にいても他に用事があるときは、対面する者がいない。仕方なく斉信様が帰ってしまうときもある。

こんな具合なので、他の上達部《かんだちめ》で中宮御所に来馴《きな》れている人は、中宮様に伝言があるときなど、各自、親しい女房に取次を頼む。その女房がいないと、不機嫌になって退出する。こういう雰囲気があるので、中宮御所は「埋もれている」という評判が立っているのに違いない。

斎院の方では、こうして中宮方の悪口を言っているのだろう。しかし自分たちのほうが見所があって、中宮方は見る目も聞く耳も持っていないと、侮《あなど》るのはよくない。なべて人を非難するのはやさしく、自分を反省するのは難しい。それを、自分こそ賢いと、人をないがしろにして、世の悪口を言うのは、斎院方の浅はかな心と言うべきだ。

和歌に関しては、中宮方に和泉式部《いずみしきぶ》の君がいるとすれば、道長様方には大江匡衡《おおえのまさひら》様の北の方である匡衡衛門《えもん》の君がいる。父君が赤染時用《あかぞめときもち》殿なので、赤染衛門とも呼ばれている。格別に優れた出自ではないものの、父祖代々、染色の技に秀《ひい》でていて、道長様の北の方である倫子《ともこ》様に重用《ちょうよう》されている。

その歌も由緒《ゆいしょ》のある歌い方で、あちこちで手本にされているようだ。世に流布《るふ》している歌の限りでは、確かにちょっとした折のことを見事な歌にしている。難点はと言えば、第三句と第四句の続き具合がうまくはない。それを我こそは上手だと、気取っている様子が少し鼻につく。

そう言う自分はと言うと、これまでも、ちょっとした取柄《とりえ》さえないままに過ごし、将来とて頼みになる者のない身の上ではある。とはいえ、すさんだ心で世を過ごしているとも、思いたくない。その心があるからか、物思いに沈んだ秋の夜などは、縁先に出て月を眺《なが》めて我が身を慰める。すると自然に、『白氏文集』にある七言絶句が頭に去来する。

漠々闇苔新雨地
微々涼露欲秋天
莫対月明思往時
損君顔色減君年

漠々《ばくばく》たる闇苔《あんたいしんう》新雨の地
微々たる涼露《りょうろ》秋天《しゅうてん》ならんと欲す
月明《げつめい》に対して往時を思う莫《なか》れ
君が顔色《がんしょく》を損じ君が年を減ぜん

雨上がりの地を苔《こけ》が覆《おお》っている。秋が近づくこの頃、白露がうっすらと降りている。月明かりに向かって往時を思うことのないように。君が容色を損《そこ》ない、君が寿命を縮めることになるから。

つまり女は月を眺めてはならない。そうすると不吉な鳥が飛んでくると信じられているので、慌《あわ》てて少し奥に入って、憂《うれ》いに浸《ひた》ってしまうのだ。

その憂いの中で文机に向かうと、白楽天の境地になる。あの詩人は宮仕えをしている間も、胸中には心憂しがあったのではないだろうか。そうでなければ「新楽府」や「長恨歌」「琵琶行」は生まれなかったろう。心憂しは、決して拒んではならない。

紫の上は四年前の大病以来、すっかり弱ってしまい、どこが悪いというわけでもなく、気分が優れない日々が続き、格別に重病ではないまま年月が重なり、回復の兆《きざ》しもなく、いよいよ衰弱してきたので、源氏の君の嘆きは一入《ひとしお》でなく、ほんの少しでも紫の上に先立たれては一大事だと思う。

一方の紫の上は、もはやこの世に心残りなどなく、気がかりな係累もないので、この先、生き長らえたい命とも思われないものの、長年の夫婦の契りを断《た》って源氏の君を嘆かせるのが辛《つら》いと、密《ひそ》かに心の内で考えて、後世のためにも尊い仏事を多くさせる。やはり何とかして念願の出家《しゅっけ》の身となり、しばしの間でも仏道に励みたいと思い、源氏の君に伝えても、全く許しが出なかった。

源氏の君自身も、出家を真剣に考えているので、紫の上がこうして熱心に望んでいるのを好機に、同じ仏道に入ろうと思い立つ。その一方で、いったん出家したからには、この世の事を返り見などせずに、後の世にはひとつの蓮《はちす》の座に一緒に咲こうと誓い合い、願《がん》をかけている夫婦仲であり、現世での勤行《ごんぎょう》に勤めている間は、たとえ同じ山中であっても、必ず峰を隔てて対面できない住《す》み処《か》に離れていようと、前々から考えていた。

紫の上がこんなに回復し難い有様《ありさま》になって苦しんでいるを見るにつけ、今出家する間際《まぎわ》には見捨てられず、出家心にも濁りが生じる気がして、迷ううち、浅慮《せんりょ》から道心《どうしん》を起こす人々たちに立ち後《おく》れそうな結果になる。紫の上も源氏の君の許可なしに、自分の一存では出家できるはずもないので、恨《うら》めしいと思いつつ、これも我が身の前世での罪が深いのではないかと、心配する事しきりだった。

そのため紫の上は、長年自《みずか》らの発願《ほつがん》として書かせていた法華経《ほけきょう》千部を、急いで供養《くよう》し、法会《ほうえ》に携わる七人の僧の法服《ほうぶく》などを、身分に応じて与え、その色合いや縫い方を始めとして、実に美しくし、万事厳《おごそ》かに儀式を営んだ。紫の上がこの催《もよお》しに関しては大袈裟《おおげさ》に伝えなかったので、源氏の君は、詳しい事など知らなかったが、女の身の世話としては配慮充分で、仏の道にさえも造詣《ぞうけい》が深いのに感心しきりであった。ただその他の調度《ちょうど》や部屋の飾りのみに助力してやり、楽人《がくにん》や舞人《まいびと》については夕霧が特別に手を貸した。

帝や東宮《とうぐう》、中宮などを始めとして、六条院の方々からも誦経《ずきょう》の布施《ふせ》や供物《くもつ》などが、大袈裟になるくらいに贈られる一方、その他にもこの法会の準備に奉仕しない所はなかったため、すべてが物々しくなり、いつの間に、これ程の心配りができたのだろう、昔からの発願だったのだろうと見えるくらいになる。花散里《はなちるさと》や明石《あかし》の君も二条院に赴いたので、紫の上は寝殿《しんでん》の西側の塗籠《ぬりごめ》の南と東の戸を開けて、そこを御座《おまし》として、北の廂《ひさし》に来賓《らいひん》の人々の席を設け、襖《ふすま》のみを仕切りにした。

三月十日なので、桜は満開であり、空もうららかで趣があり、仏のいる極楽浄土《ごくらくじょうど》もこんなものと想像され、特に信心の深くない人までも、発心《ほっしん》して罪が消えるくらいである。捧物《ささげもの》や薪《たきぎ》、水などを持った僧侶たちの声も、多くの僧が集まったどよめきも響き渡り、やがて途絶えて静かになった時に、紫の上はしみじみとした心地になり、ましてや、この数日は命の短さばかりを心細く感じているので、明石の君に、明石女御の三の宮を使いにして歌を贈った。

惜しからぬこの身ながらも限りとて
　薪尽《たきぎ》きなんことの悲しさ

惜《お》しくもないこの身であっても、これが最後と、燃え尽くす薪のように、命が絶えるのが悲しい、という悲哀で、法華経序品《じょほん》の「仏、この夜、滅度《めつど》し給《たま》うこと、薪尽きて火の滅するが如《ごと》し」を下敷にしていた。明石の君の返歌は、紫の上の心細さに同調しては、後に非難される懸念《けねん》もあって、さりげない歌になった。

薪こる思いは今日をはじめにて
　この世に願う法《のり》ぞはるけき

薪を持って歩き唱えるという法華経の信心《しんじん》は、今日の法会に始まり、この世であなたが願う仏法の道は末長く続くでしょう、と紫の上の長寿を祈願していた。

夜を徹して、尊い読経《どきよう》の声に合わせて打つ鼓《つづみ》の音が絶えないのは趣があり、ほのぼのと明けゆく朝ぼらけに、霞《かすみ》の間から見える色とりどりの花が、同じように春に心浮かれるように一面に咲き、種々の鳥の囀《さえず》る声も笛の音《ね》に劣らない心地がする。情緒も感興もこれ以上のものはない折に、「陵王《りようおう》」の舞楽《ぶがく》が舞われ、急の調べになる終わりかけの奏楽《そうがく》が、華やかかつ賑《にぎ》やかになった時、参会の人々がみんな被《かず》け物として脱いだ衣の色合いも、盛大な催しだけに美しく見えた。親王《みこ》たちや上達部の中で管絃《かんげん》に秀でた人々が、技の限り披露《ひろう》し、誰もが身分の上下《かみしも》なく楽しそうに興じている様子を見て、紫の上はもう余命も短いと思いつつ、様々な事をしみじみと思い起こした。

翌日は、前日にいつもと異なって起き上がっていた疲れからか、病悩が深くなって横になってい た。年来こうした催事のたびに、参集して管絃の遊びをした人々の容貌や姿、それぞれの才能と琴や笛の音色を見聞きできるのは、前の日が最後だったろうと思うと、いつもは目に留《と》めていない人の顔も、しみじみと悲しく感じられる。ましてや、夏や冬の折々に催された管絃と遊宴に、内心では自《おの》ずと張り合う心も交じり、それでも心交《か》わす方々も、現世ではいつまでも生きられるはずはないものの、自分ひとりが死に別れて行方《ゆくえ》知れずになると思うと、限りなく悲しい。すべての法会が終わって各人が帰ろうとするのも、永遠の別れのように感じられて、名残《なごり》惜しく、花散里に歌を贈った。

絶えぬべきみのりながらぞ頼まるる
世々《よよ》にと結ぶ中の契りを

これがこの世で最後の御法《みのり》でしょうが、わたくしの身が絶えても、この世だけでなく来世でも結ばれるはずのあなたとの縁を、頼もしく思っています、という謝意で、「御法《みのり》」の「み」に身が掛けられていて、花散里も返歌する。

結びおく契りは絶えじ大方の

この法会で結ばれたあなたとの縁は、決して絶えないでしょう、たとえ誰にとっても余命が少ない身に、法会が終わったとしても、という感謝で、お互いすぐに来世に行く心の内が示されていた。

紫の上の主催による法会に引き続いて、源氏の君は不断の読経や法華懺法《せんぼう》などを怠《おこた》らず、尊い仏事をあれこれとさせた。病気平癒《へいゆ》を願う御修法《みしほ》は、特に効験《こうけん》もないまま月日が経って、日常の事になり、しかるべき所や寺々に於《お》いて続行させた。

夏になってからは、例年通りの暑さでも、紫の上はたびたび消え入りそうになり、特にどこが悪いというのではないものの、衰弱がひどくなる。もはや見苦しいようには悩まれず、仕える女房たちも、病気は一体どうなってしまうのかと思い乱れ、目の前も暗くなり、勿体《もったい》なくも悲しい病態だと見ていた。

こうした有様なので、明石中宮が二条院に行啓《ぎょうけい》し、東の対《たい》に滞在される予定になり、紫の上もそこで待つようにする。行啓の儀式などはいつもと変わらないものの、この世でのこうした様子もこれで見納めかと思うと、万事が物悲しく、行列が到着して、供奉《ぐぶ》の公卿《くぎょう》たちが名乗る声を耳にするたび、あれは誰それと思わず耳を傾けているうち、上達部の数は実に膨大《ぼうだい》になった。

明石中宮とのご対面は実に久しぶりであり、稀有《けう》な機会だと思いつつ、親しく話をしているところに、源氏の君が入って来る。

「今夜は寝る所を失ったようで、二人の間に分け入るのも体裁が悪い。ここは失礼します」と言い残して退出する。紫の上が臥《ふ》せっていないのを嬉《うれ》しく思ったものの、これは一時の慰めに過ぎない。

紫の上は中宮に、「東の対に滞在されるので、わたくしがいる西の対に来ていただくのも勿体なく思います。かといって、わたくしがこちらに参上するのも、病身ゆえに無理です」と言い、しばし東の対に留《とど》まる事にした。

明石の君も来て、しみじみと情のこもった話を交わすと、紫の上は心の内では、様々に思い巡らす事が多いとはいえ、死後の事については敢《あ》えて口に出さず、ただ大方の世の無常さを、おっとりと言葉少なに、しかし、しっかり語る様子は、明らさまに述べるよりも悲しげである。心細さは表情に出ており、明石中宮の子供たちを見るにつけ、「宮それぞれの将来を見届けたいと思っていましたが、それも、こんなにはかない身を惜しむ一心からだったようです」と言い、涙ぐんでいる顔は実に艶やかで美しい。

どうしてかくも命のはかなさのみを考えておられるのかと思った明石中宮が、ついつい泣いてしまう。紫の上は不吉な遺言めいた事は口にせず、何かの折などに、長年仕えている女房たちで、特に身寄りのない気の毒な身の上の者の事を、「どうか、わたくしの死後、目をかけてやって下さい」と中宮に頼んでいると、病気平癒の読経が始まったため、西の対の自分の部屋に戻った。

多くの皇子《おうじ》たちの中でも、三の宮が実に可愛《かわい》らしげに動き回っているのを、紫の上は気分がよい折に前に坐らせる。女房が聞いていない時、「もしわたくしがいなくなっても、思い出してくれますか」と訊くと、「とても悲しいです。自分は父帝よりも母宮よりも、おばあさまを、もっともっと大切に思っています。いらっしゃらなくなると、とても悲しいです」と答える。

目をこすって涙をこらえている様子が、可愛らしく、紫の上も笑いながら涙して、「大人になったら、ここに住んで、この西の対の前にある紅梅《こうばい》と桜は、花の咲く折々に、心にかけて楽しみ、何かの折には仏にも供えて下さい」と言うと、三の宮は頷いて、じっと紫の上の顔を見つめ、つい涙がこぼれそうになり、立って行ってしまった。紫の上はこれまで特別に育ててきただけに、この三の宮と女一の宮の行く末を見守れないのが、心残りで悲しかった。

ようやく秋になり、気候も少し涼しくなって、紫の上の病状も、多少はよくなったようであっても、ともすれば病《やまい》がぶり返し、身に沁《し》むように感じられる程の秋風ではないものの、涙にくれがちな日々を送っていた。

明石中宮が内裏に帰参される日が近づき、もうしばらく留まってほしいと思うものの、それは差し出がましく、帝からの使いもひっきりなしにやって来て、帰参を急がせるのも煩《わずら》わしくて口に出せない。東の対にも行く事もできずにいると、中宮のほうが西の対に来られる事になり、こんなやつれた姿をお見せするのも気が引けたが、会わないのも甲斐《かい》がなく、この西の対に特別に御座所《おましどころ》を作らせた。

この上なく痩《や》せ細った紫の上は、そのために却って上品さと優美さが加わって素晴らしく、かつて香り立つまでの美しさが際立っていた盛りには、この世の花の匂いにもなぞらえられていたが、今はどこまでもか弱くて優しい姿である。この世をかりそめだと思っている様が、喩《たと》えようもなくいたわしく、自然に物悲しさが募《つの》った。

風が強く吹き始めた夕暮れに、前栽《せんざい》を見ようとして、紫の上が脇息《きょうそく》に寄りかかっている時、源氏の君がやって来て、「今日は具合がよくて、起き上がっているようです。やはり明石中宮の前では、気分も晴れ晴れするのでしょう」と言う。紫の上は、このくらいの気分のよさでも喜んでもらえるのが心苦しく、最期《さいご》の時はどんなにか悲嘆されるかと、しみじみと思いやられ、詠歌《えいか》した。

おくと見るほどぞはかなきともすれば
風に乱るる萩《はぎ》の上露《うわつゆ》

起きているとあなたが見ても、それは束《つか》の間の事であり、ややもすると吹く風に乱れて散る萩の枝の上の露のようなものです、という辞世《じせい》の歌で、「起《お》く」と置くが掛けられていた。なるほど、萩の枝は風に揺れて、置く露もこぼれがちなのに、紫の上が自らの余命をなぞらえていると知った源氏の君は、悲しみに耐えられず、庭先に目をやって返歌する。

ややもせば消えをあらそう露の世に
後《おく》れ先だつほど経ずもがな

ややもすると先を争って消える露のように、はかないこの世で、後れたり先立ったりする間を置きたくありません、という悲哀で、私もあなたと共に逝《い》きたいという嘆きであり、源氏の君が涙も拭《ぬぐ》いかねていると、明石中宮も唱和する。

秋風にしばしとまらぬ露の世を
誰《たれ》か草葉の上とのみ見ん

秋風に寸時も留まらない露のようなこの世を、誰が草葉の上だけの事と見るでしょうか、という悲傷《ひしょう》で、紫の上に寄り添う心の内を示していた。紫の上と中宮の容貌が比類《ひるい》なく美しいので、源氏の君は『後拾遺和歌集』の、頼むるに命ののぶるものならば　千年をかくてあらんとや思う、を思い起こして、このまま千年を過ごせればいいと思う。

これればかりはどうしようもなく、紫の上の命を引き留めるすべがないのが悲しいと思っていると、「今はもうお帰り下さい。病が癒《い》え難くなってきました。こんな情けないところをお見せするのは心苦しい限りです」と紫の上は言って、几帳《きちょう》を引き寄せて横になる様子が、いつもより頼りなげに見える。中宮は「どのような具合でしょう」とおっしゃりつつ、紫の上の手を取って、泣きながら見ると、いかにも消えていく露のようであった。

もはや臨終《りんじゅう》と感じられるため、誦経《ずきょう》を依頼する使者たちが、数知らぬほど、僧たちの許に走る騒ぎになる。以前にもこんな折に蘇生《そせい》した事もあったので、源氏の君は物の怪《け》の仕業《しわざ》と疑い、夜を徹して加持祈禱《かじきとう》などをし尽くしたが、その甲斐もなく、夜がすっかり明けた頃、紫の上は消え果て、享《きょう》年《ねん》四十三だった。

明石中宮も内裏に帰参せず、こうして紫の上の最期を見取った事を、深い因縁《いんねん》があったと思われ、他の誰もが、死別は当然で類例がある事を納得せず、稀有な事のように嘆き、夜明け方の夢かと惑《まど》っているのも当然で、心静かな者はひとりもいない。仕えている女房たちもひとり残らず、分別を失い、まして源氏の君は心を鎮《しず》めようもないので、夕霧《ゆうぎり》大将が参上したのを機に、几帳の近くに呼ぶ。

「もう臨終のようです。長年の願いであった出家を、この際に果たさないままでいるのは気の毒です。加持祈禱の聖《ひじり》や読経の僧も、みんな読誦《どくじゅ》を中止して帰ったようですが、まだ残っている者もいるでしょう。もうこの世では無益のような気もしますが、せめて今は冥土《めいど》の道案内として頼みたく思います。剃髪《ていはつ》するように命じて下さい。しかるべき僧は残っているでしょう」と言う様子は、気を張っているようであった。

顔色はいつもと違い、涙が止まらないでいるのを、夕霧はもっともだと思い、悲しみに沈みつつ、「物の怪が人の心を乱そうとして、こうなる事があります。紫の上もそんな事で息が絶えられたのでしょう。それならとにかく、念願の出家は理にかなっています。たとえ一日一夜でも出家していれば、効験《こうけん》があると聞いています。しかし本当に亡くなったのであれば、その後に髪を削《そ》いでも、後の世の功徳《くどく》にはなりますまい。むしろ剃髪の姿に私共の悲しみが増すのではないでしょうか」と答えつつも、忌《い》みの仏事に奉仕しようとする志《こころざし》があって、残っている僧を呼び、必要な事を指示した。

夕霧は長年の間、紫の上に対して不遜《ふそん》な心はなかったものの、もう一度だけ、垣間見《かいまみ》たあの時の顔を見たい、しかし声は一度たりとも聞けなかったと考えながら、心に離れず思案していた。ついに声は聞けないままになったとしても、魂の抜けた亡骸《なきがら》でも、今一度見たいとの願いが叶《かな》う機会は、今よりほかにもう来ないと思うと、こらえ切れずに涙が溢《あふ》れる。

女房たちがみんな騒ぎ惑うのを、「静かにしなさい、今しばらく」と制止するふりをして、源氏の君が何かおっしゃる取り込みに乗じて、几帳の帷子《かたびら》を引き上げて中を見ると、ほのぼのとした明け方の光も暗いので、灯火《ともしび》を近づけると、紫の上はあくまで美しく、清らかな顔が名残惜《お》しく、夕霧がじっと見つめる。

源氏の君は呆然《ぼうぜん》としたまま、隠すのも忘れて、「こう何事も変わらない様子ですが、もう明らかに最期です」と言い、袖を顔に当てている。その間に、夕霧大将も涙にくれて見えない目を、無理に絞って見つめると、たとえようもない程悲しく、心は惑いつつも、一面に広がった髪が豊かで美しく、わずかにももつれた気配もなく、艶やかできれいなのはこの上なく、灯火がとても明るいため、顔色は白く輝くようであった。

生前はとかく姿を見られないように配慮されていただけに、今はただ何のためらいもなく横たわっているこの様子のほうが、完璧《かんぺき》な美しさだと言える。並々どころか比べようのない美しい姿を見ていると、死に行く魂がこのままにこの亡骸に留まって欲しいと思われるが、これとて無理な事だった。

長年仕えていた女房たちで、正気を失っていない者はいないので、源氏の君は分別を失ったと思える心を強《し》いて鎮めて、葬儀の事を指示するが、昔から悲しい事を数知れず見て来た我が身ながら、自分の手で取り仕切るのは初めてである。万事が、過去にも将来にもまたとない心地でいる中で、即日葬送《そうそう》の儀は営まれ、夜に行うという定めもあるので、亡骸をいつまでも見つめて過ごすわけにもいかないのが、辛い世の中だと言えた。

はるばると広い野に立錐《りっすい》の余地もなく人や車がひしめき、これ以上はないおごそかな儀式が催され、はかない煙となって立ち昇ったのも世の例ではあっても、実にあっけなく、源氏の君は空を歩む心地がして、人に寄りかかっていた。それを見た人は、あれほど立派な人がここまで茫然自失《ぼうぜんじしつ》されているると感じ、道理を知らぬ下賤《しもがつ》の者までも泣かない者はいない。まして葬送に加わった女房たちは、夢路にさ迷っている心地がして、牛車《ぎっしゃ》から転げ落ちそうになっているのを、供人《ともびと》もて余していた。

かつて夕霧の母の葵《あおい》の上が死んだ時の暁《あかつき》を、源氏の君は思い起こし、あの時はまだ正気を保っていて、月の形もはっきり見た覚えがあるものの、今夜はただ悲しみばかりで呆然としていた。死去は十四日で今は十五日の暁なので、日は実に華やかに昇って来て、野辺《のべ》の露が隠れる物陰もなかった。

世のはかなさを思い続けているうちに、この世が嫌になり、死に後れたとしても、このあといくらも生きられそうもない。この悲しみに紛れて、昔からの出家の本意を実現したいと思う反面、心弱い男だと世間が悪く噂《うわさ》するのは必至なので、しばらくはこのまま過ごそうとしたが、胸にこみ上げる思いには耐え難いものがあった。

夕霧大将も、喪に服すためにこの二条院に籠って、一時も三条院には赴かず、源氏の君の側に明け暮れ仕えた。心苦しさに沈んでいる様子を、もっともだと悲しみ、様々に慰めながら、風が野分《のわき》めいて強く吹く夕暮れに、昔の事を思い起こす。

紫の上をほんのわずかに垣間見た折があったと、つい恋しくも思い出して、一方で臨終の際にはその顔をじっと見つめて夢見心地になったのを、心の内でそっと思い続けていると、この上なく悲しくなる。これを他人に気づかれてはまずいので、「阿弥陀仏《あみだぶつ》、阿弥陀仏」と、爪繰《つまぐ》る数珠《じゅず》を数えながら、涙の玉を消しやって独詠する。

いにしえの秋の夕べの恋しきに
　今はと見えし明けぐれの夢

昔の秋の夕べに見た姿が恋しい上に、臨終の際に見たあの姿は、あたかも明けぐれの夢のようでした、という追慕《ついぼ》であり、その夢の名残も辛くてたまらずにいた。源氏の君は高僧たちを侍《はべ》らせて、昼に夜に念仏をさせ、女人成仏《にょにんじょうぶつ》のための「妙法蓮華経《みょうほうれんげきょう》」を追善《ついぜん》として読誦させていて、二人それぞれが悲しみを味わう。

源氏の君は、寝ても覚めても涙の乾く間もなく、目の前も涙で霧立ったように、明け暮らした。鏡に映る姿を始めとして、人より抜きん出た身ではあっても、幼時から肉親の死を多く経験し、悲しく無常の世を思い知るようにと仏などが勧めた身を、心強く保って来た今、ついに後にも先にもこんな例はなかろうという悲しみに遭《あ》ってしまって、もうこの世に思い残す事はない。一途《いちず》に仏道に励んでも、何の障害もないはずだが、このように鎮め難いほど心が惑っていては、願う道にもはいれそうもなく、心苦しいので、「どうかこの心の乱れを穏やかにして下さい」と、阿弥陀仏を念じた。

各方面からの弔問《ちょうもん》は、帝を始めとして、通例の作法にとどまらず、実に頻繁《ひんぱん》に見舞が来たものの、出家を決意している源氏の君の心には、全く何事も耳目《じもく》に届かない。気にする事は何もないはずではあっても、こんなぼんやりした姿を人には見られたくはなく、今更晩年になって、愚かにも心が弱くなってしまって、世を捨てたとの評判が、後々の世まで伝えられてはたまらぬと思い、我が身を心に任せて処理できない嘆きまでもが加わった。

致仕大臣《ちじのおとど》は弔問なども時宜《じぎ》をはずさない、行き届いた人柄なので、この世に比類ない優れた女人《にょにん》が、はかなく亡くなった事が、口惜《くちお》しくも悲しいと思い、実に足繁《あししげ》く見舞に訪れる。あの葵の上が亡くなったのもちょうどこの時期だったと思い起こし、さらに悲しみが加わり、あの葵の上の死を惜しんだ人々も、その多くが亡くなってしまい、後れ先立つのもさして違わない世の中だったと、このしめやかな夕暮れに物思いに沈む。

空模様も哀れさを誘うようなので、息子の蔵人《くろうど》の少将を使者として、源氏の君に文《ふみ》を届けさせると、しみじみと心のこもる手紙であり、その端の方に、和歌が添えられていた。

いにしえの秋さえ今の心地して
濡《ぬ》れにし袖に露ぞおき添う

その昔、葵の上が死去した秋さえも今のような心地がして、涙に濡れた袖に、今また紫の上の死を悲しむ涙の露が加わっております、という哀惜《あいせき》で、源氏の君も返歌した。

露けさは昔今《むかしいま》ともおもおえず
大方《おおかた》秋の夜こそつらけれ

涙の露で袖を濡らすのは、今も昔も変わっているとは思えず、総じて秋の夜こそが悲しいのです、というけなげさであった。と言うのも、ここで心そのままに返歌をすれば、あの厳格な致仕大臣の事だから、か弱い心と咎《とが》めるに違いないと思ったからで、ここは無難に、「幾度も心のこもる弔問に感謝します」とのみ言って返礼した。

かつて源氏の君は、葵の上の死去の際、**限りあれば薄墨衣《うすずみごろも》浅けれど　涙ぞ袖をふちとなしける**、と詠《よ》んで、服喪《ふくも》の薄墨衣を嘆いたが、今度はもう少し濃い色の衣を着ていた。

世の中で幸せに恵まれた優秀な人でも、思いがけなく大方の人に妬《ねた》まれ、身分が高いのを鼻にかけておごり高ぶって、周囲を苦しめる人がいるのに、紫の上は不思議な程、無関係な人にまで信頼されていた。ほんの少しなさる事でも、世間から賞讃され、お心が行き届き、時節の行事についてもご配慮が充分で、世にも珍しいお人柄だったので、さして縁のない普通の人までが、その頃は、風の音、虫の声を耳にして、涙にくれない人はなかった。

まして少しでも接した人は、いつまでも心を慰める事ができず、さらに長年親しんで来た女房たちは、自分たちは少しでも余命が残っているのが恨めしく、嘆きながら尼《あま》になったり、この世を離れた山寺での修行を思い立つ者もいた。

冷泉《れいぜい》院の后である秋好《あきこのむ》宮からも、心のこもった文が途切れる事はなく、尽きない悲しみを述べる和歌が添えられていた。

枯れ果つる野辺を憂《う》しとや亡き人の
　　秋に心をとどめざりけん

枯れ果てた野辺を嫌って、あの亡き紫の上は秋を嫌いとおっしゃったのでしょうか、という哀傷であり、「ようやく今になって、紫の上が秋を好まず、春が良いと言われた理由がわかります」と付記されていた。

源氏の君は悲嘆で分別のつかない心地でありつつも、その手紙を何度も読み返し、下に置く事もせずに見つめ、話のし甲斐《がい》があり、風情《ふぜい》の面で心を詠み交わす相手としては、この秋好宮が残っておられたと、多少なりとも気が紛れる思いがする。こぼれる涙を何度も袖で拭い続け、すぐには返歌できなかったが、ようやく歌を書きつけた。

のぼりにし雲居ながらもかえり見よ
我あき果てぬ常ならぬ世に

紫の上は煙となって立ち昇りましたが、雲居の宮中にいるあなただけは、秋を思いやって下さい、私もこの無常の世を、秋も果て、飽き果ててしまいました、との悲嘆で、「あき」に秋と飽きを掛けていたが、文を包んだあとも、しばらくはじっと物思いに耽《ふけ》り、使者には渡せずにいた。

心を強く保てないまま、自分でも思いがけずぼんやり放心していると思い、こんな状態を紛らそうとして、女房たちのいる台盤所《だいばんどころ》で過ごし、仏前にも余り人が多くいないようにして、心を鎮めて勤行に勤めた。紫の上と千年も一緒に過ごそうと願って来たのに、避け得ない死別は口惜しい限りであり、こうなったら後の世を頼みにして、ひたすら出家をと思う心は確かになったものの、世間体《せけんてい》を気遣って決行できないでいるのを情けなく思う。

七日毎《ごと》の法事も、思い通りに指示ができないため、夕霧大将が代わりに万事を采配《さいはい》してくれ、もう今日こそは我が最期かと覚悟する折も多くあり、夢見心地のまま空《むな》しく月日が過ぎるばかりだった。

他方、明石中宮なども、亡き紫の上を寸時も忘れずに恋しがっておられた。

第四十八章　土御門内御堂《つちみかどないみどう》

この「御法《みのり》」の帖《じよう》は、紫の上が死に至るまでの一年を詳述する結果になった。というのも、自分が作り出した人なのに、この紫の上だけは我ながら惚《ほ》れ惚《ぼ》れする女人《によにん》だったからだ。最期《さいご》まで美しさを失わず、たしなみをもって人を遇し、嫉妬《しつと》をも自制する方だった。

我が子がなかっただけに、光源氏に命じられるまま、明石《あかし》の姫君を養育し、中宮《ちゆうぐう》になるまでに育て上げる。そして今上帝《きんじようてい》との間にできた三の宮を、孫として可愛《かわい》がり、この二条院はあなたが受け継ぐのです、紅梅《こうばい》や桜を頼みますと遺言する。

兵部卿宮《ひようぶきようのみや》の娘として、按察大納言《あぜちだいなごん》の娘を母に持って生まれた紫の上は、母の死後、北山《きたやま》で尼《あま》となった祖母に養育された。母の身分が低かっただけに、親王《みこ》の子でありながら、いわば物の数にはいらない女人だった。

しかし桐壺《きりつぼ》帝の妃《きさき》であった藤壺宮《ふじつぼのみや》が、兵部卿宮の妹だったために、姪《めい》にあたる紫の上は、光源氏が思慕《しぼ》する藤壺宮に似ていたので見初《みそ》められ、祖母の死後、光源氏に引き取られて愛育された。

臨終《りんじゅう》の場になった二条院こそは、六条院の春の町に移るまで紫の上が親しんだ館《やかた》だった。光源氏が須磨《すま》に流謫《るたく》された際に、管理を託され、それを、死期を前にして、明石中宮の息子の三の宮に譲ったのだ。

六条院春の町の寝殿《しんでん》を、光源氏が正妻として迎えた女三の宮に譲ってからは、東の対《たい》に移るのを余儀《よぎ》なくされる。紫の上の人知れぬ苦悩はいかばかりだったろう。しかし光源氏を恨《うら》み返すこともなく、これも我が宿世《すくせ》だと受容する。その諦念《ていねん》の底には、光源氏への深い思慕《しぼ》と尊敬があったに違いない。

それが光源氏には充分過ぎるほどわかるからこそ、最後の最後まで愛し尽くしたのだ。そしてまた、紫の上の身の処し方の潔《いさぎよ》さを、誰もが心の内で賞讃《しょうさん》する。誠に人の心に永遠の余韻《よいん》を残す女人だった。

紫の上のように心の底から敬愛できる人は別にして、現世には様々な人がいる。

誇り高く、輝くように美しく、心地よさそうに見える人でも、暇を持て余して、古い書物を探し出しては、勤行《ごんぎょう》なども、思いのままに唱え、数珠《じゅず》の音も高々に繰《く》りたいと願っている。しかし使用人の手前、それができない。まして人の中にいると、言いたいことがあっても、いやもう言うまいと思ってしまう。もちろんわかってくれない人には、言っても甲斐《かい》がない。特に何かと難癖をつけて自分が一番と思っている人に対しては、あとがうるさく、ものも言えない。

げんなりするのは、自分が長《ちょう》じていると思い込んでいる人で、他人の意見など聞こうとしない。彰《あき》子《こ》中宮様の女房《にょうぼう》たちの中には、そういう人もいて、内心で思っていることなど秘めるしかない。しかし黙っていると、こちらの顔をじっと見て、恥ずかしくて気後《きおく》れしているのだろうと、相手は思う。かといって非難されまいと思って、馬耳東風《ばじとうふう》の顔でいると、「あなたがこんな人だとは思わなかった」と言われる。

そう考えるとあれこれと、紫の上のように何事も充分に心得ている人などは皆無《かいむ》だ。

「これまでは風雅《ふうが》を好んで気位《きぐらい》が高く、近づきにくい人と思っていました。物語を好んで、気取っていて、何かと言えば和歌を詠《よ》み、人を人と思わないで、他人《ひと》を見下《みくだ》していると、みんな考えて、憎らしく思っていたのです。しかしこうして会っていると、不思議なまでにおっとりして、別人かと思います」と、皮肉か非難かわからないことを言ってきたのは、馬の中将《ちゅうじょう》の君《きみ》だった。

この馬の中将の君に限らず、気が許せない人の前ではだんまりを決め込むのが一番ではある。しかし黙ってばかりいて、鈍感な者だと見下されてしまうのも心外ではある。唯一、これまでずっと自分から進んで、ありのままに接して来たのは、彰子中宮様だった。その中宮様から「あなたには気楽な心では会えないと思っていましたが、他の人たちより親しみを覚えるようになりました」と言われたときには、胸が熱くなった。

しかし、実のところ、一家言《いっかげん》があって上品で、こっちが引け目を感じるような高貴な出の女房からは、疎《うと》まれやすく、今後とも反発を持たれないようにしなければならない。

すべて人というものは、紫の上のように、いつも見苦しくなく、心を大らかにして、落ち着いているのがいい。そこから品格も趣《おもむき》も自然と生じて、人からも好かれる。あるいはそこまでいかなくても、あの和泉式部《いずみしきぶ》の君のように、色めいて移り気であっても、生来《せいらい》人柄が純で、周囲の人が取っつきにくくなければ、これはこれで憎くはない。

我こそはと奇をてらって、態度が大袈裟《おおげさ》になる人は、立振舞《たちふるま》いに気をつけていても、何かと目立ってしまう。目立ってしまうと、物言いや挙動、後ろ姿にも、その癖が露見《ろけん》する。言うことが後先で異なる人や、他人をくさす人もまた、みんなの耳目《じもく》を集めて嫌がられる。こうして考えると、ちょっとした悪口も口にせず、かりそめであってもいいので、好意だけを相手に注《そそ》ぐのが、最良の身の処し方ではある。

進んで憎いことをした人は、悪いことをついついやってしまった人を笑い飛ばせても、許してはもらえない。心良き人は、人が自分を憎んだからといって、その人を悪く思わないのかもしれないが、常人にできる業《わざ》ではない。あの慈悲《じひ》深い仏様も、仏と仏法《ぶつぽう》、僧を非難する罪は浅くないと説かれている。ましてこのような濁世《じょくせ》であれば、辛《つら》く当たる人には、こちらも辛く当たっていい。それなのに相手の言葉以上に、自分も激しい言葉を投げつける人と、そうではなく、表面は何事もないように保っている人との差は、誰が見ても明らかで、紫の上を見習って、後者になるよう努めるべきだ。

出来上がった「御法」の帖の草稿を手渡したのは、やはり小少将《こしょうしょう》の君で、夜《よ》な夜《よ》な筆写しているようだった。短い帖なのに、書写し終えたのは三日目らしく、明け方に話しかけられたとき、目元が泣き腫《は》らしたように赤くなっていた。

「とうとう紫の上が亡くなったのですね」

微妙にこちらを恨むような口振りだった。「一行一行、嚙《か》みしめるようにして書写しました。いつかは亡くなるだろうと思っていましたが、とうとう」

と言って溢《あふ》れる涙を袖口で拭《ぬぐ》う。すみませんとも言えず、そっと細い肩に手を添える。

「わたしさえもこんな心地でいるので、光源氏はどんなに悲しいでしょう」

しばらく嘆いたあと、小少将の君の方が「すみません」と言って、局《つぼね》に下がって行った。

それから二日後、声をかけられたのは弁《べん》の内侍《ないし》の君だった。

「やっぱり紫の上は、六条院の夏の町にいる花散里《はなちるさと》に、常日頃から感謝していたのですね。**絶えぬべききみのりながらぞ頼まるる　世々《よよ》にと結ぶ中の契《ちぎ》りを**。この歌に、紫の上の謝意がこめられています。この世でのあなたとのご縁が嬉《うれ》しく、またあの世でもご縁を結びましょう。本当に泣けてくる紫の上の心です」

そう言ううちに、弁の内侍の君の目が潤《うる》んでくる。「そして花散里も、**結びおく契りは絶えじ大方《おおかた》の　残り少なきみのりなりとも**、と応じます。そうです。誰にとっても短いこの世ですから、そこでの縁を大切にしなければならないのです」

「そう思います」

全く同感なので、何度も頷《うなず》く。

「わたくしも、こうした藤式部《とうしきぶ》の君とのご縁が、とても嬉しいのです。花散里と共にお礼を言います」

まるで、自分が花散里になったような言い方だったので、言葉が継げなかった。

この枇杷殿《びわどの》に移る直前、土御門殿《つちみかどどの》にいた九月十一日、中宮様が邸内の中島《なかじま》にある供養堂《くようどう》に参詣《さんけい》された。

中宮様はちょうど懐妊《かいにん》中なので、舟には乗らず、母の倫子《ともこ》様と一緒に輦車《てぐるま》に乗られた。他の人々は舟に乗って中島に渡った。

後《おく》れて夜に行くと、中島では、衆生《しゅじょう》を善導《ぜんどう》する教化《きょうげ》の説法のために、比叡山《ひえいざん》と三井寺《みいでら》の作法通りに、懺悔文《ざんげぶみ》が朗唱された。百万塔を絵に描いて、各自が興《きょう》じる。上達部《かんだちめ》の多くはもう退出して、わずかに残っているのみだった。明け方近くの読経《どきょう》をする導師による教化の説法の様子には心がこめられていた。二十人はいただろうか、中宮様の健《すこ》やかさを祝福し、その誦詠《しょうえい》が長々と続く。ようやくそれが終わると、面白い余興《よきょう》に移った。

仏事が終わり、殿上人《てんじょうびと》は舟に乗って、漕《こ》ぎ出す。御堂《みどう》の東の端に、北向きに開けた戸の前に、池に下りる階段《きざはし》があり、その高欄《こうらん》に寄りかかっているのが、中宮大夫《だいぶ》の藤原斉信《ただのぶ》様だった。ほんの寸時、中宮様の前に進み出て、宰相《さいしょう》の君などと言葉を交わすときも、やはり中宮様の御前なので、誰もが油断のない所作《しょさ》を怠《おこた》らないのには、風情《ふぜい》が感じられた。

雲間から月が朧《おぼろ》に出て、若い公達《きんだち》が今流行の俗謡《ぞくよう》を謡《うた》うのが、舟に乗っているだけに若々しく聞こえて趣を添えている。

そこに年甲斐《としがい》もなく同乗しているのが、五十歳を過ぎた大蔵卿《おおくらきょう》の藤原正光《まさみつ》様で、さすがに一緒になって謡うのが気が引けたのか、身を縮めている。その様子がおかしく、御簾《みす》の中の女房たちが密《ひそ》かに笑う。

折から大蔵卿が「舟の中で老《お》いを嘆いております」と言ったのは、『白氏文集《はくしもんじゅう》』の一句「童男丱女《どうなんかんじょ》舟中《しゅうちゅう》に老《お》ゆ」、をもじったものだった。秦《しん》の始皇帝《しこうてい》の命《めい》を受けた徐福《じょふく》が、不死の薬を求めて蓬莱山《ほうらいざん》に行った故事の引用だ。徐福に従った童男童女は山に至らないうちに老いたという。

それを聞きつけた中宮大夫がすかさず、「徐福文成誑誕《ぶんせいきょうたん》なること多く」と朗唱する。これも『白氏文集』の「海漫漫《うみまんまん》」の一句であり、さすがに学才豊かな様子が、この上なく華やいで見えた。そのあと、今様歌《いまようか》の「池の浮草」が謡われ、笛の音《ね》が加わる。暁方《あかつきがた》の風も吹き出して、特別な気配に包まれ、はかないながらも、秋という時節の供養にふさわしい催《もよお》しになった。

こうした供養のしめやかな風情は、紫の上を失った光源氏の悲しみを描くにはうってつけで、寸暇《すんか》を見出《みいだ》しては筆を進めた。耳に残る笛の音を手引きとして。

年が改まり、春の光を見ても、源氏の君は涙にくれ惑《まど》うばかりで、心は悲しみ一色に包まれて消えそうもなく、二条院には例年のように、年賀の人々が参上しても、病心地《やみごこち》がするという口実をつけて、御簾の内から出て来る事はなく、ただ蛍兵部卿宮《ほたるひょうぶきょうのみや》が訪れた時にだけ、通常の居室で対面するため、案内の和歌を詠んだ。

我が宿は花もてはやす人もなし
なににか春の訪ね来つらん

我が家にはもう花を賞《め》でる人はいなくなりました。一体何のために春が訪れて来るのでしょう、という悲嘆で、花を賞でる人はもちろん紫の上を指していて、それを読んだ兵部卿宮は涙ぐみつつ返歌する。

香《か》をとめて来つるかいなく大方《おおかた》の
花のたよりと言いやなすべき

この邸《やしき》の梅の花の香を求めて来た甲斐《かい》もなく、通り一遍《いっぺん》の花見のついでに立ち寄ったと言われるのですか、という慰撫《いぶ》で、わざわざ源氏の君に会いに来た旨《むね》を知らせていた。紅梅の下に歩み出た兵部卿宮の姿が、実に優雅で心が和《なご》むので、源氏の君はこの人以外には紫の上遺愛の花を賞でる人はいないと思う。ほんのりと咲いた花は、趣のある色合であり、管絃《かんげん》の遊びもなく、例年と違う事が多い。

女房たちも、長年仕《つか》えていた者は、各自墨染《すみぞめ》の濃い衣を身につけ、悲しみも消えやらず、忘れ得ない故紫の上を恋い慕《した》う中で、源氏の君が全く六条院の女君《おんなぎみ》たちの許《もと》に赴《おもむ》かず、ずっとい続けているので、その姿をいつも目にする事ができるのを、慰めとして親しく仕える。源氏の君が長年心に留《と》めているわけではないものの、時々は見放さないと思っていた女房たちも、今は逆にこのように寂しい独り寝になって以来、ごく普通に対応して、夜の宿直《とのい》なども、あれこれの多くの女房たちを帳台《ちょうだい》から遠ざけていた。

つれづれなるままに、源氏の君が昔の思い出話をする事が時々はあるものの、仏道に傾く心が深まるにつれ、さほど長続きしなかった好き事を、紫の上がかつて恨めしく思った様子が時にはあった事を思い起こす。どうして気紛《きまぐ》れなるまま、あるいは真剣な好き心からであっても、あんな浮ついた心を見せたのだろうか。万事に目配りの利《き》く人柄だっただけに、こちらの心の内をよく理解していたはずで、何ひとつこちらを恨むような事はなかったとはいえ、その時々で、これからどうなるのだろうかと心配したはずである。多少なりとも悩んだに違いないのが、今は申し訳なく、いとおしく感じられ、我が胸の内に留めておけないような気がしている。当時の様子を知り、今も近くに仕えている女房たちの中には、それを話題にする者もいた。

女三の宮が初めて降嫁《こうか》して来た折、紫の上が当初は戸惑いを全く表には出さずにいたとはいえ、事に触れて何とも情けない事だと思っていた様子が、源氏の君は何とも痛々しく思い出された。あの雪の降っていた明け方に、簀子《すのこ》の上で待たされて、我が身が冷えきったように感じられ、空模様もすさまじかった時、紫の上は大らかに優しく迎えてくれたものの、袖が涙でひどく濡《ぬ》れているのを隠して、気づかれないようにしていた配慮を思い起こす。

今となっては、雪の中で一晩中待ってもいいから、あるいは夢でもいいから、いや、どのような世でもいいので会いたいものだと思い続けていると、ちょうど曙《あけぼの》の頃になって、自分の曹司《ぞうし》に戻る女房だろうか、「こんなにも雪が積もっている」と言う声が聞こえたので、あたかもあの朝のような心地がした。傍に紫の上がいないのが寂しく、悲しみが募《つの》り、詠歌《えいか》する。

憂《う》き世にはゆき消えなんと思いつつ
　思いの外《ほか》になおぞほどふる

この辛い世から、雪が消えるように、行き消えようと思いつつも、相も変わらず日々を過ごしているのは思いもよらぬ事だ、という哀傷《あいしょう》で、「雪《ゆき》」と行き、「降《ふ》る」と経（ふ）るが掛けられていた。

例によって悲しみを紛《まぎ》らすために、源氏の君は手洗いの水を持って来させて、勤行をし、女房たちが埋火《うずみび》を熾《お》こして火桶《ひおけ》を持参する。中でも召人《めしうど》でもある女房二人、中納言《ちゅうなごん》の君と中将の君が、側近くに来て話をすると、源氏の君は、「独り寝がいつもより寂しい夜だった。このように清く行い澄ませる人生だったのに、情けなくも俗世にかかずらい過ぎた」と物思いに耽《ふけ》る。自分までがこの世を捨ててしまうと、これらの女房たちは、より一層嘆き悲しむはずで、女房たちを見やっては、密やかに勤行していた。

その声を耳にした女房たちは、それでなくても涙にくれているのに、ちょうど『拾遺和歌集』の、**涙河落つる水上《みなかみ》はやければ　塞《せ》きぞかねつる袖の柵《しがらみ》**、のように、涙が塞き止められず、哀れに思い、朝夕源氏の君を見守っている女房たちの悲嘆は尽きなかった。

源氏の君は、「この世では不満だと思う事など皆無であろうと思われるくらい高貴な身分に生まれながら、他人《ひと》より無念な身の上だったと思わない事はなかった。これも、世のはかなさを悟らせようとして、仏がそうさせた我が身なのだろう。それなのに、全く無視して出家《しゅっけ》もせず、知らん顔して生き長らえて来たので、こうして人生の終末にみじめな結果になってしまったのだ」と思う。

女房たちに、「今は宿運《しゅくうん》のなさも、我が心の限界も、すべて見通せて気楽になりました。今こそ出家の支障《さわり》はなくなりましたが、あれこれこうして前よりも親しくなったあなたたちと、別れ別れになる時こそ、また一段と心が乱れるでしょう。それも悲しい。何とも、みっともない私の心です」と言いつつ、袖で目を隠したにもかかわらず、涙がこぼれ落ちる。

それを見た女房たちも涙を我慢できず、出家されて見捨てられる辛さを、各自口に出して訴えようと思うけれども、それもできかねて、涙にむせぶばかりだった。

こうして嘆き明かした曙や、しんみりと物思いに沈んで一日を過ごした夕べなど、しめやかな折々に、他よりは目にかけて来た女房たちを近くに呼んで、源氏の君は身の上話をしていた。その中でも中将の君は、幼い時から親しく仕えさせていて、内々にも召人にしていたものの、本人は紫の上を気遣って源氏の君に心寄せる事はなかったが、紫の上の没後はそうした男女仲としてではなく、馴《な》れ親しんだ者として、紫の上を思い起こす形見として、いとおしく感じる。気立ても容貌《ようぼう》も悪くなく、他の女房よりは心配りが優《すぐ》れていたので、気が休まった。

その他の親しくない人とは決して会わず、上達部などの親しい人や、兄弟の親王《みこ》たちも常に参上《さんじょう》するが、滅多には対面せず、人に会う時は、分別を持って心静かにしようと思う。この何か月かは呆《ほう》けたようになった我が身は、見苦しく、晩節《ばんせつ》を汚《けが》し、死後の評判も悪いはずであった。これは悲しみで茫然自失《ぼうぜんじしつ》になって、人にも会おうとしないのだと噂《うわさ》されるのと同じであっても、やはり耳から聞いての噂より、見苦しい姿を人目に晒《さら》すほうが、何倍も人から馬鹿にされると感じられるので、夕霧大将でさえも御簾越しでしか対面しない。

せめてこうやって人が変わったと世間が噂する間だけでも、じっと我慢しようと思い定めて日々を過ごしていた。この憂き世を捨て切れず、六条院の女房たちに稀《まれ》に顔を見せる折にも、塞き止められない涙の雨ばかりが降り増すので、何ともやり場がなく、今ではどこへも無沙汰なまま日を過ごした。

明石中宮は宮中に帰参される折、故紫の上が可愛がっていた三の宮を二条院に残して、源氏の君の慰め役にしていた。この宮が、「あの亡くなったおばあさまの遺言なので」と言って、西の対《たい》の庭にある紅梅をけなげに世話している姿を、源氏の君は眺《なが》めて、実にいじらしいと思う。

二月になって梅の木々が花盛りだったり、まだ蕾《つぼみ》だったりしており、梢《こずえ》が趣のある様で一面に霞《かす》んでいる中で、あの形見の紅梅で鶯《うぐいす》が華やかに鳴き出したため、外に出て詠歌する。

植えて見し花のあるじもなき宿に
知らず顔にて来《き》いる鶯

紅梅を植えて見ていた花の主人も亡くなった邸で、それも知らない顔でやって来て、無情にも鶯が鳴いている、という哀惜《あいせき》で、源氏の君は吟詠《ぎんえい》しながら庭を歩いた。

春が深くなるにつれて、庭の風景は紫の上の生前と変わりがないのを、源氏の君は特に味わうまでには至らず、『古今《こきん》和歌集』に、**久方《ひさかた》の光のどけき春の日に　しず心なく花の散るらん**、とあるように、静心《しずごころ》もなく、万事につけ胸が痛む。やはり『古今和歌集』に、**とぶ鳥の声も聞こえぬ奥山のふかき心を人は知らなん**、とある如《ごと》く、鳥の声も聞こえないような山奥に隠棲《いんせい》したい望みが強くなり、山吹《やまぶき》の花が心地よさそうに咲き乱れているのを見て、つい涙がこぼれてくる。

屋敷の外にある花は、一重《ひとえ》の桜が散り、八重桜《やえざくら》も盛りが過ぎ、樺桜《かばざくら》が咲き、藤は桜に後《おく》れて色づくようであるが、紫の上は早咲きか遅咲きかをよくわきまえて、色とりどりの花を、ある限り植えていたため、それらが時期を忘れずに次々と咲き誇った。三の宮は、「私の桜が咲きました。どうかして長く咲かせていたい。木の周りに几帳《きちょう》を立てて、帷子《かたびら》を上げずにいれば、風も吹かないでしょう」と、我ながら名案だと得意顔で言う様子が、いかにも可愛い。

源氏の君は、「『後撰和歌集』の中に、こんな歌がありました。**大空に覆うばかりの袖もがな　春咲く花を風にまかせじ**。そう言って空を覆う袖を求めた人より、宮はいい考えを思いつきました」と褒《ほ》める。三の宮のみを遊び相手として、「あなたとこうやって親しくするのも、残り少なくなりました。命が今しばらく残っているとしても、もうこのようにしてあなたと会う事はできません」と言って、いつものように涙ぐむので、三の宮は嫌だと思い、「おばあさまが言われたのと同じように言われるので、嫌です」と言い、伏目《ふしめ》になり、衣の袖を引きまさぐって、涙を隠そうとした。

源氏の君は東の対《たい》の簀子に出て、高欄に寄りかかり、庭前や御簾の内をぼんやりと眺める。女房たちは喪《も》が明けても鈍色《にびいろ》の喪服のままでいたり、通常の色合でも綾織《あやおり》などの華やかな色ではなく、源氏の君の直衣《のうし》も、色は通常のもので、特に地味に無地の物を着ている。室内の調度《ちょうど》や飾りつけも質素にして、寂しく心細そうなので、源氏の君は思案にくれつつ独詠する。

今はとてあらしや果てん亡き人の
　心とどめし春の垣根を

出家してしまうと、荒れ果てさせてしまうのだろう、亡き紫の上が心をこめて作った春の庭を、という追慕《ついぼ》で、我ながら悲しく、気が晴れなかった。

時々は六条院に赴いて、出家している女三の宮を訪ねると、ちょうど三の宮も女房に抱かれて来ており、ここの若君と一緒に走り回る。桜の花が散るのを惜《お》しむ様子はなく、やはりそこは子供だと思われる一方で、女三の宮は仏前で読経をしている。特に思慮深い道心でもないままに、この世が恨めしくはなく、もはや心を乱す執心《しゅうしん》もないので、のんびりとした日々の中で、勤行に励み、仏道に専念している様子が源氏の君には羨《うらや》ましく、こんな浅はかな女人の信心にさえ立ち後れたのが、無念に思われた。

閼伽《あか》に浮かんだ花が、夕暮れの光に映《は》えて美しく、「春に心を寄せた人も亡くなり、花の色にも心が動かなくなったのですが、仏前の供花としてみればいいのでしょう」と源氏の君は言い、「東の対《たい》の庭前の山吹が、他では見られないほどの咲き様です。房も大きく、気高《けだか》く咲こうなどとは思っていない花でしょうが、華やかで賑《にぎ》やかなのは格別です。植えた人が亡くなった春とも知らずに、例年よりも見事な美しさで咲いているのも、皮肉に感じられます」と嘆く。

『古今和歌集』の、**色も香も昔の濃さににおえども　植えけん人の影ぞ恋しき**、をほのめかすと、女三の宮も、『古今和歌集』の、**光なき谷には春もよそなれば　咲きてとく散る物思いもなし**、を下敷にして、「谷には春も無関係です」と答えたので、そのつれない返答に、源氏の君は他の言い方もあろうにと思う。

故紫の上はこうした何げない会話にも心配りがあり、こちらの心に反する言動はひとつもなかったと、幼い頃からの様子を思い起こすと、折々の事での才気、魅力や心映え、物腰、言葉が次々と頭に去来《きょらい》し、いつもの涙もろさにまた涙が重なる。

夕暮れの霞《かすみ》がほのかに立ち込めて趣のある頃だったので、そのまま冬の町の明石の君の許に赴く。久しく顔を出していなかったため、思いがけない訪問に、明石の君は驚きながらも、上品な物腰で応対したので、やはり格別な人と源氏の君は思いながらも、故紫の上はこれとも違って情趣《じょうしゅ》と奥床《おくゆか》しさがあったと、つい思い比べてしまう。その面影《おもかげ》が眼前に浮かんで恋しく、また悲しみが増すので、どうすれば慰められるか戸惑いながらも、明石の君とはのんびりと昔話をする。

「ある女人に思いを寄せてこだわるのは見苦しいものと、昔から心得て、万事どんな恋心にもこの世に執念《しゅうねん》が残らないように、注意しておりました。そして世間一般のことに関しても、我が身が空《むな》しく落ちぶれてしまった時期に、あれこれ思い巡らして、命を自《みずか》ら捨てて、野山の奥にさすらっても、障《さわ》りはあるまいと考えました。ところがこうして晩年になり、死期が近い身になっても、あってはならない絆《ほだし》が多くて、今まで無事に過ごして来たのが、歯がゆいです」と、特に紫の上との死別が悲しいとは言わなかったのに、明石の君はその心中を察する。

そして同情する余り、「傍《はた》から見ると、出家しても惜しくもないような人でも、その胸の内は複雑なようです。ましてあなたのような方が、どうして簡単に世を捨てる事ができましょう。そのように出来心からの出家となりますと、却《かえ》って軽々しいという世評も立ちましょう。それでは藪蛇《やぶへび》ですので、出家の決心が鈍いほうが、結局のところ清く澄み切った心に至るのではないでしょうか。昔の例を聞いても、驚かされたり、思うままにならない節《ふし》があって、それが出家の発端《ほったん》になるのは、悪い事とされています。ここは今しばらく思い留《とど》まられて、宮たちが大人になり、安定して揺るぎなくなる時まで、見届けるべきです。それでこそ世も安らかで、わたしなども安心ですし、嬉しくもございます」と、実に大人びた慎重さで言上《ごんじょう》するのも、明石の君らしかった。

源氏の君は、「しかしそこまで用心深くすると、逆に浅慮《せんりょ》の出家より劣るのかもしれません」と言って、以前からの物思いの中味を口にし、「あの藤壺宮が亡くなられた時、花の色を見ても、『古今和歌集』にある、**深草の野辺の桜し心あらば　今年ばかりは墨染に咲け**、の通りでした。というのも、あの素晴らしい姿を幼い頃から見ていたので、亡くなられた折の、人一倍の悲しさは格別だったのです。

とはいえ、自分が深く好意を寄せているから、死別の悲しみが生じるわけではないようです。長年連れ添った人に先立たれて、どうしようもなく忘れられないのも、夫婦仲ゆえの悲しみではありません。幼い頃から養育をして来て、共に晩年になって、先立たれて、我が身も、あの人の身も、絶えず思い出されるのが悲しく、耐え難いのです。およそあの人が持っていた情け深さや人柄などの思い出が、積み重なって悲しみが深くなります」と言い、夜が更《ふ》けるまで、今や昔の物語をした。

夜明けまで語り尽くしたいと思いつつも、そのまま退出し、残された明石の君はしみじみとその悲しみを思い遣る。源氏の君自身も、明石の君と一緒に夜を明かさない我が身を振り返り、やはり我が心は変わってしまったと実感する。自室に戻っても、いつものように仏前で勤行をし、夜半になって昼の御座《おまし》で仮眠をすませ、朝方、明石の君に和歌を贈った。

なくなくも帰りにしかな雁《かり》の世は
いずこもついの常世《とこよ》ならぬに

鳴きながら常世に帰って行く雁のように、私も泣き泣き帰ったものの、仮の憂き世はどこも終《つい》の住《す》み処《か》ではありません、という諦念《ていねん》であり、「鳴《な》く鳴《な》く」に泣く泣く、「雁」に仮、「常世」の「常」に床、（とこ）が掛けられていた。昨夜帰られてしまったのが恨めしかった明石の君は、文《ふみ》を見て、以前とは違ってこれほどまでに悲嘆にくれている様子が痛々しく、我が身はさておいて、涙ぐみつつ返歌した。

雁がいし苗代水《なわしろみず》の絶えしより
うつりし花の影をだに見ず

雁がいた苗代の水が絶えて、そこに映っていた花の姿まで見えなくなりました、という哀傷《あいしょう》で、「苗代水」は紫の上、「花の影」は源氏の君を指していた。源氏の君は、昔通りの趣深い明石の君の筆跡を眺めつつ、紫の上は当初はこの明石の君を快《こころよ》く思っていなかったが、最後にはお互い心を開き合い、親しくつきあい、かといってすっかり心を許すわけでもなく、節度《せつど》を保って振舞っていた心映《ば》えを、知っているのは自分だけだったろうと思い起こす。

寂しさに耐えられない折は、稀にではあっても明石の君を訪れる事はあるものの、昔のように一夜を明かす事はなくなった。

夏の町の花散里《はなちるさと》から、いつもは紫の上がしていた夏の衣更《ころもが》えとして、装束《しょうぞく》が贈られて来て、歌も添えられていた。

夏衣《なつごろも》裁《た》ちかえてける今日ばかり
　古き思いもすずみやはせぬ

夏衣に更衣《こうい》する今日こそは、故人に対する思いも一層募る事でしょう、という思い遣りで、源氏の君もすぐに返歌する。

羽衣《はごろも》の薄きにかわる今日よりは
　空蟬《うつせみ》の世ぞいとど悲しき

蟬《せみ》の羽のように薄い衣に更《か》える今日からは、蟬の抜け殻《がら》のようなこの世が、いよいよ悲しくなります、という悲哀《ひあい》だった。

賀茂祭《かものまつり》の日、源氏の君は「今日は、祭見物でみんな楽しんでいるでしょう」と言い、神社の賑わいを思い出して、「女房たちも暇を持て余しているでしょう。里に下がって見物したらいいです」と言い置き、東面《ひがしおもて》の方に赴く。

中将の君がうたた寝しているので、歩み寄ると、可愛い小柄な体を起こした。頰《ほお》の辺りが美しく、上気した顔をそっと隠す。

多少膨《ふく》らんだ髪のかかり具合も趣たっぷりで、紅の黄色がかった袴《はかま》、萱草色《かんぞういろ》の単衣《ひとえ》や、とても濃い鈍色《にびいろ》の袿《うちき》に黒い表着《うわぎ》などが、しどけなく重なり合い、裳《も》や唐衣《からぎぬ》などを脱ぎ捨てていたのを、ようやく引き寄せたものの、源氏の君は挿頭《かざし》にしていた葵《あおい》が脇に落ちているのを拾い、「この花の名は何と言ったのか、忘れました」と言うと、中将の君が詠歌した。

さもこそはよるべの水に水草《みくさ》いめ
今日の挿頭よ名さえ忘るる

寄る辺《べ》の水も古びて水草が生え、神も宿らなくなりましたが、今日の祭に挿頭にする、逢う日にちなむ花の名さえ忘れてしまったのですか、という戯《たわむ》れで、「今日の挿頭」は「葵」に逢う日を掛け、女と逢わなくなった有様《ありさま》を、恥じらいつつからかっていて、源氏の君ももっともだと、可愛らしく思って返歌する。

大方は思い捨ててし世なれども
あうひはなおや罪犯すべき

大方は思い捨ててしまったこの世ですが、逢う日の名の葵を摘《つ》んで、この上、なお逢瀬《おうせ》の罪を犯してしまいそうです、という迷いであり、この中将の君だけは、思い捨てる気はしなかった。

五月雨《さみだれ》の頃は、物思いに耽る以外にすべはなく、寂しい折で、十日過ぎの月が、長雨《ながめ》の晴れ間に姿を見せたのも趣がある時、夕霧《ゆうぎり》大将が参上する。

橘《たちばな》の花が月光に照らされて、その香も風に乗って届くので、『後撰和歌集』にある、**色変えぬ花橘に時鳥《ほととぎす》　千代《ちよ》を馴らせる声聞《きこ》ゆなり**、とある通り、時鳥の声が待ち遠しいと感じるその時、にわかに立ち上った雲が空を暗くし、音を立てて降り出した雨に、風も吹き加わる。灯籠《とうろう》の灯《ひ》もゆらめき、暗くなった心地がして、『白氏文集《はくしもんじゅう》』の一節、「耿々《こうこう》たる残りの灯《ともしび》の壁に背《そむ》けたる影　粛々《しょうしょう》たる暗き雨の窓を打つ声」など、耳馴れた古詩を源氏の君が口ずさむのも、時鳥はこの世とあの世を往来するとされるからで、亡き紫の上に聞かせてやりたい程の美声であった。

「こうした独り住《ず》みは相変わらずで、妙に寂しいものです。しかし出家して山住みするためにも、こうして身を馴らしておけば、こよなく澄んだ境地になるでしょう」と言い、女房たちに向かって、「ここに果物などを持って来なさい。男たちを呼び出すのも面倒な時刻です」と伝える。

心の中で故人を偲《しの》んで空を眺めている源氏の君の様子が、夕霧の目にも哀れに映り、「こんなに悲しみ続けていると、勤行に心澄ますのも難しいのではないか」と思う。自分がかつて、ほんの少し垣《かい》間見《まみ》た面影さえも忘れ難いのに、ずっと馴れ親しんだ身になれば、どんなにか辛いだろうと同情するしかなく、「亡くなられたのが昨日か今日かと思っているうちに、一周忌も近くなりました。法事はどのように考えておられますか」と、源氏の君に問う。

源氏の君は、「特別な事などするつもりはありません。故人が女人発願《にょにんほつがん》として作られた極楽の曼荼《まんだ》羅《ら》などを、この機に供養しましょう。写経なども多くありますが、帰依《きえ》していた僧都《そうず》が、故人の意向を詳しく聞いていたようなので、それに加えて必要な事も、僧都の意見に従うべきでしょう」と答えたので、夕霧が、「こうした功徳《くどく》を、かねてから心がけておられたのは、後生《ごしょう》にとっては安心でしょう。しかし今生《こんじょう》では、かりそめの契りであると、父上は思っておられるだけに、形見となる子供を残し置かれなかったのが、残念ではあります」と言う。

「その点では、短命でなく長命の女人との間でも、子の数には恵まれなかったのが、自分でも残念です。そこはあなたこそ、どうか家門を広げて下さい」と源氏の君は頼み、何事につけても、故人を偲ぶ心が耐え難く、か弱き自分だと情けなく、生前の事なども口にはできずにいる。

待ち遠しかった時鳥が遠くで鳴いたので、『古今和歌六帖』の、いにしえのこと語らえば時鳥　いかに知りてか古声のする、や『古今和歌集』の、時鳥なく声聞けば別れにし　故里《ふるさと》さえぞ恋しかりける、が思い起こされて詠歌する。

亡き人をしのぶる宵《よい》のむら雨《さめ》に
濡れてや来つる山ほととぎす

故人を偲んでいる今宵の村雨《むらさめ》のように、私の涙に濡れてやって来たのだろうか、あの山時鳥は、という追慕《ついぼ》であり、わざわざ時鳥があの世からこの世に来てくれたという感慨もこめられていて、空をしみじみ眺めやっていると、夕霧大将も唱和する。

ほととぎす君に伝《つ》てなんふるさとの
　花橘は今ぞ盛りと

時鳥よ、故人に伝えておくれ、昔の故里の橘の花は今が盛りと、という同じく追慕で、側にいた女房たちも、数々の歌で唱和した。

夕霧大将は、そのまま側に控えて夜を過ごす事が重なり、これも源氏の君の独り寝の寂しさを思うからであった。紫の上の生前には全くもって近づけなかった御座《おまし》が、いつの間にか遠く離れていないのに気づき、紫の上の面影を思い出す折が多くなる。

酷暑《こくしょ》の頃、源氏の君は涼しい所で物思いに沈み、池の蓮《はちす》が花盛りなのに気がつき、『古今和歌六帖』の、悲しさぞまさりにまさる人の身に　いかに多かる涙なりけり、が思い起こされ、茫然自失しているうちに日が暮れてしまった。蜩《ひぐらし》の声が賑やかに聞こえ出し、庭前の撫子《なでしこ》の花が夕方の光に照り輝いているのを、ひとりで眺めるのは確かに物足りず、詠歌するしかない。

つれづれと我が泣き暮らす夏の日を
かことがましき虫の声かな

何もせずに泣き暮らしている夏の日に、不平がましく鳴く蟬《せみ》の声だという感慨で、蛍《ほたる》が入り乱れて飛んでいる様子に、「長恨歌《ちょうごんか》」の一節を思い起こし、皇帝が亡き楊貴妃《ようきひ》を偲ぶ姿を歌った詩句が口をついて出る。

夕殿《せきでん》蛍飛んで　思い悄然《しょうぜん》たり
孤燈《ことう》挑《かか》げ尽くして　未《いま》だ眠りを成さず
遅々《ちち》たる鐘鼓《しょうこ》初めて長き夜
耿々《こうこう》たる星河《せいが》曙《あ》けんと欲する天

続いて和歌も自然と口にする。

夜を知る蛍を見ても悲しきは
時ぞともなき思ひなりけり

夜を知って光る蛍を見て悲しいのは、夜昼もなく、こうして故人を偲ぶ火で身を焦《こ》がしている私だ、という追慕で、「思ひ」の「ひ」は火を掛け、『和漢朗詠集』にある、「蒹葭《けんか》水暗くして蛍夜《よ》を知

る　楊柳《ようりゅう》風高くして雁《かり》秋を送る」の古詩を、下敷にしていた。

七月七日も、例年と違って管絃の遊びなどもなく、所在ないまま物思いに沈む。牽牛《けんぎゅう》と織姫が出会う星空を眺める人もおらず、まだ夜の明けやらぬ時、源氏の君が妻戸《つまど》を押し開けると、前栽《せんざい》の露がしとどに多く、渡殿《わたどの》の戸口を通して一面を見渡せるので、簀子に出て独詠する。

七夕の逢瀬《おうせ》は雲のよそに見て
別れの庭に露ぞおき添う

七夕の二人の逢瀬は、雲の彼方《かなた》に見て、後朝《きぬぎぬ》の別れの庭に、私は故人を偲ぶ涙の露を添えている、という感慨で、紀貫之《きのつらゆき》の、**置く露を別れし君と思いつつ　朝な朝なぞ恋しかりける**、を引歌《ひきうた》にしていた。

風の音さえ通常以上に寂しくなっていく頃、法事の準備で、月初めは何かと心紛れ、今まで月日をよく耐え過ごして来たと思い、茫然自失のままに明かし暮らす。命日《めいにち》には上下《かみしも》の身分なく、みんな精進斎戒《しょうじんさいかい》して、例の極楽曼荼羅図を供養し、いつものように初夜《しょや》の勤行をしている折、源氏の君は手水《ちょうず》の道具を用意する中将の君の扇に、和歌が記されているのに気がつく。

君恋《こ》うる涙は際《きわ》もなきものを
今日をば何の果てと言うらん

故人を恋しがる涙は際限がないのに、今日がその終わりとは一体、何が果てるというのでしょう、という慨嘆《がいたん》であり、源氏の君はすぐさま脇に、返歌を書き添える。

人恋うる我が身も末になりゆけど
残り多かる涙なりけり

故人を恋慕う我が身の命は残り少なくなったのに、尽きないのはこの涙です、という哀傷だった。

九月になり、九日の重陽《ちょうよう》の節句《せっく》の日、長寿の儀式として菊に綿がかぶせられているのを見て、つい独詠してしまう。

もろともにおきいし菊の白露も
ひとり袂《たもと》にかかる秋かな

故人と二人起居して長寿を願った、菊の被綿《きせわた》に置く朝露も、今はひとりの袂に、涙の露となってかかる今年の秋です、という悲嘆で、「おき」に起きと置きが掛けられていた。

十月は、それでなくても時雨《しぐれ》の多い頃なので、物思いに沈みがちで、夕暮れの空の気配がこの上なく心細げであり、古歌の、**神無月《かんなづき》いつも時雨は降りしかど　かく袖ひたす折はなかりき**、を、ひとりで口ずさむ。空を渡っていく雁の比翼《ひよく》が、あの世に通じるものとして感じられ、つい羨ましく、その行く先を見守りながら独詠する。

大空を通うまぼろし夢にだに
見え来ぬ魂《たま》の行く先尋《え》ねよ

大空を行き来する幻術士よ、夢にも出て来ない、故人の魂の行方《ゆくえ》を捜してくれ、という哀願で、「長恨歌」にある「魂魄《こんぱくかつ》曽て来《きた》りて夢に入らず」を下敷にしていた。

何事につけても、悲しみを紛らす事ができず、月日が経つにつれて思いは尽きない。

十一月の豊明《とよあかりのせち》節会《え》に催される五節《ごせち》の少女楽《しょうじょがく》で、世の中が浮き足立っている頃、夕霧大将の若君たちが童殿上《わらわてんじょう》して、源氏の君の許に参上すると、二人共同じくらいの年齢で、実に可愛らしい。雲居雁《いのかり》の兄弟で叔父《おじ》にあたる頭中将や、蔵人《くろうど》の少将なども、小忌《おみ》の役で、青摺《あおずり》の小忌衣《おみごろも》姿が、清楚《せいそ》な感じがして、連れ立って若君たちの世話をしながらやって来たのが、何の屈託《くったく》もない様子なので、源氏の君はその昔の、日蔭蔓《ひかげのかずら》をつけた舞姫たちとのはかない恋を思い起こし、歌を詠む。

宮人は豊《とよ》の明《あかり》と急ぐ今日
ひかげも知らで暮らしつるかな

大宮人《おおみやびと》が豊明節会に急ぐ今日、私は日の光も日蔭蔓も知らずに、一日を過ごしてしまった。という感慨で、「日蔭《ひかげ》」蔓に日影を掛けていた。

今年一年をこうして悲しみに耐えつつ過ごして来たので、もう出家の時期が近づいたと思うにつけ、哀れさは尽きず、少しずつ出家に必要な事を胸の内で調《ととの》えながら、仕えている人々にもその身分に応じて、形見の品を与える。大袈裟にこれが最後だというようにはしなかったものの、側に仕える女房たちは、いよいよ出家の決意をされたようだと思い、年が暮れ行くのも心細く、悲嘆に沈んだ。

源氏の君は、あとに残っていると不体裁《ふていさい》な手紙など、『後撰和歌集』に、**破《や》れば惜し破らねば人に見えぬべし　泣く泣くも猶返《なおかえ》すまされり**、とあるように、少しずつ残していたのを、何かのついでに見つけて、女房たちに破り捨てさせていると、あの須磨流謫の頃に、方々から来た手紙の中に、紫の上からの文もあった。

それだけは特別にひと括《くく》りにして、自ら保管していたが、もう遥か昔の事になってしまったと思いつつも、目の前の墨の色など、『古今和歌六帖』に、**甲斐《かい》なしと思いなけちそ水茎《みずぐき》の　跡ぞ千《ち》とせのかたみともなる**、とあるように、千年の形見にもなりそうではあっても、出家してしまえば見られなくなると思うので、残す甲斐もなく、気心の知れた女房たち二、三人ばかりに命じて、目の前で破らせた。

一般にそれ程の人でなくても、亡くなった人の筆跡だと思うと感慨深いのに、ましてや紫の上の筆となると見るのも悲しくて、目の前が暗くなる。文字が見えなくなるくらい涙が落ちて、水茎の跡に流れ添うのを、女房たちから見られても気恥ずかしく見苦しいので、向こうに押しやりつつ独詠する。

死出の山越えにし人を慕うとて
跡を見つつもなお惑うかな

死出の山を越えて逝《い》った故人を慕い、その筆跡を見ながら、相変わらず心は惑い続けている、という哀感だった。

　側に仕える女房たちも、文をまともには広げて見られないものの、どうやら故人の手紙らしいと思って、悲しみに心惑う。源氏の君も、同じこの世で、都と須磨というさほど遠くはない生き別れの時期に、紫の上がその辛い心を書きつけた文が、その当時以上に胸に迫ってどうしようもなく、これ以上嘆くと女々《めめ》しく思われるので、文面をよく見られないまま、紫の上の細《こま》やかな筆跡の脇に和歌を書き添える。

かきつめて見るもかいなし藻塩草《もしおぐさ》
　同じ雲居の煙とをなれ

　かき集めて見ても甲斐もない、藻塩草のような文も、故人と同じ空の煙となれ、という諦念《ていねん》で、「かい」に甲斐と貝を掛けていた。そうして、手紙はすべて焼かせた。

　十二月末、三夜にわたって催される仏儀も、今年が最後と思うからか、源氏の君はいつもの年より錫杖《しゃくじょう》を振る僧たちの声などを、しみじみと聞く。僧たちが自分の長寿を請《こ》い願っているのを、仏がどう聞いているかと思うと、気恥ずかしく、雪が降り積もった折、退出しようとする導師を呼び、通常の作法よりも入念に、勧盃《けんぱい》をし、特別に禄《ろく》を授《さず》けた。

　長年、六条院に参上し、内裏《だいり》にも出入りして、見馴れている導師が、今は頭も白くなっているのにも、歳月を感じて心打たれているところに、例年の如く、親王《みこ》や上達部などが多数訪れる。梅の花がわずかにほころび始めて、趣が深いので、管絃の遊びがあってもよいとはいえ、やはり今年中は楽器の音もむせび鳴くような心地がするので、時節に合った詩歌の詠誦《えいしょう》くらいにとどめ、導師に盃《さかずき》を勧めながら和歌を詠じる。

春までの命も知らず雪のうちに
色づく梅を今日かざしてん

春まで命があるかどうかわからないので、この雪の中で、色づいた梅の花を今日は挿頭《かざし》にしましょう、という呼びかけであり、導師もすぐに返歌した。

千代《ちよ》の春見るべき花と祈りおきて
我が身ぞ雪とともにふりぬる

千年の間、春の花を見るくらい、あなたの長寿を祈りながら、私の身は雪が降るとともに年を取り、白髪《しらが》になってしまいました、という詠嘆で、「降《ふ》り」と古を掛けていた。その他の多くの人も歌を詠み添えたが、源氏の君が紫の上の逝去以来、人前に姿を見せたのは、この日が初めてで、その容貌は昔の輝くような美しさに、また光が加わり、実に素晴らしく立派に見えるので、この老齢の僧も涙をこらえ難かった。

年が暮れたと思うのも心細い時、孫の若宮が、「大晦日《おおみそか》の鬼やらいに、どうやって大きな音を立てましょうか」と言いながら、走り回っている姿を見て、この可愛い姿をもう見る事はないのだと思うと、万事が耐え難く、独詠する。

物思うと過ぐる月日も知らぬ間に
　年も我が世も今日や尽きぬる

物思いをしながら、月日が経つのも知らないでいたが、年も我が人生も、いよいよ今日が最後だという感慨で、『後撰和歌集』の、物思うと過ぐる月日も知らぬ間に　今年は今日に果てぬとか聞く、を下敷にしていた。

正月初めの行事は、例年よりも格別なものになるように指示を出し、親王たちや大臣への引出物や、身分に応じた多くの贈物を、この上ないほどに用意させた。

第四十九章　敦良親王誕生《あつながしんのう》

　この「幻《まぼろし》」の帖《じょう》の呼称は、光源氏が独詠《どくえい》した、大空を通うまぼろし夢にだに　見え来ぬ魂《たま》の行く先尋《え》ねよ、から取った。この帖を最後にして、光源氏は姿を見せないはずだ。おそらく都の西、大堰《おおい》川《がわ》沿いにある嵯峨野《さがの》にある院で、出家《しゅっけ》生活を続けるだろう。そこからは小倉山《おぐらやま》も嵐山《あらしやま》も望める。紫の上を偲《しの》びながら、仏道に励むには最適の場所だ。

「幻」の帖では、光源氏が紫の上を弔《とむら》う一年を書いている。紫の上を失った光源氏は、もはやこの世には未練がない。あとの世は、実子の夕霧《ゆうぎり》大将、孫である、明石中宮《あかしのちゅうぐう》の二の宮や三の宮、そして女三の宮が産んだ不義の子である若君、さらには玉鬘《たまかずら》の実子などに託せばよいのだ。これから先の物語は、孫の三の宮と不義の子の若君を巡って進む。

　前にも記した通り、不義の子は薫《かおる》、そして紫の上が手塩にかけて育てた三の宮は、匂宮《におうみや》になる。薫は、自《みずか》ら香りを放つような貴公子であり、匂宮は香《こう》に心を尽くして、我が身を匂いで満ちるようにした親王《みこ》だ。

このところ、藤式部《とうしきぶ》の君《きみ》ではなく、紫式部の君と言われるときがある。余り親しくない女房《にょうぼう》からそう呼ばれるので、気にしないでいる。これも、あの藤原公任《きんとう》様が酔って、「この辺りに若紫はいるか」と言ったのを発端《ほったん》にしている。紫式部と呼ばれるのは、不本意ではない。むしろ光栄とも思う。とはいえ、やはり自分は香子《かおるこ》なのだ。父君や母君、亡き祖母君からもそう呼ばれて育った。

「幻」の帖の草稿《そうこう》を小少将《こしょうしょう》の君に手渡して、六日ばかり経《た》ったとき、彰子《あきこ》中宮様に呼ばれてお側近くに伺候《しこう》した。

「先程、大納言《だいなごん》の君から光源氏最後の帖を受け取りました。『幻』の帖、楽しみに読みます」

中宮様がそうおっしゃってにっこりとされる。「その前の『御法《みのり》』の帖は、もう読みました。紫の上の悲しい臨終《りんじゅう》の場面で、つい涙が出ました。本当にいい人でした。あの方は献身の人です。誰に対しても我が身を捧《ささ》げる御方でした」

中宮様がおっしゃる側で、大納言の君も頷《うなず》いている。全く同感のようだ。

「それでです」

中宮様が身重《みおも》の体を前に傾ける。「紫の上が亡くなったのが、八月十四日、荼毘《だび》は翌十五日、満月の日です。わたくしはふと『竹取物語』のかぐや姫を思い出しました。かぐや姫が飛車《とぶくるま》に乗って天に還《かえ》って行ったのも、八月十五日です。藤式部の君は、それをなぞったのではないのでしょうか。つまり紫の上をかぐや姫になぞらえたのでは」

明らさまに書かなかったものの、中宮様のご指摘の通りだった。

「はい。中宮様、お察しの通りでございます」

「やはり。かぐや姫は菜種《なたね》くらいの大きさだったのを、竹取の翁《おきな》に見つけられて、嫗《おみな》と共に育てられます。紫の上も光源氏に見つけられて、二条院でずっと養育されます。誠に似ています」

全くその通りで、中宮様のご炯眼《けいがん》には頭が下がる。大納言の君は、今知らされたというように感じ入っている。

「さて、『幻』の帖がどうなるか、楽しみに読みます」

中宮様から言われて、大納言の君と共に退下《たいげ》する。

「そうすると、『幻』の帖の末尾で、光源氏が紫の上の文殻《ふみがら》をすべて焼かせてしまうのも、どこか『竹取物語』に似ています」

ふと思いついたように大納言の君が言う。「『竹取物語』でも、かぐや姫を寵愛《ちょうあい》した帝《みかど》は、かぐや姫の文や不死の薬を、富士の山の頂《いただき》に運んで燃やしてしまうよう、勅使《ちょくし》に命じます。これも光源氏のやり方と同じです」

「はい。それとなく、なぞるように書きました」

正直にそう答える。『竹取物語』こそ、物語が出来始めた親のようなものだ。大納言の君も周知のことなので、口にするまでもなかった。

十一月にはいって、中宮様は、臨月になり、土御門殿《つちみかどどの》に留《とど》まられた。帝は、故定子《さだこ》様腹の脩子内親王《ながこないしんのう》と敦康親王《あつやすしんのう》と共に、枇杷殿内裏《びわどのだいり》に遷御《せんぎょ》されたままだった。

そして満月の夕べに、土御門殿で催《もよお》されたのが、五節舞姫《ごせちのまいひめ》の練習である、御前試《ごぜんのこころみ》後の管絃《かんげん》の宴《うたげ》と酒宴だった。上達部《かんだちめ》や殿上人《てんじょうびと》が大挙して参上《さんじょう》して、歌舞《かぶ》を繰り広げる。酒も供される淵酔《えんすい》になると、無礼講《ぶれいこう》となり、乱酔そして乱舞となった。

御簾《みす》の内から中宮様が見ておられるとわかっているので、殿方たちの酔狂ぶりは熱がはいっていた。道長《みちなが》様もその光景に満悦《まんえつ》し、最後には年甲斐《としがい》もなく踊り出す。中宮様は喜ぶどころか、また始まったという顔で、そのまま奥にはいってしまわれた。

そして十日後の二十五日に、中宮様は産気《さんけ》づかれた。未明の暗い中で白御帳《しろみちょう》の産所《さんじょ》にはいり、外が充分に明るくなった頃に、陣痛が始まる。敦成《あつひら》親王のときと違って、苦しみも少ない安産だった。

またしても皇子《おうじ》誕生で、道長様の狂喜ぶりは、淵酔のときと同じになった。

即刻、帝からは御剣《ぎょけん》が届けられて、臍切《へそきり》が行われ、続いて御湯殿儀《おゆどののぎ》、そして読書《ふみ》、鳴弦《めいげん》の儀式が型通りに実施された。

第三夜の産養《うぶやしない》は、中宮様主催《しゅさい》であり、ほとんどの上達部、殿上人が参上した。しかし敦康親王の伯父《おじ》である伊周《これちか》様は不参だった。伊周様は、この年正月七日の叙位《じょい》で、道長様と同じ正二位《しょうにい》に叙せられていたものの、その直後の呪詛《じゅそ》事件で罪を責められ、二月には朝参《ちょうさん》停止となった。

中宮様の無事のご懐妊《かいにん》が判明した六月、朝参は許されていたものの、もはや道長様に対抗する気力も、へつらう気も失くされたのだろう。となれば、帝の第一皇子である敦康親王の後見《うしろみ》はないに等しい。中宮様も、この時流の変化には気づかれて、幼い頃に養育した敦康親王の不運さに、胸を痛めておられるはずだ。もはや権勢は、定子中宮の死去で彰子中宮様に移り、その皇子二人の誕生によって、伊周様から完全に道長様に傾いたと言える。

この第三夜の御膳はすべて銀製で、中宮権大夫《ごんだいぶ》源俊賢《みなもとのとしかた》様が用意された。中宮大夫の藤原斉信《ただのぶ》様が準備した州浜《すはま》には、こともあろうに二尺《しゃく》はあろうかと思われる銀製の鶴が、ひとつがい立っていた。

　第五夜の産養は道長様が主催した。それまで上機嫌だった道長様が眉《まゆ》をひそめたのは、明子《あきこ》様腹の息子能信《よしのぶ》様が、酒の勢いで諍《いさか》いを起こしたからだ。

　この能信様は、倫子《ともこ》様腹の頼通《よりみち》様や教通《のりみち》様よりも出世が遅く、日頃から下位の上達部に八つ当たりしていたらしい。この日その犠牲になったのが、藤原行成《ゆきなり》様、従弟《いとこ》の藤原伊成《これなり》様だった。二人が口論を始めると、蔵人《くろうど》のひとりが伊成様を高欄《こうらん》から突き落とし、さらに能信様の従者が、伊成様に殴《なぐ》る蹴《け》るの狼藉《ろうぜき》を働いた。侮辱《ぶじょく》された伊成様が、愛想をつかして出家されたのは翌日だった。

　第七夜の産養は帝の主催であり、参会者には帝からの禄《ろく》が授けられた。しかしそれを上回る禄は、道長様と北の方の倫子様から下賜《かし》された。聞くところによると、大臣《おとど》には女装束《しょうぞく》と大袿《おおうちき》、大納言には織物の袿と袴《はかま》、さらに諸大夫《しょだいぶ》、女房、采女《うねめ》、前駆《さき》や随身《ずいじん》にまで、絹が賜与《しょ》された。全部で費《つい》やした絹は五百疋《ひき》だったと、後日道長様から耳打ちされた。わずか一夜のための出費が絹一千反《たん》とは、聞いて耳を疑った。さらにこのあと、道長様は御産祈願の報賽《かえりもうし》のために、等身大の仏像造りを命じた。

　十二月十四日、この若宮の諱《いみな》を選んだのは、敦成親王に引き続き大江匡衡《おおえのまさひら》様で、敦良《あつなが》親王と決まった。二十六日、中宮様は二人の皇子を連れて、枇杷殿内裏に入御《にゅうぎょ》された。牛車《ぎっしゃ》はすべて金造りに飾られていて、その後方に道長様や中宮大夫以下、中宮女房たちの牛車が三十両ばかり続いた。その日のうちに帝も渡御《とぎょ》され、公卿《くぎょう》たちが数多く参上しての酒宴が催された。

　この気忙《きぜわ》しい間にも、光源氏が表舞台から姿を消したあとの物語を、考え考えして書き続けた。この先が難所《なんしょ》なのはわかっている。しかし難所を迂回《うかい》しては、物語が弛緩してしまう。険しい道のりであっても、杖をついて登る必要があった。

この世を光で満たした源氏の君が隠棲《いんせい》されたあと、その光り輝く姿を継げる人は、多くの子孫の中にありそうもなく、ましてや、かの退位された冷泉院《れいぜいいん》は、子孫として加える事はできず、今上帝《きんじょうてい》の三の宮と、六条院で成長した女三の宮腹の若君と、この二人がそれぞれに秀《ひい》でた美しさだと評判を取っていた。

確かに並々でない容姿とはいえ、あの源氏の君程に眩《まぶ》しいとまではいかず、ただ世間一般の人と比べれば、実に高貴で美しい。加えて源氏の君の子、あるいは孫といった血縁からも、世の人の配慮やもてなし方が、かつての源氏の君の評判やご様子よりは、多少勝《まさ》っている信望のため、眩しくはなくとも、この上なく立派と言えた。

紫の上が特に可愛《かわい》がって養育した三の宮は、二条院に住み、今上帝と明石中宮《あかしちゅうぐう》が一の宮の東宮《とうぐう》を尊い立場として、格別にもてなしている一方で、この三の宮についても寵愛《ちょうあい》が深く、大事に世話をしている。内裏《だいり》に住まわせているものの、やはり二条院を心安く感じて古里としており、元服《げんぷく》したあとは兵部卿宮《ひょうぶきょうのみや》と称された。

明石中宮腹の女一の宮は、六条院の春の町の東の対《たい》を、かつて紫の上が住んでいた当時のままの調度《ちょうど》にして、朝夕に紫の上を恋い慕《した》う。二の宮も同じ春の町の寝殿《しんでん》を時々の休み所にし、内裏では梅壺《うめつぼ》を自分の曹司《ぞうし》にして、夕霧右大臣《ゆうぎり》と雲居雁《くもいのかり》の次女を妻に迎え、次の東宮候補として、世の信望もあり、人柄も清らかで節度があった。

夕霧右大臣の娘は多く、長女は東宮に入内《じゅだい》して、他に競うような妃《きさき》はいない。その下に続く姫君たちも、いずれ順番に宮たちに入内すると世間からは思われ、明石中宮もそうおっしゃってはいるものの、この兵部卿宮の考えは別で、我が心が望んでいない結婚などとんでもないと思っておられるようだった。夕霧右大臣も、そんな順送りの結婚などするべきではないと、心静かにしているとはいえ、兵部卿宮が姫君に興味を示すようになれば、まんざらでもないと思いつつ、兵部卿宮のお世話をしていた。

姫君の中では、源氏の君の乳母《めのと》の子、惟光《これみつ》の娘の藤典侍《とうないしのすけ》腹の六の君の美しさが、我こそはと自負している親王や上達部が心を悩ます種になっていた。

六条院にそれぞれ集まり住んでいた源氏の君縁《ゆかり》の人たちは、泣く泣くそれぞれの終《つい》の住《す》み処《か》に移って行ったが、花散里《はなちるさと》は二条東院を分与相続して、夏の町から移り住み、出家した女三の宮は、冷泉院から下賜された三条宮に移り、今上帝の后《きさき》の明石中宮は内裏ばかりにいるため、六条院は寂しく、人も少なくなった。

夕霧右大臣は、「他人事《ひとごと》として退去の例を見聞きしても、生きているうちは入念に造営していた邸《やしき》が、その名残《なごり》もないように打ち捨てられていくのは、世の習いの無常を見せつけられるようで、実に悲しい。せめて自分が生きている間は、この六条院の荒廃を防ぎ、付近の大路《おおじ》から人影が絶えるような事はさせまい」と思う。

かつて花散里が住み、自分もそこにいた事のある夏の町に、正妻の落葉宮《おちばのみや》を移住させ、雲居雁のいる三条院と、一夜毎《ごと》に、月の十五日ずつを律儀《りちぎ》に通い住んでいた。

かつて源氏の君が二条院を輝くようにして造営し、そのあとは六条院の春の御殿《おとど》と世に称された玉のような御殿も、今では冬の町に住む明石の君の子孫のためだったと思えるくらいに、明石中宮腹の多くの宮たちの後見をして世話を怠《おこた》らない。

夕霧右大臣はかつての源氏の君のご意向のままに、どの女君《おんなぎみ》にも心を配り、行き届いたお世話をする中で、あの紫の上がこの明石の君のようにこの世に生き留まっておられたら、どんなにか心を尽くして世話をしてただろうと、死別が無念であり、自分のほのかな思慕《しぼ》の心を見せずに終わったのが口惜《くちお》しいと、その面影《おもかげ》がつくづく悲しく思い起こされた。

世のすべての人の中で、かの源氏の君を慕《した》わない者はおらず、万事につけ、世の中はただ灯《ひ》を消したようで、法華経《ほけきょう》の序品《じょぼん》の「薪《たきぎ》尽きて火の滅するが如《ごと》し」、あるいは『古今《こきん》和歌集』の、**人知れぬ思いのみこそわびしけれ　我が嘆きをば我のみぞ知る**、の通り、何事も映《は》えないと嘆かぬ人はなかった。

まして六条院や宮中に仕える人々、上達部や殿上人、宮たちの嘆きはこの上なく、他方で、故紫の上の様子を深く心に留めているため、万事につけて思い起こされない時はない。紫の上が好んだ春の花の盛りは、さして長くないだけに、やはり『古今和歌集』の、**残りなく散るぞめでたき桜花　ありて世の中果ての憂ければ**、の通りで、却《かえ》って何よりも賞《め》でるべきものという風潮になった。

女三の宮腹の若君については、源氏の君が依頼した通りに、冷泉院が特別に大事に養育し、妃の秋《あき》好《このむ》宮も子供がなくて心細いので、自ら進んでその後見を買って出て頼みにしていた。元服も冷泉院の御所《ごしょ》で行い、十四歳で、この二月に中務《なかつかさ》省の従五位下《じゅごいのげ》の侍従《じじゅう》になる。秋には従四位下《じゅしいのげ》の右近衛《うこんのえ》府次官《ふすけ》の右近《うこん》中将になり、恩賜《おんし》による加階《かかい》も、冷泉院はどう思われたのか急に昇進させて、一人前にすると、住まいとしては、冷泉院が住む御殿に近い対《たい》の屋を、若君の曹司として調える。

自らが入念に指示をして、若い女房や童《わらべ》、下仕《しもつか》えの者なども、優秀な者を選び、女官《にょかん》の格式以上に眩しいくらいに調える。冷泉院や秋好宮に仕える女房の中で、容貌《ようぼう》と気品に秀でた女房は、すべて若君の許《もと》に移した。これもこの院の中を気に入り、居心地よく住んでもらいたいとの、格別なはからいによるものだった。不義の子である冷泉院が、同じく不義の子である若君を愛育する様子は、尋常《じんじょう》ならざる程であった。

亡くなった致仕大臣《ちじのおとど》の娘である弘徽殿女御《こきでんのにょうご》に、たったひとり女君が生まれていて、この女宮をも冷泉院は大切に育てていた。これも秋好宮への寵愛が年とともに深まっていくからである。

若君の母である女三の宮は、今はひたすら勤行三昧《ごんぎょうざんまい》の日々であり、日々の念仏や年に二度の御八講《みはっこう》、折々の尊い仏事ばかりを行い、忙しくはないので、この若君が出入りするのを喜び、親であるのに、逆に若君を頼もしい庇護者《ひごしゃ》のように思っている。

若君も母を慕いつつ、一方で冷泉院や今上帝からも頻繁《ひんぱん》に呼ばれ、かつ東宮やその弟である宮たちも、親しい遊び相手として誘うので、母宮と過ごす暇《いとま》もないのが苦しく、体が二つあったらいいのにと思っていた。

若君は、幼《おさ》な心《ごころ》にもほのかに聞いた事については、折にふれて気になり、事情を知りたいと思うものの、問うべき人もおらず、母宮に対しては、自分が秘密をほんのわずかでも知ってしまったと感づかれると、それはそれで気が咎《とが》めるので言い出せない。

いつも気がかりなので、「一体どういう事だったのだろう。何の因縁《いんねん》で、こんなに不安がつきまとう身に生まれついたのだろう。あの釈迦《しゃか》の子である羅睺羅《らごら》が、母の胎内《たいない》に六年もいたため、父を知らなかったものの、釈迦の姿に変じた五百羅漢《ごひゃくらかん》の中から、父を見分けたというように、そういう悟りを得られたらいいのに」と、ひとり言を口にして、独詠《どくえい》した。

おぼつかな誰に問わましいかにして
初めも果ても知らぬ我が身ぞ

気がかりなのを、誰に問うたらいいのだろう、どうやって生まれたのか、どこに行くのかも、わからない我が身だ、という逡巡《しゅんじゅん》ではあるものの、答えられる人はいない。若君は折につけて、我が身に何か禍《わざわい》のある心地《ここち》がして、嘆かわしく、母宮もこんなに美しい盛りの身で尼《あま》になったのは、一体どのような道心があり、急に出家されたのだろう、思いもかけない出来事があって、きっとこの世が嫌になった理由があったのだろうし、世間の人もそれを漏《も》れ聞いていて、これはやはり内々の事なので、自分に真相を打ち明ける人もいないのだろうと思う。

母宮は明け暮れ勤行をしているようだが、おっとりとして頼りのない女人の悟りでは、『古今和歌集』に、**蓮葉《はちすば》の濁りに染まぬ心もて　なにかは露を玉とあざむく**、とあるように、極楽往生も難しいだろうし、法華経にある女の五障《ごしょう》というのも気になるし、自分が母宮の心を何とかしてやり、同じ事なら来世《らいせ》だけでも安らかにしてさしあげたいと思う。その反面、あの亡くなってしまった方も、今もなお不安な心地のまま、成仏《じょうぶつ》できていないのではないかと考えると、生まれ変わってでも対面したい思いは尽きない。

十四歳での元服には気乗りがしないとはいえ、拒《こば》めず、盛大なものとなって、自《おの》ずと世間からもてはやされ、眩しいまでの華やかな身の飾りも、心に沿うものではなく、静かに心を鎮《しず》めるばかりだった。

今上帝も、妹である女三の宮への思い遣りは深く、この若君を大切にしていた。明石中宮も、幼い頃に六条院の春の町で、若君が息子の若宮たちと共に遊んだ頃と同じく、今も可愛がり、「晩年の子なので、大人になるのを見届けられないのが、可哀想《かわいそう》だ」と、故源氏の君が言っていたのを思い出しては、並大抵でなく気にかける。その一方で夕霧右大臣も、自分の子息たちよりも、弟になるこの若君をこよなく大切にしていた。

昔、源氏の君と称された方は、あれほど父の桐壺《きりつぼ》帝から比類《ひるい》ない寵愛を受けながら、妬《ねた》む人たちがあり、また母方の後見もなくて、大変苦労したにもかかわらず、思慮深い性格で、角《かど》が立たないように世の中を渡った。並びない威光も、眩し過ぎないように控え目にして、ついには、あの世間を騒がせるような謀反《むほん》の嫌疑《けんぎ》も、無事に克服して、来世のための勤めも時機を失する事なく、万事につけて気長で穏和《おんわ》な心構えであった。

ところが、この若君はまだ幼い頃から、世間の信望もあり過ぎ、気位《きぐらい》もこの上なく高く、なるほど、例の宿縁《しゅくえん》から、この世の人としては作り出されていないようで、仏の化身《けしん》かと思えるような点があった。顔形についても、どこが優《すぐ》れて、どこが美しいという面がないにもかかわらず、ひたすら優美なのはこちらが気恥ずかしくなるくらいで、心にも奥深さがあるような雰囲気が、余人には似ていなかった。

特に、この若君の身から生じる香《かお》りの良さは、この世の匂いではなく、不思議なまでであり、身を動かすと、その薫香《くんこう》が遠く隔たった所まで、吹く風に乗って、実に百歩《ぶ》以上先にまで薫《かお》るくらいだった。臣下《しんか》として生まれた身分の者は、みんな、地味な装いをして飾らないでいる事には耐えられず、各自様々に、我こそは人に優れていたいと化粧するのが普通であるものの、この若君は尋常ではない薫香のため、こっそり立ち寄る物陰にいても、明瞭《めいりょう》に伝わって、隠れようもない。

ほとんど香も薫き染《たし》めないのに、唐櫃《からびつ》に埋《う》もれている香の匂いなども、この若君が近づくと、言いようのない匂いが加わる。庭前の花の木も、ちょうど『古今和歌集』に、**色よりも香こそあはれと思おゆれ　誰が袖ふれし宿の梅ぞも**、とあるように、若君が袖を触れた梅の香は匂い立ち、『古今和歌六帖』の、**匂う香《か》の君思おゆる花なれば　折れる雫《しずく》に今朝《けさ》ぞ濡れぬる**、のように、身に染みて感じる人が多い。秋の野に脱ぎかけられた主なき藤袴《ふじばかま》も、『古今和歌集』の、**主知らぬ香こそ匂へれ秋の野に　誰《た》が脱ぎかけし藤袴ぞも**、のように、元々の香りは隠れて、趣《おもむき》ある追い風に乗って、若君が折り取る事で、藤袴の香りも一段と強くなった。

こうして、誠に不思議なまでに人が咎める程に香りが深い若君に対して、兵部卿宮は他の何事よりも、この匂いの面で対抗したいと考えていて、薫物《たきもの》になるとわざわざすべての優れた香を薫き染め、朝夕は様々の香の調合に励む。

匂宮兵部卿は庭前の植栽にも、春は梅園を眺《なが》め、秋は『古今和歌集』の、**名にめでて折れるばかりぞ女郎花《おみなえし》　我落ちにきと人に語るな**、の通り、世の人が賞《め》でる女郎花や、『万葉集』の、**我が岡に小《さ》牡鹿《おしか》来《き》鳴く初萩《はつはぎ》の　花妻問《はなづまど》いに来鳴く鳴く小牡鹿**、あるいは『後撰和歌集』の、**小牡鹿の立ちならす小野の秋萩に　おける白露我も消《け》ぬべし**、のように、小牡鹿が妻にしているような萩の露には、香りがないので全く関心を持たず、『古今和歌六帖』にある、**みな人の老いを忘るという菊は　百年《ももとせ》をやる花にぞありける**、や白楽天《はくらくてん》の「老菊衰蘭三両叢《ろうきくすいらんさんりょうそう》」のように、老いを忘れるという菊、衰えていく藤袴、ぱっとしない吾亦紅《われもこう》も、その香という連想から好んでいて、荒涼《こうりょう》とした霜枯れの頃まで見捨てないでいるといった態度であった。

ことさらに香に対する執着《しゅうちゃく》が強く、多少虚弱で、風流好みは尋常でないと、世の人々は評している。この点で祖父の源氏の君とは違い、かの源氏の君はここまで、ひとつの事に異様なまでに拘泥《こうでい》する事はなかったと、人々は言い合った。

薫中将《ちゅうじょう》は、兵部卿宮のいる二条院に常に参上して、音楽の遊びでも、競うように楽《がく》の音《ね》を吹き合い、張り合いつつも若い者同士で気が合う様子であり、例によって世の人は、「匂う兵部卿、薫る中将」と、耳障りなほど言い続けている。

その頃、器量の良い娘がいる高貴な家々では、この匂宮を婿《むこ》にしたいと話をもちかける機運があるため、匂宮は様々に心惹《ひ》かれるような所に言い寄って、その姫君の雰囲気や容貌を探るものの、特に懸想《けそう》するような相手はいない。冷泉院の女一の宮を、妻の待遇として逢えば、その甲斐《かい》もあるのではと思っているのも、母である弘徽殿女御の身分も、その父が致仕大臣であっただけに申し分なく、人柄も優れているとの評判で、まして近くで親しく仕えている女房たちが詳しく語って聞かせるため、尚更《なおさら》関心を抑えきれないでいた。

一方の薫中将は、世の中を誠につまらないものと思っているので、女に心を留めると、現世から離れにくくなりそうで、煩《わずら》わしい好き事などは遠ざけて諦《あきら》め、さしあたり心に沁《し》みるような女がいない間は、澄ました態度を貫き、まして親が許さないような恋などは言語道断《ごんごどうだん》であった。

十九歳になった年に三位《さんみ》の宰相《さいしょう》に昇進し、近衛中将も兼任のまま、今上帝や明石中宮からも、臣下としては身に余るほどの信望を得ているものの、心の中では自らの出生についての疑いが残り、もののの哀れを感じやすい。心に任せて軽はずみな好き事に耽《ふけ》るのは好まず、万事に醒《さ》めた態度を貫いているので、世間では老成した人柄だとして知られていた。

匂宮兵部卿が、年を経《へ》るにつれて心を悩ませているらしい、冷泉院の女一の宮の様子については、同じ邸内で明け暮れ過ごしているため、何かにつけその有様《ありさま》を見聞きするにつけ、なるほど並ぶものがないほどに奥床《おくゆか》しく、品格と物腰も申し分なく、どうせならこういう姫君に連れ添ってこそ、生きる喜びも生じるに違いないと思う。

冷泉院がその他の点では何でも隔てなく遇してくれるのに、この姫君との隔ては、この上なく遠くなるように警戒しているのは、もっともではあるものの、煩わし過ぎて、強《し》いて言い寄る事もしない。ここで恋心でも生じたら、自分にも姫君にも悪い評判が立つと思い定め、馴《な》れ馴れしく近寄る振舞はしなかった。

とはいえ薫宰相は、生まれつき人からもてはやされるような容姿と物腰なので、かりそめの言葉をかけた女房は、いつも靡《なび》いてしまうため、軽々しい通い所は数多くなった。しかし契った女を妻妾《さいしょう》として遇するような真似《まね》はせず、実にうまく紛《まぎ》らしていた。

かといって薄情な振舞はしないので、薫宰相に思いを寄せている女房の中には、何度も三条宮の邸に呼びつけられ、召人として仕える女房が数多くいても、薫宰相のつれなさを見ると辛《つら》い気分のまま、縁《えにし》が切れるよりは、心細さと苦しさはあっても、縁を保ち、その他でも、女房よりは高貴な身分の姫君でも、はかない契りに望みをかけている人は多かった。心惹かれて見所たっぷりな薫宰相なので、契った女たちはみんな、我が心にだまされて、大目に見ている。

薫宰相は、「母である女三の宮がご存命の間は、朝夕に側から離れずに参上し、自分の姿をお見せしよう」と考えて、口にも出すので、夕霧右大臣も、多くの娘たちのうち、誰かひとりは結婚させる意向はあっても、言い出せない。あまりに近い血縁なので魅力を感じられない間柄とは思うものの、薫宰相や匂宮以外に、それに準じるような人々を世間から捜し出せるはずはなく、思い悩んでいた。

藤典侍《とうないしのすけ》腹の六の君がとても優秀な上、魅力たっぷりで、心映えも充分によく成長していて、世間では格が低くて軽く思われるような姫に限って、こんなに立派であるのを夕霧右大臣は哀れに思い、落葉宮が世話をする子供がいなくて寂しそうなので、この六の君を迎えて、落葉宮の養女にする。今後はわざわざではなく、機会を捉《とら》えて一度見せたら薫宰相と匂宮が必ずや目に留め、女の良し悪しがよくわかっている人には格別に思われるはずであると思い、余りに隔てを置かないようにして、今めかしく風流好みにしつらい、男君たちが心惹かれる機会を頻繁《ひんぱん》に設けた。

正月十八日に、紫宸殿《ししんでん》脇の弓場殿《ゆばどの》で行われた賭弓《のりゆみ》の儀式が終わったあとの、還饗《かえりあるじ》の饗宴《きようえん》の準備を、夕霧右大臣は六条院で、特に入念に行い、親王《みこ》たちに来てもらう手はずを整える。その当日は、親王たちで成人している者はみんな宮中に参内《さんだい》したが、明石中宮腹の宮たちがいずれも気高《けだか》く優美である中でも、やはりこの匂宮がこの上なく秀でていて、四番目の親王で常陸宮《ひたちのみや》という更衣《こうい》腹の方は、そう思うからか、気品はずっと劣っていた。

賭弓では、いつものように左の近衛《このえ》や兵衛《ひようえ》が大勝して、例年よりは早く儀式が終わり、左の近衛大将も兼ねる夕霧右大臣が退出する際、匂宮兵部卿や常陸宮、明石中宮腹の五の宮三人を、自分の牛車に同乗させる。一方の負けた右近《うこんの》中将である薫宰相が、こっそり帰ろうとしているのを呼びとめ、「親王たちがおいでになるのに、その見送りに来て下さらないのですか」と言い、自分の子息である右衛門督《うえもんのかみ》や権中納言《ごんちゆうなごん》、右大弁などと、その他の上達部も多く誘い出して、いくつもの牛車に乗せ、薫宰相も誘って、六条院に向かった。

やや遠い道のりを辿《たど》っているうちに、雪が少し降り出して、風情《ふぜい》のある黄昏時《たそがれどき》になり、牛車の中で奏《かな》でる楽《がく》の音《ね》も趣のある調子で鳴り響く中、一行は六条院にはいる。本当にこの六条院のほかに、どんな仏の国でも、ここまで折節《おりふし》の心を和《なご》ませる所はない、と思われる程の住まいに見えた。

寝殿の南の廂《ひさし》に、いつものように南向きに中将や少将がずらりと坐り、北向きにそれらと向かい合って、饗応《きょうおう》を受ける親王たちや上達部の御座所《おましどころ》があった。まず酒の盃《さかずき》のやりとりが始まり、宴《うたげ》がたけなわになると、近衛府の将監《しょうげん》や将曹《しょうそう》が、庭で東遊《あずまあそび》の「求子《もとめご》」を舞い出す。

〽あわれ
ちはやぶる
賀茂《かも》の社《やしろ》の姫小松
あわれ
姫小松
万世《よろずよ》経《ふ》とも色は変らん
あわれ
色は変らじ

舞う人々の袖が翻《ひるがえ》り、その羽風に乗って、御前近くで満開の梅の香《か》が、さっと辺りに広がると、例の如く宰相中将の香りが一層引き立てられ、言いようのないほど趣が増す。

御簾《みす》の後ろからそっと覗《のぞ》く女房たちも、「闇のため、姿がはっきりと見えなくて残念なのは、『古今和歌集』にある、**春の夜の闇はあやなし梅の花　いろこそ見えね香やは隠るる**、の通りですけど、この香りは、『拾遺和歌集』にある、降る雪に色はまがいぬ梅の花　香にこそ似たるものなかりけれ、の通りに、似るものはありません」と褒《ほ》め合う。

夕霧右大臣も薫宰相を本当に素晴らしいと思い、その容貌や心遣いがいつもより優れ、乱れる事なく泰然《たいぜん》としているのを目にして、「宰相もここで声を出して下さい。そのままではひどく客人《まろうど》のような態度です」と言うと、薫宰相はさりげなく風俗歌の「八少女《やおとめ》」を謡った。

〽八少女は我が八少女ぞ
立つや八少女　立つや八少女
神のやす高天原《たかまのはら》に
立つ八少女
立つ八少女

第五十章　敦良親王五十日儀《あつながしんのういかのぎ》

この短い「匂兵部卿《におうひょうぶきょう》」の帖《じょう》で、まがりなりにも匂宮《におうみや》と薫《かおる》の対比を描けたので、あとはこの二人を巡る物語にしていけばよい。そのためにも必要なのは女房《にょうぼう》たちであり、これは夕霧《ゆうぎり》右大臣の子女では血縁が近過ぎて難《なん》がある。気になるのは、亡き柏木衛門督《かしわぎえもんのかみ》の弟で、幼い頃から芸事に優《すぐ》れ、猪突猛進の兄とは違って、地味かつ円満な人物だ。この故致仕大臣《ちじのおとど》の次男に焦点を当てれば、その後の展開が自然かつ容易になるような気がする。

もう年の瀬も近づき、様々な行事が控えて多忙な折、小少将《こしょうしょう》の君《きみ》がこの帖の草稿《そうこう》を受け取るため、局《つぼね》を訪れ、そのまま話し込んだ。その話し声を耳にしたのか、宰相《さいしょう》の君もはいって来て、四方《よも》山《やま》話になった。

「光源氏のその後が、どうしても気になって眠れない日が続いています」

話の流れとは無関係に、宰相の君が言ったので、二人共びっくりする。

「今、小少将の君が手にしているのが、あの『幻』の帖の続きですね」

訊《き》かれて「そうです」と答える。

「もうそこには、光源氏がどうなったかは書かれていないでしょう」

「書いていません。あれでもう終わりです」

「やはりそうですよね。『幻』の帖だから、光源氏も幻の中に消えてしまったのですね」

いかにも残念そうに宰相の君が言う。「作り手の藤式部《とうしきぶ》の君を前にして、こう言うのも僭越《せんえつ》ですけど、どうなったか知りたくて、ずっと考えています」

「多分、藤式部の君は、ひとりひとりに考えさせるため、光源氏の老後については省筆したのではないでしょうか」

小少将の君がなだめるように宰相の君に言う。

「そうですよね。そこで、このところ何日も考え続けて、老後の光源氏の暮らしぶりを思いついたのです」

宰相の君が目を輝かせたので、「光源氏の老いの生活はどうなっていましょうか」と訊いてしまった。小少将の君も聞きたそうな顔をしている。

「光源氏は五十三歳になったのを機に、都から三日もかかる遠い山麓《さんろく》に隠居します。二、三人の供人《ともびと》のみを連れて、身の回りの世話をさせます。勤行三昧《ごんぎょうざんまい》の日々です」

宰相の君が静かに言う。確かに、そうあっても不思議ではない、老いた光源氏の生活ではある。

「もちろん、都からは頻繁《ひんぱん》に文《ふみ》が来ます。しかし光源氏は返事は書かず、そのまま使者を帰らせます。季節が巡るうちに、その文の数もめっきり減っていきます。しかし、ただひとり、めげずに文を送り続けた女君《おんなぎみ》がいました」

「それは誰ですか」

小少将の君が問い質《ただ》す。

「花散里《はなちるさと》です」

やっぱりと思う。花散里好きの宰相の君らしい思いつきだ。

「あまりに返事がないので、花散里は供を連れて、光源氏の草庵《そうあん》を訪問します。時は秋で、草庵の脇にある、かえでの大樹は真赤で、草庵の茅葺《かやぶき》屋根も、かえでの落葉で赤く染まっていました。柴戸《しばど》を開けて中にはいった花散里は、光源氏の前にひざまずき、挨拶《あいさつ》をします。名のらなくてもわかってもらえると思ったからです。しかし光源氏のひと言は『帰れ』でした。恐ろしいほどの剣幕なので、花散里は立ち去りますが、かつて愛した人の様子を眺《なが》めて、ほとんど目が見えていないのに気がつきます」

「そうですか。光源氏が盲《めしい》になるのですか」

小少将の君が同情するように言う。

「そして光源氏がほとんど何も見えなくなったことを聞いて、花散里は再び草庵を訪れます。今度は行商《ぎょうしょう》の田舎娘《いなかむすめ》に扮《ふん》してです。黄昏《たそがれ》時、僧衣に身を包んだ光源氏は、付き人に手を引かれ、木の根を避《よ》けるようにして散策していました。その変わり果てた姿に、花散里はつい涙します。すすり泣く声を聞いた光源氏は、近寄って娘の肩に手をやると、ずぶ濡《ぬ》れです。光源氏は驚いて、草庵の囲炉裏《いろり》で着物を乾かすように勧めます。囲炉裏の火が燃える前で、娘が恥ずかしがっていると、光源氏が言います。私は目が見えないので、安心して体を乾かしなさい。そう言われた花散里は着物を脱ぎます。囲炉裏の火がその裸身を赤く照らし出しました」

宰相の君がそこで言いさす。なかなかの話の流れで、小少将の君もその先が聞きたそうだ。

「すると、光源氏がこう言ったのです。『若い女、申し訳ない。私は少しは目が見える。まだ震《ふる》えているお前の肌に、手を触れさせてはくれないだろうか』。こうして、花散里は光源氏と契《ちぎ》ったのです。花散里の体は若々しかったのですが、髪に白いものが交じっているのには、目が弱った光源氏は気づきませんでした。

「花散里が、光源氏と再び契ることができたのですね」

小少将の君が興奮気味に言う。

「そうです。花散里は思いを遂《と》げたのです。しかし花散里は言います。『申し訳ありません。嘘《うそ》をついたのは、わたしです。行商の途中で道に迷ったのではなく、近くの村娘でございます。あの高名な光源氏様がここにおられると知って、その腕に抱かれたくて参ったのでございます』。そう白状すると、光源氏は突如怒って、『何だと、とっとと帰れ』と怒鳴《どな》って花散里を叩《たた》き出しました」

「それは酷《こく》な」

小少将の君が呟《つぶや》く。

「花散里を追いやったあと、光源氏はかつて契った女君たちを、次々と思い浮かべて、過ぎ去った歳月の長さをしみじみと感じます。そのふた月後、光源氏を忘れられない花散里はまた策を思いつきます。今度は受領《ずりょう》の妻に扮します。光源氏は大木の下に坐り、蟬《せみ》の声に耳を傾けていました。花散里は扇で半分顔を隠して近づきます。『夫を亡くしたあとのお伊勢《いせ》詣《まい》りの帰途でございますが、従者のひとりが足を捻《くじ》いて、先に進めなくなりました。どこかに雨露《あめつゆ》をしのげる場所はございませんか』と訊いたのです。光源氏は答えます。『草庵は狭いので、従者はこの木の下で休み、そなたは中にはいり、筵《むしろ》を敷いて憩《いこ》うがよい』。そう言った光源氏は、手探りで中に案内します。このとき花散里は、光源氏が全く光を失っているのに気がつきます。一切、花散里の方に目を向けなかったからです」

「可哀想《かわいそう》に」

また小少将の君が呟く。

「筵に身を横たえた花散里は、月の光が光源氏の盲目の顔を美しく照らしているのを眺めます。そこで、月の美しい夜なので、好きな歌を歌ってよろしいでしょうか、と言って、かつて紫の上が愛《め》でていた歌を口にしました。

〽庭に立つふふきの雄鳥《おとり》
しついついつら
愛子夫《いとこせ》我《わ》が夫《せ》
暁《あかとき》と知らに我が寝《ね》ば
しついつら
打ち起《おこ》せ雄鳥

これを聴いた光源氏は驚いて訊きます。『それは私の若い頃、愛した人がよく口にした歌だ。それを知っているそなたは一体誰だ』。そう言って光源氏は近寄り、花散里の髪を撫《な》でます。こうして、花散里は光源氏の新たな愛人になります。朝夕、光源氏の世話をし、食事も作ります」

「それは、めでたしめでたしです」

小少将の君が小さく手を叩く。「花散里はそうした世話に長《た》けていましたから」

「ところがそうではないのです」

今度は宰相の君が首を振る。「光源氏はこう言ったのです。『幾多《いくた》の女に愛されたというあの光源氏でさえ、そなたより優しい女は知らなかっただろう』。すると花散里は、『あなたが言われる光源氏という方の名など、一度も聞いたことがございません』と答えるのです。驚いたのは光源氏で、『あの人はそんなにも早く世の中に忘れ去られてしまったのか』と呟いて、その日は深く物思いに耽《ふけ》っているようでした。

やがて秋になり、山の樹々が色づき始めます。冬の足音が近づくにつれ、紅葉《もみじ》は茶褐色に変わっていきます。そんな時の移ろいを、花散里は、目の見えない光源氏に語って聞かせます。素朴《そぼく》ながらも味わいのある料理を作り、古い歌も口ずさんでやります。それはかつて六条院に住んでいた花散里そのものでした」

「ほら、やっぱりそうでしょう」

横目で睨《にら》んで、小少将の君が言うのを制してやる。宰相の君の話の続きが、まだあるような気がしたからだ。

「秋がいよいよ深まり、虫の音《ね》もか弱くなっていく頃、光源氏は病《やまい》を得て床《とこ》に臥《ふ》します。ある朝、花散里が光源氏の脚《あし》をさすってやっていると、光源氏が花散里の手をまさぐって握り、こう言ったのです。『死にゆく男の世話をしてくれるそなたに、私は嘘を言っていた、私こそは光源氏だ』と名乗りました。すると花散里が答えます。『こちらに参ったとき、わたしは光源氏がどういう方かは知りませんでした。今、あなた様が、この世の中で最も美しく、人々から最も愛された方だと知りました。

しかしもう、あなたは愛されるために、光源氏である必要はございません』。

すると光源氏は微笑《ほほえ》んで、花散里に深く感謝しながら、『自分は間もなくこの世から消えていくが、我が人生に悔《く》いはない』と言ってから、自分の人生を彩《いろど》った女君たちの魅力を、花散里の前で、問わず語りに話して聞かせます。

私が最初に愛した六条《ろくじょうの》御息所《みやすどころ》、愛に気がついたときにはもうこの世にいなかった正妻の葵《あおい》の上、腕の中ではかなく消えた夕顔《ゆうがお》、私の不義のためにいつも苦しんでいた紫の上、一夜の契りのあと身を遠ざけた空蟬《うつせみ》、そして最後に、今自分の世話をしてくれているそなたと、もっと人生の早い時期に出会いたかった、とまで言います。

次々と、光源氏が愛した女君たちの名を口にするのを聞いて、とうとう花散里が問いかけます。

『あなたが住んでいた六条院には、もうひとり女が住んでいませんでしたか。夏の町に住んでいたその女の名前を、まだ口にされてはおりません。その女は優しくはなかったのですか。その女は花散里という名ではありませんでしたか。どうかどうか思い出して下さい』。

花散里の哀願《あいがん》で、光源氏が少し思い出すような表情になったので、花散里はなおも言います。『その花散里は十八年間、あなたに仕《つか》えた者です』。耳許《みみもと》で言ったのですが、光源氏の顔から血の気《け》が引いていき、花散里の声は、絶命した光源氏の耳に響くだけです。花散里は髪をかきむしって、地に身を投げ、声を限りに泣くしかありませんでした」

語り終えた宰相の君が目を赤くし、小少将の君も、目に袖を当てている。

「素晴らしい後日譚《ごじつたん》です」

いかにも花散里を好きな、宰相の君らしい話を褒《ほ》める。とはいえ、盲になった光源氏を描く気にはならない。

「わたしも、多少は光源氏の余生がどうなったか、考えてはいました」

小少将の君が涙を拭《ぬぐ》って言う。「光源氏は、紫の上を荼毘《だび》に付したと思われる、鳥辺野《とりべの》を見下ろす所に草庵を作り、そこで勤行三昧をしたのではと思っていました。でも、それでは都に近く、誰彼となく来訪できるので、隠遁《いんとん》生活にはなりません。かといって、今更、須磨《すま》や明石《あかし》ではないでしょうし」

宰相の君の話と比べて、いかにも稚拙《ちせつ》だと思ったのか、小少将の君が頰《ほお》を赤らめた。

「それぞれが、光源氏がどうなったか、考えていいのです。十人十色《じゆうにんといろ》の光源氏の老後があって当然です。本当は、『幻』の帖の続きを書きかけて、すぐにやめました。空白を残したほうが光源氏にふさわしいと思ったからです」

弁解がましく言うと、二人共頷《うなず》いてくれた。その書きかけた帖の名は、「雲隠《くもがくれ》」ではあった。その内容は、読む人の心に任せたので、おのおのの「雲隠」の帖があっていい。

年が明けて寛弘《かんこう》七年（一〇一〇年）の正月、枇杷殿《びわどの》の清涼殿《せいりようでん》で敦成親王《あつひらしんのう》と敦良《あつなが》親王の戴餅《いただきもちい》が実施された。帝《みかど》が両親王の頭に餅を載せる儀で、中宮《ちゆうぐう》様の供をして、上臈《じようろう》の女房たちも参上した。道長《みちなが》様の長男で左衛門督《さえもんのすけ》の頼通《よりみち》様が、二人の親王を両腕に抱き、道長様が餅を取り次いで、帝に手渡す。清涼殿の東の戸に向かって、帝が餅を親王たちの頭に載せるとき、二人の親王が御前に参上し、また退下《たいげ》する様子は、いかにもおごそかだった。残念ながら、この式には、中宮様は出席されなかった。

正月一日の御薬《ごやく》の儀の陪膳《ばいぜん》役は宰相の君で、例によって、吉方《きつぽう》に応じて唐衣《からぎぬ》の上に着た衣装《いしよう》の色合いなどは、実に趣《おもむき》があった。取次の女蔵人《にょくろうど》は内匠《たくみ》の君と兵庫《ひょうご》の君で、髪を上げた姿が、いつもと違って見え、実に美しい。屠蘇《とそ》や白散《びゃくさん》を供する女官は、内裏《だいり》女房の文屋《ふや》の博士で、偉そうに、得意顔で女房たちに膏薬《こうやく》を配った。

二日は、中宮様が上達部《かんだちめ》や殿上人《てんじょうびと》を招待する大饗《だいきょう》の代わりに、大臣以下の上達部の招宴《しょうえん》になった。東面《ひがしおもて》を広く取り払って例年通りに実施された。上達部としては、東宮《とうぐう》を補佐する藤原道綱大納言《みちつなだいなごん》、右大将《うだいしょう》、藤原斉信中宮大夫《だいぶ》、四条の藤原公任《きんとう》大納言、藤原隆家権中納言《たかいえごんちゅうなごん》、侍従《じじゅう》の藤原行成《ゆきなり》中納言、藤原頼通左衛門督、藤原有国《ありくに》宰相、藤原正光《まさみつ》大蔵卿、藤原実成左兵衛督《さねなりさひょうえのかみ》、源頼定《よりさだ》宰相たちが、東面に位置した。源俊賢《としかた》中納言、藤原懐平《かねひら》右衛門督、源経房《つねふさ》左宰相中将、藤原兼隆《かねたか》右宰相中将は、長押《なげし》の下に、殿上人の座の上に着席する。

道長様が敦成親王を抱いて、客人《まろうど》に対して挨拶《あいさつ》を言わせたあと、北の方の倫子《ともこ》様に、「弟宮を抱きなさい」と言うと、敦成親王は焼餅《やきもち》を焼いて「いやいや」と道長様を責め立てた。それを道長様があやされたので、右大将以下面白がる。

その後は清涼殿に赴《おもむ》いて、帝が殿上にお姿を見せての宴遊会《えんゆうかい》が催《もよお》された。道長様が例によってしたたかに酔われたので、何をされるかわからず、煩《わずら》わしくなって几帳《きちょう》の奥に隠れていた。それを目ざとく見つけられた。

「これは何としたこと。そなたの父の為時《ためとき》をせっかく御前の宴遊に招いたのに、さっさと退出してしまった。実にけしからん」とご気嫌斜めだ。「親の代わりに歌を一首詠《よ》めば、許してやります。今日は正月最初の子《ね》の日なので、初子《はつね》にちなむ歌を詠みなさい」

仕方なく不出来な賀歌《がか》を詠んだ。道長様は酔われていて、ほの赤くなった顔色が火影《ほかげ》に照らされて艶《つや》やかだ。

「長年、中宮に皇子《おうじ》ができなくて寂しい思いをしていましたが、こんなに立て続けに二人の若宮をこの目で見るのは、誠に嬉《うれ》しい」

とおっしゃって、御帳台《みちょうだい》の垂幕《たれまく》を引き上げ、眠っている親王二人の顔をごらんになり、『拾遺和歌集』の、**子の日する野辺《のべ》に小松のなかりせば　千代のためしになにを引かまし**、を、朗詠《ろうえい》された。これは、若宮たちを小松になぞらえ、この若宮たちがいなかったら、我が世の千年の繁栄の証《あかし》を何に求められようか、という賀歌で、新しく和歌を作るよりも、ぴったりの古歌《ふるうた》だった。

翌三日夕方に、いつの間にか春めいて霞《かす》んでいる空を眺め、枇杷殿の屋根が幾重《いくえ》にも重なっている中で、ただ渡殿《わたどの》の上辺りを見て、敦良親王の乳母《めのと》である中宮女房の中務命婦《なかつかさみょうぶ》と、昨夜の道長様の朗《ろう》誦《しょう》が素晴らしかった旨《むね》を話し合った。この中務命婦こそは、思慮深く気がよく利《き》く人である。

この新年の儀式が終わってすぐ、堤第《つつみだい》に退出した。久しぶりの帰参でありながら、十五日に催される敦良親王の五十日《いか》の祝いまでには、また枇杷殿内裏に戻らねばならない。

牛車《ぎっしゃ》が邸《やしき》の門をくぐり、牛車から降りると、樹木も繁《しげ》り、植栽が余り刈り込まれていないのが目にはいる。せっかく梅の古木が花をつけているのに、その周囲の雑木に遮《さえぎ》られて、興趣《きょうしゅ》を欠いている。

父君に挨拶に上がると、母君や惟規《のぶのり》、そして賢子《かたこ》も顔を出す。惟通《これみち》は殿上《てんじょう》に詰めているという。

さっそく、父君に道長様が不機嫌だったご様子を伝えた。

「それは申し訳なかった」

父君は素直に謝る。「そこまで私を気にされていたのは光栄でもある。しかし師走《しわす》から忙しくて、我ながら祝宴は耐えられなかった。師走の二十三日には、彰子《あきこ》中宮様の御仏名《おぶつみよう》に欠員がでたというので駆り出された。二十九日には、藤原行成様を訪ねた。僧侶の制度を定めた僧綱《そうこう》について調べるためだ。これも左少弁《さしようべん》としての務めだった。休む間もない、そのあとの祝賀とはいえ、あのような公卿《くぎよう》が立ち並ぶ席に、長居《ながい》はこたえる。

父君の年齢を改めて知らされ、歳月がこの上なく経ったのを思い知る。父君と母君に従って越前国《えちぜん》に赴いてから、もう十四年だ。

「それで、父君が去った罰として、道長様から強要されて詠んだ歌は、どんなものでしたか」

訊いたのは母君だった。

「咄嗟《とつさ》のことで、道長様も酔っておられたので、いい加減な歌になりました。

若菜摘み双の小松を得にしかば
千代《ちよ》に八千代《やちよ》に栄《さかえ》あれかし

もう二度と口にしたくないほどの、取柄《とりえ》のない歌です」

「しかしそれが、道長様の、野辺に小松のなかりせば、の詠誦を導いたのであれば、手柄であるのは間違いない」

父君が慰めてくれる。

賢子はそんな大人たちのやりとりを、神妙《しんみよう》な顔で聞いている。十一歳ともなれば、多少の和歌も耳が受けつけるのだろう。

賢子の手を引いて、自分の曹司《ぞうし》にはいる。稀《まれ》にしかはいらない部屋で、箏《そう》の琴を取り出す。中宮女房でいる間は、琴に手を触れる隙《すき》もないだけに、その音が耳に沁《し》みる。あれは三年くらい前の夏だったか、風が涼しい夕方、やはりひとりで箏の琴を掻《か》き鳴らしたことがある。『古今《こきん》和歌集』にある、**わび人の住むべき宿と見るなべに　歎き加わる琴の音《ね》ぞする**、が思い起こされて、胸の中を風が通り抜けたような寂しさを覚えたからだ。内裏の華やかさと比べて、この曹司が妙に黒ずんで煤《すす》けているように見えた。

当時は宮仕えに馴《な》れるのに必死で、たまに里邸《りてい》に帰っても、琴に触れる気にはなれず、箏の琴も和《わ》琴《ごん》も、雨の日に琴柱《ことじ》を倒しておくのさえ忘れていた。雨の日に絃《げん》を張ったままにしておくと、絃が緩《ゆる》んで使いにくくなる。

塵《ちり》が積もっているのは箏の琴と和琴だけでなく、厨子《ずし》と柱の間に立てかけている琵琶《びわ》も同じだ。厨子にびっしりと積み重ねた古い歌集や物語なども、今は虫の巣になって、触れると虫が這《は》い出してしまう。誰も開けようとしないのも当然ではある。その横に重ねてあるのが、亡夫の藤原宣孝《のぶたか》殿が大切にしていた漢籍だ。しかしそれも今は手を触れる人もいない。

たまりかねて、その中の一、二冊を手に取って読んでいると、仕えている古参の侍女《じじょ》たちが集まって来て、そっと口にした言葉には苦笑させられた。

「香子《かおるこ》様はこうやって漢籍を読まれるので、幸《さち》が薄いのです。女は、漢籍など読むものではございません。昔は、女はお経《きょう》を読むのさえ禁じられていましたのに」

敢《あ》えて、反論をする気にはならない。かといって、縁起《えんぎ》をかついで、長寿を祈った人が長生きするとは限らない。しかし我が身の幸のなさを顧《かえり》みれば、侍女たちの陰口にも一理ある。

敦良親王の五十日の祝宴のために、十五日の早暁《そうぎょう》に、枇杷殿内裏に急いで帰参する。空がすっかり明るくなって、小少将の君も里から戻って来た。二人でひとつの局を分け合い、どちらかが里帰りしたときは、ひとりで専有していた。二人共宮仕えに戻ったときの隔ては、几帳だけを真ん中に置いて相部屋だった。

二人で里での事を話しているとき、折悪《おりあ》しく道長様がやって来られた。

「相部屋にしていると、男でも通って来たときはどうするのですか。不都合な事は起こりませんか」

と人聞きの悪い事を、笑いながらおっしゃる。二人共、懇意《こんい》な男など持っていないので、その旨を告げて、小少将の君と顔を見合わせて頷き合った。いらぬ道長様の勘《かん》ぐりだった。

日が高くなって、二人して中宮様の御前に出仕《しゅっし》した。小少将の君は白と蘇芳《すおう》色の糸で織った袿《うちき》に赤色の唐衣《からぎぬ》、いつもの摺裳《すりも》を着た。こっちは表が紅《くれない》で裏が蘇芳色の紅梅襲《こうばいがさね》の袿に、表裏とも萌黄《もえぎ》色の萌黄襲の表着《うわぎ》、唐衣は表白で裏青の柳襲で、摺目《すりめ》の裳《も》を身につけた。しかしどうも若々し過ぎて、小少将の君の衣装《いしょう》と取り換えたいくらいだ。

帝付きの女房も十七人ばかり、親王たちの側に来ていた。弟宮の敦良親王の世話をするのは、橘《たちばな》の三位《さんみ》の君である。取次役は、外に中宮女房の小大輔《こだいふ》の君と源式部《げんしきぶ》の君がいて、中の方には小少将の君が控えた。

御帳《みちょう》の中には帝と中宮様がおられ、朝日を浴びて眩《まぶ》しいくらい、華やかな御前だ。帝は裾を長く引いた御引直衣《おひきのうし》を着、裾に括《くく》りのある小口袴《こぐちばかま》を身につけておられる。中宮様は、いつもの紅の打衣《うちぎぬ》に、紅梅襲や萌黄襲、柳襲、そして表が薄朽葉《うすくちば》色で裏が黄色の山吹《やまぶき》襲の衣を着て、その上に赤糸を経《たて》にし、紫糸を緯《よこ》にして織った葡萄染《えびぞめ》の織物を着、上が白い柳襲の小袿を表着の上に重ねておられた。色も模様も今様《いまよう》で限りなく美しい。

向こうの方は明るくて丸見えなので、この奥まった所に静かに坐っていると、中務命婦が敦良親王を抱いて、御帳《みちょう》の端から南に向かって進み出る。小柄小太りの容姿であり、ゆっくりとおごそかな動きに才気も感じられ、誠に人の手本になるような所作《しょさ》だ。葡萄染の袿、無紋《むもん》の青色の表着に、桜襲の唐衣を着ていた。

この日の女房たちの装束《しょうぞく》は、なべて美を尽くしていたのに、袖口の色合いが悪かった宰相の君は悔やんでいた。御前のものを取るときなどに、その袖口が、居合わせた上達部や殿上人の目に触れたのだ。しかしそうはいっても、そこまで悪くはなく、ただ色合が今少しなだけだった。

小大輔の君は、紅の衣の上に、紅梅襲の濃いのと薄いのを五枚重ね、唐衣は桜襲だ。源式部の君は、濃い紅色の重袿《かさねうちき》の上に紅梅襲の綾の表着を身につけている。織物の唐衣の色は勅許《ちょっきょ》が必要というのは、無理難題であり、表立った所で、色の間違いがあれば咎《とが》められもしようが、衣装の優劣については、気にする必要もない。

敦良親王への供膳《きょうぜん》と献餅《けんぺい》の儀式が終わり、食膳が下げられると、廂《ひさし》の御簾《みす》が上げられた。御帳の西面《にしおもて》にある帝の昼の御座所《おましどころ》に、帝付きの女房たちが、押し重ねたようにして居並ぶ。橘の三位の君をはじめとして、典侍《ないしのすけ》たち四人も詰めかけている。

中宮様付きの女房たちで、若い者は廂と簀子《すのこ》を仕切る長押《なげし》の近くに坐る。上臈の女房たちは、東の廂の南の障子《しょうじ》を片付け、御簾をかけた所に座を占めた。御帳の東の端に少し隙間があるのを見つけ、大納言の君と小少将の君がいる脇に、そっと坐った。

帝は、畳の上に、錦《にしき》の縁《ふち》をつけた唐綾《からあや》の褥《しとね》を敷いた平敷の御座に坐り、御膳《ごぜん》が供された。簀子に北向きに坐っているのは上達部で、西の方を上座《かみざ》にしていた。左大臣の道長様、右大臣の顕光《あきみつ》様、内大臣の公季《きんすえ》様、東宮の傅《ふ》の道綱様、中宮大夫斉信《ただのぶ》様、四条大納言の公任様たちが上座で、それより下位の上達部の姿は、ここからは見えない。

そのあと音楽の宴《うたげ》になり、殿上人は東の対《たい》の東南にある廊《ろう》に坐った。昇殿を許されない地下《じげ》の者はそれぞれ定位置に控える。藤原景斉《かげなり》様、藤原惟風《これかぜ》様、平行義《たいらのゆきよし》様、藤原遠理《とおまさ》様のような人々は殿上に位置をとった。四条大納言の藤原公任様が笏拍子《さくほうし》を打ち鳴らし、左中弁蔵人頭《くろうどのとう》の源道方《みちかた》様が琵琶、和琴は藤原頼通様、左の宰相中将の源経房《つねふさ》様が笙《しょう》の笛をそれぞれ担当する。まずは呂《りよ》の声調で催馬楽《さいばら》の「安名尊《あなとうと》」が謡《うた》われた。

〽あな尊
今日の尊さや
古《いにしえ》も　はれ
古もかくや有りけんや
今日の尊さ
あわれ　そこ良しや
今日の尊さ

次が「席田《むしろだ》」だ。

〽席田のや　席田の
いぬき河にや住む鶴の
いぬき河にや住む鶴の
住む鶴のや　住む鶴の
千歳《ちとせ》をかねてぞ遊び合える
千歳をかねてぞ遊び合える

さらに「此殿《このとの》」が謡われる。

〽此の殿は　むべも
むべも富みけり
三枝《さきくさ》の　あわれ
三枝の　はれ
三枝の三葉四葉《みつばよつば》の中に
殿造《とのつくり》せりや
殿造せりや

これを聴きながら、突如脳裡《とつじょのうり》に甦《よみがえ》ったのが、あの若い日、具平《ともひら》親王の邸で謡われたこの唄だった。具平親王の笑顔さえも思い浮かぶ。この唄は、「この催馬楽の『此殿』の意味がわかるかな。いやいずれ年が経てばわかるよ」と言っておられるようだった。

おめでたい席なのに、ふと涙ぐみそうになったとき、楽曲に移り、唐楽《とうがく》の「鳥」の序破急《じょはきゅう》のうち、破と急が演奏される。屋外の地下の座でも笛で合奏する。唄に応じる拍子を打ち間違えて咎められたのは、伊勢守《いせ》だった。

藤原顕光右大臣が、「頼通殿の和琴が実に素晴らしかった」と褒められたのはよかったものの、そのあとがいけない。泥酔《でいすい》して、帝の前に置かれた御膳の豪華な飾り物を取ろうとして、御膳をひっくり返されたのだ。左大臣の道長様は言うに及ばず、見ていた者はみんな背筋の冷える思いがした。

道長様から帝への御賜物《おんたまもの》は、笙と横笛などがはいった箱と、その他の品々だった。

あとで聞いたところによれば、笛は歯二《はふたつ》という名器で、道長様がほんの四日前に、花山院《かざん》御匣殿《みくしげ》から賜《たまわ》った品だという。その他の贈物としては、やはり同日に源経房様から贈られた名高い和琴の鈴鹿《すずか》があったらしい。これは関白太政大臣《かんぱくだいじょう》だった藤原実頼《さねより》様が秘蔵されていた名品で、由来を辿《たど》れば円融《えんゆう》天皇のご愛用品だった由《よし》だ。

翌十六日、敦良親王に、正式に親王宣旨《せんじ》が下った。これによって道長様は名実共に、二人の親王を持たれることになった。

その十日ばかり後の二十八日、藤原伊周《これちか》様の死去が伝えられた。まだ享年《きょうねん》三十七の若さだという。これによって帝の第一皇子で、定子《さだこ》様腹の敦康親王は後見《うしろみ》を完全に失った。もはや帝位への道は断たれたと言っていい。

思えば、関白道隆《みちたか》様の次男に生まれ、風雅《ふうが》をものとし漢詩にも長けていた伊周様は、わずか二十一歳で内大臣に叙されたのではなかったか。しかし道隆様の死後は、その弟である道長様に権勢が移ってしまっていた。伊周様はその叔父《おじ》道長様の目に見えない執拗《しつよう》な圧迫によって官を失い、家を焼かれ、弟の隆家《たかいえ》様共々、京から追われたこともあった。死の床にあった伊周様の失意の心中はいかばかりだったろう。

こうした政《まつりごと》の浮沈を感じながら、いよいよ光源氏亡きあとの物語を書き進めるのは、奇妙な符合だった。物語に登場したほとんどの人物は故人となり、新たな若者たちが表舞台に姿を現わす。それをどう動かすか。いや、もう今となっては、人物は勝手に動いてくれそうな気配がする。問題は人物が動く場所だ。京はもう書き尽くして、動き回る余地はもはやないような気がしてならない。

その頃、按察《あぜち》大納言という人は、あの故致仕大臣の次男で、故柏木衛門督の弟であり、今は五十四歳、童《わらわ》の時から利発で、心根も陽気で、昇進するにつれて、この世は生甲斐《いきがい》充分という有様《ありさま》になり、公事《くじ》も申し分なくこなし、帝の信頼も厚かった。

先の北の方は早く亡くなっていて、今の北の方はあの故髭黒《ひげくろ》太政大臣の娘である真木柱《まきばしら》である。真木柱の祖父である式部卿宮《しきぶきょうのみや》は、この姫君をまず蛍兵部卿宮《ほたるひょうぶきょうのみや》と結婚させたものの、何年か後に兵部卿宮が亡くなり、こっそりと幾夜も通い続けたのが按察大納言であり、もう長年が経ったので、正式に北の方として自邸に迎えていた。

按察大納言は、故北の方腹に二人の姫君がいたのみで、物足らず、神仏に祈ったお蔭で真木柱腹に男君がひとり生まれ、故兵部卿宮と真木柱腹の間に女君がひとりいたのも、大納言は自《みずか》らの子供同様に可愛《かわい》がっていた。おのおのの姫君付きの女房たちは、競い合う心も混じって揉《も》め事もたまには起こったものの、真木柱は大らかで今様の人なので、罪のないものとしてやり過ごし、自分の姫君にとって苦々《にがにが》しい事でも穏《おだ》やかに耳を傾け、腹立ちも抑えるため、世間の評判も上々であった。

姫君たちは同じような年齢であり、成長するにつれて、次々と裳着《もぎ》の儀を行い、七間《けん》の寝殿《しんでん》を広く造り、南面《みなみおもて》に大納言の大君《おおいぎみ》、西面《にしおもて》に中の君、東面《ひがしおもて》に故蛍兵部卿宮の娘の姫君を住まわせている。傍《はた》から見れば、この姫君に父宮がいないのが気の毒に思われるものの、父宮やその先代の宮からの遺品の宝物が数多く、内輪《うちわ》の儀式や作法は奥床《おくゆか》しく上品に行い、その有様には非の打ち所がなかった。

例の如《ごと》く、このように大切にされている三人の姫君たちの評判が伝わり、年齢順に求婚して来る人は多かった。帝や東宮からもその意向がほのめかされているものの、帝には既《すで》に中宮がいて、その方と寵愛《ちょうあい》を競うのは難しく、とはいえ、初めから卑下《ひげ》して遠慮するのも甲斐がなく、一方の東宮にも右大臣の姫君が、並ぶ人がないという様子で仕えていて、やはり競いにくいとは言っても、人より勝《まさ》ると自負する娘の宮仕えを諦《あきら》めては、これまた不満が残ると決断して、ついに東宮に入内《じゅだい》させた。

この時大君は十七、八歳で、美しく優雅な容貌《ようぼう》であった。中の君もそれに続いて上品で美しく、物静かな点は姉君より勝って清らかで、結婚相手が臣下であっては勿体《もったい》なく、姿も見せたくないほどの容姿なので、二十五歳になる匂宮兵《におうみやひょう》部卿《ぶきょう》に懸想《けそう》してもらえればいいと大納言は思っていた。

その匂宮は、大納言の息子の若君を宮中で見つけた時など、必ず呼び寄せて遊び相手にしていた。この若君はしっかりした性格で、情が深いような目元と顔つきをしており、匂宮は「弟を見るのみではつまらない、姫君も見たいと、大納言に言いなさい」と戯言《ざれごと》を持ちかける。

「匂宮がこう言われた」と息子から聞いた大納言は、これは上々の成り行きだと微笑んで、「人と比べて劣るような宮仕えよりは、この匂宮にこそ、我が娘を見せたいものだ。心ゆくまで大切に婿《むこ》として世話をしたら、こちらの命も延びるような宮の様子ではある」と言う。

まずは大君の東宮入内の一事を急ぎ、春日《かすが》神社の神託に「皇后には藤原氏の娘がなるべき」とあったのが、もし自分の代に実現するなら、父の致仕大臣が、弘徽殿《こきでんの》女御《にょうご》の立后《りっこう》が実現しなかった事に胸を痛めたままで逝《い》ったので、その慰めになればと、心中で祈りながら、入内を終えた。寵愛を受けている由が伝わり、こうした宮中の作法に馴れていない間は、ちゃんとした後見が必要だと判断して、真木柱が付き添いとして参内《さんだい》し、心をこめて世話をしている。

大納言邸では、物寂しくなり、西面に住む中の君は、姉君と一緒の暮らしに馴れていたので、いよいよ心寂しく物思いに沈む。東面にいる蛍兵部卿宮の姫君は、大納言の姫君たちとはこれまでよそよそしくはなく、毎夜同じ所で寝て、いろいろな稽古《けいこ》事《ごと》も、とりとめない遊び事も一緒で、この宮の姫君を師匠と思って、中の君は慕《した》っていた。この宮の姫君は人見知りが激しく、母の真木柱にもはっきりと顔を見せないようにし、閉じ籠《こも》るような身の処し方であるとはいえ、その性向や物腰は決して暗くなく、容貌や振舞などは人より勝《まさ》っていた。

こうして大君の入内や、その他の事で自分の娘の事ばかり考えるのも、宮の姫君に気の毒ではないかと、大納言は、「宮の姫君にふさわしい縁談を思いつかれたら、私に言って下さい。私の二人の娘と同じようにお世話します」と真木柱に言うと、「いえいえ、姫君は世間並の結婚など、思いもよらぬようです。ここで結婚を持ち出すのもお気の毒でしょう。すべて宿世《すくせ》にまかせ、わたくしがこの世にいる限りはお世話を致します。わたくしの亡きあとが心配ですが、出家をするにしても、世間の物笑いになるような、軽はずみな事はなさらないで欲しいのです」と泣きながら答える。

宮の姫君の性格が申し分ない旨を伝えられた大納言は、どの姫君をも分け隔てなく親としての態度を保ち続けてはいるものの、宮の姫君の容貌を何とかして見たいと思う。「隠れておられるのは情けない」と残念がり、何とか人に知られないようにして姿を見せてくれないだろうかと、覗《のぞ》き回ったが、ほんの影さえも見る事ができない。

「母上がおいでにならない間は、私が代わりに参上《さんじょう》すべきなのに、こうもよそよそしいのが情けなく存じます」と言って、御簾の前の簀子に坐ったので、宮の姫君も仕方なく、ほんのわずかな返事をすると、その声や気配が上品そのものなので、姿や顔立ちも想像されて、なるほど素晴らしそうな人柄であった。自分の姫君二人を人には劣るまいと自負していたが、この宮の姫君にはかなわないのではないか、だからこそ世間づきあいの多い宮中は厄介《やっかい》なのだ。類《たぐい》ないと思っている我が娘たちよりも優《すぐ》れた方が、こうして出てくるはずだと思い、一層この姫君を知りたくなって、言葉を継ぐ。

「この数か月、何かと忙しくしているうちに、あなた様の琴の音《ね》も聴かなくなって久しくなりました。西面におります中の君は、琵琶に熱中しています。しかしそんなにうまく覚えられるはずはなく、生半可《なまはんか》な弾《ひ》き方では、聴いていても興醒《きょうざ》めの音色《ねいろ》です。どうせ稽古するのであれば、どうかあなた様が心をこめて教えてやって下さい。

私も五十半ばの老人になり、これまで取り立てて習った楽器もありません。しかしかつて源氏の君がまだおられた時代には、音楽が盛んで、私も演奏した経験があります。そのお蔭で、音色の良し悪《あ》しを聴き分ける事ぐらいはできます。どんな楽器でも、不案内というわけはございません。そのためか、あなた様がくつろいで演奏されることはなくても、時折拝聴する琵琶の音色には、往時が思い出されます。

六条院の亡き源氏の君からの伝授で、夕霧右大臣が琵琶の名手として残っておられます。源中納言の薫君《かおるぎみ》、兵部卿の匂宮も、何事につけ昔の人に劣らず、実に尊い宿運《しゅくうん》を持っておられ、音楽にも長けています。とはいえ、撥《ばち》をさばく手の動きや、少し弱い撥音などは夕霧右大臣には及びません。

そこへいくと、あなた様の楽の音こそ、夕霧右大臣によく似ております。琵琶は、押手《おして》が静かなのがよく、柱《じゅう》を押さえた時に、撥音が変わって優美に聴こえたあなた様の演奏は、いかにも女らしく、素晴らしいと思いました。さあ、どうか弾いて下さい」と大納言は言う。

女房たちに向かって「さあこちらに琴を持って参れ」と命じると、女房たちの中で隠れて奥から返事する者もおらず、かなり若い出自のよい女房だけが、顔を見せるのが恥ずかしいのか、おずおずと奥に坐っているため、「仕える女房たちまでが、このように私をもてなすのは、全く情けない」と、大納言は宮の姫君にあてこするように言い放った。

そこへ真木柱の若君が、宮中に参上するため直衣の宿直《とのい》姿でやって来る。髪もいつもの角髪《みずら》ではないので、ずっと大人びて可愛らしく、大納言は、東宮に入内して麗景殿《れいけいでん》にいる長女の大君に仕えている北の方の真木柱に、「体の具合がよくなく、今夜参上できない」とことづけを頼む。そして、「笛を少し吹いてくれないか。そなたは、ややもすると帝の御前の奏楽に召し出される。まだ拙《つたな》い笛なのに、はらはらさせられるよ」と微笑みながら言い、若君に双調《そうじょう》を演じさせた。

思いがけず上手《じょうず》に吹くので、「ははあ、ここまでうまくなったのは、この東面《ひがしおもて》辺りで、宮の姫君の琵琶に音を合わせていたからだろう。どうか宮の姫君も笛に合わせて、琵琶を弾いて下さい」と催促《さいそく》する。宮の姫君は困惑した様子ながら、爪弾《つまび》きで見事に合わせながら、ほんの少し掻き鳴らし、大納言も口笛で太く合奏した。

そのあと、この寝殿の東の端に、軒《のき》近くにある紅梅《こうばい》が美しく咲いて匂っているのを大納言は目にして、「庭先の梅が実に風情《ふぜい》たっぷりだ。兵部卿の匂宮は宮中におられるはずだ。ひと枝折って差し上げておくれ。わかる人にはわかる」と若君に言ったのも、『古今和歌集』に、**君ならで誰《たれ》にか見せん梅の花　色をも香をも知る人ぞ知る**、に拠《よ》っていて、「思い起こせば、光源氏と称されたあの方が、まだ若い盛りの大将であった頃、私は童で、この若君と同じように仕えていた。いつになっても恋しく思い起こされる。

この匂宮たちを世の人々は素晴らしいと思い、なるほど人から賞讃《しょうさん》されるような出自だ。しかし源氏の君と比べれば、物の数にもはいらない。というのも、あの比類《ひるい》ない美しさを知っているからだ。近親者でもない私でさえ、思い出すと気が晴れず、悲しみを感じる。ましてや近親者が、死に遅れて生き長らえるのは、心苦しいだろうと思う」と述懐《じゅっかい》し、しみじみとかつてを思い出して、悲しくなる。

胸の内を抑えきれなくなり、梅の花を折らせて、匂宮の許《もと》に急いで参らせようとして、「仕方がない。昔の恋しい源氏の君の形見になるのは、この匂宮だけです。釈迦《しゃか》の入滅後、弟子の阿難《あなん》が光を放ったそうだが、それを釈迦の再来と言った賢い聖《ひじり》もいたらしい。光のない今の闇の世に惑《まど》う私たちの心根を晴らす場として、匂宮に敢えて申し上げよう」と言って、和歌を添えた。

心ありて風の匂わす園《その》の梅に
まず鶯《うぐいす》のとわずやあるべき

思うところがあります、風が梅の匂いを送っていますが、まずはその梅に鶯が訪ねて来ないなどありえないでしょう、という勧誘で、「園の梅」に中の君、「鶯」に匂宮を擬《ぎ》し、『古今和歌集』の、**花の香を風のたよりにたぐえてぞ　鶯さそうしるべにはやる**、を踏まえていた。

文を書きつけたのは、紅梅に見立てた若々しい紅の紙で、若君の懐紙と一緒に折り畳み、出かけさせた。若君は幼《おさな》な心《ごころ》にも、匂宮と一層親しくさせてもらいたいと思いつつ、急いで参上すると、匂宮は、母である明石《あかし》中宮の上の局から出て、宿直所《とのいどころ》に向かう最中であった。多くの殿上人が見送りに来ている中に、若君を見つけて、「昨日はどうして早々と帰ったのか。そして今日はいつ来たのか」とお聞きになる。

「早く帰ったのを悔やんで、今日はまだ宮中におられると聞き、急ぎ参上致しました」と、幼い物言いながら答えたので、「宮中でなくても、私の私邸の二条院にも気楽に来て遊びなさい。若い者たちがいつも集まる所になっています」と言いつつ、若君を他の者から引き離して呼んで、親しく話しかけられる。

人々は近くに寄らず、おのおの立ち去って、周囲が静かになったので、「そなた、東宮からは少し暇《いとま》を貰《もら》うようになったのだろう。以前はいつも側に侍《はべ》らせておこうと考えておられるようだったが、今はそなたの姉の大君に寵愛が移っている。気分を害しているだろうね」と、匂宮が、からかい気味におっしゃる。

「東宮様が離して下さらなかったのが辛《つら》かったのです。匂宮のお側であれば嬉しいばかりですが」と若君が途中で言い澱《よど》むと、「どうやら私を一人前でないと思って、近づかないのだろう。まあ、それも道理だが、ちょっと気にくわない。古めかしい私同様の宮の血を引く方で、大納言邸の東面におられる宮の姫君に、仲良くして下さらないかと、こっそり話をしてくれないか」と、匂宮がおっしゃる機会をとらえて、若君が持参した紅梅の枝を差し出す。

匂宮は微笑《びしょう》して、「こちらから懸想文《けそうぶみ》を送ったあとだったら、もっと嬉しかったのに」と言い、花を下にも置かずに眺める。枝ぶりや花の具合、色と香も尋常《じんじょう》でないので、「『後撰和歌集』に、**紅《くれない》に色をばかえて梅の花　香《か》ぞことことに匂わざりける**、とあるように、紅梅は色に気を取られて香りは白梅《はくばい》に劣るとされてはいるが、これは色も香も揃って、実に見事に咲いている」と匂宮が言うのも、故紫の上の遺言ゆえに、紅梅を特に賞《め》でておられるからであった。若君も献上した甲斐があったと胸を撫《な》でおろすと、「今夜は宿直だろう。そのままここに留《とど》まるがいい」と、匂宮はおっしゃって、若君を引き留めた。

東宮に参上できなくなった若君は、匂宮が梅の花も恥ずかしく思うくらい、香ばしく、近くに添い寝させたので、子供心にもこの上なく嬉しく、離れ難いと感じていると、「この花の咲いている邸の大納言は、なぜ東宮にこれを贈らなかったのだろうか」と匂宮に問われる。「それはわかりません。風流さがわかる方に差し上げよう、と父は言っていたようです」と若君が答えた。

匂宮は、大納言としては胸の内で、私を中の君の婿にと願っているようだと、考え合わせたものの、実のところ慕う心は別の方にあるため、大納言への返事は、はっきりと物言いができず、翌朝、若君が退出する時、さりげない様子で返歌をした。

花の香にさそわれぬべき身なりせば
　風のたよりを過ぐさましやは

梅花の香りに誘われて当然の身分であれば、風の便りを見過ごす事もないでしょうが、という謙遜《けんそん》で、やんわり大納言の誘いを断っていて、「これから先は、年寄りたちが出しゃばらないようにして、こっそりと事を進めてくれ」と、繰り返し若君におっしゃるので、若君も東面の宮の姫君を一層大切に思うようになる。

若君は異腹の姉の大君《おおいぎみ》と中の君とはよく顔を合わせて、普通の姉と弟のようでもあったが、子供心にも、重々しく優雅な宮の姫君の心に添うように仕えたいと思いつつ、東宮妃《ひ》の大君が同様に華々しいのが口惜《くちお》しく、せめて匂宮を宮の姫君の婿君として、身近で見たいと考えているところだったので、こうした花の使いは願ってもない機会だった。

昨日の匂宮の返歌を大納言に見せると、「なんとも小憎らしい歌ではある。匂宮は私たちが好色がましい事を好まないと聞いているのだろう。夕霧右大臣も私たちも、匂宮がいかにも実直そうに身を処しておられるのを、おかしく思っている。好色で移り気の素質は十二分なのに、無理に真面目《まじめ》ぶっていては、せっかくの魅力も半減してしまう」と、陰口を言いつつ、今日も若君を匂宮の許に行かせ、和歌を持たせた。

本《もと》つ香の匂える君が袖ふれば
花もえならぬ名をや散らさん

元々香り高いあなたの袖が触れれば、こちらの花も並々ならぬ評判が立つでしょう、という誘いで、「君」は匂宮、「花」は中の君を暗喩《あんゆ》しており、『古今和歌集』の、**色よりも香こそあはれと思おゆれ　誰が袖ふれし宿の梅ぞも**、を下敷にしていた。「こんな歌で、娘との仲をとりもつなど、私も好色めいています。畏《おそ》れ多い事ながら」と書き添えたので、受け取った匂宮は、大納言が本気で縁談をまとめようとしていると思い、さすがに心をときめかしつつ、返歌をする。

花の香を匂わす宿にとめゆかば
色にめずとや人のとがめん

花の香のする宿を訪ねて行けば、香りではなく色を好んでいると、人が咎めるでしょう、という反発で、「色」に紅梅の色と好色を掛け、同じく『古今和歌集』の、**梅の花立ち寄るばかりありしより人のとがむる香にぞしみぬる**、を下敷にしていたため、読んだ大納言は、まだ心を許しておられないと不満だった。

そこへ北の方の真木柱が宮中から退出して来て、内裏での出来事を報告するついでに、「若君が先夜、宿直して戻って来た時、匂いが大層よかったのを、他の人は本人の香りと思ったのに、東宮はちゃんと気づかれました。『ははあ、これは匂宮に近づいたな、なるほど、それで私を避けていたのだ』と恨《うら》み言を口にされたのは、愉快でした。こちらから匂宮へ手紙を差し上げたのでしょうか、そうは見えませんでしたが」と大納言に訊く。

「実はそうです。匂宮は梅の花をお好みですから、あの軒端《のきば》の紅梅が真っ盛りだったので、そのままにできず、折って献上したのです。やはり、匂宮の移り香《が》は本当にたいしたものです。晴れがましい宮中に仕える女たちでも、あのようには薫き染《たし》められないでしょう。それに対して、薫宰相の方は、あのように色めいて匂わす事はなくて、元々備わった香りが素晴らしいのです。それは不思議議で、前世の因縁《いんねん》がどれほど良かったのか、知りたいくらいです。同じ花とはいえ、梅の香りは生得《せいとく》の根に由来しています。匂宮が賞美するのも、むべなるかなです」と花のついでに、まず匂宮を話題にした。

一方、宮の姫君は、物事の分別がつく年頃に達して、何事にも道理がわかり、理解できないわけではなかったものの、夫を迎えて世間並に結婚するのは論外と思って諦めている。世の男も、権勢に靡《なび》く心からか、大納言の実子である大君と中の君には、熱心に言い寄るものの、連れ子である宮の姫君にはそれがなく、ひっそりと引き籠っていた。

匂宮はこれこそ自分にふさわしいと聞き及び、何とかして近づきたいと思い、若君をいつも側に呼んでは、内密の手紙を送る。大納言の方では、中の君との縁組を匂宮が本気で望み、口に出して言うのを待ちつつ、気配を探り、心づもりをしているのを見ると、真木柱は、「大納言の期待は的《まと》はずれだし、匂宮とて、縁組みに気乗りしない宮の姫君に心を寄せて、かりそめの言葉を尽くすのは、無駄《むだ》骨《ほね》なのに」と思っていた。

宮の姫君からは、わずかな返事さえないが、匂宮は負けじ魂から、断念する気配はない。それを見た真木柱は、匂宮の人柄も悪くはなく、婿君として世話をしたく、将来も申し分ないはずであると、時々思う反面、匂宮は実に好色で、密《ひそ》かに通っている所も多く、八の宮の姫君に対しても熱心さは並大抵でなく、足繁く通っていて、頼りない浮気な気性《きしょう》なので気が進まない。

真木柱としては、宮の姫君と匂宮兵部卿の結婚はもはや諦めていたものの、匂宮の身分の高さを思いやって、こっそりと、母として差し出がましく、稀《まれ》には返事を差し上げた。

第五十一章　越《えち》後《ごの》守《かみ》

この「紅梅《こうばい》」の帖《じよう》は、我ながら出来がよくなかった。というのも、亡き柏木《かしわぎ》の弟、按察大納言《あぜちだいなごん》のその後を、急いで記しておく必要があったからだ。死去した北の方との間に大君《おおいぎみ》と中の君《きみ》という二人の娘がいて、そのあと再婚した真木柱《まきばしら》との間に若君がひとりでき、この若君を寵愛《ちようあい》するのが匂宮《におうみや》なのだ。この匂宮が密《ひそ》かに恋している宮の姫君は、真木柱が故蛍《ほたる》兵部卿の宮の間にもうけた娘だった。兵部卿《ひようぶきよう》

こうした込み入った筋書《すじがき》を叙述しなければならない前提があると、つい筆は急ぎがちになり、余韻《よいん》を失う。

そしてまた、この帖では、光源氏に似て色好みの匂宮の性質《たち》を明らかにしておかねばならなかった。好色なのに、それを表向きは自制しているのが匂宮で、この裏表は按察大納言も、お見通しだった。これに対して薫君《かおるぎみ》のほうは、根っからの生真面目《きまじめ》さが拭《ぬぐ》いきれない。何の因果からか、世を楽しめず、できることなら早々と出家したい意向さえ持っている。しかし、母である女三の宮が出家《しゆつけ》

している現在、自分までがそのあとを追えば、世の非難のみならず、院や帝《みかど》以下に失望をもたらす。

傍目《はため》から見れば、この薫は多くの人々から、光源氏亡きあと、深々と愛情を注《そそ》がれていた。冷泉院《れいぜい》とその后《きさき》の秋好宮《あきこのむ》は言うまでもなく、兄の夕霧右大臣《ゆうぎりうだいじん》、そして今上帝《きんじょうてい》の后である明石《あかし》中宮からも、弟として可愛《かわい》がられて、このまま行けば、世の栄達はもはや約束されたも同然なのだ。

それなのに、このただならぬ薫の鬱屈《うつくつ》は、どこから来るのか。これが出自の秘密にあるのは言《げん》をまたない。もちろん、この時点で薫はその事実をうすうす感じてはいるものの、はっきりとは知らない。しかし宿世《すくせ》として薫が背負わなければいけないのは、もはや自明だろう。それがいつ明かされるのかは、今はわからない。この秘密こそが、これからの物語を進めていく発条《ばね》になるような気がする。

そのような事情を、この「紅梅」の帖に盛り込まねばならないので、筆が走ってしまったのだ。書くべきことが控えていると、いきおい筆は乾きがちになる。思念に任せて、漠然《ばくぜん》とことを進めているほうが、筆先には情感が溢《あふ》れる。いわば、この行き当たりばったりのほうが、物語としての興趣《きょうしゅ》が出るのだ。不思議と言えば不思議だけれど、これは事実だから仕方ない。

とはいえ、この帖の中で自分ながらほっとしたのは、匂宮も薫も、あの光源氏に比べると数段劣ると言った按察大納言の言葉だった。その段を書いていて、つい涙を催《もよお》してしまった。そう、長々と書き継いだ亡き光源氏こそは、比類《ひるい》ない人物だったのだ。それを大納言の言葉で確認できたとき、これまでの苦労が一気に頭に溢れた。

いつの日か『蜻蛉日記《かげろう》』を超えるものを書いておくれ、と言ってくれたのは、夭折《ようせつ》した姉君だった。その言葉を遺言のようにして、暇々《ひまひま》に任せて、いや時を盗むようにして書き続けたのだ。書き続けた物語は、ひとつの帖が書き終わるたび、小少将《こしょうしょう》の君や大納言の君などの手によって浄書《じょうしょ》され、一部は彰子《あきこ》中宮様のお手許《てもと》に置かれる。

聞くところによると、道長《みちなが》様の女房《にょうぼう》にも渡されて筆写され、道長様やその北の方の倫子《みちこ》様のお目にも触れているという。

従って手許に残っているのは手控帳《てびかえちょう》のみであり、草稿《そうこう》は戻って来ない。それはそれでいい。書き終えたものがあると、物語を先に進める足枷《あしかせ》になる。書きっ放しのほうが、想念はどこまでもはばたくのだ。この「紅梅」の帖の末尾に、八の宮の姫君と書きつけたのは咄嗟《とっさ》の思いつきだった。八の宮といっても、どんな人物なのかはわからない。これから少しずつ明らかになっていくはずだった。

年が明けて、里邸《りてい》に帰ったとき、父君から国守《こくしゅ》に任じられた旨《むね》を聞いた。父君はもう六十三歳だから、体がその任に耐えられるか心配だ。任地が越後《えちご》と聞いて、二度驚く。十五年前に赴任《ふにん》した越前《えちぜん》の先ではないか。

「辞退も考えたが、これも道長様のおはからいだと思って受諾《じゅだく》した。わしらの暮らしぶりを察しての処置だろう。もうひとふんばりすれば、この惟規《のぶのり》も、いずれはどこかの国守に推薦《すいせん》されるだろう」

こちらの憂慮《ゆうりょ》を察して、父君が言う。その脇で惟規が神妙な顔を上げた。

「私も父君に従って越後に行きます。なあに、若いときに行った越前のすぐ奥ですから、大した違いはないでしょう。むしろ懐しく思います」

老齢の父君の補佐としては、なるほどうってつけに違いない。宿直《とのい》でいなかった惟通《これみち》に、その間この堤第《つつみだい》の主《あるじ》になってもらわなければならない。

しかし心配なのは、母君の脇に静かに坐っている賢子《かたこ》だった。寒い越後までは、同行も叶《かな》わないだろう。

「わたしと賢子は堤第に残ります」

母君が毅然《きぜん》として言う。「為時《ためとき》殿には申し訳ないのですが、わたしは賢子とこの堤第を守っていかねばなりません」

「ありがとうございます。わたしが宮仕《みやづか》えをしているばかりに、母君に苦労をおかけします」

頭を下げるしかない。

「なんのなんの。この子は生い先が実に頼もしい。箏《そう》の琴も和琴《わごん》も上達が早い。兄たちから琵琶《びわ》も習っている」

母君が賢子の方を見やりながら言う。

「そうですか」

真直ぐな目でこちらを見ている娘は、何かを必死でこらえているような表情だ。何か責められている気がして、顔を背けたとき、つい涙がにじんだ。娘が不憫《ふびん》だった。幼いときから傍《そば》にいてやれず、帰って来るのは年にほんの数回、それも短い日々でしかない。次第に疎遠《そえん》になるうち、母をどこかで憎む心が生じても不思議ではない。

自分の幼時は、それとは正反対で、生母の顔は知らないとはいえ、いつも今の母君と祖母君がいてくれた。父君に至っては、散位《さんい》だっただけに、家を空ける日は稀《まれ》だった。その暇に任せて、弟三人と一緒に漢籍の読み書きを教えてくれたのだ。

ところが賢子は、父の姿も知らず、祖父もこうして遠くに旅立って行く。そんな寂しさを当然の成り行きとして受けとめているのが、娘の硬い表情から見て取れる。

「賢子に、これから先、漢学、漢詩などを教えてやるのは惟通です。和歌は母君です」

惟規が言い添える。「賢子の年齢にして、あれだけ漢籍が読めるのは、都中を探してもいないでしょう。父君の話では、姉君以上かもしれないそうです。姉君以上となると、行く末が空恐ろしいです」

半ば本気、半ば誇張の言い方だった。

「わしが思うに、この子も必ず、そなた同様ひとかどの女子《おなご》になる」

父君が真顔《まがお》で言い添える。「わしたちがこうやって、今をときめく道長様から目をかけていただくのも、香子《かおるこ》のお蔭だ。わしらが留守の間の堤第は、この家刀自《いえとじ》と惟通が守っていく。居残る家司《けいし》たちにも、それはよく言い聞かせている。そなたは、思う存分、中宮様の側で働いてくれ。どこへ行っても、そなたの物語のことは耳にする。女子たちが、こぞって読み、書き写しているらしい」

「女子のみならず、それは私も同様です」

惟規が笑いながら言う。「この前も、かつての蔵人《くろうど》仲間から、何とかして、物語の先の方を手に入れることはできないだろうか、と懇願《こんがん》されました。私が作者の弟と知って、持ちかけたのでしょうが。いや自分も、物語の先は知らない、読んだこともない、と突っぱねました。先日、里帰りした妹も、同じようなことを、知り合いから催促《さいそく》されたようです。私が何かのついでに読んだのは、哀れな柏木の密通のところでした。あれから物語は随分進んでいるのでしょうね」

「もう今は、柏木も紫の上も光源氏も亡くなりました」

つい答えながら、不意に胸を衝《つ》かれる。改めて、ひとつの物語が終わったのを実感する。

「そうですか。紫の上も死んだのですか。惜《お》しい人を亡くしました」

母君が、まるで親しい人でも亡くしたような言い方をする。

「はい。ですから、これから先、新しい物語を紡《つむ》いでいかなければなりません」

「それは骨が折れるねえ」

「仕方がないです。中宮様が望まれていることですし」

思えばこれは幸せなことだった。彰子中宮様は自分が読まれたあとは、もう一部を大納言の君に書写させ、帝の許《もと》に持って行かれるらしい。帝はざっと目を通されたあと、帝付きの女房に下賜《かし》され、それがまた順送りに書き写されるのだ。同じようなことは、道長様もされていると聞く。

そうした事情を思い遣ると、ついつい筆が重くなるので、読む人のことは一切考えないようにしている。思うまま、書きたいところを書いていくだけだ。

「かといって、姉君の物語は越後までは届かないでしょう。任期の四年は我慢して、また都に戻ったとき、何とかしてかき集め、読ませてもらいます」

惟規が言う。「そのとき、物語は完結しているでしょうか」

唐突《とうとつ》な質問に慌《あわ》てる。ここは、「さあ」と言って返事を濁すしかない。

「香子がこうやって、苦心惨憺《さんたん》して物語を書き継いでいることを、死んだ朝子《あさこ》が知ったら、どんなにか喜ぶだろうね」

母君がしんみりと言う。

「いや、泉下《せんか》で知って喜んでくれているよ」

父君が慰める。

確かにそうだった。これまでに書き継いだ四十三帖は、もう仕方がない。しかし残りの物語は、亡き姉君が満足するような、納得するようなものにしていこう。生きている人々ではなく、泉下の姉君に読んでもらうつもりで筆を走らせればいいのだ。

これからの話は、光源氏の一族から縁遠くなった鬚黒《ひげくろ》大将、後の太政《だいじよう》大臣に仕《つか》えていた女房たちの中で、まだ生き残っている者が、問わず語りに語ったもので、これまでの紫の上付きの女房の話した事とは似ていないとはいえ、「光源氏の子孫について、間違いが混じっているように聞こえます。それはわたしたちよりも年を取って、呆《ほう》けてしまっているからでしょう」と、怪訝《けげん》な顔をしていたが、さて、どちらが本当なのだろうか。

尚侍《ないしのかみ》だった玉鬘《たまかずら》が鬚黒大臣との間で産んだのは、男三人、女二人で、それぞれ立派に育てようと願い、歳月が過ぎるのを待ち遠しく思っているうちに、鬚黒大臣があっけなく亡くなったので、玉鬘は夢のような心地で、夫が急いでいた姫君の入内《じゆだい》も沙汰止《さたや》みになってしまった。

人心も時勢につれて変わるものなので、あれほど権勢を誇っていた鬚黒大臣の亡きあとは、邸内の宝物や、各地の所領など、生計面での衰えはないとはいえ、大方の様子は打って変わったように、しめやかになってしまう。

玉鬘の近親者では、故致仕大臣《ちじのおとど》の次男で、玉鬘の弟の紅梅《こうばい》大納言のように多くの人が世に繁栄している。とはいえ、玉鬘は、幼い頃は九州で過ごし、上京しては源氏の君に引き取られたので、疎遠であり、鬚黒大臣も人情味がなく、気分にむらがあって人づきあいも上手《じようず》でない性質《たち》から、敬遠されていたため、親しくつきあう人はいない。ただ亡き源氏の君が万事につけ、昔と同様に大事な人と考え、死後の財産分けの遺言書にも、明石中宮の次に書いていたため、夕霧右大臣などは、実の兄弟以上に心配りをし、しかるべき折には訪問していた。

玉鬘の男君たちは元服して、各自成長しており、鬚黒大臣の亡きあと、何かと不安で気がかりな事はあっても、自《おの》ずから出世をしていく気配があり、一方の姫君たちをどうやって縁づかせるかが、頭痛の種になっていた。

生前に鬚黒大臣が、娘を是非《ぜひ》入内させたい旨を今上帝に奏上《そうじょう》しておいたので、成人になる年月を見計らって、入内の誘いが絶えずある。明石中宮の勢いがいよいよ強くなり、比類がないため、他の女御たちはなべて影が薄くなっている今頃になって、入内《じゅだい》しても遠くから睨《にら》まれるのも嫌で、また他の妃に劣って、物の数にはいらない目に遭《あ》うのも悲惨なので、一向に決心がつかずにいた。

冷泉院からも、実に熱心な参院のご要望が示され、その昔、玉鬘が入内せずに鬚黒大将の北の方になってしまったのを恨《うら》み、「今は年を取って、もはや栄誉もない身の上だと見下《みくだ》さないで、安心できる親だと思って、姫君を譲って下さい」と、真摯《しんし》に言って寄越《よこ》されるので、どうしたものかと思う。我が身の情けない宿世も思いやられ、恨まれてしまったのが心外であり、他方で恥ずかしくも申し訳なく、四十八歳になった今、四十三歳の冷泉院に、少しは見直してもらえるかもしれないと、迷い続けている。

この姫君は美貌《びぼう》だという世評が立って、思い寄る人は多い。中でも夕霧右大臣の子息である蔵人《くろうど》の少将は、雲居雁《くもいのかり》腹の男君で、兄たちよりも上に置かれて、大切に育てられており、人柄も良く、熱心に求愛してくる。玉鬘にとっては、夕霧右大臣は従姉弟《いとこ》であり、また雲居雁とは異母姉妹という、近い血縁にあるため、夕霧の子息たちが家に出入りする際も、粗末には扱わなかった。

男君たちが、女房たちにも親しく近寄って、姫君への思いを伝える便宜《べんぎ》としているので、女房たちが次々と玉鬘の側に来ては、その旨を告げるのが耳障《みみざわ》りでもある。少将の母の雲居雁もしばしば文《ふみ》を送りつけてきて、父の夕霧右大臣も、「まだ低い身分ではありますが、そこをどうにかして認めていただければ」と、勧誘が常々あった。

玉鬘としては、この姉の大君《おおいぎみ》は臣下の者と縁組みさせようとは考えておらず、妹の中の君を、蔵人の少将がもう少し位《くらい》が軽々しくなくなり、釣合が取れるようになれば、縁組みさせてもいいと考えていた。少将のほうは、許しが出なければ、強奪《ごうだつ》しようとまで無謀に思い詰めているので、不都合な縁談とまでは考えていないものの、女の方の許可がないうちに間違いがあっては、人聞きも悪くなるため、玉鬘は取次の女房にも「ゆめゆめ、妙な手引はしないように」と釘を刺し、女房たちも玉鬘に気兼ねして、少将の取次を嫌がった。

源氏の君の晩年に、朱雀院《すざくいん》の女三の宮腹に生まれた若君は、今では冷泉院に実子のように大事にされ、位も四位《しい》の侍従《じじゅう》になり、十四、五歳の幼い子供じみた年齢にしては、心構えも大人びて、人より優《すぐ》れた将来は丸見えなので、この薫君こそ、姉の大君の婿《むこ》として世話したいものだというのが、玉鬘の思惑であった。

玉鬘邸は、薫君の母である女三の宮がいる三条宮に大変近いため、しかるべき折の遊び所として、薫君は玉鬘の子息たちに誘われて時々やってくる。大君と中の君の姫君がいる邸《やしき》なので、若い男であれば誰もが気を遣い、わざと目立つようにしている中で、見目形《みめかたち》の良いのは、ここに入り浸《びた》っている蔵人の少将であり、他方、親しみやすく、こちらが気恥ずかしくなるような気品があるのは、やはりこの四位の侍従の薫君に並ぶ人はなかった。

源氏の君の血を引く人と特別視するからか、世間から自然と大切に扱われているのが薫君で、若い女房たちももてはやす。玉鬘も「実に感じのいい若君です」と言っては親しく世話をやき、「源氏の君から受けた恩を思い起こすと、悲しく、心の晴れる暇《いとま》もありません。しかしその形見としては誰がいるでしょう。夕霧右大臣は重々しい身分なので、特別な機会でなければ、会うのも困難です」と言う。

玉鬘は源氏の君の養女である自分と、実子の薫君とは、姉弟同然と思っているため、薫君もここを姉の邸のように思って参上しており、世間によくある色好みの面はなく、沈着そのものなのであった。あちこちの若い女房たちは、言葉をかけてもらえないのが残念で物足りないと思いながら、何かにつけて女房の方からちょっかいの言葉をかけては、薫君を困らせていた。

正月の初旬、玉鬘邸に姉弟である按察大納言で、かつて例の「高砂《たかさご》」を謡《うた》った人と、故鬚黒大臣の長男で、真木柱《まきばしら》と同腹の藤中納言《とうちゆうなごん》が参上した。夕霧右大臣も、子息六人全部を伴ってやって来ていた。夕霧は容貌《ようぼう》はもちろん、物腰も人望も申し分なく、その子息たちもそれぞれに美しく、官位も年齢の割には高く、何の悩みもないように見える中で、ひとり蔵人の少将は、大切に育てられている様子はあっても、どこか物憂《ものう》げな表情であった。

夕霧右大臣は、几帳《きちよう》を隔てて玉鬘と対面し、「これという機会もなく、たびたび訪れてお話をする事もなく打ち過ぎました。年を重ねるにつれ、内裏《だいり》に参上する以外の外出は何とも億劫《おつくう》になっております。昔の思い出話を申し上げたい折々も、多くはそのままにしてしまいました。とはいえ、若い者たちは、しかるべき折にお呼びいただき、召し使って下さい。必ず、おのおの誠意を尽くして仕えるよう、言い聞かせておりますゆえ」と言う。

「今はこうして、世間の物の数にもはいらなくなったこの有様《ありさま》を、人並に扱っていただき、ありがたく思うにつけ、亡き源氏の君の事が実に忘れ難く思われます」と玉鬘は応じるついでに、冷泉院からの大君参院の申し出があった事をほのめかし、「しっかりした後見《うしろみ》のない者の入内は、却《かえ》って見苦しいものと思い、迷っております」と言う。

夕霧は、「帝から大君を召したい意向が示されているとも、聞き及んでいます。さて、どちらに決めるのがよろしいのでしょう。冷泉院は確かに帝位を退かれ、盛りを過ぎた感じは致します。しかし世にまたとないご様子は、年齢を感じさせません。私にもしかるべく人並に育った娘がいればと、思ってはいるものの、院の妃たちはみんなご立派で、こちらが恥ずかしく思うほどです。それに肩を並べる者などおらず、これが残念です」と言い、「しかしそもそも、冷泉院の女一の宮の母である弘徽《こき》殿女御《でんのにょうご》がお許し下さるでしょうか。弘徽殿女御は、あなた様の異腹の姉にあたります。これまで冷泉院に入内させようとした人々も、そんな遠慮から、話を進めかねた事情もございます」と口にする。

玉鬘は、「実はその弘徽殿女御様から、今は所在なく打ち過ごしているので、大君を冷泉院と一緒に世話をして、心を慰めたいとのご意向が示されたのです。それで、どうしたものか、心を決めかねております」と答えた。

あちらこちらの人が、この玉鬘邸に集まったので、今度は三条の女三の宮邸の参賀に出かける事になり、朱雀院と昔から縁のある人々や、故源氏の君の六条院にかかわる人々も、それぞれの縁があるので、今尚《いまなお》、出家した女三の宮邸を素通りできない。

玉鬘の三人の息子である左近中将、右中弁、侍従の君なども、そのまま夕霧右大臣の供をして従ったので、その威風堂々《いふうどうどう》たる勢いは格別なものになった。

夕方には、今度は四位の侍従の薫君が玉鬘邸を訪れる。それまでいた大勢の若い男君たちが、それぞれに優れ、誰が見劣りしただろうかと思えるなかで、遅れて参上した薫君が一頭地《いっとうち》を抜いて目立つ存在なので、例によって物見高い若い女房たちは、「やはり違います」と言い合う。「この邸の姫君の横には、この方をこそ並べて見たいものです」と、軽々しくも言うのは当然で、若々しく実に優美な容姿で、動くたびに漂う芳香《ほうこう》は尋常《じんじょう》でなく、たとえ深窓《しんそう》で育った姫君であっても、物事の分別がつくのであれば、なるほどこれは人より優れた若君だと実感できるはずだった。

この時、玉鬘は念誦堂《ねんずどう》にいて、「どうぞこちらへ」と誘いがあり、薫が東の階段《きざはし》から上って、戸口の御簾《みす》の前に坐る。前庭の若木の梅は、ほんのかすかに蕾《つぼみ》をつけて、鶯《うぐいす》の声もたどたどしく、初々《ういうい》しい薫の態度に、女房たちもつい色めいた事を言いたくなったものの、薫は相も変わらず言葉少なく、控え目なので、益々からかいたくなり、宰相《さいしょう》の君という上臈《じょうろう》女房が歌を詠《よ》みかけた。

折りて見ばいとど匂いもまさるやと
　すこし色めけ梅の初花

折ってみると、さらに香りも優《まさ》ると思えます、どうかもう少し色めいて下さい、梅の初花のような薫君です、という煽動《せんどう》であり、何と素早い詠歌《えいか》だと感心して、薫も返歌する。

よそにてはもぎ木なりとやさだむらん
　したに匂える梅の初花

傍目《はため》には、枯れて色気もない木と見えるのでしょうが、その下で香っているのです、梅の初花が、という反論で、『古今《こきん》和歌集』の、色よりも香《か》こそあわれと思おゆれ　誰《た》が袖ふれし宿の梅ぞも、を下敷にしていた。「そう言うのであれば、袖に触れてみて下さい」と言い添えると、「本当は色よりも香りが素晴らしいのですね」と女房たちは口々に言い、薫君の袖を引っ張らんばかりに、御簾の内をうろついた。

そこへ玉鬘が奥の方から膝行《しっこう》して来て、「何たる事ですか。こちらが恥ずかしく思うほどの誠実かつ真面目な『まめ人《びと》』に、はしたない振舞をして」と小声で言う。それを聞いた薫は、「生《き》真面目人間の『まめ人』とは、情けない仇名《あだな》だ」と思っていると、玉鬘の三男である藤侍従は、薫と同じ侍従ではあっても、まだ昇殿《しょうでん》を許されておらず、あちこちの年賀には出向かず、在宅していたので、浅《せん》香《こう》の折敷《おしき》二つに果物や盃《さかずき》を載せて差し出した。

玉鬘は薫を眺《なが》めて、「夕霧右大臣は年を重ねて、あの源氏の君によく似通《にかよ》うようになられた。しかしこの薫君はあまり似ているところがないとはいえ、優美な振舞と落ち着きぶりこそは、あの方の若い盛りの頃が想像され、こんな感じであったのだろう」と思い出され、涙を流し、女房たちは薫が帰ったあとの香ばしさを大いに褒《ほ》めそやした。

「まめ人」という仇名を、我ながら情けないと思った薫は、正月の二十日過ぎ、梅の花が満開の頃、梅の色香にも負けない好き者を演じようとして、玉鬘邸の藤侍従を訪れた。中門《ちゅうもん》辺りに同じ直衣《のうし》姿の男が立っていて、隠れようとしたのを引き捉《とら》えると、この周辺に常々立ち寄っている蔵人の少将であった。

寝殿《しんでん》の西面《にしおもて》から琵琶《びわ》や箏《そう》の琴の音色《ねいろ》が届くのに、心をときめかして立っていたらしく、その辛《つら》そうな姿を見て、「なるほど、人から認められない恋に落ちてしまうのは、罪深い事だ」と思い知る。琴の音《ね》が止《や》んだので、「さあ案内して下さい。私は不案内ですので」と、蔵人の少将に言って、西の渡殿《わたどの》の前にある紅梅の木の近くまで、連れ立って赴《おもむ》き、薫が催馬楽《さいばら》の「梅枝《うめがえ》」を口ずさむ。

〽梅が枝に来居《きい》る鶯や
　春かけて　はれ
　春かけて鳴けども
　いまだや雪は降りつつ
　あわれ　そこよしや
　雪は降りつつ

近づく気配が、紅梅の香りよりも強く匂うので、女房たちが妻戸《つまど》を押し開け、和琴《わごん》を薫の歌に上手に合わせて弾《ひ》くと、女の琴で、春の調べの呂《りょ》の歌は、こんなにうまく合わせられないため、薫は上出来と思い、もう一度繰り返し謡うと、琵琶も実に華麗に弾き合わせられた。「この邸は情趣《じょうしゅ》豊かな所だ」と思った薫は、心惹《ひ》かれて、今夜は少しくつろいで、戯言《ざれごと》でも口にする。

女房たちが御簾の中から和琴を差し出したが、薫と蔵人の少将は互いに譲り合って、手を触れようとしないため、藤侍従を取次役にして玉鬘が、「薫君の爪音《つまおと》は故致仕大臣《ちじのおとど》のそれに似ていると、伺っております。今夜はそれを聴きとうございます。どうか今夜は、『後撰和歌集』に、**鶯の鳴きつる声に誘われて　花のもとにぞ我は来にける**、とあるように、是非とも鶯の声に誘われて下さい」と言い寄越した。薫はここで二の足を踏むべきではないと思い、さして真剣にでもなく、さらさらと弾いた音色は、響きも豊かである。

玉鬘はつい、「常に相見て親しんだわけではない致仕大臣の父君だったが、もうこの世にはいないと思うと心細く、ちょっとした事のついでにも思い出し、悲しくなる。しかしこの薫君は、亡き柏《かしわ》木衛《ぎ》門督と実に似ていて、和琴の音などはもうそっくりだ」と感じ入って泣くのも、年を取ったからの涙もろさだろうか。

蔵人の少将も、美しい声で催馬楽の「此殿《このとの》」を謡う。

〽此《こ》の殿は　むべも
むべも富みけり
三枝《さきくさ》の　あわれ
三枝の　はれ
三枝の三葉《みつば》四葉《よつば》の中に
殿造《とのつくり》せりや
殿造せりや

分別くさい年配の女房もいないようなので、自然に興《きょう》に任せて演奏し出したものの、藤侍従は亡き鬚黒大臣に似ていて、こうした音曲《おんぎょく》の方面には疎《うと》く、酒盃だけを傾けていると、蔵人の少将に、「せめて新年の祝い言だけでも謡ったらどうです」と責められ、薫が催馬楽の「竹河《たけかわ》」を謡うのに合わせて声を出す。

〽竹河の橋の詰《つめ》なるや
橋の詰なるや
花園《はなぞの》に　はれ
花園に我をば放《はな》てや
我をば放てや
少女伴《めざしたぐ》えて

藤侍従の声は、まだ未熟ではあっても趣深く、その褒美《ほうび》として御簾の内から酒がふるまわれると、薫は、「酔いが回ると、秘めている恋が露見《ろけん》して、つまらない事を口にすると聞いています。この私をどうされるおつもりか」と言って、すぐには盃を受けずにいる。

玉鬘が、小袿《こうちき》の重なっている細長《ほそなが》の表着《うわぎ》で、人の移り香《が》が優雅に染み込んだものを与えたので、「一体これは何でしょうか」と言ってうろたえ、これを藤侍従の肩に掛けてやり、帰ろうとする。藤侍従は薫を引きとめようとするけれども、薫は「ちょっと長居をしてしまいました」と言い置いて退出した。

残された蔵人の少将は、薫君がこのように玉鬘邸に時々立ち寄っているので、みんな親しく心を寄せているのだろうと思い、それに引きかえ我が身は情けないと自信をなくし、恨みがちに詠歌した。

人はみな花に心をうつすらん
　ひとりぞまどう春の夜の闇

人はみんな花のようなあの人に心を寄せ、私ひとりが春の夜の闇を侘《わび》しくさ迷っている、との羨望《せんぼう》で、『古今和歌集』の、春の夜の闇はあやなし梅の花　色こそ見えね香やは隠るる、を下敷にしており、悲嘆しながら座を立とうとした時、御簾の中の女房から返歌があった。

おりからやあわれも知らぬ梅の花
　ただかばかりにうつりしもせじ

折々の興趣によって人は趣《おもむき》を感じるのであり、梅の香のみに心を奪われているのではありません、という慰撫《いぶ》で、「かばかり」に香ばかりを掛けていた。

翌朝、邸の藤侍従の許に、薫から文が届き、「昨夜は大変酔ってしまいました。みなさんはどう思われたのでしょう」と、姫君たちにも読んでもらうためか、仮名を多くして書かれ、歌が添えられていた。

竹河のはしうち出《い》でし一《ひと》ふしに
　ふかき心のそこは知りきや

「竹河」をほんの少し謡ったその一節に、私の深い心をこめていたのは、おわかりでしょうか、という懸想《けそう》で、「橋《はし》」に端を掛けていた。
藤侍従はこの文を寝殿に持って行き、みんなで見ると、玉鬘が、「筆跡も風情《ふぜい》充分です。どんな人がこのように、若い時分から完璧《かんぺき》になれるのでしょう。幼くして父君の源氏の君に先立たれ、母の女三の宮から何とも不十分に育てられたのに、やはり人より優れた資質があったのでしょう」と言う。息子の藤侍従たちが稚拙《ちせつ》な筆遣いなのを、常々たしなめている通り、藤侍従は全く幼い筆跡で、「昨夜は長居をしたと言って早々に帰られたのを、みんな訝《いぶか》しく感じたようでした」と書き、返歌を添えた。

竹河に夜をふかさじといそぎしも
　いかなるふしを思いおかまし

「竹河」を謡って、夜更《よふ》かしするまいと、急いで帰ってしまったあなたの心を、どのように思ったらいいのでしょうか、という疑問で、「夜」には節（よ）を掛けていた。このように、そのあとも薫は歌のやりとりを契機にして、藤侍従の部屋に立ち寄っては意中をほのめかして、姫君たちに近づくので、蔵人の少将の推量通りに、誰もが薫に心を寄せ、藤侍従も若さにまかせ、近縁の者として明け暮れ親しみたいと思った。

三月になり、咲く桜もあれば、散って空を曇らせるような桜花もあって、辺り一面が花盛りの頃、来訪者も少なくて静かな玉鬘邸は、人目を避けて隠れる必要もなく、外から見える所にいても咎《とが》められそうもない姫君たちは、十八、九歳くらいで、容貌も性質《たち》もそれぞれに美しい。姉の大君《おおいぎみ》は実にはっきりした顔立ちで気品があり、華やかさも備わっていて、臣下の者に縁づくのは全くふさわしくないように見える。表は白、裏は花色の桜襲《さくらがさね》の細長に、表は薄朽葉《うすくちば》、裏は黄色の山吹《やまぶき》襲の袿《うちき》など、この季節に合った色目を合わせ、趣豊かに重なった裾まで美しい。愛らしさがこぼれるように見える立振舞も、気品があって優美であり、こちらが恥ずかしくなるような趣が身に備わっている。

もうひとりの中の君は、表が紅、裏が紫の細長に、桜襲の袿を着て、柳の枝のようにたおやかで、しなやかな物腰であり、背は高く優美で清らかな雰囲気を持っている。落ち着きと思慮深さは姉君より上ではあるものの、華麗さは遠く及ばないというのは、女房たちの評価だった。

その二人が碁《ご》を打つというので、向かい合うと、髪の生え具合や、髪が長々とかかっている様子は実に見事である。藤侍従がその立会を任されて、近くに控えている折、兄の左近中将と右中弁が来て、「なるほど藤侍従も、碁の立会を許されるとは、偉くなったものだ」と、大人びた調子で言い、そのまま居座った。

姫君たちの側に仕えていた女房たちも、居住まいを正していると、左近中将が、「宮仕えで忙しい間に、弟に出し抜かれたとは、全く情けない」と、愚痴《ぐち》をこぼし、右中弁が、「弁官《べんかん》の私は、それ以上に多忙で、家での務めが疎《おろそ》かになりました。しかしこんなに見捨てられてしまうとは」と冗談めかす。

それを聞いた姫君二人は、碁を打ちかけたまま恥じ入っていて、その姿はこよなく美しい。「内裏に出入りしていると、ここにもし父の鬚黒太政大臣がおられたら、どんなによかろうと思う事が多いのです」と言いながら、左近中将が姫君を見て涙ぐむ様子は、二十七、八歳のすっかり大人であった。そして妹二人を何とかして、父が昔決めていた通り、入内を実現させたいものだと思う。

庭にある、花を咲かせる多くの樹木の中でも、色の美しい桜の枝を折らせて、姫君たちが「やはり他の桜とは違います」と言いながら眺めるので、左近中将は、「あなたたちがまだ幼い頃、この桜の花はわたしのものと言って、奪い合いになったのを、亡き父君がこれは姉のものと決め、母君は妹のものと決めたのです。私も欲しかったのに一顧《いっこ》だにされず、がっかりしたものです。

それがもう、この桜が老木になってしまったのを見ると、過ぎた歳月が思い起こされ、父君に先立たれた我が身の愁《うれ》いが募《つの》ります」と、泣き笑いしながら母の玉鬘に言う様子は、いつもよりものんびりとしていた。通常は他家の婿として妻の家にいるため、ゆっくりと顔を合わせる機会がなかったので、今は花に心を寄せて左近中将が腰を落ち着かせている。

玉鬘は、このようにもう立派な大人になっている、息子たちの親の年齢とは思えない程、若々しく美麗《びれい》なので、冷泉院はかつて玉鬘が尚侍《ないしのかみ》だった頃を懐しがり、その有様を見たくなり、あれこれ思案を巡らして、姉の大君の出仕《しゅっし》を何かにつけて、無理強《じ》いしていた。

この冷泉院への参院については、左近中将や右中弁は、「やはり見映《みば》えがしません。万事、時の流れに従った方が、世間も納得するでしょう。いつまでもその姿を見ていたいと思うくらいの冷泉院は、確かにこの世に類稀《たぐいまれ》な方ではあっても、盛りを過ぎている点は否《いな》めません。琴や笛の調べや花の色、鳥の声も、時期に合っているからこそ、人の耳目《じもく》に留まります。ちょうど

『後撰和歌集』に、**花鳥の色をも音をもいたずらに　もの憂かる身は過ぐすのみなり**、とある通りです。ここは東宮《とうぐう》への入内の方がいいと思うのですが」と言上《ごんじょう》する。

玉鬘は、「さあ、どうでしょうか。東宮には、あの夕霧右大臣の大君という立派な方が入内されて、並ぶ人がないくらいの勢いです。そこに厚かましくも中途半端に出仕しても、人に笑われて胸が痛くなるのが関の山でしょう。鬚黒大臣が存命であれば、姫君たちの将来はわからないにしても、当座は出仕し甲斐《がい》のあるように、算段して下さったでしょうが」と、苦しい胸の内を明かして、三人ともにしんみりしてしまった。

左近中将と右中弁が退出したあと、姫君二人は中断していた碁を再び打ち始め、昔から奪い合いになっている桜を、賭《か》けの賞品にしつつ、「三番勝負で勝ち越した方が、桜の主」などと冗談を言い合う。暗くなったので、外に近い所に移動し、御簾を巻き上げ、女房たちも、それぞれ仕えている姫君の応援をしていた。

ちょうどその時、例の蔵人の少将は藤侍従の曹司《ぞうし》に来ていて、兄弟二人が連れ立って出て行ったあとで、辺りに人が少なくなり、廊《ろう》の戸が開いていたので、近寄ってそっと覗《のぞ》くと、ちょうど姫君二人が碁の最中であった。こんな嬉《うれ》しい垣間見《かいまみ》は、仏などが姿を現したところに行き合わせたような僥《ぎょう》倖《こう》だと感じているのも、空《むな》しい恋心ではあり、夕暮れの霞《かすみ》に紛《まぎ》れてはっきりしないが、つくづく見ると、桜色の細長は大君だと見分けがつく。ちょうど『古今和歌集』に、**桜色に衣は深く染めて着ん　花の散りなんのちの形見に**、とあるように、本当に散ったあとの形見として見たいくらいに、華麗に見えるので、これまで以上に、大君が他人のものとなっては無念であり、若い女房たちのくつろいだ姿が、夕暮れに美しく照り映《は》える光景を、じっと眺めた。

勝負は右方の中の君の勝ちになり、「右方の高麗楽《こまがく》の笛太鼓の音《ね》が遅い」とはしゃぐ女房もいて、「もともとこの桜は、右方に心を寄せて、中の君の西の曹司の前に生えていました。それを左の大君のものとしたから、長年の争いになったのです。これで決着がつきました」と、右方の女房たちが喜ぶ姿に、蔵人の少将は、何事かはわからないものの興味を覚える。言葉をかけてやりたかったものの、こうしたくつろいだ場に、それは浅慮《せんりよ》だと思い、再びこんな機会が来ないかと、物陰に隠れて、辺りを見回しながら歩くしかなかった。

姫君たちは、花の争いをしながら日々を過ごして、ある夕方、風が激しく吹いて、桜の花が乱れ散る様子が口惜《くちお》しくも残念なので、負け方の大君が詠歌する。

　　桜ゆえ風に心のさわぐかな
　　　思いくまなき花とみるみる

桜のせいで、風が吹くと心が騒ぎます、思い遣りに欠ける花とは思うものの、という不安で、碁に負けた負け惜しみもこめていた。それに対して、大君付きの女房である宰相の君が唱和する。

　　咲くとみてかつは散りぬる花なれば
　　　負くるを深きうらみともせず

咲くかと思うと、すぐ散ってしまう花なので、負けたのを深い恨みともしません、という取り成しであり、右方の勝った中の君も詠歌する。

風に散ることには世のつね枝ながら
うつろう花をただにしも見じ

風に桜が散るのは当然ですが、枝ごとわたくしのものになって散るのを、平気で見てはおれないでしょう、という凱歌《がいか》で、「うつろう」には、散ると右方のものになるの意を掛けており、それを応援するように、中の君方の女房である大輔《たいふ》の君も詠歌する。

心ありて池のみぎわに落つる花
あわとなりても我かたに寄れ

こちらの味方をして、池の汀《みぎわ》に散る花は、水の泡となって右方に寄って欲しい、という挑発で、「みぎわ」には汀と右を掛け、『古今和歌集』の、枝よりもあだに散りにし花なれば　落ちても水の泡とこそなれ、を下敷にしていて、そこへ、勝った方の女童《めのわらわ》が庭に下りて、花の下を歩き、散った花びらを掻き集めて持って来て歌を詠む。

大空の風に散れどもさくら花
おのが物とぞかきつめて見る

花は風で散ってしまいますが、その桜の花びらは、わたしたちの物ですから掻《か》き集めて賞美します、と勝ちを誇ったので、すかさず左方の女童のなれきが返歌する。

桜花におおいあまたに散らさじと
おおうばかりの袖はありやは

美しい桜の花びらを、方々に散らさないようにしても、すべてを覆うだけの袖はありましょうか、ありません、という反発であり、『後撰和歌集』の、大空を覆うばかりの袖もがな　春咲く花を風にまかせじ、を下敷にしていて、「本当に心が狭く見えます」となじった。

こうしている間に月日は過ぎて、姫君二人の行く末を、玉鬘は様々に憂慮《ゆうりょ》していた。冷泉院からは毎日のように手紙が届き、玉鬘の異母姉である弘徽殿女御も、「わたくしを粗略《そりゃく》に思っておられるのでしょうか。冷泉院はわたくしが邪魔をしているのではないかと、冗談めかして言われます。それが辛いので、どうか早く参院して下さい」などと、真剣そのものに言い募られる。「なるほど大君はこのようになる運命なのだろう。女御がこんなに強くおっしゃるのも、かたじけない」と玉鬘は思いつつ、参院の調度《ちょうど》類などは多く作らせていた。

女房たちの衣装《いしょう》やその他の細々《こまごま》とした事を準備し出すと、これを聞いた蔵人の少将は、死なんばかりに気落ちして、母の雲居雁《くもいのかり》を責めるため、雲居雁も辛くなり、玉鬘に、「誠にお恥ずかしい事ですが、そこを何とかと申し上げるのも、子を思う親の迷いでございます。万事を何かと勘案《かんあん》されて、安心させていただけるなら幸甚《こうじん》です」と哀願する。

困り果てた玉鬘も、「どのようにも決められず、ただ冷泉院からの要請が強く、心乱れております。まだ真剣に考えておられるのであれば、このたびは我慢されて、そのうち心に叶うような取り計らいを見せる事ができるでしょう。この方が世間の不評も買わないはずです」と返事したのも、大君の参院のあとは、この中の君をと、思っているからだった。

とはいえ、二人の姫君の縁談が重なっても、余りにも得意がっているように思われてしまう。またあの蔵人の少将も正五位下《しょうごいのげ》と官位が低く、まだ時期尚早《しょうそう》と考えており、一方の蔵人の少将は、全く他の女に思いが移らず、大君の姿をほのかに覗き見してからは、その面影《おもかげ》が恋しく、またどうかした機会があるやもしれないと思っていただけに、このように望みが消えたのを嘆き悲しんだ。

そんな甲斐《かい》もない愚痴でも言おうとして、藤侍従の曹司に来てみると、ちょうど手紙を読んでいる最中で、隠そうとしたため、薫君から大君への文に違いないと思って奪い取る。藤侍従も拒《こば》めば却って勘繰られると思い、抵抗もしないので、文に目を走らせると、そこはかとなく、ただ大君との関係を恨めしげにほのめかす歌だった。

つれなくて過ぐる月日を数えつつ
　ものうらめしき暮れの春かな

情けをかけられずに過ぎゆく月日を数えつつ、物悲しくも去っていく春です、という悲嘆で、大君に読まれるのを前提にした歌のようであった。蔵人の少将は、なるほどあの薫君はこのように上品で奥床《おくゆか》しいのに、自分は人から笑われるような焦《あせ》り方ばかりをして、人から軽蔑《けいべつ》されるようになったのだと思う。

胸が痛み、特に言葉もかけずに、いつも顔を出す中将のおもとの曹司に行ってはみたものの、やはり大君への取次は無理だと思うと嘆きは募る。

藤侍従が「この返事をしよう」と言って、玉鬘の許に行くのを目にすると、これまた腹立たしく、若さに任せて、一途《いちず》に思いを深くするばかりだった。

蔵人の少将が余りにも恨みがましく嘆くので、中将のおもとは取次はもちろん、冗談さえも口にできず、可哀想《かわいそう》に思って返事もできずにいると、少将は、あの夕暮れに碁を打つところを垣間見た事も言い出す。「あのような夢心地にまたなりたいものです。これから何を頼みにして生きて行きましょう。こんな嘆きを言うのも、あと少しの日々だと思うと、恨めしさも募ります」と、真剣に訴えた。

中将のおもとは、慰めの言葉も思いつかない。中の君を与えようと考えている玉鬘の配慮も、少将が嬉しがる様子など露ほどもないと考えつつ、なるほどあの夕暮れに大君の姿をはっきり見たせいで、こんなにまで思慕《しぼ》が燃え上がったのだろう、当然であるとは思いながらも、「垣間見たあなた様の態度を大君が知ったら、何とけしからん心だと、嫌われるだけです。わたしも、もう同情する気もなくなりました。本当に無謀な心構えです」と逆に反撃する。

少将は、「それならそれで、もういい。今は何にもなくなった我が身だから、恐ろしいものなどない。しかしあの時、碁に負けられたのは残念だった。素直に私を呼び入れて下されば、目配せで勝たせる事が出来たのに」と言って、詠歌する。

いでやなぞ数ならぬ身にかなわぬは
　人に負けじの心なりけり

いやもう物の数にもはいらない我が身にとって、始末しにくいのは、人に負けまいとする心だった、という自嘲《じちょう》で、碁にちなんで「数」と「負け」を響かせており、中将のおもとも苦笑して返歌した。

わりなしやつよきによらん勝ち負けを
　心ひとつにいかがまかする

もともと勝負は強い者が勝つと決まっているのに、あなたの心でひっくり返す事はできません、という諭《さと》しで、「強《つよ》き」と「勝ち負け」は碁の縁語で、強者は冷泉院と薫を暗示していて、恨めしく思った蔵人の少将は返歌する。

あわれとて手をゆるせかし生き死にを
　君にまかする我が身とならば

それでも私を可哀想だと思い、大君への取次を許して下さい、生死をあなたに託している我が身です、という哀願であり、「手を許《ゆる》せ」や「生き死に」など、碁の縁語を並べ、泣き笑いして中将のおもとと語り明かした。

翌日は四月になり、兄弟たちが参内して忙しいのに、蔵人の少将は気落ちして、物思いに沈んでいる。それを見た母の雲居雁も涙ぐみ、夕霧右大臣も、「冷泉院のお耳にもはいる事だし、玉鬘も私の申し出を軽々しく受けてはくれないだろうと思って、言い出せずにいました。しかし正月に会った時に、私から無理に願い出ていたら、いくら何でも拒絶はされなかったでしょうに」と後悔していると、蔵人の少将は例によって、大君に歌を贈った。

花を見て春は暮らしつ今日よりや
しげきなげきの下にまどわん

春は花を見て暮らしたものの、今日からは深い嘆きの繁《しげ》った木の下で、心を惑《まど》わすでしょう、という懊悩《おうのう》で、「花」は大君を暗示し、「嘆《なげ》き」に木を掛けていた。

玉鬘の前で、上臈の女房たちが、蔵人の少将の恋い焦《こ こ》がれている姿が可哀想だと、報告している折、中将のおもとが、「生き死にの歌を詠んだ時の様子は、言葉だけでなく、真剣そのものでした」と言う。

玉鬘も気の毒がり、夕霧右大臣や雲居雁も願っていて、蔵人の少将の執心《しゅうしん》が強いのであれば、代わりに中の君をとまで考慮しているのに、大君の参院を妨げようと思っているのは気にくわない。この上ない身分の人でも、臣下には絶対に縁組みさせないと鬚黒大臣が心決めしている上、冷泉院への出仕さえ気が進まないのに、まして蔵人の少将など論外、と考えていたちょうどその時、少将の和歌が届いたので、中将のおもとが返歌する。

今日ぞ知る空をながむる気色《けしき》にて
　花に心をうつしけりとも

今日初めて知りました、大君を思って空を眺めるふりをしつつ、他の花に心を移していたとは、という揶揄《やゆ》であり、他の女房たちが「それは可哀想、軽くあしらうのですか」と言ったものの、中将のおもとは面倒なので、歌はそのままにした。

四月九日、大君は冷泉院に参院し、夕霧右大臣は牛車《ぎっしゃ》や前駆《さき》の者たちを多く差し向ける。雲居雁も残念な結果とは思いつつ、長年無音《ぶいん》でいたのが、この蔵人の少将の一件を機にして大いにやりとりしたあと、再び疎遠《そえん》になるのも惜しいので、禄《ろく》としての立派な女装束《しょうぞく》を数多く贈り、「奇妙な事に、正気を失っているように見える息子の世話をしているうちに、参院の報が届かないままになりました。知らせて下さらなかったのも水臭いです」という文を添えた。

読んだ玉鬘は、大らかな内に無念さがこめられた文面に、申し訳ないと思っていると、夕霧右大臣からも、「私自身、参上すべきところ、物忌《ものいみ》があり、代わりに息子たちを雑用のために差し向けます。遠慮なく使って下さい」という手紙が届く。蔵人の少将の兄弟である源《げん》少将や兵衛佐《ひょうえのすけ》などがやって来たので、その配慮に感じ入って、感謝の言葉を送った。

一方、玉鬘の異母姉弟でもある按察大納言からも、女房たち用の牛車が差し向けられた。その北の方は故髭黒大臣の娘の真木柱なので、どちらの関係からも親しい交際があってもしかるべきなのに、そうでもなかった。故髭黒大臣の先妻腹の藤中納言が自《みずか》ら赴き、玉鬘の息子の左近中将や右中弁と一緒に行事を取り仕切るため、ここに夫がいたらどんなにいいだろうと、万事につけ玉鬘は悲しくなる。

蔵人の少将は、中将のおもとに大仰《おおぎょう》な言葉を並べて、「今はもう最後だと思う命ですが、さすがに悲しく、可哀想にとひと言言っていただければ、それを頼りにして、今しばらくは生き長らえるかもしれません」と書き送ったので、中将のおもとは文を持って姫君の許に行くと、姉妹二人が話しながら、別れを惜しんで悲しみに沈んでいた。これまでいつも一緒に明け暮らし、寝殿の母屋《もや》に中戸《なかのと》を隔てて西東に住み分かれているのも煩《わずら》わしく思い、互いに部屋を行き来していたのが、今日を限りに離れ離れになってしまうからである。

大君は、特別に美しく仕立てた装束を身につけて、実に華やかで、折しも亡き父が自分の入内を考えていた事を思い出して、しんみりとしていた時だったからか、蔵人の少将の手紙を手に取って読むと、夕霧右大臣と雲居雁という立派で揺るぎない両親を持って、前途有望なのに、どうしてこんなつまらない事を思うのだろうと訝しく思う。文面に「今はもうこれが最後」とあったのを、本当だろうかと思い、手紙の端に歌を書きつけた。

あわれという常ならぬ世のひと言も
いかなる人にかくるものぞは

あわれという、この無常の世に使われるひと言を、いったいどんな人に言いかけているのでしょう、という反問で、「あわれというのは、父と死別してから、多少は知っているつもりです」と書き添える。「このように言上しなさい」と言われた中将のおもとは、そのまま蔵人の少将の許に持って行くと、こんな返事は珍しく、参院当日に心に留めてくれたのが嬉しくもあり、感動の余り涙が止まらないまま、返歌する。

生ける世の死には心にまかせねば
聞かでややまん君がひと言

この世での死は心のままになりません、あなたの哀れというひと言を、聞かないで死んでいくのでしょうか、という悲哀で、「『古今和歌集』に、**恋《こ》い死なば誰《た》が名は立たじ世の中の　常なきものと言いはなすとも**、とあるように、私が恋い死にをしたら、どなたの名が立つのでしょうか」と、恨みがましく書かれ、「『史記《しき》』の故事にある如《ごと》く、私の墓の上に、剣《つるぎ》ではなく、あわれという言葉をかけて下さるのなら、一途に死への道を急ぎましたのに」とも書き綴《つづ》られていた。

大君は返事をしたのを悔《く》い、中将のおもとが、書き替えずにそのまま文を与えてしまったのを残念がり、口をつぐんでしまった。

女房や女童など、見目のよい者ばかりを選び揃《そろ》え、大方の儀式などは、内裏に参内する時と全く同じであった。大君はまず母の異母姉妹である弘徽殿女御の許に行き、付き添った玉鬘はいろいろと話をし、夜が更けてから冷泉院の前に参上する。

后《きさき》や女御などはみんな、出仕から長年が経っているので年を取っており、大君が実に若くて美しく、年頃でもあるため、それを見た冷泉院の寵愛を受けるのはもう必至《ひっし》であり、院も臣下の者のようにへり下って、大君を大切に扱った。

同行した玉鬘にも、もう少し滞在して欲しいと、未練がましく勧めたものの、実に早くこっそりと退出してしまったので、冷泉院はひどく残念がった。

源侍従《げんじじゅう》の薫君を冷泉院は朝夕呼んで仕えさせ、あたかも昔の源氏の君が成長した折にも劣らない世話の仕方である。

薫も院内ではどの人にも疎《うと》まれずに親しくし、新しく参院した大君にも心を寄せているように振舞いつつ、内心では大君が自分をどのように見ているのか気にしていた。

ある夕暮れの静かな折、大君がいる所近くにある五葉《ごよう》の松に、藤が趣深く咲きかかっているので、薫は藤侍従と一緒に、遣水《やりみず》のほとりの石に生える苔《こけ》を敷物にして眺めていて、朧《おぼろ》げながらも、大君との仲が駄目になった恨みを語り、詠歌する。

手にかくるものにしあらば藤の花
松よりまさる色をみましや

手の届くものであれば、松よりも美しい藤の花を、どうして見るだけでおれようか、という詠嘆で、「藤」には大君、「松」には冷泉院を重ねていた。薫が花をしみじみと眺めている姿が、妙にお気の毒に感じられるので、藤侍従は大君の参院が自分にはどうにもならなかったと、ほのめかして返歌した。

むらさきの色はかよえど藤の花
　心にえこそかからざりけれ

縁者とはいえ、藤の花は思い通りにはできませんでした、という遺憾《いかん》であり、「紫《むらさき》」は縁者を意味し、「藤の花」は大君を指していた。薫が真面目な人だけに藤侍従は気の毒に思い、薫も心を狂わす程の恋情ではなかったものの、やはり無念に思う心は残った。

他方、あの蔵人の少将は、一途に思い詰め、どうしたらいいのか、奪い取ろうかというような過《あやま》ちをしでかす心を抑え難い。かつて大君に求婚していた者が、今度は中の君を相手に求愛するようになっているので、玉鬘は雲居雁の恨み言が気になるまま、蔵人の少将を中の君の婿にと考えて、それをほのめかしていたが、蔵人の少将の訪問は絶えてしまった。冷泉院には夕霧右大臣の子息たちも、前から親しく仕えていても、蔵人の少将は大君の参院以後は、全く参上せず、ごく稀に院の殿上《てんじよう》の間をさし覗いても、面白くなさそうに、逃げる如く退出した。

今上帝《きんじようてい》は、故髭黒大臣が大君の入内を熱心に望んでいたのに、その遺志に反する参院を、一体どういう事なのかと、大君の兄である左近中将を呼んで詰問《きつもん》したため、中将はさっそく帰って玉鬘に、

「帝は不快に思っておられます。だからこそ、この件に関しては、世間の人も納得しないと、前から申しておりました。ところが母上の考えは別で、あのようになってしまったので、口を挟みにくかったのです。帝からこんな仰《おお》せ言《ごと》があった今、私たちの身にとっても、思わしくない事になりました」

と言い、不快な様子であった。

玉鬘は、「いえ、これも急に思い立ったわけでもないのです。冷泉院が強引に要求されたのです。宮仕えには後見人がなく、苦労するはずであり、その点で、冷泉院なら気楽な地位にあって、過ごしやすかろうと思ったのです。誰もその点を直言《ちょくげん》してくれず、あの夕霧右大臣も今頃になって、非難めいた事をほのめかします。心苦しいのですが、これもしかるべき宿運《しゅくうん》でしょう」と穏やかに言い、慌てる様子もない。

「そのような前世からの宿運は、目に見えません。帝があのように言われるのに、大君にはご縁がなかったなどとは、とても奏上できません。参内すると明石中宮《あかしのちゅうぐう》に申し訳ないと言われましたが、それでは冷泉院の弘徽殿女御は、どうされるおつもりですか。後見の有無など、前以《もっ》て考慮したところで、思い通りにはいかないでしょう。

まあ、ここはどうなるのか見ましょう。宮中には中宮がおられるといっても、他の人が出仕しないという事もありますまい。帝への出仕は、それはそれで気安い事なので、昔から興趣深い事とされたのです。弘徽殿女御が、多少の行き違いから、大君を忌々《いまいま》しいと思われるような事があれば、参院が間違いであった如く、世間の噂《うわさ》になるでしょう」と、左近中将と右中弁の二人が言うので、玉鬘も実に辛いと思うようになった。

ところが、冷泉院の大君への愛情は、月日が経つにつれて深まり、七月になって大君が懐妊《かいにん》し、つわりのために苦しんでいる様子は、なるほどこれまで男君たちが様々に、困惑させたのも当然の美しさであり、どうしてこんな女君を、おろそかに放っておかれようかという有様であった。冷泉院は明けても暮れても、管絃《かんげん》の遊びを催し、源侍従の薫も近くに呼び寄せ、大君の箏《そう》の琴の音を聴かせ、あの「梅枝」に合わせた中将のおもとの和琴《わごん》も、近くで聴かせるため、薫はとても冷静ではいられないでいた。

その年も改まり、男踏歌《おとことうか》が催され、殿上人の若者の中には、歌舞音曲《かぶおんぎょく》に優れた者が多い当世であり、その中でも特に秀《ひい》でた者を選び、四位侍従の薫君が右の歌頭を務め、例の蔵人の少将は楽人《がくにん》の中にいた。正月十四日の月が華やかに澄んで、雲ひとつない夜に、帝の御前から冷泉院に参上した。弘徽殿女御も大君も、院の御殿《おとど》に座敷を作って控え、上達部や親王たちも連れ立って参上したものの、夕霧右大臣と故致仕大臣《ちじのおとど》の一族以外に、華々しく清らかな人はいない世の中になっている。今上帝の御前よりも冷泉院の方を、格式高く、特別おごそかなものと心得、みんな充分に用意をしている中でも、蔵人の少将は、大君がこの男踏歌を見ているだろうと思い、心中穏やかでない。

踏歌の時に冠に挿《さ》す綿花《わたばな》は、色もない味気ない物ではあっても、人それぞれの違いがあり、蔵人の少将は容姿、声ともに見映えがする。例の「竹河」を謡いながら、階段の下に歩み寄る時、昨年の正月二十日過ぎに薫君と藤侍従が同じく「竹河」を謡ったのを思い起こして、間違えそうになって涙ぐんでいる。

男踏歌が秋好《あきこのむ》宮の方に参上したため、冷泉院もそこに移動して見物し、月は夜が更けゆくにつれて、昼よりも明るいくらいに澄み上る。蔵人の少将はここでも、大君がどのように見ているかが気になり、踏む足元も宙に浮くように漂い、水駅《みずうまや》に至っても、もっと飲めとひとりだけ名指しで無理強いされているのも、面目《めんぼく》ない事だった。

男踏歌は一晩中、方々を回り、薫も水駅での酔いも加わって、二日酔《ふつかよい》で苦しみ、横になっていると、冷泉院からの呼び出しがあった。「ああ苦しい。もう少し休みたいのに」と言いつつ渋々参上すると、冷泉院は宮中での男踏歌の様子を尋ね、「歌頭は今まで年配者が受け持っていたのに、そなたが選ばれるとは大したものです」と褒める。寵愛はさらに増したようであり、冷泉院が「万春楽《ばんすらく》」を口ずさみながら大君がいる所に移る時にも、薫君はそのまま供をして赴く。

男踏歌見物に来て泊まっている、女房たちの実家の者たちが多くいて、いつもより賑《にぎ》やかで、雰囲気も華やかなので、薫は渡殿《わたどの》の戸口にしばらく坐り、声を知っている女房に話しかけて、「昨夜の月は明るすぎました。蔵人の少将が月の光を眩《まぶ》しそうにしていたのは、月光のせいばかりではなかったようです。その証拠に雲の上近くの宮中では、堂々としていました」と言う。

女房たちの中には、蔵人の少将の心中を知って同情する者もいて、「『古今和歌集』にある、**春の夜の闇はあやなし梅の花　色こそ見えね香やは隠るる**、のように薫君の香りは闇でこそ顕著《けんちょ》ですが、月に映える姿も美しゅうございました」と機嫌を取って、簾《すだれ》の中から詠歌した。

竹河のその夜のことは思い出《い》ずや
しのぶばかりのふしはなけれど

昨春に「竹河」を謡った夜の事は思い出されますか、懐しいほどの事があったわけではないですが、という問いかけで、「夜」と竹の節（よ）を掛けており、いかにも思いつくままの歌ではあるものの、薫はつい涙ぐみ、本当に自分の大君への思いは浅くはなかったのだと思い知り、返歌した。

流れてのたのめむなしき竹河に
世はうきものと思い知りにき

竹河の河が流れるように生きたあと、思いもはかない結果になり、男女の仲は辛いものだと思い知った、という胸中で、「流れて」に泣かれて、「世」に節、「うき」に浮きを掛けていた。本歌は『後撰和歌集』の、流れての世をもたのまず水の上の　泡に消えぬるうき身と思えば、であり、そんな薫のしみじみとした様子に感激した女房たちは、あの蔵人の少将が執拗《しつよう》に恋情を抱《いだ》くのとは大いに違っているので、痛々しく思う。

　薫は「これ以上長居すると、言わないでいい事も言ってしまいそうです」と言って座を立つと、冷泉院から「こちらに」と声をかけられたので、怖気《おじけ》づいたものの、大君の部屋にはいると、冷泉院は「亡き源氏の君が、踏歌の翌朝に、女楽《じょがく》の管絃の遊びをされたのが、実に趣深かったと、夕霧右大臣が言っていました。万事につけ、あの方の後継になれるような人はいない時代になりました。芸達者な女君たちが多く集まる催しは、どんな程度でも面白かったでしょう」と言う。琴などを調律《ちょうりつ》させ、箏は大君、琵琶は薫に渡し、冷泉院自身は和琴を弾き、「此殿」を合奏する。

〽此の殿は　むべも
むべも富みけり
三枝《さきくさ》の　あわれ
三枝の　はれ

三枝の三葉四葉《みつばよつば》の中に
殿造《とのつくり》せりや
殿造せりや

御息所である大君の箏の琴は、まだ技量不足の点があったのを、冷泉院が熱心に教えたのか、今めかしく、美しい爪音《つまおと》で、歌も楽曲も上手に演奏でき、どうやら引っ込み思案で頼りない人柄ではないようで、その容貌も実に美しいはずだと、薫は心惹かれる。このように大君に近づく機会も増えているものの、親しくなり過ぎて取り乱す事もなく、馴《な》れ馴れしい恨み言を口にする事もないとはいえ、折々につけ、思いの叶わなかった嘆きをほのめかすので、大君がどのように感じたのかはわからなかった。

四月に、大君は女宮を実家の玉鬘邸で出産し、格別華々しい催しもないようだが、冷泉院のご意向に沿って、夕霧右大臣を始めとして、産養《うぶやしない》をする人々が多くいた。玉鬘は女宮をずっと抱き上げて世話をし、冷泉院からは早々の帰参の催促があったので、五十日《いか》の祝の頃に参院する。冷泉院には女一の宮がひとりいるのみで、今回の誕生が久しぶりで、可愛い余り愛情は増し、今まで以上に大君の所だけにいるため、弘徽殿女御付きの女房たちは、こんな破目《はめ》になって欲しくなかったと、不満がちになった。

弘徽殿女御と大君二人の心は、軽々しくも相反する事はなくても、仕えている女房たちの間で互いに意地悪になる折もあり、玉鬘の長男、左近中将が予見していた通りになった。

玉鬘も、『拾遺和歌集』に、世の中をかく言い言いの果て果ては　いかにやいかにならんとすらん、とあるように、こんなに陰口を言い合った結果はどうなるのだろう、みっともない物笑いの種にでもなるのではないか、確かに冷泉院の寵愛は浅くはないものの、長年仕えておられる方々から嫌われ、疎んじられると、辛いだろうと懸念《けねん》していた。

その一方で、今上帝は不愉快極まると思って、しばしば立腹されていると、人が告げに来るため、玉鬘は困惑した挙句、中の君を宮中に出仕させる事に決める。とはいえ自分の尚侍《ないしのかみ》の位を娘に譲るのは、朝廷のしきたり上、至難の業《わざ》であり、長年辞めたいと思っていても、叶わずにいた。しかし、故鬚黒大臣が娘を入内させたいと願っていたのを考慮して、相当な昔に、母親が娘に尚侍を譲った例を持ち出して、とうとう辞任と交替が実現したのも、この中の君の宿縁であったと思われる。

こうして中の君が平穏無事に、宮中に住んでくれるのを願う一方で、いつか蔵人の少将に中の君をと雲居雁から望まれたのに対して、前向きの返事をしていたのを思い起こし、今はどのように思われているのか気になる。息子の右中弁を使者にして、悪意のない旨を夕霧右大臣に対して、「帝からこのような促しがあったので、長女を冷泉院に、次女を帝にお仕えさせるのは、高望み過ぎるとの世評が立ちかねず、困惑しております」と、先手を打って伝えた。

夕霧右大臣から、「帝が不快に思われているのも当然です。ここで、中の君の宮仕えを拒むのはよくありません。早々に思い立つべきです」との返事があったので、今回は、明石中宮の機嫌を確認してから、参内させたとはいえ、こんな時、父の鬚黒大臣が存命であれば、どんな妃からも中の君はのけ者にされないのにと悔やまれた。姉の大君は容貌などの評判も高く、美しいと、今上帝は聞いていたのに、その引き換えとして妹の中の君が来たのに釈然としなかったが、中の君も実に気品に満ち、振舞も奥床《おくゆか》しいので、それなりの愛顧《あいこ》を賜《たまわ》るようになった。

玉鬘は、いよいよ出家しようと思い立ったが、息子たちが、「大君は参院、中の君は尚侍になり、それを世話してやる時ですので、出家しては心静かに勤行《ごんぎょう》もできないでしょう。ここはもうしばらく待って、二人の行く末が安心して見ていられるようになってからの方が、誠の安心です。その方が後顧《こうこ》の憂《うれ》いなく勤行ができます」と忠告するので、思い留《とど》まる。

中の君のいる宮中には、時々こっそりと参上する一方で、冷泉院の方には、まだ未練がましい下心があるようなので、しかるべき時にも参上しなかった。

かつて、自分が冷泉院からの誘いに応じないで、鬚黒大将のものになった事を思い起こすと、やはり申し訳なく、そのお詫《わ》びとして、息子たちや夕霧右大臣が反対していたのを押し切って、大君を参院させたので、ここで年甲斐もなく自分までが参上して、妙な噂が世間に広まりでもしたら、見苦しい限りであり、参上できない事情を大君に打ち明けるわけにもいかずにいる。

大君は、昔から父の鬚黒大臣は自分の方を特に可愛がり、母の玉鬘は妹の中の君を贔屓《ひいき》して、桜の取り合いの時や、その他の折にも妹の肩を持ち、自分を低く見ているのだと内心で恨んでいた。冷泉院も恨めしがって、「私のような年寄りの許にあなたを放り出して、やはり軽く考えているようです」と言いつつ、大君を寵愛した。

数年が経って、大君が今度は男の御子《みこ》を産んだ。弘徽殿女御や秋好宮など、冷泉院に仕えていた妃方には、長年男児誕生が絶えてなかったので、大君とは並々ならぬ宿縁があったのだと世間の人は驚く。冷泉院もこの上なく可愛いとこの若宮《わかみや》を慈《いつく》しみ、これが退位前であったら、どんなにかその甲斐があった事だろう、今は万事につけ勢いのない時なので、全くもって残念だと思う。

これまでは弘徽殿女御腹の女一の宮を、この上なく大事にしていたが、この大君に女宮と男宮が生まれたのが思いの外《ほか》であり、それだけに格別に可愛がるので、弘徽殿女御も内心で、女一の宮の影が薄くなったのを気にして、心穏やかでない。何かにつけて面白くなく、心も捩《ねじ》れがちで、自然に、女御と大君の仲にも隔たりができた。

世間の常として、取るに足らない男女の仲でも、もともと本妻の地位にある人を、事情を知らぬ人でも味方するようであり、冷泉院に仕えている様々な身分の人たちも、長年連れ添っている秋好宮や弘徽殿女御にこそ分《ぶ》があると考えて、大君の方を悪く思う。兄弟の君たちも「やはり、私共の考えが正しかったでしょう」と、母の玉鬘を責めるため、玉鬘は心安からず、聞くのも辛く、「こうではなくて、のんびりと無難に暮らしている人も多いようなのに、無上の幸福がないのなら、宮仕えなど考えつくべきではなかった」と嘆きは深まるばかりであった。

大君に求婚していた人々は、それぞれ昇進して、婿になっていたとしても遜色《そんしょく》のない男君たちが多くいて、その中でも若くてか細かった源侍従の薫は、今では宰相中将になり、「匂宮に薫の君」と、耳障りな程に人の口に上っていた。確かに人柄もよくて配慮もあるので、高貴な親王《みこ》たちや大臣が我が娘の婿にとほのめかすが、それにも耳を傾けないと、玉鬘は聞くたびに、「以前は若くて頼りなさそうでしたが、今は立派な大人になられたようです」と、女房たちと話していた。

他方、蔵人の少将も三位《さんみ》の中将になり、評判もよくて、「あの方は家柄だけでなく、容貌も申し分なかった」と女房たちは言い合い、多少意地の悪い女房は密《ひそ》かに、「大君は冷泉院に参院して苦労するよりも、この方のほうがよかったのに」と言っていた。

玉鬘は困惑するばかりだったが、当の中将は、今でも大君への恋情は絶やさず、わが身のつたなさを嘆くやら相手のつれなさを恨むやらで、気が進まないまま左大臣の娘を嫁に貰《もら》ったものの、全く心は寄せず、『古今和歌六帖』に、東路《あずまじ》の道の果てなる常陸帯《ひたちおび》の　かことばかりも逢い見てしかな、とあるように、いつかは大君に逢いたいものだと、手習にも書き、口癖のように言うのも、執念深さから来ているようだった。

冷泉院の許で気まずくなった大君は、その煩わしさから里居《さとい》がちになり、玉鬘は、自分の思惑とは違ってしまったこの有様を無念に思う一方、尚侍として今上帝に出仕した中の君は、今様《いまよう》に気楽に振舞って、品格と風情も備わって、評判も良かった。

竹河の左大臣が亡くなり、夕霧右大臣は左大臣に、あの柏木の弟である紅梅大納言《こうばいのだいなごん》は左大将兼右大臣になり、その下の人々も昇進して、薫宰相は中納言、三位の中将は宰相になった。こうした昇進を喜ぶ人々は、夕霧左大臣と故致仕大臣《ちじのおとど》の一族以外にはいない時勢になってしまった。

薫中納言は昇進の挨拶《あいさつ》で玉鬘邸に参上して、御前の庭で、定式通りに、謝意を表する拝舞をすると、玉鬘は御簾越しに対面して、「見ての通り、草深くなっていく我が家を、避けて通られないあなた様の厚情に接すると、昔の源氏の君の恩情が思い出されます」と言う。その声が上品で愛らしく、若々しいので、薫中納言は、「いつまでもお若い。こうだから冷泉院は思いを捨てられないのだろう。そのうち何か起こらねばいいが」と思いつつ、「昇進の喜びなど、私にはどうでもいいのですが、最初に報告をしたくて参りました。さっき我が家を避けずにと言われたのは、ご無沙汰《ぶさた》している罪を、責めておられるのでしょうか」と言上する。

玉鬘は、「今日はめでたい日なので、年老いたわたくしの愚痴《ぐち》など口にすべきではないと、遠慮しております。とはいっても、こうしてあなた様が立ち寄って下さる機会はそう望めそうもなく、対面してでないと申し上げにくい事もございます」と応じて、「冷泉院に出仕している大君が、周囲との関わりで、大変悩み、身の処し方に苦しんでおります。

弘徽殿女御を頼りにして、また秋好宮にも何とか大目に見てもらおうと思っておりました。しかしどちらの方も、無礼で気に入らない者と思われたようです。大君はそれが心苦しく、若宮二人を冷泉院の許に残したまま、里帰りしております。あのままの宮仕えでは辛そうなので、こちらでゆっくり静養させようと思い、帰らせました。

ところが、若宮を置いて退出した事を、冷泉院はけしからん振舞だと思っておられるようです。しかるべきついでがあれば、どうかこの辺の事情を、それとなく奏上して下さいませんか。弘徽殿女御と秋好宮を頼みにして、出仕させた当初は、これでよかったと安心していたのですが、今はこうして行き違いが生じております。実に幼稚で身の程知らずだったと、自らの浅慮を責めております」と、涙声で言う。

薫は、「そこまで思い詰める事ではございません。こうした後宮《こうきゅう》でのつきあいが、容易でない事は、昔から言われている通りです。冷泉院は退位後、静かに暮らしておられ、万事目立たずに過ごされているようであり、後宮の方々も打ち解けているように見えます。しかし、互いに競い合う心がないとは限りません。

他人から見て咎めるべきでないと思われる事でも、自身にとっては恨めしく思って、心を動揺させるのは、女御や中宮のいつもの癖でございます。それくらいのいざこざは覚悟の上で、参院させられたのではないでしょうか。ここはただ、冷静に振舞い、成り行きを見るのが賢明です。男の私が、とやかく奏上すべき事柄ではございません」と、そっけなく答える。

玉鬘は、「お会いしたついでに、愚痴を申し上げようと、心づもりしておりましたが、その甲斐なく、とても理にかなった、あっさりとしたご意見です」と、微笑《びしょう》する。

その様子は、子を持つ母として、てきぱきと物事に処している割には、実に若々しく、大らかな感じがして、薫中納言はあの大君もこのような感じだろうと思い、あの宇治《うじ》の大君に心が惹かれるのも、こんな風である様子に強く魅せられるからだと思った。

尚侍の中の君も、ちょうど退出していて、大君と中の君が共に住んでいる雰囲気にも、風情が感じられ、万事につけてくつろぎ、煩わしさから解き放たれているようである。二人が御簾の中にいるかもしれないと思うと、気後《きおく》れして緊張してしまい、かしこまっている薫を見て、玉鬘はこの君を婿として親しく見ていられたら、どんなによかったろうと、つい後悔の念にかられた。

紅梅右大臣邸は、玉鬘邸のすぐ東にあり、ちょうど大臣任官を祝う大饗《だいきょう》が催され、その相伴《しょうばん》役として公達《きんだち》などが大勢集まっていた。夕霧左大臣が六条院で賭弓《のりゆみ》の還立《かえりだち》や、相撲《すまい》の饗《あるじ》などに参加されたのを思い出し、匂宮兵部卿を、今日に光を加える賓客《ひんきゃく》として招待したものの、不参加であり、大切に育てている姫君たちを、こんな機会に匂宮にという期待も空しくなった。

匂宮としてはどういう意向からか、心にも留めずにいて、他方、出席した薫源中納言は一層の好青年に成長していて、万事、人に劣った面などないのを、紅梅右大臣も北の方の真木柱もしっかりと目に留めていた。

隣の紅梅右大臣邸がこのように騒々しく、行き交う牛車の音や、前駆《さき》の声が響いていて、玉鬘は鬚黒大臣が存命の頃を思い出す。今のこの邸はさびれて静かになっているので、しみじみとした気分で、「兵部卿宮が亡くなって間もなく、この紅梅右大臣が、夫を亡くした真木柱の許に通って来た時、世間の非難を浴びたようです。しかし今はこのように仲が良く、見ていて安心です。本当に男女の仲というのはわからないものです。継子《ままこ》である真木柱が幸せになり、本来の娘である大君が今は苦労している」と愚痴を口にしていた。

大饗の翌日、夕刻になって、蔵人の中将から宰相中将になった夕霧左大臣の長男が顔を出したのも、大君が里帰りしているからであった。考えるだけでも高揚して、「朝廷での昇進も、何とも思いません。私の思いが叶わない嘆きのみが、年月が経つにつれて増すばかりで、気も晴れません」と、宰相中将が涙を押し拭う様もわざとらしく、今は二十七、八歳になって、容貌にも盛りの美しさが備わっていた。

帰ったあとで玉鬘は、「実に見苦しい。世の中が思い通りになると奢《おご》り高ぶって、官位など何とも思わないでいる。鬚黒大臣が存命ならば、自分の息子たちも、こんな色恋沙汰《いろこいざた》に心を乱す余裕もあったのに」と涙する。というのも今、長男の左近中将は右兵衛督《うひょうえのかみ》になり、次男の右中弁は右大弁に昇進したものの、双方とも非参議《ひさんぎ》であるのが情けなく、かつての藤侍従は頭中将《とうの》になり、年齢から言えば不相応ではないものの、他家の子息と比べると後れているからである。参議になった宰相中将が今以《もっ》て大君へ言い寄って来るのも、忌々しく、嘆きは募るばかりだった。

第五十二章　天皇崩御《ほうぎょ》

書き終えた「竹河《たけかわ》」の帖《じょう》も、満足のいく出来ではなかった。しかし所詮《しょせん》この帖は、鬚黒太政大臣《ひげくろだいじょうだいじん》家に仕《つか》えていた老女房《にょうぼう》の語り口なので、多少の走り書きは許されるはずだ。

主に語られるのは、大臣亡きあとの玉鬘《たまかずら》邸の様子で、一家の大黒柱となった玉鬘の戸惑《とまど》いについてだ。長女の大君《おおいぎみ》を冷泉院《れいぜいいん》に参院させたものの、弘徽殿女御《こきでんのにょうご》や秋好《あきこのむ》宮の機嫌を損《そこ》ねてしまう。産んだ一女一男を残して、大君は院の許《もと》から退出して里居《さとい》を余儀なくされる。思惑がはずれた玉鬘は、自《みずか》らの判断の悪さを悔《く》いるしかない。

幸い、自分が尚侍《ないしのかみ》の地位を譲って、今上帝《きんじょうてい》に出仕《しゅっし》させた中の君《きみ》は、うまく役目をやりおおせているようで、これは安心だった。とはいえ、息子たち三人は、いずれも昇進が滞《とどこお》っている。鬚黒大臣を失った一家の命運は、ほぼ尽きたと言っていい。

光源氏が姿を消し、ここでまた玉鬘も舞台の裏に消えて行く。物語を引き継ぐために残されたのは、明石《あかし》中宮と今上帝の間に生まれた匂宮《におうみや》と、柏木《かしわぎ》と女三の宮の間に生まれた不義の子の薫《かおる》の二人だ。光源氏の血を引いて好色の匂宮と、色好みでなく道心《どうしん》を持つ薫との対比は、この「竹河」の帖で多少は提示できた。

ひとつ懸念《けねん》が残るのは、玉鬘の若々しさと大様《おおよう》さを前にした薫が、長女の大君も同じだろうと思い起こし、その勢いからか、宇治《うじ》の大君への思慕《しぼ》に思い当たるという記述だろう。唐突《とうとつ》過ぎたきらいはある。宇治に隠棲《いんせい》している八の宮の許にも、玉鬘同様に大君と中の君がいる。似たような状況なので、薫がそれを思い遣ったのも、当然かもしれない。

しかしその瑕瑾《かきん》は、これから弥縫《びほう》していけばいいだけの話だ。ともあれ、「匂兵部卿《におうひょうぶきょう》」「紅梅《こうばい》」「竹河」の三帖を書き綴《つづ》ったのは、光源氏亡き後に、どうやって物語を書き進めていくかという、手探りと逡巡《しゅんじゅん》だった。もはや光源氏と同じような、完全無比に近い人物を登場させるわけにはいかない。その話の舞台も、都の内では、二番煎《せん》じになって書きにくい。

その迷いは、これら三帖で足踏みしている間に、吹っ切れてしまった。光源氏の代わりに登場させるのは、匂宮と薫だ。しかもこの二人は、この世を超然とした人物ではなく、ありきたりの人間と言っていい。

さらに舞台は、「竹河」の帖の末尾で思わず書きつけた通り、都から宇治に移る。まさしく筆の勢いだった。「紅梅」の帖で不意に登場させた八の宮が棲《す》んでいるのが、宇治だ。ここに至って、父君の越前《えちぜん》下向《げこう》の前に、旅の準備として宇治まで赴《おもむ》いたときの経験が役立つ。

あれからもう十五年が経過している。あのときは、まさか宇治行《こう》が、将来の執筆に役立つなどとは夢にも思わなかった。書くために、再訪したらどうかと思う人がいるかもしれない。もちろん、宮仕《みやづか》えの身でそんな暇《いとま》はない。中宮様に申し出れば、親しい二、三人の女房たちと行ってみてはどうか、牛車《ぎっしゃ》の一両、随身《ずいじん》の四、五人はつけてやる、とおっしゃるかもしれない。しかし、それでは却《かえ》って荷が重くなる。

体験というものは、一度ですむ。何度も体験する代わりに、頭の中で反芻《はんすう》すればいいのだ。激しい川音と深い霧は、今でも耳と目に鮮明に甦《よみがえ》る。これを頼りにして、これからじっくりと筆を進めて行く。

それにしても思うのは、越後《えちご》に赴任《ふにん》している父君と惟規《のぶのり》の安否だ。今は夏だからいいものの、秋から冬に向かうと、寒さは越前よりも厳しいのではないか。父君は本来頑強《がんきょう》な体の持主とはいえ、老いの身に寒さはこたえる。片腕として従っている惟規は、父君ほどの強さは持っていない。特に冬になると、食が細くなり、必ず一、二度は熱を出して寝込む。

願わくば、越後に住む四年の間に、体を屈強にしてもらいたい。そうすれば、今後は、父君の後継として、国守《こくしゅ》に任じられる道も開けてくる。

「竹河」の帖を手渡した三日後の夜半、小少将《こしょうしょう》の君が局《つぼね》に顔を出した。やっと筆写を終えたのだと言う。

「次からいよいよ、新しい物語が始まりますね。その気配を感じます」

この言葉は嬉《うれ》しかった。「竹河」の帖で、その予感がすればいいのだ。

「それにしても、女というもの、やはり嫉妬《しっと》と、やっかみはつきものなのでしょうか」

小少将の君が心配げな表情になる。「冷泉院に仕える秋好宮も、今上帝の后《きさき》である明石中宮も、少し変わったような気がします。どちらの中宮も、大らかな人だと思っていたのに、新しく入内《じゅだい》した、若い女君《おんなぎみ》が寵《ちょう》を受けるようになると、嫉妬にかられて邪険《じゃけん》になります。冷泉院に嫁いだ大君は、せっかく御子《みこ》二人を産みながら、里居がちになります。今上帝に尚侍として仕える中の君は芯が強いのか、あっけらかんとして内裏《だいり》に留《とど》まっています。しかし、それ以上の権勢は持たせないように、明石中宮は睨《にら》みを利《き》かしています。今後、宮中を仕切っていくのは明石中宮ではないでしょうか。これも嫉妬ゆえの豹変《ひょうへん》のような気がします」

そんな豹変ぶりなど、意図したわけではない。しかし指摘されると、そうとも言える。怪我《けが》の功《こう》名《みょう》かもしれなかった。

「小少将の君の言う嫉妬とやっかみは、女特有のものではないと思います。男はなべてそれを隠すのに長《た》けているだけです」

思わず言ってしまう。「そんな例は、殿方《とのがた》の振舞いをじっくり見ているとわかります。道長《みちなが》様だってそうです」

語尾のほうは声を低めて言った。

「確かに。少し安心しました」

嫉妬とやっかみには縁のないように見える小少将の君が、頷《うなず》いた。

実際、道長様の公私にわたる動向には、嫉妬が見え隠れしている。

権勢を誇った摂政《せっしょう》太政大臣の兼家《かねいえ》様には、四人の子息がいて、道長様はその末子だった。長男の道隆《みちたか》様は亡き伊周《これちか》様、隆家《たかいえ》様、定子《さだこ》中宮の父君だ。次男の道綱《みちつな》様の母君は、『蜻蛉《かげろう》日記』の書き手ではある。しかし道綱様にさしたる才はなく、道長様の眼中にはなかったろう。三男の道兼《みちかね》様は父君の威光《いこう》もあって、右大臣になり、さらに関白の位《くらい》も手にした。従って道長様の目の上のたんこぶは、道隆様と道兼様だった。兄二人の勢いに、道長様はずっと嫉妬していたはずだ。二人がこの世にいる限り、自分は浮かばれないと、若い頃はやっかむ日々だったに違いない。目の上のたんこぶが消えたのは、その二人が病《やまい》のため相次いで亡くなったからだ。道兼様に至っては、関白の地位にいたのは、わずか七日だった。

そのあと、道長様の執拗《しつよう》なやっかみは、長男道隆様の遺児である伊周様と隆家様、そして帝《みかど》の寵《ちょう》愛《あい》をひとり占めしていた定子様に向かう。

定子中宮に対抗させて入内させたのが、自らの長女の彰子《あきこ》様だったのだから、これも道長様のやっかみじみた対抗心だった。

不思議に今のところ、道長様の思惑はすべて順調に推移している。嫉妬とやっかみの風を受けた舟は、順風満帆《じゅんぷうまんぱん》と言える。

そして今、道長様の最後の目の上のたんこぶが、故定子中宮所生《しょせい》で、今上帝の第一皇子《おうじ》である敦康《あつやす》親王《しんのう》だろう。その元服《げんぷく》は去年の七月に実施された。彰子様の出産で延び延びになっていたのだ。そして三か月後の十月には、彰子様腹の第二皇子敦成《あつひら》親王の魚味《まな》始《はじめ》と着袴《ちゃっこ》と、第三皇子敦良《あつなが》親王の魚味《まな》始《はじめ》が行われた。

十一月末、内裏は道長様の枇杷《びわ》殿《どの》から、新造成った一条院に移り、帝も還御《かんぎょ》され、続いて彰子様もそこに行啓《ぎょうけい》し、仕える女房たちも同行した。故定子様腹の敦康親王と脩子《ながこ》内親王《ないしんのう》も、遅れて十二月、一条院内裏に参院された。

一条院内裏に移って、正月の末、思わぬ事態が生じた。北の対《たい》、北廂《きたびさし》にある清涼殿《せいりょうでん》御湯殿《おゆどの》の板敷の下に、人の頭が置かれていたのだ。もちろん犯人はわからない。これによって、内裏は触穢《しょくえ》になってしまう。

それでも、恒例の正月の除目《じもく》は決行しなければならない。聞くところによると、左大臣の道長様は、自邸の枇杷殿に犬の死骸が見つかり、その犬死穢《しえ》を理由に不参だった。そのため右大臣の源顕光《あきみつ》様が執筆《しゅひつ》となって、除目が始まる。受領《ずりょう》任官の結果はどうやら、帝の意向と道長様の考えが一致しなかったようだ。

実はこの頃、道長様の関心は除目よりも、金峯山詣《きんぷせんもう》での準備として身を清める長斎《ちょうさい》にあった。ところが犬が枇杷殿で子を産んで、犬産穢《さんえ》になり、山《やま》詣では中止される。

これと並行して、道長様は二月、長男の頼通《よりみち》様に春日《かすが》詣でを依頼していた。このとき、道長様は殿《てん》上人《じょうびと》や地下人《じげにん》に対して、すべて随行するように命じた。そのため、帝に仕えるべき蔵人《くろうど》や下人《しもびと》もほとんどが退出してしまい、陪膳《ばいぜん》の給仕をする者さえいなくなった。帝の嘆きは大きかったらしい。当然ではある。もはや帝への公然たる嫌がらせとしか思えなかった。

五月中旬、彰子中宮様の近くで、前代未聞の椿事《ちんじ》が起こった。帝からの伝言を受けた何とかという帝付きの上臈《じょうろう》女房が、彰子様近くに侍《はべ》っていた中宮付き女房の出羽守《でわのかみ》の君の頬《ほお》を引っ叩《ぱた》いたのだ。出羽守の君は出仕して一年足らずであり、帝付きの女房の顔などもちろん知らない。おそらくぞんざいな態度で接したのを、その上臈女房は不愉快に思ったのだろう。出羽守の君の歯が折れ、飛び散った血が几帳《きちょう》を汚したので大騒ぎになった。

翌日、すぐさま沙汰《さた》が下され、出羽守の君は除籍《じょせき》されて里に帰された。鼻《はな》っ柱《ぱしら》の強い内裏女房も帝の命令で追放され、喧嘩《けんか》両成敗《りょうせいばい》で決着した。

この椿事の裏には、内裏女房たちが、帝に対する道長様の嫌がらせを、日頃から不満に思っていたという事情があるはずだ。道長様への反発が、つい、その子女である彰子様付きの中宮女房に、噴き出したのだろう。

しかしこれは、まさしく御門違《おかどちが》いと言っていい。いくら父娘《おやこ》とはいえ、道長様と彰子様は一身同体ではない。いやむしろ、彰子様のお心は、道長様から離れて帝にある。

五月二十二日、帝は一条院内裏の東北の対にある、彰子様の御座所《おましどころ》に渡御《とぎょ》された。この夜、帝の様子を近くから見た大納言の君が、局にやって来て小声で言った。

「帝はめっきり痩《や》せておられた。病悩なのかもしれません」

一緒にいた小少将の君と顔を見合わせる。

「まだ三十を少し過ぎられたばかりなのに」

小少将の君が絶句する。

確かに帝は、幼少の頃からご病気がちだったと聞いている。それに加えて、この一、二年はご心労も加わったのだろう。そのご心労の原因は、決して口外はできないが、道長様だ。

道長様は、彰子様腹の敦成親王と敦良《あつなが》親王を得た今、もう帝も、東宮《とうぐう》である居貞《おきさだ》親王も、目の上のたんこぶなのだ。帝の第一皇子である敦康親王を遠ざける算段は、その母、定子様が亡くなった頃から、着々と進めていたので問題ない。残る課題は、帝の早々の譲位と、東宮の践祚《せんそ》、そして新東宮として、敦成親王を立太子《りったいし》させることだ。さらに言えば、新帝には余り長く帝位に就《つ》いてもらいたくないという、不遜《ふそん》な望みもあるに違いない。あの道長様なら、そうあって当たり前だ。

彰子様の許で一夜を過ごされた帝は、翌日の昼前に清涼殿に戻られた。その後ろ姿を遠くから拝見すると、もはや歩くのも大儀《たいぎ》だというような緩慢《かんまん》な歩調だった。途中で歩みを止め、大きく息を継がれたようにも見受けられた。

結局、帝の崩御《ほうぎょ》はこのひと月あとだった。そしてこのひと月の間の道長様の動きは、あとで仄聞《そくぶん》すると、見事な周到ぶりと言うほかはなかった。

帝のご病悩を聞くや、道長様は大江匡衡《おおえのまさひら》様に譲位について易占《えきうらな》いをさせた。結果は、譲位どころか大病と出る。この占文《うらぶみ》を見て道長様は天皇崩御を覚悟して、清涼殿北の対の南の廂に駆けつける。ちょうどそこで病魔退散の読経《どきょう》をしていた権僧正《ごんのそうじょう》と一緒に、大声で泣涕《きゅうてい》してしまう。ところが、この嘆きを耳にしたのが、北の対の母屋《もや》で臥《ふ》せっておられた帝だった。おそらく御几帳《みきちょう》の間から二人が泣く様子も目にされたはずだ。その折の心境はいかばかりだったろう。

道長様と権僧正の号泣《ごうきゅう》を聞き、自らの病の深さを知らされては、快癒《かいゆ》に向かう気力も萎《な》えてしまったのも不思議ではない。

果たしてこのときの道長様の嘆きは、本物だったのか、それとも演技だったのか。多分に後者だろう。あるいは本当の嬉し涙だったのかもしれない。

すぐさま五月二十六日、道長様は譲位を発議し、翌朝、帝に奏上《そうじょう》された。

帝はこれによって譲位を覚悟され、東宮を誰にするかを藤原行成《ゆきなり》様に諮問《しもん》された。帝の願いは当然、第一皇子である敦康親王の立太子だった。

これには理由がある。天皇の第一皇子が立太子するのは、天武《てんむ》天皇以来の慣例だった。ただし、その生母の位が低い場合は例外が生じる。生母が皇后もしくは中宮でありながら、立太子できなかった唯一の例は、白河《しらかわ》天皇の第一皇子だった敦文《あつふみ》親王だ。しかしこれは、敦文親王が四歳で早逝《そうせい》したからだと聞いている。

定子様腹の第一皇子である敦康親王は、今十三歳で、至って健康であり、通常なら立太子に何ら問題はない。加えて、四条《しじょう》大納言の藤原公任《きんとう》様をして、その学識には感嘆するとまで言わしめた、聡明な親王である。

ところが行成様の判断は異なり、帝の望みに反するものだった。その理由は、その皇子が第一の正《せい》嫡《ちゃく》如何《いかん》ではなく、その外戚《がいせき》が天皇家の重臣かどうかが重要だとしたのだ。こうなると、外戚がないに等しい敦康親王には、もはや分《ぶ》がない。

おそらくこのとき、帝は病苦の中で呻吟《しんぎん》されたに違いない。やはり順当に、第一皇子から第二、第三皇子へと、順送りで立太子して欲しかったろう。この順番で世の中から異論が出るはずはなかった。

しかしこれで困るのは、やはり道長様だ。四十代半ばの年齢を考えると、そんな悠長な段取りなど待てない。自らの目が黒いうちに、孫二人が帝の地位に就くのを見たい。そのためには命をも惜《お》しまない、というのがあの道長様の性根《しょうね》だ。

そしてまた藤原行成様も、敦康親王を退け、敦成親王を上奏《じょうそう》することで、道長様に恩を売りたかったのだろう。

ところが、この措置《そち》を最も嫌悪されたのが彰子中宮様だった。敦康親王は、前中宮の定子様亡きあと、中宮様がわが子のようにして育てられた。敦康親王が聡明だっただけに、その養育に手ごたえを感じ、もはや我が子同然になっていた。敦康親王のほうでも、身を以《もっ》て中宮様を母として感じていたはずだ。これは中宮様付きの女房であれば、誰もが認める事実だった。

そうした母子の情を一顧《いっこ》だにしない父の道長様に対して、彰子様には埋火《うずみび》のような恨《うら》みが残ったとしても、無理はない。

帝は我が命の終焉《しゅうえん》を覚《さと》られたのか、六月にはいって東宮の居貞親王に対面された。今後の敦康親王の遇し方について、涙ながらに頼まれたのに違いない。程なく譲位され、践祚となり、東宮には敦成親王が立太子された。帝は上皇《じょうこう》になられた。

こうして二十五年の長きにわたった帝の世は終わった。二十五年もの治政は醍醐《だいご》天皇の三十三年に次ぐ長さだと聞いている。そして六月中旬、上皇の病は篤《あつ》くなり、出家《しゅっけ》をされた。俗に言う臨終《りんじゅう》出家だった。

六月二十一日、上皇の病篤《やまいあつ》しの報が届き、彰子中宮様はすぐさま清涼殿に移られ、側に付き添われた。看取《みと》られながらの辞世の御製《ぎょせい》は次の通りだった。

露の身の風の宿りに君を置きて
塵《ちり》を出《い》でぬる事ぞ悲しき

露に等しい私が、風の吹く宿にあなたを置いて、この塵芥《じんかい》の世から去って行くのが悲しい、という哀傷歌《あいしょうか》だった。

崩御は翌日の昼で、享年《きょうねん》三十二の若さである。このご臨終を見守りたいと願う多くの上達部《かんだちめ》に対し、行事があるとの理由をつけて、全員に席を立たせたのは、他ならぬ道長様だった。

すぐに入棺《じゅかん》の儀が行われ、彰子中宮様と皇子たちの手で遺骸は棺《ひつぎ》の中に収められた。入棺のとき、彰子様が献上された装束《しょうぞく》も入れられる。棺は紙屋川《かみやがわ》を北に上った葬送所に運ばれ、荼毘《だび》に付された。遺骨は白壺に入れられて、円成寺《えんじょうじ》に安置される。

このあと、円成寺に詣《まい》る上達部や殿上人は、引きも切らさなかった。七月上旬、上皇に一条の院号が贈られた。法事はその後も延々と続けられる。この法事に際して、彰子様が詠《よ》まれた歌は次の通りだった。

見るままに露ぞこぼるるおくれにし
　心も知らぬ撫子《なでしこ》の花

見ていると涙の露がこぼれてしまう、あとに遺《のこ》されたとも知らないで、撫子の花と遊んでいるいとおしい我が子よ、という悲嘆で、親の死を知らない敦成親王が、無邪気に撫子の花を摘《つ》んでいる姿を眺《なが》めての詠歌《えいか》だった。

また、ある朝、一条天皇の夢を見た彰子様は、たまらず次のように詠歌された。

逢うことも今は泣き寝の夢ならで
　いつかは君をまたは見るべき

もはや逢えなくなったあなたとは、夢の中で逢って涙を流す以外、見る機会はないのです、という追慕《ついぼ》だった。

こうやって、名帝の誉《ほま》れ高かった一条天皇の崩御と、次に書くべき新たな物語の幕開けが重なるのは、もはや偶然ではない気がする。これこそ心機一転を促す天の配慮かもしれなかった。場所は宇治で、源氏の君の異腹の弟、八の宮が表舞台に姿を現すのだ。

その頃、世間から忘れ去られた八の宮という親王がいて、あの桐壺《きりつぼ》帝の第八皇子、つまり源氏の君の異母弟であった。母方なども高貴な家柄で、弘徽殿大后《おおきさき》の後押しもあって、皇太子にもなるべき人柄と声望もあったのに、冷泉院が立坊《りつぼう》して東宮になったため、仕えていた家司《けいし》たちもあてがはずれて、それぞれの思惑から宮家から出て行ってしまった。

八の宮は公私ともに頼る所がなくなり、世間からは全く見放された生活ぶりであった。その北の方も昔の大臣の娘であったのに、今は心細い境遇になり、親たちが先々は東宮御息所《みやすどころ》、そして后《きさき》へと期待していたのを思い出すと、言いようもなく悲しくなるものの、八の宮との長い夫婦仲が比類《ひるい》なく睦《むつ》まじいのを、憂《う》き世の慰めとして、互いにこれ以上はない程に、頼りにし合っていた。

とはいえ、何年も経つのに子供ができないのが残念で、寂しくもあり、「何とかして可愛《かわい》い子供が欲しい」と、八の宮は時々口にしていた折、思いがけず、大変愛くるしい姫君が生まれた。八の宮はこれを慈《いつく》しんで、この上なく愛し、大切に育てていると、再び北の方が懐妊《かいにん》した。今度は男の子が欲しいと思っていたのに反して同じく姫君で、無事に生まれたものの、北の方は産後の肥立《ひだ》ちが悪くて亡くなってしまった。

余りの事に八の宮は途方にくれて、「長年暮らして来たこの世は、辛《つら》い事ばかりだった。しかし、見捨てるには惜しい、北の方の心映《ば》えや人柄が絆《ほだし》となり、この世に留《とど》まって来た。今はひとり生き残り、さらに味気《あじけ》ない寂しい世になる。あどけない娘二人を男手ひとつで育てるのは、宮家の格式としてはみっともなく、世間体《せけんてい》も悪い」と思う。念願の出家を遂《と》げようとしたものの、姫君二人を任せる人もおらず、あとに残すわけにもいかず、年月を過ごすうちに、姫君たちが成長し、おのおのその容姿は可愛らしくも美しくなったため、それを明け暮れの慰みにして、さらに歳月を重ねている。

あとから生まれた姫君に対して、仕えていた人々は「どうも悪い時にお生まれになった」と不平を言いつつ、心を入れて世話をしなかったが、北の方が臨終の時に、正気も失せていたにもかかわらず、この姫君をひどく不憫《ふびん》がり、「ただこの姫君を、わたくしの形見と思って可愛がって下さい」と言い遺《のこ》したため、北の方との前世からの縁《えにし》の薄さも、辛いと感じた折ではあったが、「これこそ運命だろう」と八の宮は思う。

「北の方は、今際《いまわ》の時までこの姫君を案じ、将来を気にかけておられた」と思い起こしつつ、この姫君をこれ以上ない程可愛がると、顔立ちも実に愛らしく、そのために神隠しに遭《あ》うのではないかと、心配になるくらいだった。

一方の姉の姫君は、気立ても穏やかで、しっかりした人柄であり、見た目も美しく、気品があり、優雅な物腰で、可憐《かれん》さと気高《けだか》さは妹より優《すぐ》れていた。

八の宮はどちらもそれぞれに大切に育て上げてはいたものの、思うようにはならず、歳月が経つにつれて、宮邸の有様《ありさま》は物寂しくなり、仕えていた者たちも、これからは頼りないと見限って、次々と辞めていった。妹姫の乳母《めのと》も、北の方の逝去《せいきょ》騒ぎで、確実な人を選べなかったので、低い身分のせいもあって、早々と見捨てて去って行き、あとは八の宮自身の手で育て上げるしかなくなっていた。

宮邸はさすがに広くて趣《おもむき》があり、池や築山《つきやま》の風情《ふぜい》は昔と変わらないにしても、今はひどく荒れていて、それを所在なく眺めるしかなく、家司など、ちゃんと采配《さいはい》ができる者もいない。手入れする人手がないため、青々と草が繁《しげ》り、軒の忍草《しのぶぐさ》が我が物顔で伸びて、四季折々の花や紅葉《もみじ》の色と香りも、北の方と一緒に楽しんだから心が慰められたのに、ひとりになった今、寂しさは一層ひどかった。頼るべき所もないままに、八の宮はただ持仏の飾りばかりは入念に怠《おこた》らず、明け暮れ勤行《ごんぎょう》一筋の日々であり、実のところ、こうして姫君二人と一緒に暮らすのも不本意で、口惜《くちお》しく、自分の心さえも思い通りにならない運命なのに、今更世間並に再婚などありえないと思い定めていた。

歳月が経つにつれて、世間からは離れ、心だけはすっかり聖《ひじり》になり、北の方が亡くなって以後も、後添《のちぞ》いとして女を近づける気などさらさらなかった。

人々が、「そこまで徹底する必要はございません。誰でも死別したあとの悲しみは、この世に例がないくらいと思うものです。しかし、月日が経つと、薄らいできます。ここは世間並の心になられたら如何《いかが》でしょう。それでこそ、このように見苦しく、手のつけようのない邸内も、自《おの》ずから整っていくものです」と、意見具申《ぐしん》しながら、あれこれ似つかわしい縁組みを申し入れるものの、八の宮は耳を傾けない。

念誦《ねんじゅ》の合間《あいま》には、姫君二人を相手にして遊び、成長するにつれて琴を習わせる。碁打《ごう》ちや、漢字の旁《つくり》を隠して偏《へん》だけで何の字か言い当てたり、逆に旁を示して適当な偏をつけて一字にしたりする偏つぎなど、ちょっとした遊びで、姉妹の性格を見てみると、姉君は気品があって考え深く、妹君はおっとりとして可憐で、はにかむ様子が可愛らしく、姉妹それぞれに美点が備わっていた。

春のうららかな日差しに、池の水鳥たちが互いに翼《つばさ》を打ち交わしつつ、それぞれ囀《さえず》る声などを、常日頃は何でもない事と見すごしていたのが、今、目の前で、つがいの二羽が離れずに睦まじくしているのを眺めつつ、姫君たちに琴などを教える。二人は実に可愛らしく、まだ小さい年頃にもかかわらず、それぞれが掻《か》き鳴らす琴の音などが、しみじみと心に響くので、つい涙を浮かべて独詠《どくえい》する。

うち捨ててつがいさりにし水鳥の
　かりのこの世にたちおくれけん

父鳥を捨てて母鳥は先立ってしまい、その水鳥の子たちが、はかないこの世に残されてしまった、という感慨で、「仮《かり》のこ」の世と雁（かり）の子を掛けていた。「悲しみは募《つの》るばかりだ」と、涙を拭《ぬぐ》う八の宮の顔立ちは実に清らかで、長年の勤行によって痩せ細ってはいても、それが却って上品さと優雅さを与えていた。姫君たちを大事に育てている心映えも加わり、萎《な》えた直衣《のうし》を身につけて、しどけない姿は、立派で奥床《おくゆか》しい。

姉君が硯《すずり》をそっと引き寄せて、硯の上で、手習のように字を書く。それを見て、八の宮は「これに書きなさい。硯は文殊菩薩《もんじゅぼさつ》の目ともされているので、直接書き付けてはいけません」と言って、紙を差し出すと、姫君は恥ずかしそうに和歌を綴った。

いかでかく巣立ちけるぞと思うにも
　うき水鳥の契《ちぎ》りをぞ知る

どうやってこんなに巣立って、成長したのかを思うにつけ、水鳥のように悲しい我が身の宿命を思い知ります、という謝意と悲哀であり、「浮《う》き」と憂きが掛けられていて、上手《じようず》な歌ではないものの、折にかなっているだけに心打たれ、筆跡も先々の上達が窺《うかが》われた。とはいっても、まだ続け書きは不充分な年頃であり、八の宮が「妹君も書きなさい」と勧めると、もう少し幼《おさな》い字で、長い時間かかって、歌を書き付けた。

泣く泣くも羽《はね》うち着《き》する君なくは
我ぞ巣守《すもり》になりは果てまし

泣きながら羽をかけて守って下さる父君がいなければ、わたくしも孵《かえ》らない卵のように育たずに終わったでしょう、という感謝だった。

姫君たちの衣装《いしよう》も着古されて、側に仕える女房たちもおらず、寂しく徒然《つれづれ》にしているとはいえ、二人とも実に可愛らしいので、八の宮はしみじみといたわしく、経を片手に持ち、一方では読経をし、他方で楽器の譜《ふ》を口ずさみつつ、姉君には琵琶《びわ》、妹君には箏《そう》の琴を教えた。まだ幼いとはいえ、常に合奏しながら稽古を重ねるため、聞きにくくはなく、誠に趣のある音楽に聞こえる。

八の宮は父の桐壺帝にも、母の女御《にようご》にも早く先立たれ、信頼できる世話役にも事欠いたので、学問などは深く習わず、まして、この世で身を処するための心構えなどとは無縁であった。高貴な人とはいえ、驚くほど上品で、おっとりとした女のような人柄なので、先祖伝来の宝物や、祖父大臣の遺産などが夥《おびただ》しくあったのが、今ではどこに行ったのか、いつの間にか失われており、手許に残った調度《ちょうど》類だけは特に立派な物が多い。

訪問したり、心を寄せたりする人もなく、八の宮は無聊《ぶりょう》なままに、雅楽寮《ががくりょう》の楽師《がくし》などの優れた者を招いては、慰み事の音楽に力を入れた結果、その方面については大変優秀だった。

八の宮は、かの源氏の君の異母弟であったとはいえ、冷泉院が東宮だった頃、朱雀院《すざく》の母である弘徽殿大后が陰謀を企《たくら》み、この八の宮に帝の地位を継いでもらいたいという思惑で、自分に勢いがある時に画策した騒ぎがあったため、心ならずも、源氏の君側とは縁遠くなっていた。その後はいよいよ源氏の君の子孫の時代になってしまい、交際は途絶えた。

その上、ここ数年来は、こうした聖の道を志《こころざ》し、今はこれまでと、万事望みを思い捨ててしまっているうちに、住んでいる宮邸が焼けてしまった。積み重なる不運に落胆し、京の中には移り住む適当な所はなく、宇治という所に、風情ある山荘を持っていたので、そこに移住した。

既《すで》に思い捨てた俗世ではあったものの、今はこれまでと、住み馴《な》れた京を離れるのは悲しい。辿《たど》り着いた宇治は網代《あじろ》の場が近く、水音も騒がしい川の近くでもあり、静かに勤行したいという思いにはそぐわない所であった。とはいえ、どうしようもない。花や紅葉、水の流れに、心を寄せるほかはなく、以前にも増して物思いに耽《ふけ》るばかりで、こんな世間とは絶縁して住んでいる野山の果てでも、北の方さえ生きていれば耐えられるのにと、思い起こさない時はなく、つい詠歌する。

見し人も宿も煙《けぶり》になりにしを
何とて我が身消え残りけん

共に過ごした北の方も、住み馴れた邸《やしき》も、煙となって消えてしまい、どうして我が身だけが残っているのか、という嘆きであり、こうやって生き残るのも甲斐《かい》がなく、亡き妻を恋《こ》う日々でもあった。山にまた山を重ねたこの住《す》み処《か》には、京にいた頃以上に訪れる人はなく、身分の低い下人や田舎《いなか》じみた山賤《やまがつ》たちだけが、時々親しく参って仕えた。峰の朝霧が晴れる思いがしないのは、ちょうど『古《こ》今《きん》和歌集』の、雁の来る峰の朝霧晴れずのみ　思い尽きせぬ世の中の憂さ、の通りだった。

この宇治山には、聖めいた阿闍梨《あじゃり》が住んでいて、仏教の奥義《おうぎ》にも優《すぐ》れ、世間の信望も厚かったが、滅多な事では公式の仏事にも出仕せずに籠《こも》っていた。八の宮がこうして近くに住んで、寂しい境遇の中で尊い修行を積みつつ、阿闍梨に経文《きょうもん》を読み習っておられるため、尊い事だと思って常に邸に参上し、八の宮が長年学んで知識を得た経文の、奥深い真理を説き聞かせ、この世がはかない仮の世であり、味気ないものだと説いた。

八の宮は、「確かに心ばかりは蓮《はちす》の上に坐ったような気分で、濁りのない池の上にも住めそうな感じがします。しかしこの幼い娘たちを見捨てて行くのは後ろめたく、出家まではできかねています」と、阿闍梨には心置きなく心中を漏《も》らされていた。

この阿闍梨は、冷泉院にも親しく仕えていて、経文なども教え、京に出かけた折には参上していた。いつものように冷泉院が経典などを読んで、質問をする機会があったついでに、「宇治の八の宮は実にご立派で、仏教の学問に通じておられます。こうなる前世からの運命で、この世に生まれた方でしょう。心の底から邪念なく悟っておられる様子は、真の聖と言えます」と言上《ごんじょう》する。冷泉院は、「まだ出家はされていないのですか。この辺りの若い人々は、八の宮を俗聖《ぞくひじり》と仇名《あだな》しているようで、殊勝《しゅしょう》な事ではありますか」と応じた。

ちょうどその時、薫《かおる》中納言も冷泉院の御前にいて、自分でもこの世が本当に空虚なものと思いながら、勤行などは人目につく程までには行わず、無益に月日を送って来たと人知れず反省する。八の宮が俗聖になっている心の内はどんなものかと、耳を傾けて聞き入ると、阿闍梨は、「出家の志《こころざし》は元からおありだったのですが、俗世の些細《ささい》な事がそれを妨げています。今となっては、不憫な娘たちの身の上を思うと、とても出家できないと嘆いておられるのです」と奏上《そうじょう》する。

阿闍梨はさすがに音楽を愛する僧なので、「この姫君たちが琴を弾《ひ》き合わせて演奏される様は、宇治川のせせらぎと響き合い、趣があり、本当にもう極楽同然です」と、昔風の褒《ほ》め方をする。

冷泉院は微笑《びしょう》して、「そんな聖のような宮の許で成長されたのであれば、俗世の事には疎《うと》いはずなのに、感心な事です。八の宮がその娘たちの行く末を懸念《けねん》して、出家を思い留まっておられるのであれば、私が多少なりとも生き長らえた時には、私に預けてもらえないでしょうか」と言い出された。

というのも、冷泉院は桐壺帝の十番目の皇子《みこ》であり、かつて朱雀院が亡き源氏の君に預けた女三の宮の前例を思い出されたからであった。

「その姫君たちを引き取りたいものだ。所在ない折々の遊び相手にはちょうどいい」と冷泉院が思っておられると、薫中納言は、この八の宮が以前にも増して俗聖になったその心境を、対面して実際に見届けたい心が募り、阿闍梨が宇治に帰る際には、「必ず参上《さんじょう》して、仏道の事などを教えてもらいたく、まずは内々に八の宮のご意向を伺って下さい」と頼む。冷泉院は、八の宮に対して「物寂しい暮らしぶりだと、耳に致しました」と伝言を使者に託し、和歌も添えた。

世をいとう心は山に通えども

八重《やえ》たつ雲を君や隔《へだ》つる

俗世を嫌う私の心はあなたの住む宇治山に通じていますが、幾重《いくえ》にも重なる山があなたを隔てているため、会うのもままなりません、という諦念《ていねん》であった。阿闍梨は、冷泉院の使者の供をして八の宮の山荘に参上した。普通の身分の者なら、使者として訪問するのが当然なのに、それもほとんどない山陰《やまかげ》だけに、訪れは実に珍しく、八の宮は山里ならではの酒肴《しゅこう》などで、それなりの趣向を凝《こ》らしてもてなし、返歌をしたためた。

あと絶えて心すむとはなけれども
世をうじ山に宿をこそ借《か》れ

俗世をすっかり捨て去って、心を悟り澄ましているわけでもございません、世を憂きものとして宇治山に一時の宿を借りているだけです、という感慨で、「住《す》む」と澄む、「宇治《うじ》」と憂しとが掛けられ、『古今和歌集』の、**わが庵《いお》は都の辰巳《たつみ》しかぞ住む　世を宇治山と人はいうなり**、を下敷にしていた。俗聖ではない事を強調していたので、読んだ冷泉院は、今なお八の宮がこの世に恨みを残しているのだと思われ、しみじみと文《ふみ》を眺めた。

阿闍梨は、薫中納言が仏道専念の心が深い事などを八の宮に伝え、「法文《ほうもん》などを会得《えとく》したいという願いは、幼時から強いものの、止《や》むなく世間にかかずらい、公私ともに暇なく明け暮らして過ごして来ました。山にわざわざ引き籠って、法文を習い読むのも、たいした事もない私の身では、世間に背を向けたふりをしてもよかったのです。しかし自然と仏道修行も怠《おこた》り、世事に紛《まぎ》れがちになってしまいました。八の宮の世にも稀《まれ》な精進《しょうじん》の有様を承《うけたまわ》ってからは、心から尊敬しております」という薫の真摯《しんし》な心の内を言上する。

「この世を仮のものと悟り、厭世《えんせい》の心が生まれるのは、我が身に不幸がある時です。あるいは、世の中を何かにつけて恨めしく思う時があって、初めて道心が起こるものです」と八の宮は答えられ、「それなのに、薫君《ぎみ》はまだ年若く、世の中も思うようになり、万事不満はあるまいという境遇にありながら、このように後の世の事まで考えておられるのは、殊勝そのものです。私自身は元々こうなる運命だったのか、ひたすらこの世を厭《いと》い離れるように、わざわざ仏などが勧め誘って下さったのです。そのお蔭で、自然に静かな仏道修行の願いが叶《かな》ったわけです。

とはいえ今は、寿命も残り少なくなった気がするのに、これといった悟りは得られないまま終わりそうです。来《こ》し方も行く末も、私には何ひとつ会得していないと実感されるのに、その薫君はこちらが気後《きおく》れする程の立派な仏道の友であるようにお見受けします」とおっしゃって、その後、互いに文を交わし合い、ついに薫自身も宇治に赴いた。

確かに、聞いていた以上に寂しそうな暮らしぶりであり、全く仮の宿のような草庵《そうあん》であった。遁世《とんせい》にふさわしい簡素な住まいは、同じ山里にしても、京の郊外の山里はそれ相応の魅力があって、閑静な所もあるのに対し、ここは実に荒々しい水の音と波の響きで、昼は物思いを忘れ、夜は心穏やかに夢を見るような気配はさらさらなく、川風が激しく吹きすさぶ。

薫は、「聖めいた八の宮のためには、このような所のほうが俗世への執着《しゅうちゃく》も断ち切れる。しかし姫君たちは一体どんな心地で住んでおられるのか。世間並の女らしい雅《みやび》さなどとは、縁遠いのだろう」

と推量する程の、すさまじい住まいである。

姫君たちは、仏間《ぶつま》との境に襖障子《ふすましようじ》のみを置いて、その奥で暮らしているようであった。好き心のある男であれば、意中をほのめかしつつ、近づいて、どんな心の持主なのかを確かめたくなるような、やはり気がかりで心惹《ひ》かれる様子ではある。とはいえ、薫はそうした色恋などは思い捨てたい一心で、こんな山奥まで訪ねて来ており、その意志に背《そむ》いて、その場限りの色めかしい事を口にして、戯《たわむ》れるのも、志に反するのだと思い返す。

八の宮の様子が実に清らかなのを、心から賛美しつつ、幾度も訪問しているうちに、願っていた通り、八の宮は在家のまま仏門に仕える優婆塞《うばそく》として、山で修行する深い心や法文などを、ことさら物知り顔をするのではなく、実にうまく薫に教え諭《さと》された。

聖のような僧や、経典に精通した法師などは、世の中に数多くいるが、一方で、余りに堅苦しく、近づきにくい宿徳《しゆくとく》の僧都《そうず》や、僧正《そうじよう》といった高い身分の僧は、世間で多忙を極めて生真面目《きまじめ》であり、法文の奥儀《おうぎ》を解き明かしてもらうのも仰々《ぎようぎよう》しい。さらにまた、きちんとした身分でもない、仏の弟子《でし》として戒律《かいりつ》を保っているだけのありがた味《み》はあっても、人となりは下品で、説教の言葉にも訛《なま》りがあり、不作法かつ馴れ馴れしい僧たちも、誠に目障《めざわ》りである。

薫が昼間は公事で多忙なため、しめやかな宵《よい》に、枕元近くに僧を呼んで話をするにつけ、やはりどこか煩《わずら》わしさがあり、その点で八の宮は上品極まる物腰で、話の内容も、同じ仏の教えであっても、わかりやすい喩《たと》え話を引合いにしながら説かれる。特段に深い悟りというわけでもないのに、高貴な人は物事の道理の理解の仕方が、常人とはやはり違っていて、八の宮と親しくなるにつれて、薫はいつも会いたいと思い、暇がないままに日が経つと、八の宮が恋しくなる。

薫が八の宮を尊敬するようになって、冷泉院からも常にお便りがあり、長年にわたって人の口にものぼらず、寂しげだった住居にも、ようやく人影を見る折々があり、機会ある毎《ごと》に冷泉院がお見舞を寄せるのも威厳《いげん》を添えた。薫もしかるべき機会を逸《いっ》せずに、実生活の面でも、風流の面でも、気を配り、お世話を続けながら三年が経過する。

晩秋の頃、八の宮は、季節毎の念仏を催《もよお》すにあたって、川面《かわも》にある邸では、網代の波音もこの頃では実に耳障りで騒々しいため、阿闍梨の住む寺の堂に移って、七日間の勤行をした。邸で待つ姫君二人は、心細い上に所在のなさもあって、物思いに沈んでいたその頃、薫中納言は長い間訪問していなかったのを思い出すままに、有明《ありあけ》の月がまだ夜深くて差し昇る頃に、京を出発する。

誰にも知られないように、供の人数も減らしての目立たない出立《しゆったつ》になり、八の宮の邸は、宇治川のこちら岸にあるので、舟を使う煩わしさもなく、馬に乗って出かける。山道にかかるにつれて霧が立ち込め、道も見えないような林の中を進むと、荒々しい風が吹きすさび、乱れ散る木の葉からの露がはらはらと降りかかり、ひどく冷えてきた。

自ら進んでの道行《みちゆき》ながら、ひどく濡《ぬ》れてしまい、こうした忍び歩きに馴れていない薫中納言としては、心細いながらも興趣《きょうしゅ》を覚えて詠歌する。

山おろしに堪《た》えぬ木の葉の露よりも
あやなくもろき我《わ》が涙かな

山おろしの風に耐えられずに、舞い散る木の葉の露よりも、なぜか無闇にこぼれる我が涙である、という感興《かんきょう》で、山賤が目を覚ますとうるさいので、随身《ずいじん》には先払いの声も立てないようにさせた。柴の籬《まがき》をかき分けながら、道を流れる水を踏みしだく馬の足音も、やはり目立たないように気をつけてはいるものの、隠しようもない身の匂いが、風に乗って辺りに漂い、ちょうど『古今和歌集』の、**主知らぬ香こそにおえれ秋の野に　たがぬぎかけし藤袴ぞも**、のように、一体誰が通っているのだろうかと、目を覚ました家々もあった。

山荘が近づくにつれて、何の琴かとも聴き分けられない音が、身震《みぶる》いする程の妙《たえ》なる音色《ねいろ》で聞こえたので、「八の宮はいつもこのように、姫君たちと演奏していると聞いてはいても、これまでは聴く機会がなかった。八の宮の琴のうまさは評判なのに、全く耳にしていない。これはまたとない折だ」と思いつつ、薫が邸内にはいると、琵琶の音の響きであった。黄鐘調《おうしきじょう》の普通の合奏ではあるものの、やはり場所柄なのか、聴いた事のない心地になり、掻き返す撥《ばち》の音も、清く澄んで趣がある。そこに箏の琴の音が、いかにも雅やかな音色で、途切れ途切れに寄り添っていた。

しばしこのまま聴いていたいのに、忍んだ姿だったにもかかわらず、気配を察した宿直《とのい》の者という番人で、融通《ゆうずう》の利《き》かない男が出て来る。「八の宮はこれこれの事情で、山寺に籠っておられます。すぐ取次を致します」と言うので、「いやいや、そのように日を決めて修行をされている時に、邪魔をしては申し訳ない。このように濡れながら参上したのに、そのまま帰るのは情けない。この事情を姫君たちに伝え、それは気の毒に、と言っていただければ、こちらも慰められる」とおっしゃる。

男は醜い顔でにんまりとし、「そう申し上げます」と答えて立つのを、薫は「ちょっと待て」と呼び止め、「長い間、噂《うわさ》にばかり聞いていた琴の合奏だ。いつかは聴きたいと思っていたので、これは絶好の機会、どこか少しの間、ちょっと隠れて聴けそうな物陰はないだろうか。こんな折に差し出がましく、近くに参上する間に、合奏をやめられるのも、不本意ではないか」とおっしゃる。

その物腰と容姿が、こうした身分の低い者にも実に素晴らしく、畏《おそ》れ多く感じられるので、「誰も聴いていない時には、いつもこのように合奏されます。たとえ下人であっても、都から参って邸に泊まる人がいる時は、音も立てられません。もともとこうして姫君たちがおられる事すら隠されて、世間の人には知らせるなというのが、八の宮のお考えなのです」と答える。

薫は微笑して、「それは無益な隠し立てだ。そのように隠されていても、世間の者はみんな、稀有《けう》の世の例として姫君たちがおられるのは、知っておる。いいから構わず案内しなさい。私は好色めいた人間ではない。こうして姫君たちが暮らしておられる様子が不思議で、極めて稀な事と思うのだ」と、親しみをこめておっしゃったので、男は「畏れ多い事でございます。お断りすれば、あとで分別のない奴だとお叱《しか》りを受けるやもしれません」と言いつつ、姫君たちの御前は竹の透垣《すいがい》を巡らし、他の所とは別の囲いになっている事を教え、恰好《かっこう》の場所に薫を導く。供の者たちは西の廊《ろう》に呼び入れて、この宿直人が接待をした。

向こうに通じているらしい透垣の戸を、薫が少し押し開けて見ると、月が美しく、一面に霧が立ち込め、簾《すだれ》を高く巻き上げて、女たちが坐っており、簀子《すのこ》には、いかにも寒そうに、痩せて古い衣裳を着た女童《めのわらわ》がひとり、さらに同じような姿の年配の女が坐っている。

奥にいる姫君のひとりは柱に少し隠れて坐り、琵琶を前に置いて、撥を手でまさぐっていたが、雲に隠れていた月が、急に明るく差し出ると、「扇でなくても、この撥で月を招く事ができます」と言いつつ、月を仰いだ顔は実に愛らしい。

その脇に伏しがちのもうひとりの姫君が、琴の上に前かがみになり、「入り日を招き返す撥という話はあります。しかし月を招くとは変わった事を思いつきました」と言って、にっこり笑った様子は、もう少し落ち着きがあって優雅《ゆうが》であり、もうひとりが「扇程ではないにしても、撥も月には無関係ではないでしょう」などと応じて、他愛のないやりとりをしている様子は、これまで想像していたのとは大違いで、しみじみと親しみやすく魅力に満ちていた。

昔物語などにこのような話があり、若い女房たちが読むのを聞くと、必ずこうした思いがけない筋書があり、薫は、まさかそんなうまい話はないはずだと腹立たしく思っていたものの、なるほどそんな事が実際あればあるものだと感心し、心は姫君たちに惹かれていく。

霧が深いので詳細には見えないため、もう一度月が出て欲しいと思っていると、奥の方から「客人《まろうど》が見えています」と知らせた女房があったのか、簾を下ろしてみんなが奥にはいって行く。姫君たちは慌《あわ》てた風ではなく、穏やかな振舞のまま、そっと身を隠す様は、衣ずれの音もせず、実に柔らかな身のこなしで、気品溢《あふ》れる優雅さがあった。

見ていた薫はまたしても心打たれ、そっとその場を離れて、京に帰るための牛車を引いて来るように使者を走らせた。先刻の番人には、「運悪く八の宮の留守中に訪問してしまった。しかし嬉しい事に、日頃の物憂さが紛れて慰められた。こうして参上している旨《むね》を、姫君たちに告げなさい。ひどく濡れてしまった恨みを申し上げたい」と言ったので、男はさっそく奥に消え言上した。

姫君二人は、自分たちの姿が垣間見《かいまみ》られたとはつゆ思わず、気を許して弾いた琴の音を聴かれたのが、実に恥ずかしく、そう言えば、妙に香り高い風が吹いて来たのに、まさか薫君の来訪があるとは思いもしなかった折なので、全く気づかなかった迂闊《うかつ》さに、心も乱れ戸惑うばかりである。薫の挨拶《あいさつ》を取り次ぐ女房も、とても不馴れの者のようで、ここは自ら挨拶したほうがよいと思った薫は、まだ霧でよく見えないので、さっき見た御簾の前に歩み出て、跪《ひざまず》く。

山里人のような若い女房たちは、応じる言葉も思いつかず、座布団《ざぶとん》を差し出す様もたどたどしいので、薫は、「この御簾《みす》の前では、どうも不自由でございます。いい加減な浅い心では、この宇治までは参上できません。険《けわ》しい山道を越えて来たというのに、これは異《い》な扱いでございます。かくも露に濡れてしまう道を、幾度も行き来しております私の心の内を、いつかはわかって下さると、頼みにしております」と、真心《まごころ》をこめて申し上げる。

若い女房たちの中で、きちんと応対できる者はおらず、消え入りそうに恥じ入っているのも可哀想《かわいそう》であり、奥に寝ている女房を起こすのに手間取っている。返事を工夫しているように思われるのを懸念して、姉の大君《おおいぎみ》は自ら、「何事もわきまえないわたくしたちでございます。したり顔でどう申し上げていいのかもわかりません」と、実に奥床しく、上品な声で、遠慮がちに小声で言った。

薫は、「一方で物事をよくわきまえながら、人の辛さを知らない顔でいるのは、世の常だとは存じております。とはいえ、他ならぬあなた様までが、同様な事を口にされるのは残念でございます。世にも稀な、万事を悟り切っておられる八の宮の住まいに、ずっとご一緒されている心の内は、何事も聡明に悟られているはずと、承知しております。こうやって隠しおおせないでいる私の心の深さ浅さも、わかって下さってこそ、はるばる京から参上して来る甲斐がございます。

世間にありふれた色めいた筋とは、どうかお考えにならないで下さい、そうした好き心は、特に勧めるような人があっても、私は靡《なび》かない心強さを持っております。その点は自ずから聞き及びでございましょう。所在ないまま過ごしている私の世間話でも、申し上げる相手として、頼りにさせていただければと思います。

また、こうして世の中から離れて物思いをされている憂《うれ》いの慰めとして、そちらから私に声をかけて下さる程、親しくしていただければ、どんなにか嬉しく存じます」と、様々に口にするので、大君は気後《きおく》れがして返答しにくく、先刻起こした老女房が出て来たので、応対を任せた。

この老女房は実に無遠慮な態度で、「これは先方に対して礼を欠く振舞です。簀子に御座《おまし》を設けるなど、とんでもありません。御簾の内にお入れすればよろしいのに、若い人たちはものの程度をわきまえていません」と横柄《おうへい》に言う声も、出過ぎた感じがして、姫君二人は気まずく思う。

老女房は続けて、「実際、妙でございます。八の宮は、この世に住まっておられる人々の数にもはいらない暮らしぶりでございます。当然訪問してもよさそうな人々さえ、世間並の来訪はございません。それなのに、あなた様のありがたきご親切には、物の数でもございませんわたしのような者でも、感じ入っております。姫君たちはお若い心ながら、その事はわかっていても、お礼を申し上げにくいのでございましょう」と、ひどく無躾《ぶしつけ》で物馴れた口調で言うのも、薫の気に障《さわ》った。

老女房の物腰はひとかどの人物らしく、趣のある声なので、「全く気にもかけてもらえないと落胆していたのに、姫君たちがそう感じられ、何事もおわかりになっていたとは、この上なく嬉しく思います」と薫は言い、廂《ひさし》と簀子の境の下長押《しもなげし》に寄りかかっている。それを几帳の端から老女房が見ると、曙《あけぼの》の光に物の色が少しずつ見えてくる中で、なるほど目立たないような狩衣《かりぎぬ》姿が、ひどく露に湿っており、何ともこの世のものではないような匂いが、不思議なまでに辺り一面に漂っている。

すると老女房は泣き出して、「出過ぎた者とお咎《とが》めを受けるかもしれませんが、お耳に入れるべき悲しい物語がございます。これをどのような折にか申し上げ、話の一端をそれとなく知っていただこうと、長年、念誦《ねんじゅ》のついでに願い続けておりました。その効験《こうけん》でしょうか、ちょうどよい折でございます。とはいえ、早くもこぼれ出す涙に目の前が暗くなり、とても申し上げられません」と、身を震わせている様子は、本当に悲しいと思っているようである。

なべて年老いた人は涙もろいと、薫も見聞きはしていたものの、こんなに深く悲しんでいるのも妙であり、「ここに参上するのも度重《たびかさ》なるのに、あなたのように人の世の哀れさを知っている人もおらず、露深い道中でひとり濡れておりました。こうして会えるのも嬉しい機会です。どうかすべて残らず話して下さい」と言うと、「こういう機会は滅多にございますまい。また、あったとしても、明日《あす》をも知れぬ命なので、あてにできそうもありません。ともあれ、こういう老女がこの世にいたとだけは、お知り置き下さい」と老女は応じる。

そして、「あなた様の母君である女三の宮に仕えていた小侍従《こじじゅう》は、亡くなったと仄聞しております。その昔、睦まじくしていた同年配の人が多く亡くなってしまい、わたしも晩年になって、遠い田舎から縁故《えんこ》を頼って上京して参りました。この五、六年は、ここにこうして仕えております。

その頃は藤大納言《とうだいなごん》で今は按察大納言《あぜち》とかおっしゃる方の兄上で、衛門督《えもんのかみ》で亡くなられた方については、何かの折などに、お噂を聞かれた事もございましょうか。死去されてまだ何年も経っていない気がします。その折の悲しさも、まだ袖の乾く暇もないような思いでおります。しかし指を折って数えますと、あなた様がこうやって成人された年齢に相当しますので、夢のような心地がします。

実を申せば、あの故柏木《かしわぎ》衛門督様の乳母は、わたし、弁《べん》の母でございました。朝夕、お傍近くに仕えておりまして、人の数にもはいらないこの身でございますが、誰にも知らせず、また心の内には秘め難い事を、折々わたしに漏らされました。そしていよいよご臨終が迫った時、わたしを呼び寄せ、少しばかり遺言された事がございました。

ここは是非《ぜひ》、お耳に入れなければならない事がひとつございます。今こうして申し上げたので、残りを聞きたいとお思いであれば、いずれまたの折に、ゆっくりと最後までお話し申し上げます。若い女房たちが、わたしの事をみっともない、出しゃばり過ぎていると、つつき合っているのも、もっともですので」と言い、その後は口をつぐんでしまった。

奇妙な夢の話か、あるいは巫女《みこ》じみた者が問わず語りをするような珍しい話だと、薫は思ったが、これまで気にかけていた事の次第を老女房の弁が口にしたので、もっと聞きたいものの、人目も多く、唐突に昔話をして夜を明かしてしまうのも、不作法である。「これといって、はっきりと思い当たる事はないのですが、昔の事を聞くのも何やら心惹かれます。では、きっとこの残りを聞かせて下さい。霧が晴れると、見すぼらしさがわかってしまう私の姿です。これでは姫君たちに失礼なので、私の心としては残念ではありますが、退出させていただきます」と言って立ち上がった。

あの八の宮が籠っている寺の鐘の音が、かすかに耳に届く。霧が深々と立ち込めている中で、薫は八の宮を思い遣り、峰にかかる幾重もの雲の隔てが恨めしく、姫君たちの心中も思い遣られて気の毒で、物思いに沈み、こうして引き籠っているのも道理だと思って、詠歌した。

あさぼらけ家路も見えず尋ねこし
槇《まき》の尾山《おやま》は霧こめてけり

夜も明けようとしている時に、帰る家路も見えない程、訪ねて来た槙の尾山には霧が立ち込めている、という恨みであった。「心細くて仕方がありません」と言い添え、引き返して佇《たたず》む姿は、都の立派な人を見馴れている者でさえ、やはり格別だと思っているくらいだから、ましてや、この山里の女房たちの目には、この上なく美しく見えているはずである。もじもじして返歌を取り次ぐ勇気もなさそうなので、大君は例によって、実に控え目に返歌する。

雲のいる峰のかけ路《じ》を秋霧の
いとど隔つる頃にもあるかな

雲がかかっている峰の懸け路を、立ち込めた秋の霧が一層隔てている時節です、という詠嘆で、八の宮と離れている心細さが歌われ、少し溜息《ためいき》をついている様子を、薫はしかと感じとった。さして風情は見出《みいだ》せない山里ではあっても、姫君たちの痛々しさが思い遣られ、夜が明けるにつれて姿が露《あらわ》になる心地がするので、「中途半端に聞いた話の続きは、もう少し姫君たちに親しくしていただいてから聞く事にしましょう。それにしても、私を世間並の男のように扱われるのは、ものの道理がわかっておられないなと、恨めしく思います」と薫は言って、宿直人《とのいびと》が用意してくれた西面《にしおもて》の居室に坐り、ぼんやりと物思いに沈む。
供人《ともびと》たちが、「網代は賑《にぎ》わっているようでも、氷魚《ひお》が近づかないのか、不漁のようだ」と、この辺の事情をよく知っているのか、話をしている。舟人が粗末な舟に刈った柴を積み、おのおの生活のために行き来する光景は、頼りない水の上に浮かぶ点で、誰しも考えてみると、似たようなこの世の無常であり、自分だけは水に浮かんでいるのではなく、玉の台《うてな》に憩《いこ》う安らかな身の上と思っていいのだろうか、と思案され、硯を持って来させて、姫君たちの居所に歌を届けた。

橋姫《はしひめ》の心を汲《く》みて高瀬《たかせ》さす
棹《さお》のしずくに袖ぞ濡れぬる

宇治の守護神である橋姫のような、あなた方の心を思い遣り、浅瀬を漕《こ》ぐ舟の棹の雫《しずく》に袖を濡らすように、私も涙で濡れています、という同情で、『古今和歌集』の、**さ莚《むしろ》に衣片敷き今宵もや　我を待つらん宇治の橋姫**、を下敷にしていて、「さぞ物思いに沈んでおられる事でしょう」と書き添えて、宿直人に持たせた。

宿直人は寒さのため鳥肌を立てて、寒そうに持参したので、料紙《りょうし》に薫《た》き染めた香《こう》が並の物であるのは気おくれしそうな相手とはいえ、ここは早いほうが何よりもよいのだと、大君は返歌を書きつける。

さしかえる宇治の川長《かわおさ》朝夕の
しずくや袖を朽《く》たし果《は》つらん

棹さして往来する宇治の渡し守《もり》は、朝夕の棹の雫が袖をすっかり朽ちさせています、わたくしの袖も涙で朽ち果てそうです、という哀感であった。「わたくしの身まで浮いています」と、実に美しく書かれていて、よく整った詠みっぷりだと薫が感じ入っていると、供人が「牛車の用意ができました」と騒がしく言うので、宿直人を呼びつけて、「八の宮が帰られる頃に必ず訪問する」と言い、霧に濡れた衣はすべて褒美《ほうび》として脱ぎ与え、京に取りにやった直衣に着替えた。

京に戻っても、薫はあの老女房の話が心に引っかかって思い起こされ、一方で姫君たちの、思った以上に風情豊かな様子が、脳裡《のうり》から離れず、やはりこの世は思い捨て難いと、自分の心が揺さぶられる思いがした。

姫君たちに手紙を送る気になり、色恋沙汰《ざた》ではなく、白く厚ぼったい紙に、念入りに選んだ筆を使い、墨付も見所があるようにして

突然の不躾な訪問でしたので、差し出がましい事はせず、言い残した事が多いのを、心苦しく感じています。あの時少し申し上げたように、今後は御簾の前に、心安く通して下さればと思います。八の宮の山籠りが終わる日を伺って、霧に遮《さえぎ》られてお目にかかれなかった、憂さを晴らしたく存じます。

と非常に生真面目に書きつける。

左近将監《さこんのぞう》という人を使者に選び、「あの老女房を訪ねて、この手紙も渡しなさい」と言いつけ、宇治の宿直人が寒そうに嘆いていた姿を思い出し、大きな檜破子《ひわりご》のような物に食料を数多く入れて持たせた。

翌日、八の宮が籠っている寺にも、文を送り、山籠りの僧たちも、この頃の山おろしの冷風には、

心細く困っているはずで、また八の宮も籠っている間に布施《ふせ》をされるに違いなく、薫は絹や綿《わた》などを、多く贈った。ちょうど八の宮が勤行を終えて寺を退出する朝だったので、修行者たちに、綿や絹、袈裟《けさ》、衣など、すべて一揃《ひとそろ》いずつ、寺中の僧たちに与える事ができた。

宿直人は、薫が脱いで与えた素晴らしい狩衣や、特別な白い綾《あや》の衣で、柔らかく何ともいえない薫《くん》香《こう》を放つ衣をそのまま着ていて、それでも当人の身は替えられないので、似つかわしくない袖の香りを、会う人毎《ごと》に怪しまれたり、褒めそやされたりして、却って窮屈な思いをし、気安く振舞う事もできない。人がぎょっとするような匂いを消し去りたいと思うものの、重々しい身分の人の移り香《が》なので、洗い流す事もできず、困り果てた。

薫は大君の返事が実に気に入り、素朴《そぼく》な趣があると感心し、宇治では、女房達が八の宮に、かくかくしかじかの手紙があったと言って見せたので、八の宮は、「それは考えもの。大君が薫君と懸想人《けそうびと》のように文のやりとりをするのは、もっての外《ほか》です。並の若者とは違った気質《たち》のようであり、私が亡き後は宜《よろ》しく、というような事をかつてほのめかしたので、姫君たちの事を気に留めておられるだけです」と言う。

八の宮自身からも、様々な気配りの品々が山寺に贈られ、有り余った事などへの礼状が送られて来たので、薫は宇治に参上する気になる。ふと匂宮《におうみや》が以前に、こうした山深い所に、逢ってみると思った以上にいい女がいたら、どんなにかよかろうと、夢物語のような事を言っていたのを思い出し、宇治の姫君たちの有様を伝えて、心を煽《あお》って、惑わせてやろうと思い、うららかな夕暮れに匂宮邸に参上した。

いつものように、色々な話のついでに、宇治の八の宮に言及して、あの明け方の出来事を伝えると、匂宮は非常に興味を示して顔色を変えたので、やはり思った通りだとほくそ笑《え》んで、いよいよ心が動くように言い続けたため、匂宮は、「その返事の文を、どうして見せてくれないのですか。私ならば、あなたに見せるのに」と恨む。

薫も、「そうでしょうか。あなたも、貰《もら》った多くの返事の手紙のほんの一端も、私には見せて下さらない。あの宇治の姫君二人は、私のような表立たない者が、独り占めするべき人ではありません。いずれ、あなたにお目にかけたいと思うものの、あなたのような高貴な身分では容易に訪問する事もできません。私のような気軽な身分の者であれば、その気になればた易《やす》く浮気ができる世の中です。隠れた所に、良き女は多いようです。浮気の相手として世話をしたくなる女が、物思いをしつつひっそりと暮らしている所は、山里のような隠れた片隅に、よくありがちです。今申し上げた宇治という所は、この世から隔絶した聖のような、無風流な者がいるに違いないと、耳に留めずに見放されています。ところがです。かすかな月の光で垣間見た素晴らしい容貌《ようぼう》が、昼でもその通りの美しさであれば、もう言う事はないでしょう。その物腰や雰囲気は、全くもって夢のようでした」と、匂宮の心を焚《た》き付けた。

すると、匂宮は真剣に宇治の姫君たちを思うようになり、嫉妬心を覚え、ありきたりの女には心を奪われそうもない薫が、このように深く執着しているのは、並大抵の事ではないと考え、どうしようもなく姫君たちに逢ってみたくなる。薫に、「ではこれからも、姫君たちの様子をじっくり見るように」と勧める一方で、自由にならない親王としての身分が、疎ましくもじれったい様子である。

薫は内心おかしくなり、「いえいえ、女にかかずらうのはつまりません。はかないこの世に、執着など持つまいと思っている私ですので、どうでもよいような事には関わらないようにしています。それなのに、我が心に反して、抑えられない恋心でも生じたら、これは心外な事になります」と言上したので、匂宮は、「それはいくら何でも大袈裟《おおげさ》な物言いです。例によっての聖めいた言い方をするあなたの、行く末を見届けましょう」と苦笑しながら応じた。

笑われたと感じた薫は、心の内ではあの老女房が漏らした話の方が気になり、物思いがちになってしまい、女を美しいとか、感じがよいとかの話など、どうでもよくなった。

十月になって、五、六日の頃、宇治行を決めると、供人たちが「この時節は、網代をこそ見学すべきです」と勧めるのを、薫は、「いや、蜉蝣《かげろう》のようなはかない身で、氷魚を捕る網代など見てはおられない」と言って断り、例によってこっそりと出立する。

手軽な網代車を使い、固織《かたお》りの平絹《ひらぎぬ》の直衣と指貫《さしぬき》を縫わせて、粗雑な装束にして宇治に赴くと、待ちかねていた八の宮は喜び、場所柄にふさわしい供応に趣向を凝らす。日が暮れると、灯火《ともしび》を近づけて、以前から読みさしていた経典の深い意味を、阿闍梨も山から招いて経理《きょうり》を解釈させた。少しも眠くならず、川風が実に荒々しく、木の葉が散り交《か》う音や、水の響きなど、風情も通り越して、何となく恐ろしく心細い雰囲気だった。

明け方になったと感じられる頃、かつての曙の事が思い出された薫は、琴の音が心に響くというような話をしてから、「以前、霧に迷った曙に、実に妙なる楽《がく》の音《ね》をわずかに耳にしました。今でもそれが残っており、もっと満足の行くまで聴いてみたいものです」と言上すると、八の宮は、「色恋や風流さも思い捨て去ったあとは、昔たしなんだ事も忘れてしまいました」と応じられたものの、女房を呼んで琴を取り寄せる。

「今の身には、全くそぐわなくなってしまいました。手引きの音があれば、思い出せましょう」とおっしゃり、琵琶を持って来させて、薫に弾くように勧めた。受け取った薫は調律《ちょうりつ》しながら、「過日ちょっと聴いた琴の音と、同じ物だとは思えません。あれは楽器が素晴らしいのではなく、弾き手が上手だったのですね」と答え、八の宮の琴に気後れがして、薫はすぐには弾かないでいる。

「とんでもないことでございます。そのようにあなたの耳に留まるような弾き方など、一体どこからこの山里に伝わりましょうか。お世辞も過ぎます」と言いつつ、八の宮が弾かれる琴の音は、実に心に沁《し》み入るほど寂しい。それは、峰の松風が趣を添えているせいもあるのだろう。

しっかりとは覚えていないという様子で、興趣豊かな曲を一曲だけ弾いてやめ、「この辺りで、思いがけなくも折々に少しばかり聴く姫君たちの箏の琴の音を、熟練の技のようだと言っているようです。しかし姫君たちには真剣に教えないまま、歳月が経ってしまいました。二人共、心に任せて弾いているようで、川波の音くらいが調子を合わせているのでしょう。もちろん、管絃《かんげん》の遊びに役立つような拍子《ひょうし》など、習得しておりません」と八の宮はおっしゃる。

そして、御簾の向こうの姫君たちに「弾いてはどうか」と勧めるものの、聴き手がいるなどとは思いもよらなかった独り琴を、薫に聴かれたと思うだけで恥ずかしく、ましてここで弾いては見苦しいと思い、奥に引き籠ったままで、八の宮の度重なる勧めにも応じないで終わり、薫には口惜しさが残った。

八の宮は、このように少し風変わりで、世馴《よな》れしないまま過ごしている姫君たちの様子を、不本意で恥ずかしく思われ、「こんな有様をせめて世間には知らせたくないと、姫君たちを育てて参りました。しかし今日明日とも知れぬ私の寿命を思いますと、世を捨ててはいるものの、やはり将来のある姫君たちが落ちぶれてさすらうのではないかと、これだけが出家の妨げになっています」とおっしゃる。

気の毒がった薫は、「表立った後見人《うしろみ》、あるいは確かな立場での支えではないにしても、私を疎遠《そえん》な者だとは思わないでいただきたく思います。あと少しでも命のある間は、ひと言も、こう申し上げた事を違《たが》える事などございません」と答えたので、八の宮は「それはとても嬉しい事です」と思い、深く感謝された。

明け方、八の宮が勤行をしている間に、薫は例の老女房を呼び寄せて会うと、この老女は弁の君といって、六十歳には少し届かない年齢ではあっても、上品で家柄もよさそうな振舞で、故柏木衛門督が生涯物思いに沈み、病を得て、ついには亡くなった事を言い出し、おいおいと泣き出した。

薫は、「本当に、他人事《ひとごと》として聞くのも哀れな昔話ではある。ましてこれは、長年気にかけ、真相を知りたいと思っていた事だ。一体どんな経緯《いきさつ》があったのか、はっきり知りたいと御仏《みほとけ》に祈願した結果だろう。こんな夢のような心に沁みる昔話を、思いがけなく聞けるとは」と思うと自ずから涙がこぼれて、「それにしても、こうしてその当時の事を知っている人が残っているとは、稀有な事でもあるし驚かされます。やはり、その事実を知っている人は、他にもいるのでしょうか。長年耳にもしていませんが」と、言う。

弁は、「女三の宮の乳母子《めのとご》である小侍従と、わたし以外は知る人など、おりません。ひと言なりとも他言はしておりません。このように、物の数にもはいらない身分ではございますが、夜昼かけて柏木様には、側近く仕えておりました。そのため自然と事情を知るようになったのです。

女三の宮への思慕がどうしようもならなくなった時、小侍従とわたし二人のみを通して、稀に手紙のやりとりがございました。余りに悲しい出来事なので、詳しくは申し上げられません。今際《いまわ》の時になって、少しだけわたしに言い残された事がございます。このような身分では、その遺言状の置き所もなく、気がかりのまま打ち過ぎました。どうしたら、あなた様にお伝えする事ができるかと、おぼつかない念誦のついでに、気にかけていたのでございます。

それがこうして伝えられて、やはり仏様はこの世におられるのだと、感じ入っております。お見せしなければならない物もございます。もうどうしようもない、焼き捨ててしまおうかとも思いました。なにしろこのように明日をも知れない命の我が身ですので、この遺品が残り世間に散って、人目に触れてしまうのではないかと、ずっと心配でしたので。

あなた様がこの八の宮の許に、時々お忍びで来られるのをお待ち申し上げるようになり、いつかこんな機会もあるのではないかと、念じるのにも力がはいったのです。全くこれは、この世の事とも思えません」と、泣きながら、薫の出生の時の事なども、細かく思い出して伝える。

さらに、「柏木様が亡くなった時の騒ぎの最中に、その乳母だったわたしの母も、病を得て、程なく亡くなってしまいました。わたしは悲嘆にくれつつ、二重の喪《も》に服したのでございます。そこに、たいした身分でない者で、長年わたしに心を寄せていた受領《ずりょう》階級の者がつけ入ったのです。わたしをだまして、西の海の果てまで伴って下向《げこう》したので、京との連絡も途絶えてしまいました。その者があちらで死んだあと、十年ほど経って、別世界に来るような心地で、京に戻って来たのでございます。

この八の宮は、わたしの父の縁故《えんこ》から、子供の頃より参上していた縁がございました。今はこうして年を取って、世間に顔を出すような身ではございません。柏木様の妹にあたる、冷泉院の弘徽殿女御様の所など、昔は行き来しており、参上してお仕えするべきでしたが、長年の無音《ぶいん》から、それもできかねました。そのため、ここの山深い里で、枯れ木のように、老いさらばえたのでございます。

　あの小侍従も、一体いつ亡くなったのでしょう。あの当時若かった女房たちも、数少なくなりました。そんな老いの世に、多くの人に死に後れているのが、我が身でございます。そんな命を悲しく思いつつも、こうして生き長らえております」と、薫に話しているうちに、例によってすっかり夜が明けてしまう。

　薫が、「そうであれば、この昔話も尽きそうもありません。またの折に、人に聞かれないような安心できる所で、話して下さい。その小侍従という人は、かすかに覚えています。私が五、六歳の頃でしたか、急に胸の病気にかかり、亡くなったと聞いています。このようにあなたに対面しなければ、実父を知らぬまま、罪深い身で終わってしまうところでした」と言う。

　すると、弁は細く巻いてまとめた古い手紙で、黴臭《かびくさ》くなった物を袋から取り出して、薫に差し出し、「これはどうか、あなた様が処分して下さい。柏木様が、もう自分は生きられそうもないとおっしゃり、これらの文を集めて、わたしに下さったのです。小侍従にまた会う機会があれば、確かに女三の宮に渡してもらおうと思っておりました。しかしそのまま別れ別れになってしまったのが、誠に残念です」と言上するのを、薫は何げないふりをして、この文の袋を隠す。

「こうした老女房は、ふとした問わず語りで、世にも不思議な話の例として、秘事を言い出すのではないか」と心配になる一方で、「いやいや何度も、他言はしないと誓っているので、それはなかろう」と、あれこれと思い乱れる。

　粥《かゆ》や強飯《こわいい》を食べたあと、昨日は休日であったが、今日は内裏《だいり》の物忌《ものいみ》も明け、冷泉院の女一の宮が病悩中なので、見舞に参上しなければならず、少しの暇もないので、またしばらくして山の紅葉が散らないうちに再訪する旨を八の宮に伝えた。八の宮は、「このように時折立ち寄っていただくご威光によって、山の陰も少し明るくなったような心地がします」と、喜んで礼を言った。

帰宅した薫が、まずこの袋を見ると、唐《から》の模様を浮織《うきおり》にした綾織物であり、上《じょう》という字が表に書かれ、細い組紐《くみひも》で口を結んだ箇所に、かの柏木の封がついていた。

それを恐る恐る開けると、様々な色の紙に、女三の宮と時折交わした手紙の返事が、五、六通ある。柏木自身の筆跡で、病が重くなり、残り少ない命になり、わずかに文を書くのも難しく、しかし女三の宮を恋う心根は不変で、出家されたのが様々に悲しいという事を、厚ぼったい陸奥国紙《みちのくにがみ》五、六枚に、ぽつりぽつりと書かれ、さらに、はかない鳥の足跡のような文字で、歌が綴られていた。

目の前にこの世をそむく君よりも
よそにわかるる魂《たま》ぞ悲しき

私の目の前で、この世を捨てて出家されたあなたよりも、この世にあなたを遺して死んでいく、私の魂のほうが悲しいのです、という悲嘆で、『古今和歌集』の、こえをだに聞かで別るるたまよりもなき床《とこ》にねん君ぞ悲しき、を踏まえており、端の方には、「珍しくも生まれ出る赤子《あかご》については、思い煩う事はありませんが」と書かれ、また歌が詠まれていた。

命あらばそれとも見まし人知れぬ

命があるならば、いつかは会って見もしただろう、密《ひそ》かに残した我が子の行く末を、という慨嘆であり、途中で書きやめたように、ひどく乱れた字で「小侍従の君に」と書きつけられていた。

料紙は紙魚《しみ》という虫の住み処になっていて、古くて黴臭いとはいえ、筆跡は消えておらず、たった今書いたのと違わない程の言葉が、細々《こまごま》と明瞭なのを見ると、本当にこれが世間に散って広まりでもしたら、憂慮する事態になっていたに違いなく、こんな事が、またとこの世にある気がせず、薫は自分ひとりの心の内に秘めて懊悩《おうのう》する。

参内《さんだい》しようと思ってもできず、代わりに母の女三の宮の許に参上すると、何の物思いもないような、若々しい姿で読経をしていたが、薫が来たので経を隠してしまう。それを見た薫は、秘密を知ってしまった事を、どうして母に打ち明けられようかと、心に秘めたまま、あれこれと思い悩むしかなかった。

第五十三章　惟規客死《のぶのりかくし》

この「橋姫《はしひめ》」の帖《じょう》を書いているとき、記憶の底にしまわれていたかつての宇治《うじ》への旅が、まざまざと甦《よみがえ》ってきた。筆を進めれば進めるほど、宇治川の川音や、山おろしの風音が耳に聞こえ、目には網代《あじろ》で漁をする地の民《たみ》の姿が浮かび、川面《かわも》に照り映《は》える光までが、目にはいり込んでくるようだった。不思議にも、動く筆先が忘れていた思い出を、記憶の底から釣り上げてくれるのだ。

出生の秘密を知ってしまった薫《かおる》と、宇治の姫君に心を奪われ始めている匂宮《におうみや》を、この帖で登場させたので、物語の端緒《たんちょ》はもうこれで充分につけられた思いがする。あとはこの二人と姫君二人が、どう心を寄せ合い、また反発し合うのかを、描き綴《つづ》っていけばよい。

物語の舞台は、あくまでも宇治だ。都での出来事は、もう書き尽くしている。これ以上、書き足すこともない。この先は、宇治にふさわしい物語を紡《つむ》ぐ。脳裡《のうり》に広がっている宇治の風景を思い浮かべれば、川の流れに沿って、薫も匂宮も、大君《おおいぎみ》も中の君《きみ》も動いてくれる気がする。

例によって、真っ先にこの帖を読んだ小少将《こしょうしょう》の君が、「とうとう薫中納言《ちゅうなごん》が出生の秘密を知りましたね」と、感無量の表情で言った。

「これから物語を紡いでいくには、それが必要でした」

そう答えると、小少将の君も頷《うなず》く。

「よくぞ、柏木衛門督《かしわぎえもんのかみ》が消息文《しょうそこぶみ》を残していました。今、薫は二十一歳くらいでしょう。弁《べん》の尼《あま》もいずれ亡くなるでしょうから、薫はこの先ずっと、この秘密を胸にしまい込んだまま生きていくしかありません。辛《つら》いでしょうが、知らないままでいるより、何十倍もましです」

小少将の君が確信ありげに言う。「これで泉下《せんか》の柏木も安心でしょう。その薫が、自分は生真面目《きまじめ》で仏心がありながら、色好みの匂宮の心に火をつけるのですから、ふざけ心も持っています。匂宮も同年輩ですので、この先、匂う兵部 卿 宮《ひょうぶきょうのみや》と体の薫《かお》る中納言が、好敵手《こうてきしゅ》になって、八の宮の大君と中の君を争っていくのでしょう。多分」

「その通りです」

と言って手の内を明かすのも、相手が小少将の君だけに快《こころよ》かった。

秋も終わりかけの九月末、蔵人《くろうど》の弟、惟通《これみち》からの短い文《ふみ》が届いた。弟が手紙をくれるのは稀《まれ》なので訝《いぶか》しく思って読むと、「兄、越後《えちご》にて死す。里邸《りてい》に帰られたし」とのみ、走り書きされていた。

胸の動悸《どうき》を抑えながら、彰子《あきこ》様の許《もと》に参上《さんじょう》して、里《さと》下りを願い出た。

「弟の惟規《のぶのり》が、父の任地越後国で客死《かくし》したようでございます」

そう言上《ごんじょう》すると、彰子様の顔色が変わった。

「客死とは。惟規殿が蔵人を辞して、為時《ためとき》殿に従い、越後に赴《おもむ》いたのは聞いておりました。さすが父思いだと、感心していたのです。何という災禍《さいか》。やはり寒さがよくなかったのでしょうか」

「もともと頑健《がんけん》なほうでは、ございませんでした。蔵人に任じられてからも、時々、勤めを休んでおりました」

「不憫《ふびん》です。為時殿も、後継を失くして、さぞ落胆しておられるだろうし、母君の嘆きもいかばかりか」

彰子様が目を赤くされたので、胸が詰まる。「早く帰って、母君を慰めてやるべきです。里居《さとい》は多少長くなっても構いません」

そうおっしゃる彰子様がさし向けてくださった牛車《ぎっしゃ》に乗り込むときも、胸騒ぎはおさまらない。惟規が越後に赴いたのは、年老いた父をひとりにしておけないと思ったからだった。そんな孝行息子が、老いた親よりも先に逝《い》くなど、天の理不尽《りふじん》を恨《うら》みたくなる。

堤第《つつみだい》は、心なしか樹木までも喪《も》に服しているようだった。母君の泣き腫《は》らした顔を見ると、言葉のかけようもない。その横に、賢子《かたこ》が悄然《しょうぜん》と坐っている。

「突然の死だったようです」

惟通が蒼白《そうはく》な顔でぽつりと言うと、母君がそっと手紙を差し出す。父君からの文だった。留守居の惟通に宛てた手紙のせいか、すべて漢文であり、熱発《ねっぱつ》で寝ついてから三日後に、卒然と身罷《みまか》った旨《むね》が淡々《たんたん》と綴られている。情を削《そ》いだ文の簡潔さが、却《かえ》って悲しみを表わしていた。

「父上は、ひとりで大丈夫でしょうか」

惟通が心配そうに言う。「私が兄の跡を継いで、越後に下るべきではないかと考えています」

「それはなりませぬ」

母君が重々しく首を横に振った。「為時殿は任地で没してもよいという覚悟で、下向《げこう》されています。そこへ親思いの惟規が随行《ずいこう》を言い出したので、許したのです。そなたが、あちらに行っても、為時殿は喜びません。お前がいなくなれば、この堤第はどうなりますか。老母と姪《めい》の賢子を残して行くほうが、親不孝にはなりませんか」

強く諭《さと》されて、惟通はうな垂れる。しばしの沈黙のあと、母君が言葉を継いだ。

「受領《ずりょう》というものは、何らかのつてを頼って、公卿《くぎょう》の家司《けいし》になるか、あるいは、まず蔵人として内裏《だいり》に仕《つか》え、どこかの国守《こくしゅ》に任じられるのを待つしか、生きるすべはないのです。それは、そなたも重々《じゅうじゅう》承知しているはず。為時殿は、散位《さんい》の間はあの亡き具平親王《ともひらしんのう》の家司として働き、その漢才を買われて、越前《えちぜん》の国守になりました。任果てて京に戻ってからは、左少弁《さしょうべん》に任じられ、そしてこのたびの越後下向にありついたのです。二度も国守の任が与えられるのは、僥倖《ぎょうこう》と言うべきです。それによって、その家の一族郎党《ろうとう》は、また何年かの間、糊口《ここう》を凌《しの》げます」

母君はしんみりとした口調になり、袖口で目元を拭《ぬぐ》った。「帝《みかど》から、いや道長《みちなが》様から、こうした厚遇《こうぐう》を得ることができたのも、ここにいるそなたの姉、香子《かおるこ》の力があってこそゆえだと、わたしは思っています。惟規が兵部丞《ひょうぶのじょう》から蔵人に任じられたのも、為時殿が左少弁になれたのも、そしてそなたが蔵人に任じられたのも、香子がひたすら彰子様の許で働いているからなのです。この先、彰子様、そして道長様がご健在である限り、堤第は安泰《あんたい》でしょう。そして今後は、そなたも昇進に与《あずか》り、どこかの国守、あるいはその下の介《すけ》に任じられるはず。ここはひたすら、今の任務に精を出すべきです。為時殿も、あの越後で、最後の任を果たされるはずです」

意を尽くした説諭《せつゆ》に、惟通は頭を垂れるばかりだった。気がつくと、いつの間にか賢子が左の脇に寄っていて、そっとわたしの手を握っていた。

「思えば、この賢子の父である藤原宣孝《のぶたか》殿は、和漢の才と共に、舞楽《ぶがく》にも長じた能吏《のうり》でした。賀茂《かもの》祭《まつり》の神楽人長《かぐらにんじよう》を務めたのは、そなたも知っての通りだ。有職《ゆうそく》に詳しいのを買われて、晩年には宇佐《うさ》神宮《じんぐう》の勅使《ちよくし》にもなられた。国守あるいは介として赴任《ふにん》した国は、備後《びんご》、周防《すおう》、山城《やましろ》があり、筑前《ちくぜん》国守のときは、大宰府《だざいふ》の少弐《しように》も兼ねられた。亡くなられる前は、正五位下《しようごいのげ》ではなかったか」

母君が顔を向けたので、頷く。それにしても、母君が亡き夫をこれほどまでに買っていたとは、驚きだった。宣孝殿の生前、母君が宣孝殿の資質云々《うんぬん》について口にしたことはなかったからだ。

「わたしが見るところ、宣孝殿の才覚はこの賢子に充分受け継がれている。それはそなたもずっと傍《そば》にいて、手習いの手引きをしているから、わかっていよう」

母君から訊《き》かれた惟通は深く頷いたあと、賢子と目を合わせて、顔をほころばせる。賢子は恥ずかしげに頬《ほお》を赤らめた。

「わたしがびっくりしたのは、ひと月ほど前だったか、朝起き出してきて、夢を見たからと言って、和歌を綴った反故《ほご》を差し出したからです。それにはこう書いてありました。

はるかなるもろこしまでも行くものは
秋の寝覚めの心なりけり

夢でなら、唐土《もろこし》まで簡単に行けると、びっくりしたのでしょう。この齢《よわい》で、この歌ですから、先が楽しみです」

母君の言葉を聞いて、賢子の小さな手を、そっと握りしめてやる。十二歳にしては上出来《じょうでき》の歌だった。

「そう言えば、あの惟規も若い頃、こんな歌を詠《よ》んでいます。

浮き沈み波にやつるる海人舟《あまぶね》の
やすげもなきは我が身なりけり

惟規は我が身を、はかないこの世に漂う小舟のようだと、ずっと思っていたのでしょう。為時殿について越後に赴いたのも、この漂泊の念からの決心ではなかったか」

母君はまた袖で涙を拭い、顔を上げて賢子に言いかけた。

「この頃は、ずっと賢子と、あの光源氏の物語を読んでいる。面白いね」

訊かれて、賢子はこっくり頷く。

「今はどの辺りまで行っているのですか」

「賢子、どこまで読んでいますか」

母君が賢子に問う。

「はなちるさと」

ゆっくりと賢子が答える。なるほどそうすると、光源氏が須磨《すま》に流れていく前だ。改めて面白いかと、我が子に尋ねる勇気など、さらさらなかった。こちらが頬を赤くする番だった。

十日ほど堤第に留《とど》まり、明朝には内裏に戻ろうとした日の昼頃、父君からの使者が、惟規の遺骨と共に、父君の文を携えて辿《たど》り着いた。遺骨の収まる箱を見ると、改めて弟の死が胸に迫って、涙が止まらない。思えば、心優しくも、人思いの弟であり、父君譲りの学才を持った能吏であっただけでなく、風流の面でも一家言《いっかげん》があった。

それは添えられた父君の手紙を読んで、首肯《しゅこう》せざるを得なかった。病《やまい》を得て、いよいよ臨終《りんじゅう》が近くなったとき、父君は後世の功徳《くどく》のために、越後では名のある僧を呼び、あの世で迷わないための念《ねん》誦《じゅ》をさせたという。その高僧が説諭を始めると、惟規はにっこり笑い、「中有《ちゅうう》の世にも色とりどりの花が咲き、鈴虫や松虫がいれば、何の苦もありません」と答えたらしい。中有とは、人が死んでから次の生を受けるまでの四十九日間の謂《いい》だ。

高僧はあきれて絶句し、首をかしげながら退出した、という父君の文章に、母君ともども涙を抑えられなかった。手紙には、惟規が越後で詠んだ歌の数々も、そのまま書写されていた。

逢坂《おうさか》の関うち越ゆるほどもなく
　今朝《けさ》は都の人ぞ恋しき

これは逢坂の関を越えたときの歌であり、病を得てからの最期《さいご》の一首は次のようだった。

都にも恋しき事の多かれば
　なおこのたびは行かんとぞ思う

歌の宛先は、斎院《さいいん》の中将となっていた。

「この人は選子《のぶこ》内親王《ないしんのう》に仕える女房《にょうぼう》。歌をよくするようで、惟規が通っていました」

母君が言う。惟規であれば、恋い慕《した》う女のひとりや二人あってしかるべきだった。

このあとにも、惟規が女に宛てたと思われる歌が並ぶ。

もくず焚《た》く海人《あま》のかやり火それすらも
　すずろにかかる下もえはせじ

人知れぬおもいを身こそ岩代《いわしろ》の
　野焼く煙《けぶり》のむすぼほれつつ

秋ならであう事かたきおみなえし
　天《あま》の河原におおいぬものゆえ

「女に思いを寄せる心の内で、やはりこの世を辛いと思っていたのでしょう」

文末の歌を見た母君が、しみじみと言う。

いかでわれ住まじとぞ思う住むからに
　憂《う》き事しげきこの世なりけり

なるほど、表向きは磊落《らいらく》であっても、内面では憂き心を抱《いだ》く弟だったのだと納得する。この世を憂きことだと感じていたからこそ、学を尊び、風流の道をも極めようとしたのに違いない。姉と弟ながら、そんな心の内を忌憚《きたん》なく語り合ったことなどなかった。今なら胸襟《きょうきん》を開いて、夜を徹して語り合えそうな気がする。しかし惟規はもうこの世にはいない。胸の内にある惟規としか、語り合うすべはもはやなかった。

書き綴っている物語も、この先惟規には読んでもらえない。しかし惟規の魂魄《こんぱく》は、物語の続きを待ち望んでいるはずだった。そしてこの悲しみは、八の宮が隠棲する宇治を描くのにも寄与してくれそうな気がした。


二月二十日頃、匂宮兵部卿が初瀬参詣《はっせさんけい》を思い立ったのは、以前からの願いであったものの、決心がつかないまま長年が経つうち、今回は宇治に中宿《なかやど》りするのが楽しみになったからで、『古今《こきん》和歌集』に、**わが庵《いお》は都の巽《たつみ》しかぞ住む　世を宇治山と人は言うなり**、と、宇治を憂しと恨めしく思う人もあった宇治の名が、万事親しみ深く感じられたからでもある。供には上達部《かんだちめ》が多く従い、殿上人《てんじょうびと》などはいうまでもなく、京に残った人々が少なくなった程であった。

源氏の君から相続して、夕霧《ゆうぎり》左大臣が所有する別業《べつぎょう》は、宇治川の対岸にあり、実に広々とした興《きょう》趣《しゅ》深い所なので、夕霧はそこに匂宮の宿を設定し、自《みずか》らも匂宮の帰途《きと》の出迎えに行くつもりにしていたところ、急な物忌《ものいみ》が生じて、陰陽師《おんようじ》から『ここは謹慎《きんしん》すべき』との進言があったので、参上できない旨の詫《わ》びを言上した。

匂宮はいささかがっかりしたものの、薫中納言が今日の出迎えにきてくれたので、却って気楽になり、例の八の宮邸の様子も聞いてみたいと心が動かされる。その一方、夕霧左大臣には何となく近寄り難く、肩の力が抜けない気がしてならないにもかかわらず、その子息の右大弁《うだいべん》や侍従《じじゅう》宰相、権中《ごんちゅう》将《じょう》、頭少将《とうのしょうしょう》、蔵人兵衛佐《くろうどのひょうえのすけ》など、みんな匂宮に仕え、父の今上帝《きんじょうてい》も母の明石《あかし》中宮も、特に目をかけていて、世間の信頼もこれ以上のものはない。ましてや夕霧以下の六条院の子息たちすべてが、この匂宮を主君と見て仕えていた。

夕霧左大臣の別業は、山荘にふさわしく、室内の調度《ちょうど》も風情《ふぜい》豊かで、碁《ご》、双六《すごろく》、弾棊《だんき》の盤などが出され、思い思いに日を過ごす。匂宮は不馴《ふな》れな旅に疲れを覚えて、ここでゆっくり休養しようとする思いが深かったため、多少休んだあと、夕暮れになって琴などを取り寄せて、管絃《かんげん》の遊びに移ると、例によって、こうした俗世から離れた所は、宇治川の水音も加わり、管絃の音が一層澄み渡る心地がする。

あの聖《ひじり》の八の宮の居所は、ほんの舟で棹《さお》ひとさしの近くであり、追風に乗って届く楽《がく》の響きが耳にはいり、八の宮は昔宮中にいた頃を思い出す。

「本当に上手《じょうず》な笛だ。どなたが吹いているのだろう。昔、源氏の君の吹く笛を聴いた時は、実に趣《おもむき》があり心惹《ひ》かれた。しかしこの音色《ねいろ》は澄み切っていて、格別に風情がある。致仕大臣《ちじのおとど》の一族の笛の音に、いかにも似ている」と独り言を口にする。

そして、「ああ、何とも遠い昔になってしまった。こうした管絃の遊びもしないで、この世に生きているともいえない暮らしを続けて来た。その年月が積もりに積もってしまったのは、何とも情けない」と思う。姫君たちの美しさが勿体《もったい》ないし、このような山深い所に引き込めたまま、一生を終わらせたくはなく、あの薫中納言を、どうせなら姫君たちの縁者《えんじゃ》として迎えたいのに、薫中納言は一向に思いを寄せる様子はない。といっても当世風の心が浅い男は論外だと、思い悩むばかりだった。

なす事なく物思いに沈みがちの八の宮邸では、春の夜も容易に明けないのに、みんなが楽しんでいる匂宮の旅寝の宿では、酒の酔いに紛《まぎ》れて朝も早く明けた心地であり、匂宮はこのまま京に帰るのも勿体ない気がしていた。見渡す限り霞《かす》んでいる空に、散る桜もあれば、これから咲き初《そ》める桜など、色々に見渡され、川沿いの柳が、風に靡《なび》いて起き伏しするのが、水に映っていて、並々ならない風情であり、こうした風景を見馴れていない匂宮には、すべてが目新しく、見捨て難いと思う。

一方で、薫中納言はこうした機会を逃《のが》さずに、八の宮の山荘に案内したいと思うものの、大勢の人目を避けてひとりで舟を漕《こ》ぎ出す舟渡りも、軽々しい事なので、どうしたものかと思案しているところに、八の宮からの文が届けられた。

山風にかすみ吹きとく声はあれど
　へだてて見ゆるおちの白波

山風に乗って、霞《かすみ》を吹き分けて届く笛の音は聞こえるのに、対岸の白波が私たちを隔てて見えます、という感慨が、草仮名《そうがな》で実に美麗《びれい》に書かれており、思っていた所からの手紙だと、匂宮は思い、心惹かれるままに「この返事は私がします」とおっしゃって返歌した。

おちこちの汀《みぎわ》に波は隔つとも
なお吹き通え宇治の川風

この岸と対岸を川波が隔てていても、やはり吹き通って欲しい宇治の川風です、という懇親《こんしん》の意向が示されていた。

薫中納言は、八の宮邸に赴くのに、管絃の遊びに熱意のある貴公子たちを誘い、舟で川を渡る間は高麗楽《こまがく》の「酣酔楽《かんすいらく》」を演奏して行く。川に面した廊《ろう》の下に設けた階段《きざはし》の趣など、いかにも山荘らしい造り方で風情に富んでいた。

人々は心して舟から降りると、ここはまた対岸とは様子が異なり、山里らしい網代屏風《びょうぶ》などがわざわざ質素にしてあり、見所ある部屋の調度は、薫一行を迎えるために、行き届いた支度《したく》がされていた。昔から伝来されている、二つとない音色を持つ琴の数々を、さりげなく揃えてあったので、一行はそれらを次々に手にして、壱越調《いちこつちょう》の調子で、催馬楽《さいばら》の「桜人《さくらびと》」を演奏する。

〽さくら人その船止《ちぢ》め
嶋津田《しまつだ》を十町《とまち》作れる
見て帰り来んや　そよや
明日帰り来んや　そよや
言《こと》をこそ明日とも言わめ
遠方《おちかた》に妻さる夫《せな》なれば

明日もさね来《こ》じや　そよや
明日もさね来じや　そよや

このような機会に、主《あるじ》である八の宮の琴《きん》の音を聴きたいと人々は思うが、八の宮は箏《そう》の琴をさりげない風に、時々合奏し、聴き馴れていないせいか、実に奥床《おくゆか》しく見事なものだと、感動する。

山里らしい食事が入念に用意され、はたから想像していたのとは違って、まあまあ皇族の血筋であると言える賤《いや》しくない身分の人々が数多く、また四位《しい》で年配の王族方などが、かねてから八の宮を不憫がっていたのか、こんな折こそはと、縁《ゆかり》のある人々が全員集まった。酌をするのも見苦しくなく、それなりの古風かつ風情に満ちたもてなしをするので、客人《まろうど》たちは感激するとともに、姫君たちが住んでいる様子にも、興味を覚えるばかりだった。

一方、匂宮は気安く振舞えない身分が、窮屈で仕方がない。せめてこんな機会でもという心を抑えかね、趣のある桜の枝を折らせて、供として仕えている殿上童《てんじょうわらわ》で可愛《かわい》らしいのを使者にして、姫君に文を送った。

山桜匂うあたりに尋ね来て
同じかざしを折りてけるかな

山桜が美しく咲いている辺りを尋ねて来て、あなたと同じく挿頭《かざし》の桜を折ってつけています、という感傷であり、『古今和歌六帖』の、**春の野にすみれつみにと来し我ぞ　野をむつましみ一夜寝にけ**

る、のように、「対岸で一夜を明かしました」と、添書《そえがき》もされているようで、手紙を受け取った姫君たちは、とても返事などできないと思い、困り果てている。

「こうした折の返事は、大仰《おおぎょう》に考えて遅れてしまうと、よくありません。却って気があると、見なされてしまいます」と、老女房などが言うため、八の宮は中の君に返事を書かせる。

挿頭折る花のたよりに山賤《やまがつ》の
垣根を過ぎぬ春の旅人

挿頭の花を折るついでに、山里の我が家の垣根を通り過ぎるのでしょう、春の旅人であるあなたは、という諧謔《かいぎやく》で、「わざわざ、この野を訪ねて来たのではないでしょう」と、実に美しく達者な筆遣いで書かれていた。

なるほど、川風も両岸の心を隔てないように吹き通い、その風に乗った楽の音も興趣たっぷりである。匂宮の迎えに、帝の命《めい》を受けて、柏木の弟である藤大納言《とうだいなごん》が参上し、多くの人々が参集して、賑《にぎ》やかに競い合って帰途につくと、若い人々は名残《なごり》も尽きず、何度も後ろを振り返り、匂宮もいずれまたそのうち、好機を見つけて来ようと思う。花も今が盛りで四方に立ち込めた霞も、遠くから見ると興趣深く、見所があるので、漢詩も和歌も数多く作られていた。

このあと、匂宮は、胸の内が落ち着かず、思うままに手紙が書けなかったのを残念がって、薫の手引きなしに、文を折々に届けた。八の宮は、「やはり返事はしなさい。色めいた内容はいけません。そうでないと匂宮の心に火をつけます。大層な色好みの親王《みこ》なので、こうした姫君がいると聞けば、そのままにはしておかないというくらいの、遊びでしょうから」とおっしゃり、匂宮からの文があれば、八の宮が勧めた時だけ、中の君が返事を書いた。一方の大君《おおいぎみ》は、こうした手紙のやりとりなど、戯《たわむ》れにも興味を示さない遠慮深さだった。

八の宮はいつとはなく心細い日々を過ごし、特に春の所在なさは一層する事がなく、物思いに耽《ふけ》るばかりであった。姫君たちが成長して、容姿が一段と美しくなるにつれ、これが不器量であったなら、この山里に籠《こも》らせる惜しさも、随分と薄かっただろうにと、明け暮れ思い悩むうちに、大君は二十五、中の君は二十三歳になった。

そのうち八の宮は六十一の厄年《やくどし》を迎え、心細さが募《つの》って、いつもより勤行《ごんぎょう》を怠《おこた》らず、もはや俗世には執着《しゅうちゃく》がなくなり、あの世への旅立ちの準備ばかりを考え、極楽への道は間違いのない身なのに、ただ姫君たちの事が懸念《けねん》される。

道心は限りなく堅固《けんご》であるものの、姫君たちをあとに残す段になると、やはり心を千々《ちぢ》に乱すに違いないと、側に仕える女房たちも拝察している中で、八の宮自身は、思い通りに事が運ばなくても、とりあえず人聞きもさして悪くない、世間が見て許してくれる程の身分の男で、真心から後見《うしろみ》をしてやろうという思いを寄せる者がいれば、見て見ぬふりをしてやろう、姫君のひとりひとりが、この世を過ごせるような縁《えにし》があれば、その人に世話を託せば安心できると思っていた。それなのに、そこまで深い心を持って言い寄る男もいない。

ほんの稀には、ちょっとしたつてを介して色恋じみた文を寄越《よこ》す人はいても、それは若々しい気まぐれであったりした。石清水八幡《いわしみずはちまん》参詣途上の中宿りとか、旅の道すがらのすさびとして言い寄っても、こうして物思いに沈んでいる有様《ありさま》を想像して、見下げた態度が見え透いていれば、不愉快であり、単なる挨拶《あいさつ》程度の返事すら書かせないでいた。
ただあの匂宮だけは、どうしても会わずにはいられないという心根が確かで、やはり何かの因縁《いんねん》があったようだった。

薫中納言は、いよいよ威光が備わり、公務も多忙になるばかりで、悩みも深まっていた。出生に関する疑念にしても、ずっと不安に感じていた昔よりも、実父である人が、悲しい生涯を送られたという往時がより切実に思われ、父の罪が軽くなるような追善《ついぜん》の勤行もしたいと思いつつ、あの老女房の弁の君も不憫だと気になり、目立たないように、密《ひそ》かな気遣いの見舞を忘れずにいて、訪れないまま久しくなったのを薫は思い起こして、宇治に赴いた。

もう季節は七月である。都にはまだ秋の気配がないが、途中の音羽《おとわ》の山近くでは、風の音も実にひんやりとして、槙《まき》の尾山《おやま》付近はわずかに紅葉《こうよう》しており、さらに山路にはいると、風情はいよいよ深まっていた。待ち受けていた八の宮は、いつも以上に喜んで、今回は心細そうな話を、次々に口にして、「私が亡きあとは、この姫君たちを、何かのついでに訪問して下さい。お見捨てにならない人の数の中に入れていただければ」と、意中を漏《も》らされる。

薫も、「それはもう、以前から承知しております。決して疎《おろそ》かには致しません。この世には執心《しゅうしん》を残すまいと、万事を捨てている身で、何事も将来は頼りない私でございますが、生きている間は、変わらない心を察していただきたく存じます」と言上したので、八の宮は嬉《うれ》しく思った。

夜が深くなって、月が雲間から鮮やかに顔を出し、山の端《は》に沈むのももう少しと思われ、八の宮は念誦をしみじみとしたあと、昔話を口にされて、「この頃、世の中はどうなっているのでしょうか。

昔は宮中などで、このような秋の月の夜には、帝の前で管絃の遊びが営まれました。音楽に長《た》けた者が、それぞれ合奏した調子が重々しく仰々《ぎょうぎょう》しかったのに対して、たしなみのあると世評の高い女御《にょうご》や更衣《こうい》たちが、そっと弾《ひ》く音の方が聴き甲斐《がい》がありました。あの人たちは内心では寵《ちょう》を競ってはいても、表向きは親しくしているようですが、夜更《ふ》けて人の気配が鎮《しず》まった頃、心の悩ましさを琴の音に託して、掻《か》き鳴らす音が局《つぼね》から漏れ出て来て、それは聴きごたえがありました。

何事につけても、女というものは、慰み事の相手であって、いかにも頼りない存在だとはいえ、人の心を動かす原因にもなります。ですから女は罪障《ざいしょう》が深いのでしょうか。子を思う親の心にしても、男はそれほど親の心を悩ませません。ところが女は違って、仕方ないと諦《あきら》めなければならない事でも、やはり気がかりになります」と、世間話にかこつけておっしゃるので、薫もその心の内を察して、お気の毒になる。

「私も全くそのように、俗世の事は何もかも思い捨てています。だからでしょうか、私自らの事については、深く会得《えとく》しているものは、何ひとつございません。情けない事ですが、音楽の道だけは捨て難いものがありました。賢明な聖僧の迦葉尊者《かしょうそんじゃ》も、そうした理由から、瑠璃琴《るりのこと》を聴いて、起き上がって踊り出したのでしょう」と申し上げ、以前ほんの少しだけ聴いた姫君の琴の音を、また是非《ぜひ》とも拝聴したいと望んだ。

八の宮は自ら奥に入って、強く促したものの、箏の琴をわずかに弾き鳴らしただけであり、人の気配も全く絶えて、しんみりとした空の様子や、辺りの景色の中で、さらりと弾いた琴の音が、薫の心には沁《し》み入るようで、趣深いとはいえ、姫君たちが気を許して合奏する事はなかった。

八の宮は、「こうして引き合わせた以上、あとは生い先の長い若者同士に任せましょう」とおっしやって、仏間にはいり、薫に贈歌した。

われ亡くて草の庵《いおり》は荒れぬとも
　このひとことはかれじとぞ思う

私が死んでこの草庵が荒れ果てたとしても、あなたが約束されたひと言は、確かなものと思います、という依託《いたく》であり、「ひと言《こと》」とひと琴、「枯《か》れじ」と離（か）れじが掛けられていて、「こうやって対面するのも、これが最後でしょう。何とも心細さに耐えかねて、堅苦しい世迷《よま》い言《ごと》になりました」と言いつつ、泣き出されたので、薫も返歌する。

いかならん世にかかれせん長き世の
　契《ちぎ》り結べる草の庵《いおり》は

どんな世の中になっても、末長くと約束したからには、この草庵を見捨てる事などありません、という約束であり、やはり「枯《か》れ」と離れが掛けられ、「今度は、相撲《すまい》の節会《せちえ》など、公式行事が立て込んだ時期が過ぎて、参上致します」と言上したあと、別室に移った薫は、例の問わず語りの老女房の弁の尼を呼び出した。

まだ多く残っている昔話などをさせるうち、入り方の月が明るく差し込み、御簾《みす》から透けて見える薫の姿が美しいので、姫君たちは奥の方に引っ込んでしまった。

弁の尼を通じて、自分は世間の男たちがするような懸想《けそう》ではない旨を、思慮深くゆったりと伝えたので、姫君たちも御簾の中から返事をする。

そう言えばあの匂宮が、この姫君たちに会いたがっていたと、薫は心の内で思い出す。やはり自分は他の男とは違っていて、八の宮があれほどまでに、姫君との仲を許して下さるのに、さして急ぐ心地にもならない。

とはいっても、姫君との交際が無関心というのも、これまた存外で、このように言葉を交わし、折《おり》節《ふし》の花紅葉《はなもみじ》について、しみじみとした思いを述べるくらいなら好もしく思ってもらえる間柄なので、ここで前世からの因縁が違って、姫君が自分とは違う男に縁づいてしまうのは、やはり残念で仕方がないと、もう姫君たちを我がものにした気分になって、まだ夜も明けないうちに薫は退出する。

八の宮が心細く、余命も長くないと考えておられる様子が思い出されるにつけ、何かと公務が忙しくなくなってから、また赴こうと心づもりにしている一方で、匂宮兵部卿も、この秋頃に紅葉を見に行こうと思い、何かと好機を窺っていた。手紙は頻繁《ひんぱん》に送っているとはいえ、姫君は匂宮が本気だとは思えないので、大袈裟《おおげさ》にならない程度に、時折は返信をした。

秋も深まるにつれ、八の宮はいよいよ心細さが募り、例によって静かな山寺で念仏に邁進《まいしん》しようと思い、姫君二人に今後の心構えについて、「世の常として死別は避けられません。どちらかの親が残っていれば、死別の悲しみを少なくする事はできましょう。しかし私以外に頼る人もないので、心細そうなあなたたちを、あとに残すのは辛いものです。とはいえ、そうした事に妨げられて、死後の長い夜の闇にさ迷うのは、無益な事でしょう。こうしてあなたたちを世話している今でも、思い捨てている俗世です。ましてや、死んでしまったあとの事は、思案の外《ほか》です。

この先、私ひとりのためではなく、亡くなった母君のためにも、面目《めんぼく》をつぶすような、軽々しい心など起こしてはなりません。特別な良縁でない限り、他人の甘言《かんげん》に靡いてこの宇治の山里から浮かれ出てはいけません。ただこうして、他人とは違った運命の下に生まれたと考え、ここで一生を終えようと思いなさい。ひたすらそのように思えば、何となく年月は過ぎるものです。ましてや、女はひっそりと閉じ籠って、みっともない非難を受けない生き方こそが賢明なのです」と言い聞かせる。

姫君二人は、我が身の行き先までは考えも及ばず、ただ父宮が死んだあと、もうこの世には生きておられないと思っているのに、こうして将来の事までも説諭されて、言いようもなく心惑《まど》うばかりである。八の宮は八の宮で、心の中ではこの世を捨てているとはいえ、明け暮れ、娘たちを傍に置いて離れず、急に別れるのは、冷たい心からではないものの、姫君たちにとっては、実に恨めしく感じられるのも当然だった。

明日は山寺に赴こうと思う前日、八の宮は例になく山荘のあちらこちらに佇《たたず》みつつ、歩いては周囲を眺《なが》めると、いかにも簡素で、ほんの仮の宿として過ごしたこの邸《やしき》に、自分の死後、どうやって姫君たちは閉じ籠って暮らすのだろうかと思う。涙ぐみつつ、念誦をする姿は、実に清らかであり、年輩の女房たちを呼び出して、「どうか私の亡きあとは、心配のないように仕えなさい。もともと気楽に生きて、世間の評判にもなりそうもない身分の人は、子孫が衰えるのは常の事で、人目にもつきません。

しかし、宮家という身分になると、そうはいきません。人は何とも思わないでしょうが、みじめな境遇に落ちぶれて路頭《ろとう》に迷う宿命は、耐え難く、痛々しい事でしょう。物寂しく、心細いまま世に生きる事になるでしょう。生まれた家柄や格式に従って生きて行くのは、外聞《がいぶん》も本人にも無難です。しかし華やかで人並の暮らしをしたいと思っても、その思いが叶うような世の中ではありません。決して軽々しく、身分の低い男に縁づかせるような事は、慎《つつし》むべきです」と、言い聞かせた。

八の宮は暁方《あかつきがた》に出掛ける際も、姫君たちの所に立ち寄って、「私の留守の間、心細く思わないように。心ばかりは明るくして、音楽でも演奏しなさい。何事も思うに任せない世ですが、思い詰めてはいけません」と言い置いて、後ろ髪を引かれる思いで出掛けられる。

二人ともひどく心細く、物思いが募り、寝ても起きても二人で語らいながら、「どちらかひとりがいなければ、どうして日々を明かし暮らせるでしょう。この先、定めもない世の中で、別れるような事でもあったならどうしましょう」と、泣いたり笑ったりして、遊び事にも日々の生活にも、心をひとつにして慰め合って過ごしていた。

八の宮の山寺での勤行三昧《ざんまい》が今日終わるはずだと思いながら、帰りを待っていた夕暮れに、使いの者が来て、「今朝から体調を崩されて、帰れそうもありません。風邪《かぜ》かと思い、あれこれ治療をしているところです。宮様はいつになく、あなた方二人に会いたがっておられます」と言う。

胸塞《むねふさ》がる思いがし、どんな容態《ようだい》なのかを心配して、衣類に綿《わた》を厚く入れて急ぎ縫《ぬ》わせて、送り届けたものの、二、三日経っても病は癒《い》えず、一体どういう具合なのか、人を使って問わせる。八の宮からの使いの者は、「格別大した病ではありませんが、何となく苦しいのです。今少し良くなれば、我慢してでも下山します。今はこらえて下さい」と、口上《こうじょう》で返事を伝えた。

阿闍梨《あじゃり》は終始側に仕えて看病しつつ、「ちょっとした病のようですが、最期かもしれません。姫君たちの身の上は、心配して嘆く事はありません。人は皆、それぞれに宿世《すくせ》というものがあるので、心を悩ますべきではないのです」と申し上げながら、俗世への執心を捨てるように教え聞かせ、「今更、山から出ないようになさいませ」と諫《いさ》めた。

八月二十日頃、空模様もひどく物悲しい時に、姫君たちは朝夕霧の晴れる間もない気がして、思い嘆きながら、物思いに沈んでいた。有明《ありあけ》の月が実に華やかに差し出て、水面《みなも》に清らかに映っているので、川に面した蔀《しとみ》を上げさせて、外を眺めていると、山寺の鐘の音がかすかに届き、夜も明けたと言う声が聞こえた時、使いの者がやって来て、「この夜中に亡くなられました」と泣く泣く言上した。

ずっと気になって、どうしておられるのか心配していたものの、いざ亡くなったと聞くと、気も動転し、こんな折には涙もどこかに吹き飛ぶのか、ただうつ伏せになる。悲しい事とはいえ、臨終の姿は目の前で見るのが、世の常であるのに、最期に会えなかったのは心残りであり、悲嘆にくれるのは当然であった。父君に先立たれたあと、ほんの少しでも、生きられるものではないと思っているため、何としてもあとを追いたいと思って、泣き沈んではいても、宿命として定められた死出の道なので、為すすべもなかった。

阿闍梨は、長年約束していた通り、葬送やその後の法会《ほうえ》など、万事執《と》り行い、姫君たちが「亡くなった父君の姿や顔を、もう一度見たい」と思って伝えても、「今更、そういう事はできません。生前から、二度と会わないようにと諭しておりました。亡くなられた今は、もうお互いに親子の情などに固執《こしゅう》してはなりません」と言うのみであった。姫君たちは父宮の生前の様子を聞くにつれ、阿闍梨の余りに悟り切った聖心《ひじりごころ》を、憎く恨めしく思う。

一方で八の宮は、昔から出家の意志は固く持っていたものの、こうした姫君二人の後見人のない身の上が見捨てられず、生きている限りは、明け暮れ側から離れずに世話するのを、心細い世の中の慰めとして、出家しないまま今に至ったのだが、死出《しで》の旅路には、先立つ八の宮の心も、追い慕う姫君たちの心も、どうにもならないものだった。

薫中納言はこの八の宮の訃報《ふほう》を聞き、ひどく落胆し無念に思い、今一度ゆっくり話したい事が多々残っている気がして、大方この世の無常をあれこれ思い遣り、ひどく泣き明かす。「もう会うのは難しいでしょう」と八の宮が述べた事も、常日頃から、『和漢朗詠集』に「朝《あした》に紅顔《こうがん》有って世路《せいろ》に誇れども　暮《ゆうべ》に白骨と為《な》って郊原《こうげん》に朽ちぬ」のように、朝と夕との世の突然の変化もわからないこの世の無常を、人一倍思っていたので、大して気にも留めずに、『古今和歌集』に、ついに行く道とはかねて聞きしかど　昨日今日とは思わざりしを、とある通り、昨日今日の別れとは思いもしなかったので、返す返すも諦めきれない。

薫中納言は悲痛な思いのままに、阿闍梨の所へも、姫君たちへの弔問《ちょうもん》も、細やかな心遣いで申し送った。こうした弔問も見舞もないような境遇にある姫君たちなので、何の分別もつかぬまま、薫の心遣いだけは、身に沁みるように理解できた。

薫の方も、世間一般の親子の死別でさえも、いざとなると、この上ない悲しみとして、誰もが思い惑うのに、もともと慰めようもない境遇の二人であり、どんな心地でいるのかと懸念していた。あとの法事《ほうじ》など、するべき事を推し量《はか》って、阿闍梨にも見舞を贈り、姫君たちの山里にも、老女房たちに贈る名目で、誦経などのお布施《ふせ》の品々を、目立たないように配慮してやった。

明けやらぬ無明《むみょう》長夜《ちょうや》をさ迷う心地のまま、九月になり、野山の風情はいや増して、時雨《しぐれ》とともに袖も涙で濡《ぬ》れがちになる。ともすれば競い合って散る木の葉の音も、川の水音も、流れ下る涙の滝の音も、姫君たちには渾然《こんぜん》とひとつのものになって迫り、悲しみに暗《く》れ惑っていた。

こうした有様では、定めある命もどうして長らえようかと、仕えている女房たちも心細く思い、衷心《ちゅうしん》から慰めつつ、途方にくれる一方、この山里にも念仏の僧がやって来て、生前の居間に、八の宮の持仏を形見として祀《まつ》る。時折参上して仕えていた人々のうち四十九日《ななぬか》の喪《も》に服して籠っている者はみんな、しみじみと勤行の日々を送っていた。

匂宮兵部卿からも、たびたび弔問の文が届けられるものの、姫君たちはその返事をする気にもなれないので、匂宮は気を悪くして、薫中納言にはこういう冷たい仕打ちはしないはずだと思い、やはり自分の事など気にもかけていないのだと、恨めしく思う。

紅葉《もみじ》の盛んな頃に、作詩の会を催《もよお》すための山行きを計画していたのが、八の宮の喪中のため、宇治辺りの逍遥《しょうよう》は不都合になって断念していたのが、ようやく八の宮の喪も明け、悲しみにも限りがあり、姫君たちの涙もそろそろ乾く頃だろうと思い、匂宮は長々とした文を送り続け、ある時雨《しぐれ》がちの夕暮れ時には、和歌も添えた。

牡鹿《おしか》鳴く秋の山里いかならん
小萩《こはぎ》が露のかかる夕暮

牡鹿が妻を呼んで鳴いている山里は、どんな様子でしょうか、小萩に露がかかる、このような夕暮れには、という懸想を秘めた弔問であり、露の「かかる」と、かかる夕暮れを掛け、「この今の空の風情を知らないふりをなさるのは、余りに無愛想です。枯れゆく野辺《のべ》は、とりわけ物悲しく眺められる頃です」と書き添えた。

大君は「確かに、このように知らない顔をすると、重々の失礼になります。ここはあなたが返事を」と、例によって中の君に勧めると、中の君も、今日まで命長らえて、硯《すずり》を手許に引き寄せて文を書くなど考えた事もないし、情けなくも過ぎて行く日々だと思うと、またもや目がかき曇り、物も見えない心地になる。

硯を押しやって、「やはり書けません。ようやく起きられるようになり、なるほど悲しみにも限度があると思う我が身が、情けないです」と、可愛らしく泣き萎《しお》れている姿が、痛々しい。

夕刻に京を発《た》った使者が、夜にはいって八の宮邸に着いたので、大君が「どうやってこれから京に戻れましょう。今夜はここに泊まったらどうですか」と女房に言わせると、「いえ、すぐに立ち返ります」と急がせる。気の毒だと感じた大君は、自分だけが分別を持って落ち着いていられるのではないけれど、返事が遅れては申し訳ないと思い、自ら返歌する。

涙のみ霧ふたがれる山里は
籬《まがき》に鹿ぞ諸声《もろごえ》に鳴く

涙のみで霧のように塞がっているこの山里では、垣根の近くで鹿までが、わたくしたちと声を合わせて鳴いています、という悲傷《ひしょう》で、喪中らしく薄墨《うすずみ》色の紙に、夜のために墨のつき具合もたどたどしく、気取らずに気ままに書いて、紙に包んで渡した。

使者は、帰途の木幡《こはた》の山の辺りで、雨模様がひどく恐ろしげになったものの、そんな事には怖気《おじけ》づかない者が選ばれていたのか、不気味な笹の繁《しげ》った山道を、馬を休ませる事なく急いで、程なく京に帰り着いた。

匂宮の前にも、ずぶ濡れになって参上したので、匂宮は禄《ろく》を与えた。文を眺めると、これまで見た筆跡とは違って、もう少し大人びて、いかにも由緒《ゆいしょ》深い書き方なので、どちらの筆跡だろうかと、下にも置かずに見つめる。

すぐには寝所《しんじょ》にはいらないため、仕える女房たちは、「返事を待つのでずっと起きておられ、返事が届くと、長い時間見ておられる。一体どういうご執心なのだろう」と、ひそひそと陰口を言っているのも、眠たいからであった。匂宮は、まだ朝霧が深く立ち込めている早朝に起き出し、急いで文を書き、和歌を添えた。

朝霧に友惑わせる鹿の音《ね》を
おおかたにやはあわれとも聞く

朝霧に仲間からはぐれた鹿が悲しそうに鳴く声を、通り一遍《いっぺん》に不憫だと思って聞くのではありません、という恋心で、『後撰和歌集』の、声立てて鳴きぞしぬべき秋霧に　友惑わせる鹿にはあらねど、を下敷にしており、「私もそれに劣らず泣いています」と書き加えた。

受け取った大君は、「あまりに情愛がありそうに振舞うのも面倒だ。父宮ひとりの庇護《ひご》に頼って、これまで生きて来ましたが、父君の没後、思いがけず今日まで生き長らえている。今後、思いもよらない間違いが少しでも起これば、それを心配しておられた父君の魂さえも、傷つける事になる」と思い、万事につけて身を慎み、恐がって返事はしなかった。

匂宮については、軽はずみな世間並の人とは決して思わず、その筆遣いも和歌も趣が豊かで優雅な様を、男の手紙など多くは知らないものの、こういう手紙こそが素晴らしいものなのだろうと思う。そうした高雅《こうが》な文に返事をするのも、似つかわしくない我が身なので、一切を諦め、こんな山里に籠って日々を送ろうと思い定めた。

薫中納言への返事のみは、先方からも真摯《しんし》な手紙が寄越されるので、心をこめて文を交わしていて、八の宮の忌《いみ》が明けてからは、薫自身も参上し、姫君たちも東の廂《ひさし》の一段低い所に喪服姿で出て来たので、薫も近くに寄り、老女房の弁を呼んだ。悲しみに惑っている姫君たちの近くで、眩《まぶ》しいくらいに美しい薫が、一面に香りを漂わせているため、姫君たちは気後れがして、返事などとてもできずにいた。

薫が、「このように、他人行儀な扱いは心外です。生前の八の宮の意向に沿うように、親しくして下されてこそ、話をする甲斐があります。色めいた振舞には、私は馴れておりません。女房を介しての言上では、言葉も続きません」と言う。

大君は、「心ならずも、今まで生き長らえている気がします。覚め切らない夢の中で暮らしている心地でいます。月や日の光を見るのも自戒しておりますので、端近くにも寄れないのです」と返事をする。

「それは必要以上の遠慮深さでしょう。月や日の光と言っても、自ら表立って晴れ晴れしく振舞えば咎《とが》めになるでしょうがこのままでは、私の心は晴れません。悲しみの一端なりを、晴らしてお慰めしたいのです」と薫が言えば、女房たちも、「本当に例のない姫君たちの悲しみを、慰めようとしておられます。その心映えは実に深いものがあります」と、大君に言上する。

大君としても、そうはいうものの、ようやく心を落ち着かせ、万事を考慮すると、八の宮の生前から、こんなに遠く離れた山里まで、わざわざ来てくれる薫の志《こころざし》などが心に沁みたのか、少し端近くににじり寄ったので、薫は姫君たちが悲しんでいる様子をねぎらい、八の宮と約束した事などを、実に優しく口にする。もともと荒々しい気配など見受けられない人柄であって、大君の方でも薄気味悪い不安は感じないものの、自らの姿を見せた事のない男に、こうして声を聞かせるのは、これまでずっと頼りにして来た日々を思い返しても、さすがに苦しく気後れがした。

とはいえ、ほんのひと言をやっと返事すると、その有様が確かに悲嘆で打ち萎れた感じである。薫はやはり哀れに思って耳を傾け、黒い几帳《きちょう》から透けて見える姿が痛々しく、日頃の暮らしぶりや、かつて少し覗《のぞ》き見したあの明け方の事を思い起こして、独り言のように詠歌《えいか》する。

色変わる浅茅《あさじ》を見ても墨染《すみぞめ》に
やつるる袖を思いこそやれ

秋の深まるにつれて色が変わる茅萱《ちがや》を見ると、墨染の衣に身をやつし、涙で色が変わっていく袖が思いやられます、という愛惜《あいせき》であり、大君も返歌する。

色変わる袖をば露の宿りにて
我が身ぞさらに置き所なし

色が変わっている袖は、涙の宿になっていて、わたくしの身は置く所がありません、という哀惜であり、『古今和歌集』の、**藤衣はつるる糸はわび人の　涙の玉の緒とぞなりける**、を下敷にして、「わたくしの墨染衣のほつれた糸も涙の玉の緒でございます」とのみ言って、その先はこらえ切れない様子で、奥にはいってしまった。

大君を引き留める事などできるはずはなく、薫が心残りのまま、哀れに思っていると、弁の尼がその代わりに出て来た。昔や今の話をかき集めながら、悲しい話を始める。通常ではありえない事を見聞きした人であり、このように怪しく落魄《らくはく》した老女だと見捨てる事もできず、実に親しげに話しかける。

「まだ幼い時に、父の光源氏の君に先立たれ、この世はひどく悲しいものだと思い知りました。年齢とともに成人していくにつれ、官位や世の中の栄華など、何とも思わなくなりました。八の宮の、こうした静かな邸での暮らしに憧れていたところ、あのように、はかなく亡くなってしまわれました。いよいよ悲しくなり、全くこの世は仮のものと思い知らされたのです。

出家も考えましたが、気の毒にも、あとに残っている姫君たちの事が、出家の妨げになっていると言えば、どこか押しつけがましく聞こえるでしょう。しかし、ここは生き長らえて、八の宮の遺言に背《そむ》かず、お世話をしようと思っています。それにしても、あの時、思いもかけない古物語を聞いてからは、この世に跡を残すなどとは考えないようになりました」と、薫が泣きながら言う。

老女房はそれ以上に涙を流し、とても返事ができない。薫の様子が、全く柏木その人かと思われ、長年忘れていた昔の柏木の事と、今回の八の宮の悲しみが重なって、いよいよ返事ができずに、涙にくれるばかりだった。

この弁の尼は、柏木衛門督の乳母子で、父はこの姫君たちの母である北の方の叔父《おじ》にあたり、左中弁《ちゅうべん》で亡くなった人の子である。長年西国《さいごく》を巡り歩き、母君の死後は柏木邸とは疎遠になり、八の宮が北の方との縁続きから引き取っていた。人品《じんぴん》もさして高貴ではなく、宮仕えには馴れていたが、思慮は浅くないと八の宮が見込み、姫君たちの後見《うしろみ》のような女房として使われていた。柏木の秘事については、長年朝夕に世話をして、何の心隔てもなく打ち解けている姫君たちにも、ひと言も漏らす機会もないまま、胸の内に秘めていたのである。

薫中納言は、老女房の問わず語りは、昔からどれもこれも大同小異で、誰にでも軽率に言いふらしはしないまでも、あの奥床しい姫君たちは知っているのではないかと思われ、それが悩ましく、これが、姫君たちを手離してはならないと、思うきっかけにもなった。

八の宮亡きあとの今は、ここに泊まるのも不都合な気がして、帰途につく時、「これが最後」と八の宮が言ったのに、どうしてそんな事があろうかと高を括《くく》り、二度と会えなくなったのが思い起こされ、あの時も今も同じ秋なのに、多くの日も経っておらず、一体どこに八の宮は行ってしまわれたのかと、はかなく思われる。

この山荘は人並の調度もなく、質素な生活ではあっても、清らかに掃除をし、周囲を趣あるようにした邸であり、大徳《だいとこ》たちも出入りをして、あちこちの部屋に隔てを置き、念誦の道具などは生前のままにしてあった。「仏像などはすべて、あの山寺に移します」と、僧たちが言うのが耳に届き、こうした僧侶の姿がすべて消えてしまったあとの姫君たちの心情を思うと、胸塞がれ、切なさに心痛めていると、「日がすっかり暮れます」と従者たちが言う。我に返り、立ち上がった時、雁《かり》が鳴きながら渡って行くのが見えたので独詠する。

秋霧のはれぬ雲居にいとどしく
　この世をかりと言い知らすらん

秋霧の晴れない空で、かりかりと鳴く雁は、この世が仮のものだと知らせるのだろう、という悟りで、『古今和歌集』の、**雁の来る峰の朝霧晴れずのみ　思い尽きせぬ世の中の憂さ**、を下敷にしていた。

匂宮兵部卿に対面する際、薫がまずこの姫君たちの事を話題にしていた。匂宮は八の宮の死後、気安くなったと思い、熱心に手紙を送ったものの、姫君たちは、匂宮の事をちょっとした返事もしにくい方だと感じて、「世間では色好みの宮だという評判が立っている。自分たちを好ましい相手だと思っておられるようだが、こうした埋もれたままの葎《むぐら》の宿から手紙を出したところで、世馴れしない古めかしいものになるはず」と思い悩んでいたのである。

大君は、「それにしても、月日の経つのが早いのにびっくりします。頼みにはならなかった父宮の寿命なのに、昨日今日の事とは思いもしませんでした。ちょうど『古今和歌集』に、**ついに行く道とはかねて聞きしかど　昨日今日とは思わざりしを**、のようです。ただこの世は無常だと、いつも見聞きしていたので、自分も他人も、生き残るのと先立つのでは、大して差がないと思っていました。『古今和歌六帖』の歌、**末の露もとの雫《しずく》や世の中の　遅れ先立つためしなるらん**、の通りです」と言う。

中の君が、「今までの暮らしを振り返っても、どれひとつ頼りになるものはありませんでした。それなのに、いつとはなしに、のんびりと物思いをしながら日を送って来ました。何かに怯《おび》える事も、気兼ねする事もなかったのです」と応じ、大君も、「ところが今では、風の音も心なしか荒く感じます。見馴れない人が、連れ立って声を掛けてくると、胸つぶれて恐ろしく、心細く思います。実に辛い事です」と口にして、二人で語り合いながら、涙が乾く暇《いとま》もなく過ごしているうちに、年も暮れた。

雪や霰《あられ》が降りしきるこの季節、どこでもこうした風の音がするとはいえ、姫君たちは今初めて分け入った山里住まいのような気がしている。女房たちの中には、「ああ、今年も暮れてしまい、心細く悲しい限りです。『古今和歌集』に、**百千鳥《ももちどり》さえずる春はものごとに　あらたまれども我ぞふりゆく**、とあるように、すべてが新しくなる春が待ち遠しい」と、気を落とさずに言う者がいても、姫君たちは、はかない希望だと聞き流していた。

向こうの山にも、時々、八の宮が念仏のために籠っていた縁があり、人の行き来があったのが、今では絶え、阿闍梨も姫君たちを心配して、ひと通りの便りを稀に差し向けるものの、今は何の用事もないので顔を見せに参上する事はない。いよいよ訪れる人はなくなり、当然とはいえ、物悲しく、今まで目にも留めなかった山賤が、八の宮の死後、ごく稀に出入りするのが、貴重に感じられる。この時期には、薪《たきぎ》や木の実を拾って持参する山人《やまびと》がいて、阿闍梨の庵からも炭などを贈って来て、「長年の習慣になっていた八の宮への奉仕を、今年からやめるのも心細いので」という文が添えられていた。

八の宮がこれまでは必ず、冬籠る山風を防ぐ綿入れを贈っていたのを思い出し、姫君たちは返礼として渡し、使者の法師やお供の童《わらわ》が、山に登って行く姿が見え隠れしていて、雪深いにもかかわらず、泣く泣く端近くに出て、見送る。「髪を下ろした姿ででも、父宮が生きておられたら、このように人の往来も自《おの》ずと多かったでしょうに。いかに心細くとも、父宮に会う事が絶えるなど、なかったでしょう」と二人で語り合いながら、まずは大君が詠歌する。

君なくて岩のかけ道絶えしより
松の雪をも何とかは見る

父宮が亡くなり、山寺との険しい往来も絶えてしまった、松に降りかかる雪をどうやって見たらいいのでしょう、という慨嘆《がいたん》で、「松」に待つが掛けられてあり、中の君も返歌する。

奥山の松葉に積《つも》る雪とだに
消えにし人を思わましかば

せめて亡き父宮を、この奥山に積もる雪とでも考えてよかったら、どんなにいいでしょう、という追憶《ついおく》で、松の葉に降りかかった雪は、消えてもまた積もるのに、父宮は消えたままで、帰って来ないのが恨めしかった。

薫中納言は、新年になると宮中の公事で多忙になり、参上が叶《かな》わなくなると思い、年の内に訪問したので、雪が一面に降り積もり、普通の人でも姿を見せないのに、立派な装いで、気軽に訪ねてくれた中納言の心映えが、深く心に沁み、いつもよりは心をこめて、御座《おまし》を整えさせる。

黒塗りではない火桶《ひおけ》を奥から取り出して塵《ちり》を払いつつ、かつて八の宮が薫の来訪を待ち望んでいた様子を、女房たちも口々に言い合う。

大君は、対面をひたすら気恥ずかしく思ってはいたものの、それでは思慮が足りないと女房たちが言うので、仕方なく相手をする。

打ち解けての話ではないものの、以前よりはいくらか会話も続いているのは、実に好感がもて、薫も気後れがし、このような対面だけではすまなくなりそうな気もしてくる。軽率な心とはいえ、やはりこれが恋心に移っていくようで、これが男女の仲なのか、と思いながら、「匂宮が、奇妙にも私を恨まれる事があります。しみじみとした八の宮のご遺言の内容などを、姫君の世話を頼まれたと、何かの折に申し上げたからでしょうか。あるいはまた、いかにも抜け目のない性分から、気を回されているのかもしれませんが、私が姫君たちに仲介をしてくれるものと、頼りにされていたようです。

しかし姫君たちがつれないままでいるのは、私の取り成しが下手《へた》だからと、時々恨み言を言われます。心外ではありますが、『古今和歌集』の、**海人《あま》の住む里のしるべにあらなくに　うらみんとのみ人の言うらん**、と同じです。この山里への案内役を、冷たく断るのも難しく、何とかすげない仕打ちを改めてはいただけないでしょうか。匂宮を好色な人だと世間では噂《うわさ》しているようですが、心の底は不思議な程、情の深い方です。ちょっとした誘いの言葉で、容易に靡くような者を、端女《はしため》として、軽《けい》蔑《べつ》しておられるとも聞いています。

万事流れに任せて、我《が》を張らず、ゆったりと構えている女は、ただ世の習いに従って、多少意に沿わない事も大目に見て、仕方がない、これも定めだと受け流すので、却って夫婦仲が長続きするようです。いったん夫婦仲が崩れると、古歌《ふるうた》の、**神なびのみむろの岸や崩るらん　龍田《たつた》の川の水の濁れ**

る、のように、女のほうも名を汚して、あっという間に縁が切れる事もあるようです。

匂宮は、心を深く持っておられる方なので、その意を汲《く》んで、心映えに背かない方に対しては、決して軽々しく、始めと終わりが違う態度は取られないお人柄です。宮については、他の人が知らないような事まで、私はよく存じ上げています。もし匂宮とのご縁が似つかわしいと思われ、夫婦になってもいいという事であれば、心の限りを尽くして取り次ぎましょう。そのためには、京と宇治の間を何度も行き来して、脚を痛めても構いません」と、実に真面目に言い続ける。

大君は自分に関する事などとは思わず、中の君の親代わりとして返事をしようとするものの、やはり返事のしようがなく、「何と申し上げるべきか。懸想めいたお話をされるので、却ってお返事もしにくくなります」と言いつつ、微笑《びしょう》する様子も、大らかで好感が持てる。

薫は、「この話は、必ずしもあなたご自身がお聞きになり、お引き受けするお話として、申し上げたものではありません。ただ私が雪を踏み分けて参上した、その心意気を汲み取っていただければ充分です。それこそ姉君としての心構えで、『古今和歌集』にある、**忘れては夢かとぞ思う思いきや雪踏み分けて君を見んとは**、の通りです。匂宮が心を寄せているのは、あなたとは異なっているようでもあります。

相手についてほのめかされた事もあったように思いますが、さあそれがどちらだったのかは、はっきりとは申し上げられません。ご返事などは、どちらが書かれたのでしょうか」と薫が訊くので、大君は「軽率にも自分が返事を書かなくて、よかった。返事の内容がどうであっても、もし返事をしていたら、恥をさらし、胸がつぶれていたろう」と思い、尚更《なおさら》返事がしにくく、和歌を書いて、御簾の外に出した。

雪深き山のかけ橋君ならで
またふみかようあとを見ぬかな

雪深い山の懸橋《かけはし》を、あなた以外に誰が踏み越えて来るでしょう。あなたの他に文を通わす人はありません、という称賛であり、「文《ふみ》」と踏みが掛けられ、「あと」には足跡と筆跡が掛けられていて、薫は「言い訳されると、却って気にかかります」と言って返歌する。

つらら閉じ駒踏みしだく山川《やまがわ》を
しるべしがてらまずや渡らん

氷が張っている山川を馬が踏み砕いて行き、匂宮の案内をするついでに、まず私が渡りましょう、という言挙《ことあ》げで、「『古今和歌集』に、安積山影《あさかやま》さえ見ゆる山の井の　浅くは人を思うものかは、とあるように、私がこうやって姿を見せる甲斐もあります」と言う。

大君は心外で、不快を覚え、敢《あ》えて返事をしないその様子は、はっきりとした他人行儀ではなく、かといって今風の若い女のような色っぽい素振《そぶ》りもなく、いかにも感じのよい、おっとりとした気性だろうと推測される。女はこうあるべきで、やはり期待通りだと、薫は思い、何かにつけて心の内をほのめかして近寄るものの、大君は知らぬ顔をして応じるので、こちらが恥ずかしくなり、亡き八の宮の昔話などを生真面目に口にしていた。

そうしているうちに、「日も暮れてしまいますと、雪が空を閉ざしてしまいそうです」と供人《ともびと》たちが促すため、薫は帰ろうとして、「この辺りを見回すと、心苦しい程のお住まいではありります。このように静かで、人の行き来もない所があります。もしそこに移ってもよいと思われるのであれば、どんなにか嬉しいでしょう」と言う。聞いた女房たちが、「それは素晴らしい」とにっこりするが、中の君は何とも見苦しく、そんな事があってはならないと思う。

大君は供人たちに、果物を品よく盛って出し、肴《さかな》も体裁よく添えて、酒も振舞う。例の移り香の件であれこれ評判になった宿直人《とのいびと》が髭面《ひげづら》の不細工な顔つきで、無愛想にしているので、薫は呼びつけて、「どうしているか、八の宮亡きあと、さぞ心細いのではないか」と問う。

宿直人は泣き顔になって「世の中に身寄りもない我が身ですので、八の宮の恩義に頼って三十何年かを過ごして参りました。今となっては、野山に分け入ったところで、どんな木陰を頼りにできましょう」と答えて、いよいよ涙で顔を歪《ゆが》める。

生前八の宮が住んでいた仏間を開けさせると、塵がひどく積もり、仏前の供花《きょうか》の飾りも昔のままであり、勤行をされていたとおぼしき一段高い床などは、取り去られており、薫は八の宮に「自分が出家したならば」と約束した事を思い出しつつ、詠歌する。

立ち寄らんかげと頼みし椎《しい》が本《もと》
　むなしき床《とこ》になりにけるかな

身を寄せるような陰にしようと頼みにしていた椎の木のもとが、今では空しい居場所になってしまった、という嘆息で、『宇津保物語《うつほ》』にある古歌、「優婆塞《うばそく》が行なう山の椎が本　あなそばそばし床にしあらねば、を下敷にしており、薫が柱にもたれかかっている姿を覗き見した若い女房たちは賞讃《しょうさん》する。

日が暮れたため、供人たちが、この宇治周辺にある、荘園《しょうえん》などを世話している人々の所に、秣《まくさ》を取りに行った事は、薫も知らなかったので、田舎者《いなかもの》めいた人々が秣を担いで大挙してやって来たのがきまり悪く、姫君たちへの訪問とは知られたくなく、弁の尼を尋ねた事にする。大方このように八の宮邸への奉仕をすべき旨を、田舎人たちに言い置いて帰途についた。

年が改まって、空の風情もうららかになり、汀《みぎわ》の氷が解けたのを、よくもこれまで生き長らえたと、姫君たちがしみじみ眺めていると、聖の僧坊から「雪が消えたので若菜を摘《つ》みました」との阿闍梨の文を添えて、沢の芹《せり》や蕨《わらび》などが贈られて来た。精進《しょうじん》の料理として差し出しながら、女房たちが「山里はこんなにして、草木の変化によって、過ぎ行く月日の変化がわかって、面白い」と言うので、姫君たちはどこが面白いのかと訊いて、まずは大君が詠歌した。

君が折る峰の蕨と見ましかば
　知られやせまし春のしるしも

これが父君のいる峰で摘まれた蕨だと思えるなら、春のしるしだと、どんなに嬉しかろうに、という追慕であり、中の君も唱和する。

雪深き汀《みぎわ》の小芹《こぜり》誰《た》がために
　摘みかはやさん親なしにして

雪深い所の小芹を一体誰のために、摘んでもてはやすというのでしょう。親もないわたくしたちなのに、という悲嘆で、二人はとりとめのない事を言い交わしつつ、明かし暮らす。

薫中納言や匂宮からも、折々の機を逃さず、見舞の手紙が届くものの煩《わずら》わしく、何程の事もないと、返事もしなかった。

桜の花が満開の頃、匂宮は去年宇治で詠んだ山桜の挿頭《かざし》の歌を思い出し、その折に供をして見聞した公達《きんだち》なども、「とても奥床しい八の宮の住まいを、再び見る事ができなくなりました」と、ありがちな感慨を口々に言うので、匂宮も宇治が恋しくなり、歌を贈った。

伝《つ》てに見し宿の桜をこの春は
　霞《かす》み隔てず折りてかざさん

もののついでに見た去年の山荘の桜を、今年は霞を隔てないで、直接手で折って挿《さ》したいものです、という懸想の歌だったので、姫君たちはとんでもないという思いでよく見ると、見所のある書きぶりであり、匂宮の心情を無視できずに、中の君が返歌を綴った。

いずことか尋ねて折らん墨染に
霞こめたる宿の桜を

どこを尋ねて手折《たお》ると言うのでしょう、墨染の喪の霞が立ち込めるこの宿の桜なのに、という反発であり、冷たい心が読み取れるため、匂宮は実に恨めしいと思い続けた。

思案に余った匂宮は、ひたすら薫中納言をあれこれ責め立て、恨み言を言うので、薫は面白いと思いつつ、いかにも後見人の顔をして、何かと返事をし、匂宮の浮気心が見え見えになると、「そのような浮ついた心では駄目でしょう」と諭す。

匂宮も気遣いをして、「この浮気心も、心にかなう女を見つけないでいるからです」と言う。夕霧左大臣の六の君を心にもかけておらず、左大臣が不満に思っているのを知っている匂宮は、「六の君とはいとこにあたり、近親の間柄です。その上、夕霧左大臣は口うるさく、ちょっとした忍び歩きでも見咎《みとが》められそうで、気が進まない」と陰で言いながら拒《こば》んでいた。

その年、薫の本邸の三条宮が焼け、女三の宮も六条院に移り、何やかやと取り込みがあったため、久しく宇治を訪ねられなかった。真面目な心は人一倍なので、ゆったりと、いずれ大君は我がものにできると思いながらも、先方が心を開いてくれないうちは、思いを鎮《しず》め、ただ思い遣りがないようには見られたくないので、亡き宮との約束だけは忘れていない事を、しっかりわかってもらおうと考える。

その年は、例年より暑いのを人々がもて余しているため、川面《かわも》は涼しいだろうと薫は思い立って、急に宇治に赴く。朝の涼しいうちに京を出たが、宇治に着く頃には生憎《あいにく》射し込む光が眩しく、八の宮がいた西廂《にしびさし》に、宿直人を呼び出すと、西側の母屋《もや》の仏間の前に姫君たちがいて、薫の気配に気がついて、そっと自分たちの居室に移る様子が、すぐ近くに感じられた。

薫はじっとしておられなくなり、こちらに通じる掛金のある襖《ふすま》の端に、穴が少し空いているのを以前見ていたので、外に立ててある屛風を引きのけて覗くと、ちょうどそこに几帳を添え立ててあるため、これは駄目だと残念がる。口惜しく思いつつ、引き下がろうとしたちょうどその折、風が簾《すだれ》を高く吹き上げそうになったので、「外から丸見えになります。そこの几帳を外に押し出しましょう」と言う女房がいた。

馬鹿な事をすると思いながらも嬉しくて覗くと、高いのも低いのも、几帳を仏間の簾の方に寄せ、この襖に向かい合った開いた襖を通って、向こうの居間に行くところだった。

まずひとりの姫君が立って出て来て、几帳から外を見て、薫の供人たちが行ったり来たりして涼んでいるのを眺めている。

濃い鈍色《にびいろ》の単衣《ひとえ》に、紅《くれない》の黄ばんだ色の袴《はかま》がよく引き立ち、却って様変わりして華やかに見えるのも、着こなしている人柄のせいで、掛け帯はしどけなく結び、数珠《じゅず》は袖口に隠して持ち、背丈はすらりとした優美な人であった。髪は袿《うちき》に少し足らない程の長さと思われ、その先まで一筋の乱れもなく、艶々《つやつや》として可憐《かれん》であり、横顔は実に可愛らしい。

色艶《いろつや》もよくて物柔《ものやわ》らかく、おっとりとしている様子は、今上帝の女一の宮もこのような人だろうと、ほのかに目にした昔を思い出して、見比べ、つい嘆息する。

続いてもうひとりの姫君がいざり出て来て、「あの襖は丸見えです」と言って、こちらを見た心遣いは、いかにも用心深そうで、奥床しく見え、頭の恰好《かっこう》や髪の生え際《ぎわ》の具合は、先刻の姫君よりは高貴で優麗な姿である。女房たちが「向こうには屏風も添え立てております。簡単には覗かれません」と言うと、「覗かれでもしたら一大事です」と応じて、心配そうに奥にいざり入りそうになる様子は、気高《けだか》くつつましやかな感じがする。

黒い袷《あわせ》を一襲《ひとかさね》、先程の姫君と同じような色の物を着ているが、こちらのほうが親しげで艶《あで》やかであり、どこか哀れを感じさせて胸塞がる思いを催させ、髪は少し抜け落ちたのか、すっきりとして、その先は少し細くなり、髪の色は翡翠《ひすい》のように青く美しく、あたかも縒《よ》り糸を垂らしたようである。

紫の紙に書いてあるお経を、片手に持っている手つきは、前の姫君よりは幾分ほっそりとして、随分痩《や》せているようで、一方の立ち姿だった姫君も、今は襖障子の戸口に坐り、何の拍子か、痩せたほうの姫君を向いて、にこりと微笑《ほほえ》んだのが実に愛らしかった。

第五十四章　彰子《あきこ》皇太后《こうたいごう》

　この「椎本《しいがもと》」の帖《じょう》で、匂宮《におうみや》が中の君《きみ》に寄せる好き心と、薫《かおる》が大君《おおいぎみ》の姿に魅了される対比を、ある程度は描《か》き分けられた気がする。この先どうなるかは、皆目見当《かいもく》がつかない。

　同じく、宇治《うじ》に生きて、宇治で命を終えた八の宮の哀しくも気高《けだか》い一生は、ほぼ書き尽くした思いがする。八の宮の遺言は、薫と姫君たちに重くのしかかっている。薫は目立たないように、姫君たちの後見《うしろみ》をしなければならない。しかし大君の姿を実見したあと、堅物《かたぶつ》の薫の心も和《なご》み、好き心が芽生えたように感じられる。この新たに芽吹いた心こそが、薫をこれから動かしていくはずだ。

　他方、姫君たちを縛《しば》る父宮の遺言は、宇治を出てはならない、皇孫《こうそん》としてみじめな、世間から後ろ指を差されるような人生を送ってはならない、の二点だった。これが大君と中の君の行く末の束縛《そくばく》になるのは間違いない。そしてこの束縛をどう解き放つのか、あるいはどうやって束縛を引きずるのか、これが物語を進める原動力になるような気がする。

「椎本」を書き進める間、公私共に悲嘆続きだった。悲しみに浸《ひた》りつつ筆を執《と》ったと言っていい。この暗さが筆先に影響して、八の宮の死や姫君たちの悲しみに反映されたとすれば、思わぬ怪我《けが》の功《こう》名《みょう》だったかもしれない。

六月、今上帝《きんじょうてい》が譲位《じょうい》して崩御《ほうぎょ》された。すぐに大葬《たいそう》が行われ、その参列の僧の中に弟の定暹《じょうせん》がいたことは、随分あとになって知らされた。

出家《しゅっけ》してからというもの、もう十数年は会っていない。参列を許されたとなれば、ひとかどの僧侶になりえたのに違いない。

一条院の葬送のあと、七七日《なななぬか》の忌《い》みを終え、彰子《あきこ》様が新造内裏に移御されたのは八月だった。彰子様の悲しみは、傍《はた》から見ても察して余りあり、歌を献じてお慰めした。

ありし世を夢に見なして涙さえ
とまらぬ宿ぞ悲しかりける

九月末、越後《えちご》で惟規《のぶのり》が客死《かくし》した。俗世で兄が死去した通知は定暹の耳にはいっているはずで、日々往生への念誦《ねんじゅ》はしてくれているだろう。早々とこの世を捨てた弟の選択は間違っていなかったのだ。

十月、大極殿《だいごくでん》で即位礼が行われ、居貞親王《おきさだしんのう》が今上帝になられた。同時に、敦成《あつひら》親王は、東宮《とうぐう》となった。

同じ十月、一条院の三代前の帝《みかど》で、今上帝の父君である冷泉《れいぜい》院が崩御された。最期《さいご》の日々は廃疾《はいしつ》かつ耄碌《もうろく》されていたと聞いている。今上帝の父宮だけに、世間は悲傷《ひしょう》に浸《ひた》った。父宮の死によって今上帝は、大きな後見を失われたとも言える。皇妃《こうひ》である娍子《すけこ》様は既《すで》に六人の皇《おう》子女《じじょ》を産んでおられたが、父である大納言《だいなごん》藤原済時《なりとき》様は既に亡くなっている。

東宮の敦成親王が内裏《だいり》の凝華舎《ぎょうかしゃ》に移られたのに伴い、彰子様は近衛《このえ》大路《おおじ》の枇杷殿《びわどの》に戻られた。十二月に弟の敦良《あつなが》親王の着袴《ちゃっこ》の儀が行われたのも、この枇杷殿で、道長《みちなが》様が腰の袴《はかま》を結ばれた。これでいつかは今上帝のあとに東宮の敦成親王が践祚《せんそ》し、東宮にはこの敦良親王がなられるのは、もはや誰の目にも明らかだった。

年が明けると、今上帝に妃《きさき》として既に入内《じゅだい》していた、道長様の次女の妍子《きよこ》様が立后《りっこう》する旨《むね》が宣旨《せんじ》された。これによって、今上帝にも、道長様の力が及ぶようになった。今上帝としては安堵《あんど》されたと、世間では思っているようだ。果たしてそうだろうか。

二月に妍子様が今上帝の中宮になり、四月に古くからの妃だった娍子《すけこ》様が皇后になられた。この娍子様の祝儀《しゅうぎ》に、公卿《くぎょう》たちの参集はほんのひと握りだったようだ。道長様の睨《にら》みが利《き》いているのは間違いなかった。これを気にされた今上帝は、主《おも》だった公卿に参内《さんだい》を命じる使者を差し向けられたのに、使者に投石をする者さえいたという。

さらに道長様は、皇后を象徴する大床子《だいしょうじ》や獅子《しし》形《がた》を、娍子皇后の許《もと》に運ばせなかった。皇后には既に四人の親王《みこ》がある。これらの親王に対して、東宮、さらには帝への道を、完全に閉ざしてしまう意図があるのは、もはや明らかだった。

こうした世の変遷の中でも、夫の一条院を亡くされた彰子様の悲しみは変わらなかった。むしろ代が替わって皇太后《こうたいごう》になったことを嘆かれているようにも見え、勇気づけるために歌をお贈りした。

雲の上を雲のよそにて思いやる

月は変らず天の下にて

一条院が亡くなられて、日が沈んだとしても、彰子様の、月としての輝きは天下をあまねく照らしています、という激励をお届けしたつもりだった。

この時期、彰子様が歯痛に悩まされたのも、悲しみの遠因になっていた。左の頰《ほお》が腫《は》れるほどであり、報を聞いた道長様は、長男の頼通《よりみち》様の牛車《ぎっしゃ》に同乗して枇杷殿に駆けつけられた。すぐさま阿闍梨《あじゃり》の心誉《しんよ》様が呼ばれ、二日間の加持《かじ》が行われた。幸い痛みは三日目に霧消《むしょう》した。

道長様の老獪《ろうかい》さには、眉《まゆ》をしかめることがあるにしても、頼通様には、なんとなく親しみを覚えてしまう。それは、正妻があの懐しい、今は亡き具平《ともひら》親王の娘の隆姫女王《たかひめじょおう》だからだろう。具平親王邸に出入りしていたとき、二、三度そのお姿は目にしていただけに、いつかは往事の思い出を頼通様にお話したい気がする。

こうした世の変遷を素直に喜んでいるのは、敦成親王誕生のときに産湯《うぶゆ》の役をした宰相《さいしょう》の君《きみ》で、今はその乳母《めのと》になっている。いずれ敦成親王が即位されれば、帝の乳母としていよいよ重味が増す。ところがそんな矜持《きょうじ》とはどこまでも無縁で、ざっくばらんなのが宰相の君だった。行事続きの多忙な中でも「椎本」の帖の書写を終えたらしく、枇杷殿で珍しく行き合ったとき、声をかけられた。

「あの八の宮の境遇は誠に哀れです。あれでも、元はと言えば桐壺《きりつぼ》帝の皇子《おうじ》ですのに。やはり、光源氏の権勢に押しやられてしまわれたのでしょうね」

同情するような口振りに、「そうだと思います」と答えた。実際に、親王でありながら逼迫《ひっぱく》した身の上になった例があるかどうかは、知る由《よし》もない。

「だからこそ、残された二人の姫君には幸せになってもらいたいのですけど、読んだ限りでは、どこか全体に哀しみが漂っています」

「そんな感じがしましたか」

その点については自覚がなかっただけに、確かめたくなる。

「これも場所が宇治だからでしょうか」

宰相の君が半ば納得したように言う。「宇治には、出仕《しゅっし》する前に二度行ったことがあります。一日二日滞在するには趣《おもむき》のある所ですが、逗留《とうりゅう》が長くなるにつれて、もの悲しさが増すのです。あの川音のせいでしょうか。それとも吹き下ろす山風のせいでしょうか。二人の姫君のうち、どちらかひとりでも幸せになって欲しいと思っています」

「そう願っています」

正直に答える。二人とも悲しい運命に陥れば、八の宮も浮かばれまい。

宰相の君は少し安心した表情になり、「これから内裏に詰めることが多くなります。藤式部《とうしきぶ》の君とは稀《まれ》にしか会えませんが、この物語を通していつでも会えます」と言って微笑《ほほえ》んだ。

そうかと、胸の内で納得する。東宮の乳母となった宰相の君とは、相見る機会は稀になるものの、この物語こそが心の通い路になるのだ。


長年聞き馴《な》れていた川風も、この秋は特につれなく物悲しく思われ、姫君たちは父宮の一周忌の法事の準備をし、大方のしかるべき用意に関しては、薫中納言《かおるちゅうなごん》や阿闍梨などが奉仕した。姫君たちの方でも、法衣《ほうえ》や経巻の飾りなどの細々《こまごま》とした支度《したく》を、女房《にょうぼう》から言われた通りにしてはいるものの、やはり頼りなく、あやふやで、薫たちの後見がなかったら、どうなったか危ぶまれるくらいである。

薫中納言は自《みずか》らも宇治に赴《おもむ》き、姫君たちが今日を限りとして、喪服を改めるための見舞を、並々でない形で示し、阿闍梨もこちらに参上《さんじょう》する。姫君たちは、名香《めいこう》を包む紙の上で結ぶ、五色《ごしき》の組糸を散らして、「父君が亡くなって一年、よくぞ生きてこられた。ちょうど『古今《こきん》和歌集』の、**身を憂《う》しと思うに消えぬものなれば　かくても経ぬる世にこそありけれ**、の通りです」と言い合っていた。

糸を結びあげた糸繰り台が、簾《すだれ》の端から几帳《きちょう》の綻《ほころ》びを透かして見えたので、薫は『古今和歌六帖』にある伊勢《いせ》が、中宮温子《よしこ》の死を悼《いた》んで詠《よ》んだ歌、**より合わせて泣くらん声を糸にして　わが涙をば玉にぬかなん**、の下句を口にする。

聞いていた女房たちは、伊勢の悲しみもこんなものだったろうと思い至り、しみじみした心地になったにもかかわらず、御簾《みす》の中の姫君たちは、すぐさま応じるのも、たしなみのない事なので、あの紀貫之《きのつらゆき》が、心細い糸にかけてこの世の旅立ちの別れを詠んだ歌、**糸による物ならなくに別れ路《じ》の　心ぼそくもおもおゆるかな**、を思い起こし、なるほど古歌《ふるうた》こそ人の心をよく述べていると、思い至っていた。

願文《がんもん》を作り、経典《きょうてん》や仏像を供養《くよう》する趣旨などを、硯《すずり》に向かって書き出すついでに、薫中納言は歌を書きつける。

あげまきに長き契《ちぎ》りを結びこめ
同じ所によりもあわなん

名香の糸の総角《あげまき》結びに、私たちの末長い契りを結び込めて、一緒になって逢いたいものですという勧誘で、催馬楽《さいばら》の「総角」の「総角や　とうとう　尋《ひろ》ばかりや　とうとう　離《さか》りて寝たれども　まろびあいけり　とうとう　か寄りあいけり　とうとう」をほのめかしていて、これを姫君たちに見せたので、大君《おおいぎみ》は例によって煩《わずら》わしいと思ったものの、返歌する。

貫《ぬ》きもあえずもろき涙の玉の緒に
長き契りをいかが結ばん

糸に貫く事もできない程、もろいわたくしの涙の玉のように、はかない身なのに、末長い契りをどうして結べましょうか、という反発であり、薫は『古今和歌集』の、**片糸をこなたかなたに縒《よ》りかけて　あわずは何を玉の緒にせん**、を思い起こして、恨《うら》めしく思いつつ思案にくれる。大君は我が事になると、さりげなく身をかわして不機嫌そうなので、薫は明確に自分の思いを伝えられず、話題を変えて匂宮兵部卿《におうみやひょうぶきょう》について、生真面目《きまじめ》に口を開く。

「匂宮はさして意に染まない事でも、こうした恋の道にはご熱心な方です。いったん言い出したからには、絶対に引っ込めない、負けじ魂を持っておられる気性《きしょう》と見ています。懸念《けねん》されるような事はないのに、どうしてこうも拒《こば》まれるのでしょうか。

あなたが男女の情について、わきまえておられないようには見えません。それなのに、どうしてこんなに、遠ざけてしまわれるのでしょうか。これ程裏心なく信じ切っている、私の心とは食い違っており、恨めしく思います。ともかく、思っておられる事をはっきりと、聞きとうございます」と、真剣そのものに訴える。

　大君は、「その心に背《そむ》くまいという思いから、これほど世間で妙な評判が立つ程に、女房の仲介をせず、隔てなく応じておるのでございます。それがおわかりにならないのであれば、あなた様に浅い心が混じっているのではありませぬか。なるほどこのような山里暮らしをしていて、分別のある人であれば、物思いの限りを尽くすでしょう。しかしわたくしは、万事につけ分別が薄いままに育っていて、あなた様が口にされる結婚などについては、思案の外《ほか》です。

　父宮は生前も、こういう時にはこうするなど、将来について述べる事はございませんでした。やはりこのままでやり過ごし、世間並の結婚など諦《あきら》めるようにとの、お考えだったと思われます。そう考えると、今は何とも申し上げようがございません。

　とはいえ、わたくしよりは少し生い先の長い人を、このまま『古今和歌集』の、**かたちこそ深山隠《みやまがく》れの朽木《くちき》なれば　心は花になさばなりなん**、のように深山に隠れた朽木として終わらせるのは可哀想《かわいそう》です。人知れず、何とかしてやりたいと思うものの、この先の運命などわかるはずはありません」と言って、溜息《ためいき》をつき、思い乱れているご様子は、実に痛々しい。

　歯切れよく大人びて物事を片付けようとしても、大君にはできないのが道理なので、薫は例によって弁の尼《あま》を呼び出して相談をもちかけ、「これまで長い間、後世を思う心から、こちらに赴いていました。亡き八の宮が、心細く思っておられた晩年に、姫君たちの事については、私が思うようにしてくれとおっしゃり、私もそれを約束しました。

ところが、故宮が考えて、決めておられた事に反して、姫君たちの心映えは憎らしい程の強情さです。故宮の考えておられた事の相手は、この私ではなく、別の人ではないかと、疑わしくもなります。あなたも自《おの》ずから聞き及んでいる事もあるでしょう。私も妙な性分で、男女の仲については興味などなかったのに、そうなるべき宿命《しゆくめい》なのか、これほどまでに親しくお世話をするようになってしまいました。世間でも評判になり始めたようです。

どうせなら、故宮とのお約束を違《たが》える事なく、私も大君も世間並の夫婦として、心ひとつにして語り合いたいものです。そう思うのは、大君は皇族、私は臣下であって、不釣合《ふつりあい》とはいえ、世間に例がないわけでもありますまい」などと言い続ける。

さらに、「匂宮兵部卿についても、私がこう申し上げているのに、それなら心配はないと大君はお心を許される気配がありません。やはりこれは、別に意中の人がおられるのではないですか。どうでしょうか」と、物思わしげにおっしゃるので、例によって悪賢《わるがしこ》い女房などであれば、こうした事には憎らしく出過ぎた真似《まね》をして、相手の気に入るような事を言うのだが、弁の尼は全く違う。

心の中では「双方にとって望ましいご縁」だとは思いつつも、「元来、姫君たちは、並の人とは違うご性分だからでしょうか。どうしても世間並の縁談を、あれこれ考えておられるご様子はございません。こうして仕《つか》えて来た人々も、八の宮の生前の長い間、これといった頼もしい身の寄せ所は、ありませんでした。こんな所に身を埋もれさせるのを嫌う者は、身分に応じて暇《いとま》を取り、出て行きました。昔からの古い縁があった人も、多くは宮家を見捨てて去りました。

残った者も、今はこの邸《やしき》に、しばしの間も留《とど》まっておられないようです。互いに愚痴《ぐち》を言い合い、八の宮のご在世中こそ、結婚相手には家格の釣合があって、不充分な場合はお可哀想だと思っておられたようです。古めかしい真面目さで、結婚を躊躇《ちゆうちよ》されていましたが、八の宮亡きあとは、ほかに頼る所もない身の上になってしまわれました。

そんな今、どのような縁づき方があろうとも、それをきつく非難するような人は、却《かえ》って物の道理を知らず、取るに足りない人でしょう。一体どんな人が、こんな様子で一生を過ごす事ができましょう。松の葉を食して修行する山伏《やまぶし》でさえ、生きている身が捨て難いからこそ、仏の教えを、それぞれ流派毎《ごと》の効験《こうけん》を主張して、修行しているというではありませんか、と、好き勝手な事を姫君に申し上げて来ております。そのため、若い姫君二人のお心が迷う事が、多々あったようです。

大君の方は、それでも志《こころざし》をお変えにならず、中の君を何とか人並に縁づかせたいご意向と見えます。このような山奥まで、訪ねて来られるあなた様の心映えを、四年もの長い間見馴れてきたせいか、大君はあなた様を疎《うと》ましく思ってはおられません、あれこれ、この邸の生業《なりわい》など、立ち入った方面の事も、相談しておられるのではありませんか。あなた様が、あの中の君を望んでおられるのであれば、どんなにか良かろうと思われているようです。匂宮からは、文などが来るようですが、それは決して真面目なものではないと、考えておられる感じがします」と答える。

薫は、「心に沁《し》みる八の宮のご遺言を聞いて以来、露のようにはかないこの世に、生き長らえている間は、おつきあいをさせていただく所存です。姫君のどちらと一緒になっても、同じ事とはいえ、また大君が私の事を中の君の婿にと考えておられるのは、嬉《うれ》しい限りです。しかし、大君に心が惹《ひ》かれるのは、このように思い捨てた世でも、消し難いもので、今更、中の君へと思い直せそうもありません。大君への思いは世間一般の色恋めいたものではないのです。

ただ、このように物を隔てて対面し、言いたい事も言い残すのではなく、直接さし向かいたいのです。私からは、万事定めなき世の中の事を、隔てなく申し上げ、大君の方からは、秘めておられる心の奥底を、余すところなくおっしゃって欲しいのです。

私には、兄弟などで親密にできる相手はおらず、実に心寂しい思いをしています。世間の出来事について感じる、悲しい事、興味深い事、嘆かわしい事など、時々の感情を、胸に秘めたまま過ごしている身です。これはいかにも頼りなく、大君こそが拠《よ》り所になってくれそうに思われます」と応じる。

なおも続けて、「姉である明石中宮《あかし》は、馴れ馴れしく、そのように気ままで煩雑《はんざつ》な事を、くどくどしく申し上げる相手ではありません。母である女三の宮は、親としては余りに若々しく、頼りなげで、気軽に傍《そば》にいて、親しくするのも憚《はばか》られます。その他の女君は、すべて疎遠で、気詰まりで恐ろしく感じられます。心からの伴侶《はんりょ》とする人はおらず、心細さが募《つの》ります。本気でない戯《ざ》れ言であっても、色恋めいた事は、実に気恥ずかしく不似合《ふにあい》で、気まずさだけを感じる無骨者《ぶこつもの》です。

まして心に思っている方については、口に出すのも難しいので、恨めしくも思い詰めている私の心など、感じ取ってもらえません。我ながら、どうしようもない不器用者だと、情けなくなります。匂宮と中の君の縁談については、融通《ゆうずう》の利かない私ですが、決して悪いようにはせず、お任せ下さいませんか」と言って坐っている。弁の尼も八の宮亡き後の心細い折であり、これは願ってもない薫中納言と大君の縁として是非《ぜひ》とも進めたいと思うものの、二人とも気後《きおく》れするような立派さなので、思いのままには返事ができなかった。

薫は、今夜は泊まって、ゆっくり話などをしたいと思いつつ、だらだらと一日を過ごし、その何となく恨みがましい態度が、ひと通りのものではなくなってきたため、大君は煩わしくなり、打ち解けての会話もいよいよ苦しい。とはいえ、困った懸想《けそう》以外は、滅多にはない情け深い薫中納言の心映えなので、すげない応対ではよくないと思い、女房の取次なしで対面する事にした。

仏間との間の戸を開けて、灯明《みあかし》の火を明るくかき立て、簾《すだれ》に屛風《びょうぶ》を添えて、その中にいて、簾の外にも灯火《ともしび》を差し出させたが、薫の方が「疲れてみっともない恰好《かっこう》をしているので、明る過ぎます」と言って、柱にもたれかかる。

大君は果物などを、それとなく持って来させ、供人《ともびと》たちにも、気の利いた酒肴《しゅこう》などを作らせて提供すると、供人たちは廊《ろう》のような所に集まっていたため、二人の御前には人が少ない。薫がしめやかに話を始めると、大君は心から打ち解けられそうもない様子ながら、いかにも親しみ深く愛らしい物言いであり、薫はいよいよ心打たれる。他愛《たあい》なくも、切なさに胸焦《こ》がれる思いが募り、このような、はかない仕切りなど邪魔だと考え、もどかしさを感じながら過ごす自らの煮えきらなさを、馬鹿げていると自覚しつつ、さりげない世間話を、しみじみと興味深く、聞いていても面白いように話をした。

御簾の中では大君の側から離れないように命じられていた女房たちも、二人には親密になって欲しいという下心からか、側から離れて、みんな横になる。仏間の灯火を明るくかき立てる者もおらず、大君はどことなく気味が悪くなり、声を潜《ひそ》めて女房たちを呼んだものの、起きてはこないので、「心地が悪くなり、気分が良くありません。少し休んで、また夜明け方にでもお話し致しましょう」と言って、中に引っ込もうとする。

薫は、「こうして山路を踏み分けて参上した私は、あなた以上に苦しんでいます。それが、こうしてお話をし、話を聞く事で慰められています。私を置き去りにして奥にはいられたら、どんなにか心細いでしょう」と言って、屛風をそっと押し開けて御簾の中に入り込む。

大君は気味悪く感じて、半身ばかりを引っ込めたのを、引き止められたので、忌々《いまいま》しく情けなく、

「あなた様の言う、隔てなきとは、こんな事を言うのでしょうか。思いもよらぬ仕打ちです」と、たしなめる様子がいよいよ可愛《かわい》らしい。

「隔てのない私の心をおわかりでないようなので、こうして理解していただこうと思うのです。思いもよらぬ仕打ちと言われるのは、どういう事でしょうか。仏の御前で、誓いも立てましょう。情けなくも、どうか恐がらないで下さい。あなた様のお心には背くまいと、初めから決めております。人には、これほどまでとは信じられないでしょうが、世にも稀な愚か者として通っております」と薫は言って、ほの暗く奥床《おくゆか》しい火影《ほかげ》で、大君の顔にこぼれかかった髪を、掻《か》き上げて見ると、その容貌《ようぼう》は思った通りに、上品な美しさだった。

こんなに心細い物寂しい住まいでは、好き者が忍び込むのに何の障害物もなさそうで、もし自分以外に訪ねて来る男でもいたら、そのまま姫君を放って置くはずはなく、もしそうなっていたら、どんなにか口惜《くちお》しいだろうと、薫は思い、今までのんびりと考えていた自分に、焦りを感じる。大君が言いようもなく情けなく思って、泣いている姿が実に忍び難く、こんな風にではなく、自ずから心を許す時もあるだろうと思い直し、ここで無理《むりじ》強いするのも不憫《ふびん》なので、体裁よくなだめた。

大君は、「こんな心の内を知らずに、不思議な程に親しくして来たのが悔《く》やまれます。不吉な喪服姿の袖の色などまで見てしまった、あなた様の思い遣りのなさに失望しました。それはわたくしの至らなさでもあり、後悔してもしきれるものではございません」と嘆いて、何の心の準備もない墨染《すみぞめ》の喪服姿を、灯火の下にさらしているのがいたたまれなくて、ひどく困っている。

薫は、「全くこのように私を避けておられるとは、気が引け、何と言っていいのかわかりません。袖の色を口実にされるのも、道理とはいえ、長年親しんで見知っておられるはずの、私の心を思い遣れば、喪中を遠慮する程の事ではないはずです。今始まったおつきあいのように考えるのは、無知というものです」と言い、あの琴の音《ね》を聴いた有明《ありあけ》の月影から始まり、その後折々につれて深まっていった恋心が、抑え切れない程高まった事の次第を、縷々《るる》口にした。

大君は恥ずかしく振舞って来た自分が嫌になり、薫中納言がこんな下心を持ちつつ、上べは生真面目さを装っていたのだと、今になってはっきりと思い知った。

近くにある丈の低い几帳を、仏前の隔てとして置き、薫が形だけ大君に寄り臥《ふ》すと、仏前に薫《た》く名香《みょうごう》が実に香ばしく匂い、樒《しきみ》も際立《きわだ》った香気を放っていた。人一倍仏を信仰している身なので、気が咎《とが》められ、服喪中の今になって焦って行為に及ぶのも、軽率で、当初の考えには反し、服喪が明ける頃には、大君の心も少しは軟化してくれるだろうと思い、強《し》いて我が身を抑制していた。

秋の夜の風情《ふぜい》は、こうした山里でなくても、自ずから哀愁《あいしゅう》に満ちており、ましてここでは、峰の嵐や垣根の虫の音も、殊《こと》に心細く聞こえ、薫が無常の世について話し聞かせると、大君が時々は受け答えをし、その有様《ありさま》は実に見所に富んでいる。

ぐっすり寝入っていた女房たちは、二人が契りを交わしたと思って、みんな奥に引っ込んでしまったため、大君は父宮が言っていた事などを思い起こす。なるほどこうして世に長らえると、意に反してこんなひどい目に遭《あ》わねばならないのだと、今更ながら物悲しく、川の水音に我が涙が流れ添う気がしたのは、ちょうど『和漢朗詠集』にある王昭君《おうしょうくん》を詠んだ漢詩、「辺風《へんふう》は吹き断つ秋の心の緒　隴《ろう》水《すい》は流れ添う夜の涙の行」さながらだった。

何事もなく明け方になり、供人たちが起きて咳払《せきばら》いをし、馬がいななく声も、旅の宿の朝の様子を人が話していたのとそっくりで、薫は興趣深《きょうしゅ》いと思う。夜明けの光が射し込む方の襖障子《ふすましょうじ》を押し開け、空の風情ある景色を二人一緒に眺《なが》めていると、大君も少し膝行《しっこう》して出て来たものの、奥行きのない軒《のき》の忍草《しのぶぐさ》に降りた露が光に映え、二人共実に優艶《ゆうえん》な姿である。

薫が、「どうするでもなく、ただこのように月や花を、同じ心で賞美し、はかないこの世の有様を、話し合いながら過ごしたいものです」と、とても親しみをこめて言うので、大君は少しずつ恐ろしさも和み、「このように、差し向かいではなく、物越しなどで話をするのでしたら、逆に心の隔てはないでしょうに」と答えた。

明るくなり、群鳥《むらどり》が飛び交う羽風がすぐ近くに聞こえ、晨朝《じんちょう》の鐘の音がかすかに響く。大君が、「今のうちに退出して下さい。このままでは見苦しいです」と言い、実に耐えがたく恥ずかしそうである。

薫は、「さも何かあったように、朝露を分けて帰るわけにも参りません。周りの者がどう思うでしょうか。普通の夫婦のように穏やかに振舞って下さい。ただ世間とは違う間柄で、今後もこのように会っていただき、私に少しも後ろめたい心はないものと思って下さい。ひたすら思い焦がれている私の心の内を、哀れと思っていただけないのが、残念です」と答えて、退出する様子もないため、大君はみっともなく、きまりも悪いので、「これからは、おっしゃる通りに致しましょう。今朝はやはり、わたくしが申し上げる通りにして下さい」と言い、途方にくれる。

薫は、「何と苦しい事でしょう。夜明けの別れは、まだ経験していません。本当に道に迷いそうです」と、しきりに嘆息し、どちらの方向からか、鶏がかすかに鳴く声がするので、京が思い出されて詠歌《えいか》する。

山里のあわれ知らるる声々に
　とり集めたる朝ぼらけかな

山里の風情を感じさせる様々な声に包まれ、あれこれと思いに耽《ふけ》る明け方です、という感慨で、大君も返歌する。

鳥の音《ね》も聞こえぬ山と思いしを
　世の憂きことは尋ね来にけり

鳥の声も聞こえない山里と思っていたのに、人の世の辛《つら》さだけは、ここまでも追いかけて来ました、という嘆息であり、『古今和歌集』の、飛ぶ鳥の声も聞こえぬ奥山の　深き心を人は知らなん、や、いかならん巌《いわお》の中に住まばかは　世の憂きことの聞こえこざらん、を踏んでいて、しょげている大君を、薫は襖障子の所まで送る。昨夜入った西廂《にしびさし》と母屋《もや》の境にある戸口から出て、横になったものの眠れず、名残《なごり》が惜しく、こんなにも思い詰めているのであれば、これまで何か月も、のんびりと構えていた自分が不思議に思われ、帰京が疎ましくなる。

大君は、女房たちがどう思うかが心配になり、すぐには眠りにつけず、頼みになる人がこの世にないままに過ごす、我が身そのものも情けないのに、女房たちが縁談の事を何やかやと、次々に口にしそうなので、心外な事が起こりかねない世の中だと思う。

「薫中納言の人柄や雰囲気に、嫌悪は感じられそうもない。加えて亡き父宮も、中納言にそのような気があるのであれば、それもよかろうと、折々口にされていたようにも思う。

とはいっても、自分としては、このまま独り身で過ごそう。そして自分よりは容姿、容貌共に女盛りで、勿体《もったい》ない程美しい中の君を、人並に縁づかせた方が、どんなにか嬉しいだろう。そうなれば、心の及ぶ限りの世話をしてやろう。他方、これが自分の結婚となると、誰も世話をしてくれない。

薫中納言については、通り一遍《いっぺん》の平凡な人であれば、こうやって長年親しんで来たしるしとして、独り身で通す心が揺らいだかもしれない。しかし実際は、余りにも立派で、近づき難く、気が引けてしまう。やはりわたくしの一生は、このままの独り身がいい」と思い続け、忍びがちに夜を明かすと、気分が悪くなり、中の君が寝ている奥の方に行き、その横に身を横たえる。

いつもと違って、女房たちがこそこそと言い合っている気配を、怪しいと感じながら寝ていた中の君は、大君がすぐ近くに来たので嬉しくなり、夜着《よぎ》を引き寄せると、身辺に満ちた移り香《が》は、紛《まぎ》れもなく薫中納言のものである。以前、父宮が不在の折、中納言を迎え入れた宿直人《とのいびと》が、もて余していた狩衣《かりぎぬ》の香に相異《そうい》なく、やはり昨夜、女房たちが噂《うわさ》をしていたのは本当だったと、大君が気の毒になり、寝たふりをしたままでいた。

薫中納言は、弁の尼を呼び出して、細々《こまごま》とした指示を言い置き、大君への伝言もさりげなく伝え置いて出立《しゅったつ》した。

大君は、昨夜「総角《あげまき》」の歌を、戯《たわむ》れにやりとりしたのも、自分の方にそうした意図があって、多少の隔てはあったにしても、薫中納言と契ってしまったのだと、中の君が思っているに違いない気がして、いたたまれなくなる。具合が悪いと言って、一日中悩んでいると、女房たちが、「故八の宮の一周忌まで、日が残り少なくなりました。適確に指示を出す人は、他にはおりません。具合がお悪いのも、いい加減になされませんと」と言い募った。

中の君も名香の組糸を総角にすべて結び終えて、「箱につける組糸の心葉《こころば》は、どのようにしたらいいのかわかりません」と言って、無理に教えを乞《こ》うので、大君は暗くなった頃に起き出して、一緒に心葉の結びをしていると、薫中納言からの手紙が届く。「今朝からとても気分が悪うございます」という旨を、女房の代筆で返したため、女房たちは「みっともなく、子供じみた振舞」と、不平を言い合った。

服喪が終わり、喪服を脱いでしまった大君は、父宮に少しも後れて生き残るまいと思ったのに、空《むな》しく過ぎた月日が心外で、やはり思いのままにならない我が身の辛さだと、泣き沈んでいる様子が、実に切なそうであり、ここ数か月間、黒い喪服を着ていたお姿が、今は薄鈍色《うすにびいろ》になって、大層優美である。

一方の中の君は、なるほど女盛りで、可愛らしい若々しさがある。女房たちに髪を洗って整えさせると、この世の悩みも忘れてしまう程の見事さであり、大君は心の内で、これなら薫中納言が逢っても、期待はずれではないだろうと、頼もしくも嬉しく、今となっては自分以外に、中の君の世話を頼む人はいないため、自ら親代わりの役を引き受けて、あれこれ中の君の面倒を見た。

薫中納言は、喪服を改める九月まで、待つのがもどかしく、再び宇治に赴き、「この前のように、お会いしたい」と取次をさせると、大君は気分が悪く、煩わしくもあるので、あれこれと言い逃《のが》れをして逢わない。薫は「思いの外の情けないお心です。女房たちがどう思うでしょうか」と、文で伝えると、大君からは、「今日を限りと喪服を脱いだ時の悲しみが、今は逆に強くなっております。とてもお話しできかねます」と手紙で返事があった。

恨み言も言えなくなった薫は、例の弁の尼を呼び出して、色々の話をしていると、世にも稀な心細い暮らしの慰めとしては、この薫中納言以外に頼る人がいないので、女房たちは自分たちの願い通りに、姫君たちが世間並に、京の邸に移るようになれば、これは大変めでたいと、話し合って、「中納言を中に入れてさし上げよう」と心に決めた。

大君はそうした動きをよくは知らないまま、「このように弁の尼を、格別に目をかけておられるようだ。その気になって、油断ならない考えを持つかもしれない。昔物語でも、女房たちが男を手引きして中に入れる事もあるというが、姫君が自らその気になって、男と逢う事はなかろう。気を許してならないのは、女房の心だ」と気がつき、「どうしても中納言が恨むのであれば、中の君を推挙しよう。たとえ見劣りする相手であっても、逢い始めると、冷たくあしらう人柄ではなさそうなので、ちょっとでも中の君を見れば、満足されるだろう。

言葉に出しては、すぐに中の君に心を移し替える事は承知されまい。その理由のひとつは、多分に世間に軽薄な男だと思われまいとしての、遠慮に違いない」と、中の君との結びつきを心づもりにした。

とはいえ、中の君にその計画を打ち明けないのは、罪作りだと感じて、我が身につまされて気の毒なので、様々な話をしながら、「昔の父宮の考えでは、わたくしたちが世の中をこのように心細く過ごして、果ててしまっても、世間の物笑いの種になるような、軽々しい心を持ってはならない、という事でした。

父宮の存命中、わたくしたちが足手まといになり、出家の意志を妨げてしまいました。その罪だけでも、多大なものでした。今となっては、言い残されたひと言さえも、違《たが》えまいと思っているので、心細いなどとは、とても感じません」と中の君に言い、「しかしここの女房たちは、わたくしのその態度を、度を過ぎた強情者《ごうじょうもの》として、憎らしく思っているようで、じつに困った事です。

確かに女房たちの言うように、あなたもわたくし同様に、独り身で過ごすのは、明けては暮れて行く月日を思うと、勿体なく、不憫で痛々しく感じてしまいます。あなただけは、世間一般の人のように、結婚されたらどうでしょう。そうすれば、わたくしの面目《めんぼく》も立ち、晴れ晴れした気分で、あなたの世話ができます」と口にする。

中の君は、大君の考えが情けなくも辛く、「父宮は、姉上ひとりだけ、このように独り身で過ごし果てよ、と言われたのでしょうか。しっかりしていないわたくしの方を心配して、父君はそう思われたのではないでしょうか。姉上の心細さを慰めるためには、このように朝夕一緒に暮らすよりほか、どんな方法があるでしょう」と答えて、なんとなく恨めしく思っている様子なので、大君は確かに一理あると、申し訳なく思いつつ、「そうは言っても、誰彼なく、わたくしを困ったひねくれ者だと思っているようなので、思い乱れています」と、言いかけて、口ごもった。

日が暮れていくのに、薫中納言が帰らないため、大君が実に困った事態だと思っているところへ、弁の尼が参上して、薫からの伝言の数々を伝え、中納言が恨《うら》むのも道理だと縷々《るる》言上《ごんじょう》する。

大君は答えもせず、嘆息するばかりで、「一体どうしたらいいのか。両親のうちのどちらかが存命であれば、何とかしかるべき人と一緒になり、宿世《すくせ》とやらに身を任せられただろう。そうすれば、『後撰和歌集』に、**否諾《いなせ》とも言いはなたれず憂きものは　身を心ともせぬ世なりけり**、とあるように、我が身を心に任せる事はできない世の中なので、万事世の常だからと、多少の落度も物笑いにならず、隠しおおせられる。

ここの女房たちは、みんな年を取り、自分では分別があると自負して、気を回しつつ、似合いの縁だと言い張るけれども、これは、まともには受け取れない。人並の身分でない女房たちだからこそ、片寄った考えで、そう言うだけだ」と思うので、女房たちが無理にでも引っ張って、薫の所に連れて行かんばかりに、口々に勧めるが、大君は情けなくも、疎ましく、頑《がん》として動かない。

心をひとつにして何事も二人で語り合って来た中の君は、こうした縁づきの方面にはうぶであり、おっとりして、何も聞き入れず、姉君を因果《いんが》な身の上だと思って、ひたすら奥の方を向いている。

「一周忌が過ぎました。通常の色の衣装《いしょう》に着替えて下さい」と、女房たちが勧め、みんなして中納言と対面させようとしている様子が感じられ、大君は余りの事に嘆かわしく、今となっては薫中納言が忍んで来るのを防ぐ手立てなどなさそうで、狭いばかりの住まいを嘆いても無駄で、『古今和歌六帖』にある歌、**世の中を憂しと言いてもいずこにか　身をば隠さん山なしの花**、のように、隠れ逃れるすべはなかった。

薫中納言は、このように表立っては誰にも口出しをさせずに、内密にいつ結婚したという事もないようにしようと、初めから思っていたため、「大君が許して下さらないのなら、いついつまでも、このようにして過ごしましょう」と思い、そう伝えていた。それなのに、弁の尼が老女房たちと好き勝手に話し合い、人目を気にせずに囁《ささや》き合うのは、思慮が浅いのか、老い痴《し》れているからなのか、いずれにしても大君には気の毒だった。

思い悩んだ大君は、弁の尼が参上したので、「長年、中納言からは人並ならぬ心寄せをいただき、今となっては万事をすっかり頼って、見苦しい程に隔てなくおつきあいをしております。ところが、思いがけない好き心から、わたくしをお恨みなさっているのは、困った事です。人並の結婚をと望んでいる身であれば、こういうお申し出を、よそ事とは思わないでしょう。しかし昔から結婚は考えていない我が身なので、辛い思いをしています。

ただ中の君がこのまま盛りを過ぎてしまうのが、口惜しく気がかりです。本当にこのような住まいも、中の君のためには、不自由に思われます。故父宮を思う心があるのであれば、わたくしと中の君を同じと思って下さい。身は別でも、心は中の君に託して、後見したいと思っています。是非このように、中納言に申し上げて下さい」と、恥じらいつつ、望みを口にする。

弁の尼は実に可哀想だと思い、「そのように考えておられるのは、以前から心の程を伺っていたので、薫中納言にはよくよく申し上げております。しかし、中納言は、そう考え直す事はできない、匂宮兵部卿の恨みも深くなっているようなので、中の君の事は、心から後見するつもりだ、と言われております。わたしもそれは結構な事だと思います。

ご両親が揃っていて、格別に心を尽くして世話をしても、このように世にも稀な縁談が重なったりは致しません。畏《おそ》れ多くも、こうした頼る所がない暮らしぶりを見ますと、この先どうなってしまうだろうと、かねがね心配して悲しく思っておりました。先々の中納言の心の内は知り難いものの、大君も中の君も、それぞれに素晴らしい宿世であったのだと、この頃は心に深く感じていたのです。

確かに、故父宮のご遺言に背くまいと、考えられるのは道理です。しかしそれは、しかるべき人がおらず、身分が不似合いの縁組を懸念して、戒告《かいこく》されたのでしょう。薫中納言に今のような心映えがあるのであれば、姫君のうちのひとりを安心して縁づかせてやりたい、そうなるとどんなに嬉しいだろうと、折々申されておりました。その身分に応じて、世話をする親に残された人は、身分の上下《かみしも》に関係なく、思いがけず、あるまじき境遇《きょうぐう》になって、路頭に迷う例が多々あります。それはありふれた事なので、非難する人もございません。

ましてや、これ程までに、わざわざ作り出したいような立派なお人柄で、誠実さに溢《あふ》れる申し出をされたのを、頑《かたく》なに突っぱねなさるのはいかがかと存じます。かねてから考えておられた通り、出家の願いを遂《と》げられたとしても、雲や霞《かすみ》の中ではお過ごしになれず、生活の糧《かて》が必要になります」と、くどくどと言葉を重ねて忠告するので、大君は憎々しく思って、脇息《きょうそく》にうつ伏せになった。

中の君も、大君が思い悩んでいると察して、いつものように一緒に寝る。大君は逆に、もしもの事が起こったらどうしようかと、心配になったものの、隠れる物陰もない住まいなので、柔らかで美しい衣を、中の君の上に着せ掛けてやり、まだ多少暑い時分なので、少し離れて横になっていた。

弁の尼から、大君が中納言と中の君の結婚を望んでいる旨を告げられた薫は、どうしてこれ程までに、現世への未練を断ち切っておられるのか、聖《ひじり》のようだった父宮の許で、世の無常を知られたのか、と自分と同じだと思う。利口《りこう》ぶった憎らしい女とは思わず、「そうであれば、障子や几帳越しであっても、対面できないと考えておられるに違いない。今夜だけは、寝ている所へ、こっそり手引きしてくれませんか」と薫が言うので、事情を心得た女房たちは、そのつもりで皆を早く寝かしつけるなどして、手はずを整えた。

宵《よい》を少し過ぎた頃、風の音が荒々しく吹き出し、頼りなげな蔀《しとみ》などが、ぎしぎしと軋《きし》む中、人が忍び入る音も紛れてしまうだろうと思って、弁の尼が薫をこっそり案内する。一方で、姫君二人が一緒に寝ているのが懸念されるとはいえ、それはいつもの事なので、今更別々にとも言えず、中納言は大君の様子がわかっているので、まごつく事もなかろうと、弁の尼はひとり合点《がてん》して、そのまま薫を導き入れた。

まんじりともせずに眠れずにいた大君がその音をふと聞きつけて、そっと起き出し、大急ぎで這《は》うようにして隠れたものの、中の君が何も知らずに寝入っているのが、実に不憫で、中納言が中の君をどうするのかが心配される。一緒に隠れたいと思うものの、今更引き返されず、震《ふる》えながら覗《のぞ》き込むと、ほのかな灯火《ともしび》に、中納言の袿《うちき》姿が浮かび上がり、さも馴れた手つきで几帳の帷子《かたびら》を上げて中に入ったのが見え、中の君が可哀想で、どんなに驚くだろうかと思い遣られるまま、粗末な壁際に屏風が立っている後ろの、狭い所に坐り込んでしまう。

中の君に中納言との結婚をほのめかした時でも、中の君は辛いと思っていたのに、ここで中納言に忍び入られたのでは、自分の差し金だとして心外に思うに違いない。胸つぶれるままに、万事は確固たる後見がなくて、落ちぶれ果てて残された身の悲しさが、つくづく思い知られ、父宮がこれが最後だとおっしゃって、入山した夕べのご様子が、たった今の事のような気がして、父宮が恋しく、悲しみに襲われた。

薫は、姫君がひとりで寝ているので、大君がそのつもりでいたのだと思い、心をときめかせたものの、少しずつ別人である事がわかる。この姫君のほうが大君よりは少し愛らしく、可憐《かれん》さは勝《まさ》っているのではと感じられる。中の君が驚愕《きょうがく》して狼狽《ろうばい》するので、なるほど何も知らずにいたのだと、気の毒になり、逆にどこかに隠れているに違いない大君の冷たさが、実に情けなくも恨めしい。

この中の君を他の男の妻として、諦める事ができそうにないものの、大君への思慕《しぼ》を全《まっと》うしないのは心残りで、「大君には、一時の迷いだと思われたくない。この場は、やはり穏便《おんびん》にやり過ごそう。それでも、もし、中の君との宿縁から逃れられなかったら、中の君と結ばれてもいい。そうなれば、赤の他人と一緒になったとは思わずにすむ」と、冷静に考えて、いつも通りに、感じよく話をして夜を明かした。

老女房たちは、してやったりと思い、「中の君は一体どこにおられるのか。妙です」とうろうろしつつ、「それでも、どこかにはおられるはず」と言い合う。

「もともと拝見するたびに、老いの皺《しわ》も伸びる思いがするくらい、立派で素晴らしい中納言のご容貌とご容姿なのに、大君はどうして寄せつけられないのでしょうか。これは何か、世に言われるような、恐ろしい神に取り憑《つ》かれておられるのでしょう」と、歯もまばらな口で、可愛げなく言い落とす老女房もいれば、「いえ、それは縁起でもありません。ただ世間知らずのまま生まれ育ったお方ですので、このような事も、似つかわしいように世話をしてくれる人がなく、困っておられるのでしょう。そのうち結ばれて馴れ親しめば、きっと慕われるようになりましょう」と話し合う。「ここは早く打ち解けて、何不自由ない身の上になって欲しいものです」と言いつつ寝入って、聞き苦しい鼾《いびき》などをかく者もいる。

薫は、逢いたい大君と過ごしたのでもない秋の夜長であっても、ちょうど『古今和歌集』にある、**長しとも思いぞ果てぬ昔より　逢う人からの秋の夜なれば**、のように、すぐに夜が明けた感じがして、大君と優劣つけがたい程の美麗《びれい》な中の君の様子に、このまま別れてしまうのは、いくら自分のせいであっても、惜しい気がする。

「あなたも私を思って下さい。冷淡な大君の仕打ちを見習わないで下さい」と、『古今和歌六帖』に、**若狭《わかさ》なる後瀬《のちせ》の山の後《のち》も逢わん　我が思う人に今日ならずとも**、とあるように、後の逢瀬《おうせ》を約束して、寝所《しんじょ》を出る。我が身の事ながら、不思議に夢のように思われるものの、やはりつれない大君の心の内を、今一度確かめようと思い定めて、西廂に行って、横になっていた。

布団をかぶって中の君が臥していたところ、弁の尼が来て、「奇妙です。中の君はどこにおられるのでしょう」と言うのを聞いて、心底恥ずかしく、予想外の心地がする。一体どういう事だったのかと思いつつ、臥したままで考えると、大君が昨日、中納言との縁談を口にした事を思い出して、恨んでいた。

ちょうどその時、『礼記《らいき》』の「月令《がつりよう》」に「季夏《きか》蟋蟀《しつしゆつ》壁に居る」とあるように、大君は屛風の後ろから這い出る。中の君の心中を察して不憫なので、お互いに言葉を交わす事もできないまま、「中の君までも顔を見られてしまって、実に情けない。この先も油断できない世の中だ」と思い乱れるばかりだった。

弁が薫中納言の許に参上して、大君の度の過ぎた強情さの一部始終を聞き、全く用心深いのにも程がある可愛げのなさだと思い、中納言がお可哀想だと同情していると、中納言は、「これまでの冷淡さについては、それでもまだ望みがある気がして、いろいろ思い慰めてきました。しかし今夜こそは恥をかいて、身投げでもしたい心地です。とはいえ、八の宮が姫君たちを心配しつつ逝《い》ってしまわれた、そのお心残りを思えば、やはり我が身を捨て去るわけにはいきません。

浮気めいた事は、大君にも中の君にも思わない事にします。大君に対しては、情けなさと恨みの両方が残ります。匂宮などが、中の君には遠慮なく求婚されていると聞いています。どうせなら身分の高い方をと、考えておられるのが、よくわかりました。それも道理ではあり、私は恥じ入るばかりです。再び参上して、あなた方に会うのも、癪《しやく》に障《さわ》ります。このような私の愚かしさを、他には漏らさないように」と、恨み言を残して、いつもよりは急いで退出されたので、女房たちは「中納言様にも姫君たちにも、申し訳ない事です」と、囁き合った。

大君も、「これは一体どうした事だろう。もし中納言が中の君を疎《うと》まれたらどうしよう」と胸がつぶれて心苦しく、万事が自分とは相容《あいい》れない、女房たちの差し金のせいだと、憎らしく思っていると、京から薫中納言の文が届く。いつもよりも嬉しいと思うのも妙であり、秋の訪れも知らぬかのように、青葉の枝の、片方のみが色濃く紅葉した枝に、和歌が添えられていた。

同じ枝《え》をわきて染めける山姫に
　いずれか深き色と問わばや

同じ枝を特に片方だけに染め分けた山姫に、どちらが深い色かと問い質《ただ》したい、という詰問《きつもん》で、「山姫」は大君を指し、真意は、姉妹のどちらに心を寄せたらいいのでしょうという問いかけであった。あれほど強かった恨み言も省筆して、我が心を包むように包み文《ぶみ》にされていたので、昨夜の中の君との事をうやむやにしてしまう心づもりなのかと、心が騒ぐ。女房たちが喧《やかま》しく、「どうぞ御返事を」と側から言うため、中の君に「あなたが書くように」と言うのも気が引けるので、思い悩みつつ返歌を送った。

山姫の染むる心は分かねども
　うつろう方や深きなるらん

山姫が枝を染め分けた心は知りませんが、色が移って紅葉した方に深い心を寄せているのでしょう、という諧謔《かいぎやく》で、薫が中の君に心を移しているのではないかと、ほのめかしつつ、取り繕《つくろ》って書かれているのが、逆に素晴らしく見えた。

薫は大君を恨み続ける事はできないと思い、「中の君を、自分の分身として、縁組を譲る意向はたびたびほのめかしておられた。それを私が受け入れないので、策を練られたのだろう。その甲斐《かい》なく、自分は中の君につれないので、思い遣りのない男だと見なしておられるに違いない。

そうなると、いよいよ大君への思慕は叶《かな》い難くなる。あれこれ取り次いでくれる弁の尼も、今では私を軽く見ているだろう。ともかくも、大君に心を寄せ始めた事さえも悔しい。こうした世の中を捨て果てる心を、自分ながら持て余したのだ」と、屈辱を思い知らされる。

ましてや、いかにも好き者のように、同じ人の周りを行ったり来たりつきまとうなど、『古今和歌集』にある、**堀江漕《こ》ぐ棚無し小舟漕ぎかえり　同じ人にや恋《こ》いわたりなん**、のように、笑われ者の棚無し小舟そのものだと、一晩中悩み明かして、まだ有明の月が残る空が風情あるうちに、匂宮兵部卿の邸に参上した。

薫中納言は、三条宮が焼失した後は、六条院に移っていた。邸が近いので、常に匂宮兵部卿の許に来ており、匂宮も薫の訪問を心待ちにしている。その邸は雑事とは無縁の、理想にかなう住まいであり、庭先の前栽《せんざい》も他所《よそ》とは違い、同じ花の姿も、木や草の靡《なび》く有様《ありさま》も格別であった。遣水《やりみず》に映る月影さえも、絵に描いたような明け方、薫が思った通り、匂宮はもう起きていた。

風に乗って吹いて来る薫香《くんこう》が強く匂うため、薫中納言の来訪だと匂宮は気がつき、直衣《のうし》を着て、身だしなみを整えて簀子《すのこ》に出ていた。中納言が階段《きざはし》を上らないまま、ひざまずいたので、「上がりなさい」とも言わずに、匂宮は高欄《こうらん》に寄りかかって坐り、世間話を交わすうちに、あの宇治の姫君たちの事をふと思い出し、あれこれと恨み事を口にする。
薫は我が思いさえも叶わないのに、困ったものだと感じながらも、中の君と匂宮を結びつけて、自分も大君を得たいという目論見《もくろみ》があるため、いつもよりは熱心に、打つべき手立てを言上した。
まだ明け方のほの暗い時分で、生憎《あいにく》霧が立ち込め、空の模様はひんやりとしており、月は霧に隔てられて、木の下も暗くて風趣《ふうしゅ》がある。匂宮は山里の趣ある情景を思い起こしたのか、「近いうちに必ず宇治に行きたい。あなたが行く時、私を置いて行くような事はしないで下さい」と頼んでいるのに、中納言がやはり迷惑がっているようなので、詠歌する。

女郎花《おみなえし》咲ける大野《おおの》をふせぎつつ
　心せばくや標《しめ》を結《ゆ》うらん

女郎花が咲いている広い野原に、他人が入り込まないように、あなたは狭い心で縄を張ろうとするのですか、という戯れの難詰《なんきつ》で、姫君二人を独占しようとするのを責めておられたため、薫も返歌する。

霧深きあしたの原の女郎花
　心を寄せて見る人ぞ見る

霧の立ち込める朝の、あしたの原の女郎花は、思いを深く寄せている人だけが見る事ができるのです、という反論で、『古今和歌集』の、人の見ることや苦しき女郎花　秋霧にのみたち隠るらん、を踏んでおり、「並大抵の心では無理でしょう」と、悔しがらせようとして言うので、匂宮は最後には「うるさい言い草です」とおっしゃって、腹を立ててしまった。

長年にわたり匂宮は、こうして姫君たちへの恋心を口にするものの、薫中納言は実際に中の君の様子が気がかりであった。容貌などは匂宮をがっかりさせるようなものではなく、人柄とて、実際に逢ってみると期待はずれという懸念もなく、万事物足りないところはない、と思われる。残念ながら大君が、心の内で計らった事には反して、申し訳ないが、かといって自分の心を変えるのは不可能であった。

中の君を匂宮に譲って、どちらの恨みも買わなくていいように、密《ひそ》かに心づもりをしている薫の心を、匂宮は知らないまま、薫の狭い了見《りょうけん》を責め立てるのは面白いとはいえ、「いつもの浮気心では、中の君が可哀想です」と、薫が親のような口振りで忠告すると、匂宮は、「よし、見ていて下さい。これ程までに、心惹かれる事など、今までなかったのですから」と、真剣そのものにおっしゃる。「ところが、あちらの方々に、こちらに心を靡《なび》かすような様子は見えません」と薫中納言は申し上げつつも、匂宮が宇治に赴いた際の注意などを、事細かにお教えした。

八月二十八日の彼岸《ひがん》の終わりが吉日だったので、薫中納言は人知れず配慮しながら、内密に、匂宮を宇治に向けて連れ出した。もしこれを母の明石中宮が聞けば、日頃から忍び歩きなどはもっての外だと戒《いまし》めているため、誠に厄介《やっかい》ではあるものの、匂宮が切望している事なので、さりげなく人目につかないように計らうのも容易ではない。

舟で渡るのも大袈裟《おおげさ》なので、仰々《ぎょうぎょう》しい宿などは借りず、荘園《しょうえん》を預かる人の家に、秘密裡《り》に匂宮を降ろし、薫のみが姫君たちの住まいに赴いて、匂宮を見咎めるような人もいないとはいえ、宿直人《とのいびと》が出歩く際にも、気配を知られまいとした。

いつものように「中納言殿のおでまし」と言って、あれこれもてなしに奔走《ほんそう》しているのを、姫君たちは何となく困った事だと思いながらも、大君は中納言に、自分から中の君に思いを移すように、それとなく言っていたので、そのための来訪だと察する。中の君は中納言の懸想の相手は自分ではないので、安心だと思っていたのに、大君に逃げられて、中納言とひと夜を過ごした一件以後は、今までのように大君には頼り難く、用心するに越した事はないと思っている。

取次を介した挨拶ばかりが行き来しており、どうなることかと女房たちも気を揉《も》んでいた。

闇に紛れて、薫は匂宮を馬に乗せてやって来て、弁の尼を呼び出し、「大君にひと言申し上げる事があります。しかし私を嫌っておられるようなので、恥じ入るばかりです。とはいえ、ひたすら思いを胸の内に閉じ込めておくのは無理です。もう少し夜が更《ふ》けてから、先夜のように案内して下さい」と、率直に言ったので、弁の尼はどっちの姫君でも同じ事だと考え、大君の側に参上して、かくかくしかじかと告げた。

大君は「やはりそうなったか。中納言の思いが中の君に移ったのだ」と嬉しくて、安堵《あんど》し、中の君がいる東廂の通路は開けたままにし、こちらの西廂《にしびさし》の襖障子にはしっかりと鍵をかけ、対面すると、薫中納言が、「ひと言申し上げるのも、こうして障子越しに声を張り上げるのは、人にも聞かれて不都合です。今少し開けて下さい。これでは大変気詰まりです」と言う。

「このままで充分聞こえるはずです」と答えて大君は開けず、「とはいえ、中の君に思いを移したのを、このままではすまないと考えて挨拶をしようとしているのかもしれない。とすれば、初めての対面でもないし、無愛想にならない程度に応じて、このまま夜が更けないようにしよう」と思って、ほんの少し出たところを、薫は障子の中から袖を摑《つか》んで、引き寄せ、激しい恨み言を並べた。

大君は、「何という憎らしい振舞だ。聞き入れたのが失敗だった」と悔しくも恐ろしくもあり、ここは何とかなだめすかして、中の君の方に行かせようと考え、中の君を自分と同じように思ってもらえるように、それとなく気遣いをするので、薫も心打たれる。

一方、匂宮は、薫が教えてくれた通りに、先夜、薫がはいった東廂の戸口に寄って、扇を鳴らした。薫だと勘違いした弁の尼がやって来て、案内するので、なるほどこれは、中納言が馴れ親しんだ案内役だろう、面白いと思いつつ、中にはいる。そうとは知らない大君は、何とかして中納言を中の君の寝所に入れてやろうと考えていた。

薫中納言はそれが面白く、かつお気の毒な気がして、あとになって内々のそうした事情を知らなかったと逆恨《さかうら》みされると、弁解のしようがないので、「実は匂宮兵部卿が慕って来られ、断る事もできず、ここに赴かれました。今は、中の君の寝所に音も立てずに、はいってしまわれました。こちらの利口ぶった弁の尼が、相談に応じて案内したのでしょう。全く私の方は、どちらとも結ばれずに、宙《ちゅう》ぶらりんになり、世間の物笑いになりそうです」と言う。

大君は全く思いもかけなかった事態に、目も眩《くら》むほどの衝撃を受けて、「このように、万事、世にも稀な企《くわだ》てをされる心にも気がつかない、わたくしの幼稚さを、あなたは弄《もてあそ》んでおられるのでしょう」と言って、絶句する。

薫は「今となっては、もうどうする事もできません。そのお詫《わ》びは、何度でも申し上げもしましょう。それでも足りないならば、私をつねりも捻《ひね》りもして下さい。あなた方は、高貴な匂宮の方に心が傾いているようですが、宿世などというものは、全く心にかなうものではございません。匂宮の思いは、あなたではなく、中の君にございます。あなたにはお気の毒ですが、思いの届かない私こそ、身の置き所がなく、悲しい限りです。

やはりここは、どうしようもない事と、諦めて下さい。この障子の隔てがどんなに厳重でも、私とあなたが清い仲だと思っている人は、もうおりますまい。ここに案内した匂宮も、私がこうして胸塞《ふさ》がる目に遭っているとは、思いもよらないでしょう」と言って、障子も引き破ってしまいそうな気配である。

大君は言いようもなく不愉快ではあったが、ここはなだめすかそうと気を鎮《しず》めて、「あなたがおっしゃるその宿世というのは、目にも見えず、どうにもわかりかねます。ちょうど『後撰和歌集』に、**行く先を知らぬ涙の悲しきは　ただ目の前に落つるなりけり**、とあるように、行く末を測りがたい不安の涙のみが、目の前を塞いでいる心地がします。これはどうなさるつもりなのか、それが夢のように恐ろしいのです。後世に先例として言い出す人がいれば、昔物語などに、愚かしくも作り上げた、笑われ者の好例になるでしょう。

こんな企てをされたあなたの心を、匂宮はどう思われるでしょう。この上は、こうまでして、恐ろしくも無情に、あれこれとわたくしを悩まさないで下さい。思いの外、生き長らえていれば、もう少し穏やかになって、返事を致しましょう。今は目の前が真っ暗で、気分も悪く、もう休みます。お許し下さい」と、困り果てた様子ながら、理路整然と口にするのが、立派そのもので、薫はきまりが悪くなる。

その一方で、可哀想にも思え、「どうか、お考え下さい。あなたのお心にひたすら従おうとしたので、私が愚か者に成り果てたのです。今では私を言いようもなく憎く、疎ましく思われているようなので、これ以上申し上げる言葉もありません。全く以《もっ》て、もう生きてはおれない気がしております」と言い、「それならば、物を隔ててでも、話をいたしましょう。どうか私を見捨てないで下さい」と、大君の袖を放す。

大君は奥に這い入ったものの、さすがに中にはいってしまわないでいるので、薫は可愛さを感じ取り、「今のこうしたあなたの気配を慰めとして、ここで夜を明かしましょう。決してそれ以上の事は致しません」と言上して、まんじりともせずにいる。激しい川音に目も覚め、夜中の荒々しい風音に、雌雄《しゅう》が別々に寝るという山鳥の心で、夜長を明かしかねた。

いつものように夜が明ける気配がし、鐘の音が聞こえ、匂宮がぐっすりと寝過ごして、出て来る様子もないのが忌々しく、咳払いして退出を促すのもおこがましく、大君に対して詠歌する。

しるべせし我やかえりて惑うべき
　心もゆかぬ明けぐれの道

恋の道案内をした私の方が、却って迷っております、満ち足りない心のまま帰る夜明の薄暗い道に、という悲嘆で、『拾遺和歌集』の、明けぐれの空にぞ我は惑いぬる　思う心のゆかぬまにまに、を下敷にしており、「こんな愚かな男の例が、この世にあるでしょうか」と問いかけると、大君がかすかに返歌した。

かたがたにくらす心を思いやれ
人やりならぬ道にまどわば

あれこれと途方にくれているわたくしの心も思い遣って下さい、ご自分のせいで道に迷ったのでしょう、という反発であり、薫はいよいよ諦め切れない心地がして、「一体どのように思い遣れと言うのでしょう。この上なく私を隔てておられて、どうしようもございません」と、様々に恨み事を並べているうちに、ほのぼのと夜が明けていく。

匂宮兵部卿が昨夜はいった方から出て行かれるようで、いかにもゆったりした振舞と薫香は、色めかしい心構えとして申し分なく、いかにも貴公子然としている。気づいた老女房たちは、薫とは別人であったと思い惑ったものの、薫中納言が悪いようにはしないだろうと、気を取り直した。

暗いうちにと、二人は急いで帰途につき、道中で匂宮は、帰り道がひどく遠く思われ、今後も気軽く通えるはずはない自分の身分が恨めしい上に、『古今和歌六帖』の、**若草の新手枕《にいたまくら》をまきそめて夜をや隔てん憎からなくに**、のように、一夜も離れたくないと思い悩む。

まだ人が起き出して騒がしくならない朝まだきに、六条院の渡廊《わたろう》に牛車を寄せて降りると、いつもとは違い、女車を装って下簾《したすだれ》を垂らした網代車《あじろぐるま》なので、隠れるようにして建物の中にはいる。二人共に笑い合い、薫は「早朝からの忠義な勤めでございます」と匂宮に言い、自分としては空振《からぶ》りに終わった道案内の馬鹿さ加減が嫌になり、愚痴も口にしなかった。

匂宮は待ちかねていたように手紙を宇治に差し向け、一方の山里では、誰もが夢を見ている心地のまま、思い乱れていた。中の君は、素知《そし》らぬ顔で万事を企《たくら》んでいた大君を、疎ましくもひどい人だと考え、目も合わせようとせず、大君も全く知らなかった事情を、すらすら説明もできないまま、恨まれるのも道理だと、不憫に思う。

女房たちも「一体どういう事でしたか」と顔色をお窺《うかが》いするものの、肝腎《かんじん》の頼りとする大君が呆然《ぼうぜん》としておられるので、みんな妙な事だと思っていた。大君が匂宮の手紙を広げて見せたものの、中の君は一向に起きようとせず、使いの者は「ご返事が大変遅れております」と催促《さいそく》するばかりだった。

世のつねに思いやすらん露ふかき
道の笹原《ささはら》分けて来つるも

世の常の事として軽く思っているのではないでしょうか、露の深い笹原道を分けて訪問したのに、という匂宮の後朝《きぬぎぬ》の歌は、書き馴れた筆跡がことさら優艶《ゆうえん》であった。通常の文として見れば趣深く感じられるものの、今は今後の成り行きが心配で、かといって自分が出しゃばって返事するのも遠慮されるため、本腰を入れて、中の君に作法通りの返歌を、強いて書かせた。

使者への下賜《かし》としては、表が蘇芳《すおう》で裏が萌黄《もえぎ》の紫苑襲《しおんがさね》の細長一襲《ほそながひとかさね》に、表と裏の間にもう一枚絹を入れた三重《みえ》襲の袴《はかま》を添えると、受け取りにくそうにしているので、包ませて供の者に持たせた。というのも、使者は仰々しい使いではなく、匂宮がいつも遣わしている殿上童《てんじょうわらわ》であったからで、他人に事情を知られまいとして使いに出したにもかかわらず、大仰《おおぎょう》な禄《ろく》が返って来たので、匂宮は、さてはあの出しゃばりな老女房の差し金かと、不愉快に思われた。

その夜も薫中納言を案内役として誘ったものの、「冷泉院《れいぜい》にどうしても行かねばならない用事がありますので」と薫が辞退する。例によって、中納言は恋愛沙汰《ざた》になるとつまらなそうに振舞うと、匂宮は憎らしく思われた。

一方、大君は、「今となっては、どうしようもない。思ってはいなかった縁組とはいえ、粗略《そりやく》にはできない」と、不本意だった結婚を認める。部屋の調度《ちょうど》などは思い通りにならない住まいの有様を、それなりに風情のあるように整え、二日目の夜を待っていると、遥か遠い道中を、匂宮兵部卿が急いで訪問して来られたので、嬉しくなったのも、不思議と言えば不思議だった。

中の君は、正気でもない様子で、身づくろいをしてもらう間にも、濃い紅の装束《しょうぞく》の袖がひどく涙で濡《ぬ》れるので、大君ももらい泣きしながら、「世の中を、長く生きようとは思っておりません。明け暮れの物思いでも、ただあなたの事のみが気がかりでした。今は女房たちも、良縁だろうと、聞き苦しいまでに、わたくしに言い聞かせます。年を取った人々の心では、世の道理がわかっているのでしょう。頼りにもならないわたくしが、我《が》を張って、あなたを独り身にしておいていいものかと、気がかりでした。

ところが今になって、思いがけず、気恥ずかしい事に心を悩ますとは、全く心外でした。これこそ世の人が言う、逃れ難い宿縁でしょう。実に辛い事です。あなたの心が少し和んだ折には、わたくしが何も知らなかった事を聞かせましょう。どうか、わたくしを憎らしいとは思わないで下さい。無実の者を憎むと、罪作りになります」と、中の君の髪を撫《な》で繕いつつ言い聞かせる。

中の君は答えられないものの、やはり大君がこうして思い悩むのも、自分を心配する余り、不幸にならないようにという思いからであり、この先、匂宮との結婚で世間の物笑いの種になるような見苦しい事が起きて、心配をかけたら、どんなに辛かろうと、思い遣った。

匂宮は、中の君が心の準備もなく、途方にくれていた第一夜の様子に、こよなく心が惹かれたのに、第二夜には、少しく世の人妻らしく物腰が柔らかになったので、愛情もさらに増した。とはいえ、容易には通えそうもない山道の遠さが、胸が痛くなるまで苦しく感じられ、真摯《しんし》に将来を約束したのに、中の君は、嬉しいともどうとも分別がつかないままである。

というのも、深窓《しんそう》で特別に大事にされている姫君でも、多少は世間並に人に会い、親兄弟など、男の振舞には馴れていれば、羞恥心《しゅうちしん》も恐怖感も程々だろうが、この中の君は邸の中で大切に世話する人もなく、こんな山深い住まいにいて、人に会わず引き籠っていたため、予想もしない事態にきまりが悪く、何事も、世間の女とは違って、妙に田舎《いなか》びていると思う。ちょっとした返事でも、どう答えていいかわからず、躊躇《ちゅうちょ》するばかりとはいえ、この中の君のほうが、大君よりは機転が利いて才気があり、華やかな雰囲気を持っていた。

「三日《みか》に相当する夜は、餅《もち》を食べるものです」と、女房たちが言うので、大君は特別な祝儀だと思い、自分の部屋で女房たちに用意をさせたものの、おぼつかなげである。

一方では、大人ぶって指示を出してはいるが、人から見ればどう思われるかが気になり、顔を赤らめている様子が、実に可愛らしい。これが姉心というのか、おっとりとして気品があり、他人に対しては情けが深く、思い遣りに満ちていた。

そこへ、薫中納言から文が届き、「昨晩は、参上するつもりが、宮仕えの用事のため行けず、いくら勤めに励んでも甲斐がないのが恨めしゅうございます。今夜は、何か雑事でもしたいと思うものの、先夜の宿直所《とのいどころ》でのみっともない扱われように、思い悩み、ぐずぐずしております」と、真っ白な陸奥国紙《みちのくにがみ》に、仕事の文のように行を揃えて書かれている。

昨夜のあしらいに嫌味が述べられているものの、祝儀の品々には心を配り、色とりどりの布地を巻いて、多くの御衣櫃《みぞびつ》に入れ、弁の尼に対して、「今夜の人々の衣装にどうぞ」と書いて寄越《よこ》す。母である女三の宮の許にあった物で、数多くは揃えられなかったのか、染めていない絹や綾《あや》などを下の方に隠し入れて、姫君たちの衣装と思われる衣を二領《ふたくだり》、実に美しいのも贈物としており、単衣《ひとえ》の衣の袖に、古めかしくも和歌が入れられていた。

小夜衣《さよごろも》着て馴れきとは言わずとも
かことばかりはかけずしもあらじ

夜着を着て、共に馴れ親しんだ仲とまでは言いませんが、言いがかりをつけようと思えばつけられます、という脅《おど》し文句であった。大君も中の君も、薫中納言にすべて容姿を見られた事を、実に当惑され、どう返事をしたものか思い悩んでいるうちに、使者の何人かは、薫に早く帰れと命じられたのか、逃げて隠れてしまったため、その従者を引き留めて、大君が返歌を託した。

隔てなき心ばかりは通うとも
馴れし袖とはかけじとぞ思う

隔てのない心で親しくはしておりますが、馴染《なじ》みの袖を重ねたような仲だと、言われる覚えはございません、という反論で、何かと心忙しく思い乱れている中で詠まれた、ありきたりの和歌ではあるが、心の内が素直に表現されていると、薫は感じ入り、益々いとおしいと思う。

匂宮兵部卿は、その夜に内裏に参上しており、すぐには退出できそうにないのを、人知れず、心もここにあらずの様子で思い嘆いておられた。母の明石中宮が、「やはりこのように独り身でいて、世間に浮気なお方との噂が段々広まっていくのは、よくない事です。何事も好み通りにしようとは思わないように。帝も心を痛めておられます」と、宮中にもろくに参上せず、紫の上から引き継いだ里邸《りてい》の二条院に籠りがちなのを諫《いさ》める。

匂宮は困り果てて、宿直所に来て、今日は行けるかどうかわからない旨の手紙を宇治に送り、名残惜しいまま、ぼんやりしているところへ、薫中納言が姿を見せる。宇治の姫君たちの味方だと思っているので、匂宮はいつもより嬉しくなり、「どうしたらいいものか。もうこのように暗くなってしまった。三日の夜なのに、どうしよう」と悲しそうにされている。

薫は匂宮の心の内を確かめようと思い、「何日かぶりで、このように参内されたのに、今夜も泊まらずに、早々に退出すれば、明石中宮はいよいよよくない事だと思われるのではないでしょうか。台盤所《だいばんどころ》の女房たちの話では、私が内密に宇治へ手引きした事が中宮に漏れているようで、あらずもがなのお叱《しか》りを受けるのではないかと、顔の色も蒼《あお》ざめる思いがしました」と言上する。

「それは耳が痛い。誰かが中宮に、勝手に告げ口をしたのだろう。世間から咎められる程の浮気心ではない。窮屈な身分など、却ってないほうがまし」と、本当に我が身分を厭《いと》わしいと匂宮は思っておられる。

薫は気の毒になり、「騒がれるのは、宇治に行っても行かなくても同じでしょう。今夜の咎めは、代わりに私が受けて、身の破滅をも覚悟しましょう。木幡《こはた》の山を越えるのに、馬は不都合です。加えて馬では、いよいよ世に噂が立ちます」と言上したが、匂宮はもう日が暮れて、夜も更けたので、思案の末に馬での出立を決めたため、薫は、「お供は敢《あ》えて致しません。中宮のお叱りは引き受けました」と言って、内裏に残った。

薫が明石中宮の許に参上すると、中宮が、「匂宮は出かけたようですね。何ともあきれた振舞です。人がどう見るでしょうか。帝が聞かれたら、わたくしが注意しないのが悪いのだと、おっしゃるのが辛いです」とおっしゃる。そのご様子は、帝との間に四男一女がいて、それぞれに立派に成人しているものの、母であるこの中宮は、益々若く、美しさも以前よりも優《まさ》っていて、唯一の皇女《こうじょ》である女一の宮も、このように美しいのだろう、今くらいの傍近くで、せめてそのお声でも聞きしたいと、薫はしみじみ思う。

そして、「好き者が、思ってはならない女に懸想するのも、こうやって傍近くにいて、疎遠でない程度に接している折に起こるに違いない。私のような偏屈者《へんくつもの》は、世間に二人とはおるまい。それでいて、いったん思い初《そ》めると、その人を決して諦められない」と考え、辺りを見回すと、中宮に仕えている女房はすべて、見目《みめ》麗しい。心遣いも誰ひとりとして劣っている者はおらず、感じが良く、それぞれに趣がある中に、特に上品で目に留まる女もいるが、決して心を乱すまいと自制して、一層生真面目に振舞っていると、わざと目立つように姿を見せる女房もいる。

中宮周辺は、元々が気後れするくらいに静かな暮らしなので、女房たちも上《うわ》べはしとやかにしているものの、『古今和歌六帖』に、**世の人の心々にありければ　思うはつらし憂きは頼まる**、とあるように、人の心は様々の世の中であり、恋心が進んで、つい下心が透けて見える時があるのが、確かに人それぞれに面白く、しみじみと哀れも感じられる。無難な立居振舞をしつつ、無常の世だと思い知らされる日々だった。

一方、宇治では、薫中納言が仰々しく言って来たのに反して、匂宮兵部卿は夜が更けるまで姿を見せず、ただ手紙だけが届いて、「やっぱり」と大君が胸を痛めていたところへ、夜半近くになって、荒々しい風と競い合うようにして、実に優雅に気高く、匂い立つ姿で訪問して来られたので、これは並大抵の事でないと感じ入る。中の君も匂宮に多少心が傾いて、思い知る事もあるようであった。

中の君の容貌も今が盛りであり、美しく装っている姿も、これ以上の人はいないと思われ、そうした美しい人を見馴れている匂宮の目にも、見劣りはせず、顔立ちその他が、近くで見れば見る程、優っていると感じられた。この山里の老女房たちも、ことさら相好《そうごう》を崩して、「中の君は、これ程勿体ないくらいの美しさなので、ありきたりの身分の男と結ばれていたら、どんなにか残念だったろう。思い通りの宿縁になった」と喜び合う一方で、大君のお心は、妙にひとりよがりで、頑なだと、苦々《にがにが》しく口を歪《ゆが》めては噂していた。

盛りを過ぎている女房たちが、薫中納言から贈られた色とりどりの花模様の布を、それぞれに仕立て、不似合いながらも整えている姿は、大君が見ても我慢できそうな者は、ひとりとしていない。「わたくしも、日一日と盛りが過ぎていく。鏡を見ても、だんだん痩《や》せていくばかり。女房たちもひとりひとり、自分は醜いと思っているのだろうか。髪の少なくなった後ろ姿の衰えには気づかず、額髪《ひたいがみ》を前に引き下ろして、厚化粧をして気取っている。わたくしはまだあんな風ではなく、目も鼻も整っているが、そう思うのはうぬぼれなのだろうか」と気落ちする。

外を眺めながら横になり、「こちらが気恥ずかしくなる程に、立派な人に縁づくのは、いよいよみっともない。あと一、二年もすると、衰えも目立つだろうし、全く以て、拠り所のない我が身だ」

と、自分の両手を見て、細くてか弱く、痛々しいと思い、男女の仲について考え続けた。

匂宮兵部卿は、容易に暇が貰《もら》えなかった事を思うにつけ、ここに気軽には通えないと、胸塞がれる。母の中宮から注意された事などを、中の君に伝えて、「あなたを思っているのに、訪れが途絶える事もあるでしょう。どうしたのだろうかと、心配しないで下さい。夢にもあなたを軽く思っているのではありません。もしそうでしたら、こうして訪問しないでしょう。

私の心を疑って、心を痛めているのを、心苦しく思って、身を捨てて、やって来ました。これからは、いつもこんなには抜け出せません。しかるべき準備をして、近い所にお迎えします」と、大層心を尽くしておっしゃる。中の君は、今後訪れに途絶えがあると思っているその心こそ、噂に聞いていた浮気心の証拠だと疑われ、我が身の行く末が、あれこれ悲しく思われた。

明け行く空に、匂宮は妻戸《つまど》を押し開けて、中の君を誘って出て、外を見ると、一面に霧が立ち込めている趣に、山里らしい風情も加わり、例によって、柴を積んでいる舟が、影も薄く行き交い、その跡に白い波が立つ。見馴れない住まいの様子が、風流を解する心には、格別しみじみと感じられ、山《やま》際《ぎわ》の空が次第に明るくなって、中の君の実に美しい容貌が今は明瞭《めいりょう》になった。

限りなく大事にされている宮中の皇女も、このくらいの美しさであろうし、姉の女一の宮にしても、身内の身贔屓《みびいき》から、より美しく見えるだけかもしれない、と思い、中の君の匂い立つような美貌《びぼう》を、ゆっくりと、くつろいで見たくなる。

次の逢瀬がままならないだけに、焦りを感じていると、川音は騒々しく、宇治橋が一層古めかしく眺められ、霧が晴れるにつれて、荒々しい岸辺も明らかになり、「こうした荒れた土地で、一体どのようにして歳月を重ねてきたのだろうか」と、匂宮が涙ぐまれる。

中の君は自分の山里育ちが恥ずかしくなり、匂宮の有様が、限りなく高貴で優雅で、しかも現世《うつよ》だけでなく来世《らいせ》までも約束されるので、思いも寄らない事だと感じ入りつつ、あの見馴れた薫中納言の気難しさよりも、親しみを覚える。

薫中納言は大君に思いを抱き、取り澄ました態度なので、逢うのも気後れがするのに対して、匂宮はこちらが想像していた時は、遥か雲の上のご身分であり、一行の文にさえも返事ができにくく思われたのに、この先、訪れが間遠《まどお》になったら、心細く感じるに違いないと、我ながら忸怩《じくじ》たるものを覚えた。

匂宮の供人たちが、ひどく咳払いをして退出を促し、京に帰るのは見苦しくない頃にと、実に気忙《きぜわ》しそうに、急《せ》かすため、匂宮はこれから先の本意ではない夜離《よが》れについて、申し訳ないと、何度も口にして、詠歌する。

中絶《なかた》えんものならなくに橋姫の
片敷く袖や夜半《よわ》に濡らさん

私たちの仲は絶えるようなものではないのに、あなたは宇治の橋姫のように、独り寝の衣を片敷いた袖を、夜になったら涙で濡らすのでしょうか、という思い遣りであり、『古今和歌集』の二首、さむしろに衣片敷き今宵《こよい》もや　我を待つらん宇治の橋姫、と、忘らるる身を宇治橋の中絶えて　人も通わぬ年ぞ経にける、を踏まえていた。匂宮が立ち去り難く、引き返して来ては出立をためらっていると、中の君が返歌する。

絶えせじの我が頼みにや宇治橋の
はるけき中を待ち渡るべき

絶えない仲だとの約束を頼りにして、訪れないあなたを、宇治の橋姫のように、長々と待ち続けなければならないのでしょうか、という懸念であり、その様子は口には出さないものの、悲しみに沈んでおり、匂宮はこの上なくいとおしく感じた。

若い中の君の心に沁み入るような、匂宮の比類《ひるい》ない暁《あかつき》の出立の姿を見送って、あとに残った移り香にも、人知れず恋しさを感じるとは、中の君も人情の機微《きび》をわきまえている。

今は付近の様子が見える時刻になっていて、女房たちは匂宮の姿を覗き見して、「薫中納言殿は、慕わしくも気後れがするようなご様子でした。それに対して匂宮兵部卿は、今一段と高貴なご身分のせいか、そのお姿は格別です」と賞讃した。

帰途も匂宮は、中の君の可憐な姿を思い出し、宇治に立ち戻りたく、恥も外聞《がいぶん》もない程に恋しく思ってはいたものの、世の評判を考慮して密かに帰り着いたあとは、容易に人目に紛れて抜け出す事もできないので、文だけは日毎に何度も送り届けた。宇治では生半可《なまはんか》な心ではないとわかりつつも、訪れのない不安な日々が重なるたびに、大君は心配になる。

夜離れを見たくないと思っていたのに、我が身以上に辛くなり、悲しくなるけれども、益々中の君が思い沈むといけないので、何げなく振舞い、「せめて自分だけは、こんな夜離れの悩みを味わいたくない」と、一層強く思い定める。

一方、薫中納言も、宇治ではさぞ待ち遠しく感じているだろうと思い遣って、手引きした自分の責任として、姫君たちに申し訳なく思う。匂宮に宇治行きを催促《さいそく》しつつ、じっと様子を窺うと、本当に中の君を心から思っているようで、途絶えがちでも、捨てる事はあるまいと、安心していた。

そのうち九月十日頃になり、寂しい野山の景色が思い遣られ、そこに時雨《しぐれ》模様が加わって、かき曇り、空のむら雲が恐ろしそうに見える夕暮れ、匂宮は落ち着かなくなり、物思いに沈みながら、さてどうしたものかと、思いあぐねていた。そこへ、薫中納言がその心を推《お》し量《はか》って参上し、「布留《ふる》の山里のような、宇治の初時雨の時、あちらではどうされているでしょうか」と促すので、匂宮は嬉しくなり、薫を誘って、いつものように牛車に同乗して出立する。

野山に分け入るにつれて、匂宮は中の君が自分よりも物思いに沈んでいる心を推量して、道中も、ただ思うに任せられない辛さを、薫に語る。黄昏時《たそがれどき》の心細さの上に、雨が冷やかに降り、晩秋の荒涼《こうりょう》とした雰囲気の中で、しっとりと濡れた二人の匂いは、比類なく優雅で、薫中納言と匂宮兵部卿が二人連れ立っているのに接して、山賊《やまがつ》どもはその芳香にどぎまぎするばかりだった。

女房たちは、日頃何かと愚痴を言い合っていたのも忘れて、満面に笑《え》みを浮かべながら、部屋を調え、京のしかるべき所に散らばっていた娘や姪《めい》たちを、二、三人呼び出して仕えさせた。長年八の宮家を軽蔑《けいべつ》していた思慮の浅い人々は、滅多に見られない客人《まろうど》に仰天《ぎょうてん》する。

大君も、折が折だけに匂宮の来訪が嬉しくてならないものの、差し出がましい薫中納言が付き添っているのが、何となく気詰まりで、煩わしく思う。とはいえ、思慮深く穏やかな気性の薫中納言を、今になって匂宮と比べると、やはりどこまでも自制していて、中の君の後見としてありがたい人だと思い知った。

匂宮を、山里なりに格別に母屋《もや》の中に迎え入れて、薫の方は主人側として心安くもてなすものの、今度もまた客間の一時しのぎの席に遠ざけられているので、大君の仕打ちをむごいと思うしかない。大君もさすがに気の毒に思って、物越しで対面する。薫は『古今和歌集』にある歌、**ありぬやとこころみがてらあい見ねば　戯《たわむ》れにくきまでぞ恋しき**、を口にして、「これほど恋しいのに、いつまでこんなに遠ざけられるのでしょう」と、恨むばかりであった。

一方の大君は、少しずつ男女の仲について理解を深めたものの、中の君の身の上に関して、一喜一憂《いっきいちゆう》しつつ悩んだのを思い起こすと、結婚はいよいよ辛いものだと確信する。「やはり中の君のように、ひたすら夫を望むような真似《まね》はするまい。わたくしに恋をしている中納言の心とて、夫婦になれば、いつかは必ずや恨めしく思う時が来るはず。ここはお互いに、相手を見下す事もなく、心が食い違うことなくつきあい、一生を終えたいものだ」と、意を固くした。

薫が匂宮の来訪について尋ねるので、大君はそれとなく事情を伝えると、薫もよくわかり、匂宮が中の君を深く愛している事や、自分が匂宮の様子をいつも気にかけている旨を話した。

いつもよりは打ち解けて話し合い、大君が、「やはり、今のような物思いの増える時期は、やり過ごしてから、心が鎮まる頃に話しましょう」と言うので、憎らしく、突き離す感じはしないものの、襖障子の戸締まりは強固で、これを無理に破るのは、思い遣りがなさそうで辛いと、薫は思う。

大君には何か考えがあり、軽々しく他の男に靡く事は、よもやあるまいと考えて、襖を蹴破《けやぶ》って中にはいりたい心を鎮めて、「実に物足りません。物に隔てられているのは、胸が晴れない心地がします。以前のようにして話しましょう」と責め立てた。

それに対し、大君は、「近頃ことに、自分の衰えが恥ずかしゅうございます。これでは疎ましいと思われるのが辛くてなりません」と、『古今和歌集』の、夢にだに見ゆとは見えじ朝な朝な我が面《おも》影《かげ》に恥ずる身なれば、を、踏んで自嘲《じちょう》する。その気配が、薫には妙に親しく感じられて、「そのような心に、こちらの心も緩められ、この後、私はどうなるのでしょうか」と、溜息をついて、いつものように遠山鳥《とおやまどり》の体《てい》で、別々のまま夜が明けた。

匂宮は薫がまさか独り寝しているとはつゆ思わず、「中納言が、主人顔をしてゆったりと過ごしているのが、羨《うらや》ましいです」とおっしゃるので、中の君は何の事か解《げ》せなかった。

無理をして宇治に来て、すぐ帰らねばならないのが、匂宮には辛く、名残惜しいので、ひどく物思いに沈んでおられた。中の君と大君の方では、その心がわからないまま、この先どうなるのだろう、世間の物笑いになるのではないかと、思い嘆いて様々に苦しんでいて、かといって京にこっそり隠れて移り住むような邸はない。

夕霧《ゆうぎり》左大臣は六条院の夏の町を自邸として落葉宮《おちばのみや》と住み、匂宮に是非と縁組を考えていた六の君に、匂宮が全く興味を示さないのを、何かと不満に感じ、匂宮は好き者だと、あからさまに非難して、宮中辺りにも訴えているらしいので、世間に知られていない姫君を、連れ出して迎え入れるのは、いよいよ難しい。

逆に並の懸想の相手であれば、宮仕えの女房として召人《めしうど》にすればすむが、そんな事もできない。もし御代《みよ》が代わって、今上帝《きんじょうてい》や明石中宮が考えているように、自分が東宮《とうぐう》にでもなれば、中の君を誰よりも身分の高い中宮にしてやろうと思うものの、今のところは、華やかに、心にかかっているままに処遇をする方法とてなく、辛いばかりだった。

薫中納言は、昨春焼失していた三条宮の再建を終えてから、しかるべき形で大君を移そうと考え、臣下の身とは実に気が楽だと思う。反対に匂宮が気の毒なご様子のまま、人目を忍んで宇治に通っていて、中の君共々悩んでいる様子が哀れでもあった。

「こうやって匂宮が忍んで通っている事実を、いっその事、明石中宮の耳に入れようか。しばらくは匂宮が叱責《しっせき》を受けるのは不憫でも、中の君や大君が、世間から非難される事はあるまい。本当にこのように、宇治でゆっくり夜を明かせないでおられるのは、気の毒でもある。中の君を立派に取り計ってやりたい」と思う。

二人の仲を敢えて秘密にはせず、衣更《ころもが》えなど、自分以外にはかばかしくできる者はいないと、薫中納言は思い定めて、御帳《みちょう》台《だい》の垂絹《たれぎぬ》の帷子や、御簾の内側に垂らす壁代《かべしろ》など、三条宮の落成後に、移る準備として用意していた品々を、「さし当たって必要なのです」と、母の女三の宮にごく内密に言上する。宇治に贈るつもりで、女房の冬用の様々な装束を、乳母などにも命じて、特別に作らせた。

そして十月の始め頃、網代《あじろ》の趣のある頃だろうと考えて、薫は匂宮をそそのかして、宇治の紅葉狩《もみじがり》の計画を立てる。側に仕える匂宮邸の人々や、殿上人《てんじょうびと》の中で親しい者だけを選んで、ごく内輪だけでと思っていたのが、匂宮の声望が高いために、自然に計画が漏れ広がり、夕霧左大臣の子息の宰《さい》相中将《しょうのちゅうじょう》も参加し、その他の上達部《かんだちめ》では薫中納言のみが従い、それ以外の殿上人は大勢いた。

そのため、宇治の邸には薫中納言が、「無論、匂宮がそこに中宿《なかやど》りされるでしょう。そのつもりでいて下さい。去年の春、花見に訪ね参った、あれこれの人たちが、今回も参加しています。これは好機と、時雨の雨宿りに紛れて、あなた方の姿を覗き見しては大変です」と、細々《こまごま》と注意して、御簾を掛け替え、あちこちを掃き清め、岩陰に積もった紅葉の朽葉《くちば》を多少取り除き、遣水の水草を払わせる。

見事な果物や酒の肴《さかな》など、さらにしかるべき手伝いの人も差し向けたので、姫君二人は一から十まで中納言に世話になるのが、奥床しさもなく、見透かされているようで気にもなるが、他にどうしようもなく、これも因縁《いんねん》と諦め、中宿りの心づもりをした。

一行が舟で上り下りして、面白く管絃《かんげん》の遊びをする音が聞こえ、その様子も見えるので、八の宮邸では、若い女房たちが川に面した簀子に出て眺めると、匂宮自身の姿は、それとは見分けがつかない。屋根を紅葉で葺《ふ》いた舟の飾りが錦《にしき》のように見え、そこに様々に吹き立てる楽《がく》の音《ね》が、風に乗って聞こえて来るのが、仰々しいまでに賑やかに思われる。世間の人々がこうまで匂宮に靡いて大切にお世話している様が、こうした忍び遊きの際にも、実に威風堂々《いふうどうどう》としているのを目にして、女房たちは、いかにも年に一度の彦星《ひこぼし》と織姫《おりひめ》のような出会いであっても、その光を待っていたいと思った。

匂宮は漢詩を作らせる心づもりで、文章博士《もんじょうはかせ》も随行《ずいこう》させており、紅葉の薄い色や濃い色を挿頭《かざし》にして、「海仙楽《かいせんらく》」が笛で演奏され、各自が満足した様子なのに、海松布《みるめ》がない近江《おうみ》の海のように、中の君を見る事ができないでいた。川向こうの中の君の恨みはいかばかりかと察して、お心も上《うわ》の空である一方、人々には折にふさわしい詩題を出し、小声で吟誦《ぎんしょう》させ合う。

薫中納言は、人々の騒ぎが少し静かになってから、対岸の八の宮邸に赴こうと考えて、その旨を匂宮に言上しているところへ、内裏の明石中宮の命《めい》を受けて、宰相中将の兄である衛門督《えもんのかみ》が、仰々しい多くの随身《ずいじん》を伴い、正装《せいそう》の束帯《そくたい》姿で参上した。

驚愕し、理由を聞くと、このような外歩きは、忍びやかにしようと思いつつも、自ずと噂は広まり、後代の例《ためし》になるにもかかわらず、多くの重臣もつけずに、急に出かけて行ったのを、中宮が聞きつけてびっくりし、衛門督が殿上人を大勢引き連れてやって来たらしい。

匂宮も薫もこれは予想外だと困り果て、興の酔いも醒《さ》めてしまっていると、新参の一行は、二人の心の内など知るわけもなく、酔って乱れるままに夜を明かした。

明けて今日こそは宇治で過ごそうと、匂宮が思っていると、またもや明石中宮が、中宮大夫《だいぶ》やその他の殿上人などを、多数差し向けて来た。匂宮は心忙しく、心残りでもあり、京に帰る気もせず、中の君の許には文をしたため、風情のある内容にはせずに、胸の内を生真面目に書きつけた。

中の君の方は、人目も多くて立て込んでいると遠慮されて、返事は出さないまま、やはり自分のような人の数にもはいらない身分で、高貴な人とつきあうのも、甲斐のない事だと、大君共々しみじみと思い知らされる。こうして遠く隔てたまま、来訪なしに月日が過ぎるのも当然であり、とはいってもこのままではなかろうと、自ら慰めていたにもかかわらず、かくも近い対岸まで賑やかにやって来て、無情にも素通りされるのが、恨めしくも無念であり、思い悩むばかりだった。

匂宮はそれ以上に心が晴れず、やりきれなさで一杯である。網代の氷魚《ひお》までが匂宮に心を寄せて大漁になったのを、色とりどりの紅葉の上に置いて供《きょう》され、それを、下人《しもびと》たちは特に面白がり、その他の人もそれぞれに満ち足りた行楽《こうらく》であるのに、匂宮自身の胸の内は、悲しみに塞ぐばかりであった。

空のみを眺めていると、対岸の八の宮邸の梢《こずえ》が特に風情豊かで、常磐木《ときわぎ》に絡《から》まっている葛《くず》の色なども、趣があり、遠目からでも荒涼《こうりょう》として見える。薫も、せっかく匂宮の立ち寄りを、姫君たちに心待ちにさせたのが、逆に仇《あだ》になったと慨嘆した。

去年の春、匂宮の初瀬詣《はつせまい》りに供をした殿上人たちは、桜の美しさを思い出し、八の宮に先立たれて、思いに沈んでいる姫君たちの心細さを口にする。匂宮がこのように忍んで通っている事を、ほのかに聞いている者や、そうした事情を知らない者も、総じてあれやこれやと、姫君たちの身の上は、こうした人里離れた所であっても、自然と聞こえていた。「大変素晴らしい人のようだ」とか、「箏《そう》の琴がお上手《じょうず》で、故八の宮が朝夕に演奏させておられたそうな」と、口々に言うので、宰相中将が詠歌する。

いつぞやも花の盛りにひとめ見し
木《こ》の本《もと》さえや秋はさびしき

いつか花の盛りに一目見た、あの木の付近までも、この秋は寂しいのでしょう、という詠嘆で、「木」には子を掛け、取り残された姫君たちの境遇を案じた。薫中納言に向けての歌だったので、薫も返歌する。

桜こそおもい知らすれ咲き匂う
花ももみじも常ならぬ世を

桜こそが思い知らせてくれます、咲き匂う桜の花も紅葉も、無常の世だという事を、というはぐらかしであり、姫君たちへの言及をうまく回避したので、衛門督が詠《うた》い足す。

いずこより秋はゆきけん山里の
紅葉のかげは過ぎ憂きものを

秋はどこから去って行ったのか、山里の紅葉の陰は立ち去りにくいものなのに、という過ぎゆく秋を惜しむ心と八の宮への追悼《ついとう》であり、宮の大夫が続いて詠歌する。

見し人もなき山里の石垣に
　心ながくも這える葛かな

かつて会った八の宮もいなくなった山里の石垣に、気長にも葛が今も這い残っている、という泣きながらの詠嘆で、一行の中でこの宮の大夫が最も高齢であり、八の宮の若かった頃を知っているだけに、思い出して泣いているのに違いなく、匂宮もつい詠歌する。

秋果てて寂しさまさる木のもとを
　吹きな過ぐしそ峰の松風

秋が終わって寂しさが加わった木の元を、荒々しく過ぎないでくれ、峰の松風は、という姫君たちを思い遣る歌で、目を赤くして涙ぐんでいるので、少し事情を知っている人は、「本当に深く思っておられるようだ。今日という好機を逃してしまわれるとは、お気の毒」と、同情する者もいた。

とはいえ、大袈裟な一行が連れ立っているので、姫君たちの許には寄り道できず、昨夜作った漢詩などの面白い部分を吟詠《ぎんえい》し、和歌も何かと多かったとはいえ、あのような酔いの中だったので、いいものができるはずはなく、ここに書き留めるのも見苦しい。

八の宮邸では、匂宮が通り過ぎてゆく気配が、遠く離れるまで聞こえる先払いの者たちの声で知られ、姫君たちは心が乱れ、心の準備をしていた女房たちも、心から残念がる。

特に大君は、「やはり匂宮は噂通りの移り気な宮で、『古今和歌集』にある歌、**いで人は言《こと》のみぞよき月草の　うつし心は色ことにして**、のように、月草の色と同じだ。ほのかに人が言うのを聞くと、男はよく嘘《うそ》をつくらしい。思ってもいない人を、思っているかのような顔をして、飾った言葉を並べたてると、ここの女房たちが昔物語として言っていた。

もちろん人の数にもはいらない女房たちの話で、そんなけしからぬ心を持つのは、並の身分の者たちの事だと思っていた。高貴な身分の人であれば、何事につけ、世間の評判を気にして、身勝手な振舞はできまい、と考えていたが、それは間違いだった。浮気な匂宮だという事は、亡き八の宮も聞いていて、よもや婿《むこ》にとは思っておられなかった。それなのに、どうした事か、奇妙なまでに熱心に言い寄り、思いの外に、通っていただけるようになった。これで不幸な我が身の嘆きが、もうひとつ加わったのは、実に情けない。

ここまで見劣りする匂宮の心を、あの薫中納言はどう思われているのだろうか。この邸には特に気詰まりな女房はいないものの、各自どう思っているのか、味気《あじけ》ない出会いだったと、物笑いの種にしているとすれば、みっともない限りだ」と、思い悩むうちに、具合が悪くなり、病《やまい》がちになった。

肝腎の中の君は、時たま匂宮に会った時、限りなく深い愛を信じてくれと、契り言を口にされていたので、今回素通りしても、心変わりはあるまいと思い、立ち寄れない事情があったのだろうと、心の内で察して、自らを慰めていた。

とはいえ、久しく訪れがないのが焦慮《しょうりょ》の種だったところに、程近く対岸まで来て、素通りしたのが恨めしくも無念である。

思慕の念がますます募っている様子を見て、大君はこれが人並の状態で中の君を世話でき、かつこの邸がひとかどの貴人らしい住まいであったなら、このように軽んじられてはいなかったはずと、一層不憫に思う。

大君は、「自分もこの世に生き長らえていると、このような目に遭うだろう。薫中納言があれこれと言い寄ったのも、人の気を引いて試すつもりだったのだろう。自分だけは相手になるまいと思っても、この先言い逃れるのにも限度がある。この邸の女房たちが、性懲《しょうこ》りもなく、中納言との縁組みをほのめかして、何とかしようと思っていて、心外にも、結局は、そうなってしまいそうな気がする。これこそが、亡き八の宮が口を酸《す》っぱくして遺言し、戒《いまし》めていた事なのだ。不運な姉妹なので、頼りとする夫にも先立たれてしまうだろうと、父宮は心配されていた。

ここで、二人共が人の物笑いの種になってしまえば、亡き両親の面目までつぶしてしまう。実に情けない事であり、やはりここは、わたくしだけでも、結婚の悩みに惑わされず、煩悩《ぼんのう》の罪を深めないうちに、どうにかして死んでしまいたい」と、思い沈んでいるうちに、気分も苦しく、食物が喉《のど》を通らなくなる。

死んだあとの事を朝夕に気にかけていると、いよいよ心細くなり、中の君を見るのも辛くなり、「わたくしにまで先立たれてしまうと、どんなにか悲しむだろう。これまで、勿体ない程に美しい中の君を、朝夕の見物《みもの》として、何とか人並にしてやりたいと思いつつ、その世話を、人知れず、将来の生き甲斐にしてきた。相手がこの上なく高貴な方とはいえ、こうして物笑いにされた中の君が、世の中に出て行き、普通の生活をするのは、例もなく、辛かろう」と、考えれば考える程、情けなくなり、この世には少しも慰みもないままに、過ごしてしまう自分たち姉妹だろうと、心細さは増すばかりだった。

匂宮は京に帰り着くなり、すぐに例によって、忍んで宇治に出かけようとしたものの、衛門督が帝にこっそりと、「かくかくしかじかの秘め事により、山里への逍遥《しょうよう》もふいに思いつかれました。軽々しい振舞だと、世の人々も陰口をきいております」と奏上《そうじょう》したので、明石中宮の耳にもはいる。

中宮は嘆かれ、帝も決して許さぬという風に、「これはそもそも、匂宮兵部卿の望む通り、二条院を私邸とした里住まいを許したのが、間違いなのです」とおっしゃり、厳しい処遇が決まって、内裏にずっと住まう仕儀《しぎ》になる。夕霧左大臣の六の君について、匂宮は縁組を承服《しょうふく》できかねたものの、夕霧左大臣がとうとう強引に事を進め、いずれ匂宮を東宮にと考えている帝も、身を固めさせるために、万事が定められた。

それを聞いた薫中納言は、あれこれ思案し奔走する。「これは自分が余りに変わり者だったせいだ。こうなるべき縁だったのだろうか。故八の宮が、常々姫君たちの行く末を懸念されていたのが、思い出される。姫君たちの器量や人柄が、世に愛《め》でられずに、衰えていくのが惜しい余り、世間並に扱ってやりたいと思ったのだ。

我ながら妙なくらいに気を配っているうちに、匂宮が熱心になって、こっちを責め立てられた。私が慕うのは大君なのに、大君は中の君を譲ろうとしたので、たまらず中の君を匂宮に結びつけたのが実に悔やまれる。いっその事、大君も中の君も、我がものとして逢っていれば、誰も咎める者はいなかったのに」と思い、今更取り返せないものの、愚かしくも心の中で思い乱れた。

匂宮はましてや、中の君が心に浮かばない時はなく、恋しくも気がかりであった。母の明石中宮は、「気に入った人がいるのなら、ここに参上させて、召人として扱ったらどうですか。帝はあなたを将来、特別な地位に就《つ》けようと考えておられるのに、軽々しい人間のように、人が噂しているらしいのも、誠に残念です」と、明け暮れ忠言を与えておられた。

時雨が降っている静かな日、匂宮が姉である女一の宮の部屋に赴くと、側に女房たちも多くは侍《はべ》っておらず、ひっそりと物語絵などを見ているところであった。匂宮は几帳だけを隔てて、話をし出すと、限りなく高貴でありつつも、優美そのものの女一の宮の様子を、長年比類ないものと考えているだけに、この姉宮に似通《にかよ》っている人が、一体この世にいるだろうかと思う。

あの冷泉《れいぜい》院の姫君だけは、父院の可愛がりようや、内々の様子も奥床しいと聞いているとはいえ、自分の思いを伝えるすべもないままであり、あの山里に住む佳人《かじん》は、可憐さと気品では決して引けを取るまい、などと思い起こしているうちに、一層恋しくなる。

物語絵などが散らばっているのを、気晴らしに眺めていると、そこには美しい女絵の中に、恋に悩む男の住まいなどが描かれ、山里の風流な家の様子が、それぞれの趣向で表現されていて、匂宮は我が身こそがその通りだと感じて、目を留め、少し譲って貰って、宇治に送ろうと思いつく。

それは『伊勢《いせ》物語』の絵で、美しい異母妹に琴を教えている業平《なりひら》が、**うら若み寝よげに見ゆる若草を　人の結ばんことをしぞ思う**、と言っているのを見て、匂宮はどう思ったのか、女一の宮の近くに少し寄って、「昔の人も、この絵のように、親しい間柄であれば、隔てを置いていません。このように他人行儀の扱いを受けるのは心外です」と、小声で言う。

女一の宮が一体どんな絵だろうと興味を示したので、匂宮は絵巻物を手元に巻き寄せて、几帳の下から女一の宮の前に差し入れる。俯《うつむ》いて眺めている際に、髪がこぼれかかっている横顔が、ほのかに見透かされ、それが実に美しく、もう少し血のつながりの薄い、異母姉であったならと思われ、我慢ができなくなって詠歌する。

若草のねみんものとは思わねど
むすぼほれたる心地こそすれ

若草のように美しいあなたと共寝をしようとは思いませんが、やはり悩ましく胸の晴れぬ思いです、という戯れの歌であり、「根《ね》」と寝が掛けられていた。

女一の宮の側に侍っていた女房たちは、匂宮を恥じらって物陰に姿を隠したので、女一の宮は事もあろうに、こんな時にひとりにされたと思い、当惑して口もきかずにいるのも、当然である。

『伊勢物語』の姫君が「隔て心がなく」と言ったのは、憎くも洒落《しゃれ》ていると匂宮は思い、というのも、亡き紫の上はこの匂宮と女一の宮を、取り分け可愛がったので、明石中宮腹の五人の皇子と皇女の中でも、特に二人は心隔てなく打ち解けている。母の明石中宮も、女一の宮をこの上なく大事に育て上げ、仕える女房たちも、無器量で多少なりとも欠点のある者は、ここには居づらそうである。高貴な身分の者の娘も多くいた。

移り気な匂宮は、目に留まったそれら女房に、戯れに手をかけたりしながら、宇治の中の君を忘れる事はなかったものの、宇治に赴けないまま日数は経ってしまった。

匂宮の訪れを待っている宇治では、途絶えが長く感じられ、やはり見限られたのだろう、と物思いに沈んでいる時に薫中納言が来訪した。大君の具合が悪いと聞いての見舞であった。ひどく気分が悪い程ではないものの、病を口実にして大君の対面がないため、薫が、「病悩と伺い、遠路はるばる参ったのです。どうかその病床の近くに、寄らせて下さい」と、大層心配げに言う。

大君がゆっくりと休んでいる居間の御簾の前に招き入れ、みっともない我が姿が見苦しいので、嫌ではあっても、無下《むげ》には扱えずに、頭をもたげて返事を口にする。薫は、先日、匂宮が本心に反して、八の宮邸を素通りせざるを得なかった事情を、語り聞かせ、「どうか、のんびりとお考え下さい。心焦って匂宮を恨まないで下さい」と諭《さと》した。

「中の君自身は、何も言ってはおりません。ただ亡き父宮の諫言《かんげん》は、こうした事を言っていたのだと、今更ながら気づいて、不憫でした」と、泣いている大君の様子がわかり、薫は気の毒に思い、自分までも恥ずかしくなる。

「世の中は、とにもかくにも、一本調子で過ぎる事など、滅多にはございません。万事世の中に疎いお二人ですので、ひたすら恨みたくなるでしょうが、ここは努めて心をのびやかにして下さい。この先、心配になる事は決してない、と私は思っております」と言いつつも、こんな風に匂宮の身の上まで世話を焼く自分が、何やらおかしくなった。

夜になるといつも、昼間よりも苦しげなので、大君の側で看病している中の君は、親しくない薫中納言が近くにいる気配がするのも疎ましく思う。女房たちが「やはり西廂の客間の方へ」と薫に勧めるも、「今はまして、このように病悩されているのが気がかりです。心配してわざわざ参上した私を、遠ざけるとはとんでもありません。病気平癒の祈禱《きとう》などを行わせるのは、私以外にはないでしょう」と薫は言い、弁の尼に命じて、様々な御修法《みしほ》を始める準備をさせる。

それを聞いた大君は、「本当に見苦しい。もうこれ以上、生き長らえるつもりのないこの身なのに」と思うものの、中納言の親切を拒むのは酷《こく》であり、生き長らえるのを願う薫の心映えにも、胸打たれる思いだった。

翌朝、薫が「少しはご気分がよろしいでしょうか。昨日のように話を致しましょう」と言うと、大君は「病が長引いたせいか、今日は大変苦しいです。ですから、こちらにどうぞ」と、御簾の中から答える。薫は実に気の毒になり、一体どうなるのか、以前よりは親しみをこめた言い方なので、胸のつぶれる思いがして、近くに寄って、様々な事を口にした。

大君は、「苦しくて、ご返事ができません。もう少し病気が落ち着いてから」と言うのみで、そのいかにも弱々しい、可哀想な様子を見て、薫は限りなく心苦しさを覚える。嘆息しながら待っていたが、内裏の公務のため、いつまでもこうしてはいられず、「このようなお住まいでは、いつも看病できず、やはり心配です。どこかに場所を移し、しかるべき所にお連れ致しましょう」と言い置いて、阿闍梨《あじゃり》にも、祈禱に心をこめるように采配《さいはい》して、退出した。

薫中納言の供人の中に、いつの間にか、ここの若女房と親しくなった者がいて、二人の睦言《むつごと》の折に、「匂宮兵部卿が、忍び歩きを禁じられて、内裏に籠りっきりです。左大臣の姫君との成婚が整いつつあります。姫君の方の家では、長年の願いなので、何の障《さわ》りもなく、年内にも挙式があるようです。匂宮はしぶしぶの思いであり、内裏あたりでも好き事に精を出し、帝や中宮様の訓戒《くんかい》も、どこ吹く風です。

一方、私の主人の中納言殿こそは、妙に常人とは違って、真面目一筋なので、人からは敬遠されています。それなのに、この宇治だけには熱心に通うのは、全くの例外で、やはりこの熱意は本物だろうと、人々は噂していますと言った事を、その女房が他の女房が集まっている中で吹聴しているのを、大君は耳にして胸塞がる。

「もうこれで終わりに違いない。身分の高い人との縁組がまとまるまで、一時の慰めとして、ここに通われたのだ。あの中納言の思惑を気にかけて、言葉の上では誠実さを装われたのだ」と、思い合わせる。匂宮の中の君への仕打ちを冷酷だと恨むよりも、自分の身の置き所こそがないような心地がして、萎《しお》れるように横になった。

病で弱った気力は、もうこの世に長らえられそうもなく、気の置ける人々ではないとはいえ、女房たちがどう思うのかが辛くて、大君は聞こえないふりをして、寝ていた。

傍にいる中の君は、『拾遺和歌集』にある、**たらちねの親の諫《いさ》めしうたた寝は　物思うときのわざにぞありける**、の通り、物思いで眠れなかった証拠で、肘枕《ひじまくら》でうたた寝をしていて、その様子が可憐で、髪が枕元にまとまっているのも美しい。それを見やりながら大君は、父宮が諫めた言葉が、返す返す思い出されて悲しくなり、「父宮はよもや、罪深い奈落《ならく》には落ちておられまい。どこでもいいので、おられる所に迎えて下さい。このように思い悩む、わたくしたち二人を打ち捨てたきり、夢にも現れて下さらない」と思い惑った。

夕暮れの空は、荒涼とした時雨になり、木の下を吹き払う風の音がたとえようもなく寂しく、来《こ》し方と行く末が思い続けられる。物に添い臥している大君の姿は、高貴そのもので、白い衣装に、髪は梳《す》かれないまま日が経っているとはいえ、乱れずに置かれていて、日が経つうちに少し蒼ざめているのが、逆に優艶《ゆうえん》さを増していた。物思いに沈みつつ、外を眺めている目元や、額の辺りなど、情趣を解する薫中納言に見せたい程であった。

昼寝をしている当の中の君は、風の音が荒々しいので目が覚め、起き上がると、表が薄朽葉色で裏が黄色の山吹襲《やまぶきがさね》の表着《うわぎ》に、薄紫色の袿などの華やかな衣装に、顔はわざわざ赤く染めたように実に艶《あで》やかで美しく、物思いとは無縁のような様子である。「亡き父宮を夢に見ました。大変心配そうなお顔で、その辺にほのかに現れました」と言うので、大君はいよいよ悲しくなり、「亡くなったあと、どうかして夢に見たいと思っていました。しかし全く夢に出て来られません」と答える。

二人共さめざめと泣き、「近頃は一日中思い出しているので、ほんの少し現れて下さるのでしょう。どうにかして、父宮がおられる所に尋ねて行きたいものです。罪深いわたくしたち女人罪障《にょにんざいしょう》の身では、それも難しいでしょう」と、後世の事までも思い悩む。人を夢に出現させる異国の反魂香《はんごんこう》の煙が、本当に欲しくなった。

すっかり暗くなった頃、匂宮から文の使いが来て、折も折だっただけに、多少は慰められたものの、中の君は手紙をすぐには見ないので、大君が、「やはりここは、素直に返事をしたほうがいいです。このままわたくしが死んでしまえば、今よりももっとひどい扱いをする人が出て来そうで、心配です。稀だとしても、この匂宮があなたを思い出して下さるうちは、よもや、そんなあるまじき好き心を起こす人はいないでしょう。となると、冷たい人ではあっても、あの方を頼りにするしかありません」と言う。

中の君は、「わたくしをあとに残そうとされるその心が、恨めしいです」と答えて、泣き顔を見せまいとして、夜具をかぶってしまったため、大君は、「限りある命なので、少しもこの世に留まってはおるまいと思っていました。ところが今なお生きています。明日も知れぬ無常の世が、さすがに嘆かわしいのは、あなた以外の誰のためでもありません」と言う。灯明《みあかし》を持って来させて文を見ると、いつものように細やかな心遣いで綴《つづ》られていた。

ながむるは同じ雲居をいかなれば
おぼつかなさを添うる時雨ぞ

あなたを恋しく思って眺めやる空は、いつもと同じ空なのに、どうして逢えない辛さを添えるように時雨が降るのか、という懸想であり、古歌《ふるうた》の、神無月《かんなづき》いつも時雨は降りしかど　かく袖ひつる折はなかりき、を下敷にしていた。「このように袖が濡れております」と付記されているのも、例の聞き飽きた文句であり、やはりいつもの手なずける文句と思われて、益々恨めしくなった。

あれ程、世にも稀な様子と顔立ちを、いかにして人に愛されようかと、色めかしく優艶に振舞っておられるので、若い中の君が夢中になるのは当然である。訪れのない日が続けば続く程、恋しく、あんなに仰々しく変わらぬ誓いをされたのに、よもやこのままで終わる事などなかろうと、思い直す心は常にあった。使者が「今夜中に帰らないといけません」と言い、みんなも急き立てるので、中の君はひと言返歌した。

あられふる深山《みやま》の里は朝夕に
ながむる空もかきくらしつつ

霰《あられ》の降るこの山里では、朝な夕なに物思いしながら眺めている空も、かき曇って、胸の内も決して晴れません、という慨嘆であり、『後撰和歌集』の、霰降る深山の里の侘《わ》びしきは 来てたはやすく訪《と》う人ぞなき、を踏んでいた。

このやりとりがあったのは十月の末で、ひと月が経ってしまったと、匂宮は心が落ち着かないまま、今宵こそはと思っているにもかかわらず、あの柿本人麻呂《かきのもとのひとまろ》の、みなと入りの葦分け小舟障り多み わが思う人に逢わぬころかな、のように、宇治行がままならない。

五節《ごせち》の舞などの行事が今年は早目に行われ、内裏もその準備で浮き足立っており、ついそのままで打ち過ぎている間、宇治ではとてつもなく待ち遠しくなっていた。

気晴らしに女房たちと戯れても、中の君の事が心から離れない。夕霧左大臣家の六の宮との縁談について、母の中宮も、「やはりそうした確固とした北の方を持った上で、その他に思い人がいれば、こちらに招いて召人として扱い、あなたは重々しく構えていればいいのです」と勧めるが、「少し待って下さい。まだ決心がつきません」と拒む。

中の君を召人にして辛い目には遭わせたくないと、思い続けている匂宮の心は、宇治の方では知るすべもなく、月日が経つにつれて物思いは深まるばかりだった。

薫中納言は、匂宮の、中の君に対する心が期待はずれだった、それにしてもここまで不実だったとは、と宇治の姫君たちに申し訳なく、後悔しきりで、匂宮の許へも参上しない。宇治の山里には、大君の容態《ようだい》はどうだろうかと、頻繁《ひんぱん》に文を送り、十一月に入ってからは多少具合もよいと聞いて、公私にわたり多忙な折、五、六日も使者も差し向けられずにいたあと、どうされているのかと気になり、雑事が多いのを打ち捨てて、宇治へ赴く。

病気平癒の加持《かじ》祈禱は、病が全快するまでと言いつけておいたのに、大君はもう良くなりましたと嘘をついて、阿闍梨を帰していたため、八の宮邸は人が少ない。例によって弁の尼が出て来て、大君の容態について、「どこが痛いともなく、悪いところもない病気です。しかし全く食事を摂《と》られません。元々、人並はずれて体の弱い方ですのに、あの匂宮と中の君の縁組が頓挫《とんざ》して、悩み抜かれたようです。果物や菓子なども、見向きもしない日々が重なり、驚く程に衰弱されました。

もう今では回復は見込めません。わたしも世にも情けない長生きの果てに、このような酷な事態になり、ここは大君より自分が先に死んでしまいたいと、心から願っております」と、言い終わる前から泣くのも、もっともである。

薫も、「全く情けない。どうしてもっと早く、こうも病が篤《あつ》い事を知らせてくれなかったのですか。院の御所でも、内裏でも、多忙極まりなく、手が離せない日々が続いて、お見舞もできなかったのです」と言い置いて、かつて赴いた部屋に入って行き、枕元で声をかけてみたものの、大君は声も出ないようで、返事がない。

「これ程悪くなるまで、誰ひとりとして知らせてくれなかったのが悲しいです。あなたを大切に思う心が、これでは無になります」と、恨み言を言う。例によって阿闍梨や、世の中で効験あらたかという評判の高い僧を数多く招いて、修法《ずほう》や読経《どきょう》を翌日から始めるため、中納言家の者が多数参集し、身分の上下《かみしも》を問わず、男たちが立ち働くので、心細さはなくなり、頼もしさが加わった。

日が暮れると、「いつものように、あちらへどうぞ」と、女房たちが申し上げ、湯漬《ゆづけ》を差し出そうとするが、薫は「いえ、側で看病しましょう」と答えて、南廂《みなみびさし》は僧たちの席を設けているため、東《ひがし》面《おもて》のもう少し近い所に、屏風などを立てさせてはいる。看病していた中の君は気詰まりだと思うものの、女房たちは薫と大君の仲はやはり親密だったのだと、みんな思って、他人のように物隔てなどはしない。初夜《しょや》の勤行《ごんぎょう》から開始して、十二人の僧が二人ひと組の輪番《りんばん》で、法華経《ほけきょう》を絶える事なく読経させると、声の尊い者ばかりで、実にありがたく聞こえた。

灯火《ともしび》はこちらの南の間に点《とも》され、母屋《もや》の内は暗くなっており、薫はそこの几帳を引き上げ、少し滑《すべ》り入る。大君を見ると、脇に老女房たちが二、三人控え、中の君はどこかに隠れていて、人少なになっている所で、心細そうに臥していた。

「どうして声だけでも聞かせてくれないのですか」と、薫が手を取って言い聞かせると、「そうはしたいのですが、ものを言うのがとても苦しいのです。何日間も来られなかったので、会えないまま、はかなくなってしまわないかと、心残りでした」と、苦しい息の下で答える。

「こんなに待たせるまで、赴かなかったのが後悔されます」と、薫はしゃくり上げながら泣き、大君の額に手を当てると、少し熱があり、「何の報いの病でしょうか。私を嘆かせた罪からの病かもしれません」と、『古今和歌六帖』にある、**水《み》ごもりの神に問いても聞きてしか　恋いつつ逢わぬ何の罪ぞと**、を念頭にして、冗談めかしく、耳元でいろいろ言うため、大君は煩わしくも恥ずかしくなる。

顔を袖で覆う様子は、ひどくなよなよとして、今にも消え入るようであり、薫はこの人を失ってしまったら、どんな心地がするのだろうと胸も張り裂けそうで、中の君に「何日も看病されて、お疲れでしょう。今夜ばかりは、私が夜の番をするので、どうか安心して休んで下さい」と勧めたため、中の君は気がかりながらも、二人だけで何かわけがあるのだろうと察して、少し奥にはいった。

薫が、まじまじとではないものの、すぐ近くでそっと寄って顔を見るため、大君は辛くも恥ずかしく、しかしこうなる縁《えにし》だったのだろうと思う。中納言の実にしっかりとした頼りになる心を、匂宮と比べると、本当にありがたいと思い知る。死んでしまったあとの思い出として、強情で思い遣りのない女だったと、思われてはならないと考え直し、つれなく押しやる事もできずにいた。

薫は一晩中、人を指示して、薬湯などを飲ませようとするが、大君は少したりとも口にする気配はなく、これは大変な事になった、どうしたら命を取り留められるかと悩み、言いようもなく打ち沈んだ。

法華経を不断に読経する、夜明け近くに交替した僧の声が、実に尊く、大君の寝所近くで終夜の加持をしながら、居眠りをしていた阿闍梨が、はっと目を覚まして、陀羅尼《だらに》を読み始めると、声は老いて枯れてはいても、本当に功徳《くどく》がありそうで、頼もしい。

「今夜の大君の具合はいかがでしょう」と阿闍梨が言うのをきっかけにして、亡き八の宮の事を語り出し、しきりに鼻をかみつつ、「故宮は、あの世ではどんな所におられるでしょう。いくら何でも極楽浄土におられるとは思いますが、過日私の夢枕に立たれました。亡き八の宮は俗人の姿をされ、現世を深く厭い離れたので、未練はなかった。しかし少し思い乱れる事があって、往生《おうじょう》できずに、極楽浄土から遠くにいるのが、誠に悔しい。どうか極楽往生を助ける追善供養《ついぜんくよう》をして欲しいと、それは確かに言われました。

とはいえ、当座にさせていただける供養の方法がわかりませんので、私のできる範囲で、修行中の法師たち五、六人に命じて、阿弥陀仏《あみだぶつ》の念仏を唱えさせております。それにまた、私に思い当たる事があり、法華経の常不軽《じょうふきょう》菩薩品《ぼさつほん》を礼拝《らいはい》して、額《ぬか》づかせております」と言うので、薫中納言は声を上げて泣く。

大君はあの世においても故父宮の往生を妨げている罪を、苦しい心の内で、消え入るまでに思い詰め、何とかして父宮がまだ往生しないままさ迷っている中有《ちゅうう》に、自分も行って同じ所にいたいと、阿闍梨の話を、臥せりつつ聞いた。

阿闍梨は言葉少なに立ち去る。この常不軽の礼拝をする僧の一行は、この辺りの山里から京まで巡礼しており、明け方の嵐に難渋《なんじゅう》し、阿闍梨が伺候《しこう》している所を尋ね当て、この宇治の山荘の中門《ちゅうもん》の近くに坐って、実に尊い様子で礼拝しては額づく。その回向《えこう》の経文の結びである、「我深く汝等《なんだち》を敬《うやま》いて　敢《あ》えて軽慢《きょうまん》せず　所以《ゆえん》はいかん　汝等皆菩薩の道を行《ぎょう》じて　まさに仏と作《な》ることを得《う》べし」が、一層心に沁み入った。

仏道に執心《しゅうしん》のある薫は、感無量で聞き入りつつ、中の君が大君の容態を心配して、部屋の奥にある几帳の後ろに寄っているのを察して、きちんと居住まいを正し、「常不軽礼拝の声をどのように聞かれたでしょうか。格式の高い法事では実施されない行《ぎょう》ですが、とても尊いものです」と言って、詠歌する。

霜さゆる汀《みぎわ》の千鳥《ちどり》うちわびて
鳴く音《ね》かなしきあさぼらけかな

霜が冷え冷えと凍りつく水辺の千鳥が、こらえかねて鳴く声が、悲しく響く明け方です、という慨嘆で、常不軽の声を千鳥に擬《ぎ》して、和歌を語りかけるように口にしたので、冷淡な匂宮の様子にも似ており、中の君はつい比べてしまい、直接返事ができず、弁の尼に返歌を託した。

あかつきの霜うち払いなく千鳥
もの思う人の心をや知る

夜明け前の霜を打ち払いつつ鳴く千鳥も、物思いに沈むわたくしの心の内を知っているのでしょうか、という懐疑《かいぎ》であり、若い中の君の歌を老いた弁の尼が代わりに伝えるのも、似つかわしくないとはいえ、品を落とす事なく伝える。

薫は、このような和歌の交換でも、大君は控え目ながら、相手の心が和むように対応したのに、それがいよいよ死別となれば、どんな悲しい心地になるだろうかと、思い乱れた。

亡き八の宮が阿闍梨の夢に現れたのを思い合わせると、姫君二人がこのように辛い目に遭っている姿を、成仏しない中有から、どのように見ているのだろう、と薫は推し量る。

生前に籠っていた阿闍梨の寺にも、誦経を頼み、その他にも方々に祈禱の使者を出し、公私ともどもに暇文《いとまぶみ》を送り、加持祈禱や厄祓《やくばら》いなど、万事手抜かりがないように、人事を尽くしたものの、何かの罪障による病でもないので、何の効験も現れなかった。

大君自身も、病の平癒を仏に願うのではなく、「ここはこのまま死んでしまいたい。薫中納言がこんなに近くに付き添って、隔てもなくなり、今となっては他人のつきあいではない。かといって、このように人並以上に見える中納言の心映えが、縁組したあと互いに幻滅するような事になっては、どうしようもない。もしこの命が何とかして長らえるのであれば、病にかこつけて、出家しよう。それでこそ、お互いに変わらぬ心情を最後まで見届けられる」と、強く思い詰め、どうこうしてでも出家の願いを全うしようと考えてはいても、そこまで悟った事は口にできない。

大君は中の君に、「いよいよ気分が悪くなりました。受戒《じゅかい》すれば功徳があって、命長らえると聞いております。どうかその旨を阿闍梨に伝えて下さい」と言うので、女房たちはみんな泣き騒ぐ。「とんでもありません。ここまで心を乱してお世話下さっている薫中納言が、どれほど落胆されますか」と首を横に振り、頼みの中納言にも伝えないので、大君は残念でならない。

こうして薫が宇治に籠っている事を聞きつけて、わざわざ見舞に来る人もおり、これは並々ではない思慕だと見て取る。

私邸の殿人《とのびと》や家司《けいし》たちは、各自あらゆる祈禱をして、憂慮《ゆうりよ》をひとつにしている最中に、今日こそは、新嘗祭《にいなめさい》の翌日の豊明節会《とよのあかりのせちえ》だったと、薫中納言が京に思いを馳《は》せていると、風が強く吹き、雪も慌《あわ》ただしく降る。

都ではここまでひどくないだろうと、自ら決めての宇治行とはいえ心細く、このまま大君とは結ばれずに終わってしまうのだろうか、と思われる前世からの宿縁も辛く、かといって恨みようもない。慕わしくいじらしい大君の様子を、ただ須臾《しゆゆ》の間だけでも元に戻して、思いの数々を話し合いたいと、念じ続けて悲嘆にくれていると、外は光も失せて夜になり、つい独詠してしまう。

かきくもり日かげも見えぬ奥山に
　心をくらす頃にもあるかな

空もかき曇り、日の光も見えない奥山で、私はこうして心暗いまま日々を過ごしている、という嘆息で、日の光の「日陰《かげ》」に、豊明節会で祭官が挿《さ》す日蔭（ひかげ）蔓《かずら》を掛けていた。

薫中納言がこうして八の宮邸に滞留している事は、女房たちすべてに心強い。薫が例によって大君の近くに赴くと、几帳などを風が露骨《ろこつ》に吹き上げるので、中の君は奥に隠れ入り、老女房たちも恥ずかしがって姿を消したところへ、薫は大君の近くに寄って、「気分はどうでしょうか。心を尽くして祈った甲斐もなく、あなたの声さえ聞けなくなったのが、大変残念です。私を残して先立たれたら、辛くてどうしようもありません」と、泣く泣く言う。

大君は意識も失くしているようではいても、顔はしっかりと袖で隠しながら、「気分の少しよい時であれば、遺言として申し上げたい事があります。しかしこのまま、絶え入りそうになっていくのが残念です」と答える様が、悲しげであり、中納言はいよいよ涙を抑え難い。

不吉である涙は見せたくないと、こらえてはいたものの、声を上げて泣き、「いったいどんな前世からの宿縁で、限りなくあなたに恋しているのに、辛い事のみ多いまま、別れてしまわねばならないのでしょう。少しでも嫌な振舞を見せて下されば、この慕う心を醒ますきっかけになるのですが」と思う。

大君を見つめると、益々痛々しく、別れが辛く、美しさばかりが目にはいり、腕なども実に細くなり、体も影のように弱々しいのに、顔の艶《つや》は変わらず、白くて可憐である。白い衣装の柔らかな物を着て、夜具は横に押しやり、中身のない雛人形を寝かせたような有様で、髪は乱れずに、枕からこぼれるように置かれていて、艶々として豊かなのを見ると、どのようになってしまうのか、このまま生きていけそうにも思われない。

この上なく惜しまれ、長い間、病に臥せって、身づくろいもままならなかったはずなのに、いかにも近づきにくい気品は失わず、なまじ化粧にかまけている女よりは、ずっと勝《まさ》っていた。見つめれば見つめる程、薫は魂が抜けていく心地がして、「ついに私を残して先立たれるのであれば、私も少しもこの世に留まってはいられません。定められた命が長らえたとしても、深い山に分け入るつもりです。ただしかし、大変可哀想な、この世に残られる中の君の事が、懸念されます」と、何とか返事を貰おうとして、中の君の境遇に言及する。

大君は顔を隠していた袖を少しくかきやって、「このようにはかなくなった命です。あなた様に情けない女だと思われるのも、仕方がありません。どうかこのあとに残る人の事を、わたくし同様に思って下さい、と常々それとなく申し上げていました。もしその約束を守っていただけるのなら、わたくしも心安く逝けます。この事のみが、恨めしい事として、この世に魂が残りそうです」と言う。

薫は、「私はどうしてこんなに、辛い思いをしなければならない身の上なのでしょう。どうしてもあなた以外に、私をこの世に執着《しゅうちゃく》させる人はいなかったので、あなたの意向に沿えなかったのです。今となっては、中の君を匂宮に譲った事が悔やまれます。しかし、中の君については、後見として支えるので、心配される必要はありません」と慰めた。

大君は大層苦しげな容態になったので、修法の僧たちを部屋に呼び入れて、験力《げんりき》のある者すべてに、様々な加持祈禱をさせ、薫自身も一心に仏に祈った。

世の中を厭い離れよと勧める仏などが、かくもこの世で辛い思いをさせるものだろうかと、首をかしげる程に、見ている間《ま》に草木が枯れていくように、大君は息を引き取る。悲しみは極限に達し、死を引き止めるすべはなく、薫は地団駄《じだんだ》を踏みたい思いで、人から笑われるのも気にしないで、呻吟《しんぎん》する。

いよいよ臨終《りんじゅう》だと見た中の君も、取り乱し、自分も後れまいとするのも道理で、正気を失っている様子なので、いつもの分別じみた女房たちが、今は大君の亡骸《なきがら》の傍にいるのは不吉だと言って、中の君を遠ざける。

薫中納言は、いくら何でも大君がここまで急逝《きゅうせい》する事はあるまい、夢だろうと思って、灯火を近くに掲げて見る。袖で隠していた顔も、ただ眠っているようで、生前と変わるところはなく、可憐な様子で横になっており、このまま虫の抜け殻《がら》のように見ていたいと、途方にくれつつ、臨終の作法をする時、髪を整えると、さっと辺りに芳香が漂って、生前そのままの懐しい匂いであった。

「本当にまたとない人だった。一体何をもって、この人を並の人間だったと思って諦められよう。これが本当に、この世を捨てさせるための、仏の導きならば、この大君の亡骸にどこか醜悪な点を見せ、悲しみが醒めてしまうようにし向けて下さい」と、仏に祈ったものの、心を鎮めるすべなどなく、悲嘆はどうしようもないまま、それを断ち切るために、いっそ荼毘《だび》の煙にしてしまおうと考えて、あれこれと葬送の儀礼を進めるのも、情けない。空を歩むようにしてよろけながら、最後の火葬の際まで茫然自失《ぼうぜんじしつ》であり、荼毘の煙も少ししか上がらず、落胆して帰途についた。

忌《いみ》に籠る人が多いので、女房たちの心細さは多少紛れるとはいえ、中の君は大君の死が自分の結婚の失敗のせいだと、人から思われるのが恥ずかしく、自分の情けなさが身に沁み、あたかも死人のような有様であった。匂宮兵部卿からも頻繁に見舞が届くとはいえ、中の君を大切にしない、冷たい宮だと思ったまま逝ってしまった大君の胸の内を思うと、これまた非情な縁と言えた。

一方の薫中納言は、このように世の中が恨めしく感じられる機会に、かねてから願っていた出家の本懐《ほんかい》を遂げようと決心するものの、母である女三の君の意向には反し、またこのまま中の君を放ってはおけない。

「あの大君が言ったように、この中の君を形見と思えばよかった。とはいえ、いくら身を分けた姉妹とはいえ、妹君に心が移る事はなかった。しかしこんなに匂宮との事で苦労させるのであれば、いっそのこと自分が親しくなって、尽きない悲しみを慰めるためにも、世話をしてやり、宇治に通えばよかった」と後悔しながら、京には少しも帰らず、無音のまま、悲嘆にくれて籠っていた。世の人々も、大君への思慕はかくも深かったのだとわかり、帝を始めとして多くの弔問《ちょうもん》があった。

幾日もがはかなく過ぎ、七日毎の法事も、実に尊く施行させ、並ひと通りでない供養を行うものの、身内ではないので自分の装束は喪服にはならない。大君を特に慕っていた女房たちが、濃い鈍色の喪の衣装に着替えたのを見て独詠する。

くれないにおつる涙もかいなきは
形見の色を染めぬなりけり

血の涙を流しても甲斐がないのは、亡き人をしのぶ形見の喪の色に、衣を染められないからだ、という嘆きであり、薫が着ている薄紅色の直衣が、凍ったように光沢《こうたく》があるのに、それを血涙《けつるい》で濡らしながら、物思いに耽る様子は、実に美しい。

女房たちはそれを物陰から見て、「今更何を言っても無益な大君の死去は別にして、薫中納言をもうこれから縁のない人と思ってしまうのも、残念至極です。これは思いもかけない前世からの宿縁だったのでしょう。中納言がこれほどまでに思慕されていたのに、姫君二人は冷たい仕打ちをされてしまわれた」と、泣き合った。

薫は残された中の君に対して、「亡き大君の形見と思って、これからは何でも申し上げ、あなたからの用事も承《うけたまわ》るつもりです。どうか他人行儀にされませんように」と伝える。中の君は何もかも不運な我が身であったと、すべてに気が引けて、まだ直接対面して話すわけでもないため、大君よりはきびきびしていて、少し無邪気で上品ではあっても、奥床しさと潤《うるお》いの点では劣っていると、何かにつけて、薫はその違いを感じた。

周囲が真っ暗になる程に雪の降る日、終日物思いに沈み、世間では無粋《ぶすい》とする十二月の月が明るく照らしているのを、白楽天《はくらくてん》の「遺愛寺《いあいじ》の鐘は枕を欹《そばだ》てて聴き　香炉峰《こうろほう》の雪は簾《すだれ》を撥《は》ねて看《み》る」のように、簾を巻き上げて見る。向かいの寺のかすかな音を、枕を欹てて、今日も暮れたと感じて、『拾遺和歌集』の、**山寺の入相《いりあい》の鐘の声ごとに　今日も暮れぬと聞くぞ悲しき**、を思い浮かべて独詠する。

おくれじと空ゆく月を慕うかな
**　ついにすむべきこの世ならねば**

亡き人に後れまいとして、空行く月を追わずにいられないのも、結局は心澄まして住めないこの世だから、という詠嘆で、「澄《す》む」と住むを掛けていた。風がひどく激しくなったので、蔀を下ろさせようとすると、四方《よも》の山を鏡のように映している岸辺の氷が、月に照らされて美しく、京の邸をこの上なく磨いても、こうはいくまいと思われた。もし大君が甦《よみが》えるなら、一緒に話し合えるものと思われて、胸も張り裂けそうであり、再び独詠する。

恋いわびて死ぬる薬のゆかしきに
**　雪の山にや跡を消《け》なまし**

恋しさの余り、死ねる薬が欲しくなり、雪の山に姿を消してしまいたい、という悲嘆であり、釈迦《しゃか》が雪山童子《せっせんどうじ》と呼ばれた修行時代に、鬼の羅刹《らせつ》から仏教の真理である偈《げ》の前半部分、いわゆる半偈《はんげ》の「諸行無常《しょぎょうむじょう》　是生滅法《ぜしょうめつぽう》」と言ったという、その鬼でも現れてくれ、それにことづけて身投げでもしようと思ったのも、釈迦の仏心とは異なって恋慕のためで、心の汚い聖心《ひじりごころ》ではあった。

薫が女房たちを傍に呼んで、思い出話をさせる様は、実に情理深く、心の深さが思い知らされるので、見ている女房のうち、若い女房たちは心底素晴らしいと感じ、老女房たちは、大君の死が残念でならないと思いつつ、「病が重くなったのは、匂宮兵部卿の冷たい仕打ちに落胆されたからです。これでは世間の笑い者になると、嘆かれていました。しかし中の君には、そうした悩みを知られまいとして、ひとり胸に秘め、匂宮との縁組を後悔され出したのです。

そのうち、多少の果物さえ口にせず、弱りに弱っていかれました。表面上は大袈裟に悩んでいる素《そ》振《ぶ》りは見せず、心の内で様々なことを懊悩《おうのう》されているとお見受けしました。結局、亡き父宮の遺戒《いかい》に背いてしまったと、中の君の身の上を心配されたのが、病の原因でした」と薫に申し上げる。折々に大君が口にした事柄を語り出しながら、誰もが泣き濡れるばかりだった。

薫中納言は、自分の浅慮《せんりょ》から匂宮を手引きしたため、大君を苦しめてしまったのだと悔い、昔を今に取り返したくなる。世の中すべてが辛く、念誦《ねんじゅ》をいよいよ心をこめて口にしながら、眠る事もなく夜を明かしていると、まだ夜の深い折、雪の気配がいかにも寒そうな中を、大勢の人の声と馬の音が聞こえてきた。

一体誰がこんな夜更けに、雪をついてやって来たのかと僧たちが驚いていると、匂宮兵部卿が狩衣姿に身をやつし、ずぶ濡れになってはいって来て、戸を叩き出す。薫はそれと気がつき、人目につかないところに身を隠したが、匂宮はまだ四十九日《なななぬか》までの日数は残っていたものの、中の君の事が心配になり、一晩中雪に惑わされながら赴いたのだった。

当の中の君は、日頃の匂宮の冷たい仕打ちも忘れる程だったとはいえ、敢えて対面する気にはなれない。大君が嘆いていたのが恥ずかしく、匂宮を見直さないまま亡くなったので、この先、匂宮の心が改まったところで、どうしようもないと思い定めていたものの、女房たちのすべてが懸命に結婚の道理を言い聞かせたため、匂宮が物越しに今までの懈怠《けたい》を縷々《るる》詫びるのを、呆然《ぼうぜん》と聞く。その姿は、あたかも半ば死んでいるようで、大君を追って逝くのではと思われるような痛々しさであり、匂宮は辛くも気がかりだった。

匂宮は、今日は身を捨てる思いで、初めて八の宮邸に泊まり、「どうか物越しではなく」と乞うものの、中の君は「今少し正気になりましてから」とのみ答えて、つれない様子である。

それを聞いた薫中納言は、しかるべき女房を呼んで、「こちらの嘆きをよそに、冷淡な匂宮の扱いを、大君の生前も逝去《せいきょ》後も、憂慮していました。訪れが間遠くなった罪を、そのように恨まれるのも道理です。しかしここは、匂宮の気を損《そこ》なわない程度に、責めるべきです。匂宮はまだ人から恨まれる経験はしておられず、苦しくも辛く感じられるでしょう」と、こっそり教えた。

中の君はいよいよ薫中納言の配慮にも気が引け、匂宮に返事もしないので、「なんと冷たい応対だろう。以前に約束した事も、今ではすっかり忘れておられる」と、匂宮は並々ならぬ悲しみにくれるばかりであった。

夜の気配が深まって、激しく吹く風の音の中、自分のせいとはいえ、匂宮が嘆息をつきながら横になっているご様子に、中の君はさすがに同情して、物を隔てて声をかけると、匂宮は方々のあまたの社《やしろ》の神に誓って、末永く変わらぬ二人の仲を口にする。

却って、どうしてこんなに口が上手なのかと、中の君は思い、これこそ浮気心のせいだと疎ましくなるものの、離れ離れでいた折の薄情さと恨めしさの裏で、女心をほろりとさせるような匂宮の優美さを、身に沁みて感じる。このまま一途《いちず》に最後まで嫌う事はできないと自覚して、ほのかに歌を詠みかける。

来し方を思いいずるもはかなきを
　行く末かけて何頼むらん

これまでのつれない仕打ちを、頼りないと感じるのに、これから先の事をいろいろ口にしたところで、何を頼りにできましょうか、という嘆きだったので、匂宮は却って胸が詰まり、もどかしくなって返歌する。

行く末をみじかきものと思いなば
　目のまえにだに背かざらなん

行く末が短いものとお思いならば、せめて目の前にいる私だけでも拒まないで下さい、という哀訴《あいそ》であった。「万事このように瞬時に変わってしまう世の中ですから、許して下さい」と言って、様々に機嫌をとっていると、中の君は「気分が優れませんので」と言って、奥にはいってしまったので、匂宮は周囲の者に対しても体裁が悪く、嘆きながら夜を明かす。

中の君が自分を恨むのも道理であり、その冷たい仕打ちに涙がこぼれる一方で、やはり今まで苦しい思いをして来たに違いないと、胸塞がる思いがした。

薫中納言が主人顔をして、ここに住み馴れ、女房たちをも気安く呼び使い、多くの女房に給仕をさせているのを、匂宮兵部卿はいたわしくも興味深く思う。よく見ると、薫はひどく痩せて顔も青白くなっていて、茫然自失の体《てい》であり、いかにも可哀想で、匂宮が衷心《ちゅうしん》からの哀悼《あいとう》の言葉をかけた。

薫は今更どうしようもないが、生前の大君の様子などを、匂宮にだけは伝えようと思うものの、口に出すのも辛く、逆にみっともないと思われそうで、言葉数も少ない。

とはいえ、今日まで泣き暮らして顔が変わっていても、決して見苦しくはなく、益々上品で清らかであり、女であれば必ずや心を移すだろうと、匂宮は自分のけしからぬ好き心と思い合わせて、心配になり、何とか世間の非難や恨みを避けて、中の君を京に移してしまおうと思った。

匂宮は、このように中の君に冷たくあしらわれているものの、日数が経つと帝や中宮が聞きつけて、不都合な事が生じるに違いなく、今日は帰るつもりで、ひとかたならぬ言葉を尽くしたにもかかわらず、中の君は、つれない仕打ちがどれほど苦しいのか、この事を匂宮に味わってもらいたく、心を許さないままだった。

年の終わりには、このような所でなくとも、空の気配は常とは異なり、ましてやこの山里では荒れない日とてなく、雪が降り積もる中で、薫がぼんやりと物思いに沈みつつ、朝夕を過ごす心地は、尽きせぬ夢のようである。京の匂宮からも、御誦経《みずきょう》のためのお布施《ふせ》などが、夥《おびただ》しいまでに寄せられ、このまま新年までもここに留まるべきか、悩んでいると、あちこちからも、こんなにぼんやりと山里に閉居《へいきょ》しているのはいかがなものか、という声が届いたので、今は京に帰ろうという心地がするのも、実に悲しく思う。

他方で、こうして薫中納言がいる事が常となって、人の出入りも多かったのが、今後はそれもなくなってしまうと、女房たちは心細くなり、大君死去の際の悲しかった騒がしさより、今の静けさが身に沁みる。

「かつてその時々の時節に触れて、趣深そうな文を交わしておられた。そうした年月よりも、こうして心静かに日を送った近頃の姿や振舞は、優しくも思い遣りに満ちていた。些細《ささい》な日常の采配などにも細かく気を配り、本当に心の行き届いた様子を、今を限りに見られなくなるのは悲しい」と、涙にくれていた。

匂宮からは、中の君に対して、「やはり、あのように宇治に赴くのは、とても難しゅうございます。思い悩んだ末、あなたを近い所に迎える事を、密かに考えております」と、文で伝えたのを、母の明石中宮が聞きつけて、「薫中納言も、あのように並々ならぬ悲しみにくれているようだ。とすれば、宇治の姫君たちを粗忽《そこつ》には扱えないし、匂宮の執心も理解できる」と、匂宮を気の毒がる。「二条院の西の対《たい》に迎えて、時々通ったらどうでしょう」と、内々に言われた匂宮は、「中の君を女一の宮の許に出仕させるつもりだろうか」と疑ったものの、これで不安は減るので、その旨を中の君に伝えた。

一方それを聞きつけた薫は、「三条宮を完成させてから、大君を迎えようとしていた。亡き大君の代わりとして、中の君をそこに移してお世話すればよかった」と、後悔しつつ、心寂しいとはいえ、匂宮が、中の君が薫に心を移すのではと疑っていた点は、全く的《まと》はずれだと気にも留めず、ただ中の君の後見は自分をおいて他には誰もいない、と思い定めた。

◇　◇

この「総角《あげまき》」の帖《じょう》を最初に書写したのは、いつも通り小少将《こしょうしょう》の君だった。四、五日してその感想を訊いてみた。

「大君の意固地《いこじ》さには、そこまでしなくてもという思いと、やはりあれでよかったのかもしれないという思いが、ない交ぜになったままです。しかし冷静に考えると、操《みさお》を守り通したという点で、稀有《けう》な女人《にょにん》でした。いわば天女《てんにょ》のような人で、薫中納言には所詮《しょせん》、手の届かない方でした。大君の死は、冬の豊明節会《とよあかりのせちえ》の日です。このときに舞う五節《ごせち》の舞姫は、天降《あまくだ》った天女に倣《なら》っています。終われば天に戻って行くのです。どこか『竹取物語』のかぐや姫に似ています」

小少将の君が淡々と言う。「かぐや姫を失った帝《みかど》は、逢うことも涙にうかぶ我身には　死なぬくすりも何にかはせん、と詠います。薫中納言は逆で、恋いわびて死ぬる薬のゆかしきに　雪の山にや跡を消なまし、と、死ぬる薬を欲しがっています。それほど薫の悲しみは深いのです。これから先、どうやってその傷心を癒《いや》していくのでしょうか」

小少将の君の目が何か問うようにして真直ぐ向けられる。

「薫中納言は、このままではすまないと思います」

そう答えると、小少将の君が頷《うなず》く。

この小少将の君が『竹取物語』を思い起こしたのは、さすがだった。長い「総角」の帖を書きながら、頭にあったのは、『竹取物語』の末尾にある死なぬ薬だった。これに対抗して、死ぬる薬を是非とも物語の中に取り入れたかったのだ。

それにしても、この「総角」の帖は長くなってしまった。その理由は二つある。ひとつには大君と中の君二人の運命と、匂宮と薫の人柄の違いを、それぞれ描き分けるためだった。さらにもうひとつ、宿運《しゅくうん》に弄ばれる大君の悲しみと、大君を失う薫の悲嘆と誠実さを描き尽くす意図もあった。紫の上を失った光源氏の悲嘆は、大君と契らないまま先立たれた薫の悲しみに、充分通じ合うはずだった。

これによって、中の君の京に於《お》ける運命がどう展開していくか、大まかな構想は頭の中にある。しかし、その詳細は書き出してみないとわからない。

匂宮と薫の二人の生き方は、これからはっきりと分かれていくはずだ。分岐すると言っても、離れ離れになるのではなく、ぶつかる接触点で何らかの火花が散るような気がする。なぜなら、この宇治の物語では、この二人が主人公であり、物語を動かす動力だからだ。

そしてまた、中の君が京に移されたとしても、物語の場が宇治を離れることにはならない。宇治を話の場として選んだのは、父君が越前《えちぜん》に赴任《ふにん》する直前に、藤原氏の氏寺《うじでら》である法性寺《ほうしょうじ》に参詣《さんけい》したからだ。その途中で実見した宇治の風物は、強く記憶に残っている。その記憶を辿《たど》りながら、物語を紡《つむ》げばよかった。

とはいえ、そんな執筆の動機とは別に、宇治こそは、京に住む上達部《かんだちめ》や殿上人《てんじょうびと》の関心の的《まと》になっている。それはとりもなおさず、道長《みちなが》様のせいでもある。

元来、宇治に別業《べつぎょう》を設けたのは、河原院《かわらいん》や嵯峨野棲霞観《さがのせいかかん》を所有しておられた左大臣源《みなもとの》融《とおる》公だった。そこは宇治院と称されて、陽成帝《ようぜい》がそこに行幸《ぎようこう》された事実は、『扶桑略記《ふそうりやつき》』に書かれている。また『李部王記《りほうおうき》』によれば、朱雀帝《すざく》もそこに遊猟《ゆうりよう》されている。その後、六条左大臣の源重信《しげのぶ》様の所有になり、没後にその正室から宇治院を買い取ったのが道長様だ。今から十五年ほど前だと聞いている。

道長様はすぐさまこれを、改築して仰々しくも風情のある別業にされたようだ。その下心は、言うまでもなく、一条帝の権勢を削《そ》ぐためだったに違いない。一条帝の中宮だった定子《さだこ》様が、御産のため、中宮職《ちゆうぐうしき》の大進《だいしん》である平生昌《たいらのなりまさ》様の邸に行啓《ぎようけい》した際、わざわざ道長様は宇治院への遊行《ゆぎよう》を強行されている。しかし赴いた公卿は二人に過ぎず、ほとんどの公卿は自邸に籠って静観していた。夜明け頃の出発になった定子中宮の行啓に奉仕した者も、僅少《きんしよう》だったらしい。

考えてみると、その時期、定子中宮は自ら髪を切った半出家の身であり、母の貴子《たかこ》様には死なれ、兄弟の伊周《これちか》様と隆家《たかいえ》様兄弟は逆賊として京から追放されていた。あまつさえ、内裏は修理職《しゆりしき》から出火して焼失し、道長様と昵懇《じつこん》の仲である文章博士《もんじようはかせ》の大江匡衡《おおえのまさひら》様が、これが定子中宮の不埒《ふらち》な言動のせいだと言いふらしたらしい。さらに中宮職の大夫《だいぶ》である平惟仲《たいらのこれなか》様は、病で辞任しており、権大夫《ごんだいぶ》も前年に死去して後任も決まっていなかった。

こうした事情で、定子中宮のご出産は、止むなく大進の平生昌様の邸で行うしかなかった。もちろんこれは慶事なので、蔵人頭《くろうどのとう》の藤原行成《ゆきなり》様は、一条帝の意向を受けて、上達部に生昌様の邸に赴くように使いを出したらしい。しかし大方は自宅に籠って動かず、一部は道長様の宇治遊宴《ゆうえん》に赴いたという。やはり、我が身の昇進のためには、道長様に従っていたほうがいいという算段が働いたのだ。

ご出産のための行啓には、定子中宮に仕える女房はこぞって従わねばならない。定子中宮は御輿《みこし》に乗り、女房たちは檳榔毛車《びろうげのくるま》などに分乗して生昌邸に向かった。

中宮のご出産が、我がみすぼらしい邸で行われると聞いた平生昌様は、慌てて東門を格式のある四足門《よつあしもん》に造り変えた。定子中宮の御輿はそこからはいる。女房たちが乗る牛車は、北門に回って通ろうとしたが、門が狭過ぎて、牛車が通過できない。生昌様は下僕《げぼく》に命じて、すぐさま門から母屋《もや》まで莚《むしろ》を敷かせた。

うろたえたのは中宮女房たちだ。牛車で廊の階《きざはし》まで行けると思っていたので、衣装も髪も整えていない。幸い、内裏の門番たちは北門に駆けつけていなかったものの、邸のあちこちには殿上人や随身たちがいて、一斉にこちらを見る。女房たちは癪にさわって仕方ない。

その中にいた、あの清少納言《せいしょうなごん》の君は、すぐさま定子中宮に言上して、生昌様側の不手際《ふてぎわ》をなじった。そして、「それは生昌様の不手際でなく、あなたたちの懈怠《けたい》のせいです」と、定子中宮にたしなめられたらしい。

腹の虫がおさまらない清少納言の君は、生昌様に向かって、「どうして門を狭く造ったのか」と問う。生昌様の返答は、「家の格式と身の程も考えて狭くしたのです」だった。

するとここぞとばかり、清少納言の君は、聞きかじった漢学の素養《そよう》をひけらかす。「邸の門を広くしておくと、必ずやその子孫に、大いに出世する者が出るという故事《こじ》を知らないのか。あなたは文章《もんじょう》生《しょう》だからそのくらい知っているでしょう」と叱ったのだ。生昌様が前漢于公《ぜんかんうこう》の故事を知らないはずはなく、うろたえるだけだった。

この故事は『蒙求《もうぎゅう》』の中にあり、「于公高門《うこうこうもん》　曹参趣装《そうさんしゅそう》」として記されている。于公も曹参も前漢の人で、その言行《げんこう》を讃《たた》えたものだ。

その他にも、清少納言の君は自分たちの居所の障子に、鍵《かぎ》がかかっていないのを責めたて、灯火《ともしび》が明る過ぎるのも難詰して、不手際を定子中宮に言上する。中宮からは「そんなに、あの人を責めるものではありません」と、再度たしなめられる。『枕草子《まくらのそうし》』の件《くだり》を読んだだけでも、あの清少納言の君の人柄がわかって、どうしても好きになれない。

さて道長様所有の宇治院では、その後もたびたび遊宴が催されている。この遊宴に参加するか否かが、道長様の人物査定の基準になっているのは間違いない。

八年前の晩秋の宴では、舟の中で道長様をはじめ、藤原行成様などの参列者たちが詩文を草している。それはそれとして、このとき道長様が詠じた七言律詩を読んで自ら感想を記した、あの懐しい故具平親王《ともひらしんのう》の漢詩が、今手許にある。父君から伝えられたものだ。題して「偸《ひそ》かに左相府《さしょうふ》の宇治の作を見て感有り」で、左相府は道長様の号だ。

聞説山家素得名
風流超過漢西京
樵夫道近談王事
漁夫歌閑慣雅声
白浪頻翻秋雪乱
紅林半透暮雲横
一吟佳句讃遊楽

聞説《きくなら》く山家《さんか》は素《もと》より名を得たり
風流は超《はる》かに過ぎたり漢の西京《せいけい》に
樵夫《しょうふ》道近くして王事を談《だん》す
漁夫《ぎょふ》歌閑《しず》かにして雅声《がせい》に慣《なら》えり
白浪頻《しき》りに翻《ひるがえ》る秋雪乱れたり
紅林《こうりん》半ば透けたり暮雲《ぼうん》横たわれり
一たび佳句を吟《ぎん》じて遊楽《ゆうらく》を讃ずれば

初慰終年寂寞情　　初めて慰めり終年寂寞《じゃくばく》の情を

韻《いん》字はもちろん名・京・声・横・情で、道長様の七言律詩の韻をその順序で用いているはずだ。故具平親王の漢才が冴《さ》え渡っている。

亡き具平親王は、道長様の政治手腕を認めていたことがこの詩によってわかる。臣下として世の中を太平にしている点を評価されていたのだろう。

しかしその道長様の権勢は、善《よ》かれ悪《あ》しかれ用意《ようい》周到《しゅうとう》な画策と暗躍《あんやく》によって成り立っていた。

香子（紫式部）関係略図（四）

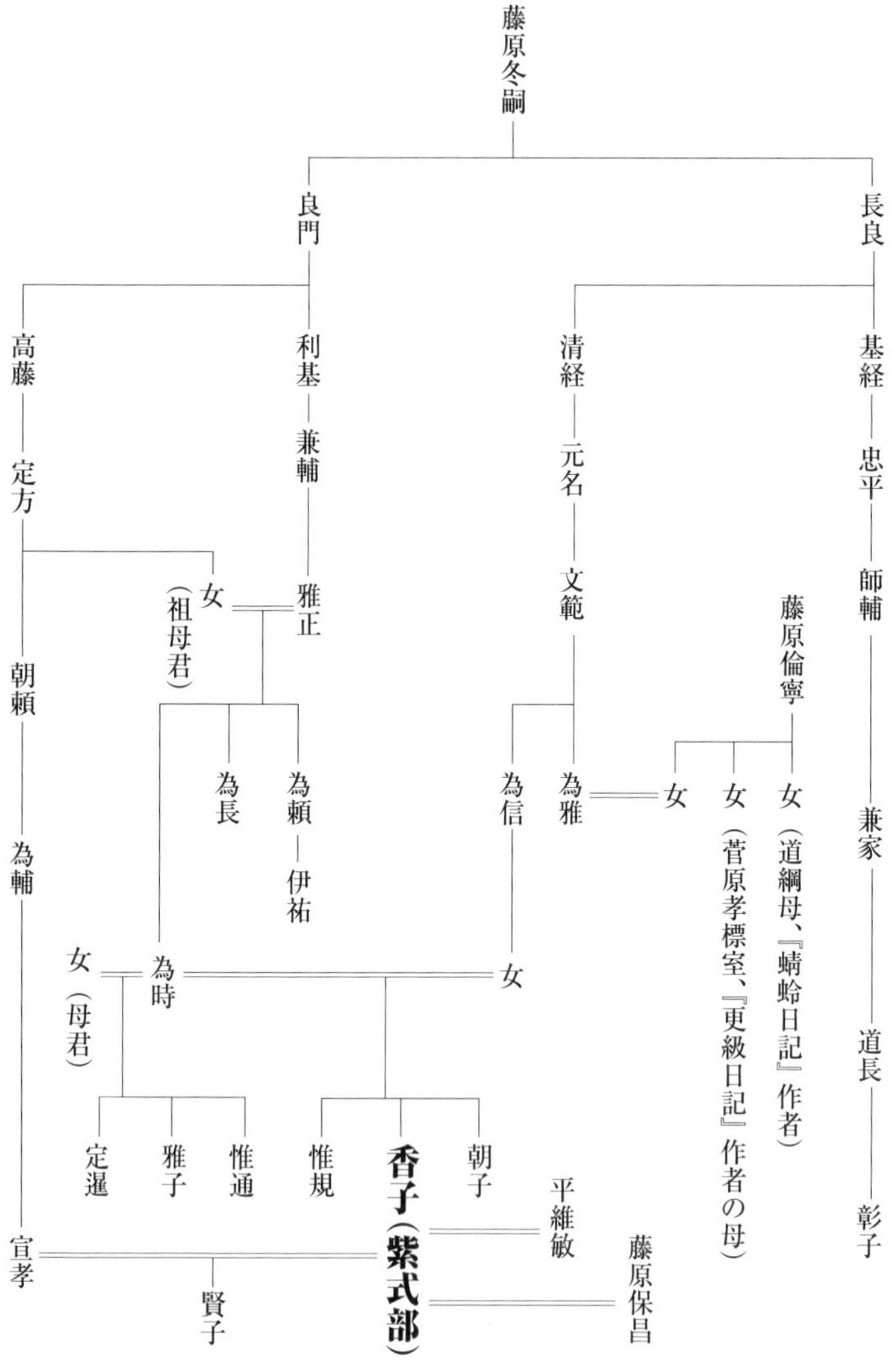
藤原冬嗣
長良
良門
基経
忠平
師輔
兼家
道長
彰子
清経
元名
文範
為雅
為信
女
藤原倫寧
女
女
女（道綱母、『蜻蛉日記』作者）
女（菅原孝標室、『更級日記』作者の母）
利基
兼輔
雅正
為頼
伊祐
為長
為時
高藤
定方
女（祖母君）
朝頼
為輔
宣孝
女（母君）
朝子
香子（紫式部）
惟規
惟通
雅子
定暹
平維敏
藤原保昌
賢子

藤原道長・彰子関係略図（四）

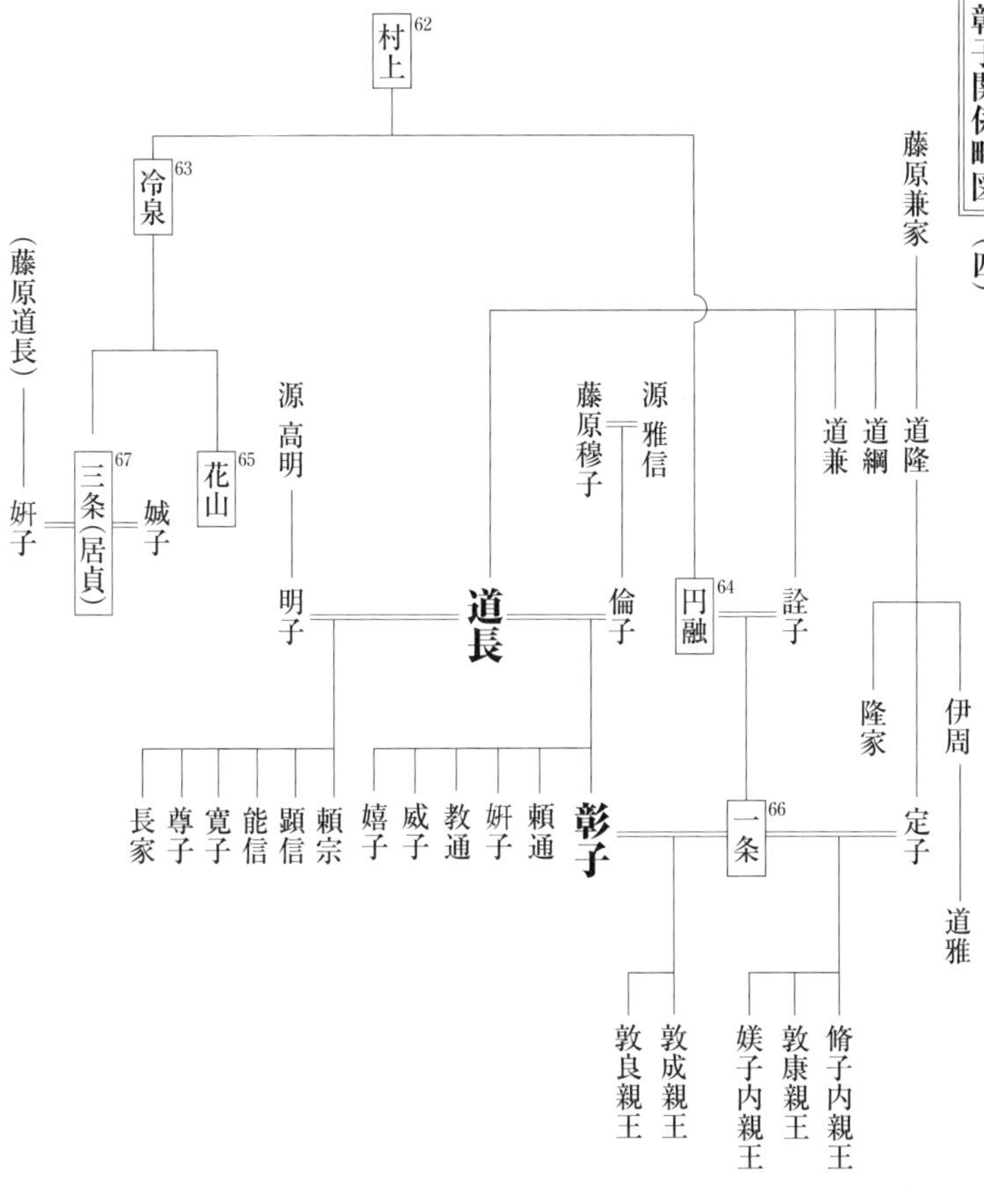

□は天皇、数字は歴代を示す。

本書は書き下ろし作品です。

本文中、現在は不適切と思われる表現がありますが、差別的な意図を持って書かれたものではないこと、また作品が歴史的時代を舞台としていることなどを鑑み、原文のまま掲載したことをお断りいたします。

装丁――芦澤泰偉
装画――大竹彩奈

〈著者略歴〉

帚木蓬生（ははきぎ　ほうせい）
1947年、福岡県生れ。医学博士。精神科医。東京大学文学部仏文科卒業後、TBSに勤務。2年で退職し、九州大学医学部に学ぶ。93年に『三たびの海峡』で吉川英治文学新人賞、95年に『閉鎖病棟』で山本周五郎賞、97年に『逃亡』で柴田錬三郎賞、2010年に『水神』で新田次郎文学賞、11年に『ソルハ』で小学館児童出版文化賞、12年に『蠅の帝国』『蛍の航跡』の「軍医たちの黙示録」二部作で日本医療小説大賞、13年に『日御子』で歴史時代作家クラブ賞作品賞、18年に『守教』で吉川英治文学賞および中山義秀文学賞を受賞。著書に、『香子（一）～（三）』『国銅』『風花病棟』『天に星 地に花』『受難』『悲素』『襲来』『沙林』『花散る里の病棟』等の小説のほか、新書、選書、児童書などにも多くの著作がある。

香子《かおるこ》（四）
紫式部物語

2024年4月8日　第1版第1刷発行

著者　帚木蓬生
発行者　永田貴之
発行所　株式会社PHP研究所
東京本部　〒135-8137　江東区豊洲5-6-52
文化事業部　☎03-3520-9620（編集）
普及部　☎03-3520-9630（販売）
京都本部　〒601-8411　京都市南区西九条北ノ内町11
PHP INTERFACE　https://www.php.co.jp/
組版　朝日メディアインターナショナル株式会社
印刷所
製本所　図書印刷株式会社

ISBN978-4-569-85454-0